SAISON 1
EPISODE 1

Le Conflit

(partie 1)

#1

« **O**n rencontre sa destinée souvent par des chemins qu'on prend pour l'éviter.»

JEAN DE LA FONTAINE

1

LE REVE

**Brest, Bretagne,
16 Octobre 2000.**

L'hiver était arrivé, peut-être trop tôt. Même si la plupart des gens s'en plaignaient, ils ne pouvaient rien y faire. Pare-brise de voitures et fenêtres se couvraient de givre. Le verglas sur la chaussée déséquilibrait les rares passants peu prudents. Allongé dans son lit, Bron Delorme, jeune homme d'un mètre quatre-vingt, la peau aussi bronzée que celle des touristes de Saint-Tropez en pleine chaleur estivale, les cheveux châtains relevés en arrière de façon désordonnée, avait un sommeil agité. Couvert de sueur, tremblant, se mouvant rapidement d'à-coups, son cauchemar le rendait nerveux. Ses paupières s'agitaient, sa respiration s'accélérait, tout comme son pouls.

Dans ce songe, Bron voyait un adolescent d'environ quinze ans, le torse nu. Ses muscles d'éphèbe commençaient à gonfler, lui donnant un physique plus mature que celui d'un enfant de son âge. Il portait un tatouage sur le dos. Cependant, il ne parvenait pas à distinguer le dessin, bien trop trouble pour le mémoriser. L'enfant fuyait à travers une forêt. Il était poursuivi par des hommes vêtus d'une tunique mauve et dont la capuche cachait le visage. Ces étranges individus étaient accompagnés de deux loups. Ceux-ci, robustes et tenaces, avaient pris quelques mètres d'avance sur leurs maîtres. Fait étrange, que ces animaux obéissent à des hommes. La pauvre victime trébucha, se foula la cheville et tomba lourdement au sol. Il lui fallut quelques secondes pour se relever et reprendre sa course infernale en boitant. A chacun de ses pas, le sol boueux s'enfonçait. La pluie battait son visage et ruisselait le long de son frêle corps. A hauteur d'un arbre, il se retourna et vit les loups se rapprocher dangereusement. Le gamin finit son parcours dans un ravin. La chute le priva de l'usage de la jambe gauche qui s'était cassée lors du choc avec un rocher, au fond du précipice. Au-dessus de lui, les traqueurs passèrent sans le voir et la pluie empêcha les loups de suivre sa piste. C'est alors qu'il pensa avoir, pour le moment, la vie sauve. Hélas, l'un des poursuivants s'arrêta et lança une corde pour le remonter.

La seconde partie du rêve de Bron montrait un lieu bien plus sombre que la forêt. Il s'agissait d'un vieux temple dont les hautes colonnes étaient recouvertes de lierre aux racines adventives à crampons qui envahissaient les toits et les murs. De larges fissures finissaient de rendre branlant l'édifice. Un autel en jade, d'un vert étincelant, se dressait au centre de l'immense pièce centrale. Bron entendit des cris, ceux d'un homme et d'une femme. Des individus portant la même tunique que celle des traqueurs de la forêt, tenaient des cierges et des chaînes. Au bout des maillons d'acier était attaché un couple. Ils furent allongés sur la table de pierre et encerclés par les ténébreux personnages.

Malheureusement, le rêve de Bron s'acheva et ses yeux, d'un bleu océan, s'ouvrirent avec soudaineté. Ses pupilles se dilatèrent vite et ses paupières battirent avec frénésie. Le jeune homme se releva, assis sur le lit. Il recouvrit son torse nu musclé et velu d'un tee-shirt blanc et inspira de l'air afin de se calmer et de reprendre ses esprits. Puis, Bron quitta sa chambre et se rendit à la salle de bain où il prit une douche.

7 h 22

Bron Delorme venait de terminer sa toilette. Il se sentait plus à l'aise. Debout dans le salon, le torse velu brillant à la lumière des lampes décoratives de la pièce, il ne portait qu'une serviette sur ses hanches. Il vit alors la pièce tourner autour de lui. Bron tomba sur ses genoux, prit sa tête dans ses mains, grimaçant de douleur et s'écroula au sol.

Le jeune homme avait perdu connaissance et son cauchemar envahit de nouveau son esprit. Il se trouvait maintenant dans le couloir mal éclairé d'un lieu qui lui était totalement inconnu et avançait pas à pas vers ce qui semblait être une porte. Il vit celle-ci s'ouvrir et pénétra dans une salle noire. Il y avait juste une colonne de lumière qui éclairait un autel, lui aussi en jade. Il s'en approcha prudemment, trébucha sur une marche d'escalier et découvrit un gros livre poussiéreux déposé sur la table sacrée.

Soudain, une main survint et s'empara de l'objet. Là encore, son esprit bloqua sa vision et il ne put voir le visage du voleur. Un court instant plus tard, Bron ouvrit les yeux, il se releva avec peine et retourna à la salle de bain pour se passer de l'eau sur le visage. Puis, il s'habilla.

2

LA RELIQUE

**16 Octobre 2000,
Université de Brest,
9 h 49.**

Bron Delorme portait un costume bleu marine, égayé d'une cravate jaune rayée de vert, les cheveux mouillés, et tenait dans ses mains une boîte en carton. Elle était suffisamment grande pour lui arriver au menton. Il avança d'un pas pressé dans la grande cour extérieure et entra dans le hall d'un gigantesque bâtiment de plusieurs étages. Il croisa des étudiants occupés à lire ou lancés dans des conversations leur paraissant passionnantes.

Sur le mur, face à lui, était suspendue une pancarte indiquant la direction du laboratoire de recherche numéro quatre. Il marcha encore quelques mètres et vit une porte vitrée portant le même chiffre. Il s'y introduisit et déposa la boîte sur le bureau.

Hélène Trombe, une jeune femme de son âge, grande, svelte, blonde, la peau blanche parfumée, arborant un généreux décolleté, décollant du sol à l'aide de talons donnant le vertige, le salua. Sa robe de coton lui tenait malgré tout chaud, la température du bureau étant raisonnable grâce à la climatisation. Elle se trouvait dans un laboratoire qui jouxtait le bureau. Hélène se tenait à la droite d'Éric Salvi, vingt-six ans, jeune homme détendu, brun, les yeux verts, il était vêtu d'un tee-shirt blanc révélant les formes de son torse et une chemise en jean, ouverte, un pantalon noir finissait de lui donner une allure décontractée. Universitaire en histoire ancienne et professeur dans l'Université, son principal lieu de travail, Éric avait une réputation de professeur rarement présent, aux tenues peu courantes pour un enseignant. Il avait terminé ses études avec deux années d'avance et enseignait dans l'Université tout en effectuant des recherches sur des objets anciens, avec la collaboration de son assistante, Hélène. Bron, assistant expert en histoire au musée de l'Université, coopérait avec eux.

- Que nous portes-tu, Bron ? demanda Éric qui consultait un vieux parchemin jauni par le temps.
- L'urne d'Is. Le doyen m'a demandé de vous l'apporter.
- C'est incroyable ! Ils l'ont trouvée ! s'exulta Hélène. Éric ne semblait guère surpris. Il releva la tête et dit :
- Hélène, je te présente Bron, l'ami dont je t'ai parlé.
- Oui, vous êtes l'expert du musée. Enchantée Bron.

Elle l'examina de la tête aux pieds, visiblement très attirée par lui. Elle rejoignit Éric tandis que Bron recula de six pas et saisit le grand carton posé sur le bureau. L'assistante demanda discrètement :

- Dis Éric, tu crois que ton copain est célibataire ?
- Il me semble que oui, je n'en suis pas sûr. Je ne le surveille pas.
- D'accord, j'enquêterai.

Bron présenta le colis à Hélène qui s'empressa de l'ouvrir en lui souriant. Elle sortit délicatement l'urne de son emballage et l'installa sur la table d'analyse, table de verre plantée au milieu du laboratoire servant à étudier, à l'aide d'un matériel de recherche de pointe, les reliques acquises par l'Université.

- Je ne sais pas grand-chose de cet objet si ce n'est qu'il provient d'une ancienne cité nommée " Is ". Elle date peut-être du début du christianisme, voire audelà. Cette urne est magnifique. Il faut l'ouvrir, s'enthousiasma-t-elle. En un bref instant, elle actionna un appareil impressionnant par sa taille. Un bras mécanique passa au-dessus et autour de la relique, un laser la traversa.
- Que montre le scanner ? questionna Bron intéressé.
- C'est étrange. Il n'y a pas de cendres. En revanche, l'urne contient quelque chose... Non, ce n'est pas possible !
- Qu'y a-t-il ? demanda Éric en s'approchant.
- On dirait que... C'est un organe... humain ! Il est bien conservé.
- Normalement, il devrait y avoir les cendres d'un animal sacrifié par les habitants d'Is pour vénérer un dieu ! Leurs croyances religieuses voulaient qu'ainsi, ils obtinssent une protection divine, commenta Éric.
- Alors dans quel but ont-ils mis un organe humain là-dedans, comme le faisaient les égyptiens ? Un rituel sacrificiel ?
- Non, j'en doute. A propos, j'ai terminé la traduction du parchemin que le doyen nous a demandé d'analyser pour le musée. Au début, je croyais que le langage utilisé par son auteur datait du début de notre ère lui aussi. Mais, suite à une plus longue réflexion, je crois maintenant que cette écriture est plus vieille encore, ce qui est très surprenant. C'est du celte très ancien. Il s'agit probablement du testament de Gradlon.
- Le roi de la ville Is.
- Exactement. Il y parle un peu de sa vie et des contrariétés engendrées par le comportement de sa fille, Dana. Il mentionne également un homme mystérieux, étranger à la cité, qui serait à l'origine de bien des phénomènes. Hélas, Gradlon ne donne aucun détail. De surcroît, je ne vois aucun lien entre ce parchemin et l'urne.
- Et pourtant, ces deux objets proviennent de la même cité antique.

Éric s'avança vers le bureau et feuilleta quelques livres. Il poursuivit ses recherches. Au même moment, quelqu'un frappa à la porte et entra. C'était une jeune femme d'une beauté éblouissante. Elle avait un corps parfait. Son allure, ses vêtements, ses bijoux mis en valeur, il ne faisait aucun doute qu'elle était riche. Issue d'une famille aisée, elle était très élégante de la tête aux pieds. Son maquillage, soigné, mettait une touche finale à son charme.

La jeune femme s'approcha d'Éric et l'embrassa tendrement. Elle portait une bague ornée d'un diamant qui lui avait été offerte par Éric pour leurs fiançailles, un mois plus tôt.

- Calie ! réagit-il, surpris par sa visite.
- Bonjour chéri. Alors c'est ici que tu travailles. C'est charmant, bien que... petit. Et ces gens, sont-ce tes employés ?

Calie avait un ton méprisant dans ses propos.

- Non Calie, je te présente Bron, mon collègue du musée annexe à l'Université et mon assistante, Hélène.
- Enchantée. Heureusement que vous êtes ainsi, j'aurais pu être jalouse dans le cas inverse très chère baleine... Euh, Hélène.
- Calie… la réprimanda Éric.

Elle était snob et peste. Elle observait la pauvre Hélène méchamment, ce qu'elle ne méritait pas.

- Bien, je suis venue te dire que le repas chez père est à vingt heures ce soir. Et ne sois pas en retard, Tu sais que mon père est pointilleux en ce qui concerne la ponctualité. Tu connais ses défauts. Surtout, mets un smoking. Mère est impatiente de préparer le mariage. Maintenant, je vais te laisser. A tout à l'heure chéri.
- Mais Calie, j'ai du travail ! Tu ne m'avertis que ce matin ? Je n'ai pas le temps d'aller louer un smoking !
- Je l'ai déposé chez toi. Je t'attends pour vingt heures.

Calie se tourna vers Bron et Hélène, leur adressant un sourire.

- Au plaisir de vous revoir... un jour... peut-être. Ou, peut-être pas, acheva-t-elle avec hypocrisie. Elle s'éloigna, quitta le laboratoire et croisa Elora Bonti à la porte.

Comme pour s'excuser de l'attitude odieuse de sa fiancée, Éric dit : « Je suis désolé. Calie est... C'est ma fiancée mais elle est agaçante. »

- Sa beauté est sa seule qualité, répondit Hélène offensée.

A son tour, Elora, une jeune femme simple malgré sa beauté, traversa le bureau et pénétra dans le laboratoire. Combative, déterminée, jalouse, parfois conciliante, Elora était une jeune femme charmante. Elle salua ses amis.

- Éric, Bron, le superviseur veut vous voir. L'équipe vous attend au Sanctuaire.

-Mais Bron n'est pas prêt ! Cette décision est prématurée.

- Je sais, le superviseur a déclaré l'état d'urgence.

- Que se passe-t-il ?

- Je ne peux rien dire. Pas ici.

- Qu'est-ce que c'est que cette histoire ? Qui est le superviseur ? demanda Bron qui ne comprenait rien à la situation.

- Nous t'expliquerons plus tard. Tu dois nous suivre, continua Elora.

Avant de partir, Éric confia le testament de Gradlon et l'urne à son assistante en lui ordonnant de continuer les analyses en son absence.

Surpris et inquiet, Bron Delorme coopéra.

***

3

LE CHOIX DES ARMES

**Le Sanctuaire, Brest,
16 Octobre 2000,
13 h 01.**

Une Clio bleue traversa une forêt dense et s'approcha d'un immense temple. Les roues du véhicule arrêtèrent leur course dans la boue qui recouvrait le sentier menant à la porte d'accès principale. Cette grille donnant sur l'extérieur était imposante. Ancienne, couverte de rouille, elle semblait laissée à l'abandon, dépourvue d'entretien. Curieusement, Bron se dit que cela devait être volontaire, peut-être pour ne pas attirer l'attention.

Éric et Elora descendirent les premiers tandis que Bron posait son pied dans une large flaque boueuse. Ce dernier fit la moue, dégoûté.

- Vous venez ici pour camper ?
- Suis-nous à l'intérieur, se contenta de réagir Elora.

Bron observa le visage inquiet de la jeune femme. Elle semblait troublée. Elle monta les escaliers et franchit le seuil de ce lieu étrange. Éric et Elora saisirent une torche allumée sur le mur et avancèrent dans un couloir de quelques mètres de longueur avant d'atteindre la pièce principale du temple.

Au centre, la pièce était dominée par une table de granit sur laquelle Bron reconnut des bougies de différentes couleurs et sentit une odeur d'encens flotter dans l'air. Trônant sur un siège lui aussi en pierre, un homme aux cheveux grisonnants, la barbe drue bien taillée et physiquement athlétique, le corps sûrement entretenu par un entraînement rigoureux, le contemplait avec insistance et inquiétude. Pour lui, il n'était jamais facile d'accueillir un nouveau membre. A sa droite, sur un fauteuil de taille moins importante, une jeune femme au physique à la fois sportif et attirant souriait à ses amis. Éric et Elora se dirigèrent vers leurs sièges respectifs.

-Bienvenue Bron, au Sanctuaire. Je me nomme Gwenc'Ron, dit l'homme aux cheveux grisonnants en se levant de son fauteuil.
- Qui êtes-vous ? Que fais-je dans cet endroit ? Je ne comprends pas.
- Je vais être direct car nous n'avons pas de temps à perdre. La situation est grave. Éric est un archi-druide, Elora est une druidesse et Kéra, l'autre membre de l'équipe, est barde. Quant à toi Bron, tu es un devin. En ce moment, tu te trouves dans le temple consacré aux druides que l'on appelle communément, « *Sanc-*

tuaire ». Je suis conscient que ces nouvelles te troublent et te bouleversent, mais hélas, je n'ai guère d'autres choix que de te recruter pour compléter le groupe. En qualité de superviseur de l'équipe, j'ai déclaré l'état d'urgence.

- Que se passe-t-il ? demanda Éric.

- Un Grand druide du Gorsedd a trahi notre serment et notre communauté. Il est parti avec un grand nombre de ses eubages et a juré de nous anéantir. Il est devenu avide de pouvoir.

- Je ne comprends rien. Je suis dans une secte ou quoi ? réagit Bron désorienté.

- Non. Ce que tu as entendu est la stricte vérité. Nous sommes tous des membres de la communauté druidique. Nous avons différents niveaux de pouvoirs et notre mission consiste à apprendre puis à enseigner le savoir des druides acquis au fil des siècles depuis deux mille ans.

- Mais voyons Éric, tu es mon ami depuis le collège. C'est quoi ces salades ?

- C'est la vérité Bron. Je te le jure. Tous les bretons savent que les druides existent, le monde entier d'ailleurs. Je suis l'un d'eux et tu es destiné à le devenir toi aussi. Je ne pouvais rien te dire jusqu'à aujourd'hui parce que tu n'étais pas prêt à l'accepter.

- Bron, ta destinée est d'apprendre à maîtriser et à utiliser ton don avec parcimonie et pour le bien de l'humanité. Un devin a le pouvoir du septième sens, le don de double vue. Des images te sont transmises par les rêves. Il sera très utile pour le groupe et pour traquer les traîtres. Nous devons les traduire devant le Gorsedd afin de leur retirer la magie. Les druides sont les seuls à savoir qu'elle existe réellement en ce monde et les traîtres peuvent la mettre en péril ou l'utiliser à d'autres fins que de servir le bien, reprit Gwenc'Ron, le superviseur.

- Non, c'est impossible ! Vous êtes des hérétiques ! La magie n'a jamais existé ! C'est un mythe pour les enfants !

- Le crois-tu ? Que penses-tu alors des rêves que tu fais actuellement ?

- De simples cauchemars !

- Ne vois-tu pas un enfant fuir à travers bois ?

- Comment le savez-vous ?

- Je sais beaucoup de choses Bron. Plus que tu ne le crois.

- Ça suffit ! Je ne vous crois pas ! Je me tire.

Bron s'éloigna d'un pas rapide et apeuré. C'est alors qu'Eric lui fit front et psalmodia : « *Ici et maintenant, j'invoque le souffle du vent !* » A peine eut-il prononcé ces quelques mots qu'une brise se transforma en tempête à l'intérieur même de l'immense salle principale du Sanctuaire. Cette bourrasque empêcha Bron de poursuivre sa fuite. Mais Elora protégea Bron en se levant et en raisonnant son ami.

- Non Éric ! Arrête ! Nous ne devons pas utiliser nos pouvoirs contre nous ! Bron est perturbé pour l'instant mais il finira par accepter son don et son destin. Il lui faut un peu de temps.

- Et nous n'en avons pas !

Bron était terrifié par la puissance d'Éric et prit un moment pour réfléchir. Il comprit que tout ce qu'il avait appris auparavant était bouleversé par cette découverte. Kéra s'avança vers lui pour le rassurer et le convaincre d'admettre l'origine de son don.

- Écoute Bron, tu n'as pas le choix. Tu vas être initié afin de maîtriser et contrôler tes rêves. Sans cela, ils deviendront violents et plus nombreux. Tu ne le supporteras pas sans un apprentissage des spécialistes dans ce domaine. D'ici peu de temps, tu nous rejoindras pour traquer les traîtres, ceux qui veulent employer la magie contre le monde. On ne pourra pas les vaincre sans ton aide. Tu n'es pas un prisonnier mais comme nous, tu vas devoir accepter l'existence d'un univers inconnu et aussi fascinant que dangereux. Je sais que c'est effrayant, on est tous passés par là.
- J'ai besoin d'être seul pour digérer la nouvelle.
- Bien sûr. Kéra, emmène-le hors du Sanctuaire, dans la forêt. Après notre réunion, nous vous rejoindrons. Prend ton temps Bron, je sais que c'est difficile, dit Gwenc'Ron.

Plus tard, l'équipe au complet avait pour mission d'intervenir chaque fois que les traîtres mettraient leurs vies en danger ou celles des civils. Une longue lutte était alors engagée.

***

4

PREMIERE OFFENSIVE

**Université de Brest,
16 Octobre 2000,
15 h 29.**

La cour était déserte. Tous les étudiants étaient en cours. La pluie commençait à tomber et flagellait les vitres d'épaisses gouttes d'eau. Les arbres perdaient les dernières feuilles orangées de l'automne en laissant les branches nues, achevant de rendre la nature triste, morte. Au laboratoire, Hélène, toujours subjuguée par l'urne mystérieuse, osa l'ouvrir. Elle regarda à l'intérieur mais une odeur répugnante la fit bondir en arrière avant même qu'elle n'eût le temps de voir ce que le vase antique contenait. Une fumée mauve s'en échappa et encercla la pauvre assistante qui suffoqua et perdit connaissance. Son corps tomba lourdement au sol et pas même l'un de ses doigts ne bougea. Seule, elle gisait, inerte.

**Salle de Réunion,
Quatrième étage,
Bâtiment J,
15 h 38.**

Un bureau semblable à celui d'un tribunal accueillait une sorte de jury. L'immense porte d'entrée donnant sur la salle s'ouvrit et deux jeunes étudiants entrèrent, l'air hagard. Costauds, tous deux étaient de même taille. Ils paraissaient légèrement craintifs, se reprochant probablement une faute, eu égard à une certaine appréhension et un air, de temps en temps, penaud.

L'un des hommes du conseil, le Président de l'Université, un homme à l'embonpoint, et la tonsure largement dessinés, s'adressa aux deux jeunes hommes.

- Messieurs Luc Bonnet et Ed Sévier, savez-vous pour quel motif vous êtes traduit en conseil supérieur de discipline ?
- Oui, répondit Luc d'une voix tremblante.
- Je vous écoute.
- Nous avons bousculé le professeur Tèvre.

Un rire raisonna dans toute la pièce. C'était le doyen qui se levait pour prendre la parole.

- Bousculé ! Cela est un bien faible mot ! Vous l'avez agressé, violenté, physiquement !

- Je vous en prie monsieur le doyen, intervint le Président.

Un bref silence s'installa, puis le Président fit un signe afin de faire entrer le professeur Tèvre. Chétif, laid, les oreilles trop grandes, peu de cheveux sur la tête, celui-ci portait le bras en écharpe et un coquard à l'œil gauche. Il traversa la pièce, regarda les deux jeunes hommes dans les yeux et s'assit à une large table.

- Professeur, vos deux... agresseurs ont avoué leur faute, dit le Président après avoir hésité, cherchant ses mots.

- Des aveux ! postillonna le doyen en exultant.

Le Président ajouta, jetant un regard plein de reproches au doyen :

- Messieurs, êtes-vous conscients de la gravité de votre acte ? Nous allons être contrains d'avertir les autorités ?

- La police ? Non monsieur le Président ! Je vous en prie, ne faites pas ça ! réagit Luc.

- Il fallait y penser avant de prendre votre professeur pour une cible à abattre, intervint une fois de plus le doyen, fier de sa prise de choix.

Le Sanctuaire, Brest, 15 h 23.

La pluie avait cessé. Dans l'épaisse forêt qui entoure le lieu sacré, Bron marcha de longues minutes. Entouré de frênes, il réfléchissait sur son avenir. Il ne pouvait imaginer ce que le druide lui avait dit mais, il savait également que ses rêves ressemblaient étrangement à la description de Gwenc'Ron. Comment pouvait-il savoir pour l'enfant ? Il n'avait jamais parlé de ses songes à qui que ce soit ! Bron ressentait de la colère envers Éric. Pourquoi lui avait-il menti depuis si longtemps ? Ses sentiments étaient partagés.

Soudain, il aperçut un petit bosquet. Que faisait-il là, en pleine forêt ? Il s'en approcha, intrigué et s'effondra à terre. Sa tête lui faisait horriblement mal. Chaque vision lui était une torture. C'est à cet instant que l'équipe le rejoint. Bron ferma les yeux et une vision survint de nouveau. Une cérémonie religieuse se déroulait. Six druides formant un cercle, portaient dans chaque main des bougies gravées de symboles inconnus et maculées de sang à leur base. Un septième, dont le visage resta dans l'ombre, se tenait au centre. Celui-ci s'adressa à lui.

- Bron ! Je suis ravi de constater que tes pouvoirs sont aujourd'hui suffisamment développés pour que je puisse te contacter. Dis à ton chef que bientôt vous recevrez une enrichissante visite. Si vous n'obéissez pas, je serais obligé d'employer des moyens plus drastiques. Et crois-moi, je m'y connais. Bon réveil ! C'est alors que Bron se releva en sursaut, sa respiration était accélérée, son corps frissonnait et tremblait. Il était paniqué.

- Qu'est-ce que c'est ces conneries ? Vous allez me rendre fou ! J'en ai marre !

- Calme-toi Bron. Que s'est-il passé ?

- Éloigne-toi ! Je te croyais mon ami, cria-t-il.

Gwenc'Ron s'avança et le prit par le bras.

- Écoute Bron, tu viens de recevoir un message. Il t'a contacté par télépathie. Qu'a-t-il dit ?

- Qui « *il* » ? Qui est-ce ? Et puis pourquoi la télépathie ? Il ne peut pas utiliser le téléphone comme tout monde !

- Quel était le message ? insista le chef.

- Bientôt quelqu'un viendra et ce sera enrichissant. Je crois qu'il a dit que si nous n'obéissons pas, il emploiera des méthodes radicales. C'est tout, ensuite je me suis réveillé.

- Merci Bron. Tu vois, ton don nous est utile. Tu peux maintenant en savoir plus sur l'identité de celui que tu as vu. Il se nomme Gwenc'Phel. C'est le chef des traîtres. Si nous le capturons, les autres rendront leur reddition. Ils n'auront plus de leader pour conduire leur invasion du monde et sa soumission. Ils auront du mal à s'organiser.

- Je veux rentrer. Je dois réfléchir à tout ça. C'est difficile à admettre. Je... Je dois partir.

Bron s'éloigna et un chauffeur du Sanctuaire le ramena à l'Université. Gwenc'Ron chargea Éric de le surveiller et de l'aider à s'intégrer dans sa nouvelle vie.

Laboratoire Universitaire N °4, 1 heure plus tard.

Éric Salvi retourna au laboratoire. Il y trouva Hélène, nue, dansant autour de l'urne. Rapidement, il prit une couverture qui recouvrait une petite statuette, certainement un symbole de fertilité, une déité, dont l'entrejambe dévoilait un pénis d'une taille impressionnante. Pas étonnant que l'objet était caché ! Éric posa la couverture sur les épaules de son assistante qui continuait de danser et chanter. Ensuite, Éric referma l'urne et Hélène s'évanouit une dizaine de secondes avant de revenir à elle, sonnée.

- Voyons Hélène ! Es-tu devenue folle ? Pourquoi es-tu nue ? Oh mon Dieu, c'est vrai que tu es belle, dit-il presque excité. Non loin de ressembler à la statuette.

- Mais... Que s'est-il passé ? Je...

Hélène bondit et ramassa ses vêtements.

- Mon Dieu ! Non ! Retourne-toi Éric ! Pervers !

Elle se rhabilla en hâte, se calma et commença à réfléchir. En passant devant la table, elle renversa l'urne dont le couvercle tomba.

- Tu es un salaud ! Je t'aime Éric et tu oses encore voir cette snob ! Elle m'a insultée, elle te tourne autour et je déteste ça ! Et puis, Calie, c'est un prénom débile !
- Mais qu'est-ce qui te prend ?
- Il y a que je suis folle de rage en la voyant. J'ai envie de la gifler, de la cogner, de lui tirer les cheveux et... Elle a de petits seins ! Et... Hou, j'ai la tête qui tourne. Je ne me sens pas du tout bien.

Éric remit le couvercle en place, ce qui stoppa la folie d'Hélène.

- C'est incroyable ! J'ai l'impression que cet objet agit sur ton mental lorsqu'il est ouvert. Ça va mieux ?
- Oui. Je me sens détendue. C'est absolument éblouissant. Si ta théorie est bonne, alors l'urne a été envoûtée.
- Ça paraît logique. Dans les différentes mythologies, les objets funéraires étaient protégés. Quiconque troublait le repos des âmes subissait aussitôt une malédiction. Ce doit être le cas de cette urne.
- Ça signifie qu'il ne faut plus l'ouvrir sinon...
- Tu danseras la salsa, nue, en chantant un tube de Céline Dion. Dis-moi, c'est vrai que tu es amoureuse de moi ?
- La malédiction, Éric, j'ignorais ce que je disais ! puis elle reprit en chuchotant pour qu'il ne l'entende pas : « Tu parles ».

Elora fit irruption dans le laboratoire. Elle demanda à Éric de lui accorder cinq minutes.

-Je suis inquiète. Les traîtres semblent puissants et leur nombre...
- Je sais. Mais il nous faut du courage. Ils veulent nous effrayer pour mieux nous vaincre. Rassure-toi, nous sommes toute une équipe pour nous battre et nous devons être soudés. C'est l'unique moyen de leur faire obstacle.
- Je sais, mais j'ai peur.
- Nous avons tous peur Elora.

Éric la prit dans ses bras et la réconforta.

Bibliothèque Universitaire.

Au milieu des centaines d'étagères qui parcouraient la bibliothèque, Bron faisait des recherches. Il désirait des renseignements sur un poignard aztèque dont il avait auparavant vu une gravure dans un livre. Il hésita, ne trouvant pas le livre dont il espérait l'apport de nombreuses informations. Un étudiant bien charpenté le bouscula involontairement et s'excusa.

- Pardon, je ne vous avais pas vu.
- Ce n'est rien.
- Que cherchez-vous ?
- Une œuvre de Stéphane Berner « Contes et Mythes ».
- Je crois savoir où il se trouve... Là, je l'ai.
- Merci.
- Je m'appelle Ben.
- Bron, enchanté.
- Vous travaillez en histoire ?
- En quelque sorte. Je fais des expertises pour le musée du département d'histoire et le doyen me demande d'enquêter sur les reliques antiques en collaboration avec le professeur Salvi.
- C'est intéressant.
- Ça l'est. Et vous, que faites-vous ?
- Oh, j'ai terminé mon doctorat et j'enseigne le droit.
- C'est très intéressant. Bon, j'ai du boulot, ravi de vous avoir rencontré. A bientôt !
- C'est ça ! A plus tard, termina Ben qui sortit de la bibliothèque pour assurer son dernier cours de l'après-midi.

Laboratoire N °4,
16 h 49.

Au laboratoire, un homme et une femme entrèrent sans s'être annoncés. Éric reconnut Elodie Torr et Gaël Carnot. Elodie, rebelle athlétique au caractère bien trempé, était visiblement entraînée et Éric savait déjà qu'elle était dangereuse. Toute de cuir vêtue, Elodie paraissait plus grande que la réalité. Châtain, les yeux marron, elle avait la peau blanche. Gaël, lui, était un homme aux traits sévères. Autoritaire, il n'était pas homme à se laisser dicter sa conduite. Les cheveux brun et longs, le bouc bien taillé, les yeux marrons clair, il portait un pantalon en cuir noir, une chaîne en or autour du cou et pour l'occasion, il s'était ajouté un bracelet à pontes. Une boucle d'oreille complétait son look d'insurrectionnel qui n'avait plus de ressemblance avec les druides de la communauté. Elodie invoqua le pouvoir du feu et de nombreuses flammes jaunes, bleues et rouges léchèrent les murs et les rideaux. Elora intervint en fixant le feu du regard avec intensité et grande concentration. Aussitôt, l'incendie prit fin et les murs restèrent intacts.

- Surprenant Elora ! Tu es toujours aussi vive et rapide qu'à l'époque de notre formation !
- C'est exact, je n'ai pas changé. Tu ne peux pas en dire autant.
- Hou, ça, c'est un coup bas.
- Tu es une traîtresse Elodie.

- Éric ! Je suis contente de te revoir.

- Si vous nous disiez plutôt quel mauvais vent vous emmène ?

- Tu me déçois bel étalon, tu n'as pas deviné ?

- Le Gorsedd a un esprit trop étroit. Il se contente d'observer. Nous, ce qui nous motive c'est l'action. La magie est toujours restée secrète. Il est temps que le monde soit mieux dirigé, intervint Gaël.

- Les humains ne sont pas prêts à l'accepter. La dernière fois que des druides ont décidé d'utiliser leurs pouvoirs sous les yeux des mortels, l'église a lancé la chasse aux sorcières. Plusieurs druides ont péri à cette époque et ont payé pour l'erreur d'une minorité. Et c'est sans parler de la communauté des sorcières. Tout le monde sait ce qui leur est arrivé. Tenez-vous à ce que l'histoire se répète ? dit Éric.

- Nous n'avons pas le même point de vue. C'est navrant, répondit Gaël.

- Gwenc'Phel veut le livre et la démission du Gorsedd. Si vous n'obéissez pas d'ici vingt-quatre heures, nous commencerons à tuer des civils et ce ne sera pas joli à voir. Nous viendrons chercher le livre demain, ainsi que la lettre de démission portant le sceau druidique, ici même, conclut Elodie d'un ton ferme et autoritaire. Gaël et Elodie soufflèrent, provoquant une mini-bourrasque, ce qui projeta Elora et Éric en arrière. Les deux traîtres profitèrent de leur déséquilibre pour fuir.

5

Déboires Sentimentaux

Résidence Salvi,
21 h 08.

A la suite des événements qui s'étaient produits sur le campus, Éric décida d'emmener Hélène chez lui afin de l'éloigner de l'urne et de la mettre à l'abri de la malédiction.

Le Lendemain Matin.

- Tu te sens mieux ?

- Oui, ça va. Il faut absolument résoudre le mystère de cet objet. Que j'ai honte. Danser nue dans le laboratoire, n'importe quel étudiant aurait pu me voir.

- Tu n'y étais pour rien, c'est l'urne qui...

- Je sais. Oh fait, j'ai trouvé de nouvelles informations sur Gradlon, l'auteur du parchemin. Tu avais raison, Gradlon était bien le roi de la cité Is. Il était vertueux tandis que sa fille, Dana, était luxurieuse. Chaque matin, elle poignardait ses amants d'une nuit. Dana se disputait sans cesse avec son père. Par vengeance, elle a ouvert les vannes qui protégeaient la ville d'Is des inondations et toute la cité fut engloutie. Seul le roi a pu fuir sur son cheval mais, il n'a pas pu sauver sa fille.

- Elle est donc morte de cette manière. Mais cela n'explique pas comment ses organes ont pu atterrir dans l'urne ! Si elle a été engloutie avec la ville, qui a pu trouver son corps ? Quand le rituel a-t-il eu lieu ?

- Nous devons encore travailler dessus pour le découvrir, conclut Hélène toujours aussi excitée par les mystères et les secrets qu'elle raffole de résoudre.

Soudain, la porte d'entrée s'ouvrit avec violence.

- Éric ! hurla une femme.

- Mon dieu ! Calie ! J'ai complètement oublié le dîner de ses parents.

- Ce n'est pas grave. De toute façon elle n'est pas faite pour toi, répondit Hélène.

- Chérie, je suis désolé.

A peine eut-il le temps de trouver une excuse qu'une claque de sa fiancée s'écrasa sur sa joue qui rougit sous l'effet du choc.

- Ponctuel ! J'ai dit à mon père que tu étais ponctuel ! Deux longues heures et quelques minables excuses pour expliquer ton retard ! Je n'ai jamais été autant embarrassée de toute ma vie ! Je suis furieuse ! Mais, tu n'auras plus l'occasion de rencontrer mes parents parce que je te quitte. Dis adieu au mariage et aux enfants. Je te rends ta bague de fiançailles ! C'en est terminé de nous deux ! C'est fini !

- Calie ! Non ! Je t'en prie, ça fait trois ans qu'on est ensemble.

- C'est vrai, c'est ce qui me fait le plus mal. Et, que fait ton assistante sur ton canapé ? Tu n'as pas perdu de temps. Si tu voulais rompre, il fallait me le dire plutôt que de me tromper et d'insulter mes parents par ton absence ! Je ne veux plus te revoir. Sors de ma vie et laisse-moi tourner la page ! finit-elle en pleurant à chaudes larmes.

Éric se sentit honteux à son tour. Trois ans de vie commune partie en fumée en l'espace d'une soirée. Mais au fond de lui, il savait qu'entre eux, la magie de l'amour avait cessé d'exister depuis longtemps. Au fil des mois, ses sentiments s'étaient peu à peu effacés. Calie le pressait de la demander en mariage, elle avait prévu la date et le lieu. Elle l'oppressait tellement qu'il n'avait qu'une envie, fuir. C'est ce qu'ont fait ses sentiments. Sous le poids de l'excès, ils ont disparu. De plus, Calie ignorait son destin, être un druide et observer le monde. Trop sceptique, elle n'aurait pas compris, encore moins accepté. Il valait donc mieux pour eux, que l'amour s'en aille et que chacun puisse trouver le bon chemin. Ils se sont égarés et le grand amour les attend quelque part. Même si Calie pensait qu'Eric était fait pour elle, elle se leurrait.

Campus Universitaire, 10 h 14.

Luc et Ed furent exclus du campus pour une semaine mais le Président avait insisté pour que tous les deux soient surveillés de près par le doyen. En échange, il n'avertirait pas la police au sujet de l'incident survenu avec le professeur Tèvre. Celui-ci avait décidé de ne pas porter plainte mais désormais, le moindre écart de conduite leur serait fatal.

A l'extérieur de l'enceinte du campus, ils furent rejoints par Elora et Kéra, leurs petites amies. Kéra était folle amoureuse d'Ed et vivait les plus beaux jours de sa vie. Cependant, Elora en avait marre que Luc, véritable Dom Juan, se retourne sans cesse sur le passage des femmes.

- Luc, je dois te parler, c'est important.

- Je t'écoute mon cœur.

- Je... Je crois que j'ai besoin de faire un point sur ma vie. Je t'aime mais, actuellement ma vie est compliquée. Je ne peux pas te dire pourquoi mais je souhaite prendre du recul. C'est donc terminé entre nous. Je ne peux plus sortir avec toi.

- Tu me largues ! Elora, je t'aime comme un fou. Si c'est parce que mon regard fuit parfois, je te promets de me contrôler. Ne me fais pas ça, je t'en supplie. Je t'aime.

- Non, ce n'est pas pour cela. Je m'y suis faite depuis longtemps déjà.

Elora partit en pleurant, laissant Luc seul, désespéré. Soupçonnant un problème dans leur couple, Kéra et Ed s'approchèrent de Luc.

- Qu'y a-t-il ? Tout va bien ? demanda Kéra.
- Non, elle me quitte.
- Ce n'est pas vrai ! Oh, Luc, je suis désolée. Je lui parlerai si tu veux.
- Merci Kéra. Elle ne m'a même pas dit pourquoi.

Kéra le prit dans ses bras pour le réconforter.

- Je suis navré mon vieux, compatit Ed.

Laboratoire,
11 h 08.

Bron se rendit au laboratoire afin de savoir si le travail sur l'urne avait avancé. En effet, le musée souhaitait rapidement l'élaboration d'un rapport détaillé sur l'objet et son histoire. Mais lorsqu'il entra, il vit des dessins étranges peints sur les murs. Hélène portait un pinceau à la main et Éric était allongé dans un hamac, sirotant un jus de fruit.

- Mais enfin, que se passe-t-il ? Éric ! Hélène ! Êtes-vous devenus fous ?
- C'est à peu près ça. On est marteau, dingue ! Oh Bron ! Tu sais que tu es mignon toi, dit Hélène en riant sans s'arrêter une seconde. Son comportement était de nouveau lié à l'urne, pourtant fermée. L'objet semblait intensifier son pouvoir à chaque minute.

Éric s'efforça de résister et la saisit rapidement. Il la mit dans un caisson hermétique. Il demanda à Bron de le verrouiller. Il s'exécuta. Les deux victimes reprirent alors leurs esprits, peu à peu.

- Par tous les dieux ! Cet objet agit sur nous, même s'il est fermé et isolé ! réagit Hélène stupéfaite.

Éric expliqua à Bron ses découvertes et tous trois furent d'accord pour ne plus ouvrir le caisson sans un nouveau système de sécurité.

Sur La Route Du Sanctuaire.

Elora voulait se changer les idées. Elle ne voulait pas vraiment rompre avec Luc, mais dans son esprit, elle pensait qu'il valait mieux pour lui qu'il soit loin d'elle en ces moments de conflit entre druides. Sa vie serait en danger. Gwenc'Phel pourrait l'utiliser pour l'atteindre, elle. Elle marcha un long moment. Elle se rendit ensuite au Sanctuaire pour avertir Gwenc'Ron des exigences des traîtres.

A quelques kilomètres de la destination, elle arrêta sa voiture, piégée par la chute d'un arbre en travers de la route. Elle descendit et une dizaine d'hommes surgirent des bois alentours. La jeune femme n'eut pas le temps de se défendre. Elle fut assommée et ses agresseurs l'emportèrent. Ceux-ci portaient un tatouage sur le cou : une croix dans un cercle. Ils la mirent dans un véhicule noir qui s'éloigna ensuite. La voiture d'Elora fut également emportée afin de ne laisser aucune trace.

***

6

Prises Au Piège

**Lieu Inconnu,
17 Octobre 2000,
14 h 36.**

Elora se réveilla et observa autour d'elle. Elle semblait être emprisonnée dans une sorte d'entrepôt, attachée et bâillonnée à l'un des piliers. Elle avait froid, la température avoisinait les neuf degrés. Elora était également terrifiée. Elle était pourtant préparée à toute sorte de kidnapping. Cependant, elle connaissait la puissance des traîtres et nul doute pour elle que ce fût eux les responsables de cet acte. Elle pensait qu'elle servirait de garantie, de monnaie d'échange contre le livre. A cette idée, elle fut folle de rage. Il n'était pas question de céder, même si sa vie en dépendait.

A quelques mètres, elle entendit une voix familière raisonner. Elle reconnut Gaël.

- Très chère Elora. Bienvenue dans mon humble demeure.
- Ma dernière, pensa-t-elle.
- Je suis navré d'avoir eu recours à ce stratagème mais vois-tu, je n'étais pas certain que tes amis obéissent à mes volontés. Alors, je t'ai conviée à me rejoindre. Ne te fatigue pas à tenter d'utiliser tes pouvoirs, car pour cela, il faudrait que ta bouche soit libre pour prononcer une formule. Or, le bâillon veille à ne pas te laisser faire. Bien ! Pour davantage de précaution, je vais geler tes pouvoirs. Ainsi, tu ne pourras plus les utiliser. Tu redeviendras comme les autres humains, avec une perspective de vie restreinte.

Soudain, Elora s'agita désespérément. Elle ne voulait pas perdre ses dons, essence même de sa vie. Sans eux, elle se sentirait vulnérable, perdue. Gaël alluma des bougies qu'il plaça autour d'elle en cercle.

- Par ces bougies je gèle tes pouvoirs. Ta vie durant, tu seras privée de toute magie, jour et nuit.

Dès lors, la pièce s'obscurcit et les flammes des bougies s'éteignirent. Les yeux d'Elora se révulsèrent et elle tomba inconsciente, privée d'énergie. Son corps s'affaiblit et elle devint pâle.

**Campus Universitaire,
14 h 52.**

Luc eut du mal à accepter le rejet d'Elora. Il réfléchit et décida de la retrouver. Il souhaitait se battre pour la garder. Hélas, elle ne répondait pas au téléphone. Il choisit donc d'aller voir Éric. Peut-être savait-il où elle se trouvait ?

- Éric, sais-tu où est Elora ?
- Non.
- C'est toi hein ? C'est à cause de toi qu'elle m'a plaquée ? J'ai compris, elle est amoureuse de toi.
- Non, voyons ! Tu fais erreur !
- Alors pourquoi passe-t-elle ses journées avec toi et les autres ? Vous travaillez beaucoup je trouve.
- Je ne peux rien te dire sur notre travail. Crois-moi, entre Elora et moi, il ne se passe rien.
- Je la trouverai seul.

Bron et Hélène s'inquiétèrent de l'absence d'Elora. Elle devait les appeler du Sanctuaire pour savoir comment le superviseur souhaitait qu'ils réagissent face à la menace ennemie. Mais le téléphone n'avait plus sonné depuis des heures. Bron eut un vertige puis saisit sa tête à pleines mains. Il se tordit de douleur et ferma les yeux. Il vit Elora, pieds et mains liés, bâillonnée.

- Éric ! Elora est en danger. Je la vois assise, non, couchée. Elle est prisonnière. Ils l'ont eu Éric. Elle a froid. Je la sens vidée d'énergie. Elle est pâle. Gaël parle. Il psalmodie et retire tous ses pouvoirs, dit-il avant de revenir à lui.
- Ils vont sûrement nous proposer de l'échanger, réagit Hélène.

Luc était perdu. Il ne comprenait rien à la situation.

- Qu'est-ce que c'est cette histoire ? Où est Elora ?
- Je ne peux pas te l'expliquer. Bron, viens avec moi au Sanctuaire, on en saura davantage, là-bas.
- Je viens avec toi, dit Luc prestement.
- Non, c'est impossible. Je refuse.

Luc s'énerva et l'empoigna. Bron s'intercala pour éviter qu'une bagarre n'éclate et jeta Luc à la porte.

- Je crois que tu devrais partir Luc, le menaça-t-il.

Éric et Bron partirent en hâte pour ne pas perdre de temps. Obstiné, Luc les suivit discrètement.

Au laboratoire, Hélène était restée seule. Dans un coin de la pièce, le caisson hermétique se mit à vibrer de plus en plus, jusqu'à ce que le cadenas de l'ouverture cède. L'urne laissa alors échapper Dana. Son corps d'ectoplasme, masse lumineuse bleutée et semi-transparente, s'éleva et fit face à la jeune femme terrifiée devant ce spectacle. Dana, les cheveux longs, du rouge à lèvre dessinant les contours de sa bouche pulpeuse, une silhouette fine et une poitrine opulente, prononça quelques mots dans un celte très ancien et se tût.

Tandis qu'Hélène perdait de nouveau la raison, Dana se mit à rire aux éclats. Elle tendit son bras droit vers sa victime et Hélène sentit sa vie la quitter. Un voile lumineux et brillant sortit par sa bouche et alimenta Dana en énergie. En effet, tout être humain possède de l'énergie qui lui permet de vivre. On la renouvelle avec l'alimentation. C'est cette force que Dana lui déroba.

Sanctuaire,
15 h 07.

Éric informa Gwenc'Ron du message laissé par Elodie et Bron lui raconta sa vision.

- Il nous faut un plan d'action. Il est hors de question de dissoudre le Gorsedd. Il existe depuis des siècles et il ne s'est jamais aussi bien organisé que maintenant. Il a une mission très importante, il doit gérer toutes les annexes et organiser l'action des équipes de druides.
- Nous le savons chef, dit Éric.
- Nous ne pouvons pas non plus céder le Livre des Éléments.
- Qu'est-ce que c'est ?
- Non Bron, tes amis et toi n'êtes pas assez mûrs en sciences occultes pour que je vous révèle l'objet de son utilité. N'y voyez pas d'offense. Vous devez récupérer Elora avant l'échange. Enquêtez !
- Très bien, conclut Éric, ravi de pouvoir agir.

Depuis l'Université, Luc les avait suivis. Il entra silencieusement dans le Temple et écouta ce qu'ils disaient. Hélas, Éric pensa qu'un traître les espionnait et allait les attaquer. Il devança alors Luc et se retourna brusquement. Gwenc'Ron cria : « *Non !* ». Mais Éric avait déjà lancé son offensive. Luc fut soulevé du sol avec une violence inouïe et fut projeté à travers la salle avant d'être fracassé contre un mur. Luc retomba inerte et des traces de sang maculaient le mur de pierre. Le jeune homme perdit connaissance et Bron accourut pour le secourir. Il tenta d'appeler une ambulance avec son téléphone portable.

- Non Bron ! Je vais m'occuper de lui.

Tout d'abord surpris, il obéit aux ordres de Gwenc'Ron.

***

7

Un Profond Sommeil

Hélène sentit sa vie la quitter peu à peu. Ses efforts pour résister furent vains et inutiles. L'emprise de Dana sur son corps était trop puissante. Elle tenta de crier mais ses cordes vocales étaient paralysées, comme tous ses muscles. Personne ne pouvait l'entendre, ni lui venir en aide. Croyant que son heure était venue, bien que trop tôt, elle vit défiler sous ses yeux les événements importants de sa vie sous forme de flashes back rapides. Elle observa les yeux de Dana comme pour implorer sa pitié. Même cela fut sans effets. Dana n'avait pas la moindre humanité dans son âme.

Durant son calvaire, Luc était dans le coma, à l'hôpital. Gwenc'Ron avait pris la précaution de le confier à un médecin travaillant pour le Sanctuaire. Selon la procédure habituelle, le docteur l'avait branché à des machines pour surveiller ses rythmes cardiaque et respiratoire. L'équipe se tenait près de lui afin de le soutenir. Kéra, touchée par cette tragédie, lui tint la main et versa une larme en pensant à Elora qui ne pouvait être auprès de lui.

Au même instant, Elora parvint à se détacher. Elle tordit les liens et finit par défaire le nœud dont son ravisseur avait négligé la solidité. Elora observa attentivement les recoins de l'entrepôt et courut vers le parchemin de Gaël.

- Il faut que je récupère mes pouvoirs, pensa-t-elle.

Elora lut la formule censée les dégeler. Hélas, elle entendit les traîtres approcher. Il lui fallut fuir par une fenêtre pour leur échapper. N'ayant pas terminé sa lecture, elle ne put retrouver ses dons. A la hâte, elle enjamba une fenêtre et courut à toute allure.

Hélène devint pâle et Dana renforça son énergie d'esprit. Plus Hélène sombrait vers la mort, plus le fantôme perdait sa transparence pour devenir solide. La pauvre Hélène entendit le rire moqueur et victorieux de Dana mais, celui-ci s'éloigna jusqu'à ce qu'il devint inaudible. Puis sa vue baissa jusqu'à l'obscurité. Ses sens disparurent. Elle parvint juste à respirer. Elle s'endormit profondément et le coma l'envahit.

A l'hôpital, le médecin entra dans la chambre.

- Bonjour Gwenc'Ron ! Un accident ? demanda-t-il en regardant Luc.
- C'est ça, oui.
- Bien, j'ai les résultats de ses examens et ils ne sont pas bons. Luc est tombé dans le coma à la suite de sa commotion cérébrale. Tant qu'il ne se réveillera pas,

nous ne pourrons pas savoir s'il y a des séquelles et quelles seront leur étendue. Vous pouvez lui parler, il vous entendra. Son coma est léger mais je ne peux pas vous dire quand il se réveillera. Cela peut durer des heures ou des jours. Je suis désolé.

Tandis que le chirurgien quittait la pièce, le Superviseur réfléchit longuement.

- Bron, je veux que tu entres dans le subconscient de Luc pour aller le chercher. Montre-lui la sortie de son rêve, de son sommeil qui le retient prisonnier. Ramène-le à la réalité.
- Quoi ? Comment ?
- Tu es devin et ton pouvoir consiste à manipuler les rêves. Luc est captif de son propre songe. Son subconscient refuse de le laisser se réveiller. Le seul moyen de le faire revenir à l'état conscient est de lui montrer le chemin à suivre ou d'attendre que son cerveau se remette du choc et le libère lui-même. Mais cela prendra du temps, beaucoup de temps. Va le chercher Bron. Fait en sorte que Luc nous revienne.
- Mais c'est génial ! Je peux réveiller les comateux !
- Oui Bron, seulement si tu arrives à en sortir toi aussi.
- Expliquez-vous.
- Il est possible que le subconscient de Luc te prenne pour un intrus. Si c'est le cas, il te piégera toi aussi. C'est pour cela que ton contact psychique doit être très bref. Le temps te sera compté.
- Peu importe. Je dois le sauver. Comment dois-je faire ?
- Je vais te guider.
- Gwenc'Ron ! Un policier arrive, intervint Éric.
- Va t'occuper de lui. Utilise tes pouvoirs s'il le faut. Il doit classer cette affaire.
- Je n'aime pas vos méthodes, intervint Kéra.
- Nous n'avons pas le choix ma chère.

Éric sortit dans le couloir et intercepta l'inspecteur Bouzave, quadragénaire corpulent ayant l'habitude agaçante de mâcher des chewing-gums.

- Inspecteur ! Je m'appelle Éric Salvi, un ami de Luc Bonnet.
- Ah bonjour. Les médecins ont appelé la police. Je viens de rencontrer le chirurgien de la victime. Que s'est-il passé ?
Éric fut surpris par la présence de ce policier. Le médecin qui travaille pour le Sanctuaire aurait-il à son tour trahi les druides ? Probablement pas. C'était un vieil ami de Gwenc'Ron. C'était à n'en pas douter, une infirmière à l'origine de la fuite.
- Oh, une voiture l'aurait renversé. Je l'ai trouvé avec des collègues de travail. Il n'y avait aucun témoin. Personne.
- Oui, c'est également l'hypothèse du médecin. Il aurait été violemment projeté en arrière par un véhicule d'origine inconnue. Merci pour votre témoignage

monsieur Salvi. J'aurais besoin d'une confirmation de votre déposition par vos collègues.

- Bien sûr, ils sont dans la chambre. Mais pourraient-ils plutôt passer au commissariat ? Il ne faut pas trop déranger Luc.

A l'université, Dana continuait de puiser dans le peu d'énergie d'Hélène. La fille de Gradlon venait d'acquérir de nouvelles forces.

Bron réussit à entrer dans la tête de Luc et se retrouva dans son esprit. Tous deux étaient entourés de murs dans une pièce sans plafond. La noirceur des ténèbres envahissait l'espace au-dessus d'eux. Les cloisons mouvantes les obligeaient à bouger sans cesse d'une pièce à une autre, toutes semblables. Bron vit des traces jaune or au sol qui lui était suggéré par ses pouvoirs, telle une illusion. Il comprit rapidement qu'il s'agissait du chemin à suivre vers la sortie.

- Luc !
- Oui. Que se passe-t-il ?
- Tu es dans le coma, à l'hôpital. Tu as eu... Un accident. Tu dois te réveiller. Je vais te guider vers la sortie de ton subconscient. Suis-moi.

Soudain, Bron se réveilla en sursaut, cria et vit Hélène au seuil de la mort. Son pouvoir lui permettait de ressentir la détresse des gens. En communiquant avec Luc, il devenait sensible aux messages télépathiques imperceptibles par le commun des mortels que nous sommes.

- Bron ! cria Gwenc'Ron.
- Je vois Hélène, elle est morte, ou presque. Une femme l'a attaquée ! Elle est en danger ! dit Bron les yeux fermés.

Le devin, paniqué, quitta la tête de Luc. Éric remarqua que celui-ci revenait à lui et qu'il sortait du coma. Le chef ordonna à l'équipe de sortir de la chambre. Un regard suffit pour leur faire comprendre qu'il y avait urgence. A l'extérieur de l'hôpital, le superviseur leur assigna un ordre de mission.

- Éric, je veux que vous alliez à l'université. Hélène a besoin de vous.
- Et Elora ?
- Chaque chose en son temps. Vous savez que notre priorité est de protéger les civils. Au travail !

***

8

TRANSFERT

Campus Universitaire,
17 Octobre 2000,
17 h 18.

De retour au campus, l'équipe fouilla le laboratoire de fond en comble. Ils n'y trouvèrent ni Hélène, ni l'urne. La jeune femme et l'objet avaient disparu. Éric ne se l'expliquait pas. La vision de Bron se déroulait pourtant ici !

Au même moment, dans un couloir de l'université, au département de la direction, un homme portait un vase orné de pierres précieuses et surmonté d'un couvercle en or. C'était le doyen T-Rex qui transférait la relique. Dana pouvait à tout moment intervenir et s'emparer de son énergie vitale comme elle l'avait fait pour Hélène. Mais elle n'en fit rien. Il était plus prudent pour Dana de se déplacer.

De son côté, Luc eut l'impression que son crâne était vide. Il ne ressentait rien. Ses souvenirs n'existaient plus. Ses maints efforts pour rassembler des bribes de mémoire furent vains. Elora, qu'il avait tant aimé et qu'il aimait toujours, était sorti de sa tête. Il ne restait plus rien de leur histoire. Il ne se souvenait plus d'avoir espionné Éric au Sanctuaire, ce qui arrangea bien Gwenc'Ron. S'il parlait de l'agression qu'il avait subi et des phénomènes étranges dont il avait été le témoin et qui l'avaient amené à l'hôpital, ce serait embarrassant pour la direction du Sanctuaire, le Gorsedd.

Entrepôt,
18 h 59.

Tandis qu'Elora prenait la poudre d'escampette et trouvait une issue l'éloignant de l'entrepôt, Gaël l'intercepta à la grille qui donnait sur la rue.

- Pourquoi quitter votre hôte ? Il voulait justement vous rencontrer afin de conclure notre contrat.
- Quel contrat ? Je ne veux rien avoir affaire avec vous ! Et votre patron ferait mieux de s'inquiéter et de se rendre ! Lâchez-moi !
- Voyons Elora, vous allez me suivre sans faire d'histoire.

Les doigts de Gaël firent pression sur le bras d'Elora qui rougit et la fit souffrir. Plus elle se débattait, plus les doigts de Gaël se resserraient. Gaël était un homme bien bâti et d'une force légèrement au-dessus de la moyenne. Il la força à le suivre vers l'entrepôt qu'elle était pourtant parvenue à quitter. A l'intérieur, un homme d'une quarantaine d'années, barbu, robuste sans embonpoint, vêtu de noir, s'approcha d'elle. Gaël la relâcha et celle-ci fit un pas en arrière. L'individu d'âge moyen tendit sa main vers Elora qui ressentit de la peur. Une peur qui noue l'estomac et qui provoque un frisson qui parcoure le dos de haut en bas. Elle se souvint que Gwenc'Ron avait raconté l'histoire de cet homme. Il l'avait nommé Gwenc'Phel. En effet, dans sa mémoire, Elora retrouva des souvenirs de lui. Son superviseur avait déclaré qu'il était le premier traître, le premier druide qui avait osé défier les autres membres du Gorsedd dont il faisait partie. Il avait été banni pour avoir négligé son devoir de protection, à la fois des siens et des mortels. Il avait refusé de poursuivre l'œuvre du bien et avait été aveuglé par la puissance, le pouvoir. Après son exclusion, il promit vengeance et recruta des initiés devenus par là même des traîtres eux aussi.

- Gwenc'Ron m'a parlé de vous. Vous êtes le chef des traîtres, c'est ça ?
- Ah ! Ma réputation me précède à ce que je vois ! Oui mademoiselle, c'est exact. Mais je préfère considérer mon œuvre comme étant de l'épuration. J'aspire à l'éradication pure et simple de la sous race, les mortels. Je souhaite ouvrir un passage vers l'Autre Monde. Mais pour cela, il me faut le livre des éléments.
- C'est cela, et je suppose que vous serez le seul à posséder les pouvoirs du livre ? Le seul maître dont parle la légende. A ceci près que la légende précise que c'est un groupe qui le possédera. Attention à la fausse interprétation Gwenc'Phel. Pourquoi avoir choisi la voie du mal ?
- Je n'estime pas avoir choisi le mauvais chemin très chère, ni m'être égaré. Au contraire, j'ai de vastes projets qui me mèneront à mon but ultime. Mais cessons là les civilités et les confidences. Venons-en au problème qui nous occupe. Vous avez quelque chose qui m'intéresse au plus haut point. Nous pouvons négocier.
- Si vous faites allusion au livre, c'est raté ! Aucune négociation possible. Nous préférons crever plutôt que de vous le céder !
- Voyons, ne vous emportez pas. Donnez-le-moi et vous aurez la vie sauve. Pensez à vos amis qui se font du souci pour vous. Gagnons du temps.
- Allez au Diable !
- J'y penserais, plus tard. Où est le livre ?
- Jamais !
- Savez-vous ce que contient ce manuscrit ?
- Des pierres de runes ayant appartenu au premier druide de la Terre. Elles lui auraient été données par les Dieux eux-mêmes, selon la légende.
- Oui, mais bien plus que cela encore. Je constate que Gwenc'Ron a omis volontairement quelques détails. Et je ne comblerais pas ces lacunes. Où est le livre ?

Sanctuaire,
19 h 24.

Dans le dédale des couloirs du temple principal, Gwenc'Ron descendit les escaliers qui le menèrent au niveau moins un. Dans le sous-sol, il ouvrit une porte si vieille qu'elle était rongée par les mites qui en faisaient leur festin. Les gonds grincèrent et émirent des cris de douleurs. Il traversa une pièce faiblement éclairée par des cierges et quelques bougies. Au centre de la salle s'élevaient des pierres disposées en cercle fermé. Elles ressemblaient à des dolmens, ces gros menhirs portés par Obélix. Là, trois Grands Druides attendaient.

- Bonsoir Gwenc'Ron. Nous vous attendions. Celui-ci parut surpris.

- Nous possédons la connaissance. L'auriez-vous occulté de votre mémoire ? rappela une blonde aux cheveux or et bouclés, arborant une poitrine élégamment mise en valeur par une tunique blanche qui lui donnait un aspect irréel, issue d'un rêve. Elle avait un charisme important et savait s'imposer. De taille moyenne, cette quadragénaire croisa les regards de ses deux collègues. Ness était la seule Grande Druidesse membre du Gorsedd. Les deux hommes, Pat, aux longs cheveux brun arrivant aux épaules, une barbe effacée et portant une aube bleue décorée de motifs géométriques sur les bords des manches, se tenait à la droite de Ness ; à côté du quinquagénaire, Bann était mince, châtain, portait une tunique blanche avec des bandes dorées et un médaillon représentant la croix celtique dans un cercle : symbole de puissance et de pouvoir. Il complétait le groupe de dirigeants. Mais ces derniers temps, une place était restée vacante, celle de Gwenc'Phel, le traître.

- Quel chemin dois-je suivre ? Je suis perdu. Gwenc'Phel était l'un des vôtres. Aujourd'hui, nous devons le combattre. J'ai souvent été proche de lui. C'était mon ami.

- Nous le savons. Bien des épreuves attendent la vie des humains et bien plus encore celle des druides. Gwenc'Phel s'est égaré, aveuglé par le pouvoir que procure la magie. Il a occulté les enseignements qu'il a reçus et qui ont fait de lui le Grand Druide qu'il a été. Il n'est plus celui que vous avez connu. Il est mort, il a perdu son âme pour l'éternité. C'est pour nous et pour vous l'occasion de nous remettre en question. Avons-nous retenu les lois primaires de notre enseignement ? commença Ness.

- Il est de votre devoir de mettre un terme au danger qu'il représente pour notre communauté. Bientôt, des humains mourront et nul ne pourra l'empêcher. Mais contrer Gwenc'Phel afin qu'il n'y ait d'autres victimes est essentiel, continua Bann.

- Mes initiés ! Sont-ils menacés ?

- Ils l'ont toujours été. Depuis le jour où le traître a été banni du Sanctuaire. Il vous appartient de les protéger. Utilisez les moyens nécessaires pour y parvenir. Mais sous aucun prétexte, Gwenc'Phel ne doit découvrir la cachette du Livre. Il en va de la survie de l'humanité.

- Caresser les mêmes desseins que lui serait suicidaire. Nombre d'entre les initiés le savent. Pourtant, tous les jours il y en a qui nous quittent pour rejoindre sa cause, le mal. Nous tenons à vous garder près de nous, Gwenc'Ron. Peut-être un jour prochain deviendrez-vous un Grand Druide. Une place vous est désormais réservée. A vous de nous montrer que vous la méritez. Nous comptons sur vous, conclut Pat.

Temple Principal,
19 h 58.

L'équipe était réunie afin de recevoir les ordres de leur chef. Ils attendaient beaucoup du plan de leur superviseur. Il fallait sauver à la fois Hélène et Elora. Tout en veillant à ne pas être vaincu par Gwenc'Phel.

- Hélène représente une priorité. Elle est mortelle et hors de notre communauté. Il faut la retrouver.
Depuis sa vision à l'hôpital, Bron n'a plus eu de contact psychique ou télépathique avec Hélène. Or, il lui était impossible de provoquer son pouvoir dans l'état de ses connaissances actuelles. Le superviseur profita de cette réunion pour le féliciter de son intégration rapide dans le groupe.
- J'ai compris que c'est ma voie. Lutter contre son destin est inutile. Il aurait fini par me rattraper. J'ai eu peur de la magie et j'en ai encore la frousse aujourd'hui. Mais je dois faire avec, je crois.
- Oui, j'ai connu cela moi aussi. Au début on est dérouté, ensuite on est excité par l'aventure et l'inconnu, dit Éric.
- Mais il faut garder la tête sur les épaules malgré tout, intervint Gwenc'Ron pour conclure.

Campus Universitaire,
Département D'Histoire,
Musée De l'Université,
18 Octobre 2000,
09 h 00.

Le doyen, surnommé T-REX par l'ensemble des étudiants pour son caractère et son comportement agressif envers la discipline et le règlement, confia l'urne de Dana au musée de l'Université. L'objet fut déposé dans une réserve avant son exposition prochaine parmi les reliques qui constituaient ce lieu.

Dana apparut près de l'urne dès que le doyen eut tourné le dos. Le corps agonisant d'Hélène se matérialisa à ses pieds. Dana perdit alors son aspect et s'empara du corps de la jeune femme très affaiblie. Hélène, dès lors possédée, se releva débordante de vie. Mais son âme était désormais captive de son propre corps. Elle sortit du musée et se mêla aux étudiants, nombreux sur le campus. Elle se mit à la recherche d'un bel étalon pour en faire son amant. Mais ce fut Dana qui avait ses pulsions sexuelles. Comme par le passé, mettrait-elle fin à la vie de son amant après s'être accouplé avec lui ?

***

9

Nouvelle Attaque

19 Octobre 2000.

Le lendemain, Luc sortit de l'hôpital. Les médecins lui indiquèrent qu'il était semi-amnésique et que cette situation risquait de durer longtemps. Ed Sévier vint lui rendre visite avant sa sortie. Il portait un jean et un sweat bleu marine qui moulait ses muscles, et un long manteau en cuir.

- Alors Luc, content de se tirer ?
- Oui, c'est déprimant l'hôpital.
- Je suis d'accord, je déteste cet endroit. Ça me fait froid dans le dos de savoir qu'un patient a perdu la vie dans mon plumard.
- Sortons de cette chambre.

A l'extérieur, la neige tombait à gros flocons.

- Ed, tu as oublié ton chameau !
- Quoi ?
- Pardon, ton chapeau. Le toubib m'a dit que ça m'arriverait de prendre un pot pour un autre. Euh, un mot. Tu vois ! Ça recommence ! Je ne le fait pas exprès.
- Eh ! Avec le coup que tu as reçu sur la tête, moi aussi je confondrais ma mère avec un éléphant.
- Oui, mais en attendant que je recouvre la mémoire, c'est chiant !
- Oh fait, Elora est venue te voir ?
- Qui ?
- Elora... Ne me dit pas que tu ne te souviens pas de ce joli canon ! Elora, ta copine.
- Non, je ne...
- Eh bien ! Tu n'as pas intérêt de lui dire en face que tu ne te souviens plus d'elle ! Remarque, ça ne m'étonne pas qu'elle ne soit pas venue te voir. Elle t'a plaqué. Mais tu pourrais te battre pour la récupérer. A moins que tu ne profites de l'occasion pour l'oublier et passer à une autre ! Je t'emmène sortir ! Je vais te dénicher une nouvelle nana ! Tous deux montèrent alors dans la voiture et quittèrent l'hôpital.

L'équipe continua de chercher Hélène sans succès et retourna au Sanctuaire pour collecter des informations utiles en détaillant la lecture des journaux. Peut-être un article parlait-il d'elle ?

Un bruit sourd fit sursauter Kéra qui ouvrit la porte en chêne massif afin d'en trouver l'origine. Une dizaine de traîtres firent irruption dans la grande salle et l'agressèrent. Taillés dans le roc, Gwenc'Phel les avait conditionnés pour le combat, en avait fait des guerriers dotés de pouvoirs pour appuyer leur puissance. Afin de se défendre, celle-ci donna des coups de poings qui freinèrent leur rage et souffla une bougie. Dès lors, ce furent toutes les torches de la pièce qui furent éteintes. La pièce fut envahie par l'obscurité mais l'un des assaillants alluma un flambeau du bout de son index. Éric accourut avec les autres membres de l'équipe et psalmodia en positionnant la paume de sa main droite devant lui :

- Pouvoirs du ciel et de l'enfer, qu'un bouclier me soit offert !

En réponse à son incantation, un écran bleuté apparut devant lui. Pendant ce temps, les autres druides, tout aussi surpris, se mêlèrent au combat. Plusieurs d'entre eux tombèrent sous les rayons d'énergie pure (chauffant à plus de 1000°) sortis des baguettes des druides traîtres. Très vite, la situation s'envenima. Quatre traîtres attaquèrent le bouclier simultanément. Celui-ci ne put tenir que quelques secondes avant d'exploser. Attirés par le vacarme et les cris des combattants, Gwenc'Ron, Ness, Pat et Bann intervinrent. Ils se regroupèrent en cercle et formulèrent une incantation en chœur.

- « Dieux issus des cieux, permettez à ces esprits du mal d'être séparés de leurs corps jusqu'à leur mort ! ».

Dès lors, les traîtres perdirent la tête. Certains sifflèrent, se prenant pour des volailles ; d'autres chantèrent, s'imaginant choriste ou ténor. Le combat prit fin face à des individus dénués de danger.

- Qu'avez-vous fait ? demanda Bron à Gwenc'Ron.
- C'est une formule de déphasage. Leurs esprits ont été séparés de leurs corps. Ils sont devenus fous.
- Et qui sont-ils ? continua-t-il en désignant Ness, Pat et Bann.
- Ce sont nos supérieurs. Ils appartiennent au célèbre Gorsedd.
- Comment ces rebelles ont-ils pu entrer ? demanda Éric.
- Je l'ignore, mais il va falloir le découvrir.
- Nous vous chargeons de cette enquête. Nous allons renforcer la surveillance, répondit Ness en partant.
- Je vais devoir aller travailler, continua Bron.
- Tu peux y aller. On va se débrouiller, le libéra Éric.

La sécurité du Sanctuaire fut renforcée ? De nombreux druides furent appelés pour compléter les protections. Bron devait retourner au musée afin de garder son emploi. Éric et Kéra pouvaient se passer de ses services pour le moment.

**Université,
Département Du Musée,
10 h 28.**

Bron était dans son bureau. Il lut une feuille déposée par son patron, lui imposant d'effectuer un inventaire. Contrarié, il déchira la page et la jeta dans une poubelle. Bron quitta la pièce, franchit un couloir, descendit des escaliers et se retrouva dans la salle des reliques : épées antiques, émeraudes, saphirs, diamants, sceptres, couronnes, vêtements datant du moyen âge... Il y en avait pour des millions d'euros. Bron les connaissaient par chœur : leur lieu d'origine, qui les avait porté, leur prix, la date de fabrication. Bien entendu, cela n'était qu'une faible étendue de son talent.

Bron Delorme croisa son patron qui lui adressa un regard inquiet. Allaient-ils terminer l'inventaire avant l'ouverture de l'exposition ? Dans la pièce servant à entreposer les objets d'art avant la présentation devant le grand public, Bron aperçu l'urne. Il jeta un regard furtif autour de lui et ne vit personne. Il se rua dessus et saisit son téléphone portable. Il composa le numéro d'Éric et attendit la connexion.

- Éric ! C'est Bron. J'ai un problème au musée. Je dois effectuer un inventaire pour mon boss et l'urne est ici. Je l'ai retrouvée. J'ignore comment elle a pu atterrir là. A moins que le doyen n'ait mis la main dessus, auquel cas il l'a portée au musée.
- Peux-tu la dissimuler un moment, j'arrive aussi vite que possible.
- D'accord, mais dépêche-toi !

Pendant ce temps, Dana, qui s'était emparée du corps d'Hélène, entra dans une chambre d'hôtel, loin du vase. Elle s'y réveilla nue, dans un grand lit, aux côtés d'un bel homme d'une vingtaine d'années, endormi. Celui-ci ouvrit les yeux et caressa Dana, toujours dans le corps d'Hélène. Soudain, durant l'acte sexuel, Dana se mit en colère et hurla de rage. Elle sortit du lit, se rhabilla en hâte et quitta la chambre aussitôt. Le bel étranger qui ne comprenait pas son comportement la poursuivit. Dans le couloir, elle se rua sur lui et le poussa par une large fenêtre avec une force et une violence impressionnante. Tombé du cinquième étage, le jeune homme était étalé en pleine rue, nu, au bas de l'hôtel. Des passants hurlèrent de terreur en voyant ce corps inanimé, vide de vie.

Une demi-heure plus tard, la police s'affairait pour enquêter. Des inspecteurs interrogèrent le gérant de l'immeuble qui leur raconta avoir vu cet homme entrer dans la chambre et ne pas les avoir vu en sortir. L'inspecteur Bouzave s'intéressait de près à cette affaire et lança un mandat d'arrêt au nom d'une belle inconnue. Allait-il découvrir qu'il s'agissait d'Hélène, pourtant innocente ?

Musée,
11 h 39.

Éric, Kéra et Bron observèrent l'urne ouverte et vide. Ils ne remarquèrent rien de particulier.

- « Tu crois qu'Hélène et Dana sont là-dedans Éric ? » demanda Bron.
- « Je l'ignore. » s'enquit-il.

Soudain, ils entendirent l'alarme retentir. Kéra se retourna et aperçut Hélène. Elle courut la rejoindre mais il était trop tard lorsqu'elle eut atteint le lieu où elle l'avait vue.

- Qu'y-a-t-il Kéra ? questionna Bron.
- Elle était là ! Je l'ai vue ! Hélène.

Tous trois se regardèrent avec étonnement.

Deux heures plus tard, l'inspecteur Bouzave entra dans le campus. Au musée, il interrogea Bron et son patron. Tandis que son supérieur devait quitter la ville pour affaire, ce fut Bron qui s'occupa de déclarer le vol et de gérer le musée en son absence.

- Il ne manque pas de culot ! Partir alors qu'il y a eu un vol ! s'insurgea-t-il devant Éric et Kéra, les seuls témoins.
- Pardonnez-moi messieurs, madame, j'aurais quelques questions à vous poser, dit l'inspecteur.
- Faites donc, je m'appelle Bron Delorme, voici mes amis Éric et Kéra. Excusez mon patron pour s'être si vite échappé. Il a beaucoup de travail, moi aussi d'ailleurs.
- Avez-vous vu quoi que ce soit qui pourrait m'aider à retrouver le responsable ?
- Hélas non. Au moment où j'ai aperçu une ombre, elle s'était déjà évaporée, répondit Kéra.
- Un homme ou une femme ?
- Je ne sais pas. Ça s'est passé trop vite. Je suis désolée.
- Quel genre d'objet vous a-t-on volé monsieur Delorme ?
- Un vieux poignard datant du début du christianisme. Il a une valeur... Deux millions six cent quatre-vingt-deux mille neuf cent vingt-six Euros et quatre-vingt cents, je crois.
- Oh, c'est énorme pour un canif !
- Un canif ! Voyons, c'est une pièce d'une très grande beauté ! C'est une insulte envers cet objet unique au monde ! Si vous n'avez plus de questions...
- Inspecteur, vous l'avez irrité, plaisanta Éric.

Bron avait été choqué par cette réaction. L'inspecteur semblait n'avoir aucun respect pour l'art. Une fois la police partie, Bron consulta de vieux livres pour faire des recherches.

- Je savais que j'avais vu ça quelque part. Le poignard qui a été subtilisé peut très bien appartenir à Dana elle-même. Les dates correspondent. J'admets que ce n'est que pure spéculation, mais nous n'avons que cette piste.

- Selon toi, Dana aurait récupéré son poignard pour... commença Kéra.

- Assassiner. De son vivant, Dana était une peste luxurieuse. Elle couchait avec des amants d'une nuit et les poignardait en plein cœur à leur réveil. Elle va réitérer ses crimes ici, dans cette ville. Nous devons l'en empêcher !

- Une petite minute ! Tu dis avoir vu Hélène. Et les visions de Bron alors ? réfléchit Éric.

- Je viens d'avoir une très vilaine supposition.

- Laquelle Kéra ?

- Et si Dana et Hélène n'étaient qu'une seule et même personne ?

***

10
COURSE CONTRE
LA MONTRE

**Sanctuaire,
20 Octobre 2000,
9 h 15.**

L'équipe travaillait sur un plan d'action pour rechercher Hélène lorsque des druides firent irruption dans la grande salle principale du Temple. Ils tenaient un traître enchaîné. Roux, des tâches parsemées sur son visage, très bodybuildé, il tirait sur ses entraves dans l'espoir de s'en dégager. Mais les druides affermirent leur poigne.

- Que se passe-t-il ? demanda Éric aux gardiens.
- Nous l'avons trouvé à l'entrée. Il dit être porteur d'un message de Gwenc'Phel. Nous voulons le montrer à votre superviseur.
- Merci mais ce ne sera pas la peine. Je peux m'en occuper. Laissez-nous.
- Bien, tu en prends la responsabilité Éric.
- Je te rappelle que je suis archi-druide. Merci de me le laisser.

Il s'approcha du traître et le regarda d'un air méchant.

- Alors Benoît, que fais-tu dans la gueule du loup si ce n'est pour nous poster un message.
- Tu le connais ? demanda Kéra surprise.
- Oui, il me connaît. Après trois longues années passées à étudier et s'entraîner ensemble, il aurait été insultant de ne pas me reconnaître.
- Crache le morceau Benoît, je meurs d'envie de te foutre une raclée et de te ré inculquer les règles que tu ne respectes plus.
- Gwenc'Phel a de la chance de pouvoir bénéficier d'un tête-à-tête avec Elora. C'est un joli morceau. Je me la ferais bien. Mais là n'est pas l'objet de ma visite, ou pas tout à fait. Mon chef veut l'échanger contre le Livre des Éléments. Nous avons bien essayé de vous le prendre, mais l'accueil du Gorsedd ne fut pas très chaleureux.
- Tu n'auras jamais ce livre Benoît. Tu le sais, intervint Kéra.
- Mais la vie d'Elora est en jeu. Et si vous tardez, je demanderais à Gwenc'Phel de me la prêter. Dix minutes suffiront pour satisfaire mon plaisir. Même au détriment du sien.
- Si tu la touches, tu es un homme mort ! Et je pulvériserais ta carcasse avec mes pouvoirs ! attaqua Éric qui lui serra la gorge pour l'étrangler.
- Arrête Éric ! Lâche-le !

- Tu as de la chance que nous ne soyons pas seuls, poursuivit Éric, rouge de rage et les yeux injectés de sang.

Gwenc'Ron arriva et Éric lâcha prise. Benoît inspira longuement de l'air pour reprendre son souffle. Le Superviseur fit libérer le prisonnier afin de garantir, pour le moment, la survie d'Elora.

- Calme-toi Éric ! Tu risques d'endommager tes pouvoirs. Tu sais que les druides doivent gérer leurs émotions.
- Oui chef mais...
- Il n'y a pas de « *mais* » !
- Ils veulent l'échanger contre le livre. Nous avons peu de temps. Donnez-le lui chef.
- Il n'en n'est pas question ! Il représente notre fin si Gwenc'Phel le dérobe. Nous devons trouver un moyen de récupérer Elora sans céder.
- Je ne vois pas comment.
- Nous allons accepter l'échange mais vous devrez protéger le livre. Il faudra le leurrer. Il ne devra pas s'en emparer. Faites d'une pierre deux coups.
- Et pour Hélène ?
- Tu vas enquêter avec Bron. Kéra restera ici pour vous prévenir s'il y a du nouveau. Gwenc'Phel va devoir nous contacter pour nous donner le lieu et l'heure du rendez-vous. Pour l'instant, il nous laisse réfléchir. Nous disposons peut-être de quelques jours.
- Le plus vite sera le mieux. Pendant ce temps, Elora est entre leurs sales pattes.
- Je le sais Éric.

Le soir venu, Dana chercha un mâle pour la nuit. Elle trouva par hasard, à la sortie d'une boîte de nuit, un adolescent de seize ans mûr pour son âge. Ils trouvèrent un hôtel et firent l'amour toute la nuit. Au petit matin, Hélène se réveilla et embrassa une dernière fois le jeune homme avant de le poignarder en plein cœur. Le directeur de l'hôtel entra dans la chambre, assez miteuse soit-dit en passant, alerté par des hurlements. Il vit Hélène au-dessus du cadavre, le couteau souillé de sang à la main. Celle-ci se jeta à sa gorge et le corps du pauvre homme tomba inerte à son tour, égorgé d'une incision nette et rapide.

Appartement d'Éric Salvi, 21 Octobre 2000.

Éric se leva et lut le journal. En gros titres, à la une, un article tout entier parlait de corps retrouvés, poignardés. L'inspecteur Bouzave se chargeait de l'enquête et semblait être sur une piste sérieuse. Une étudiante du campus serait, selon lui, à l'origine de ce massacre. Éric s'inquiéta et fit aussitôt le rapprochement. Il appela

Bron en hâte, puis Kéra. Tous trois se donnèrent rendez-vous au Sanctuaire pour en discuter.

Sanctuaire,
Une Heure Plus Tard.

- C'est Dana, j'en suis convaincu. Elle a tué deux de ses amants et un homme qui la dérangeait. Elle est devenue très dangereuse. La pauvre Hélène sera bientôt accusée de ce triple meurtre.

- En temps ordinaire je dirais que ta théorie est tirée par les cheveux Éric, mais il faut admettre que c'est la seule hypothèse envisageable. De plus, l'article parle d'un poignard antique, répondit Bron.

- Il n'y a plus de doute, conclut Kéra.

Ils reconnurent qu'il fallait maintenant la trouver avant la nuit ou un autre assassinat serait commis.

Sur le campus universitaire, l'inspecteur posa de nombreuses questions très dérangeantes. Ses soupçons se précisèrent avec la description d'Hélène, faite par un témoin l'ayant vue avec une victime entrer dans l'hôtel.

Éric et Bron fouillèrent la ville en voiture. Plusieurs heures s'écoulèrent avant qu'ils ne retrouvent Hélène, au coin d'une rue, parfaitement désorientée. Ils descendirent du véhicule et piégèrent la jeune femme dans une ruelle isolée. Acculée contre un mur de briques rouges, entre plusieurs poubelles métalliques, Hélène se mit à parler dans un ancien dialecte celte qui confirma aux yeux de ses amis que Dana possédait bien son corps.

Hélène ne disposait plus d'issue pour fuir. Éric et Bron lui firent face. Éric eut une idée. Il ferma les yeux et se concentra. Bron ignorait l'objectif de son action mais lui faisait confiance. Pourtant, lorsque celui-ci défaillit, perdit connaissance et s'écroula au sol, il ne put s'empêcher de paniquer. Un large sourire se dessina sur le visage d'Hélène. Elle tendit les bras vers lui pour l'attaquer.

***

11
TRANSMIGRATION

Éric était étendu par terre. Un halo de lumière distinguait les contours de son corps. Ce fut son âme qui s'éleva au-dessus de lui. Bron était très inquiet. Il vit Hélène s'approcher dangereusement de lui et l'âme d'Éric qui attirait sa curiosité.

- Qu'est-ce donc ? se demanda-t-il.

Le spectacle qui s'en suivit fut étonnant. L'esprit d'Éric attaqua le corps d'Hélène et y délogea l'intruse. Hélène tomba à son tour et le fantôme de Dana fut expulsé avec force. Celle-ci ne comprit pas immédiatement ce qui lui arrivait. Hélène était dans un sommeil léger, dénuée de forces et le corps, meurtri par les aventures sexuelles de Dana, perdit toutes ses marques. Éric saisit Dana par le bras et curieusement, comme attirée par une force inconnue, l'urne apparut près d'eux et il profita de l'occasion pour l'y enfermer.

Dana perdit la bataille, ses forces et ses pouvoirs de colère. A contrario, Hélène se remit de cette histoire et retrouva toutes ses forces, ses capacités et sa raison. Elle n'avait plus le moindre souvenir des hommes avec qui elle avait couché.

- Ah, je suis heureuse de récupérer mes cheveux blonds et l'usage de mon corps. Lorsqu'elle était en moi, je ne sentais même plus mes seins !

Elle les saisit en souriant. Puis, elle regarda Éric réintégrer son organisme.

- Rien n'est gagné. Dana pourra ressortir de son vase dès que quelqu'un aura la mauvaise idée d'ouvrir le couvercle. Si elle reprend de l'énergie, elle donnera la folie à qui s'appropriera l'urne et elle entrera en lui comme elle l'a fait pour toi. Heureusement, sa puissance était moyenne. Imaginez si Dana avait prit le contrôle d'un homme, fit remarquer Bron.
- On peut dire que tu es optimiste toi ! intervint Hélène.
- Afin d'éviter que cela se reproduise, je vous propose mon aide. Ravi de vous voir en forme Hélène. Vous refusez toujours de venir au Sanctuaire ? dit Gwenc'Ron qui, semble-t-il, n'était pas bien loin de ses élèves lors de l'affrontement.
- Oui Gwenc'Ron et vous savez pourquoi. Je ne serais jamais prête à... Je préfère vous aider d'aussi loin que je peux. Bon, je vais rentrer chez moi maintenant. J'ai besoin de repos.
- Éric, donne-moi l'urne. Je vais l'emporter au Sanctuaire, elle y sera étroitement surveillée. Autre chose, le Gorsedd a travaillé dur et a réussi à localiser Gwenc'Phel et ses acolytes. J'ai noté l'adresse sur ce papier. Rejoignez Kéra là-bas

et attaquez sans plus attendre. La surprise est la meilleure défense et notre unique espoir de récupérer Elora vivante. Bonne chance.

Bron s'apprêtait à suivre Éric mais celui-ci refusa.

- Non Bron, tu es novice. Tu n'es pas de taille à affronter les traîtres. Si je dois te protéger, je ne serai pas efficace dans notre action. Je suis désolé, je t'inviterai à une autre fête, plus tard, pour leur botter le cul et les remettre sur le droit chemin.
- Mes visions t'aideront peut-être !
- Bron, raccompagne Hélène chez elle et veille à ce qu'elle prenne du repos, ordonna le superviseur ne lui laissant pas le choix.

Ouest De Brest, Une Heure Plus Tard.

Éric rejoignit Kéra à l'entrepôt et la serra dans ses bras musclés. Tous deux avaient peur d'affronter le pire ennemi du Sanctuaire et de la communauté druidique. Ils trouvèrent une grille qui leur fit barrage. Kéra se concentra sur la serrure et la fractura à la force de son esprit, ce qui ne fut pas facile et entama son énergie.

Des gardiens entravèrent leur route mais ils n'eurent pas le temps de faire la conversation. Ils jetèrent à leurs pieds une espèce de potion qui produisit de la fumée. Ceux-ci l'inhalèrent et se pétrifièrent. Ils ne pouvaient bouger, ni parler. Seuls leurs yeux étaient libres de se mouvoir dans leurs orbites.

L'entrée libérée, ils pénétrèrent dans l'entrepôt. Éric et Kéra découvrirent Gwenc'Phel, énervé par la lenteur des événements. Pourquoi n'avait-il pas encore le livre entre ses mains ? Afin de se calmer, il décida de méditer. Il s'assit dans un fauteuil et ferma les yeux.

- Nous devons en profiter Kéra. Regarde sur l'autel, il y a un parchemin. Libère Elora pendant que je vais le chercher.
- D'accord.

Kéra pressa le pas. Pour ne pas se faire remarquer, elle fit de grands pas silencieux. Elle se rapprocha assez vite de son amie, ligotée à un poteau. Kéra vit des liens qui ne pouvaient pas se défaire avec une simple lame. Elle tendit ses mains vers la corde enduite de sang de poulet, donc ensorcelée, et une étincelle devint une foudre. Les liens tombèrent et Elora se précipita vers Éric.

Hélas, les pouvoirs de Kéra n'étaient guère silencieux. Les traîtres furent alertés par le bruit émis par l'éclair. Éric comprit rapidement que le parchemin était un document comportant une formule. Elle avait gelé les pouvoirs d'Elora. Cette dernière saisit la page et s'apprêta à la lire à haute voix. Malheureusement,

Gwenc'Phel avait pris une précaution : l'incantation était écrite en lettres runiques, ce qui compliqua les choses.

Éric mit du temps à traduire les phrases. Pendant ce temps, Kéra usa les dernières forces qui lui restaient. Elle les rassembla en une boule de feu qu'elle projeta contre trois traîtres. Ceux-ci furent soulevés par la puissance du souffle et s'écrasèrent contre un mur. Mais de nombreux autres complices de Gwenc'Phel surgirent. Leur chef interrompit sa méditation pour les rejoindre au combat.

Éric parvint à déchiffrer le code et psalmodia :

- *Par ces quelques mots tes pouvoirs te sont rendus de nouveau. Que les Eternels te confient l'Élément de l'Air afin que tu sauves la Terre.*

Elora retrouva ses pouvoirs acquis lors de son enseignement au Sanctuaire. Elle se rapprocha de Kéra, et Éric se tint près d'elles. Ils choisirent de rester groupés.

- Assez ! Comment osez-vous agresser mes hommes ? Elora, tu n'as aucune chance de t'en sortir vivante alors cesse cette rébellion ! vociféra Gwenc'Phel. Visiblement, sa méditation n'avait eu aucun effet sur lui.
- Jamais ! Nous vous ordonnons à tous de vous rendre ! Le Gorsedd est la seule compétente pour statuer sur votre sort ! Rendez-vous et nous serons indulgents ! Si vous résistez, nous vous arrêterons par la force !

Le ton d'Elora était de plus en plus branlant. Tous ses mots vibrèrent tellement que sa peur s'entendit. Les traîtres se mirent à rire. Elle n'était pas du tout convaincante.

- Elora, sans vouloir te vexer, j'ai l'impression que tu manques d'autorité, lui dit Eric.
- Tu crois ?

Elora s'énerva et aligna de nombreux coups de poings à leurs ennemis. Désirant avoir plus d'impact sur eux, elle poursuivit avec des coups de pieds et usa finalement de ses formules. Lors de la bataille, Gwenc'Phel perdit la moitié de ses hommes. De son côté, Eric sortit de la poudre de sa poche qu'il parvint à souffler sur Gwenc'Phel. Il fut paralysé de la tête aux pieds. Hélas, sa puissance leur fut encore prouvée. Il se libéra du sort aisément et le retourna contre Eric. Le druide réussit à éviter le jet de poudre qui l'aurait à son tour maîtrisé s'il l'avait touché.
 Le chef des traîtres commanda le repli de ses troupes. Avant de battre lui aussi en retraite, il leur fit face.

- Ne pensez pas m'avoir vaincu ! Vous vous tromperiez amèrement. J'ai bien d'autres ressources, croyez-moi. Vous auriez peut-être survécu si vous aviez obéi à mon désir. Je n'y serai pour rien si vous périssez. Vous avez fait votre choix, je ferai le mien. Adieu !

- Attendez une minute ! Vous parlez comme si vous aviez gagné, alors que vous fuyez ! rétorqua Kéra.

Gwenc'Phel sourit et disparut. Eric regarda les filles dans les yeux avec crainte.

- Vous croyez que Gwenc'Phel utilisera la magie contre nous ? Et si... s'interrompit Eric. Il tourna la tête vers l'autel et ils entendirent un « *bip* » régulier.
- UNE BOMBE ! hurlèrent-ils trop tard.

L'entrepôt tout entier explosa. Des débris de tôle volèrent en tous sens. Des boules de feu émises par la déflagration envahirent l'espace intérieur du bâtiment. Avaient-ils la moindre chance de survivre ? Tout l'édifice trembla et les murs, le plafond, explosèrent à leur tour en morceaux.

Université,
Au Même Moment,
Bibliothèque.

Bron fit des recherches pour son travail au musée. Il avait été écarté du combat par Eric. Il se sentait rejeté. Peut-être valait-il mieux que ce soit ainsi ? Il observa les grandes étagères et dénicha l'objet de sa convoitise. A l'angle d'un des couloirs, il aperçut Ben qu'il salua.

- Ben ! Comment vas-tu ?
- Bien. Ça fait un moment que je ne t'ai pas vu !
- Oui. Toujours à la bibliothèque ?
- Oh, j'ai un article à rendre dans un mois pour un journal. Je fais les dernières retouches.
- Je pourrai le lire ?
- Si tu veux. Oh fait, j'organise une fête dans la résidence de mes parents. Il y aura plein de monde de l'Université. Tu peux y venir si ça te dit !
- Oui, ça me plairait bien.
- Elle aura lieu ce weekend-end. Pour l'adresse, j'ai mis des affiches un peu partout. N'hésite pas, on va bien se marrer. Salut !

Ben s'éloigna laissant Bron au travail. Plus tard, il se rendit au laboratoire numéro quatre, au deuxième étage.

- Écoute ça. Dans l'urne, un druide avait placé un organe de Dana, la fille de Gradlon. Il a jeté une malédiction sur l'objet afin de faire perdre la raison à tous ceux qui voudraient se l'approprier et l'ouvrir. Ce druide était étranger à Is. Il aurait retrouvé le corps de Dana après que celle-ci, pour se venger de l'autorité de son père, aurait ouvert les vannes protégeant la ville. Elle fut rapidement submergée.

Tous les habitants périrent, y compris Dana. Le roi a juste eu le temps de fuir sur son cheval. Le druide connaissait des souterrains qui lui permirent de survivre. Plus tard, il récupéra la princesse et conserva son cœur ténébreux. Du moins, d'après ce vieux manuscrit. Si un druide a connu Dana, les fichiers du Sanctuaire pourront nous dire de qui il s'agit, conta Hélène.

- Tu as raison. Gwenc'Ron peut faire des recherches dans la base de données.

- Tu sais ce qu'il y a de bien avec les ordinateurs Bron ? C'est que l'on peut interroger une base de données de n'importe où dans le monde. Y compris d'ici !

- Non, tu veux pirater l'unité de mémoire du Sanctuaire ? Si le Superviseur apprend ça...

- Mais non. De toute manière, ce n'est pas vraiment du piratage puisque c'est une enquête qui nous a été confiée. On s'informe, c'est tout !

- Peut-être, oui, mais c'est surtout pour gagner du temps. Je ne pense pas que Gwenc'Ron apprécierait. Il réfléchit un instant.

- Après tout.

Hélène se connecta ensuite au réseau du Sanctuaire.

- J'avais raison. Il y a un fichier concernant cette époque. Ce druide s'appelait Théodorus. Il serait encore en vie de nos jours.

- Tu dois faire une erreur. C'est impossible !

- Avec les gens du Sanctuaire, tu peux t'attendre à tout ! Tu imagines que depuis le début, le superviseur savait d'où venait l'urne !

Bron saisit sa tête dans ses mains et une douleur insupportable fit raidir ses jambes. Elles ne purent soutenir son corps très longtemps. Il s'agenouilla devant Hélène qui paniqua. Bron ferma les yeux, ses paupières étant trop lourdes. Il vit l'entrepôt et lut la terreur sur les visages de ses collègues. Puis, ce fut l'explosion. Il en ressentit la chaleur et le souffle. Il entendit des hurlements. Enfin, plus rien. Le noir perdurait dans sa tête. Il se réveilla avec peine.

- Que se passe-t-il Bron ? Qu'as-tu vu ?

- J'ai vu Eric, Elora et Kéra. Ils ont libéré Elora mais l'entrepôt dans lequel ils se trouvaient a explosé. Gwenc'Phel les a piégés.

- Oh mon Dieu. Il faut avertir Gwenc'Ron.

- Viens, on va sur place. J'appellerai le chef avec mon portable.

- Bron, tu crois qu'ils sont...

- Non, n'y pense pas !

***

12

LE COMMENCEMENT
D'UNE NOUVELLE ERE

Bron prévint le *Superviseur* et passa d'abord au *Sanctuaire*. Celui-ci connaissait déjà la situation. Ceci le surprit mais pas Hélène qui resta à l'extérieur du Temple. Elle ne pouvait pas se résoudre à franchir le seuil.

Ils furent attaqués par Gwenc'Phel en personne. Il avait réussi à dérober le Livre des Éléments. Cependant, il trouva la tâche trop facile et se doutait qu'un piège lui était tendu.

Bron vérifia les dégâts qu'il avait causés. A part quelques druides assommés, il avait carbonisé le corps de ceux qui lui avaient fait obstacle.

- Beau livre tout de même, n'est-ce pas Gwenc'Ron.
- Gwenc'Phel. J'attendais ce face-à-face avec impatience.
- Pas autant que moi.
- Rends-moi ce livre. C'est un ordre.
- Mais tu n'es plus en mesure de me commander. Le Livre des Éléments est tant convoité. Il fut un temps où toi aussi tu envisageais de l'utiliser.
- Certes, mais pas avec les mêmes intentions que toi. Je voulais sauver la Terre, pas la détruire !
- Qu'est-ce que c'est ce livre Gwenc'Ron, chuchota Bron.
- Laisse-moi. Je ne peux rien te dire si ce n'est qu'entre ses mains belliqueuses, c'est une catastrophe.

A ce moment, Ness, Pat et Bann entrèrent dans le temple.

- Gwenc'Phel ! C'en est assez de tes monstruosités ! Le livre est à nous ! Il ne sera jamais tien !

Ness leva une main et le livre bondit. Gwenc'Phel ne put le retenir. Il avait reconnu son propriétaire.

- Très bien Ness. Si je racontais à Gwenc'Ron comment vous avez fait pour déceler parmi la population, les futurs initiés ! Les élus dont le destin est de devenir des druides très particuliers.
- Silence ! Tu n'oserais pas nous défier, répondit Pat fermement.
- Croyez-vous ? Donnez-moi ce fichu livre ou je détruis votre si belle et pourtant si noire réputation !
- Non !

- Dans ce cas.

- Ness, de quoi parle-t-il ?

- C'est... Non, je ne peux... Je n'ai pas le choix. Eric, Elora, Kéra et les autres ont été enlevés à leurs familles. Leurs parents ne sont pas morts dans un accident.

- Quoi ? Vous avez menti durant des années !

- Je le regrette, mais nous ne pouvions faire autrement. Les Dieux nous auraient... Nous ne disposions que de si peu de temps. Nous avons envoyé une équipe pour les kidnapper. Nous avons usé de notre influence sur les autorités pour faire cesser les recherches. Aujourd'hui, leurs parents vivent encore, sans eux. Nous ne pouvions pas leur expliquer que leur destin était de se trouver à nos côtés. Ils auraient refusé de nous les confier. Les Éternels aussi nous l'ont recommandé. Il nous était interdit de vous le révéler ainsi qu'aux enfants. Maintenant encore nous risquons de lourdes sanctions.

- Je n'arrive pas à y croire. Ce sont eux qui vous ont dit de le faire ?

- Vous venez de signer votre arrêt de mort chers membres du Gorsedd. Vous n'êtes plus si honorables qu'autrefois. Les Éternels et les Dieux ne voulaient pas qu'ils le sachent. Ils savaient que cette révélation entacherait leur soumission aux ordres émanant du Sanctuaire.

- C'est faux Gwenc'Phel ! Ils ne sont pas soumis !

- Peu importe, le résultat sera le même. Lorsque Gwenc'Ron le leur racontera, ils refuseront de poursuivre le combat sous votre direction. Enfin... Les autres. Car Elora, Eric et Kéra sont morts à l'heure qu'il est ! Ah ! Ah !

- Plus un mot ! dit Bann.

Gwenc'Phel entra dans une rage folle car il voyait qu'il ne pouvait plus toucher au livre. Il partit donc en jurant.

Entrepôt, Ouest De Brest.

Sur le terrain, l'inspecteur Bouzave questionna les pompiers sur les causes de l'incendie. Un grand nombre d'habitants s'étaient massés autour des lieux. Le feu avait pris des proportions démesurées. Jamais un pompier n'avait pu assister à un tel spectacle. Ils n'avaient encore trouvé aucun corps à l'intérieur du brasier. Mais le feu était loin d'être maîtrisé. L'inspecteur croisa Bron et Hélène. Ceux-ci espéraient pouvoir secourir leurs amis.

- Par tous les Dieux ! dit Hélène à la vue de l'horreur.

- S'ils sont là-dedans comme dans ma vision.

- Non, ils se sont échappés avant l'explosion, rétorqua-t-elle.

- Je ne sais pas.

- Monsieur Delorme, quelle surprise de vous voir ici !

- Nos amis sont peut-être là-bas, indiqua Hélène d'un doigt tremblant.

- Seigneur, je suis navré. J'espère qu'ils ont pu sortir et que nous les retrouverons sains et saufs. Savez-vous ce qu'ils y faisaient ?

- Plus tard inspecteur. Fichez-nous la paix pour le moment, s'énerva Bron de plus en plus inquiet.

Soudain, toutes les personnes présentes crièrent de terreur. Le toit venait de s'affaisser et de s'écrouler sur les pompiers à l'intérieur et à l'extérieur de l'entrepôt. Il ne restait qu'un amas de gravats.

« Depuis que j'ai franchi le sol du Sanctuaire, j'ai vécu des événements, vu des phénomènes que personne ne pouvait et ne pourra croire. Pourtant, le voile qui sépare notre monde de la magie est bien fragile. Voyez comment une révélation peut bouleverser une vie. Je ne parle pas là de pouvoirs surnaturels, non. Mais du mensonge qui entoure mes amis. Eric, Kéra et Elora ont vécu toute leur vie dans un mensonge. Certaines personnes apprennent à leur adolescence, ou si ce n'est plus tard, qu'ils ont été adoptés. Cette vérité fait peur. Comme tout ce qui nous est inconnu. Cependant, il faut l'affronter, y faire face. Car c'est le seul moyen de survivre. Il nous faut aussi pardonner. Car dans le cas contraire, serions-nous en mesure de sauver notre âme ? Je me suis fait des amis et bien que ce soit dans des circonstances particulières, je ne peux m'empêcher de les apprécier. Ils m'ont aidé, je leur ai sauvé la vie. J'ai pu me faire à l'idée qu'un tel monde existe. J'ai peur d'apprendre qu'ils sont morts, que je ne pourrais plus jamais les revoir. Bien que ce soit ce que je voulais au début de cette histoire. Je refusais de croire et d'accepter mon destin. Oui, il ne fait que commencer. Tout comme cette aventure. »

BRON DELORME,

DEVIN.

***

SAISON 1
EPISODE 2

L'autre
Monde

(partie 2)

#2

« **Le mal retourne à celui qui le fait.** »

SOUVENEZ-VOUS...

Dans l'épisode « Conflit (partie 1) » : un jeune homme de vingt-cinq ans, Bron Delorme fait un rêve bien étrange. Lorsqu'il apprend que son avenir est d'être druide, sa vie en est bouleversée. Conservateur de musée, ce métier nécessite une large collaboration avec l'Université. Il y retrouve Eric Salvi et son assistante Hélène Trombe. Ils travaillent ensemble afin de retracer l'histoire d'une urne antique. Emmené au Sanctuaire, lieu de culte druidique et sol sacré, Bron rencontre Elora Bonti (druidesse) et Kéra Cuzac (barde). Eric (archi-druide), dirige cette équipe, supervisée par leur chef, Gwenc'Ron. Le groupe doit intervenir pour mettre un terme aux agissements des traîtres. Mais lorsqu'Elora est kidnappée, les choses se compliquent. Gwenc'Phel, le dirigeant de la rébellion, exige qu'on lui remette le célèbre *Livre des Eléments*, un manuscrit qui donne à son détenteur connaissance et pouvoir ; et la démission du Gorsedd, groupe de Grands Druides au sommet de la hiérarchie, redoutée et puissante. Bien entendu, ces réclamations sont outrageantes et inacceptables. Lors du conflit qui oppose l'équipe de druides aux traîtres, Eric, Elora et Kéra sont piégés dans un entrepôt qui explose. Ont-ils pu survivre à une telle déflagration ?

Suite...

13

NOUVELLE DONNE

« La vie réserve toujours des surprises. Je suis bien placé pour le savoir. Il faut courir après le temps, franchir des obstacles. C'est exactement pareil en amour. Être un druide n'est déjà pas facile, alors être un élu des Dieux... Quant à la chance, elle intervient quand on l'attend le moins. Gwenc'Phel a piégé mon équipe et croit avoir gagné. Fait-il erreur, ou peut-il se réjouir de cette victoire ? J'ai toujours cru que l'ennemi, le mal, venait de l'extérieur. J'avais tort. Une déchéance s'abat peu à peu sur le Sanctuaire. Je le croyais intouchable. Une instance suprême pouvait-elle connaître la trahison. Le Sanctuaire n'a jamais été à l'abri du mal. Le Gorsedd encore moins. Les traîtres sont partout et menacent notre équilibre. Je compte bien y mettre un terme. Mais Gwenc'Phel était-il le seul à nous faire du mal ? »

**ERIC SALVI,
ARCHI-DRUIDE**.

**Ouest De Brest,
Entrepôt,
21 Octobre 2000.**

L'explosion avait ébranlé toute la ville. Après l'écroulement du toit, plusieurs pompiers furent ensevelis sous les décombres. Hélène hurla d'effroi, sachant que ses amis aussi se trouvaient sous l'amas de ferrailles et de pierres. Les présumant morts, elle pleura sans pouvoir s'interrompre. Bron tenta de la consoler, cependant il était tout aussi ému par le drame.

La première explosion créa une fissure large, franche et profonde dans le sol. Elle pulvérisa l'autel en dessous duquel la bombe était installée. Les vitres avaient volé en éclat. Le sol fut éventré. La fente s'élargit. Eric tomba dans la crevasse, suivi des filles. Les autres détonations firent écrouler toute l'armature de l'immeuble. L'immense incendie généré acheva de détruire le toit qui, en s'écroulant, recouvrit l'amas de débris et de pierres.

Couverts de poussières, de gravats, Eric, Elora et Kéra déplorèrent quelques blessures minimes (entorses, tendinites et éraflures). Ils ne se brisèrent aucun os. L'entrepôt avait été construit au-dessus de grottes et de tunnels souterrains. Le promoteur immobilier avait, quelques années plus tôt, obtenu illégalement un permis de construire. Grâce à une explosion au sol, leur chute dans la cassure menant aux tunnels leur avait sauvé la vie.

Toutefois, les différentes déflagrations ébranlèrent la structure des tunnels. Les mini secousses provoquèrent des éboulements. Les couloirs de terre, de pierres et d'argile pouvaient céder à tout moment. Les survivants cherchèrent une sortie.

Une heure plus tard, Hélène et Bron contemplaient toujours les conséquences matérielles du désastre. Quelques pompiers retrouvés inertes ou gravement blessés furent extirpés des décombres. D'autres s'attaquèrent aux flammes et eurent raison d'elles. Ils chantèrent de joie et pleurèrent les morts. Bron incita sa collègue à partir et à se rendre au Sanctuaire. Ils furent désemparés, impuissants. Ce qu'ils ne supportaient pas.

Sanctuaire,
Temple Principal.

Au Temple, Eric, Elora et Kéra les attendaient avec le superviseur. Une fois évadés, ils pensaient que même si le lieu était exposé au danger en permanence, c'était aussi l'endroit le plus sûr pour assurer une défense. Après tout, les traîtres n'étaient jamais parvenus à l'assiéger.

Hélène et Bron eurent la sensation de rêver, d'avoir le cœur cessant de battre. Ils restèrent figés devant leurs amis, vivants. Ce fut comme un second choc pour eux et aussi un soulagement. Tous sourirent et s'embrassèrent de joie.

- Je vous croyais morts et enterrés ! osa commencer Hélène.
- Il en faut plus pour venir à bout de nous, répondit Eric.
- Comment avez-vous fait ? L'entrepôt a été...
- De la chance.

Elora conta leur aventure souterraine avant qu'Eric n'ait une idée.

- Gwenc'Ron, nous devrions profiter de la situation pour faire croire aux traîtres que leur plan a réussi et que nous avons péri.
- Non, cela ne servirait à rien. Gwenc'Phel va bientôt détecter votre présence.
- Pas si vous brouillez les pistes, comme si vous parasitiez une ligne téléphonique.
- Ce n'est, en effet, pas impossible. Cependant, vous avez vos vies, vos collègues mortels, votre travail et des fiancées à préserver. Votre lutte contre le mal ne doit pas entacher vos vies privées. Gwenc'Phel veut vous pourrir l'existence. En le laissant faire, il gagnera. Maintenant, vous devez vous reposer. Rentrez chez vous.
- Mais Gwenc'Phel... intervint Kéra.
- Ne vous en faites pas. Je vais surveiller la ville pour vous pendant quelques jours. Bron ! Tu vas devoir rester ici. Ton initiation doit débuter.

Toute l'équipe se dispersa. Hélène était entrée dans le Sanctuaire et dans le Temple. Elle l'avait oublié, absorbée par les retrouvailles. Mais dès que la situation redevint à peu près normale, Hélène observa l'intérieur du Temple qui commençait à l'oppresser. De mauvais souvenirs resurgirent. Elle se sentit mal à l'aise et quitta le Sanctuaire en courant.

23 h 19.

L'étroite ruelle Jean-François Boxe, à l'Est de la ville, était mal éclairée. Seul un chat noir s'était aventuré dans l'obscurité. L'animal s'apprêtait à sauter sur le rebord d'une fenêtre barricadée avec des lattes en bois lorsqu'il sursauta et fuit à toutes pattes. Un homme avançait, en jurant. Il était vêtu d'un par-dessus sombre. C'était Gwenc'Phel qui errait seul dans la nuit.

- Ils sont vivants ! Mes enfants m'ont abandonné ! Les ingrats ! Ils ignorent ce que l'avenir leur réserve ! Mais moi je le sais !

Ses enfants, c'était les traîtres, ses initiés à qui il avait tout appris. Il leur avait donné l'éducation. Son plan ayant lamentablement échoué, une rage folle remplit son cœur, si tant est qu'il en avait un. Non loin à sa gauche, peut-être à six mètres, un sans-abri avec une bouteille à la main chantait à tue-tête. Cela exaspéra Gwenc'Phel qui s'approcha de lui en souriant. L'expression de son visage cachait sa fureur.

- Dis-moi mon ami, sais-tu ce qu'est l'*Anwn* ?
- L'enfer ! Un peu mon neveu ! Je le vis tous les jours de cette putain de vie.
- Crois-tu ? Mon bon ami, je t'offre un allez simple sans retour !

Au fur et à mesure de cette dernière réplique, Gwenc'Phel hurla et leva son bras droit en sa direction. Son visage rougit et s'assombrit. Il psalmodia :

- ***Feu de l'enfer, tue cet humain sur Terre !***

Dès lors, une boule de feu se dessina dans sa main et il la jeta sur le pauvre sans-abri. Son cri de stupeur ne pouvait être entendu. Il fut carbonisé. Gwenc'Phel marcha, toujours aussi furibond. Rien ni personne ne pouvait apaiser cette colère.

***

14
TOUTE LA VERITE...
OU PRESQUE

Chambre Souterraine,
Sous Le Campus,
22 Octobre 2000,
14 h 09.

Il est impossible de trouver plus sinistre endroit sur la planète que cette chambre souterraine. Il s'agissait du lieu de *point rencontre* des forces du mal. Nul ne connaissait son existence, pas même le Gorsedd qui, malgré sa connaissance suprême ne pouvait pas déceler les *bases terrestres* des adeptes des ténèbres.

Un homme roux, la trentaine bien entamée, s'entoura de bougies qu'il déposa à même le sol. Puis, il leva les yeux vers le buste d'une statue et s'adressa à celle-ci.

- Grande Morrigane ! Déesse de la mort ! Sorcière d'Irlande ! Je t'invoque et implore ton aide. En ce jour faste, ouvre-moi les portes de l'Autre Monde. Que la plus noire des créatures soit libérée ! Que cette vile bête m'obéisse et sème la mort.

Le visage de pierre s'anima. Morrigane répondit à sa prière.

- Étranger, je ressens la noirceur de ton être et perçois ton appel. Je t'accorde l'ouverture d'un passage qui permettra à ma sœur de sang de te rejoindre depuis l'Autre Monde. Sers-lui de pures âmes et tu seras exaucé.
- Morrigane, je suis maître druide. Tu me dois soumission.
- Dans ce cas, maître, elle te servira.

La pierre redevint pierre et un gouffre se creusa devant le druide, libérant une femme de toute beauté. Mais ce n'était qu'un emballage qui masquait sa vraie nature.

Campus Universitaire,
23 Octobre 2000,
00 h 14.

Dans la nuit, la belle se mit à hurler. Un gardien la repéra et tenta de la capturer. Elle sauta sur le pauvre homme et cria de nouveau. Le bruit strident qu'elle émit le rendit sourd et fit pression sur son cerveau. Du sang coula de ses oreilles et de ses yeux par petits filets. La femme le laissa à terre et fuit. Hélas, la sentinelle succomba à de multiples hémorragies cérébrales à l'âge de trente et un ans.

Au petit matin, l'inspecteur Bouzave discutait avec le doyen T-Rex dans la cour centrale. Ce dernier portait sa cravate noire, de circonstance.

Après un bref congé, Eric et Hélène se rendirent à leur travail et croisèrent des étudiants visiblement choqués. Tous deux s'interrogèrent jusqu'à ce qu'ils aperçoivent les flics entourant le cadavre qu'ils photographiaient pour les besoins de leur enquête.

L'inspecteur fut déconcerté de voir Eric vivant et s'empressa d'aller le questionner.

- Monsieur Salvi ! Vous êtes en vie ! Mais je croyais que... Enfin...
- Oui inspecteur, je me porte très bien et mes amis aussi.
- Que Diable foutiez-vous dans cet entrepôt ? Comment en êtes-vous sortis ?
- Euh... Je poursuivais mon chien qui avait fugué et il est entré dans le bâtiment. Heureusement que je ne l'ai pas suivi là-bas. Pauvre *Punky*, il me manquera. C'est vrai que Bron et Hélène me croyaient à l'intérieur.
- Vous croyez que je vais vous croire ?
- Sûrement pas, mais vous n'avez pas les moyens de prouver le contraire.
- Ne jouez pas à ce jeu avec moi Salvi ! Depuis quelques temps, il se passe des choses étranges sur ce campus et elles semblent être liées à vous. J'ignore de quoi il s'agit exactement, mais je le découvrirai et vous devrez répondre de plusieurs affaires à la fois ! conclut-il avec colère.

Tandis que l'inspecteur s'éloignait, Hélène s'écarta d'Éric pour regarder le corps du gardien qu'elle observa en détail.

- Punky !
- Oh, c'est la première idée qui me soit venue à l'esprit.
- On peut dire que tu n'es vraiment pas doué pour l'improvisation toi ! Nous devons faire attention avec cet inspecteur. Je trouve qu'il fouine top. Dès qu'il trouvera des témoins ou des preuves qui nous impliquent dans ces histoires, que lui dirons-nous ? Il faut garder notre identité secrète.
- Oui, je le sais. Nous devons être plus discrets et ne donner aucun prétexte qu'il pourrait utiliser pour nous confondre.

Laboratoire N° 4,
9 h 00.

- Qu'en penses-tu Hélène ?
- Une fois de plus, cette agression mortelle est l'œuvre des traîtres.
- Non, je ne crois pas, ce n'est pas leur méthode.

- Alors, le monde surnaturel est en cause. Je ne vois pas comment un homme *normal* aurait pu faire ça.

- Je suis d'accord.

- On dirait que son cerveau a explosé à l'intérieur de sa tête. C'est ce qu'ont dit deux officiers de police peu soucieux d'être discrets. Quelle horreur. Il a dû souffrir.

- C'est une investigation pour nous.

- Ça m'en a tout l'air. Je préviens le superviseur.

- Non, pas tout de suite Hélène. Je préfère attendre d'avoir davantage d'éléments. Nous ne savons pas encore qui est responsable de ce crime mais crois-moi, il paiera le prix fort.

Pendant ce temps, Elora sonna plusieurs fois à porte de la résidence des parents de Luc. Il ouvrit et resta figé devant elle. Son regard se fondit dans le sien et de la tristesse envahit son cœur. Des images, des souvenirs de son passé lui vinrent en tête. Sa mémoire refit surface plus tôt qu'il ne l'avait imaginé. Revoir sa fiancée constituait le déclic qui la lui restitua. De plus, Ed n'avait pu, ces jours derniers, s'empêcher de l'aider en lui racontant leur histoire. Luc était ravi de revivre cet amour jusqu'à ce qu'Ed lui parle de leur rupture.

- Elora. Je me souviens de tout maintenant.

- Excuse-moi Luc. Je suis désolée. Je ne pouvais pas venir plus tôt.

- Pourquoi as-tu rompu avec moi ? Où étais-tu durant mon coma ?

Des larmes roulèrent sur ses joues. C'était trop dur pour elle de continuer à lui mentir.

- Tu ne peux pas comprendre. Tu ne l'accepterais pas.

- N'as-tu pas confiance en moi ? C'est pour cela que tu es partie, sans explications. Mon amnésie t'arrangeait bien n'est-ce pas ?

- Non, ne dis pas ces horreurs, c'est faux !

- Alors quel est ton secret ?

- C'est trop dur !

Elle pleurait maintenant. Elle ne pouvait se retenir plus longtemps.

- Je t'aime Luc. Je t'aime plus que tout.

- Alors dis-le-moi ! cria Luc qui pleurait à son tour.

- Je suis une druidesse et t'aimer te met en danger de mort, répondit-elle à la vitesse d'un éclair. Son débit rapide lui permit de l'avoir dit et d'en finir avec cet obstacle au plus vite.

- Quoi ? C'est ça que tu voulais me cacher ?

- Je sais que tu ne me crois pas.

- Une druidesse. Tu n'as rien trouvé de plus tordu ! Je sors avec *Panoramix* ! Tu es folle.

- Non, n'aie pas peur.

Elora ferma les yeux et se concentra. Une légère brise fit onduler ses cheveux. Elle voulait lui prouver ce qu'elle disait. Toutes les lumières de la maison s'allumèrent et clignotèrent avant de s'éteindre. Luc recula de deux pas et se souvint d'être allé au Sanctuaire où Eric l'avait attaqué.

- Mon Dieu. C'était Eric ! C'est lui qui a failli me tuer.
- Luc ! Ne sois pas effrayé ! Lorsque j'étais bébé, le Sanctuaire m'a recueilli après la mort de mes parents. Je n'avais que six mois. Des druides m'ont élevé avec d'autres enfants : Kéra et Eric en font partie.
- Kéra aussi est...
- Oui. Nous avons appris à notre adolescence que nous avions été choisis pour combattre le mal. Récemment, des traîtres ont quitté notre cause pour choisir de servir les ténèbres. Ceux-ci m'ont kidnappée et ils vont faire tout ce qui est en leur pouvoir pour me détruire. Y compris te tuer pour me faire souffrir. Je t'aime trop pour les laisser faire. Je préfère sacrifier notre amour plutôt que de te perdre. Je donnerais ma vie pour toi, Luc.
- Non. Tu... Tu es cinglée, dangereuse. Je ne veux plus te revoir. Tu me déçois Elora.
- Non, je t'en prie.
- Tu as ce que tu voulais. Dégage d'ici maintenant.

Luc claqua la porte, laissant Elora seule sur le seuil avec son désespoir. Elle venait de perdre ce qu'elle avait de plus cher.

15

APPRENTISSAGE

Au cours de la soirée, Luc noya son chagrin et la peur de l'existence d'un monde étranger dans l'alcool. Ed, toujours à l'affût de la moindre occasion pour boire et faire la fête, n'hésita pas à l'accompagner. Deux verres plus tard, Luc lui raconta sa conversation avec Elora et lui révéla que Kéra était elle aussi une druidesse. Il partit vérifier par lui-même, laissant Luc seul. Six verres plus tard, Luc prit sa voiture et erra dans la ville. Il passa par les quartiers résidentiels, la banlieue, les rues peu fréquentables. A l'approche d'un groupe de prostituées, il s'arrêta et invita l'une d'elles à monter dans le véhicule. Afin de se venger d'Elora, suffisamment ivre, il trouva un hôtel, non loin et assouvit ses désirs.

Le Lendemain.

Bron entama sa formation au *Sanctuaire*. Un druide, ou un devin en l'espèce, doit être initié s'il veut maîtriser son pouvoir. Sans apprentissage, il ne pourrait pas supporter son don, comme n'importe quel autre humain. Il s'installa dans une pièce qu'il ne connaissait pas jusqu'alors. Pour y accéder, il suivit son superviseur qui traversa une grande cour à la sortie Nord du *Temple*. Elle menait à une haute tour blanc ivoire qu'ils contournèrent. A une centaine de mètres, ils croisèrent de nombreux druides installés comme dans un village, comprenant de grandes maisons alignées le long d'un chemin qui se terminait à l'entrée d'une forêt dense. Ils s'y enfoncèrent. Au cœur de celle-ci s'élevait une autre tour.

- Nous y voilà Bron. Je te présente la *Tour d'Or*.

Elle était de couleur or mais Bron se demanda si les pierres qui la composaient, étaient réellement en or.

- Pas vraiment Bron. Une seule d'entre elle est faite de ce métal. Les autres ont été enduites d'un produit particulier fabriqué par Ness tout à fait par hasard, il y a une vingtaine d'années. Sa propriété est de refléter une couleur comme le fait un miroir. Il capte la lumière brillante émise par l'or et la conserve. Toute la Tour paraît brillante. C'est de l'illusion Bron. Rien d'autre. Mais c'est vrai que le résultat obtenu est stupéfiant. On s'y tromperait ! Pendant longtemps, la Tour d'Or a servi à tester les druides. Les plus avares ont essayés de la détruire pour s'emparer d'une richesse hélas fictive, pour eux. La poule aux œufs d'or. Ils ont été bannis. Un druide doit être un modèle, un exemple à suivre. C'est pourquoi nous refusons ceux qui sombrent dans la tentation. C'est ici que tu feras ton apprentissage théorique. Pour la pratique, l'équipe t'aidera. Eux aussi ont subi l'initiation dans cette tour.
- Quoi ? Eric et les filles ont...
- Oui Bron. Ici même, durant leur adolescence. Désormais, ils sont des adultes et la vie leur enseignera le reste, les valeurs les plus importantes.

- Combien de temps cela durera ?

- Ca dépend entièrement de toi. Quelques jours pour les leçons, toute une vie pour la pratique.

Tous deux montèrent au sommet et la salle d'initiation les accueillit. Gwenc'Ron revêtit une nouvelle tunique, une saie mauve de Grand Druide, semblable à celle de Ness, l'étoile jaune en moins symbolisant le Gorsedd.

- Les quatre éléments sont considérés par les anciens comme constitutifs de tous corps dans l'Univers. L'histoire des druides s'étale sur huit siècles mais, ils existent depuis l'aube de la vie. Le Sanctuaire est un lieu de culte où nous apprenons et enseignons le Savoir. Il existe des filiales partout en Europe : Galice et Asturies (Nord-Ouest de l'Espagne) ; l'île de Man (en mer d'Irlande) ; Pays de Galles et Écosse (Angleterre) ; Brest (ici en Bretagne) et à Dublin (en Irlande). Le siège principal est notre Sanctuaire. Mais il se compose de deux sites : le premier se trouve autour de toi, le second est à Lorient.

- Il y en a deux ?

- Oui. Ici, il est surtout administratif. Les druides gèrent les autres annexes. A Lorient, des portes nous permettent d'accéder à l'Autre-Monde et c'est là-bas que se regroupent plusieurs équipes pour élaborer des plans lorsque la situation dans leur pays devient critique.

- Pourrais-je y aller ?

- Bien sûr, y compris dans les annexes d'Europe. Les dolmens peuvent nous y amener. Ils communiquent entre eux.

- Des dolmens ! Des portes !

- Excuse-moi Bron, évite de répéter ce que je dis.

- Bien sûr, pardon chef.

- Reprenons. Il existe toutes sortes de gens qui sont druides à différents niveaux : des savants, médecins, guérisseurs, devins, magiciens, astronomes, mathématiciens, physiciens, astrologues, diplomates, et j'en passe. La plupart d'entre eux, nous les nommons « *Dru Wides* » qui veut dire les « *très savants* ».

- C'est surprenant ! J'ai toujours cru que les druides étaient des fanatiques. J'ignorais que des gens aussi importants dans la société combattaient le mal eux aussi.

- Oui, de manière différente de toi et ton équipe. Je continue. Le « *Gwenzenn* » ou « *arbre de la Connaissance* » fournit aux druides un grand savoir, très utile pour vaincre les ténèbres. Lors des combats, tu auras besoins d'un sceptre. Il te servira à canaliser ton énergie. Prends garde, la magie est une chose très difficile à comprendre et elle doit toujours respecter un équilibre. Si tu l'emploies pour améliorer ton confort, tu risqueras de devoir affronter et assumer les conséquences. Tu es averti.

Bron n'éprouva pas d'insurmontables obstacles lors de cette première leçon.

Une Semaine Plus Tard.

Kéra arpentait les couloirs du Temple lorsqu'elle fut abordée par un vieux druide bizarre qui lui demanda de le suivre. Elle refusa tout d'abord mais, ne sachant comment, elle fut attirée par lui et ils s'enfoncèrent dans un tunnel souterrain isolé. Ils s'arrêtèrent lorsqu'ils furent éloignés de tous curieux.

- Kéra, le Gorsedd cache de biens sombres secrets. Vous devez savoir, mais je suis en danger pour le moment. Ne parlez de moi à personne. Au nom de votre groupe, pour Elora et Eric, vous devez savoir. Pour vous aussi.
 - Mais qui êtes-vous ?
- Ça n'a aucune importance. Ils écoutent tout.
- Qui ?
- Le Gorsedd ! Ils ont kidnappés des enfants.
- Oh mon Dieu. Ce n'est pas possible.
- Je crains que si mon enfant. Je suis...

Du bruit attira l'attention du vieillard qui fuit à toute jambe. Très alerte pour son âge, Kéra ne put le rattraper.

Centre-Ville,
Brest,
La Nuit Tombée.

La fête d'Halloween débuta dans la maison des parents de Ben, partis en voyage pour plusieurs semaines. Bron, qui avait été invité quelques jours plus tôt, s'y rendit afin de se changer les idées.

- Bron ! Bienvenue, entre !

Ben l'accueillit, la sono s'entendait depuis l'entrée du quartier. Bron passa la porte. D'innombrables étudiants dansaient, chantaient et buvaient. La demeure était immense et somptueuse. Les parents de Ben étaient très riches. Une piscine chauffée au milieu d'une terrasse attirait la curiosité de plusieurs copains de Ben qui ne demandaient pas mieux que de piquer une tête. Si seulement la piscine était pleine. Dommage, elle était en réparation.

Bron accepta une bière. Il observa un jeu ridicule : deux jeunes hommes buvaient de la vodka dans de petits verres en cristal. Chacun saisit le breuvage et but cul sec. Un, deux, trois, quatre verres. Une dizaine de minutes plus tard, ils commencèrent à perdre l'équilibre sur leur tabouret. L'un d'eux tomba à la renverse, complètement ivre.

- Bron ! Tu peux m'aider à le porter dans une des chambres à l'étage ? Il ne pourra pas conduire dans cet état. Il a vidé plusieurs bouteilles avant la vodka.

- Oui, bien sûr. C'est grand chez toi.

- Oui, il y a huit chambres là-haut et quatre en bas. Prend la troisième porte à droite.

- D'accord.

- Dis Ben, tu sais que c'est beau chez toi. La fête est d'enfer ! Je viendrai à la prochaine.

- C'est ça Olivier.

Celui-ci vomit sur la belle moquette de la chambre. Bron et Ben le déposèrent sur le lit et Ben nettoya son renvoi.

- Ben ! L'homo ! Ne me laisse pas seul ! J'ai peur dans le noir. Envoie-moi une des filles d'en bas. Elles ne sont pas mal. Non, donne m'en deux. C'est mieux.

- La ferme Olivier ! Tu es saoul ! conclut Ben en retournant au rez-de-chaussée.

La soirée s'acheva après un vol, un petit incendie, une bagarre et des engueulades.

- Quelle nuit ! dit Ben qui accompagna Bron à sa voiture.

- Oui. Ta maison aurait pu y passer.

- Elle en a vu d'autres.

- Est-ce que... Ce qu'a dit Olivier... Non, ça ne me regarde pas.

- Quoi ?

- Non, laisse tomber.

- Ah ! Tu te demandes si je suis gay ?

- A vrai dire... Oui.

- Je le suis. Ça te dérange ?

- Oui, euh... Non, hésita Bron.

- Bon. Bonne nuit et à plus tard, conclut Ben qui s'éloigna.

***

16

Danger

**La Cave,
Sous Le Campus,
2 Novembre 2000.**

Même si Gwenc'Phel était affaibli et que ses disciples s'étaient dispersés, il avait tout de même de rares fidèles. Le Maître Druide portait une saie noire, tout comme le chef banni.

- Est-ce que la femme est prête ?
- Oui. Eric la rencontrera bientôt.
- Bon travail. Parfait.

Sur Le Campus.

Eric franchit la cour et le jardin botanique. Près du restaurant universitaire, il croisa une femme et la bouscula. Elle fit tomber ses livres. Ce fut une manœuvre un peu banale pour draguer. Eric les ramassa et lui sourit.

- Excusez-moi. Professeur Salvi.
- Oh, Cynthia. Je suis professeur d'anthropologie. Je suis en remplacement. Clarisse est...
- Absente, je sais. Elle tombe trop souvent malade. Les étudiants l'adorent, elle n'est jamais là. Quelqu'un a dû la fossiliser.
- Ah ! Très drôle celle-là.
- Euh, je sais que c'est un peu rapide mais, vous m'avez l'air très sympathique et je voudrais vous inviter à dîner... demain soir ?
- Avec plaisir.
- Très bien. Alors, à demain, finit Eric maladroitement.

Hélène reçut un fax du Sanctuaire. Le logo représentait un dolmen devant un coucher de soleil. Le document comprenait une copie du rapport du médecin légiste sur le décès du gardien. Elle le lit.

Après son numéro de drague d'empoté, Eric monta au laboratoire et prit connaissance du rapport. La mort était attribuée à une attaque d'origine inconnue.

- L'inspecteur Bouzave n'appréciera pas cette explication. Le médecin a constaté tous les dommages corporels et ignore ce qui a pu les provoquer.
- Hélène, je dois sortir. Tu peux consulter nos fichiers ? Il y a peut-être eu des précédents.

- D'accord. Tu vas retrouver ta nouvelle copine ?
- Comment tu...
- Je ne suis pas aveugle Eric ! Il y a des fenêtres avec une très belle vue.
- Tu as du travail je crois, répondit-il en sortant.
- Tu me donneras des détails ?

Sanctuaire,
Tour d'Or.

Bron reçut une nouvelle leçon. Mais cette fois-ci, il fut agacé par la longueur de la matière.

- Les runes permettent de décrypter des messages ou de communiquer avec l'Autre Monde. C'est un endroit dans lequel s'est retranché le monde surnaturel que les mortels se sont empressés d'oublier.

Gwenc'Ron lui apprit l'épopée des druides avant l'invasion romaine, durant l'occupation et après l'arrivée du christianisme.

- De 1 800 à 1 200 avant Jésus Christ, les druides ont migré du centre de l'Europe vers l'Ouest et l'Est. De 1 200 à 750 avant Jésus Christ...
- Civilisation *d'Hallstatt* répandue sur l'Ouest du continent et les îles britanniques. Enfin, de 250 à 120, c'est l'apogée de la civilisation celte. L'église fit taire le druidisme et tenta de l'anéantir sans y parvenir. Terrés dans les forêts profondes, volontairement intégrés dans les monastères, les druides ont traversé les époques. Ils ont accepté la religion du Christ. Je sais tout cela chef ! Je vous rappelle que je suis conservateur de musée.
- Bien. Tu connais donc notre histoire et les persécutions que nous avons parfois subies. Je poursuis, le druide peut avoir des enfants, éduquer des druides et initier des héros.
- Vous me faites trop d'honneur.
- Lors de divergences, les druides règlent leurs comptes au cours d'un combat magique avec leurs sceptres. Le Gorsedd en détermine l'issue.
- J'en ai marre d'étudier ! J'ai quitté l'école vous savez ! Je suis un grand garçon maintenant. Ça fait des heures que je vous écoute. Passons à l'action !
- Non, c'est trop tôt.
- Que disiez-vous ? Un combat lors de divergences, je crois.

Bron brandit son sceptre qu'il fit tourner d'une main, comme une épée.

- Bron, ne fais pas ça. Tu es troublé. Nous reprendrons lorsque tu seras plus serein.

Mais l'initié attaqua. Gwenc'Ron riposta et le mit à terre d'un simple mouvement de main. Vexé, Bron partit.

Le dîner arriva et Eric passa la soirée avec Cynthia. Ils rirent, firent vraiment connaissance. A la fin du repas, Eric l'embrassa tendrement.

Sur le parking du campus, le lendemain matin, ils se tinrent la main. Dans la cour centrale, ils marchèrent en discutant et restèrent discrets sur leur relation en se lâchant mutuellement la main. Soudain, sans la moindre raison, Cynthia se mit à hurler d'un son strident. Sur les escaliers, un étudiant sursauta et tomba à la renverse. Il se brisa la nuque et plusieurs femmes crièrent, horrifiées. Hélène, le doyen T-Rex et des professeurs, accoururent.

- Cynthia, que se passe-t-il ? Pourquoi as-tu crié ?
- Je ne sais pas. Mon Dieu, il est mort. Je m'excuse, je ne sais pas ce qui m'a pris.
- Ce n'est rien. C'est un accident.

Hélène fut choquée par ce qu'il venait de dire. Un étudiant avait tout de même perdu la vie ! Non loin, un homme vêtu de noir observait la scène à distance. C'était Blom, le Maître Druide.

Cet événement fit réfléchir Hélène. Elle sentait que Cynthia n'avait pas crié accidentellement. Elle la soupçonnait. Afin d'en avoir le cœur net, elle appela le superviseur. Celle-ci savait que quelque chose d'important se préparait. L'inspecteur interrogea Cynthia des heures durant mais ne pouvait la garder.

***

17

BAS LES MASQUES

Après avoir consulté le Gorsedd, Gwenc'Ron convoqua son groupe. Au Temple, Eric et ses amis attendaient leur superviseur. Au son de sa voix, Eric savait que leur chef avait une information importante à leur communiquer.

- Eric, la situation est grave. Une *Banshee* a été libérée, plus précisément, la sœur de Morrigane.
- Une petite minute, vous pouvez nous expliquer ? Je ne comprends rien, dit Bron.
- Parmi les traîtres que Gwenc'Phel a recruté, il y a beaucoup de Maîtres Druides. Ceux-ci sont des experts en magie dans un domaine très particulier. Celui qui nous intéresse pratique l'illusion, c'est pourquoi nous le nommons le Maître de l'*Illusion*. Comme tous les druides, il a le pouvoir d'invoquer des divinités et de leur demander d'ouvrir une brèche entre notre Univers et l'Autre Monde. Il a appelé Morrigane, la déesse de la mort pour qu'elle libère sa sœur, une *Banshee*. Cette dernière a pris forme humaine et elle peut être n'importe où et n'importe qui à l'heure qu'il est. Elle a déjà tué plusieurs personnes. Vous devez la trouver et la vaincre. Utilisez vos sceptres s'il le faut. Soyez discrets surtout. Enfin, vous mettrez un terme aux agissements du Maître Druide.
- On commence l'enquête tout de suite, répliqua Elora.

Plus tard, l'équipe se rendit au laboratoire pour retrouver Hélène. Ils l'informèrent de leur enquête et celle-ci fut intéressée.

- Une *Banshee*. Je crois savoir de quoi il s'agit. Là. L'ordinateur vient de me sortir un fichier du Sanctuaire. Il dit que la Banshee est une fée vivant sous terre dans *le Sidh* (l'Autre Monde). Là-bas, elle se cache sous les tertres et les collines. Chaque famille de fées dispose d'une Banshee qui l'avertit d'une mort imminente en poussant de sinistres gémissements. On les appelle aussi « *Bean Sidh* » ou *femme de la terre des fées*. L'ennui, c'est que certaines d'entre elles ont tué leurs parents avec leur cri. Prédisposées à faire le mal dès leur naissance, elles ont fini par être bannies.
- Ça me rappelle quelqu'un ! intervint Bron.
- La sœur de Morrigane en est une. J'ai un soupçon sur son identité.
- Tu sais qui elle est ? s'étonna Kéra.
- La nouvelle copine d'Éric.
- Cynthia ! Non, ce n'est pas...
- Elle a crié devant tous les étudiants et Peter, un élève venu en échange linguistique de Londres est décédé la seconde d'après ! Tu ne peux pas le nier Eric !
- Mon Dieu. Je m'en occupe.

- Tu es impliqué sentimentalement Eric, tu es sûr de pouvoir...
- Oui Kéra.

Eric sortit et vit Cynthia se diriger vers le parking du campus. Il la suivit et la surprit, parlant avec Gwenc'Phel en personne. Ce fut pour lui la confirmation de ses doutes. Il prit son téléphone portable et invita Elora et Bron à se préparer à combattre.

Kéra s'y apprêtait elle aussi mais fut interceptée par Ed, son petit ami.

- Tu es une druidesse Kéra ? Tu as des pouvoirs ? C'est génial !
- Quoi ? D'où sors-tu une chose pareille ?
- Elora l'a avoué à Luc. C'est mon meilleur ami, il me l'a répété.
- Mon Dieu, c'est une catastrophe. Ne le dis à personne, je t'en supplie.
- C'est promis. Mais, c'est dangereux pour toi.
- Ne t'en fait pas, j'y suis préparée. Je... Je ne t'en dirais pas davantage ! Tu en sais déjà trop ! Laisse-moi maintenant.

Kéra retrouva Gwenc'Hi au *Sanctuaire*. Le vieil homme était toujours aussi inquiet. Il lui raconta l'histoire du Gorsedd et celle de sa vie.

- Le Gorsedd a fait des choses méchantes. Ils sont censés être bons et pur. Ce n'est plus le cas. Je vous dirais bientôt ce qu'ils ont fait. Mais avant, vous devez vous emparer du livre des éléments et l'utiliser durant vos combats. Votre Savoir ne suffira bientôt plus. Gwenc'Phel est très puissant. Vous devez vous armer de manière égale. Demandez à votre superviseur de vous le confier, même s'il doit rester sur ce sol sacré.

Gwenc'Hi repartit aussi rapidement qu'il était venu. Kéra entra dans la bibliothèque du Sanctuaire. Un livre lui apprit que seul un druide nommé Théodorus peut traduire les lettres runiques en lesquelles sont inscrites les formules et les connaissances du livre des éléments. Une légende raconte que cet ouvrage cache des pierres de runes dans sa couverture. Mais nul n'est parvenu à les trouver à ce jour. Pas même le Gorsedd. Ces révélations lui glacèrent le sang. Elle venait pour la première fois de sa vie, de mener une investigation sur le Sanctuaire, le lieu qui l'avait recueilli et élevé depuis son enfance. Kéra avait l'impression de trahir ses bienfaiteurs.

- Il y a suffisamment de traîtres comme ça dans les parages, se dit-elle. Kéra referma le livre mais ne put faire taire sa curiosité.

Brest Est,
Sous-sol d'une Villa,
3 Novembre 2000,
17 h 27.

Des hommes et des femmes âgés entre vingt-cinq et trente-trois ans se livrèrent à un rituel diabolique. Il s'agissait d'une secte implantée dans ce quartier chic depuis une dizaine d'années. Ils se complaisaient à dire qu'ils formaient la *Confrérie Des Ténèbres*. Ce jour-là, ils célébrèrent le culte de la renaissance. Pour ce faire, ils avaient enlevé une femme célibataire sur le parking d'un supermarché, trois jours plus tôt. Ils s'apprêtaient à la sacrifier et la pointe froide d'un poignard pénétra sa peau à la poitrine. Elle ressentit une douleur vive et rapide. Puis, tout sembla ralentir : les mots prononcés par l'assassin, la danse d'une flamme sur une bougie, le vacarme sourd et les applaudissements des adeptes. La nuit l'enveloppa, sa peau devint glacée, ses paupières s'alourdirent et la mort la saisit.

Gwenc'Phel connaissait l'existence de cette secte et se demanda s'il pouvait y trouver des fidèles à sa cause. Il les surveillait depuis de nombreux jours.

Eric acheva son plan. Il contacta Cynthia qui lui avait laissé un numéro. Il la convia au parc municipal. Puis, il l'emmena en promenade et se rendit dans un lieu qu'elle ne connaissait pas.

- Comme c'est romantique, lui dit-elle. Elle ne se méfiait pas de lui car elle n'avait pas encore reçu l'ordre de le tuer. Ils arrivèrent très vite au Sanctuaire.
- Cet endroit est très beau. C'est un château là-bas ? demanda-t-elle en désignant le Temple. Il ressemblait en effet à un château légué de générations en générations.
- Oui. Il appartient à ma famille.
- C'est superbe.

Ils entrèrent et le piège se referma sur Cynthia. Elle fut encerclée de druides peut accueillant.

- Eric, que cela signifie-t-il ?
- Ne te fatigue pas, Banshee ! Nous savons d'où tu viens.
- Je vois. Et vous espériez vaincre une fée de trois mille deux cent quatre-vingt-deux ans ?
- Oui, une fée bannie !

Eric brandit son sceptre et ses amis firent de même. Loin d'être stupide pour se laisser vaincre, elle émit un cri strident qui les paralysa.
- Les cordes vocales sont un instrument redoutable quand on sait quel son émettre.
- Je ne peux plus bouger, dit Bron.

Elle entendit d'autres druides arriver et elle décida de fuir. Elle n'eut pas le temps de les achever. Quelques minutes plus tard, les effets de la paralysie disparurent.

- Tel est pris qui croyait prendre, ironisa Elora, furieuse de leur échec.

- Il faut la retrouver. Elle peut encore tuer. La Banshee est très dangereuse, dit Gwenc'Ron.

Au campus, l'inspecteur Bouzave fouinait encore. Il n'avait aucune piste et toutes ses affaires paressaient piétiner. Il n'allait pas tarder à se faire remonter les bretelles par le commissaire s'il n'agissait pas vite. L'inspecteur voulait trouver un coupable. Allait-il l'obtenir ?

***

18

AU FOND DU CŒUR

Bron était troublé par tous les événements qui s'enchaînaient ces derniers temps. Il en conclut qu'il devait s'aérer, se changer les idées. Il rendit visite à Ben.

3 Novembre 2000, 20 h 19.

- Salut.
- Bron !
- Je ne te dérange pas ? J'ai eu une rude journée alors, je voudrais boire une bière avec un pote.
- Tu ne me déranges pas, entre.

Ils discutèrent dans le salon, une canette à la main.

- Tu te souviens de ce qu'a dit Olivier l'autre jour ? Le type ivre, questionna Bron.
- Oui. Que veux-tu savoir ?
- Je... Je suis désolé, je ne sais pas ce que je fais ici, paniqua-t-il, gêné

Bron se leva et se dirigea vers la porte.

- Attend ! dit Ben qui tenta de le rattraper sans y parvenir.

Au Sanctuaire, Gwenc'Hi se cacha à nouveau afin de parler à Kéra.

- Alors jeune fille, avez-vous cherché ?
- Oui.
- Bien, je peux vous le dire maintenant. Le Gorsedd a kidnappé des enfants après leur naissance. Ces bébés étaient censés devenir des élus. Ils ont plus de vingt ans aujourd'hui. Eric, Elora et vous, Kéra, êtes ces enfants.
- Quoi ? Non ! Nos parents sont morts.
- C'est ce qu'ils vous ont dit. Ness connaît la vérité. Si les Créateurs l'apprennent, le Gorsedd en paiera le prix, dit Gwenc'Hi.
- Voilà pourquoi ils nous l'ont caché.
- Ils les craignent. Cela fait bien longtemps qu'un druide a défié les Dieux et les a vaincus. C'est comme cela que les druides ont obtenu leur respect depuis des siècles. Mais ce temps est révolu. Ness, Pat et Bann n'ont jamais eu ce courage. Certains Dieux profitent de l'opportunité pour rétablir leur autorité suprême. Le Gorsedd espère que ça changera si Gwenc'Ron devient Grand Druide.

- Je crois que nous avons des comptes à rendre avec eux.

- Ils doivent vous restituer votre passé, termina Gwenc'Hi fier de son intervention.

- Mille fois merci.

- De rien ma petite.

4 Novembre 2000.

Bron retourna à la Tour d'Or. Il souhaitait reprendre son initiation là où elle s'était terminée.

- Tu es perturbé par quelque chose Bron. Il existe des druidesses aveugles qui ont le pouvoir de lire dans l'âme et le cœur des hommes. Peut-être devrais-tu consulter l'une d'elle. Kiva se trouve dans le jardin Nord. Va la voir et écoute ses conseils.

Il accepta, bien que sceptique. Il vit Kiva, assise sur un banc. Elle profitait de l'air frais. Elle aimait le froid.

- Êtes-vous Kiva ?

- Oui, jeune homme. Je sens une incertitude dans ton cœur. Tu es attiré vers un amour que tu refuses. Or, rien ne sert d'aller à l'encontre de son cœur.

- Je... Oui, c'est vrai. Je suis amoureux, du moins je le pense, mais Ben est un homme !

- Là se trouve ton problème. Je vois que tu as rencontré beaucoup de femmes dans ta vie. Mais elles n'ont jamais su toucher ton âme. Un obstacle vous opposait toujours. Sans doute parce que ton destin est de croiser la route de Ben.

- Votre pouvoir est impressionnant. Vous ne me connaissez pas et vous savez mieux que moi ce que je ressens.

- Je sais. La solution est simple mais l'exprimer l'est beaucoup moins. Si tu l'aimes et que ton cœur le crie, dis le lui et avoue tes sentiments. Si tu doutes, tu dois lui en parler. Mais ne rien faire et ne rien dire ne changera rien à ta situation. Bon courage mon garçon.

Gwenc'Phel défia le chef de la confrérie. Il voulait prendre sa place. Un combat fut engagé. Gwenc'Phel n'eut aucune difficulté pour le vaincre. Afin, de montrer sa cruauté, il le décapita avec un sabre qu'il trouva sur un mur. Il servait de décoration.

- Votre chef n'est plus ! Je prends le commandement ! Je vous propose plus de pouvoir que vous n'en aurez jamais !

Il fit une démonstration devant son auditoire et convainc ses nouveaux fidèles. Il fit appel à l'Autre-Monde et invoqua un Éternel qui céda des armes surnaturelles aux mortels pour qu'ils s'en servent contre les druides. Gwenc'Phel agrandit ainsi son armée.

✳✳✳

19
LE MAITRE DE L'ILLUSION

**Sanctuaire,
4 Novembre 2000,
15 h 14.**

Cynthia fit intrusion à l'improviste, accompagnée de traîtres et de Blom, le Maître Druide de l'illusion. Blom paraissait plus grand. Il ne faisait plus son mètre cinquante-cinq. Il voulait sans doute effrayer ses ennemis. D'ailleurs, il ne passait plus les portes. Il avait exagéré. Deux mètres dix était excessifs.

La *Banshee* attaqua Eric. Elle lui sauta dessus comme une chienne enragée. Elle poussa un cri et planta ses ongles sur son torse. Eric saisit son poignet et le cassa en le tordant. Ceci la fit hurler de douleur mais cette fois elle ne contrôlait plus ses cordes vocales. Il profita de sa vulnérabilité pour la bâillonner.

Deux traîtres s'abattirent sur Elora. Bron vint à son secours et n'eut pas la moindre difficulté à les envoyer valser. Il saisit leurs sceptres et les brisa sur sa jambe. Ainsi, ils ne pouvaient pas recourir à la magie. Ils décidèrent tous deux de fuir. Mais déjà, trois autres traîtres s'approchaient.

Gwenc'Ron et Kéra firent face au Maître Druide. Cependant, Blom perdit sa grande taille pour redevenir nain et Kéra vit soudain une vingtaine de Blom.

- Il s'est dédoublé !
- C'est son pouvoir, Kéra. C'est de l'illusion. Un seul Blom est devant nous, les autres sont de vulgaires copies.
- Alors, lequel est le vrai ?
- Je ne sais pas. Mais il va falloir le découvrir rapidement parce que les copies peuvent tout aussi bien nous tuer que Blom, lui-même.
- Vous avez trouvé son nom !
- Oui, mais peu importe, concentre-toi sur lui.
- Avant de mourir, j'ai quelque chose à vous avouer.
- Moi aussi ! cria Elora pendant qu'elle boxait un vilain traître.
- Pas maintenant les filles ! Nous ne mourrons pas !

Eric ligota Cynthia et rejoint le combat contre Blom. Bron et Elora vinrent à bout de leurs ennemies. Mais il restait le Maître qui commença l'offensive. Le superviseur leva son sceptre et en repoussa cinq. Kéra carbonisa deux copies à l'aide d'un sort.

Gwenc'Ron sortit un miroir d'une poche et le dirigea vers les yeux d'un des faux Maîtres Druides et psalmodia :

- Source de lumière, aveuglez l'être des ténèbres !

Tous les doubles s'évanouirent. Blom était aveuglé. Le miroir avait envoyé une lumière qui s'était diffusée dans toutes les directions. Le véritable Blom avait fini par être démasqué. Mais il parvint à fuir en les dupant. Il fit croire que la lumière avait traversé son corps pour le tuer. Il n'en était rien.

Eric devait trouver un moyen de renvoyer la Banshee d'où elle venait. Hélène lui avait confié un pendentif. Il le mit autour du cou de Cynthia et la libéra.

- Que fais-tu Eric ? demanda Elora.
- Ce médaillon a le pouvoir d'éteindre la voix. Elle ne pourra plus tuer qui que ce soit.
- Ce n'est pas suffisant. Elle doit repartir dans l'Autre Monde, intervint Ness qui venait d'arriver.
- Les Éternels vont punir les traîtres que vous avez vaincus, et Morrigane tuera sa sœur pour son échec, continua Bann.

Sur ces mots, un éclair foudroya Cynthia et le médaillon embrasa son corps. Comprenant ce qu'ils risquaient, les traîtres tentèrent de s'esquiver mais ce fut inutile. Un gouffre béant se creusa dans le sol et ils y furent aspirés. Tel fut leur châtiment.

Hélas, les traîtres venus ce jour-là dans le temple n'étaient qu'un maigre nombre en comparaison de l'armée que Gwenc'Phel s'apprêtait à rassembler.

Quelque part dans une forêt sombre, Gwenc'Phel emmena ses nouveaux disciples. Des traîtres les attendaient et se disputaient. Gaël et Elodie tentèrent d'en prendre le contrôle. Mais leur chef les en empêcha. Sa seule présence suffit à calmer leur fougue.

- Silence ! Aujourd'hui est un grand jour. Nous sommes désormais organisés. J'ai réuni des frères pour compléter notre Organisation. Accueillez-les avec chaleur. Je ne tiendrais pas rigueur de vos précédents fiascos. A compter de cet instant, nous continuerons d'affaiblir les druides et essayerons de les tuer. Si nous perdons, ils ne survivront pas à notre grande offensive que j'ai prévue dans quelques mois. L'Autre-Monde recèle de créatures que vous ne soupçonnez même pas. Un Éternel a une vision du monde semblable à la nôtre. Il souhaite que l'organisation druidique s'effondre. Il a donc promis de nous fournir autant de créatures que nécessaires. En comptant les Maîtres Druides qui se sont ralliés à nous, nous formons des guerriers redoutables ! Laissez-moi vous offrir le monde !

Toute l'assemblée fut enthousiasmée par ses propos. Blom arriva et confessa son échec.

- Voyez ce qui arrive lorsque des hommes comme Blom me déçoivent.

- Non Gwenc'Phel ! Ne me tuez pas !
- Bien sûr que non, j'ai d'autres projets.

Il agita son sceptre et retira à Blom ses connaissances en magie acquises jusqu'alors. Cependant, il abusa sur la magie ce qui eut pour conséquences de rendre Blom à la fois fou et amnésique.

- Ah ! Ah ! Ah ! Le seul endroit que tu connaîtras sera l'asile, Blom ! Maintenant et jusqu'à ta mort.

Sanctuaire.

- Blom est un Maître Druide. Il est spécialisé dans des pouvoirs précis. Rares sont ceux qui osent les affronter. Ils sont très puissants et nombreux, dit Gwenc'Ron.

20

REVELATIONS

- Je tiens à vous récompenser pour votre bravoure. Voici des torques. Ces colliers sont offerts aux meilleurs guerriers.

- Merci chef, dit Bron.

Kéra porta le livre des éléments devant le superviseur et demanda des explications claires.

- Gwenc'Ron, pourquoi n'avez-vous jamais parlé du livre des éléments ?

- Où l'as-tu eu Kéra ? dit-il d'un ton colérique.

- Je le lui ai confié, intervint Gwenc'Hi à la surprise générale, même celle du Gorsedd.

- Qui êtes-vous ? questionna Eric.

- Je suis un druide âgé de trois mille ans. Je suis l'un des seuls immortels parmi les druides. Je l'ai obtenu grâce à ma maîtrise du corps et de l'esprit. Eric, vous pourrez y parvenir. Vous avez hérité des mêmes connaissances que les miennes. Gwenc'Ron est un bon professeur. Si vous voulez de plus amples informations à mon sujet, feuilletez donc un peu le livre.

- Vous n'aviez pas le droit et vous le saviez ! objecta Pat.

- Je l'ai pris ! Ces enfants ont des dons merveilleux. Je ne laisserai pas votre peur brider leur cadeau !

- Vous avez raison. Gwenc'Ron, il est préférable que vos initiés recourent au livre en cas de nécessité plutôt que de nous consulter trop souvent. Commencez à voler de vos propres ailes, accepta Ness.

Gwenc'Hi quitta le Temple avant que l'orage éclate entre les initiés et le Gorsedd.

- Ness, dites-nous la vérité sur notre passé.

- Kéra ! Comment l'as-tu su ?

- Peu importe.

- De quoi parles-tu ? questionna Eric.

- Le Gorsedd nous a enlevés lorsque nous étions bébé. Eric, Elora, vos parents ne sont pas morts.

- Je l'admets. C'est la vérité. Gwenc'Ron ne l'a jamais découvert. Croyez-vous que vos parents auraient accepté de vous laisser élever par des inconnus ?

- Vous avez fait quoi ? Vous êtes... Des monstres ! Vous ne valez pas mieux que Gwenc'Phel ! hurla Eric de toutes ses forces. Il n'avait jamais été aussi furibond.

- Où sont nos parents ? quémanda Elora.

- En vie.

- Ils ne sont pas décédés, réalisa soudain Elora qui se mit à pleurer d'une joie qu'elle n'avait jamais ressentie.

- Où ? Leur nom ! Comment je m'appelle vraiment ?

- Eric, Elora et Kéra sont vos véritables prénoms, nous n'avons rien changé. Mais pour réparer cette cruauté que nous reconnaissons et regrettons sincèrement, nous allons vous aider à les retrouver. Voici des dossiers, ce que nous avons pu trouver sur eux et leur vie. Ce n'est pas grand-chose mais ces documents vous permettront de démarrer une enquête. Vous pouvez reconstruire votre passé maintenant. Nous ne pouvons pas vous en dire davantage.

- C'est faux ! Vous avez toute la connaissance grâce aux Dieux.

- Oui, mais votre vie, vous devez la reconstituer vous-mêmes.

- Ces dossiers, c'est le moins que vous puissiez faire. Désormais, traquez Gwenc'Phel et les autres ! Ne comptez plus sur nous ! On démissionne !

- Non ! Vous ne pouvez pas démissionner de votre destin ! Ne partez pas ! Raisonnez-les Gwenc'Ron !

- Non Ness. Je n'aurais jamais pu imaginer que vous seriez capable d'une telle ignominie. Ne vous en faites pas pour eux. Je les connais. Ils reviendront. Mais n'attendez rien de plus d'eux que ne l'exigera leur destin.

Toute l'équipe sortit du Temple et passa par le petit bois Est.

- Je me suis renseigné sur le livre, certains chapitres secrets sont terribles et seul un certain druide nommé Théodorus peut traduire les lettres runiques de ces pages, osa tenter Bron pour percer le silence.

- Je m'en fous Bron ! rétorqua Eric.

- Nous éclaircirons cela plus tard, s'enquit Elora.

Tous trois furent absorbés par leurs maigres dossiers respectifs.

Campus,
4 Novembre 2000,
18 h 29.

Ed et Luc avaient rendez-vous. Luc avait le visage décomposé.

- Que t'arrive-t-il ?

- Je... J'ai couché avec une prostituée et j'ai fait un test. Ed, je suis séropositif.

- Mon Dieu. Mais qu'est-ce qui t'a pris de...

- Elora venait de me montrer ses pouvoirs et de me révéler qu'elle est une druidesse. Je me suis saoulé et... C'est arrivé.

- Tu as pris ton pied j'espère ! Parce que c'était la dernière fois ! finit Ed avant de partir.

Luc pleura et se souvint de ses années collèges, de son passé, de sa famille, de son diplôme, de ses quatre cent coups. Un acte stupide venait de briser son avenir.

Dans les sous-sols du Temple, Ness, Pat et Bann étaient inquiets. Ils détectèrent les disciples que Gwenc'Phel avait rassemblé.

De son côté, Bron fut curieux et consulta le livre des éléments et s'aperçut qu'il contenait de nombreuses pages sur les Maîtres druides. Il répertorie les spécialités de chacun d'eux.

***

21

<u>Amours Contraries</u>

Sanctuaire,
5 Novembre 2000.

Gwenc'Ron consulta le Gorsedd. Il était toujours aussi contrarié par ce qu'il avait appris la veille et décida de démissionner.

- Écoutez, ne prenez pas cette décision de manière hâtive. Reconsidérez-la. Nous savons que nous avons mal agi mais souhaitons votre pardon. Soyez assuré qu'il n'y a aucun autre secret tel que celui-ci que nous vous cachons.
- Peut-être, mais ce sera dur. Ça aussi est une trahison. Même s'il n'y avait pas d'autres alternatives. Il fallait le leur dire plus tôt.
- A quel moment ? A leur adolescence ? En pleine crise !
- Je l'ignore ! répondit-il à Ness en partant.

Pat invoqua les *Éternels* pour leur demander conseil. Oui, les Dieux étaient au courant de leur manœuvre, exécutée selon leur proposition.

- Enningan ! Que devons-nous faire ?
- Il n'y a qu'une seule solution pour vous faire pardonner des élus, c'est le temps. Je tiens à vous informer que l'un d'entre nous complote actuellement et je ne serais pas étonné qu'il aide Gwenc'Phel.
- L'un des Éternels, des Créateurs, soutient sa rébellion ?
- Je le crains ? Si c'est le cas, il en devient plus dangereux encore.

Kéra retrouva son fiancé et l'embrassa tendrement. Elle lui proposa de dormir chez elle et il accepta. Le soir venu, celle-ci espérait faire l'amour. Toutefois, Ed sembla plus distant qu'à l'accoutumée.

- Qu'y a-t-il Ed ? Tu n'as pas envie ? C'est à cause de moi ?
- Non chérie, tu n'y es pour rien. Je t'aime. Je... J'ai peur voilà tout.
- De quoi ?
- Du SIDA. Je ne devrais te le dire mais puisque maintenant cela nous concerne. Luc est séropositif. Après une dispute avec Elora, il a pété les plombs et s'est fait une prostituée.
- Mon Dieu. Ce n'est pas possible ! Et, elle le sait ?
- Je ne sais pas. Du coup, il m'a flanqué la trouille. Je sais bien que tu es parfaitement saine, mais je ne peux pas m'empêcher d'y penser. Tu m'excuses ? Ça ira mieux dans quelques jours.
- Ne t'en fais pas. J'ai compris. En attendant, abstinence ! plaisanta-t-elle.

Elora retourna voir Luc. Il lui en voulait encore plus maintenant qu'il était contaminé par le virus. Il lui apprit la terrible nouvelle.

- Elora, je vois te dire que...
- Je Dois te dire que je suis séropositif, reprit-il en se corrigeant.

Il lui raconta sa virée nocturne fatale. Elora pleura et fut de nouveau rejetée. Bron retrouva Ben et s'excusa de sa réaction le jour de sa dernière visite.

- Ben, j'ai bien réfléchi sur moi et crois-moi, en ce moment, j'apprends beaucoup de choses sur ma vie. Tu me plais Ben. Je ne savais pas comment te le dire.
- Je suis content que tu aies ouvert ton cœur.

Ben lui prit la main et lui sourit.

Le lendemain, toute l'équipe revint au Sanctuaire après une longue réflexion. Mais Gwenc'Phel pensait exploiter leur confusion sentimentale pour les tuer. C'est pour cela qu'ils eurent la visite de Gaël, Elodie et un monstre hideux, une sorte de chien de quatre mètres capable de cracher du venin. Gwenc'Phel fit ensuite son entrée.

- Bonjour ! Je viens corriger une erreur qu'a commise celui qui rédige cette histoire. Pourquoi n'êtes-vous pas encore morts ? Sans doute tient-il à vous ! Je vais rectifier cela. Vous auriez dû mourir dans l'entrepôt ou être tués par la Banshee ou encore par Blom. Les occasions n'ont pas manqué pourtant ! Et vous êtes là, en pleine santé ! Enfin, ce n'est pas le cas de l'un de vos amis, finit-il en regardant Elora.

***

22

De Vieux Ennemis

Elodie avança vers Eric et discuta avec lui tout en se battant contre lui.

- Viens mon chou. Je vais t'apprendre à décevoir Calie. Il va falloir que je pense à m'occuper d'elle, tantôt.
- Je te tuerai avant.
- C'est ce que nous verrons mon chou.

L'extrémité du sceptre d'Elodie devint rouge incandescent. Elle pointa le bout en sa direction et, comme en escrime, elle attaqua. Eric esquiva et se défendit avec son arme.

Gaël affronta Elora. De la même façon, un duel s'engagea. Kéra et Bron s'occupèrent de dresser le chien qui avait plutôt l'air réfractaire. Gwenc'Ron et Gwenc'Phel s'observèrent, guettèrent le moindre signe d'agressivité pour se jeter dans la bataille à leur tour.

Kéra quitta le combat. Elle consulta le livre qu'elle avait laissé dans une malle, dissimulée sous des dalles du carrelage. Elle le feuilleta rapidement et tomba sur un croquis du chien. Elle lut à haute voix pour Bron.

- Cet animal est un *Gargwa*, un chien des ténèbres. Il a la particularité de cracher du venin mortel au toucher. Ses pattes sont munies de ventouses qui adhèrent aux murs et au plafond. Enfin, il est très agile malgré sa grande taille et son poids. Pour le vaincre, une seule goutte de son propre venin, appliquée sur le haut de son crâne, le tuera.

Le *Gargwa* ouvrit sa gigantesque gueule et cracha du venin qui atterrit sur un mur.

- Il faut mieux viser mon gros ! lança Bron, téméraire.

Kéra intervint à l'aide de son sceptre et elle balança la totalité du poison sur la tête du monstre. La créature hurla et s'écroula à terre. Tout son corps ne devint que braise. Gwenc'Phel fut furieux de perdre son animal domestique.

- Kéra, une seule goutte suffisait, dit Bron.
- Je suis d'humeur massacrante ! J'en ai marre d'être attaquée autant de fois en si peu de temps ! Ils n'ont que ça à foutre ou quoi ?

D'autres druides vinrent en renfort et repoussèrent les traîtres. Elodie, Gaël et leur chef se sentirent menacés.

- Très chers ennemis, nous nous retirons. Ce n'est que partie remise. Nous nous reverrons. A propos, la mère du Gargwa a eu la gentillesse de me laisser toute une portée de ses petits à disposition. Elodie ! Gaël ! Ramassis d'incapables ! Partons !

Ils se retirèrent sans plus attendre. Bann fut contrarié que le Temple serve de champ de bataille et demanda à l'équipe d'attaquer les premiers la prochaine fois.

- Le Temple est un lieu de paix.
- Nous ne pouvons faire autrement. Ailleurs, des mortels seraient menacés, répondit le superviseur.
- Les enfants ! Je vous demande pardon en mon nom propre. Si vous quittez le Sanctuaire, vous serez à leur merci. Détestez-moi si vous le désirez, mais restez.
- C'est d'accord, dit Eric à contre cœur.
- Je dois revenir sur mon aveu, intervint Elora.
- Oui.
- Luc sait que je suis une druidesse. Je le lui ai dit.
- Ed également. Luc l'a répété.
- Les filles ! Vous savez que vous devez faire attention, gronda Gwenc'Ron.
- Ne vous en faites pas. Je sais qu'ils ne poseront pas de problème, finit Bann.

Kéra pénétra dans le bosquet sacré des druides, un lieu où nul être maléfique ne peut entrer. Elle le déposa sur un vieux tronc d'un chêne abattu il y a longtemps. Elle s'en servit comme d'une sorte de table. Elle savait que le livre des éléments y serait en sécurité. Mais un craquement sec de brindilles attira son attention. Un homme s'avança et se présenta.

- Kéra, j'ai beaucoup de choses à t'enseigner.
- Qui êtes-vous ?
- Mon nom est Théodorus...

A SUIVRE...

SAISON 1 EPISODE 3

Dégénérescence

#3

« Il est plus facile d'éteindre un premier désir que de satisfaire tous ceux qui suivent. »

LA ROCHEFOUCAULD,

MAXIMES

SOUVENEZ-VOUS...

Dans l'épisode « **L'A**utre-**M**onde (partie 2) » : intégré à l'équipe, Bron commence son initiation et soutient le groupe dans les moments difficiles. Lui-même éprouve des difficultés à accepter sa différence. Combattre le Maître Druide de l'illusion et la Banshee constitue leur précédente mission. Pour compliquer le tout, Gwenc'Phel, le chef des traîtres, intervient de nouveau afin d'anéantir la communauté des druides, sans y parvenir. Côté cœur, les changements sont nombreux : Luc n'admets pas le destin d'Elora et contracte le virus du SIDA après s'être vengé ; Eric croit trouver une compagne mais Cynthia est la Banshee, qu'ils doivent éliminer ; Ed accepte plus facilement la destinée de Kéra et Bron ouvre son cœur à Ben. La révélation concernant leurs parents bouleverse les sentiments d'Éric, Elora et Kéra. La recherche de leurs familles devient une priorité. Enfin, Kéra rencontre le fameux Théodorus…

Suite...

23

Dompteur

Un long silence précéda la réaction de Kéra. Théodorus se trouvait là, devant elle. Celui qu'elle cherchait depuis de nombreuses semaines s'était présenté sans qu'elle ne s'y attende. Elle était à la fois surprise et inquiète.

- Théodorus ! Le druide de Dana ?
- Exact. Je l'ai follement aimée dans ma jeunesse. Ce fut une erreur que je regrette. Mais cela remonte à plusieurs siècles déjà.
- Savez-vous ce que nous avons vécu à cause de vous ? Mes amis ont failli perdre la vie !
- Oui, je le sais. J'en suis navré. Pardonnez ces désagréments.
- Désagréments ! C'est un euphémisme ! Dana s'est approprié le corps de mon amie ! Elle lui a fait faire des choses immondes !
- La malédiction de l'urne n'agira plus, j'y veillerai. Si je suis venu vous voir, c'est pour un tout autre sujet. Dans peu de temps se produiront des événements que vous et vos camarades aurez du mal à empêcher. Je crains qu'une vie soit sacrifiée afin de sauver le monde. Vous avez aujourd'hui accès aux fichiers du Sanctuaire et au Livre des Éléments. Conservez ces informations précieusement et usez-en dès qu'une situation l'exigera. Kéra, vous allez accomplir la meilleure chose de votre vie. Ne la craignez pas.
- Je ne saisis rien. Pourquoi tout ce mystère ?
- Vous le comprendrez au moment opportun. N'oubliez pas ceci : « *lorsque s'éteindra la lumière, les runes seront l'instrument de la délivrance et une âme sera la clé de la vie.* »
- Qu'est-ce que ça veut dire ?
- Retenez.

Sous ses yeux, Théodorus disparut et des traces de pas se dessinèrent au sol comme s'il était devenu invisible.

Zoo de Brest,
7 décembre 2000.

A en juger par ses vêtements, saie mauve, un Maître Druide pénétra dans la lumière d'un lampadaire qui éclairait plusieurs cages. L'une d'elles faisait environ trois mètres de long et ne laissait guère de place au lion qui y logeait. Sa voisine, une tigresse âgée de cinq ans, rayée de noir, n'était pas mieux lotie. Le Maître Druide inspecta ces habitations. Un gorille bouscula les barreaux et tenta de les arracher en vain. Une femelle chimpanzé hurla à la mort. Le vieux lion endormi sursauta et devint fou de rage. Il ne faisait nul doute que le Maître Druide avait la capacité d'influencer le comportement des bêtes et des fauves.

Sa main saisit un cadenas qui verrouillait la porte d'une cage. A la suite d'une brève concentration, il céda. Une panthère noire fut ainsi libérée. D'autres félins furent aussi relâchés. La panthère prit son élan. L'idée de fuir l'obsédait. Elle sauta un mur de trois mètres de haut avec l'aide du druide qui créa une impulsion au sol, projetant l'animal avec force de l'autre côté de la muraille. Elle parcourut une longue rue calme. A l'approche d'une foule près d'une boîte de nuit, elle stoppa sa progression, observa les jeunes couples et rugit. Ce fut la panique générale. Les cris de stupeur se multiplièrent. La panthère attaqua plusieurs adolescents qu'elle défigura et laissa pour mort. D'autres jeunes adultes qui se portèrent à leur secours furent mordus ou griffés par la lourde et puissante patte noire. Les crocs dehors, les griffes acérées, les membres postérieurs prêts à bondir, elle émit de nombreux autres rugissements.

Mais ces agressions ne furent pas les seules, loin s'en faut. Un énorme éléphant massacra des voitures stationnées. Un bus fourni gratuitement par la mairie pour éviter que les jeunes ne conduisent en d'ivresse, fut littéralement renversé sur le flanc droit. Une louve aux poils châtains terrorisa un couple d'amoureux avant de les tuer.

Les habitants du quartier, réveillés par le brouhaha, alertèrent les autorités qui ne mirent que peu de temps à intervenir. Aidés par l'équipe de dressage du zoo, ils eurent de grandes difficultés à maîtriser les animaux en furie. Le directeur ne s'expliquait pas leur comportement, ni leur fuite.

Le Maître Druide, satisfait du trouble qu'il avait provoqué, laissa les bêtes seules face à leur sort. Certaines, trop dangereuses, furent abattues. Dès lors qu'il s'éloigna, le calme revint et les perturbations cessèrent.

Sanctuaire,
8 Décembre 2000,
9 h 10.

Une Mercedes noire, dont le toit était recouvert d'un tapis de neige, avança devant l'entrée du Temple. Ness portait un manteau de fourrure synthétique, des chaussures assorties à son manteau, et son visage était soigneusement maquillé. Bann était vêtu d'un costume blanc cassé et d'une cravate de la même couleur. Tous deux s'apprêtaient à monter dans le véhicule tandis que la neige tombait à gros flocons.

- Bann, je suis inquiète. Laisser l'équipe sans notre soutien...
- Il faut bien qu'ils assument leurs combats sans notre aide. Nous testerons ainsi leur autonomie. Il s'agira d'une épreuve supplémentaire.

- Un test, murmura-t-elle pour elle-même.

- Nous devons nous absenter, c'est capital et indispensable. Allons-y, on nous attend. Nous ne pouvons pas nous permettre un retard.

Ness monta la première et s'immobilisa un instant pour observer le Temple avant de partir et acheva de s'asseoir. Bann la suivit de près.

Dans son appartement, Eric se leva et prit le petit déjeuner. Il finit un croissant encore chaud tout en commençant la lecture du journal. Ses yeux balayèrent les pages et contemplèrent plus précisément un article au titre évocateur :

« *Massacre à la discothèque.* »

« Cette nuit, vers minuit, une soirée de fête a viré au cauchemar. Des fauves se sont échappés de leurs cages du zoo. Dix minutes plus tard, une panthère a attaqué les jeunes à l'entrée de la discothèque. Encore choqués, ils ont du mal à parler de ce qui s'est produit. " Les animaux semblaient déchaînés" commente l'un d'eux. "Un éléphant a pulvérisé un autobus" continu un autre. Les autorités ont maîtrisé les félins et autres chimpanzés à coup de fléchettes paralysantes. Nous nous souviendrons longtemps de cette nuit cauchemardesque. Au total, nous déplorons six morts et des dizaines de blessés. Cinq sont dans le coma, défigurés. Une enquête est ouverte et le propriétaire du zoo est actuellement interrogé. S'agit-il d'une négligence ? D'un acte volontaire ? La police se refuse à tous commentaires. Toute la ville est aujourd'hui consternée. »

Grégory Trémazon

- Mon Dieu ! Quelle horreur ! Il y a des chances que ce soit un Maître Druide le responsable.

Eric informa les autres membres de l'équipe : Bron, Kéra et Elora.

***

24

Espoirs Decus

**8 Décembre 2000,
14 h 03.**

Eric tira un tiroir et sortit son dossier. Il le feuilleta et trouva une adresse.

DOSSIER SECRET

**SANCTUAIRE
SITE 2**

Nom : Salvi PHOTO **INTERDITE**
Prénom : Eric
Né le 02 octobre 1975 à Lorient
Nom du Père : Salvi Prénom Benoît
Nom de la Mère : Tavel Prénom Béatrice

Informations complémentaires :

Seule adresse connue, 24 avenue Benoît Salvi, Morlaix. Titre de rue donné en ré-compense pour service rendu à la nation.

- Il n'y a pas grand-chose. Mais j'ai toujours une adresse, pensa-t-il.

Eric Salvi se rendit dans l'après-midi à l'adresse indiquée par le dossier. C'était une énorme résidence, protégée par des gardiens et surveillée par des chiens.

- Ce n'est pas là-dedans que j'ai été kidnappé. Bien qu'avec un peu de magie, tout est possible.

Il vit une femme arracher un panneau planté devant la grille d'entrée. Il portait l'inscription : « A VENDRE ». Eric s'approcha.

- Bonjour madame. C'est bien ici la résidence Salvi ?

- C'était ! Ils sont partis. Il y a vingt et un ans qu'ils ont déménagé. Après la disparition de leur fils. J'habite ici, depuis. Je voulais vendre la résidence ces jours-ci mais ne peux m'y résoudre. J'y tiens trop. J'ai renoncé.

- Savez-vous où ils vivent maintenant ?

- Ils sont partis à Quimper. J'étais très amie avec Béatrice mais cela fait des mois que je ne l'ai pas vu. Vous voulez l'adresse ?

- Oui, merci.

Eric ne désirait pas en savoir davantage. Il avait peur. Il souhaitait découvrir sa vie par lui-même. Il était également pressé de les retrouver.

A l'Université, le doyen T-Rex porta un dossier à Hélène.

- Mademoiselle Trombe ! Vous avez une semaine pour remettre un rapport détaillé au musée sur la *coupe de Cormac*.

- Avec tout le respect que je vous dois, c'est impossible monsieur !

- Très bien, votre salaire diminuera en proportion du retard.

- Quel humour !

- Ai-je une tête à plaisanter mademoiselle ?

- Non monsieur.

- Alors ! Attendez-vous de prendre racine ?

Le doyen, visiblement contrarié, quitta le laboratoire comme une tornade. Ses hurlements dans le couloir indiquèrent à Hélène qu'il venait de se trouver une autre victime.

Eric ne pouvait pas se déplacer à Quimper aujourd'hui. Il passa au laboratoire. Sur le campus, un oiseau le suivit partout. Afin de tester la colombe, il monta les étages jusqu'à son bureau. Il salua son assistante et vit, perché à la fenêtre, la colombe l'observer.

- Hélène, j'ai l'impression de rêver. L'oiseau à la fenêtre n'arrête pas de me suivre, où que j'aille. C'est comme ça depuis que j'ai quitté mon appartement.

- Elle est peut-être amoureuse de toi.

- Très drôle.

- Le doyen m'a confié la coupe de Cormac.

- C'est un mythe.

- Inspecte-la par toi-même. Elle est sur la table d'analyse.

Eric la détailla des yeux mais, préoccupé, il laissa le soin à Hélène de travailler sur la coupe. Un instant plus tard, une étudiante passa dans le couloir et s'arrêta devant la porte. Elle vit une statuette inca et ressentit le désir irrépressible de se l'approprier. Elle était sous un charme particulier et la convoitait. Puis, elle passa son chemin, comme pour réprimer ce sentiment.

A l'Ouest de la ville, le Maître Druide marchait d'un pas décidé. Sur son passage, tous les chiens devenaient subitement méchants. Ils agressaient leur maître. Une grand-mère âgée de soixante-quinze ans fuyait son caniche qui lui mordait le mollet droit jusqu'au sang. La pauvre dame tomba à la renverse et le caniche acheva de l'agresser. Heureusement, son fils de trente-trois ans sépara l'animal de sa maîtresse avant qu'il ne la tue. Observant la scène avec délectation, le Maître Druide éclata de rire, satisfait de son pouvoir de séduction sur les chiens.

Eric, ayant toujours l'oiseau sur ses talons (ce qui l'intriguait), se rendit à Quimper. Si proche de la vérité et de sa vie, Hélène l'avait encouragé à poursuivre ses recherches et le couvrirait auprès du doyen en cas de besoin. Hélas, à son arrivée, la maison était rongée par les flammes. Pourquoi à cet instant ? Au moment où il était sur le point de les rencontrer. Il craignait pour leur vie. Un sentiment de panique l'envahit. Son cœur battit la chamade et son sang ne fit qu'un tour. Ses jambes se dérobèrent et il blêmit. Eric se ressaisit, s'éloigna de sa voiture et questionna un habitant dans la foule de curieux spectateurs.

- Excusez-moi, c'est la maison de Benoît Salvi ?
- Oui. Enfin... Elle ne l'est plus depuis deux semaines. Les pauvres ont perdu cette maison. Ils en avaient deux vous savez. Maintenant, ils vivent dans un appartement, à Brest je crois. Vous savez, ils étaient très riches ces gens-là avant la disparition de leur fils unique. Après cette tragédie, ils sont tombés dans le gouffre du désespoir. Les nouveaux propriétaires ont eu la même malchance, finit une vieille dame, une voisine, en désignant la maison en feu.
- Merci.

Depuis tout ce temps, ses parents habitaient la même ville que lui. Il les avait peut-être croisés un jour, dans la rue. Son enquête progressait. Ce n'était plus qu'une question de temps pour les retrouver et enfin pouvoir les embrasser. Eric n'avait jamais connu la douceur d'une mère, les baisers, les cadeaux, le réconfort lorsqu'il était malade. Il avait l'impression d'avoir vécu comme un moine, si loin de tout. Les druides se souciaient davantage de ses pouvoirs et de son destin, que de lui, de son cœur.

Sanctuaire,
9 Décembre 2000.

Il était temps pour Bron de reprendre les cours, son initiation. Il monta à la Tour d'Or et Gwenc'Ron, le superviseur lui emboîta le pas. Il lui apprit les rudiments de la divination des mains : la chiromancie et entama de vieilles légendes.

- Bron, je dois te parler des légendes d'Irlande primitive. Les *Fomoirés* étaient des êtres difformes n'ayant qu'un bras, qu'une jambe et un seul œil. Les *Luchupans* étaient des créatures féeriques évoluant à la fois dans notre univers et dans l'Autre Monde. Enfin, les *Korrigans* vivaient dans la forêt de Brocéliande.

- Je suis susceptible d'en rencontrer ?

- Cela se peut en effet. Et il te faudra livrer bataille parce qu'ils ne sont pas tous très amicaux. Pour vaincre un ennemi, il faut connaître son nom et ses faiblesses. Le Livre des Éléments et nos fichiers t'y aideront, comme ton équipe qui a de l'expérience. Je reprends : les *Tùathas dé Danann* disposent de vastes pouvoirs. La mer et l'air sont leurs éléments de prédilection. Ils prétendent être des Dieux. Ils connaissent les sciences, les arts, la magie et les traditions druidiques. Heureusement, ils ignorent l'étendue de nos pouvoirs et de notre connaissance. Le plus intéressant maintenant : un druide peut affronter les Dieux, les démons, les morts (fantômes, zombies) dans notre univers et dans l'Autre Monde. Un jour viendra où tu pourras évoluer d'un monde à l'autre. Ton pouvoir prémonitoire grandira. Tu es à la fois druide et médium, Bron. Nous sommes au milieu, à mi-chemin entre les Dieux (Éternels) et les hommes que nous protégeons. Un druide a un grand charisme, sa magie fait peur.

- Oui, j'en sais quelque chose.

Une demi-heure plus tard, le superviseur se retira. Il avertit Bron de son absence pour quelques jours afin qu'il devienne Grand Druide à la suite d'une étape lui permettant de se ressourcer. Il était sur le point d'acquérir une promotion. Il pouvait monter au sommet de la hiérarchie.

Bron profita de sa liberté. Ses obligations envers le Sanctuaire s'étaient minimisées. Ce fut pour lui une pause. Quant au musée, Bron avait pris des congés. Il se promena en centre-ville et rencontra, à l'entrée d'une banque, une fillette en pleurs. Elle était recouverte de bleu sur tout le visage. Pris de compassion et de tristesse, il se présenta.

- Bonjour ma puce ! Je m'appelle Bron. Quel est ton prénom ?
- Tara, répondit-elle timidement.
- Tara, essuie-moi ces larmes. Tu es beaucoup plus belle comme ça. Tu es toute seule ?
- Mon... papa... est rentré dans la tirelire.

Bron leva les yeux vers l'enseigne désignée par le doigt de l'enfant : « *BANQUE* ».

- Il t'a laissé toute seule ?
- Oui.
- Dis-moi, comment tu t'es fait ces bleus ?

La fillette ne répondit pas et baissa la tête.

- Où habites-tu ?
- *3 avenue La Florette.*
- Papa est gentil avec toi ?
- Non. Papa est vilain.
- Quel âge as-tu ?
- Cinq ans et demi.

***

25

LES TROIS MOUSQUETAIRES

Pendant ce temps, dans le cœur de la Chambre Souterraine bâtie sous le campus, le Maître Druide installa des instruments de cérémonie : deux candélabres surmontés de bougies, des herbes, une coupe en métal et il dessina un pentagramme au sol.

- « *Royaume de l'Autre Monde ouvre tes portes ! Libère les frères de sang ! Par mes pouvoirs qu'ils viennent par ce miroir !* »

Trois hommes traversèrent le miroir et lui firent face.

- Accompagnez-moi dans mon combat. Que l'un de vous attaque les druides. Ensuite, ce monde sera à nous !

Devant la banque, Bron prit Tara dans ses bras et s'apprêtait à pénétrer dans la « *tirelire* ». Mais à ce moment, le père de Tara sortit.

- Tara ! Que faites-vous avec ma fille ?
- Ah, c'est vous son père. Cela fait combien de temps que vous laissez Tara toute seule dehors par ce froid ? De plus, vous battez votre enfant de cinq ans !
- Voyons, je ne vois pas de quoi vous parlez !

Bron posa Tara à terre et son père la récupéra.

- Vous êtes un monstre ! Vous terrorisez Tara !
- Non mais qui êtes-vous pour m'insulter de la sorte !
- Un homme qui porte en horreur des gens comme vous qui osez s'en prendre aux enfants.
- Hé ! Que se passe-t-il Bron ? intervint Ben qui passait par là et les sépara.
- Viens Tara, partons.
- Sale type, marmonna Bron pour lui.
- Bron, tu veux bien m'expliquer ?

Celui-ci lui raconta ce qu'il savait sur la petite fille.

- Bron, c'est une enfant. Elle a peut-être fait une bêtise et a été punie. Tu n'as pas de preuve que c'est lui qui la bat.
- Je sais, mais j'en trouverai.
- C'est à la police de s'en occuper.
- Oui, mais c'est à moi que Tara s'est confiée, c'est un signal de détresse. Je veux l'aider, je dois l'aider.

- Je te comprends. C'est une ordure. Mais tu ignores tout de lui. Alors, mé-fie-toi. Je t'aiderai de mon mieux.

- Ah oui ?

- Oui.

- C'est pour ça que je t'aime.

Résidence Universitaire.

Ed et Kéra, allongés dans leur lit, faisaient des projets d'avenir.

- Je ne me projette pas aussi loin dans le futur Ed. Des enfants, c'est...

- C'est parce que tu es druidesse ?

- Non ! Nous avons parfaitement le droit de copuler et d'avoir des enfants, nous marier. Mais, le combat contre le mal s'accomplit chaque jour. Ma vie sera toujours instable.

- Je t'aime Kéra. S'il faut attendre, je le ferais. Ce Gwenc'Phel dont tu m'as parlé finira par être arrêté. Ce jour-là tu seras en sécurité.

- Il est très puissant. Si nous n'arrivions pas à le vaincre ! S'il était remplacé par un autre traître !

- Alors, ce ne sera pas différent des hommes qui partent à la guerre. Vivons notre vie, peu importe ce qu'il adviendra. Nous y ferons face ensemble.

- Si je meurs, élèveras-tu notre bébé ?

- Oui, mais cela n'arrivera pas. Commençons doucement. Par exemple, vi-vons ensemble. J'emménage chez toi, je laisse cette chambre à un autre étudiant.

- Tu es sérieux ?

- Bien sûr.

- D'accord. Je t'aime, cria Kéra de joie. Dès lors, ils formèrent un vrai couple. Surexcités, ils firent l'amour, trois fois. Mais au moment le plus intéressant de la relation charnelle, le téléphone sonna. Gwenc'Ron voulait réunir l'équipe.

- Oh non. Il faut que j'y aille. Bienvenue dans mon monde, Ed. Tu peux con-tinuer tout seul, dit-elle en raccrochant.

- Ce ne sera pas aussi excitant.

- Tu n'as pas le choix.

Tandis que Kéra quittait la chambre, Ed courut à la salle de bain.

Sanctuaire,
15 h 00.

Au Temple, toute l'équipe attendait que le superviseur fournisse des explica-tions.

- Vous êtes tous là, très bien. La mauvaise nouvelle, c'est que l'Autre Monde a été contacté. Il faut s'attendre à une nouvelle attaque.

- Ça ne pouvait pas durer. Cela fait un mois que nous sommes tranquilles : pas de monstres, pas de *Maître Druide* et Gwenc'Phel a besoin de retrouver ses forces, ce qui nous laisse du temps.

- C'est juste Elora. Ce n'est pas le traître cette fois. C'est un autre Maître. Un combat est pour bientôt.

Commissariat de police.

L'inspecteur Bouzave finit de boire une tasse de café et prit sa veste. Malgré le froid saisissant de l'hiver, le policier aimait se promener dans le parc. Il pouvait se détendre. Un peu de marche l'aidait à décompresser. Tandis qu'il pénétrait dans le parc, l'envoyé du Maître druide le suivit. Les arbres et les buissons étaient plus abondants et l'inspecteur était isolé. L'individu en profita pour attaquer. Il brandit son bras au-dessus de sa tête et une masse d'énergie s'accumula dans sa main. Il visa la poitrine de l'inspecteur et la lança. Surpris, il ne put esquiver le coup, ni détacher son arme de la ceinture. Électrocuté, il perdit rapidement connaissance.

- Parfait ! Beau travail.

Le Maître Druide saisit son sceptre et changea le policier en primate. Des poils poussèrent, son visage s'allongea, une sorte de museau se dessina, ses mains, ses pieds devinrent des pattes. Le Maître Druide se mit à rire aux éclats. Son plan devenait réalité. Tout ce passait comme il l'avait prévu.

La nuit tomba sur le campus. Le doyen T-Rex fermait son bureau à clé avant de quitter l'Université. Sur le parking, il s'approcha de sa BMW noire. Il entendit un bruit, comme un craquement suivi d'un autre, plus électrique. Puis, plus rien. Lorsqu'il se réveilla, il était devenu un primate. Son corps le démangeait, probablement des puces. Le Maître était fier. Cependant, il n'arrivait plus à contrôler ses trois sujets.

- Un druide ne peut pas commander les frères *Tùathas*. Nous sommes des Dieux ! Tu nous dois obéissance !
- Non ! Sans moi, vous seriez encore prisonniers de l'Autre Monde…
- Nous ne sommes pas reconnaissants.

L'un des frères assomma le Maître Druide et un autre lui confisqua son sceptre qu'il jeta plus loin dans la Chambre Souterraine.

- Nous allons conquérir le monde, seuls. Comme au bon vieux temps.
- Oui, il y a trois siècles.
- Non, six, idiot.
- Je n'ai plus la notion du temps.

Sanctuaire.

Eric avait besoin de réfléchir, de calmer son ardeur concernant son enquête personnelle. Il savait que son destin était lié au Sanctuaire et que mener des combats passait avant la recherche de sa famille. Assis près du bosquet où Kéra avait installé le *Livre des Éléments*, la colombe l'avait retrouvé. Elle atterrit à ses pieds. Eric tenait son dossier entre ses mains. Il vit l'oiseau se transformer en femme. Elle était svelte, magnifique, sexy. Elle portait une robe transparente. Le tissu ressemblait à un voile. Ses dessous ne masquaient que l'essentiel de son anatomie. Eric n'en cru pas ses yeux. Il ne pouvait détacher son regard de sa poitrine.

***

26

Un Message Du Ciel

- Bonjour Eric. Je me nomme Lana, je suis la messagère des Dieux du panthéon celte. Bientôt, tu rencontreras tes parents. Tu découvriras tes racines. Mais peut-être une déception. Tu as une image trop idéalisée. Ils ne sont pas tels que tu le crois.

- Je... Je...

- N'ai pas peur de moi. Je suis venue t'aider à faire les premiers pas dans ta vie. Sans mon soutien et celui des Dieux que je représente, tu risquerais de ne pas supporter cette vérité.

- Dois-je craindre ce que je verrais ?

- Pas si tu les aimes.

Lana redevint une colombe et s'envola.

Forêt de Carnutes,
Entre Chartres et Orléans,
11 Décembre 2000.

Ness, Pat et Bann du Gorsedd furent accueillis par d'autres Grands Druides. Tous trois présidèrent une immense assemblée. Tous les Grands Druides venaient de diverses nations celtes. Ils représentaient leurs pays et la communauté druidique qui y vit : Canada, États-Unis, Mexique, Argentine, Nouvelle-Zélande, Australie et Europe. Réunis autour de dolmens, Ness s'adressa à l'assemblée.

- Nous sommes inquiets. Le mal n'a jamais été aussi présent et s'attaque aujourd'hui aux plus hautes sphères druidiques.

- L'apocalypse est proche ! s'éleva une voix qui surprit tout le monde.

- Théodorus ! Vous aviez été banni ! réagit Pat.

- Décidément, c'est une manie dans votre pays, répondit le représentant Irlandais.

- Vous le savez tous. Nous avons ressenti, grâce à nos pouvoirs, le malaise, les ténèbres approcher. Le Sanctuaire est menacé.

- Je sais Théodorus. Tu as raison. Nous devons décider de la politique à adopter. Ce que nous devons faire, répondit Ness.

- Rien ! Kéra jouera un grand rôle avec son équipe. Eux seuls peuvent contrecarrer le funeste projet des traîtres associés aux démons.

En fin de matinée, le laboratoire était vide. Hélène était partie boire un capuccino. Une étudiante força la porte et entra discrètement. Elle déposa son sac à dos sur la table d'analyse et déroba des statuettes et des manuscrits anciens. Au passage, elle prit un Cd-rom par mégarde. Elle mit le tout dans son cartable et ne perdit pas une minute. Elle partit en hâte afin de ne pas être surprise en flagrant délit.

Eric sortait du musée quand Lana se métamorphosa devant lui, cachée par des arbres. Elle lui donna l'adresse actuelle de ses parents et le mit de nouveau en garde sur ce qu'il découvrirait.

- Ressens-tu vraiment le besoin de les voir, de leur parler ?
- Oui.
- Dans ce cas, je te souhaite bonne chance et bon courage.

Lana le laissa ensuite et s'envola. Une seconde plus tard, son téléphone portable sonna. C'était un appel d'Ed, ce qui le surprit. Lui, Kéra et Elora venaient d'être attaqués par le Maître Druide dans le parc alors qu'ils se promenaient en attendant sa manifestation.

Le combat était engagé avant l'arrivée d'Éric et de Bron. Les trois frères arrivèrent à la fête en renfort. Elora et Kéra usèrent de leurs sceptres et de formules qui affaiblirent le Maître Druide. Bron fracassa son sceptre dans le dos du traître avec violence. Allongé au sol, se tordant de douleur, il maugréa.

- On ne s'attaque pas aux filles ! lança Bron victorieux.

Toute l'équipe fut surprise par la présence des *Tùathas*.

- C'est qui ceux-là ? demanda Kéra à Eric.
- Je n'en ai pas la moindre idée.
- Nous sommes les *Tùathas dé Danann*. Agenouillez-vous devant vos Dieux !
- Ils ne manquent pas d'air ! Ils sont prétentieux, répliqua Elora trop sûre d'elle.

Bron et Eric repoussèrent toutes les masses d'énergie qu'ils lancèrent. Les filles les contournèrent pour les attaquer de côté. Ed, désireux de donner un coup de main, avança par l'arrière, agrippa l'un des *Tùathas* et l'étrangla de toutes ses forces. Hélas, Ed reçut une décharge d'énergie et se retrouva étalé par terre. Kéra, inquiète, abandonna le combat pour le protéger et opter pour la défense. Elle l'éloigna suffisamment. Du bruit attira leur attention et les *Tùathas* remirent leur conquête à plus tard. Eric compta les dégâts et les trois frères disparurent.

Bron tomba sur ses genoux et eut une vision. Il vit deux hommes primates dans ce même parc. Il pu distinguer leur visage et sa vision lui montra l'identité des deux animaux.

- Bron ! Tu as une vision ? demanda Eric.
- Oui, j'ai vu deux singes là-bas, derrière ces arbres. Le plus curieux, c'est que ce sont le doyen et l'inspecteur Bouzave.

Ils se rendirent de l'autre côté des buissons et constatèrent le désastre. Le premier primate portait l'uniforme, le second joutait avec la montre à gousset du doyen.

- Tu as raison. Ce sont eux, confirma Elora.
- Bon, Kéra, met Ed à l'abri. Bron, Elora, aidez-moi à les porter au *Sanctuaire*.
- Mais l'inspecteur !
- Dans cet état, son esprit est celui d'un primitif. Il ne sait probablement pas qui il est. C'est pareil pour le doyen. Allons-y avant que quelqu'un nous surprenne.
- « Que fait-on pour les *Tùathas* machin chose ? » questionna Bron qui n'avait pas retenu leur nom.
- Chaque chose en son temps. Nous étudierons le problème au Sanctuaire, lorsque nous serons en sécurité.

Ils se hâtèrent de quitter les lieux.

***

27

RETOUR DE L'HOMME PREHISTORIQUE

**Temple,
11 Décembre 2000,
14 h 18.**

Bron observa avec attention les deux primates. A l'aide de ses connaissances, il parvint à identifier leur espèce.

- *Australopithecus robustus* datant d'un à deux millions d'années. Ils sont robustes et dangereux par leur agressivité.
Durant ce petit cours d'histoire, le doyen tirait les cheveux bouclés d'Elora. Kéra tenta de la libérer mais Eric dû intervenir. Le doyen courut se cacher près d'un pilier du Temple. Il avait été effrayé par une flamme de briquet.

L'équipe laissa les australopithèques sous la surveillance de leurs collègues druides et se rendit au bosquet. Ils y consultèrent le grimoire.

- Je n'ai pas eu de mal à trouver le Maître Druide responsable. Son pouvoir est original et se distingue des autres. Selon le livre, il s'appelle Gwendal, Maître Druide de la dégénérescence. Son pouvoir consiste à dégénérer l'évolution physique d'un homme. Il le fait régresser à l'état de primate, commenta Elora.
- Qui sont les trois autres ? demanda Kéra.
- Il va me falloir du temps pour les identifier.

Kéra eut soudainement une envie pressante. Puisqu'il fallait attendre pour que l'enquête avance, elle se dit qu'elle pouvait s'absenter et prendre le reste de la journée.

- Excusez-moi, j'ai un besoin pressant, dit-elle en s'éclipsant à toute allure.
- Qu'est-ce qu'elle a ? demanda Elora.
- A ton avis. Ed lui manque.
- Oh les garçons, vous ne pensez qu'à ça !

Elora poursuivit ses recherches de longues heures. Bron l'aida un moment. Eric enferma le doyen et l'inspecteur qu'il confia à la surveillance des « *Gardiens* », créatures venant de l'Autre Monde avec lesquelles l'évasion est impossible. Il se rendit à l'adresse confiée par Lana.

Il balaya la façade de l'immeuble des yeux. C'était là, devant lui, à quelques mètres. Dans cinq minutes, il allait pouvoir comparer l'idée qu'il s'était fait de sa famille avec la réalité. Se serait-il trompé ? Avait-il vu juste ? D'habitude, c'est Bron qui a ce pouvoir. Il avait bien tenté de lui demander s'il pouvait avoir une vision de ses parents. Mais il est novice en la matière. Même s'il progresse vite, il ne peut répondre à toutes les attentes. Ses rêves lui viennent des Dieux. S'il ne *voit* rien, c'est qu'ils ne souhaitent pas faire de révélations. Eric traversa le rez-de-chaussée et frappa à la porte numéro trois. Il dû patienter un certain temps puis, un homme en fauteuil roulant lui ouvrit. Il le fit entrer et Eric aperçut une femme, une bouteille de whisky à la main, totalement ivre. Les traits tirés, le visage fatigué, le corps frêle. Tout d'un coup, l'image dont il rêvait chaque nuit s'était effacée. Était-ce un cauchemar ? Pourquoi le torturer davantage ? Qu'allait-il pouvoir leur dire ? « Salut, je suis votre fils, des druides m'ont kidnappé quand j'étais petit. » Impossible de dire cela. Il ne pouvait pas. Eric était paniqué. Il s'excusa et partit avant même de s'être présenté. Pourtant, son père l'avait invité à entrer sans même le connaître. Mais Eric était choqué. Il se préparerait mieux la prochaine fois. Maintenant qu'il « sait ».

Dans le parking souterrain, désert à ce moment-là, Lana l'attendait.

- Pourquoi ?
- Je t'avais averti. Si tu les aimes, tu les accepteras tels qu'ils sont. Tu sais, tous les parents du monde ne sont pas parfaits. Ils éduquent leurs enfants du mieux qu'ils peuvent.
- Que s'est-il passé ?
- Ton père, Benoît, a eu un accident de cheval il y a cinq ans. Quand à ta mère, Béatrice, elle est alcoolique depuis ta disparition. Vingt-cinq interminables années. Ils n'ont pas supporté la perte de leur fils unique. Béatrice est devenue stérile après ta naissance. Elle culpabilise. Ils n'ont jamais pu fonder une autre famille, sans toi.
- Pourquoi le Gorsedd a-t-il brisé nos vies ?
- Tu connais la réponse Eric.
- Oui, mon destin.
- C'est difficile. Les Dieux n'avaient pas d'anges sous la main alors, ils m'ont envoyée.
- J'ai besoin de temps pour digérer ce choc.
- Je comprends. Mais ne tarde pas trop. Tes parents ne seront pas toujours là.
- Quoi ? Qu'est-ce que ça veut dire ?
- Je ne peux pas te révéler l'avenir Eric, conclut Lana avant de s'envoler à nouveau.

Eric monta dans sa voiture et démarra.

***

28
ADIEUX

La messagère des Dieux rendit visite à Luc. Il tomba sous le charme dès qu'il la vit. Luc portait un jean bleu marine, un pull-over blanc en laine avec un col roulé.

- Bonjour Luc. Je m'appelle Lana.
- Salut beauté.
- Doucement Don Juan ! Je suis la messagère des Dieux.
- Toi, tu es une amie d'Elora. Tu es aussi déjantée qu'elle.
- Ne refuse pas ce que tu as vu Luc. Tu sais que le monde surnaturel existe. Ta vie n'est pas achevée. Elora a besoin de toi. Sa vie et sa destinée sont un lourd fardeau pour elle. Elle doit être sentimentalement épaulée. Ta maladie ne se déclenchera peut-être jamais. Accepte le destin d'Elora, ce qu'elle est. Les Dieux t'offrent un cadeau Luc, une sorte de seconde chance. Ils t'ouvrent le chemin de la rédemption.
- Je ne crois pas à ces bêtises. Aussi loin de la magie je serais, aussi bien je me porterai.
- N'en sois pas si sûr. Dans ce cas, tu devras affronter et assumer les conséquences de ton choix. Les Dieux ne te protégeront pas. J'ai de la peine pour toi. Tu as gâché ta vie et celle d'Elora parce qu'elle est différente de tes critères de sélection. C'est dommage que tu ne sois pas tolérant ou compréhensif. Tu as signé ta perte Luc.
- Quand il n'y a plus de confiance, il n'y a plus de couple.
- C'est toi qui oses dire ça !
- Elle m'a caché la vérité.
- Tu as couché avec une prostituée ! Tu oses parler de confiance ! C'est pour entretenir la confiance qu'elle s'est révélée à toi. Elle t'a ouvert son cœur, puis son âme.
- Va-t'en.

Lana quitta le jardin dans lequel s'était terminée leur conversation. Maintenant, il lui fallut intervenir auprès d'Elora. Elle retourna au Sanctuaire où elle travaillait encore sur le grimoire. Lana se présenta.

- Tu aimes toujours Luc n'est-ce pas ?
- C'est vrai. Je n'arrive pas à l'oublier, malgré ce qu'il m'a fait.
- Tu dois évoluer, reconstruire ta vie avec un autre homme.
- C'est dur.
- Bien entendu ! Rien n'est simple dans la vie. Si tout était facile, les humains s'ennuieraient. Je suis sûre qu'un homme te plaît, peut-être même un druide.
- Je ne peux pas.

- Ouvre ton cœur Elora. Cet échec ne doit pas te mettre sur la défensive et te refermer comme une huître. Je sais que ça fait mal mais Luc ne t'aime plus.
- Je le sais. Merci Lana.

Bron était préoccupé par Tara. La jeune enfant était en danger. Il essaya de lui rendre visite en cachette. Il venait d'avoir une vision où il la voyait morte. Très inquiet, Ben l'accompagna. Tous deux adoraient les enfants.

Depuis l'extérieur, Ben vit l'appartement en feu. Ils coururent dans les escaliers. L'incendie ravageait le salon. En entrant, les deux hommes trouvèrent Tara allongée dans sa chambre, baignant dans son propre sang. Ben prit la couverture du lit et la mouilla avec hâte dans la salle de bain. Tandis que Bron la portait, il les protégeait avec la couverture humide.

- Ben, il faut qu'on sorte ! C'est irrespirable ici !

Le plafond commença à céder et s'écroula. Ils parvinrent à sortir à temps. Ben brisa la petite vitre protégeant le bouton d'alarme incendie et le poussa. Tous les voisins sortirent, effrayés. Tous se rassemblèrent sur le parking. Ben appela les pompiers.

Le père de Tara arriva et vit sa fille dans les bras de Bron, la tête qui saignait.

- Que s'est-il passé ? Tara !
- Espèce d'ordure ! Comment avez-vous pu laisser cette petite toute seule dans l'appartement ! Vous l'avez encore battue !
- Non, je l'ai corrigée parce qu'elle ne voulait pas manger et qu'elle pleurait.

Bron devint rouge écarlate, posa Tara et lui aligna un violent coup de poing. Ben s'interposa et eut du mal à calmer son compagnon. Le père de Tara se mit à pleurer lorsque Ben appela une ambulance et la police. Il voulait garder son enfant. Tara gisait, inconsciente. L'ambulance ne tarda pas et, suite à l'arrestation du père de la fillette, Ben et Bron accompagnèrent la petite à l'hôpital.

Le Maître Druide continuait de déchaîner les animaux sur son passage. Elora et Kéra n'éprouvèrent pas de difficultés pour le retrouver.

- Je ne t'embaucherai pas à la SPA Gwendal, l'interpella Kéra.
- Très bien. Vous savez qui je suis.
- Ce n'est pas la discrétion qui t'étouffe ! On entend les animaux hurler à des kilomètres à la ronde.
- Que voulez-vous, ils expriment leur plaisir.
- En tout cas, on va mettre fin au tien tout de suite, continua Elora.

Celle-ci dirigea son sceptre vers lui. Le Maître Druide fut soulevé du sol et lancé contre un arbre. Il retomba lourdement par terre. Non loin, des passants attirèrent leur attention. Le Maître Druide les changea en primates. Il tenta de s'attaquer aux filles mais elles évitèrent la dégénérescence de justesse. Kéra parvint à lui dérober son sceptre et le brisa. Le *Maître Druide* perdit aussitôt ses pouvoirs et se changea lui-même en singe, un chimpanzé.

- Je le préfère comme ça, rit Elora.

***

29

MIRACLE

Hôpital de Brest.

Tara était installée dans un lit, des machines étaient branchées sur elle. Le médecin était pessimiste. Tara avait perdu beaucoup de sang, elle était faible et dans le coma.

Bron ne pouvait pas supporter de la voir ainsi. Elle souffrait. Cette petite fille aurait dû avoir toute une vie devant elle. Au lieu de cela, Tara était allongée dans ce lit, dans un état proche de la mort. Comment son père avait-il pu faire une chose pareille ? Après l'avoir battue pour la énième fois, il était parti faire des courses. Par violence, il avait bousculé un vieux radiateur portable. Peu après son départ, l'incendie ravageait les rideaux, la tapisserie, puis tout le salon. Pauvre Tara. Bron et Ben lui avait sauvé la vie. Pour combien de temps ?

Bron se souvint de Luc, dans ce même lit, deux mois plus tôt. Peut-être pouvait-il réitérer un miracle. Il demanda à Ben de surveiller le couloir.

- Que vas-tu faire ?
- Empêche quiconque d'entrer.
- D'accord.

Bron se concentra, déposa ses mains sur les côtés de la tête de Tara. Il pénétra psychologiquement dans son rêve. Elle était assise, recroquevillée sur elle-même, dans une pièce noire. Une faible lumière l'éclairait. Elle avait froid, peur.

- Tara, c'est Bron. Lève-toi ma puce. Prend ma main.
Soudain, Bron se souvint de l'avertissement de son superviseur. Il peut se faire piéger par le coma dans lequel il pénètre. Il ne doit pas visiter l'esprit d'une personne trop longtemps. Tara se leva, engourdie, et prit la main de son ami.
- Tara, tu dois te réveiller.
- Comment ?
- Pense à quelqu'un que tu aimes très fort.
- Maman. Elle est partie au ciel quand je suis née.
- Alors pense très fort à ta mère. Tu es trop jeune pour mourir ma chérie.

La fillette ferma les yeux et quand elle les rouvrit, elle se retrouva allongée dans le lit de la chambre d'hôpital. Ben fut stupéfait. Bron se réveilla à son tour.

- C'est... Un miracle ! Bron, comment as-tu..?
- Ben, je dois te dire quelque chose.
- Hou là ! Ca à l'air sérieux.

- Oui. Je suis un druide. La magie, le monde surnaturel, ça existe. Je travaille pour la communauté des druides, installée dans un lieu appelé Sanctuaire. Mon pouvoir, je les utilise pour lutter contre le mal.

- Tu guéris aussi les comateux ?

- Non. Ce n'est que la seconde fois que j'y arrive. Si j'ai pu le faire, c'est uniquement parce que les Dieux me l'ont permis et que Tara s'est battue. C'est terrible de devoir lutter uniquement pour exister.

- Mon petit ami est un ange.

- A peu près oui.

- Je suis fier de toi. Ce n'est pas dangereux ?

- Si, je risque ma vie tous les jours.

Ben accepta facilement la situation. Tara fut examinée par plusieurs neurologues qui ne s'expliquèrent pas cette miraculeuse guérison. Depuis son réveil, Tara reprenait peu à peu des forces, retrouvait l'appétit et grâce à Bron, le sourire.

Sanctuaire.

Gwenc'Ron était assis au cœur de la forêt Sud. Il méditait, s'interrogeait. Il fit le point sur sa vie et ses désirs. Il réfléchit, fut à l'écoute de la nature. Il sentit son âme grandir, s'enrichir. Il s'adressa aux Dieux pour leur demander si son destin était de devenir Grand Druide. L'un d'eux lui répondit : *Eningann*.

- Tu seras l'être qui purifiera le Gorsedd. Tu dirigeras toutes les communautés de druides dans le monde.

- *Créateur Eningann*, je doute encore. L'un de nous a trahi. J'ai peur que cela nous ait affaiblis.

- Oui, il adviendra d'autres catastrophes mais aussi un miracle. Pour redorer le blason des druides, il faudra du temps. Mais tu y parviendras Gwenc'Ron. Accepte la promotion, deviens Grand Druide. C'est ta destinée, termina le dieu qui ensuite se tut.

Au campus, Hélène s'aperçut que la porte avait été forcée. Elle découvrit et ne put que constater le cambriolage. Des statuettes, des colliers, des manuscrits vieux de milliers d'années avaient disparu. Mais Hélène fut tétanisée lorsqu'elle ne retrouva pas le CD-Rom.

Le doyen et l'inspecteur redevinrent humains après la défaite de Gwendal. Tous deux étaient profondément endormis et oublièrent leur mésaventure. Heureusement, car Elora imaginait mal devoir leur expliquer ce qui s'était produit. Le chauffeur du Sanctuaire les ramena chez eux avant leur réveil.

Embarrassée, Hélène examina la coupe de Cormac qui n'avait pas été subtilisée. Elle fit quelques recherches et lut dans un vieux livre poussiéreux que cette coupe avait le pouvoir de se briser au mensonge et de se reconstituer elle-même à la vérité.

- Chouette ! Un détecteur de mensonge antique, pensa-t-elle.

Hélène eut l'idée d'utiliser l'objet pour retrouver le voleur. Elle sortit du laboratoire et traversa les couloirs de l'Université. Elle passa devant un groupe de jeunes femmes et leur demanda si elles avaient vu les objets.

- Non, je ne ferais jamais une chose pareille ! Je ne suis pas une voleuse, répondit l'une.

Ses copines approuvèrent. Hélène constata que la coupe de Cormac, dissimulée dans son sac, était intacte. Mais lorsque la dernière étudiante répondit, la coupe se craquela et finit en mille morceaux. Hélène la reconnu. Elle s'appelait Gwendolyn.

- Je te tiens menteuse, pensa Hélène.

***

30

CHANGEMENTS

Kéra convoqua l'équipe. Elle avait déniché un dossier dans les archives du Sanctuaire.

- J'ai trouvé des informations sur les trois types baraqués. Ce sont trois frères maudits. Trois *Tùathas dé Danann* vieux de trois mille ans.
- Ils sont relativement bien conservés pour leur âge, répondit Eric.
- Ils se prennent pour des Dieux depuis qu'ils ont accédé à l'immortalité. Il y a une formule pour les renvoyer dans l'Autre Monde.
- Enfin une arme efficace !
- Attendons de l'avoir essayée, Eric.
- Écoutez, nous allons tendre un piège. Il faut les attirer ici pour le combat. C'est trop dangereux de les affronter dans le parc. Quelqu'un pourrait nous voir.
- Bonne idée, intervint Gwenc'Ron qui revenait de la forêt.
- Quelque chose a changé en vous.
- Oui, Bron. Je suis désormais un Grand Druide.
- Félicitations !
- J'espère que vous ne finirez pas comme les autres.
- Tu leur en veux toujours Eric ?
- C'est légitime.
- Chef, je dois vous parler d'une chose importante.
- Je t'écoute.
- J'ai sauvé une fillette battue par son père. Elle a cinq ans. Je me demandais si vous pouviez accueillir Tara au Sanctuaire et la confier à la *communauté des anciens*.
- Bien sûr. Elle y sera mieux qu'aux services sociaux ou dans un orphelinat.
- En êtes-vous sûr ? rétorqua Eric.

Bron continua son initiation pendant que les autres installaient le piège et attiraient les frères maudits. Mais il leur fallut du temps. A la Tour d'Or, Bron se concentra. Il savait que tout ce qu'il apprenait lui serait utile concrètement sur le terrain.

- Le druide doit veiller au bon ordre du climat, de l'écologie et de la société. Il préserve et restaure l'harmonie.
- C'n'est pas gagné chef !
- Je vais maintenant t'enseigner l'alphabet druidique d'Irlande. Les premières lettres de base sont *Beth* (B), *Luis* (L) et *Nion* (N). Nous utilisons un alphabet inspiré des arbres. C'est pourquoi les celtes donnent toujours des noms d'arbres aux lettres. Comme moi, un jour, tu pourras lire les messages de la nature au cœur

de la forêt. Voici les consonnes : *Beth, Col, Duir, Fearn, Gort, Luis, Muin, Nion, Pethboc, Ruis, Saille, Tinne, et Uath.* Tu prends la première lettre de chaque mot. Maintenant, les cinq voyelles : *Ailm, Eadda, Idho, Onn* et *Ur.*

— C'est très intéressant.

A peine eut-il terminé de mettre en œuvre son piège, qu'Eric ressentit le besoin de retourner chez ses parents. Une heure plus tard, il se présenta à Benoît Salvi et ce fut un choc. Benoît pleura de joie et Béatrice n'en crut pas ses yeux. Leur fils, là, devant eux, plus de vingt ans après sa disparition.

— Eric. C'est extraordinaire. Mon fils. Mon unique enfant est en vie. Je ne trouve pas les mots pour exprimer ce que je ressens. Où étais-tu tout ce temps ?

— Je...

— Ne l'embête pas Benoît. Mon bébé, que tu as grandi, intervint sa mère, saoule.

Hélène parla à Gwendolyn. Elle voulait récupérer les objets volés.

— Je sais que tu les as. Si tu refuses de me les rendre, j'utiliserais la cassette vidéo de surveillance du laboratoire. Le doyen et la police inspecteront cette preuve avec attention.

Hélène mentait. Il n'y avait pas de caméra de surveillance. Dans son sac, la coupe se brisa. Mais Gwendolyn y croyait.

— D'accord, dit-elle à contrecœur.

Elle sortit les statuettes de sa cachette mais prétexta avoir perdu le CD-Rom.

— Où est-il ?

— Je ne l'ai pas.

— Oh mon Dieu. Tu dois le trouver !

— Je vous ai dit que je ne l'avais pas ! Gwendolyn repartit, laissant Hélène à son désarroi.

Au Sanctuaire, désireux de gouverner le monde au plus tôt et d'assujettir l'humanité à leur volonté, les *Tùathas* attaquèrent. L'un d'eux fit voler la porte du Temple en éclat.

***

31

LES FRERES MAUDITS

Kéra connaissait leur nom : Glavo, Piva et Soporo. En entrant, tous trois reçurent une décharge électrique. Hélas, cela ne leur fit pas ressentir l'effet escompté. Souhaitant regrouper le courage de ses troupes, Eric lança :

- Un druide pour tous !
- Tous pour un druide ! répondirent les autres en chœur.

Glavo gela les jambes d'Elora jusqu'à la taille. Piva déchaîna une bourrasque dans le Temple. Soporo attaqua avec une arbalète et blessa Bron à l'épaule. Habilement, Eric évita un jet de glace et le retourna contre Glavo qui l'avait envoyé. Ainsi, il évita d'être paralysé. Le jet forma de la glace de long du bras droit de Glavo.

Kéra leva son sceptre au-dessus de sa tête et concentra toutes les énergies cosmo-telluriques autour d'elle. Un bouclier la protégea puis celui-ci se transforma en arme redoutable. Glavo fut atteint par cette énergie.

Bron prépara l'incantation et Elora fut libérée. Elle se jeta dans la bataille. Ils repoussèrent Glavo qu'ils isolèrent. L'équipe prononça ensuite la formule.

- *Anaon Cara* soit rejetée de cette Terre et retourne en enfer. *Anaon Cara, Sidh !*

La porte vers l'Autre Monde s'ouvrit et Glavo fut vaincu. Il disparut dans l'ouverture. Afin d'éviter d'être piégé à son tour, Piva provoqua une nouvelle tempête, ce qui fit vaciller le Temple, prêt à s'écrouler. Des pierres cédèrent et tombèrent au sol de tous côtés.

Eric, Elora, Bron et Kéra se concentrèrent et répétèrent l'incantation. Piva perdit aussitôt ses pouvoirs. Le vent cessa et le gouffre, toujours ouvert, le happa.

Soporo, désormais seul, fit voler des flèches en tous sens. Elora se protégea derrière un pilier, Kéra s'allongea pour s'éclipser de la trajectoire d'une des flèches. Eric évita l'une d'elles de justesse en exécutant une cabriole digne des meilleurs experts.

Excédé, Bron se leva, hurla et saisit Soporo à la gorge par l'arrière. Il l'étrangla de toutes ses forces malgré son épaule meurtrie. Eric profita de l'occasion pour arracher l'arbalète de ses mains et aida son ami. Les filles achevèrent l'incantation et Soporo fut ainsi envoyé en enfer. A la fin du combat, Gwenc'Ron soigna Bron.

- J'ai bien cru qu'on ne s'en sortirait pas cette fois, dit Elora épuisée.
- Il y a eu quatre ennemis, renchérit Kéra.
- L'essentiel est que vous soyez tous en vie, répondit le superviseur.
- Dites, quelle est l'espérance de vie des druides chef ?
- Limitée, répondit Eric à sa place.
- Prenez un peu de repos, vous l'avez bien mérité et en avez surtout besoin. Toi Bron, j'ai une dernière leçon à t'enseigner avant les épreuves finales.

Un instant plus tard, c'était la fin de sa formation.

- Bron, si les vérités de la magie étaient connues de tous, elle disparaîtrait. Tu dois préserver ce secret. J'achève ainsi ton enseignement théorique.

Campus Universitaire, Bibliothèque.

Gwendolyn s'installa devant un ordinateur et s'assura qu'elle était seule dans la pièce. Elle saisit son sac et en sortit le Cd-rom qu'elle avait dérobé à Hélène. Elle l'inséra dans le lecteur et vit apparaître sur l'écran les mots : « *SANCTUAIRE - FI-CHIERS SECRETS* ». Elle ne l'avait pas perdu et ignorait ce qu'elle était sur le point de faire.

***

32

DÉSILLUSION

Eric reçut chez lui un appel téléphonique de son père, Benoît, l'implorait de venir d'urgence. Paniqué, Eric fonça aussi vite qu'il put chez ses parents. En arrivant, il vit sa mère étendue au sol, hurlant de douleur.

- Que se passe-t-il ?
- Ta mère a un ulcère qu'elle refuse obstinément de soigner depuis des semaines. J'ai peur mon fils. Peur de la perdre comme je t'ai perdu toi. Mon Dieu, pourquoi l'histoire se répète-t-elle ?
- Non ! Maman ! Non ! Je t'en supplie, je viens tout juste de te retrouver. Ne me laisse pas, j'ai tant de choses à te dire.

Eric prit la main de Béatrice et employa *l'imbas forosnai* (illumination autour des mains. Lorsqu'un druide regarde les mains d'un malade, il discerne un halo de lumineux et en déduit l'état de santé de la personne. C'est ce que l'on appelle l'aura). Or, l'état de santé de Béatrice était préoccupant. Eric vit son aura s'effacer à grande vitesse.

- Elle va mourir. Non ! Je ne veux pas ! Maman, je t'aime. Je suis un druide, je vais te soigner.
- Eric, je n'en ai pas pour longtemps, je le sais. Je t'aime. Quand tu as disparu, je me suis laissé dépérir. Je n'ai pas lutté contre le chagrin. Mais sache que je t'aime de tout mon cœur mon garçon.

Eric prit sa mère dans ses bras et pleura. Béatrice mourut d'une hémorragie interne. L'ambulance arriva trop tard et emmena le cadavre. Alors qu'elle était transportée à l'hôpital, Eric partit au Sanctuaire. Il voulait la faire ressusciter. Il se souvint que l'eau de la fontaine du Sanctuaire avait la propriété de régénérer les cellules mortes. Mais elle ne pouvait pas rendre la vie. Peu lui importait, il devait essayer.

Sanctuaire,
Cour Principale.

- Lana !
- Eric, ça ne marchera pas. Ce qui doit arriver, arrive. Rien ne peut l'empêcher. Pas même cette eau.
- Tu le savais. Tu as essayé de me le dire.
- Oui, pour t'y préparer. Je ne pouvais pas te révéler l'avenir. Ça, c'est le travail des voyantes.

Eric prit un échantillon.

- Ce n'est pas la peine Eric.
- Je dois essayer. J'ai des pouvoirs !
- C'est vrai. Mais ils ne ramèneront pas ta mère à la vie.
- Tais-toi ! cria Eric qui partit aussitôt.

Une fois à l'hôpital, il fit boire le breuvage à sa mère même si elle était morte. Il consulta de nouveau l'imbas forosnai, son aura. Mais il n'y avait plus d'aura. C'était le signe que son âme avait déjà quitté son corps.

Eric perdit sa mère pour la seconde fois. Il ne s'en remit pas. Il se promenait dans le parc, quelques jours plus tard, avec son père. Benoît voulait faire parler son fils. Qu'il ne garde pas son chagrin pour lui.

- Eric, ta mère t'aimait.
- Je sais papa.
- Oh mon Dieu, c'est la première fois depuis si longtemps que j'entends à nouveau le mot : papa. Dis-moi, où étais-tu toutes ces années ?
- C'est une longue et triste histoire
- Raconte-la moi tu veux.

Eric lui révéla l'existence du Sanctuaire et le pardon qu'il avait accordé aux membres du Gorsedd. Benoît comprit que c'était écrit ainsi et rien ni personne ne pouvait empêcher ce kidnapping.

***

33

BOMBE A RETARDEMENT

15 Décembre 2000.

Bron retrouva Ben et le serra dans ses bras.

- Tara est sauvée. Mon chef a réussi à obtenir la garde au Sanctuaire. Elle est en sécurité.
- Ils sont très influents.
- Oui, ils ont le bras long. J'adore cette petite.
- Tu aimes les enfants ?
- Oui, bien sûr.
- Alors peut-être que nous en adopterons un plus tard, tous les deux.
- Tu veux que notre relation évolue ?
- Oui.
- Ben, je n'ai jamais... avec un homme.
- Je comprends, je t'apprendrais.

Campus Universitaire, Bibliothèque.

Gwendolyn examina tout le Cd-rom et lut tous les fichiers. Elle apprit ainsi toute l'histoire du Sanctuaire et des druides à travers les âges. Hélène était horrifiée d'avoir égaré les informations les plus précieuses. Elle se rendit au Temple qu'elle trouva en réparation et avoua le drame au superviseur.

Ness, Pat et Bann rentrèrent de leur voyage. Ils ne furent aucunement surpris de trouver le Temple en piteux état.

- Hélène, calme-toi. Tu dois chercher ces fichiers et les détruire. Ressaisis-toi.

Gwenc'Ron avait du mal à masquer son inquiétude. Il prit place au sein du Gorsedd et entra dans le niveau souterrain.

Plusieurs heures plus tard, Bron se réveilla aux côtés de Ben. Après avoir passé la nuit avec lui, il se leva discrètement et se servit un café. Il lut le journal et ressentit alors une douleur. Il savait qu'une vision allait encore accaparer son esprit.

Au Sanctuaire, le Gorsedd était inquiet. Ils firent le bilan de l'assemblée.

- En Irlande, nous avons des problèmes de budget. Peut-être augmenterons-nous l'apport annuel ? dit Ness.

- « Soit. » accorda Pat.

- En Russie, l'équipe principale a été vaincue. Les meilleurs éléments sont morts : Ilda, Igor, Ivan. Cependant, en Espagne, les druides sont efficaces.

- Est-ce que le mouvement de traîtrise s'est répandu ? demanda Gwenc'Ron.

- Hélas oui. Tous les Sanctuaires luttent dans leurs pays.

- Il faut reprendre le contrôle.

- C'est ce que nous tentons de faire. Nous sommes convaincus que si Gwenc'Phel est arrêté, les autres traîtres se rendrons. C'est leur leader. Ils n'ont plus de cohérence sans lui.

***

34

DANGER DISSIMULE

Bron se plia en deux, émit un cri et s'immobilisa. Il vit l'adolescent poursuivi dans la forêt, le torse nu, portant un tatouage sur le dos. Des hommes vêtus d'une tunique mauve étaient accompagnés de loups. Ils cherchaient l'enfant. Ce rêve, il le faisait souvent. Mais cette fois, il l'entendit prononcer un nom : « *Bron, mon frère !* »

- J'ai un frère ! Mon Dieu ! J'ai un frère ! dit-il avant que sa vision ne reprenne. Il vit un couple enchaîné et reconnut leur visage. C'était ses parents. Des hommes en saie mauve s'apprêtaient à les sacrifier. Il se vit, avec l'équipe, assister à la scène sans bouger. Puis, Bron reprit ses esprits.

Ben s'était levé, attiré par le bruit. Nu, il se couvrit et demanda à Bron s'il allait bien. Celui-ci se précipita sur son téléphone portable et appela ses parents.

- Maman ! J'ai un frère. Est-ce vrai ?
- Mon Dieu. Comment l'as-tu appris ? Oui, c'est la vérité. Il a été enlevé étant bébé. On ne l'a jamais retrouvé. La police a conclu qu'il était mort.
- Pourquoi ne m'avoir rien dit ?
- C'était top dur ! Nous voulions te préserver.
- Comment s'appelait-il ?
- Yann.

Bron raccrocha en colère.

- Ils m'ont menti. Mais si mon frère a été enlevé, il est peut-être au Sanctuaire ! réfléchit-il à haute voix.
Dans le jardin de la maison de Ben, un homme observait Bron lors de sa vision.
- Cher Bron, tu ignores l'essentiel. Ta famille mettra fin à l'existence de ce monde. J'ai pitié pour toi. Bien des souffrances t'attendent ; c'était Théodorus qui le laissa à ses interrogations.

Chambre souterraine,
Campus Universitaire.

Gwenc'Phel, le leader des traîtres était furieux. Il avait perdu un autre Maître Druide, Gwendal. Malgré l'aide de trois *Tùathas*, il avait été incapable de terrasser l'équipe de druides. A ses pieds, une cage contenait un chimpanzé. Inutile d'imaginer ce que le traître allait faire à celui qui l'avait déçu. De loin, au cimetière de la ville, Lana observait Eric et ses amis, qui assistaient à l'enterrement de Béatrice Salvi. Eric était effondré mais soutenu par son père. Lana ne put retenir une larme de tristesse.

- Vous avez les plus terribles épreuves à affronter maintenant. Bonne chance les enfants, Lana se transforma en colombe et s'envola vers les cieux.

Eric vit le visage de sa mère lui sourire, lui dire je t'aime. Il sentit sa main prendre la sienne. Il s'imaginait enfant, dans ses bras. Elle lui chantait une berceuse. Revenant à la réalité, il vit de nombreux amis de son père jeter des fleurs, des mots, verser des larmes. Il leva les yeux vers le ciel bleu et ensoleillé. Il imagina un dernier baiser de sa mère. Puis, n'en pouvant plus, il craqua, versa toutes les larmes de son corps. Le cercueil fut descendu. C'était comme un interminable voyage, une longue souffrance. Car accepter l'enterrement, c'était accepter de ne jamais plus la revoir. Pourtant, l'issue était irrémédiable. Des gens qu'il ne connaissait pas lui serrèrent la main et présentèrent leurs condoléances. Eric jeta son dossier dans la dernière demeure de sa mère. Symbole fort, il avait retrouvé sa vie et perdu la moitié de celle-ci. Il n'avait plus besoin de ce dossier.

- Je n'ai pas eu le temps de la connaître, lui dire que je l'aimais, lui dire adieu.
- Elle le savait. Elle t'aimait. Son chagrin de t'avoir perdu l'a tué. Elle t'aimait à ce point, Eric. Ne te reproche rien, le réconforta Elora.

La peine lui avait ouvert les yeux. La vie est courte et il devait révéler ses sentiments. Eric prit Elora dans ses bras et lui dit :

- Je t'aime Elora.

Il l'embrassa tendrement.

« Eric m'a toujours aimée. On se connaît depuis tant d'années que cela lui paraissait absurde. Cette grande tristesse, cette douleur l'a forcé à faire le point sur sa vie. Il a emprunté une nouvelle voie. Et celle-ci laissera peut-être une grande place dans sa vie. Il me porte dans son cœur comme il y porte son père et sa mère. Il venait juste de les revoir qu'il a déjà perdu l'un des êtres les plus chers à ses yeux. Or, je ne peux m'empêcher de penser aux miens. Mes parents sont-ils en vie ? Comment sont-ils ? A quoi ressemblent-ils ? M'aiment-ils ? Je crois que beaucoup d'enfants dans ce monde se posent les mêmes questions. J'ai confiance en l'avenir. J'aurais mes réponses comme Eric a eu les siennes. »

ELORA BONTI,

DRUIDESSE.

A SUIVRE...

SAISON 1
EPISODE 4

Révélations

#4

« La peur est la plus terrible des passions parce qu'elle fait ses premiers effets contre la raison ; elle paralyse le cœur et l'esprit. »

RIVAROL

SOUVENEZ-VOUS...

Dans l'épisode « Dégénérescence » : l'équipe, composée de druides au destin particulier, doit faire face à un nouvel ennemi. Gwenc'Phel, le chef de la rébellion envoi un Maître Druide dont le pouvoir consiste à faire régresser la physionomie d'un homme à l'état primitif. Doué du contrôle mental des animaux, Gwendal provoque un massacre à l'entrée d'une discothèque. Il était accompagné de trois *Tùathas de Danann*. Ce quatuor tente, comme d'autres avant eux, de détruire l'organisation des druides, protégée par une équipe hors du commun…

Eric retrouve ses parents mais ne peut profiter de la présence de sa mère qu'un court instant dans sa vie. Morte d'une hémorragie interne à l'estomac, elle a tout juste le temps d'exprimer ses sentiments envers son fils…

Kéra fait des projets d'avenir, alors que Luc repousse l'idée de revenir vers Elora, qui tourne la page. De son côté, Bron rencontre Tara, une fillette en détresse qu'il sauve puis apprend l'existence d'un frère…

Une étudiante dérobe à Hélène un Cd-rom d'une importance capitale car il contient toutes les informations cumulées au fil des siècles par le Sanctuaire. Entre ses mains, cette arme est extrêmement dangereuse pour la sécurité des druides et des hommes. Hélas, elle consulte le contenu de l'objet…

Suite...

35
RENCONTRE

Sanctuaire,
10 Janvier 2001.

Tara venait de fêter son dixième anniversaire. Depuis ces derniers mois, la fillette s'était beaucoup épanouie. Au cœur du Sanctuaire, près de la *Tour d'Or*, à l'intérieur de la communauté, Tara se promenait à la recherche d'ingrédients pour l'accomplissement d'un rituel. Elle était désormais élevée par les druides et elle s'intéressait particulièrement à l'enseignement de la magie. Tara était accompagnée d'un garçon de trois ans son aîné, Tim. Fils de Kiva, il s'entendait bien avec la jeune fille. Il lui proposa d'être son grand frère, ce qu'elle accepta, pensant qu'avoir une vraie famille serait amusant. Mais Tim était turbulent et depuis l'arrivée de Tara, il n'eut de cesse de provoquer des catastrophes les mettant tous les deux dans l'embarras. Leur cérémonie exigeait l'emploi de romarin, ce dont ils ne disposaient pas. Tim eut l'idée de recourir à l'aide des prêtres. Ils dérangèrent certains d'entre eux et réclamèrent des branches de la plante. Quand ils eurent obtenu l'objet de leur convoitise, Tim aperçut une colombe. L'animal était perché sur l'un des piquets en bois de l'enclos des porcs. Immobile, l'oiseau observait tranquillement les druides dans leurs activités. Le jeune garçon suggéra de saisir la colombe et de lui arracher une plume.

- Tara, il nous faut une plume blanche pour le sort.
- Oui, mais l'oiseau aura mal !
- Ne t'en fais pas, la plume repoussera.

Tara retrouva le sourire et s'approcha de la colombe. L'oiseau la fixa et s'envola au dernier moment, tandis que la main de l'enfant était à quelques centimètres de sa tête. Comme pour la narguer, la colombe dessina un cercle autour de Tara avant de s'éloigner. La pauvre fillette perdit l'équilibre et son visage atterrit dans un tas d'excréments porcin bien frais. Furieuse, elle se releva, plongea la tête dans un sceau près du puits et s'essuya avec un linge propre. Elle échafauda une stratégie afin de tendre un piège à la colombe sous le regard amusé de Tim et de quelques druides.

Sans bruit, pas après pas, lentement, Tara s'avança, prudemment. La colombe ne bougea pas de la table. Elle s'apprêta à bondir lorsque son pied trébucha sur sa propre robe. Tara s'étala de tout son long et l'oiseau demeura immobile. Les druides éclatèrent de rire, ce qui ne l'amusa pas beaucoup. Elle ne pouvait supporter cette humiliation. Ne s'avouant pas vaincue, elle saisit la queue du volatile duquel elle arracha une plume. Surpris, il s'envola, paniqué.

- Je l'ai !
- Bravo Tara ! applaudit son ami.

Sous la hutte, le froid de l'hiver était moins saisissant. A l'abri, Tara et Tim continuèrent de rassembler les derniers ingrédients. Tim écrasa les feuilles séchées de romarin qu'il réduisit en poudre. Tara déposa un petit bol en terre cuite au sol qui contenait de l'encre rouge. A côté, la fillette avait disposé un parchemin et la plume blanche. Enfin, Tim alluma une grosse chandelle qu'il mit près de lui. Tout le matériel était prêt et les objets réunis dans un cercle au centre duquel se trouvaient les deux enfants.

- Écris la formule, Tara.

La jeune fille saisit la plume, la trempa dans l'encre rouge et écrivit sur le parchemin : « *J'invoque la Triade des Créateurs ! Protégez-moi ainsi que ma maison de toutes les puissances maléfiques. Que votre magie défende ma vie !* »

Puis, Tim versa la poudre sur le rouleau de papier et le tendit au-dessus de la chandelle. Tara voulut ranger la coupe d'encre mais, toujours aussi maladroite, elle la renversa sur Tim. Le parchemin s'enflamma, Tim bondit hors du cercle, bouscula une table et fit tomber un bocal rempli de potion. Celle-ci se déversa sur lui, se mélangea à l'encre et coula sur la chandelle. Le cercle prit feu, Tara cria de peur et Tim disparut derrière un voile de fumée. Un druide entra en hâte, alerté par le hurlement et l'ouverture de la hutte dissipa l'épais nuage.

- Tara ! Que se passe-t-il ? Où est Tim ?
- Il a... disparu !

Hélène Trombe contacta Ed d'urgence, il était le seul disponible pour l'aider à résoudre son problème. Il se rendit au laboratoire du campus en moins d'un quart d'heure. A son arrivée, il y trouva Hélène en compagnie de Ben.

- Ed, il est arrivé une catastrophe. Gwendolyn, une étudiante, m'a volé un Cd-rom qui contient toutes les données du Sanctuaire. Le monde entier va découvrir la vérité, chuchota-t-elle afin que Ben n'entende rien.
- Vous parlez des druides ? intervint-il.
- Mais tout le monde est au courant, ce n'est pas possible ! Et d'abord, qui êtes-vous ?
- Je suis Ben, l'ami de Bron. Il m'a beaucoup parlé de vous et de son travail pour le Gorsedd. Si je peux vous être utile...
- Il n'a pas osé. Ce n'est pas vrai ! Pourquoi a-t-il fait ça ?

Très excitée par sa découverte, Gwendolyn se rendit au bureau d'un quotidien national. La voleuse était une étudiante de vingt et un ans. En licence de science, elle avait tout pour réussir. Mais ce besoin de subtiliser les biens d'autrui était plus fort qu'elle. Kleptomane, Hélène la connaissait de réputation. Dès son entrée, elle fut saluée par de nombreux journalistes. Ils semblaient tous être des amis.

- Gwendolyn ! Que me vaut ta visite ?
- Oncle Owen, j'ai quelque chose qui devrait t'intéresser. Les druides nous cachent des choses stupéfiantes.
- Ne me dis pas que tu crois à ces contes de fées, ma chérie.
- Mon oncle, j'ai des images à te montrer, des preuves ! Tu es rédacteur en chef, j'ai un scoop pour toi !

L'oncle de la jeune femme fut de plus en plus étonné au fur et à mesure où il découvrit le contenu du Cd-rom.

- Ca va faire l'effet d'une bombe, ma puce !

Gwenc'Phel se rendit dans la mythique *forêt de Gwéméné*. Épaisse, sombre à souhait, humide, elle inspirait crainte et angoisse. Les bruits et les hurlements émis par les animaux sauvages en étaient responsables. Le traître semblait serein, calme et détendu, ce qui ne lui ressemblait guère. Seul, il admirait une pierre étrange par sa forme. Grande, allongée en verticale, elle était de taille humaine. Fort, imposant, le rocher dégageait une sensation d'appréhension. Cela contribuait à renforcer la légende qui entourait cette forêt. Le druide avait eu du mal à la trouver, masquée par des branches, des feuilles et des arbustes. Elle avait été déposée là depuis des siècles, à en juger par la mousse verte qui la recouvrait.

- Te voilà. Je t'ai tant cherchée comme bien d'autres avant moi sans jamais trouver ta trace. Combien ne sont jamais revenus d'ici vivant. Grande Gwémana, il est temps de te libérer. J'ai des projets pour nous deux. Viens à moi sorcière du passé, je t'invoque en cette forêt ! Viens à moi grande prêtresse, que tu sois libérée de ta forteresse !

La pierre se mit à vibrer, le vent se leva, bouscula arbres et buissons. Des éclairs illuminèrent la forêt. Le rocher se craquela et fut pulvérisé. Une fois les débris, la poussière et la fumée dissipée, Gwenc'Phel vit une femme sortir de l'intérieur de la pierre qui n'était qu'une coque, une enveloppe qui l'emprisonnait ainsi depuis des siècles.

- Qui m'a libérée ?
- Un druide, chère Gwémana. Ta présence est requise pour l'accomplissement de la fin.
- Ah ! Ce n'est pas trop tôt ! Je commençais à trouver le temps long ! Ah, ah, ah !

***

36

PIEGES

Forêt de Gwéméné,
11 janvier 2001.

Gwémana était une druidesse soigneusement vêtue et maquillée. Elle avait une certaine grâce malgré sa méchanceté. Elle s'approcha lentement de Gwenc'Phel et le fixa du regard.

- J'ai toujours eu les druides en horreur, même si j'en suis une. Supporter cette sagesse me répugne.

- Moi aussi, j'ai trahi la communauté. Nous avons tant de choses à partager, à réaliser tous les deux. Cette fois, ton projet à de grandes chances de nous apporter la victoire ultime.

- Si tu m'aides, c'est possible.

- Ne te trompe pas Gwémana, c'est moi le chef. Je t'ai libérée, je peux aussi faire en sorte que tu retournes à l'état de pierre. Je n'ai fait que suspendre la malédiction, je ne l'ai pas supprimée.

- Je vois. Quel est ton plan, druide ?

- Nous avons tous deux des comptes à régler avec le Sanctuaire et j'envisage de libérer les créatures de l'Autre Monde.

- Tu n'es pas le premier à tenter cet exploit impossible à concrétiser. Qu'est ce qui te fait dire que nous réussirons ?

- Je faisais partie de la communauté, je connais leurs faiblesses et je sais où se trouve le livre des éléments.

- Par tous les Dieux ! Par *Dagda* et les *Créateurs* ! Le jour de mon succès est proche !

- Oui, notre succès, corrigea Gwenc'Phel.

Un homme fit craquer des branches sèches en les écrasant de ses pieds. Il attira l'attention des deux associés qui mirent fin à leur conversation. Il portait une saie mauve, différente de celle des autres Maîtres Druides. Néanmoins, il était un des leurs. De petite taille, musclé, trapu, il entendait participer aux réjouissances. Dès que le chef des traîtres s'aperçut de sa présence, il sauta de joie.

- Kox ! Mon vieil ami ! Cela fait bien longtemps que je ne t'ai pas vu. Depuis la Révolution de 1789 me semble-t-il. Quel âge cela te fait-il maintenant ?

- Je ne compte plus. L'immortalité a des avantages certains !

- Je ne te le fais pas dire ! Tu as l'air en forme. Quelle bonne idée ! Kox faisant partie de mon armée, c'est exquis ! Je n'ai jamais été aussi heureux, je vais enfin pouvoir me venger. Ils vont être terrorisés. Ah ! Ah ! Ah !

Les deux druides hurlèrent de rire. Gwémana n'avait rien compris à la plaisanterie, mais pour ne point paraître stupide, la prêtresse accompagna leur joie. Soudain, à une dizaine de mètres sur leur droite, les arbres se mirent à trembler. Des grondements sourds, des bruits de pas aussi effrayant que ceux d'un éléphant qui charge, devinrent de plus en plus distinct et fort. Nul doute qu'un animal approchait. Mais ce son était suivi d'un cliquetis de fer. Il semblait enchaîné et furieux.

- C'est pour bientôt mon enfant, dit Gwenc'Phel pour le calmer.

C'était un Gargwa, un monstre ressemblant à un chien. Animal des ténèbres de l'Autre Monde, il avait la particularité de cracher du venin mortel. Ses pattes étaient munies de ventouses capables d'adhérer aux murs. Il était très agile malgré sa grande taille et son poids. Quelque temps plus tôt, l'équipe avait trouvé son point faible, le seul moyen de le tuer.

En fin de journée, Gwenc'Phel réunit ses disciples et eubages. Il fit un discours afin de rassembler ses troupes. Un grand événement se préparait. Gaël et Elodie se tenaient à ses côtés. Fidèles, le chef des traîtres les avait promus. Ils connaissaient désormais le plan dans son intégralité et Elodie ne pouvait s'empêcher d'être excitée face à la situation.

- Amis fidèles, peuple bien aimé, je vais vous mener à la terre promise ! Nous la prendrons, nous nous y installerons. Le temps est venu de frapper fort ! Avec votre soutien et celle du dieu *Eningann*, les traîtres prendront le pouvoir. Nous détruirons le Sanctuaire afin de désorganiser ses habitants. Vive l'apocalypse !

Brest, Centre-ville, 12 janvier 2001.

La matinée était froide. La température extérieure avoisinait les moins un degré. La pluie cingla le visage d'Elora. Ses joues rougirent sous les assauts des gouttes d'eau. Elle eut l'impression d'être attaqué par des lances de glaces. Bien couverte, elle traversa les grandes avenues de la ville déserte. Tous les habitants s'étaient cloîtrés chez eux ou bien travaillaient. Elora arriva devant un bâtiment où elle s'empressa d'entrer. La jeune femme portait un dossier dans les mains. Elle l'ouvrit et entra dans un cabinet d'avocat. Elle fut reçue par un homme irrité d'avoir perdu une affaire importante devant le tribunal.

- C'est dingue ! Il y a vraiment des jours où je ferais mieux de rester couché ! Qui est là ? hurla-t-il exaspéré.
- Bonjour, je m'appelle Elora Bonti. Je suis votre fille.
- Désolé mademoiselle, je n'ai pas le temps d'écouter des menteuses. Je suis harcelé par des femmes depuis que je suis devenu populaire pour avoir défendu une

star et lui avoir sauvé sa carrière. Ma fille est morte depuis vingt et un ans, elle avait tout juste cinq ans. Ce fut une terrible douleur. Je vous remercie de bien vouloir me laisser maintenant. Au revoir mademoiselle.

- Mais, je vous assure que je dis la vérité ! Comment pourrais-je vous le prouver..? J'ai un grain de beauté sur la hanche gauche.

Tout à coup, le visage de l'éminent avocat Daniel Bonti s'assombrit. Il eut peur que ce soit la vérité, que sa fille soit réellement devant lui.

- Elora, c'est toi ? Tu... es vivante ?
- Oui.
- Mon dieu ! Vous me la rendez après tant de temps. Ta mère et moi ne nous en sommes jamais remis. Où étais-tu tout ce temps ? Oh, peu importe, viens dans mes bras ma fille. Ma petite fille.

Daniel et Elora éclatèrent en sanglots. Leur bonheur était si grand, enfin.

Pendant ce temps, dans le quartier gay, Ben et Bron buvaient dans un bar à la mode. Afin de se rendre sur le campus, Ed passa devant ce bar et les surprit s'embrassant, enlacés.

La nuit tombait très tôt en cette saison. Les rues étaient calmes, pas un bruit ne perturbait le silence. Malgré tout, au *treize avenue Le Fouhet*, une porte d'entrée fut fracassée avec une telle violence, qu'elle bondit de ses gonds. Gwémana y pénétra d'un pas décidé. Tandis qu'un adolescent surgissait du salon pour voir ce qui se passait, la druidesse lui jeta une boule d'énergie qui lui fit traverser le couloir en vol plané et il finit inerte au sol après avoir été propulsé dans une fenêtre. Cette attaque fit trembler toute la maison. Allongé dans le jardin, des morceaux de verres lui avaient griffé le visage maintenant ensanglanté. Le père de famille, paniqué, se retrouva entre Gwémana et la fenêtre. Il vit son fils gisant sur la pelouse.

- Qui êtes-vous ? Qu'avez-vous fait ?
- La même chose qu'à vous.

De façon similaire, l'homme se retrouva dans le même état, à côté de son fils. C'est alors que la mère sortit de la cuisine. Il s'agissait de Ness. La prêtresse se métamorphosa en louve et des traîtres surgirent dans la maison de tous côtés. Ness n'eut aucun moyen de se défendre. Elle fut kidnappée par les prêtres vêtus de saies marron.

A six rues au Nord, Gaël enjamba une clôture et fit face à un berger allemand. Il le fixa du regard et psalmodia :

- *Dors créature, je te l'ordonne. Que la nuit t'enveloppe sans bruit. Que le rêve ton corps enchaîne.*

Alerté par le silence pesant et son chien muet, Pat apparut pour se défendre. Hélas, Elodie le piégea à son tour. Elle le bouscula, confisqua son sceptre et l'utilisa contre lui. Les circonstances s'aggravèrent quand le Maître Druide Kox s'occupa de Bann, le dernier membre du Gorsedd. Il fut intercepté dans son véhicule tandis qu'il rentrait après une longue journée de travail au Sanctuaire. Il se protégea à l'aide de formules.

- ***Que se dresse un mur Hic et Nunc*** ! (En latin : ici et maintenant)

Une sorte de champ de force, un bouclier, se leva autour du Grand Druide. Il vit dans un arbre une énorme ruche. Il tendit les bras vers elle et demanda :

- Abeilles ! Guêpes ! Obéissez-moi ! Attaquez !

Un essaim tout entier s'abattit sur des traîtres. Mais Kox décocha une flèche qui traversa le mur de protection et se planta dans l'épaule de Bann. Celui-ci tomba sur les genoux, sa formule perdit ses effets et les insectes retournèrent dans leur ruche. Kox éclata de rire et d'autres traîtres, en renfort, s'emparèrent de leur victime.

***

37

Un Billet
Pour Le Passe

Dans la chambre souterraine, les trois membres du Gorsedd furent ligotés et démunis de leurs pouvoirs. Ness reconnut Gwémana dès que le calme s'établit.

- Vous êtes la prêtresse maudite, n'est-ce pas ? Il y a plusieurs siècles, vous avez mal tourné. Vous avez pourtant été des nôtres un temps. Ayant succombé à la tentation, vous avez sacrifié deux prêtresses pour vénérer le dieu *Eningann*. Lorsque les Grands Druides de l'époque l'ont su, ils vous ont lancé une malédiction qui vous a figée dans une pierre en forêt de Gwémené. La légende dit que vous reviendrez pour l'apocalypse que vous provoquerez. Votre pouvoir principal est de vous métamorphoser en toute sorte d'animaux et de créatures ténébreuses. Ai-je tort ?
- Non, vous êtes parfaitement informée Ness. Oui, je suis libre. C'est votre collègue qui en est le responsable.
- Gwenc'Phel, maugréa Pat furieux.
- Maintenant, vous allez faire un long voyage, le temps pour moi d'accomplir mon destin. C'est à la mode en ce moment, je crois ?
- Vous n'y parviendrez pas. Nous avons anticipé l'intervention d'un être maléfique en créant une équipe capable de vous arrêter. C'est leur destin.

Gwémana saisit un sablier, arracha une mèche de cheveu à chacun des membres du Gorsedd et les mit à l'intérieur du sablier qu'elle retourna en prononçant une formule.

- Maître Druide du temps, ouvrez un passage afin que ces personnes traversent les âges. Du passé ils seront prisonniers !

Gwémana jeta ensuite le sablier contre un mur qui le brisa. Le sable qu'il contenait forma un nuage qui enveloppa Ness, Pat et Bann, toujours blessé. Lorsque le sable se dissipa, ils se trouvaient dans une écurie.

Bibliothèque Universitaire,
13 janvier 2001,
10 h 27.

Ed arpenta les rangées d'étagères à la recherche de Ben qu'il trouva au rayon « *droit pénal* ». Ils s'isolèrent dans une pièce pour discuter.

- Ed, que veux-tu ?

- Je suis au courant pour Bron et toi. Que tu sois gay ne me dérange absolument pas mais je pense qu'Eric, Elora et Kéra doivent le savoir.

- Je ne vois pas en quoi cela est nécessaire. Ça ne vous regarde pas.

- Oui, mais pour qu'il y ait confiance entre les membres de l'équipe, il ne doit pas y avoir de secret.

- Tu veux dire que je suis un membre de l'équipe ?

- Si ça te dit, oui. En ce moment tout le monde est indisponible et Hélène m'a demandé un coup de main. Si tu es de la partie, je t'expliquerais la situation en route. Le Sanctuaire est en danger depuis qu'une minette a volé un disque.

- Je n'ai aucun cours avant ce soir. Je te suis.

Tous deux partirent ainsi à la recherche de Gwendolyn. Dans la voiture d'Ed, Ben observait les rues, à l'affût de la voleuse dont Hélène leur avait confié une photo.

- Comment as-tu rencontré Bron ?
- A la bibliothèque du campus.
- Et... depuis combien de temps êtes-vous ensemble ?
- Un certain temps.
- Je vois. Question indiscrète. Moi aussi je connais Bron depuis peu.
- Une minute, je crois qu'elle est là-bas.
- Bien vu. On va lui dire deux mots.

Ed se gara devant une boutique de prêt-à-porter et les deux hommes interceptèrent la voleuse.

- Gwendolyn ?
- Oui, qui êtes-vous ?
- Tu ne nous connais pas mais on a des amis à qui tu as dérobé un objet très précieux. Tu as dû l'emprunter par erreur et tu vas tout de suite nous le rendre.

- Inutile de me menacer, il est trop tard. Les druides feront la Une avant la fin de la semaine. Mon oncle Owen le possède et il va l'utiliser. Oh, j'allais oublier ! Mon oncle est le rédacteur en chef d'un quotidien national. Il est ravi d'avoir un scoop susceptible de lui offrir un grand prix de journalisme.

- Sale garce. Tu ignores les conséquences d'une telle bêtise. Où est ton oncle ? Comment s'appelle son journal ?

- Les réponses ne tomberont pas du ciel. Bonne journée messieurs.

- Non Ed, on ne peut rien faire pour l'instant, intervint Ben pour l'empêcher de sauter sur Gwendolyn qui avait déjà tourné les talons.

Elora passa la nuit avec son père, au cabinet d'avocat, et ils se racontèrent leurs vies, les événements qu'ils avaient manqués. Bien entendu, Elora resta discrète sur sa vie de druidesse. Elle apprit que sa mère avait quitté Daniel après sa disparition. Il ignorait où elle avait refait sa vie. Daniel s'était remarié. Elora était excitée à l'idée de rencontrer son demi-frère et ses deux demi-sœurs jumelles.

Au petit matin, Daniel l'emmena chez lui où elle trouva le bonheur qu'elle n'avait jamais ressentie : un frère, deux sœurs et un père. Elle avait enfin une vraie famille. Elle pleura de joie. Elle était heureuse.

Le Maître Druide Kox errait autour du Sanctuaire, il surveillait son activité. Dans le jardin, Gwenc'Ron soignait des plantes qu'il utilisait dans ses potions : jusquiame, gui, hysope, digitale, capselle. Chacune avait son environnement artificiel propre.

- Qui est là ? Je sais que vous êtes un Maître Druide, je le sens. Qui êtes-vous ? Montrez-vous !
- Si tu insistes.
- Kox !

Gwenc'Ron le connaissait. Ils avaient un compte à régler depuis la révolution industrielle. Dans leur jeunesse, tous deux visaient un poste de superviseur et Gwenc'Ron le lui avait volé. Selon Kox, bien entendu. Celui-ci engagea le combat : il envoya une boule d'énergie que Gwenc'Ron n'eut aucun mal à détourner pour la renvoyer à son point d'origine. Kox tomba à terre et réitéra la manœuvre. De la même façon, le superviseur mit Kox sur le tapis. Quasiment vaincu, Gwenc'Ron brandit son sceptre pour achever de le rendre inoffensif.

- Je crois qu'une fois encore tu n'es pas à la hauteur de tes prétentions, Kox !
- Crois-tu ?

Le visage du druide se crispa, il ouvrit la bouche pour crier sa douleur. Sa surprise fut telle que ses yeux sortirent de leurs orbites. Gwenc'Ron venait de recevoir une flèche dans le dos. Il s'affaissa sur ses talons et tourna sa tête derrière lui. Il vit Gaël et Elodie. C'était Gaël qui avait décoché sa flèche à l'aide de l'arbalète qu'il tenait dans ses mains.

- N'ayez crainte. Vous ne mourrez pas. J'aurais aimé, mais j'ai des ordres que je respecte. Tant pis, ce sera pour plus tard.

Le Grand Druide fut transporté à la chambre souterraine. Il y rencontra Gwémana. La prêtresse prit un autre sablier et prononça la même incantation. A son tour, Gwenc'Ron fut piégé et envoyé dans le passé.

Gaule, 1329.

Le superviseur atterrit auprès des autres Grands druides, au milieu d'un champ labouré. Ils n'étaient pas totalement en pleine campagne, car ils aperçurent un château, non loin d'eux. Bann était guéri de sa blessure, soigné à l'aide d'une plante et d'une formule. Ness retira la flèche plantée dans le dos de Gwenc'Ron et appliqua la mixture préparée avec la plante cicatrisante. Les trois Grands Druides apposèrent leurs mains au-dessus de la plaie et psalmodièrent :

- En ce temps et en cette heure, nous invoquons les êtres supérieurs. Que cette plaie soit guérie par votre magie.

Une lueur jaune la recouvrit. Quand elle s'éteignit, la blessure avait disparu. Ness se redressa.

- Nous avons utilisé l'énergie qu'il nous restait pour te sauver. On ne peut pas partir d'ici. Il me semble que nous sommes piégés au cœur du quatorzième siècle.

***

38

LE POUVIOR DE LA PEUR

**Campus Universitaire, Amphithéâtre 1,
Département d'histoire,
14 janvier 2001,
10 h 33.**

- Je terminerai mon cours avec quelques mots sur Philippe VI. De 1328 à 1350, ce souverain fut le premier Valois. Il était le neveu de Philippe Le Bel par son père, Charles De Valois. Comme Édouard III (roi d'Angleterre) était le petit-fils de Philippe Le Bel, il revendiqua la couronne de France. Ce fut la cause de la guerre de Cent Ans. Le royaume de France accumulera les défaites. Sur ce, je vous conseille de réviser tout le chapitre pour votre partiel. Bonne chance à tous et bonnes révisions !

Eric Salvi acheva son cours d'histoire et rangea ses affaires tandis que les étudiants quittaient le grand amphithéâtre. Un homme vêtu d'un costume sombre et portant une cravate noire entra et s'approcha du bureau. Cet individu était Kox. A présent, il faisait face à Eric qui releva la tête. Il fixa le regard du professeur et celui-ci porta les mains à sa gorge. Eric suffoqua, devint écarlate. Il ne pouvait plus respirer. Il étouffait.

- Meurs druide ! Je connais ta peur, dit le Maître Druide avec un sourire narquois.

Un étudiant fit une irruption impromptue qui détourna le regard de Kox un instant. Il acheva tout de même son message. Curieusement, il n'était semble-t-il pas venu le tuer.

- Mon nom est Kox. Préparez-vous à votre fin.

Puis, il fuit. Eric était paralysé par sa peur. L'étudiant vint à son secours.

- Professeur Salvi ! Vous allez bien ?
- Ca va aller, merci Anthony. C'est idiot, j'ai dû serrer ma cravate trop fort. Je vais mieux.

00 h 28.

Profondément endormi avec son compagnon, Ben, Bron frissonna et ouvrit brusquement les yeux. Une vision envahit son esprit. Il vit son frère, Yann, essayant de le tuer. Cela le surprit. Quelque temps plus tôt, il demandait son aide. Mais le Yann de sa vision avait changé. Il était plus vieux. Il atteignait son âge. Était-il devenu un traître lui aussi ? Cette pensée traversa sa tête mais il refusa d'y croire. Puis, le devin eut la vision la plus effroyable de sa vie. Le Sanctuaire était anéanti, il entendit des cris, des hurlements, des gémissements. Il ressentit leur peine, leur douleur. Une odeur de sang figea sa respiration. Il vit des dizaines de corps inertes. Il ne pouvait plus supporter une telle image. Il se releva, transpirant, le thorax se relevant et s'abaissant à une allure effrénée. Son cœur battait si fort qu'il eut la sensation que sa poitrine allait exploser. Ses sens étaient surmultipliés. Ben se réveilla.

- Bron ! C'est une vision, c'est ça ?
- Oui. Je suis terrifié. C'était... Excuse-moi, je ne veux pas que tu me voies comme ça. Je rentre chez moi.
- Non ! Reste. Arrête avec ta fierté. Tu as le droit d'avoir peur et de le montrer. Je t'aime tel que tu es et te voir sensible, vulnérable, ne changera rien à mes sentiments pour toi.
- Merci.

Laboratoire Universitaire, 15 janvier 2001, 07 h 20.

Toute l'équipe était réunie lorsque Bron raconta les détails de sa vision.

- C'est trop irréel.
- Je vous jure que j'ai tout ressenti comme si j'y étais. Mon pouvoir se développe trop rapidement. J'ai bien cru que j'allais avoir une crise cardiaque.
- On a toujours repoussé les traîtres. Le Sanctuaire a déjà été attaqué mais ils ne pouvaient pas y rester longtemps. Et le Gorsedd serait intervenu ! réagit Kéra.
- J'ai mal à la tête. Non, la vision revient ! C'est la même, je le sens ! Non ! Bron hurla de douleur. Elora, Eric, Kéra et Hélène furent pétrifiés.
- Des druides gémissent. Il y a le feu partout autour d'eux. Ça sent le brûlé et le sang. Gwenc'Phel ri aux éclats. Il sait qu'il a triomphé. Il a réussi à nous vaincre. Je brûle !

La peau de Bron rougit. Il tomba à la renverse comme si quelqu'un l'avait frappé. Même au sol, il ressentit des coups de sceptre dans le ventre, des coups de pieds. Sa veste s'enflamma. Eric se précipita pour la lui retirer, aidé d'Elora. Hélène appela le Sanctuaire, mais Gwenc'Ron ne répondit pas.

Désormais, chacun faisait davantage confiance au pouvoir de Bron. Inconscient durant cinq minutes, il se releva et se remit du choc. Eric leur parla de l'attaque de Kox et Kéra se porta volontaire pour exécuter les recherches.

***

39

L'Epee De Damocles

**15 Janvier 2001,
08 h 19.**

Gwenc'Phel pénétra avec prudence dans le Sanctuaire. Les gardiens furent facilement neutralisés avec de la poudre d'*Arfat*, un puissant somnifère à l'état gazeux. Il se rendit dans le bosquet et trouva le bouclier protégeant le livre des éléments. Il jeta une poudre et des feuilles séchées, ce qui l'affaiblit. A l'aide de son sceptre, le druide acheva de le détruire. Au moment où il s'emparait du livre, Kéra arriva. Témoin de la scène, elle tenta de l'en empêcher. Mais le traître brandit son sceptre et une lumière aveuglante illumina tout le bosquet. Kéra perdit momentanément la vue.

- Quelle sotte ! C'est un tour que l'on apprend en première année. N'importe quel idiot aurait fermé les yeux. C'est trop tard, j'en ai pour une demi-heure maintenant.

Le voleur prit aisément la fuite et couvrit ses arrières à l'aide de petites explosions.

Elora se rendit au palais de justice pour rejoindre son père mais à la place, elle trouva Kox sur le seuil de l'immeuble. Daniel Bonti avait laissé un message sur son téléphone portable qu'elle ne reçut qu'à cet instant. Retardé par le juge sur un dossier important, il ne pouvait sortir du palais. Hélas, Elora n'avait jamais vu le Maître Druide. Kox la bouscula dans les escaliers et la fit tomber à la renverse. Il fixa son regard et la jeune femme ne sentit plus ses jambes. Elle se crut paralysée. Dans son enfance, Elora avait chu d'un arbre et avait perdu l'usage de ses jambes pendant trois mois. Depuis lors, la paralysie était sa plus grande peur.

- J'ai compris qu'elle est ta pire terreur, druidesse. Ta faiblesse te tuera.

Elora devint blanche. Sa pâleur exprimait sa souffrance. Elle ne pouvait plus bouger. Son rythme cardiaque s'accéléra dangereusement. Heureusement pour elle, il y avait trop de passants qui s'approchaient. Les yeux de Kox se révulsèrent et revinrent à leur place. Ils avaient changé, ils étaient rouges et les pupilles avaient la forme des yeux de serpent. La foule s'avança et Kox dut lâcher son emprise. Son regard redevint normal et Elora se releva.

- On se reverra beauté, finit-il avant de s'éloigner.

- Mademoiselle, vous avez besoin d'aide ? J'ai le sentiment que cet homme vous brusquait.

- Non monsieur, merci de l'intérêt que vous me portez mais, je vais bien. C'était seulement une mauvaise chute. Je vous assure.

- Bien. Au revoir mademoiselle. Bonne journée.

Elora trouva cet étranger charmant. Asiatique, un corps athlétique, il ne la laissait pas insensible. Charmeur, il l'attirait. Mais en pensant au baiser d'Éric, elle effaça de son visage le sourire dragueur qu'elle arborait tout en partant.

Gwenc'Phel avait désormais le livre des éléments. Le désastre était grand. Ce vol mettait tous les druides en danger. Kéra resta immobile, se sentant impuissante. Soudain, ne sachant pourquoi, la phrase énigmatique de Théodorus lui revint en tête : « *Lorsque la lumière s'éteindra, les runes seront l'instrument de la délivrance et une âme sera la clé de la vie.* » Kéra rechercha sa signification, en vain. Tout en cogitant, elle fit les cent pas. Elle heurta un objet au sol et stoppa sa marche. Kéra ramassa de petites pierres gravées de symboles. Elle reconnut l'écriture runique. Les pierres avaient glissé du livre des éléments lorsque le traître l'avait subtilisé. A cet instant, la jeune femme ignorait la puissance des pouvoirs qu'elle tenait entre ses mains.

Centre-ville de Brest, Résidence Bonnet.

Luc sortit une valise d'un placard et la remplie de vêtements. Il avait décidé de déménager afin de combattre sa maladie.

- Tu veux que je t'aide ?

- Oui, merci Marie. Je dois vraiment partir petite sœur. Je n'en peux plus. Je dois m'éloigner d'Elora autant que possible. Je l'aime encore, je ne pense qu'à elle. Mais je lui dois aussi mon SIDA. C'est de sa faute si je suis séropositif.

- Tu as raison d'emménager chez moi. Reste à la maison autant de temps qu'il le faudra. Les parents t'ont viré ?

- Oui, quand ils ont appris la nouvelle, ils n'ont pas supporté. Et un fils contaminé par ce virus, ça entache la réputation de papa. Imagine la tête de ses collègues au ministère de la défense. J'en ai assez de cette vie.

Aussitôt les bagages déposés dans le coffre de la Mercedes de Marie, tous deux quittèrent Brest pour aller vivre à Nice.

Deux heures plus tard, Bron passa au musée afin de vérifier si l'exposition était prête. Il commença à éprouver des difficultés à justifier ses dernières absences répétées. Kox était dans la grande salle, prêt à rencontrer le devin. Tandis qu'il commit l'erreur de l'effleurer en passant, Bron se sentit attiré vers un gouffre. Sa phobie du vide le saisit et il crut que son cœur allait le lâcher. Les yeux exorbités, Bron regarda le Maître Druide en l'implorant de lui laisser la vie sauve.

- Vous devez être Kox.
- Ma réputation me précède.
- Arrêtez, j'ai peur.
- Je sais, c'est ce que recherche à faire. La terreur est un met succulent. Il se savoure avec délectation. Tu vivras pour cette fois. Mais sache que la mort te guette.

Kox partit alors que Bron était toujours immobilisé par sa crainte de tomber dans le vide. Le gouffre se referma et Bron respira avec soulagement. Chaque druide de l'équipe avait subi ses attaques. Ils se réunirent en crise.

Sanctuaire,
15 h 01.

Dans l'urgence, chacun s'y rendit en hâte.

- Bien, tout le monde est là. Le Gorsedd a disparu. Ness, Pat et Bann sont introuvables, dit Eric, le chef de la bande.
- J'ai discuté avec les Anciens, ils ressentent un danger intense. Pire encore, Gwenc'Ron a disparu aussi et Gwenc'Phel a volé le livre des éléments sous mes yeux. Je n'ai rien pu faire. La situation est très grave. Kox a découvert que je n'avais aucune phobie. J'ai pu le repousser.
- Oui, Kox m'a attaqué, intervint Elora.
- Moi aussi et toi Bron ? questionna Eric.
- Oui. Nous avons tous reçu sa visite.

Hélène, Ben et Ed étaient présents à la réunion.

- Concernant les fichiers du Sanctuaire, une copie se trouve entre les mains d'un journaliste, actuellement. C'est un désastre.
- Chaque problème en son temps. Laissez-moi réfléchir à un plan, Hélène.

Eric s'éloigna pour cogiter, Ed et Kéra firent de même afin de discuter. Ils s'embrassèrent.

- Je t'aime Ed.
- Moi aussi.
- Tu es sûr de vouloir nous aider ? C'est très dangereux.
- Ma fiancée ne se débarrassera pas de moi sous prétexte qu'il y a du danger. Il y en a toujours de toute façon.

Ben et Bron sortirent du Temple un instant.

- Bron, j'aimerais connaître tes amis. Mais pour cela, il va falloir que tu me présentes à eux. Dis-leur qu'on vit ensemble.

- Au point où on en est. Tu as raison, pas de secret.

Le grand moment de la révélation arriva.

- Eric, Elora, Kéra, j'ai quelqu'un à vous présenter. Ben est mon petit ami.

- Tu es... homosexuel ! s'étonna Elora.

- Bravo Bron. Il t'a fallu beaucoup de courage pour nous le dire. Je t'admire, le félicita Kéra. Quand à Eric...

- C'est le bouquet ! Il ne manquait plus que ça ! Toutes ces années durant lesquelles je ne l'ai jamais su. Tu me déçois Bron.

- On avait des secrets à cacher tous les deux, Eric ! Tu ne peux pas me le reprocher ! Tu crois que c'est facile d'être différent ? Et d'être un druide de surcroît ? Mon travail, ma vie, tout a changé ! Comment expliquer mes absences au musée ? C'est n'est qu'en devenant un druide que j'ai découvert mes sentiments pour un homme. Je t'ai toujours considéré comme un frère et j'espère que ça ne changera pas. Accepte ce que je suis, Eric.

- Excuse-moi. Je n'aurais jamais dû te juger. C'est ton bonheur qui importe. Et quand on est druide, on doit se raccrocher à quelqu'un pour supporter cette vie faite de combats. Bienvenue parmi nous Ben !

***

40

LE DEBUT
DE LA FIN

Kéra sortit son ordinateur portable de son sac et entra dans les fichiers secrets du Sanctuaire. Elle accéda à des informations sur Kox qu'elle compara avec celles de la bibliothèque du Sanctuaire.

- J'en sais plus sur celui qui nous a attaqués séparément. Kox est le Maître Druide des phobies. Il collecte la peur des hommes, leur phobie cachée au plus profond de leur être et l'utilise ensuite contre eux. Dès lors qu'ils sont saisis par son pouvoir, ils sont paralysés par leur terreur. Cependant, il est inefficace sur les personnes qui retournent leur peur à leur avantage. Mais ne vous y trompez pas, Kox reste un Maître en la matière et peut user, contre les hommes, de la manipulation des sentiments.

- Tu as une formule, une méthode pour se débarrasser de lui ? demanda Eric.

- C'est justement le problème. Le domaine de son pouvoir est si particulier qu'il n'y a rien qui puisse l'arrêter si ce n'est nous-mêmes.

- Que veux-tu dire ?

- Nous devons nous libérer des pires craintes qui nous enchaînent. Mais il va nous falloir atteindre la plus pure sagesse pour y parvenir.

- Comment ?

- C'est tout. Je n'ai rien de plus.

- Ca ne nous aide pas beaucoup.

- Quelque chose d'important se prépare, intervint Bron, inquiet.

- Une vision ? le questionna Ben.

- Non, c'est une intuition, un sentiment très fort.

- Écoutez-moi tous. Ben et Ed, vous vous occuperez de Gwendolyn avec Hélène. Vous n'avez pas besoin de la magie pour cela. Il faut retrouver cette copie. Ceux qui l'ont lu ne pourront rien prouver. Hélène, tu prendras la potion qui efface la mémoire. Prends garde à la dose.

Sur les ordres d'Éric, tous les trois quittèrent le Temple.

- Nous allons nous occuper de Kox et de Gwenc'Phel. Il faut aussi découvrir ce qui est arrivé à nos patrons.

- Ils ont fait une petite sortie touristique, une incursion dans le passé, intervint Gwémana qui entra, brandissant un poignard recouvert de sang.

**Campus Universitaire,
16 h 24.**

Le doyen T-Rex harcela l'un des professeurs. Il était tombé fou amoureux de Josette Pilka, enseignante en langue étrangère. Depuis des semaines, celle-ci était excédée. Le doyen travaillait dans son bureau quand monsieur Pilka entra violemment avec ses fils rugbymen. Lorsqu'il les vit approcher, son visage se décomposa. Ils étaient fous de colère.

- C'est vous qui harcelez ma femme ?
- Messieurs, voyons, restons civilisés. C'est un malentendu. J'ai bien dû poser une main amicale sur l'épaule de Josette une ou deux fois.
- Une ou deux fois ! Et les fesses, c'était amical ?
- Non... Oui... Ma main a glissé.
- Goujat ! Violeur !
- Ah non, jamais !
- Vous ne toucherez plus à ma femme ! Allez mes garçons, apprenons-lui les bonnes manières.

Sur la route, Luc observa les quartiers de Brest qu'il connaissait bien. Il y avait passé toute sa vie. Il pensa à Elora, à ce qu'il avait vécu avec elle depuis sa plus tendre enfance. Au fond de son cœur, il l'aimait encore et c'est ce qui lui faisait mal.

Au Temple, Gwémana se présenta.

- Enfin, j'attendais cet instant depuis des siècles. Je me nomme Gwémana, prêtresse de l'apocalypse.

Eric entendit les cris de panique des autres druides.

- Que se passe-t-il ? A vos sceptres !

Gwenc'Phel entra avec Elodie, Gaël, un Gargwa et un couple enchaîné par Kox.

- Papa ! Maman ! Lâche-les traître ou je te tue de mes mains ! hurla Bron.
- Oh mon dieu. Vous avez osé ! s'exclama Kéra.

A l'extérieur, le chaos total régnait. Tous fuyaient en tous sens. Bron fut pris de violents maux de tête. Kox brandit son arme et terrifia les parents de Bron. Madame Delorme crut être recouverte de serpents et de mygales. Une crise cardiaque la terrassa. Elle porta une main à sa poitrine et la crispa contre son cœur en criant sa souffrance. Monsieur Delorme eut l'illusion d'être étranglé. Une ligne de sang se dessina sur son cou, sa tête devint bleue et il s'écroula, mort, à côté de sa femme. Bron fut déchiré de chagrin.

- Non ! Pourquoi ?
- Vous allez le payer ! dit Eric furieux.

41

Desordre

Bron était à genoux, plié en deux de douleur. Il ne pouvait rien faire. Son pouvoir s'était déréglé, sa migraine prenait des proportions démesurées. Il voulait participer à la bataille, s'extraire de cette douleur insupportable. Mais le moindre mouvement provoquait une sorte de décharge dans sa tête, comme si plusieurs poignards s'enfonçaient en même temps.

Au bureau d'Owen, Hélène, Ed et Ben ouvrirent la porte. La jeune femme exigea la remise de son Cd-rom.

- Je veux récupérer ce qui m'appartient. C'est du vol !
- L'ennui mademoiselle, c'est que l'article et les preuves qui l'illustrent sont à l'impression depuis un quart d'heure. Il est trop tard. Dès que le journal sera lu, radio et télévisions vont s'emparer du scoop.
- Vous aurez affaire à nous. La diffamation est punie par la loi. Stoppez les rotatives tout de suite ! intimida Ben.
- Vos menaces ne m'impressionnent pas jeune homme. Je ne peux rien faire.

Hélène descendit d'un pas décidé, suivie des garçons. Ils firent intrusion dans l'imprimerie et sabotèrent le matériel. Ed prit une barre métallique qu'il trouva dans une pièce servant de dépôt. Il détruisit un poste informatique, faisant ainsi perdre tous les articles et la mise en page du journal. Les rotatives tournaient encore. Hélène cassa le moteur qui les commandait, aidé de Ben.

- Mon dieu, qu'a-t-on fait ?
- C'est pour la bonne cause Hélène, on vient de sauver des vies.

Puis, ils remontèrent, Owen dans leur dos.

- C'est du sabotage ! Je vais appeler la police ! Vous avez détruit tout mon travail ! Le journal ne pourra pas sortir demain matin !

Dans un bureau qui jouxtait le couloir où se trouvaient les casseurs, l'inspecteur Bouzave venait chercher sa femme pour aller à un gala de la police.

- Encore vous ! s'exclama Hélène.
- Je pourrais dire de même ! Que faites-vous ici ?
- Ah ! Inspecteur ! Ces trois individus ont mis l'imprimerie à sac. C'est un scandale ! Du vandalisme dans mon journal est intolérable ! Il y en a pour des milliers d'euros de réparation.
- Bien, je vous arrête tous les trois. On va s'expliquer au commissariat.

- Merci inspecteur. Il y a une justice !

Daniel Bonti, le père d'Elora, s'inquiéta de n'avoir aucune nouvelle de sa fille. Il décida de chercher le Sanctuaire, car hélas, Elora avait lâché le mot par inadvertance sans expliquer ce que c'était lors de leur conversation nocturne.

Sanctuaire.

C'était l'anarchie sur le sol sacré. Les traîtres accompagnants Gwenc'Phel dans sa funeste entreprise étaient très nombreux. Il y avait là, la quasi-totalité de ses fidèles. L'un d'eux incendia le village de la communauté. Cinquante autres s'attaquèrent à la Tour d'Or. Sous les explosions causées par les sceptres à pleine puissance, elle céda en dix minutes et s'effondra. Au *Temple*, le *Gargwa* attaqua Eric et Elora. Il cracha son venin, tenta une dizaine de morsures dont l'une fit saigner l'épaule d'Éric. Fixé au mur par ses ventouses, il les guetta un instant avant de charger à nouveau.

***

42

Tout S'ecroule

Elora fut la victime du deuxième assaut. Le monstre ressemblant à un chien de plusieurs mètres de haut, avec une gueule gigantesque, expectora son poison sur son bras. La manche de sa saie s'enflamma. Par réflexe, elle prononça une incantation qui éteignit les flammes. Légèrement brûlée, Elora se vengea en envoyant une charge explosive d'énergie sur une patte de l'animal qui chut à la renverse.

Voyant tout le monde affairé à sa tâche, Gwenc'Phel s'empressa d'installer le livre des éléments au centre du *Temple*, sur l'autel. Toute l'équipe était effarée par cette attaque. Ils n'avaient jamais vu autant de violence. L'autre camp était supérieur en nombre et en puissance. Bron pleura la mort de ses parents et la rage le saisit. Il mit à terre une dizaine de traîtres si bien que d'autres n'osèrent s'approcher de lui. Seule Kéra était disponible pour tenter d'empêcher leur chef d'agir. Bien entendu, Gwémana s'y opposa vivement.

- Où allez-vous jeune fille ? Ne gâchez pas notre spectacle.
- Laissez-moi passer ou je m'occuperai de vous, sale peste !

Kéra lui envoya son pied au travers de la figure et deux coups de poings. Mais rien ne la fit bouger, pas même un cil. Néanmoins, Gwémana n'eut qu'à lever un doigt pour projeter la jeune femme à plusieurs mètres.

- Kéra ! cria Eric, toujours occupé avec le Gargwa.

Gwenc'Phel ouvrit le livre.

- *Eningann*, être divin, ouvre un passage vers l'Autre-Monde afin qu'il se confonde avec la Terre. Que tout le royaume surnaturel et l'enfer règnent en maîtres sur cette planète ! Par ce livre je t'invoque, puissance éternelle. Viens à moi faire ta loi !

Musée de l'Université.

Il y avait une foule compacte dans la salle d'exposition qui eut un franc succès. On pouvait y admirer des bagues et autres bijoux anciens, des armes, des boucliers en or incrustés de cristaux, diamants. Des perles uniques au monde firent réagir les femmes qui ne pouvaient en détacher leurs yeux. Mais cette tranquillité allait être bouleversée par un événement imprévu contre lequel la sécurité ne pourrait rien.

En effet, ces objets antiques, d'une exceptionnelle rareté, se mirent à briller, siffler. Une arbalète lâcha ses flèches. Cinq visiteurs furent blessés, dont un tué. Un anneau libéra des masses d'énergie sur les touristes affolés qui prirent la fuite. Un journaliste, présent pour l'ouverture de l'exposition d'art, fut fasciné et filma les reliques. Hélas, une charge électrique grilla la caméra et sa pauvre tête. Il était la seconde victime de ce désastre. Les objets répondaient à l'appel du passage ouvert par Gwenc'Phel sur l'Autre Monde. L'alarme retentit en vain car les employés quittèrent leur poste dans la précipitation. Les vitrines explosèrent laissant un tapis de verre tout autour des reliques incandescentes.

Au-dessus du Sanctuaire, des nuages d'une noirceur jamais égalée, accompagnés de foudre, emplirent le ciel qui s'assombrit. Les éclairs frappèrent le sommet du Temple. Kéra se souvint une fois de plus de la phrase prononcée par Théodorus. Elle entendit même sa voix dans sa tête. « ***Lorsque s'éteindra la lumière, les runes seront l'instrument de la délivrance et une âme, la clé de la vie.*** »

- Eric ! J'ai compris ce que Théodorus m'a dit ! La lumière s'est éteinte à la disparition du Gorsedd. Je suis l'âme qui doit être sacrifiée. Je comprends tout maintenant. Je suis née pour ce moment précis, pour sauver les hommes de la folie de Gwenc'Phel.
- Non, Kéra !

La jeune druidesse saisit les pierres de rune dans sa poche et les brandit vers Gwémana.

- Je vais faire échouer votre plan ! Gwémana, prêtresse de l'apocalypse, redevient pierre !

Les pierres brillèrent et l'acolyte démoniaque du traître fut pétrifié de la tête aux pieds. Elle s'était transformée en statue.

✳✳✳

43

LE DERNIER ESPOIR

Kéra adressa un adieu à ses amis avec un sourire. Elle savait où l'avait mené son destin. Ayant accepté son sort, nulle crainte de la mort ne la fit hésiter. Elle n'avait jamais ressenti une telle assurance, une confiance en elle-même.

- Eric, Elora, Bron ! Seule ma mort les stoppera. Mon sacrifice vous rendra l'espoir. C'est si précieux. Dîtes à Ed que je l'aime et que notre amour sera éternel.

Tous les druides, les traîtres, le *Gargwa*, cessèrent la lutte. Elora libéra ses larmes.

- Non ! Ne fais pas ça Kéra ! On t'aime tous. Je t'en supplie. Nous trouverons un autre moyen.
- Il n'y a pas d'autre solution. Ne soyez pas triste de ma mort, elle fait partie de la vie. Elle vous permettra de poursuivre votre chemin. Vous êtes tous les trois les représentants de la lutte des hommes. Vous vaincrez toujours vos ennemis en ma mémoire. Adieu.
- A qui vais-je me confier si tu n'es plus là ? demanda Elora, pensant la faire changer d'avis.
- A celui que tu aimes. Bientôt, tu auras toutes les raisons de vivre le bonheur. Je vous aime tant.

Gwenc'Phel leva les yeux devant ce silence menaçant.

- Non, tu ne peux pas nous arrêter ! Grande Gwémana, viens à moi sorcière du passé, je t'invoque à mes côtés. Viens à moi grande prêtresse, que tu sois libérée de ta forteresse !

La statue vibra, se craquela et délivra Gwémana de sa prison. Kéra courut vers un mur, attrapa une troche et mit le feu au livre des éléments qui devint cendres. Au même moment, il fut frappé par la foudre. Instinctivement, le chef des traîtres se recula du livre incandescent. La porte vers l'Autre Monde était maintenant béante.

Kéra leva les pierres runiques vers l'ouverture et son autre main souleva le sceptre en direction du ciel. Un éclair traversa le plafond du Temple qui fut percé. Celui-ci fendit le sceptre, tua Kéra, passa par les pierres brillant d'un éclat éblouissant et finit sa course sur la porte. Kéra s'effondra au sol, inerte et le corps fumant. La porte vers l'Autre Monde se referma. Les pierres tombèrent par terre et le sceptre disparut. Enfin, l'âme de la victime s'éleva et vint protéger la porte pour l'éternité.

- Garce ! Peste ! Je n'en ai pas terminé avec vous !

44

LE SACRIFICE

L'équipe subit de nouveau, des sentiments déchirants. Le découragement se lisait sur leurs visages. Ils avaient tous perdu beaucoup trop d'êtres aimés. Ils ne pouvaient plus se battre, même pour se venger. Elora pleurait toutes les larmes qui lui restaient.

Gwémana, tout aussi furieuse, se mit à chanter. Eric comprit rapidement ce qui allait arriver.

- Attention ! C'est le *glam dicinn* !
- « Qu'est-ce que c'est ? » questionna Bron, l'ignorant.
- C'est un chant satirique. Il a des effets destructeurs. C'est un pouvoir excessivement puissant. Le Temple tout entier va être pulvérisé. Nous aussi, si nous restons ici.

Un tremblement de terre secoua la bâtisse. Sur tous les murs, les piliers fondateurs, il y eut des explosions. Plus elle détruisait le Temple, plus la prêtresse chantait fort. En quelques minutes, le bâtiment s'écroula. Il ne restait autour d'eux que des ruines fumantes. Un nuage de poussières et de cendres tournoyait au-dessus de leurs têtes.

Gaël tua les druides qui osèrent encore se défendre. Elodie en acheva d'autres un à un. Certains traîtres commencèrent à violer les femmes. Eric tenta de les en empêcher, mais deux Gargwa rôdaient encore. Impuissant, Eric ordonna à son équipe de se replier. Ils abandonnèrent leur communauté pour mieux préparer une autre défense. Pour l'heure, ils n'avaient plus suffisamment de forces, ni d'alliés. Dans sa fuite, Eric récupéra les pierres de runes.

Hors du Temple, Bron vit un homme de son âge, aussi beau que lui, portant un tatouage sur l'épaule qu'il aperçut à travers sa chemise déchirée lors de la bataille. Il le reconnut.

- Yann ! Je te vois dans mes rêves prémonitoires depuis des années. C'est toi mon frère ?
- Oui Bron. J'ai attendu cet instant durant des mois. Le jour où mon frère mourra de mes mains.
- Quoi ? Ne me dis pas que tu travailles pour ce traître répugnant !
- Bien sûr ! Il m'a tout appris. Je lui dois toute ma connaissance.
- Que t'est-il arrivé ? Où as-tu grandi ? Et ce rêve ?
- Tu n'auras pour seule réponse, que la mort !

Yann sauta sur son frère et l'étrangla. Bron se dégagea, lui donna des coups de poings qui le firent reculer. Yann reprit le dessus. Plus habile, Bron ne parvint pas à le maîtriser.

- Pourquoi les as-tu laissé tuer nos parents ?
- Je l'aurais fait de mes propres mains, mais j'ai laissé ce plaisir à Kox. Le pauvre avait grand besoin de se défouler.
- Tu es un monstre !

Bron usa de ses connaissances en magie. Il se souvint d'un tour de passe-passe que lui avait enseigné Gwenc'Ron. Mais, trop faible, il se replia, laissant à Yann la victoire.

***

45

Victoire Du Mal

A l'extérieur du sol sacré profané, en s'éloignant du Sanctuaire dont toutes les maisons brûlaient, Eric croisa Kiva, la druidesse aveugle.

- Je ne peux pas partir, les laisser, Kiva. Comment allez-vous ?
- Bien.
- Nous ne sommes pas des lâches. Si l'on doit mourir, alors allons-y ! dit Elora.
- Non ! Vous êtes courageux, personne ne le remettra en cause. Vous êtes les seuls capables de changer la situation actuelle. Il y a une solution. Les pierres de runes vont vous aider à trouver *Erwan*, le Maître Druide du temps. Son pouvoir consiste à manipuler le temps, il peut le descendre ou le remonter. Il pourra empêcher ce qui s'est produit. En modifiant le passé, il changera le présent. S'il fait en sorte que Gwenc'Phel ne devienne pas un traître, alors rien de tout cela n'arrivera. C'est de lui que vient tout le mal. Neutralisez-le à la source. Les règles du temps peuvent tourner à notre avantage. Eric, tu dois emprunter les routes de pierres menant dans des contrées lointaines. Les runes te montreront le chemin de notre victoire. Utilise le site de Lorient. Seule une partie du Sanctuaire a été détruite. L'autre site est intact.
- Merci Kiva.

La femme aveugle s'éloigna. Eric, Elora et Bron observèrent tristement le Sanctuaire en feu.

- Nous vous sauverons, je le jure. Nous vous vengerons.

Un cri retentit. Un traître qui les avait suivis enleva Kiva. Bron ne put la libérer malgré ses efforts. Le regard de la druidesse se dirigea vers lui. Ses lunettes tombèrent, furent piétinées et ses yeux blancs, vitreux, fixèrent Bron avec angoisse.

- Sauvez-vous pour nous sauver ! hurla-t-elle.

Les traîtres s'installèrent dans les ruines. Gwémana utilisa le *glam dicinn*, chant destructeur, afin de réduire en cendres ce qu'il restait du *Sanctuaire*. Elle soumit les druides à la volonté de Gwenc'Phel. Tous devinrent des esclaves.

Soudain, dans son air victorieux et supérieur, le chef des traîtres s'inquiéta. L'une de ses pensées lui rappela l'existence d'Erwan. Il fit part de ses soupçons à la prêtresse.

- Tu as raison. Je vais les suivre. Peut-être qu'Erwan pourra empêcher le sacrifice de Kéra et permettre ainsi à la porte de rester ouverte. Erwan ne pourra rien contre moi.

- N'en sois pas si sûre. Mais c'est notre seule chance de préserver ce que nous avons obtenu. Poursuis-les et tue-les à l'occasion.

✳✳✳

46

SOUMISSION
ET SOLUTION

Kiva, enchaînée avec les autres druides, reçut des coups de sceptres dans le dos. Ses amis avaient déjà le corps ensanglanté, couvert de bleus. Elodie prit un plaisir sadique à la torturer. Gaël réunit les prisonniers aux pieds de leur chef.

L'équipe quittait maintenant la forêt entourant le cratère de cendres. Gwémana se métamorphosa en insecte et vola jusqu'à eux. Elle se posa sous le col de chemise d'Elora qui ne sentit pas sa présence. Ils croisèrent les Anciens qui s'étaient échappés. Tara les accompagnait. Bron fut rassuré et heureux de retrouver la petite en vie. Un Ancien trouva Eric.

- Mon garçon, tu dois utiliser les dolmens de l'autre site. Trouver Erwan est indispensable.
- Je sais, mais j'ai peur de prononcer la grande incantation. Je ne la contrôle pas plus que le Gorsedd.
- La grande incantation ? s'interrogea Bron.
- C'est la formule magique la plus puissante. Si tu te souviens des deux tempêtes qui ont ravagé la France et ses forêts en 1999, c'était Gwenc'Phel qui s'entraînait à la maîtriser. Il a échoué. Tous les druides redoutent d'y recourir. Elle est trop dangereuse. Mais celui qui la contrôlera sera le plus grand des druides. Normalement, c'est au Gorsedd qu'elle revient. Ils sont les seuls autorisés par les Dieux à l'utiliser. Mais depuis des siècles, les prédécesseurs ne l'ont jamais invoquée et se sont contentés de transmettre leur savoir. C'est pourquoi Ness, Pat et Bann sont incapables d'y faire appel. Ils ne se sont jamais risqués à l'invoquer. Mais c'est pourtant l'unique moyen de rétablir le réseau.
- Quel réseau ?
- Gwenc'Ron t'as enseigné que les dolmens sont des portes qui communiquent entre elles par l'intermédiaire d'un réseau de tunnels. Certains peuvent même nous transporter directement dans l'Autre Monde. Mais depuis la chasse aux sorcières intervenue au seizième siècle, le Gorsedd de l'équipe a condamné l'usage du réseau. Les pierres runiques serviront de clé et la grande incantation rétablira le système. Seulement, si je me trompe ou si je ne maîtrise pas l'énergie qu'elle dégagera des pierres, dieu seul sait où on atterrira. Il se peut que nous soyons tous les trois désintégrés.
- On n'a pas le choix. Je prends le risque.
- Moi aussi, approuva Elora.
- Les Grands Druides du Gorsedd n'ont pas su le faire, hésita Eric.
- A la différence que tu es un élu, lui fit remarquer l'Ancien.

Un vieillard accourut vers eux, c'était le dernier Ancien qui restait en vie.

- Eric, j'ai discuté avec Kiva avant de pouvoir prendre la fuite. Elle m'a dit que les dirigeants du Sanctuaire sont piégés dans le passé. Elle l'a appris par une rumeur. Seul Erwan peut les ramener. Va au site de Lorient, renforce la sécurité et voyage avec tes amis à travers les continents jusqu'à trouver le Maître Druide du temps. Les filiales du Sanctuaire vous apporteront leur aide.

Quelques heures plus tard.

Dans un dernier effort, se débattant, les druides esclaves chantèrent leur hymne pour se donner du courage. Traditionnellement chanté pour les enterrements, ils pensèrent à Kéra en la fredonnant. Au même moment, à Lorient, l'équipe enterrait dignement Kéra avant de prendre la route vers les dolmens. Tous en chœur, l'hymne breton retentit dans l'esprit de tous les celtes du monde.

« Ni, Breizhiz a galon, karomp horgwirvro
Brudet eo an Arvor dre Bed tro-dro.
Dispont 'Kreiz ar brezel, hon Tadou kon mat
A skuilhas eviti o gwad.
Ô Breizh, ma Bro, me gar, ma Bro. »

En français :

« Vieux pays de mes pères,
Bretons fiers et sans peur, aimons notre patrie,
Cette Armor que partout l'on nomme au premier rang,
Pour elle, nos aïeux ont répandu leur sang.
Dans les combats livrés contre la barbarie,
Ô pays que j'aime, ô Terre d'Armor. »

Elora était effondrée, Eric la soutint. Patiemment, Gwémana les observa avec amusement.

***

47

PAYSAGE
CAUCHEMARDESQUE

Gwenc'Phel piétina l'enseigne du Sanctuaire quand celle-ci s'écrasa au sol. Le chef des traîtres imposa de nouveau sa domination. Il fit un discours.

- Amis druides, ennemis, ce jour glorieux entrera dans les mémoires. Seule ombre au tableau, le sacrifice de Kéra sera vain. Cette petite n'a pas idée à quel point son minable suicide ne servira pas sa cause. J'ai envoyé notre prêtresse loin de nous, elle va chercher un homme qui sera en mesure de changer ce détail de notre histoire.
- Non ! Elle n'y parviendra pas ! Cette ignoble créature que vous êtes torturera nos corps mais pas nos esprits ! Notre pensée est libre ! Chacun d'entre nous que vous tuerez viendra vous hanter ! Soyez maudit ! cria Kiva.
- Ah oui ?

Gaël descendit le drapeau de la croix celtique qu'il brûla. Le symbole représentant la Terre, le Cercle et le Ciel. On l'appelle aussi le *Triskèle*.

Le lendemain, l'équipe sécurisa le second site. A l'Université, un journal abandonné au sol contenait la description du Sanctuaire et révélait l'existence de la magie, du monde surnaturel des druides. Ils faisaient la Une d'un quotidien national. Le campus fut pris d'assaut par une foule d'hystériques, la police et les journalistes qui voulaient savoir où se trouvait le si célèbre Sanctuaire. Hélène, libérée par l'inspecteur, dû tenir une conférence de presse.

***

A SUIVRE...

SAISON 2 EPISODE 1

Course contre la montre

#5

« La moitié d'un ami, c'est la moitié d'un traître. »

VICTOR HUGO

La légende des siècles

SOUVENEZ-VOUS...

Dans la saison précédente « **L**a **L**égende **D**es **M**aîtres » : Après l'accomplissement d'un rituel, Tim et Tara commettent une effroyable erreur entraînant la disparition du jeune garçon et laissant son amie dans la stupeur…

Ben fait équipe avec Hélène et Ed afin d'empêcher Gwendolyn de perpétrer l'irréparable. Pour se faire, ils sabotent les rotatives du journal et suppriment fichiers et copies des articles afin de sauver le secret le plus ancien des Celtes. Mais ils sont arrêtés par la police et une ultime sauvegarde subsiste…

Pendant ce temps, Gwenc'Phel libère la plus puissante et machiavélique des prêtresses druidiques. Au même moment, le Maître Druide des phobies, Kox, vient à lui pour offrir ses services. Ce trio infernal met fin à l'existence du premier site du Sanctuaire Principal…

Tandis qu'Elora se découvre une famille, Luc quitte la ville. Les éminents membres du Gorsedd sont piégés et emprisonnés dans le temps. Le Superviseur, Gwenc'Ron, ne tarde pas à les rejoindre. Les pouvoirs de Bron s'intensifient et il voit la profanation du sol sacré. Gwenc'Phel dérobe le Livre des Eléments sous les yeux de Kéra. Elora rencontre un bel asiatique attirant. La panique envahit l'équipe dès qu'ils découvrent la disparition du Gorsedd. Kéra s'informe sur les pouvoirs de Kox et trouve un moyen de parer ses attaques. La prêtresse de l'apocalypse fait irruption dans le Temple et tue les parents de Bron sous ses yeux. Gwenc'Phel use du Livre des Éléments pour ouvrir un passage sur l'Autre-Monde, ce qui pousse Kéra au sacrifice de son âme. Le portail se referme, sauvant le monde de l'Apocalypse. Leur plan ayant échoué, le trio se venge : le Temple s'écroule, des centaines de druides sont massacrés, femmes et vieillards perdent la vie. Bron doit affronter son propre frère. Eric, Elora et Bron sont contraints de se replier. Avant d'être à son tour kidnappée, Kiva (la druidesse aveugle) conseille à Eric de chercher Erwan : « *son pouvoir consiste à manipuler le temps. Il peut le remonter, empêcher ce qui s'est produit. En modifiant le passé, il changera le présent.* » Dès lors, l'équipe d'élus est investie d'une nouvelle mission. Dans un dernier effort, se débattant, les esclaves chantent l'hymne breton pour se donner du courage…

A Lorient, Kéra est dignement inhumée et le chant retenti dans le cœur de tous les celtes du monde. Ne pouvant s'empêcher de ressentir de la colère, et un sentiment de vengeance, c'est d'un pas décidé que les trois porteurs de l'espoir des celtes se rendent sur le chemin de la délivrance...

Suite...

48

LE NOUVEAU PORTEUR
DE l'ÉLEMENT TERRE

« Je ne peux m'y faire. L'absence de Kéra m'insupporte. La douleur incessante que représente la mort d'une « *meilleure amie* » est insoutenable. J'ai l'impression de ne pouvoir m'arrêter de pleurer, que mon cœur a été arraché. Quand je n'ai plus de larmes, je ne ressens plus d'émotions. La magie m'a permis de revoir son image. Mais j'ai besoin de lui parler. Une dernière fois. Un sentiment de haine indescriptible envers les responsables du massacre au Sanctuaire boue en moi. J'espère que mes amis parviendront à me faire oublier ce chagrin, même si je sais au fond de moi que c'est illusoire. »

**ELORA,
DRUIDESSE.**

Dans la cour centrale du campus universitaire, une foule de journalistes tentait d'interviewer le doyen qui, dépassé par les événements, ne savait que répondre. La police, les hystériques y voyants l'arrivée d'extraterrestres, demandaient des comptes. Hélène s'installa devant un pupitre pour tenir une conférence de presse improvisée. Elle y trouva un quotidien national titrant l'existence de la magie dans notre monde. Hélène devint rouge comme une pivoine et ses jambes se dérobèrent. Elle tressaillit. La bouche sèche, les mains moites, le corps frissonnant, le cœur battant la chamade, Hélène dût rassembler toutes ses forces et son esprit pour se concentrer sur son discours.

Chambre Souterraine,
1 heure plus tard.

Elodie portait un petit haut rose pâle épousant la forme de ses seins et descendant en dessinant, en de fins traits, sa silhouette pour arrêter sa course à hauteur de son nombril. Un pantalon en patte d'éléphant, tout aussi sexy, achevait d'esquisser la finesse de ses jambes. Son visage exprimait l'inquiétude. Elodie s'obstinait à vouloir connaître le plan de Gwenc'Phel dans ses moindres détails. Celui-ci, réticent, préférait être attentif aux tortures de ses esclaves, exécutées par son poulain : Gaël.

- Chef ! Que comptez-vous faire des captifs ? Les tuer ?
- Bien sûr mon cher. Cela te pose-t-il un problème ?
- Non. Et, Eric, ses compagnons, j'aimerais beaucoup m'en occuper personnellement.
- Non ! Je me réserve ce plaisir. Tu te conteras d'Elora, je te la laisse.

- Chef, on a conclu un pacte mais je souhaite en avoir un moi aussi. Pour savoir ce que ça fait.

- Ceci est hors de question ! C'est le meilleur moyen pour te convertir au bien. J'ai besoin de toi. Je tiens à toi.

Furieuse, Elodie quitta les ruines du Temple. Gaël, surpris, s'approcha de Gwenc'Phel.

- Dois-je vous la ramener ?

- Non. Laisse-la piquer sa crise. Nous avons mieux à faire ! J'ai besoin de me défouler. Apporte-moi deux Sentinelles.

- Bien, chef.

Campus Universitaire, Cour Intérieure Centrale.

La rage d'Elodie Torrel n'avait faibli. Elle réfléchit en se réfugiant dans la chambre souterraine et trouva un moyen de parvenir à ses fins malgré le refus du traître. Elle pénétra dans le campus peu de temps plus tard et y découvrit l'ampleur de la « *fuite* ». La prêtresse tendit les mains devant elle et psalmodia une incantation puissante.

*Que la mémoire de cette foule révoltée soit effacée,
Et que chacun retourne à ses activités.*

Dès lors, journalistes, policiers et fous furieux se dispersèrent sans qu'Hélène n'y comprenne rien.

- Elodie ! Que fais-tu là ?

- Je viens protéger mes intérêts. Je ne vois pas comment le harcèlement de ces gens pourrait préserver notre sécurité. Quand nous gouvernerons le Monde, après avoir éliminé tes amis au préalable, ils auront tout le loisir d'interroger Gwenc'Phel. Mais pour le moment, il est trop tôt.

- Il reste le journal.

- Ne t'en fais pas pour ce torchon. Le siège du quotidien a accidentellement flambé avant même que la distribution n'ait commencée. Maintenant, que j'ai réglé notre petit problème, tu as une grosse dette envers moi que je compte bien te réclamer un jour. Je suis persuadée que tu n'oseras pas refuser.

Totalement désorienté, l'inspecteur Bouzave fit replier ses troupes, libéra Ed et Ben ne connaissant pas la raison de leur captivité. Il bafouilla des ordres incompréhensibles aux oreilles des deux hommes qui ne tardèrent pas à s'éloigner, considérant que l'inspecteur pouvait très vite changer d'avis en leur remettant la main dessus.

Autre-Monde,
Domaine Royal.

Un palais somptueux se dressait vers le ciel. Son sommet était invisible depuis le seuil du château. Au-dessus, le ciel couleur mauve et rose par endroit donnait un aspect mystérieux à ce lieu mythique. Contrairement à la Terre, les nuages étaient solides. Des créatures plus étranges les unes que les autres y avaient élu domicile. Des badauds en guenilles circulaient sur la grand-route principale menant au palace, plus précisément à sa cour intérieure. Le palais, surdimensionné, impressionnait toujours les gens du « *rez-de-chaussée* » comme se plaisait à les appeler le grand chancelier des lieux. Mais ces badauds n'avaient rien d'humain. La plupart étaient des *métamorphes* : créatures capables de changer de forme à volonté. Le Royaume de l'Autre-Monde recelait des entités diverses et variées.

Même si les *gens* de ce Monde de magie semblaient sereins, il en était autrement des propriétaires, au sommet de l'édifice, au-delà des nuages. Dans la Salle du Ciel, un homme sans âge (sans corps solide d'ailleurs) hurlait de rage. Eningann en personne, l'un des trois dieux de la Triade des Créateurs (la mythologie celte précise qu'ils ont créé le monde et se sont réfugiés dans cette dimension après avoir été rejetés par leurs fidèles, convertis en majorité au christianisme) enrageait de savoir Eric et son équipe toujours en vie.

Mew et Oiwn étaient présents. Mew avait toujours manifesté en secret un intérêt grandissant pour cette équipe d'humains courageux qui bientôt verraient leur destin prendre une direction fort inattendue. Oiwn, lui, se désintéressait totalement de cette bande de trouble-fête, qui, selon lui, était sur le point de bouleverser les choses. Conservateur de l'ordre établi, il voyait d'un mauvais œil toute personne dérangeante. Il les estimait dangereux mais, lâche, ne s'engageait pas à les affronter. Eningann était différent. Il avait déjà commencé les offensives en aidant Gwenc'Phel dans ses agressions.

Un adolescent d'environ dix-sept ans observait la scène avec inquiétude. Caché derrière un rideau, à droite des trois trônes, il commença à s'éclipser, espérant échapper à leur vigilance. Celui-ci était le seul à disposer des mêmes pouvoirs que les trois dieux et il en usa pour tromper leur attention.

- Adieux mes Seigneurs. J'ai choisi mon camp. Merci de m'avoir porté assistance Seigneur Mew. J'espère accomplir le Bien en me joignant à eux. Je sais que vous comprendrez.

Le jeune homme parcourut les couloirs uns à uns dans le dédale menant vers la sortie de la Tour. Il croisa le chancelier avant qu'il n'ait pu réagir. Son cerveau travailla à vive allure. Il lui fallait se débarrasser de ce personnage importun. Il portait un petit sac de velours bleu accroché à sa ceinture. Il la détacha et en retira une poudre blanche et saupoudra le nez du chancelier qui s'écroula sur l'instant.

- Faites de beaux rêves !

L'adolescent descendit du donjon, traversa ensuite la cour principale, dissimulé dans la foule grandissante, passa près des hourdes en bois, rejoignit la herse et la traversa. Il se colla au mur en passant sous la bretèche et la poivrière. Enfin, il courut sur la lice, sauta la palissade de trois mètres de haut grâce à ses pouvoirs et se perdit dans le bois masquant ainsi sa fuite. Il lui fallut peu de temps pour atteindre la frontière du domaine. Le jeune homme partit à la recherche d'un cromlec'h.

Gaule, 1329.

Ness, Pat, Bann et le superviseur Gwenc'Ron (devenu un nouveau membre du Gorsedd), étaient toujours captifs du passé. Ils avaient quitté le champ dans lequel ils avaient atterri pour préférer la route.

- Il faut nous déplacer pour examiner l'endroit où nous sommes. Ce champ ne nous apprendra rien, avait dit Ness à ses compagnons.
- Si nous rencontrons quelqu'un, nous pourrions nous faire passer pour des moines, suggéra Pat.
- Il vaudrait mieux éviter. Autrefois, les moines étaient des voleurs, menteurs et ivrognes. Vous tenez à votre réputation, je présume. De plus, mes atours féminins ne me permettent pas de me faire passer pour un homme d'église chrétienne. Qui plus est, ne sommes-nous pas celtes ?

Un bruit sourd, une sorte de bourdonnement, se fit entendre au loin, sur le chemin. Un virage serré masquait la visibilité. Il leur fut difficile de discerner ce dont il s'agissait. Le son s'amplifia rapidement.

- Qu'est-ce ? demanda Ness.
- Je n'en sais rien. Peut-être... commença Bann.

Des chevaux se découpèrent au virage. Six cavaliers avançaient vers le Gorsedd.

- Bienvenus étrangers ! Son altesse Jean II le Bon, duc de Bretagne, vous attend en sa Cour, gentilshommes et gente dame.
- Quel accueil ! murmura Bann à l'oreille de Ness.

Le chevalier qui avait pris la parole semblait séduisant aux yeux de Ness qui, involontairement, le dévisagea. Celui-ci lui répondit par un large sourire.

- Curieux ! réagit Gwenc'Ron qui ne s'attendait pas à cela.

Son altesse Jean II le Bon était dans la Cour de son Palais et patienta jusqu'à l'arrivée de la garde ducale escortant le Gorsedd. En pleine fête celte, il les invita à se joindre au banquet d'honneur. Gwenc'Ron ne manqua pas de constater la présence d'un druide qui les observait. La fête battait son plein et le prêtre espion avait quitté les lieux. Les membres du Gorsedd, malgré la situation, décidèrent de profiter de ce moment de détente.

Plus tard, ils cherchèrent une auberge, laissant le duc à ses affaires diplomatiques. L'aubergiste, un homme corpulent et de taille moyenne les accueillit chaleureusement. La serveuse, sa femme, fit tomber un pichet de lait en voulant servir Ness.

- *Iann ar lue* ! objecta alors son époux qui se mit à la flageller sous les yeux des clients qui ne réagirent pas. Le Gorsedd était médusé.
- Je n'ai pas compris ce qu'il a dit. Mon celte ancien est peu rouillé, s'enquit Bann.
- Imbécile.
- Je vous en prie Ness !
- Il a dit : imbécile. Il l'a insultée. Il mérite... Ness se leva.
- Non ! Ne vous mêlez pas des événements du passé. Souvenez-vous que nous n'appartenons pas à ce siècle. Tout ce que nous ferons risque d'altérer l'histoire de tous ces gens, intervint Gwenc'Ron, une main solide et ferme sur son épaule qui arrêta la femme dans son élan.
- C'est juste. Zut ! Je déteste cette logique temporelle, finit Ness en appuyant sur ces derniers mots. Une colère intérieure se lisait dans le regard qu'elle portait sur l'aubergiste.
- *Kouska* (Dormir, en celte ancien) ! Rejoignons nos chambres.

Les compagnons de Pat lui emboîtèrent le pas.

Sanctuaire de Lorient, Site n° 2, 17 janvier 2001, 10 h 34.

Eric, Bron et Elora étaient sur le point de partir à la recherche d'Erwan, Maître Druide du Temps, seul capable de renverser les événements terrifiants qui s'étaient produits cette semaine-là. Cependant, Elora ressentit le besoin de retourner sur la tombe de Kéra avant d'enquêter et de risquer de nouveau sa vie.

« A notre sœur bien aimée.

Repose dans la lumière des Dieux.
Puisse notre chagrin s'apaiser.
Par cette formule, Kéra, sort de la brume. »

Elora s'était souvenue de cette incantation qui apparaissait dans le Livre des Éléments. Le pouvoir utilisé permettait d'invoquer un être défunt et de lui parler.

- Kéra ! Pourquoi ne me réponds-tu pas ? J'ai besoin de toi. C'est trop dur. Je ne supporte pas l'idée de ne jamais plus te revoir. A qui me confierai-je désormais ? Réponds-moi ! Je t'en supplie ! Viens à moi Kéra ! hurla-t-elle de désespoir. Elle pleura durant plus d'une demi-heure. Le fantôme de son amie ne pouvait pas répondre à son appel par-delà le voile séparant le monde des vivants et l'au-delà ; car son décès était trop récent. La prière d'Elora se perdit donc dans le silence du cimetière, au Nord du Sanctuaire. Elora finit par se résoudre à lire avec appréhension la gravure de la pierre tombale, car elle savait qu'en faisant cela, elle accepterait son départ. Mais, son corps et son âme pleurèrent de nouveau.

« *Requiescat in pace.* » (Repose en paix, en latin)

Temple du Sanctuaire, 13 h 28.

Après un repas copieux, l'équipe se regroupa au Temple pour recevoir les dernières instructions.

- Il était bon le dernier repas du condamné, ironisa Bron.
- Il est temps d'y aller. Il faut trouver Erwan.
- Tu as raison Eric. Il ne faut pas perdre de temps. Je pense pouvoir réunir un commando de Maîtres Druides guerriers mais cela ne résoudra pas le problème de Gwenc'Phel et ses plus proches associés. Votre quête est capitale. Vous trouverez un *cromlec'h* (cercle de pierres dressées) au pied de la Tour d'Or, informa Othon, le superviseur de ce site.
- Il y a une Tour d'Or ici ? s'étonna Elora.
- Ce site fut conçu à l'identique du site de Brest. Ainsi, vous n'aurez pas l'air trop perdue, ma chère. Une fois que vous y serez, lisez les inscriptions aux pieds des pierres et placez-vous devant celle qui correspond à votre pouvoir. Ensuite, récitez la grande incantation. Le réseau s'ouvrira mais sera instable. Il vous manque un pouvoir pour activer la porte et rétablir le système complexe tellurique. Kéra avait ce pouvoir. Cela peut vous empêcher d'atteindre votre but.

Othon fut contraint de suspendre la conversation lorsque les regards se tournèrent vers la porte du Temple, fabriqué en chêne et verni pour protéger les symboles celtiques qui y étaient gravés. Eric vit un jeune homme asiatique traverser la porte comme un fantôme. Eric, Elora et Bron pressentirent une attaque. Sans doute Gwenc'Phel en était-il à l'origine, pensa l'archi-druide. Tous trois saisirent leurs sceptres pour se défendre et prirent l'offensive. Les pouvoirs élémentaires jaillirent. Excédés par les combats et leurs conséquences dramatiques, les trois druides décuplèrent leurs forces. Ce fut leur première bataille depuis la mort de Kéra. Eric ressentit l'envie de la venger.

- Ne peut-on pas porter le deuil en paix ? s'énerva Elora.

L'inconnu restait serein. Zen, il ferma les yeux et se concentra sur lui-même. Une aura lumineuse jaune enveloppa son corps et le protégea des assauts, tel un bouclier.

- Arrêtez ! Ignorez-vous la règle ? Ne jamais utiliser les pouvoirs élémentaires contre nous-mêmes !
- Pour cela, il faudrait que tu sois... Qui es-tu ? réagit Bron surpris par sa connaissance sur les règles qui régissent les druides porteurs des pouvoirs élémentaires.
- Mon nom est Tao. Je viens de Pékin. J'ai vécu toute ma jeunesse dans... disons, un monastère particulier. Je vous rassure, les besoins charnels n'y étaient pas prohibés. J'ai été préparé toutes ces années à hériter de puissants pouvoirs. J'ai appris la mort de Kéra et vous présente mes sincères condoléances. Un nouveau porteur de l'élément « *Terre* » a été désigné par la prophétie : moi-même. Je suis venu compléter votre équipe pour vous aider à affronter une situation critique. Je suis enchanté de faire votre connaissance. Vous devez être Eric, vous... Elora. Et Bron je présume ?
- Tu présumes bien, répondit Bron plus sèchement qu'il ne le voulait. Mais Tao ne s'en offusqua pas.
- Votre réputation vous précède, tous les trois.
- Othon, je ne comprends rien, réagit le leader de l'équipe.
- Tao a raison. Son Ordre l'a envoyé une fois son éducation terminée. Il doit sûrement être aussi doué que l'était Kéra.
- Laissez-nous en juger, lança Elora très contrariée.
- Vous avez besoin de lui pour remettre le réseau en fonction et vaincre vos ennemis.
- Alors, ça y est ! Vous remplacez déjà ma meilleure amie ! A peine en terre, un remplaçant est choisi.
- Je suis désolé pour votre amie. La vie doit malgré tout reprendre ses droits. Je sais que c'est trop tôt mais la crise actuelle requiert une action immédiate, pour le bien de l'humanité. Il nous est impossible dans ces circonstances particulières d'attendre plus longtemps qu'il n'est nécessaire. Mais ne vous trompez pas d'ennemi. C'est Gwenc'Phel qui précipite les choses, vous obligeant à agir rapidement. Il ne vous laisse aucun répit. Il est cruel. C'est pour cela que nous devons l'arrêter. Le traître doit être capturé, c'est urgent. La nouvelle de la trahison est déjà connue de tous les Sanctuaires du monde.

***

49

L'ESPION

Tao était âgé de vingt-six ans, le mètre soixante-dix passé de peu, avoisinant les quatre-vingt-cinq kilos, très musclé. Son visage était doux, les yeux marron étirés en amandes le rendaient séduisant. Il trouva Elora très belle. Il portait une robe de druide noire et ne possédait aucun sceptre.

- Othon a raison. Nous avons besoin de toi. Bienvenu dans l'équipe. Bron ?
- D'accord, j'accepte, répondit-il à Eric, méfiant.

Elora regarda Eric comme si elle avait été trahie. Elle sortit du Temple en pleurant. Eric l'excusa.

- Il lui faudra du temps pour...
- Je comprends. Mon arrivée rend le décès de Kéra concret. Elle n'accuse réellement le choc que maintenant ; mais il va falloir qu'elle se ressaisisse. Le monde a besoin d'elle.
- Elle le sait.

Cimetière du Sanctuaire.

Gwémana, la sorcière de l'Apocalypse qui a échoué grâce à l'intervention de Kéra, observa Elora sur la tombe de son amie. Celle-ci relut l'incantation. Kéra ne répondit toujours pas à son appel désespéré. Gwémana était satisfaite de son chagrin et sourit. La sorcière sortit ensuite du cimetière en évitant de se faire repérer.

2 heures plus tard.

L'équipe de nouveau au complet, porteuse des quatre éléments fondamentaux de l'équilibre des forces sur Terre, se regroupa près du cromlec'h. Elora semblait résignée. Elle finit par tolérer la présence de Tao et remarqua qu'elle l'avait déjà vu quelque part, antérieurement. Elle se souvint alors du bel asiatique qui l'avait secouru sur les marches de l'escalier menant au seuil du palais de justice de Brest, lors de l'agression du Maître Druide des phobies. Ils s'apprêtèrent enfin à partir à la recherche d'*Erwan*.

- Eric, te rends-tu compte que l'on va utiliser une incantation vieille de plusieurs siècles et que nul ne l'a prononcée depuis ? La Grande Incantation a toujours été un recours exceptionnel. Elle doit s'effectuer collectivement et fait peur à ceux qui en usent. Seuls les Grands Druides peuvent la maîtriser. Même notre Gorsedd n'a jamais eu une occasion de s'en servir, ce qui, soit dit en passant, est une bonne chose.

\- Je le sais Elora. Mais c'est notre devoir. Nous n'avons pas le choix.

Devant eux se dressaient quatre immenses pierres de dix mètres de haut et de cinq mètres de large, disposés en cercles. En granit, elles étaient très imposantes. A leurs pieds, Bron découvrit des symboles. Étrangement, il ne les reconnu pas. De plus, comment ceux-ci pouvaient-ils se trouver à cet endroit alors qu'il ne s'agissait nullement d'un dialecte celte. Qu'était-ce ?

\- Eric, il y a des dessins gravés à même la roche au bas de chacun des piliers. Je suis convaincu qu'ils ne sont pas d'origine celte.

Tao s'approcha et écarquilla les yeux qui ressortirent de leurs orbites.

\- Que font des trigrammes en territoire celte ?
\- Les reconnais-tu ? On peut se tutoyer ? demanda Eric.
\- Oui, bien sûr. Les trigrammes sont des symboles chinois. Il s'agit de trois lignes continues ou coupées représentant des idées. On les appelle des idéogrammes. J'ai compris ! Ils représentent les quatre éléments. Celui-ci, trois lignes coupées, représente l'élément « *Air* ».
\- Mes pouvoirs ont cet élément pour origine. Ce dessin me désigne, dit Elora Bonti.
\- Très bien, place-toi devant ce pilier et ne bouge plus.

Lorsque la jeune femme approcha la pierre, elle sentit l'air vibrer autour d'elle et du magnétisme l'imprégna. Elle fut comme collée au dolmen.

\- Oh ! Je me sens attirée. Ah ! Je ne peux plus bouger !
\- C'est normal Elora. Laisse-toi envahir par les ondes telluriques. Ce sont elles qui sont censées nous transporter d'un continent à un autre si l'on en croit les légendes.
\- Eric ! l'apostropha Tao.
\- En voici un autre : deux lignes coupées, une ligne continue. C'est l'élément « *Terre* », le mien.

De la même façon, Tao fut attiré comme un aimant vers le dolmen. Eric trouva son symbole : deux lignes continues, une ligne coupée au milieu.

\- C'est « l'*Eau* », ton pouvoir Eric. Bron, le tien est le dernier. Ce doit être deux lignes continues et une coupée en bas.
\- C'est exact !

Tous furent en position. Bron constata une inscription en haut de chacun des dolmens. Ne pouvant lire le sien (au-dessus de sa tête), les pierres étaient disposées de telle façon qu'un de ses camarades pouvait lire le mot manquant de la phrase. Chacun prononça son mot et Bron traduisit la phrase.

"Ici doit être lue la Grande Incantation."

- Nous y sommes. Nous ne pouvons plus reculer. Sachez que le lieu de destination sera aléatoire.

Elora remarqua que les aiguilles de sa montre avaient cessé de tourner.

- Répétez après moi : « *En ce temps et en cette heure, en moi la Grande Incantation demeure. En ce lieu, j'invoque les Dieux. Que ces pierres sacrées ouvrent le réseau sous nos pieds !* »

Plus que collés contre les pierres, les quatre druides ne firent plus qu'un avec les dolmens. Autour d'eux, une onde de choc se mit à tournoyer. Des éclairs foudroyèrent l'espace vide entre les grands rochers et le remplirent d'énergie. Une épaisse fumée encercla les pieds des héros. Un bruit assourdissant fut émis par toute cette concentration d'énergie pure. De l'eau, un tourbillon d'air, une couche de terre et des étincelles de feu furent engloutis par l'espace vide. Elora et les trois hommes de l'expédition crurent perdre connaissance, vidés d'énergie. En un instant, ils ne virent qu'une lumière aveuglante, puis ils se retrouvèrent dans un décor différent, inconnu, où toute l'énergie finit par se dissiper. Le bruit s'estompa, la fumée se dispersa. Ils s'écroulèrent ensuite au sol, une fois libérés de leur attache tellurique.

Bougon,
Deux Sèvres,
16 h 30.

- Vous pouvez détacher vos ceintures. Atterrissage terminé. Merci d'avoir choisi « *Celtic Voyage* », le réseau le plus rapide des transports au sol ! plaisanta Bron en se relevant.
- Tout le monde est entier ? s'enquit le chef du groupe.

Tao et Elora se relevèrent indemne, ce qui le rassura.

L'Autre-Monde,
Au même moment.

L'adolescent fuyait toujours les Dieux de la Triade dans l'espoir de quitter leur domaine. Au terme de six jours de course effrénée, il parvint devant un cercle de pierres, un cromlec'h semblable à celui des druides. Lorsque la Grande Incantation fut utilisée, Eric et son équipe avait réactivé un réseau de tunnels telluriques dont ces cromlec'h étaient des points de liaison, des portes. Mais Eric, Bron, Elora et Tao étaient novices dans son utilisation. Incapables de la contrôler totalement, il arriva, et arrivera dans l'avenir que plusieurs points se connectent au même instant en dehors du tunnel qu'ils empruntent ; si bien qu'une connexion s'opéra avec le cromlec'h de l'Autre-Monde. L'adolescent profita de l'occasion pour s'éclipser dans ce tunnel.

- Ils ont réussi.

Cependant, comment était-il au courant que l'équipe allait utiliser la célèbre Grande Incantation ? Il fut emporté par la vague tellurique qui le transporta sur Terre.

✻✻✻

50

LES CLANDESTINS

Des arbres, chênes principalement, les entouraient. C'est au cœur d'une forêt moyennement fournie qu'avaient atterri Elora, Bron, Eric et Tao, chacun au pied d'un dolmen, semblable à ceux du Sanctuaire de Lorient. Eric inspecta les alentours tandis que Tao prenait Elora à part et discutait avec elle.

- On s'est déjà vu, tu te souviens ? Sur les marches du tribunal, un druide t'avait sous sa coupe en t'exposant à ta pire phobie.
- Kox. Oui, je me souviens. Tu m'as secourue. Tu savais ce qui se passait et tu ne m'as rien dit à ce moment-là !
- Ce n'était pas le bon moment. Je n'étais sûr de rien. J'ai compris trop tard.
- Si tu es ce que tu prétends être, alors je n'ai rien contre toi. C'est affreux ce que me manque ma meilleure amie. On a grandi ensemble, comme des sœurs. C'est d'autant plus difficile pour moi d'accepter sa mort.
- En Chine, lorsque nous perdons quelqu'un, nous allumons un lampion et nous le faisons flotter sur un cours d'eau pour que son âme voyage vers l'au-delà. En brûlant sa dépouille, vous avez permis à son âme de voyager de la même façon. Kéra est désormais en paix où elle est. Dis-toi qu'elle est hors d'atteinte de Gwenc'Phel. Elle ne souffre plus. Tu ne t'habitueras pas au vide qu'elle laisse autour de toi. Tout te rappelle à elle : ses objets, tes souvenirs. Je ne veux pas la remplacer dans ton cœur. Si un jour tu me fais l'honneur de m'accorder une place, ce ne sera pas la sienne, parce que l'on peut aimer les gens de différentes manières et un cœur aussi grand et pur que le tien peut en loger un grand nombre à la fois.
- Merci Tao, ça fait du bien. T'as de l'avenir toi ! acheva-t-elle en riant et en essuyant une larme.

Bron explorait les environs. Il ressentait un malaise intérieur qui s'intensifiait, une sensation qu'il connaissait envahit son esprit.

- Une vision ! Ce dernier mot fut avalé, presque inaudible. Sa vue se troubla jusqu'à lui montrer un décor différent : le Temple. Il reconnut aisément Gwenc'Ron, l'homme sage charismatique que nul n'osait affronter jusqu'alors, de peur de subir son courroux. La scène se déroulait dans le passé. Il vit trois enfants qu'il supposa être Eric, Elora et Kéra à l'âge de douze ans. Le Superviseur leur adressa : « *Si l'un de vos pouvoirs devait disparaître par la mort de l'un d'entre vous, alors la combinaison ne pourrait plus être. Dans ce cas, cherchez l'héritier. De son pouvoir le réseau sera.* » Puis, Bron vit un adolescent apparaître au centre du cromlec'h où il se trouvait quelques minutes auparavant et de petits monstres à peine discernables autour d'une femme dont il ne distinguait pas le visage.

- Attention ! Quelqu'un arrive ! hurla Bron pris de panique.

Elora bondit avec son sceptre, de même qu'Eric. Tao se concentra et matérialisa son pouvoir dans ses mains, prêt à attaquer. Même si la porte s'était refermée, momentanément, la connexion du réseau liait toujours les tunnels entre eux. L'énergie tellurique réapparut, la fumée, la concentration électrique. Une ombre se matérialisa et prit forme humaine : le jeune adolescent ayant faussé compagnie aux Dieux de la Triade des Créateurs. Il fut reçu, tous les sceptres pointés sur lui. Il avait environ seize ans, physiquement mûr pour son âge, un visage inspirant la sympathie.

- Salut ! Gwyon'Bach, pour vous servir.

Gaule,
1329.

Pour eux, la nuit se terminait. Chacun dormait d'un œil, leur sagesse suggérant d'être prudents. Depuis ses orteils, Ness ressentit un puissant frisson.

- Par Dagda ! sursauta-t-elle de sa paillasse.
- Qu'y a-t-il Ness ? demandèrent ses camarades en chœur.
- Avez-vous senti ? Quelque chose vient de se produire.
- Oui, je pense que nous l'avons tous perçu, répondit Bann.
- Comment est-ce possible ? Nous sommes dans le passé, au XIV siècle.
- Le bouleversement est tellement important que nos pouvoirs en ont été affectés, à travers les âges. Eric a dû réussir à remettre le réseau en service pour une raison qui m'échappe, continua Gwenc'Ron.
- Sans doute pour chercher Erwan. Réfléchissez, c'est le seul à posséder le pouvoir du temps, donc, le seul en mesure d'annuler le sort de la sorcière qui nous retient ici.
- Possible Pat. Cependant, il ne sera pas aisé de lui mettre la main dessus.

Un instant plus tard, le Gorsedd descendit pour prendre le petit déjeuner. Une table se dressait dans la salle commune de l'auberge, majestueuse, un véritable festin.

Autre-Monde,
Palais divin.

Un domestique très frêle entra dans la grande salle des trônes. L'un de ses maîtres était nerveux. Les grandes portes derrière lui s'ouvrirent avec fracas. Le domestique laissa choir du linge et des fruits avant de fuir à toute jambe. Eningann entra en trombe et avança d'un pas rapide et déterminé vers les deux autres Dieux, installés confortablement dans leurs trônes respectifs.

- Mew ! Oiwn ! Les humains ont transgressé les règles. Ils ont ouvert et emprunté le réseau de portes.

- Cela devrait plutôt te satisfaire. Tu as désormais une occasion d'accéder à la Terre.

- Non ! Nous perdons tout contrôle. Ils peuvent à leur guise venir dans mon royaume.

- Notre royaume, corrigea Oiwn.

- Les craindrais-tu ?

- Ah ! Certainement pas ! répondit-il blessé dans sa fierté.

- Il y a des siècles que Dieux et Druides ont condamné le réseau d'un commun accord. Pourquoi revenir aujourd'hui sur ce pacte ? continua Oiwn.

- En portant secours à Gwenc'Phel, le traître, Eningann a lui aussi bravé l'interdit. Je crains que l'ordre des choses ne soit en train de changer. Hélas, sans doute en notre défaveur.

- Cette fois-ci, la guerre est ouverte. Ces maudits humains paieront le prix de leur défi devant un Dieu de la Création !

- Dans ce cas Eningann, il te faudra affronter ma protection.

- Mew ? Est-ce un duel ? Soit.

- Messieurs ! Reprenez vos esprits ! Nulle querelle n'est utile.

- Crois-tu Oiwn ? Je sens que je vais bien m'amuser, finit Eningann en un mauvais rictus, dévoilant toute sa rage.

Autre-Monde, Cité Horiza, Tribu elfe.

Un jeune homme élégant en tenue de chasseur elfe, s'entraînait au tir à l'arc. Plutôt grand et mince, rien ne laissait présager de sa véritable force. Élevé depuis l'enfance à combattre les forces obscures vénérant le culte d'Eningann, Roc'h était devenu un expert de ce sport ainsi qu'au maniement de l'arbalète. Les cheveux blonds, longs, les yeux d'un bleu océan, ses oreilles s'allongeaient vers le haut pour former une pointe. Des soldats elfes s'approchèrent d'un pas résolu.

- Mon prince, votre père vous invite en son Conseil.
- Merci. Je m'y rends de suite.

Le Haut Conseil des elfes était réuni au cœur de la forêt très épaisse de l'Autre-Monde. Leur cité portait le nom d'Horiza. Inquiet, le roi leva les yeux vers le ciel, soudain devenu furieux depuis quelques heures. Mais sa majesté n'en ignorait pas la cause, au contraire, il attendait ce signe.

- Le moment est venu mon fils. Nous t'avons choisi pour les visiter. Le Conseil espère de bons résultats. Nous avons cruellement besoin d'eux.

Roc'h n'hésita pas et n'attendit plus une seconde. Il enfourcha un cheval, saisit son carquois rempli de flèches en if et partit effectuer sa quête.

- Je vous les ramènerai ! lança-t-il derrière lui, sa monture au galop.

Sanctuaire de Brest,
Site n °1,
17 janvier 2001,
17 h 17.

Les tortures prenaient une allure ininterrompue, faisant la joie perverse et cruelle de Gaël, devenu dément. Elodie perdait le goût de la souffrance d'autrui. Un peu d'humanité se réveillait en elle. Leur maître, Gwenc'Phel, était furieux, à son habitude. Les druides prisonniers de ses griffes acérées en payaient le prix. Le traître aussi sut que le réseau était de nouveau opérationnel. Une vague tellurique l'avait fait frissonner. Cela compliquerait grandement sa tâche : les éliminer pour empêcher l'organisation druidique de renaître. Il ne pensait pas qu'Eric trouverait le second site du Sanctuaire. L'un de ses captifs l'avait nécessairement renseigné. Il s'en vengea terriblement. D'ores et déjà, cinquante-huit cadavres jonchaient le sol sacré.

Sanctuaire de Lorient,
Site n ° 2,
18 h 22.

Gwémana trompa la vigilance de la garde et put se rendre près du cromlec'h qu'avaient utilisé l'équipe des Maître Druides des Éléments : Eric, Elora, Bron et Tao. Elle s'approcha des pierres et se mit à rire à gorge déployée.

- Ah ! Ah ! Pauvres idiots, vous ignorez ce qui vous attend. Vous avez omis un détail. Les *Kérions* sont les gardiens des pierres dressées. En réactivant la magie qui anime ces rochers, vous avez permis le retour de ces petits êtres, partout dans le monde. Autour de chacun des dolmens de la Terre, vous les trouverez sur votre passage. Chaque fois que vous userez de la Grande Incantation, ils vous attaqueront. Venez à moi mes petits ! Revenez à la vie ! Vous êtes les premiers à être libérés de l'Autre-Monde ! Venez sur Terre et retrouvez vos terriers d'origines ! Tuez les humains qui oseront piétiner votre territoire ! Ah ! Ah ! Ah !

Dans tous les pays du monde possédant un cromlec'h sur son sol, des *Kérions* apparurent et se déployèrent en masse.

***

51

LE LIVRE

A la cité Horiza, Roc'h galopa jusqu'à la sortie du village où l'attendait sa sœur.

- Qui va prendre soin de moi maintenant, grand frère ?
- Oh Iguilt, je t'aime.
- Moi aussi. Fais attention à toi d'accord.
- C'est promis.

La route sera longue pour trouver les dolmens et la lutte féroce. Il n'était sans doute pas le seul à vouloir accéder à la Terre. Heureusement, rares sont ceux qui osent s'en prendre à un prince elfe. Cependant, la prudence était de rigueur.

Terre,
Bougon
Deux Sèvres.

Le jeune adolescent dut se présenter tandis qu'il était menacé.

- Du calme mes protégés ! Mon nom est Gwyon'Bach. Vous me connaissez au travers d'une légende racontée par votre peuple depuis des siècles. Si vous avez des lacunes, je suis le jeune garçon qui était chargé de surveiller un chaudron que *Karedwen* (déesse mère ayant participé à la *Création* avec la *Triade des Créateurs*) m'avait confié, en des temps très anciens. Seulement, je l'ai fait déborder en ajoutant un ingrédient que je n'aurais pas dû y mettre. J'ai été éclaboussé par son contenu et depuis lors, j'ai accès à la connaissance : la science du passé et de l'avenir. Je me suis enfui avec ce don précieux que les Dieux eux-mêmes n'avaient ni prévu, ni créé. Je suis venu dans le but de vous aider, car vous venez d'ouvrir une boîte de Pandore. Désormais, les peuples de l'Autre-Monde auront accès à la Terre chaque fois que vous utiliserez le réseau, comme je l'ai eu. Tout sera différent le jour où vous maîtriserez la Grande Incantation. Mais jusque-là, vous aurez besoin de moi. Je vous ai apporté un cadeau. Je l'ai dérobé à l'autel de la *Triade*.

- Le *Livre des Éléments* ! s'exclama Elora, surprise.
- C'est fabuleux ! Vous existez réellement ! Gwyon'Bach a souvent causé des torts aux Dieux.
- J'en suis fier !
- Ceux-ci ne pouvaient rien faire contre lui. Il n'existait que par erreur, un pouvoir surpuissant non prévu et qui les mettait en danger, ajouta Bron.
- C'est exact. Ce n'est pas très joli, mais je suis une erreur. Les *Eternels* ont fait pression pour que je choisisse de servir le Bien, les causes nobles et justes. Peine perdue puisque c'est le choix que j'aurais fait de toute façon. Connaissant

une partie de votre futur, je suis convaincu de pouvoir modifier des éléments de l'histoire. Vous avez un grand avenir, vous...

Un éclair tonna si fort qu'il fit sursauter Elora. Pourtant, le ciel était bleu et sans le moindre nuage.

- D'accord ! Je ne dirais rien.
- Qu'est-ce que... commença Eric.
- Oh, ce sont les *Eternels*. Ils m'espionnent et me font signe lorsque je suis sur le pont de dire quelque chose qui les dérange. Ça arrive souvent. Je sais que l'histoire du monde est complexe et qu'il ne faut pas interférer dans la vie des gens. Encore une fois, je vais leur désobéir. Vous n'êtes pas censé être en possession de ce livre mais peu importe. C'est le seul moyen de vous sauver la vie.
- Contre quoi ? s'enquit Elora.
- Ca !

A cet instant, les Kérions attaquèrent. Les druides reportèrent leur attention sur eux. Eric en repoussa trois, Bron en massacra deux autres, mais ils revinrent presque aussitôt à l'offensive.

- Qu'est-ce que c'est, Gwyon ? lança Tao qui se débattait, assailli par plusieurs petits monstres.
- Des *Kérions*. Elora, consulte le Livre ! conseilla l'adolescent, plutôt bien conservé pour ses quelques milliers d'années d'existence.

Elora tourna les pages du gros livre une à une et s'arrêta sur une double page qu'elle lut à haute voix :

Généralement noirs, hideux, velus et trapus, les mains armées de griffes de chat et leurs pieds de cornes de bouc, les *Korrigans* ou plus communément appelés **Kérions**, ont la face ridée, les cheveux crépus, les yeux creux et petits, mais brillants. Leur voix est sourde et cassée par l'âge. Les femelles Korriganes sont très discrètes. Les Kérions peuvent être aussi bien alliés qu'ennemis. La nation korrigane est gouvernée par une reine qui règne sur les différentes tribus, elles-mêmes commandée par un chef. Il existe 4 tribus au total :

- les *Poulpikans* vivent généralement dans les marécages quand ils ne protègent pas les pierres dressées. Nos connaissances sont très limitées les concertants.
- les *Kornikaneds* : leur particularité est de souffler dans des cornes, qu'ils portent à la ceinture, qui ont le pouvoir de contrôler le mental des êtres vivants et d'en faire leurs esclaves.
- les *Korils* vivent dans un village situé dans les landes de Montenn-Dervenn. Ils ont le don de soigner les blessures.
- les *Follets* sont peu connus à cause de leur extrême discrétion, mais ne se privent pas pour attaquer lorsque l'occasion se présente.

C'est à Carnac que réside la plus importante colonie. Toutefois, un grand nombre demeure en pays de Guérande (entre Vannes et Nantes). Leur loisir est de maltraiter les hommes. Selon une légende, une clé de verre ouvre leur grotte secrète. Un rayon de soleil sur la clé montre l'entrée que nul mortel ne peut trouver. La danse est une occupation favorite des Kérions. Le refrain des chants qui accompagnent ces danses est constitué de la répétition des cinq premiers jours de la semaine : *dilum* (lundi), *dimeurzh* (mardi), *dimerc'her* (mercredi), *dizïou* (jeudi) et *ha digwener* (vendredi). Les samedis et dimanches sont des jours consacrés au culte catholique (qu'ils appellent *Tant Haï*) et sont proscrits de leurs interminables litanies. Malheur à celui qui fermerait le cercle et prononcerait les mots interdits. Il risquerait de se faire trainer au travers de flaques et de ronciers, comme le font les *Dorregans de Locminé* (marginaux dans les tribus de Kérions).

Afin de se préserver de leurs offensives :

- Plantez un couteau dans le sol et les *Kérions* passeront sous l'arche du dolmen en hurlant. L'espace vide s'ouvrira et les engloutira.
- Les yeux des *Korils* peuvent être blessés par la clarté d'une lampe allumée qu'ils ne supportant pas.
- Le *Carsprenn* (petite fourche paysanne) leur fait l'effet d'un épouvantail.
- Une fiole d'eau bénite assure une protection en faisant fondre le corps d'un *Kérion*.
- Une branche de vermine protège des follets, dévorés par les vers.
- Une assiette remplie de grains que vous renversez, les *Poulpikans* ramassent les grains un à un. C'est dans leur nature.

Une petite crête sur le sommet du crâne permet d'identifier, par couleur, les tribus korriganes : bleu pour les *Poulpikans*, vert pour les *Korils* et jaune pour les *Follets*.

Un Kérion un peu fou tendit de l'argent à Eric comme s'il voulait l'acheter. Il s'agissait d'une femelle légèrement entreprenante mais d'une laideur à repousser un pou.

- « *Arch'ant korr tra ra dal !* » l'insulta Gwyon'Bach. Afin de traduire sa réplique, il se tourna vers le chef de l'équipe.
- L'argent des nains ne vaut rien.

Sur ces mots, les petits monstres s'énervèrent, courroucés.
- Elora, peux-tu nous aider ou bois-tu un thé ? lança Tao, aux prises avec six Kérions en même temps.

Celle-ci se concentra et observa les crêtes des créatures. Elles étaient toutes vertes, donc, selon le Livre des Éléments, ils étaient agressés par des Korils. Elle reprit sa passionnante lecture à la lumière de cette nouvelle information.

- Utilisez de la lumière ! Ils fondront avec de l'eau bénite !
- Où va-t-on en trouver ? s'empressa de demander Eric.

Gwyon'Bach fouilla dans sa veste et en retira de petites fioles remplies d'un liquide transparent. Il les lança vers chacun des membres de l'équipe. Bron brandit son sceptre et psalmodia : « *lumina* ! ». Le sommet de son bâton s'illumina et la lumière se propagea sur plusieurs dizaines de mètres à la ronde. Par réflexe, les Korils reculèrent et instinctivement, cherchèrent l'abri de l'ombre. Mais il était trop tard, car Eric et ses amis jetèrent le précieux contenu des fioles sur les créatures qui fondirent comme neige au Soleil. Le dernier à disparaître les implora de lui laisser la vie sauve avant de cracher une insulte qui ne put sortir de sa bouche, sa tête étant devenu une bouillie gélatineuse.

- J'ai bien cru ne pas réussir à m'en débarrasser. Ils sont collants ! se plaignit Bron.

Elora leur expliqua en quelques mots quels êtres ils avaient combattu après avoir remercié Gwyon'Bach de son aide. Heureux que sa petite amie aille bien malgré les événements, Eric lui déposa rapidement un baiser.

- Vous devez savoir que vous rencontrerez souvent ces sales bêtes et qu'elles ne sont pas toutes belliqueuses. Certaines peuvent devenir d'excellents alliés. Ils sont les gardiens des dolmens que vous utiliserez. Vous foulerez nécessairement leur territoire, ce qu'ils n'apprécient guère, les informa le jeune homme.
- Gwyon'Bach, saurais-tu quelque chose sur Erwan ?
- Le Maître Druide du Temps est furet. Il a même trompé les Dieux. Personne ne sait où il se trouve. Tout le monde sait que vous êtes les seuls en mesure de le débusquer.
- Il est futé, Gwyon, pas furet, le corrigea Bron en souriant.
- Pardon, je me trompe souvent en utilisant la langue des humains.

***

175

52

Impuissance

**Université de Brest,
18 janvier 2001,
9 h 16.**

Hélène, Ed et Ben se réunirent dans le bureau d'Éric.

- On a eu chaud ! Elodie nous a sauvé la mise. Ce n'est certainement pas gratuit.
- Elle a protégé les intérêts de son chef. Elle ne nous a pas fait de fleurs, répliqua Ed.
- Peut-être. Il faut être prudent. Nous avons eu de la chance cette fois.
- Vous ne pouvez pas savoir combien j'ai eu peur.

Hélène trembla légèrement à ce mauvais souvenir. Seule devant une foule de journalistes attendant des explications, elle était terrorisée. Heureusement, les choses s'étaient arrangées. Tout juste remise de ses émotions, le doyen « T-Rex » entra dans la pièce en colère.

- Hélène ! Où est votre patron ?
- Monsieur le doyen, Eric est...
- Grippé, Monsieur, réagit Ben pour venir à son secours.
- Oui, c'est ça. Il est malade, le pauvre a quarante degrés de fièvre, enchérit Ed.
- C'est curieux, monsieur Salvi est régulièrement atteint de souffrances diverses et variées. Sa grand-mère est décédée deux fois si je ne m'abuse.
- Oui ! Ses deux mamies.
- Le pauvre, en l'espace de trois semaines, ça a dû être douloureux. Et, il a souvent la migraine.
- Atroce.
- Je suis persuadé que monsieur Salvi a souvent des problèmes de santé et vous semblez, Hélène, toujours lui trouver de bonnes excuses justifiant ses nombreuses absences.

Un mauvais sourire se dessina sur son visage. Hélène frémit. Elle avait voulu se trouver n'importe où ailleurs qu'ici mais c'était impossible. L'appréhension monta en elle.

- Voyons si votre solidarité va résister à un cours d'histoire devant des étudiants désireux de réussir leur partiel et furieux d'avoir manqué environ un mois de cours !

- Non ! Vous n'allez pas...

- Si, Hélène. Vous avez cinq minutes pour rejoindre les élèves et vous avez intérêt d'être à la hauteur sinon je muterai monsieur Salvi en Alaska ! Il paraît qu'à cette époque de l'année, la seule compagnie qu'il y trouvera est celle des pingouins !

Le doyen quitta le bureau et ferma la porte si violemment, qu'elle sauta presque de ses gonds. Hélène se mit à paniquer et se ressaisit pour rassembler les notes d'Éric.

- Je ne pourrais plus le couvrir. Là, c'est trop !

- C'est sûr. Le problème, c'est que sauver le monde tous les jours, ça prend beaucoup de temps, répondit Ben.

- Alors, il n'a qu'à commencer par cette fac ! C'est une vraie jungle ! Si ça se trouve, le doyen est un Maître Druide traître. On peut s'occuper de lui ? Depuis le temps que j'en rêve.

Ben rit de bon cœur avant de répondre :

- Désolé Hélène, T-Rex est un simple mortel. Peut-être un démon en son genre, mais un mortel.

- Quel dommage.

Depuis le décès de sa petite amie, Ed sentait bouillonner en lui une envie irraisonnée de se venger. S'il pouvait mettre la main sur Gwenc'Phel, il ignorait ce adviendrait, ne garantissant la moindre retenue. Peut-être en parler le soulagerait-il.

- Ecoutez, je ne peux plus patienter. Kéra est morte et je dois faire quelque chose. Il faut que les traîtres paient, dit-il les larmes aux yeux, les muscles tendus. Ben le remarqua.

- Eh, détends-toi. Eric fait ce qu'il peut pour les empêcher de nuire.

- Je dois aller au Sanctuaire de Lorient.

- C'est dangereux, Ed. Je comprends que tu veuilles la venger, mais tu n'as pas de pouvoir !

- Personne ne m'empêchera d'y aller. Y vais-je seul ?

- Ben, va là-bas avec lui et surveille-le.

Amphithéâtre 1b, 10 h 00.

Six cent étudiants remplissaient la salle. Hélène Trombe n'avait pas le choix. Elle devait dispenser un cours, seule, ce qu'elle n'avait jamais fait de sa vie, n'étant pas professeur. La jeune femme s'en tirait plutôt bien sous l'œil amusé du doyen qui lui reconnut un certain talent. Passable, mais tout juste correct. Le temps lui parut une éternité. Le cours n'en finissait pas.

Sanctuaire de Lorient, 15 h 01.

Ben et Ed se rendirent au Temple où Othon fut surpris de les voir. Le superviseur ne pouvait pas miser uniquement sur la réussite de la meilleure équipe de Maîtres Druides existant en ce bas monde. Outre les exploits d'Éric et de ses compagnons, Othon devait agir. Prévenu quelques heures avant son départ, Eric avait acquiescé à l'exposé de son plan. Il fonctionnerait, sans doute ; les traîtres seraient expulsés en quatrième vitesse des ruines du Sanctuaire de Brest, mais cela ne ramènerait ni Kéra, ni les autres druides captifs, à la vie. Depuis des heures, le superviseur préparait activement une contre-offensive très sévère, aidé d'Ed et Ben. Il avait cédé à leur requête : participer à l'attaque.

Gaule, 1329.

Le Gorsedd fut invité chaleureusement à la fête d'anniversaire du duc, à son grand étonnement.

- Quel jour faste ! Bienvenue dans mon domaine, étrangers. Amusez-vous, cette journée festive, organisée en mon honneur, est des plus réussie.
- Nous n'avons que nos humbles présences à vous offrir en présent, votre Seigneurie.
- Et cela me suffit ! Il me sied de savoir que la réputation de mon duché perdure. Nous accueillons toujours avec joie des invités de grande valeur tels que vous. Je ne vous connais pas, mais j'ai ouï dire que votre visite est d'une importance religieuse capitale.
- Vous nous faites trop d'honneur, répondit Ness sous le compliment.

Après un signe du duc, une servante apporta des bocks de bière et un verre de lait à Ness. Celle-ci se permit de préciser :

- Ma Dame, ceci est du lait de vache noire. C'est le plus pur et le plus délicat.

Ness ne répondit pas afin de ne pas embarrasser la domestique. C'aurait été une insulte. Un signe de tête discret fit comprendre à la servante son remerciement. Puis, elle tourna les talons.

- Vous semblez très aux courant des us et coutumes, ma chère, fit remarquer Pat à son oreille.

- Je rassemble toutes mes connaissances et je m'adapte.

Un ami du prince buvait déjà avant leur arrivée. Son visage rubicond montrait le stade avancé de son ébriété.

Dans la Cour du château, Pat aperçut des druides vêtus comme de coutume. Il fut déconcerté de voir la ressemblance de leurs homologues avec les Grands Druides du XXIème siècle. Peu de choses ont changé en six siècles, pensa-t-il. Il s'empressa de prévenir ses collègues et les salua à distance. Plus curieux que polis, ceux-ci ne répondirent pas. Malgré leur envie de rentrer chez eux, Ness, Pat, Bann et Gwenc'Ron s'entendirent pour profiter de la fête, se sachant surveillés par le duc qui tenait beaucoup à les voir se divertir, les considérant comme un jury apte à tester la qualité de son hospitalité. Le duc Jean II le Bon était visiblement obsédé par le désir de plaire à ses convives.

De nombreux jeux étaient proposés aux habitants du duché qui ne se privaient pas pour festoyer. Une foule massive et grandissante se concentra autour des stands du tir à l'arc, du lancer de sac, des combats de gladiateurs, des jeux de quilles, des boules, palets, flèches et celui de *gouren* (variété de lutte nue pratiquée en Bretagne). Les quatre Grands Druides passèrent quelques heures à participer, puis se restaurèrent. Pat se fit servir de la cervoise, Ness du cidre, Bann et Gwenc'Ron optèrent pour de l'*hydromel* (Boisson faite d'eau et de miel, fermentée ou non, goûtée des Eternels).

- Il nous faut approcher nos semblables. Ils seront peut-être en mesure de nous renvoyer à notre époque ou au moins de nous rendre nos pouvoirs. La sorcière a veillé à nous en priver. Sa puissance me surprend encore. Il lui a fallu une très puissante énergie pour transférer quatre Grands Druides d'une époque dans une autre, précisa Bann.
- Tu as raison. Je pense qu'elle a dû être aidée par un Dieu de la *Triade*. Cela expliquerait cette puissante magie qu'elle a utilisée. Elle n'est pas en mesure d'utiliser les pouvoirs d'Erwan.
- C'est impossible Ness ! Il n'y a qu'un seul Maître Druide qui puisse être expert dans l'art magique qu'il a choisi d'étudier dans son enfance tout en y étant prédisposé. Même si c'est la sorcière de l'Apocalypse, cela ne lui permet pas de canaliser une telle dose d'énergie. Je serais plutôt d'avis qu'elle a eu recours à un outil. Si je me souviens bien, elle a utilisé un sablier, certainement une relique très puissante. La manipulation du temps viendrait plutôt de cet objet.
- Où l'a-t-elle trouvé ?
- Bonne question. J'espère que nos homologues disposent d'une relique identique. C'est certainement notre seul espoir de retour, finit Gwenc'Ron.

Faux magiciens, alchimistes, charlatans et troubadours amusaient les badauds.

Durant toute la journée, la Cour ducale ne désemplit pas. Un *bagad* (formation musicale traditionnelle bretonne) assurait la musique et le fils du duc invita Ness à danser. Élégant, courtois, gentleman, grand, blond, le sourire ravageur, il était depuis longtemps le tombeur de ces dames. Plusieurs d'entre elles avaient pour Ness un regard mauvais. La concurrence était rude pour l'obtention de ce bon parti et les disputes fréquentes. Mais c'était sur Ness que le dauphin ducal avait jeté son dévolu, malgré le fait qu'elle fut de plus de dix ans son aînée et, de surcroît, une prêtresse.

    - *Jabadao*.
- Il vous invite à danser, ma chère, traduisit Pat.
- Je le sais. J'hésite, car j'ai une famille.
- Pas dans cet espace-temps, l'encouragea-t-il.
- C'est dangereux de changer le cours de l'histoire.
- Pas si vous lui faites comprendre qu'il ne s'agit que d'une danse. Quant à moi, je me ferai bien la jeune duchesse.
- Oh, Pat ! Voilà encore une preuve que vous avez perdu votre sagesse.
- Sagesse ne rime pas avec abstinence.
- J'abandonne. Nul ne peut lui faire entendre raison. Vous êtes irrécupérable.

Tandis que le futur duc s'impatientait, Ness lui tendit la main. Pendant ce temps, Gwenc'Ron se rapprocha du Gorsedd de cette époque qui observait la foule danser depuis leur tribune, sans grand intérêt. L'un d'eux se leva et descendit boire un verre de cidre.

    - Êtes-vous Grand Druide ? l'apostropha Gwenc'Ron sans grande précaution.

Après de brèves secondes où il observa l'étranger, il dit :

- Je sais qui vous êtes. Nous vous attendions. Laissez vos amis à leur distraction tant qu'il est temps. Demain, nous vous convoquerons. Bonne soirée, ami.

***

53

Enquête

Eric, Elora, Bron et Tao, accompagnés du nouveau venu (Gwyon'Bach), s'éloignèrent du cromlec'h et s'aperçurent qu'un vaste champ de pierres dressées les entouraient. Un panneau indiquant un chemin disait : « *Nécropole néolithique* ». Toute la ville était entourée de ce champ de pierres âgées de plusieurs milliers d'années et que le temps a préservé.

Gwémana les épiait et attendit de les voir disparaître du chemin, pour pouvoir approcher le site de leur atterrissage. Là, elle surprit un *Kérion* rescapé de la bataille et constata l'échec de ses créatures. Furieuse, elle leva un doigt vers le dernier *Koril* et une gerbe de feu carbonisa la pauvre bête, figée de terreur.

- Incompétents ! Ces druides commencent à m'irriter sérieusement. Ils ne sont tout de même pas invulnérables !
- Non maîtresse. Engagez-moi pour les éliminer.
- Floc'h ! Quelle surprise ! (elle réfléchit) Ton idée n'est pas mauvaise, cependant, ce ne sera pas ce que j'attendrais de toi. Il y a un... nouveau dans leur équipe. J'ignore qui il est et je ne peux pas me battre sans le savoir avant. Opère donc ton art dans cette ville et renseigne-moi sur lui. Une dernière chose, ne revient pas sans informations. Tu risquerais de subir le même sort que les Kérions.
- Il va sans dire Gwémana.

Floc'h lui baisa la main avant de s'éclipser.

3 heures plus tard.

Un kiosque s'élevait dans une rue vivante. Toutes les boutiques étaient ouvertes, les passants faisaient une pause pour pénétrer dans les commerces et faire quelques achats. Gwyon'Bach remarqua de belles femmes, taille mannequin, arborant des décolletés généreux et des jupes courtes, à quelques centimètres de l'indécence.

- Elles me font criquet ! Euh... croquer ?
- Craquer, le corrigea Bron.
- Je le savais. J'y étais presque, ragea-t-il. Venant de l'Autre-Monde, Gwyon'Bach avait des difficultés de prononciation en langue humaine.

Eric acheta un journal local et s'adressa à ses amis : nous sommes à Bougon, dans les Deux-Sèvres. Je ne suis pas très surpris. Il y a beaucoup de cromlec'h dans la région. Je ne sais pas si c'est ici que nous trouverons Erwan mais il faut essayer de le chercher.

- Avez-vous entendu ? demanda Elora sur le qui-vive.
- De quoi parles-tu ?
- Ça vient de la rue, derrière le kiosque.

Un cri d'enfant transperça le silence. Eric courut en direction de l'appel au secours et il vit un homme brutalisant un jeune garçon.

- Eh ! Vous ! Lâchez-le !

L'inconnu disparut sous leurs yeux, sans laisser de trace. Gwyon'Bach fut surpris de cela comme s'il ne s'y attendait pas. Après tout, possesseur de la connaissance, il était censé savoir ce qui allait se produire.

- Qui était-ce ? s'enquit Tao.
- Bron, Tao, fouillez le coin.

Les deux jeunes hommes s'exécutèrent sans poser plus de question afin de ne pas perdre un temps précieux et retrouvèrent l'agresseur à deux pâtés de maisons. Bron voulut faire appel à son sceptre qui n'apparut pas dans ses mains, ce qui entraîna une réaction de panique chez lui. Comment allait-il se défendre sans magie ? Il décida alors de se battre « *à l'ancienne* ». Assez musclé, ses poings devraient encore être efficaces. Il bondit en avant sur l'inconnu et lui infligea un bon droit dans les côtes. Celui-ci se plia en deux avant de répliquer. Mais il tricha en assénant à Bron un violent faisceau d'énergie. Le jeune druide fut propulsé dans les airs sur six mètres avant de s'écraser dans des cartons et des poubelles. L'inconnu ricana en voyant Tao hésiter. Ce dernier se concentra et envoya le même faisceau d'énergie. L'étranger décolla du sol pour atterrir adroitement sur ses pieds, deux mètres plus loin.

- Bonne journée Messieurs ! finit-il en partant à toute vitesse. Bron et Tao retournèrent auprès d'Éric et virent l'enfant allongé au sol, inconscient.
- Il s'est enfui après m'avoir mis une raclée. Merci de m'avoir défendu Tao. J'aimerais tout de même savoir pourquoi je n'ai plus accès à mon sceptre.
- Quoi ? Ce n'est pas possible ! réagit Elora.
- Tous les quatre n'en avez plus besoin. Depuis que vous avez utilisé la *Grande Incantation*, vos pouvoirs ont évolué. Désormais, vous devez trouver une manière personnelle de canaliser la puissance qui est en vous. Vos sceptres n'ont toujours été que des outils vous permettant de faire converger votre magie vers un seul point. Maintenant, vos mains, vos regards, vos esprits vous suffiront.
- Et tu ne pouvais pas nous le dire plus tôt.
- Regardez, il se réveille, dit Elora qui caressa ses cheveux.
- Bonjour petit. Je m'appelle Eric. Quel est ton nom ?
- Matt. J'ai dix ans. Qui c'est eux ?
- Oh, je te présente Elora, Bron, Tao et...

- Dylan ! intervint Gwyon'Bach en se choisissant un prénom humain. Il ne pouvait se permettre de donner sa véritable identité, même à un enfant. A peine Eric eut-il fini les présentations que Matt tomba dans le coma.

- Non, Matt ! Reste avec nous ! Il est dans le coma, il nous faut trouver l'hôpital le plus proche.

- Celui qui a agressé le petit est un *Maître Druide*, fit remarquer Bron.

- On verra ça plus tard.

Hôpital,
18 janvier 2001,
19 h 16.

Il s'était écoulé une demi-heure depuis que le médecin auscultait Matt. C'était une femme d'environ trente ans aux cheveux longs et roux. Elle sortit de la chambre de l'enfant.

- Êtes-vous de la famille ? questionna-t-elle.

- Non, nous l'avons trouvé. Comment va-t-il ? répondit Eric inquiet.

- Son état est stable mais il est dans le coma. C'est le sixième cas aujourd'hui, et il y a eu trois cas hier. Je ne comprends rien à cette épidémie. Nous avons trouvé une sorte de virus qui semble avoir comme effet de faire monter la fièvre et de plonger ces enfants dans un état comateux proche de la mort. Les antibiotiques ne suffisent pas. J'ai fait appel aux spécialistes. Je suis désarmée et j'ai horreur de ça. Je suis désolé.

Eric avait remarqué une étiquette collée sur sa blouse blanche. Le médecin se nommait Mona Peterson, sans doute une ressortissante américaine se dit-il.

Sanctuaire de Lorient,
19 janvier 2001.

Tel un commando militaire, des druides en tenue de prêtres se préparaient à partir en mission, armés de leurs connaissances. Le druide qui menait sa troupe au combat donnait ses derniers ordres aux Maîtres Druides guerriers. Othon avait reçu Ed et Ben la veille et les avait autorisés à accompagner ces soldats religieux entraînés. Cependant, étant donné qu'ils étaient des mortels et qu'ils n'étaient pas des druides, Othon les dota d'une protection surnaturelle suffisamment puissante pour résister au chef des traîtres. Une heure plus tard, ils partirent prendre d'assaut les ruines du Sanctuaire de Brest afin de libérer les captifs du tyran et chasser les traîtres de ce haut lieu de culte profané.

***

54

OFFENSIVE

**Site n° 1,
Sanctuaire de Brest,
19 janvier 2001,
11 h 00.**

Gwenc'Phel était très faible. La puissance nécessaire à l'ouverture du portail et plier les druides à lui obéir avait épuisé son énergie. Une conséquence inquiétante qu'il n'avait pas envisagée était l'effacement progressif de la brume enveloppant les lieux qui masquait l'existence de ce Sanctuaire au cœur de la forêt. Sans elle, les ruines seraient visibles aux yeux des hommes n'appartenant pas à la communauté des druides, les mettant en danger. Othon était conscient que si la situation perdurait, elle deviendrait incontrôlable et risquerait de réduire à néant l'effort de maintenir le secret. Pour intervenir avant qu'il ne fût trop tard, les Maîtres Druides guerriers, envoyés sur ordre d'Othon, encerclèrent le site. La surprise étant capitale, ils neutralisèrent les sentinelles et pénétrèrent sans résistance dans l'enceinte du village. Ed et Ben sauvèrent l'opération en découvrant et en mettant hors état de nuire l'un des traîtres, caché par stratégie dans l'une des tours centrales du village, à l'Est des ruines du Temple. Ils parvinrent ainsi à libérer une dizaine de prisonniers, dont Kiva (hélas en piteux état après deux séances de torture).

La progression du commando se poursuivit et une attaque frontale fut possible. Surgissant de toutes parts, les traîtres furent submergés. Manquant d'une dizaine d'hommes supplémentaires Othon savait que le front Sud serait faible, laissant une porte de sortie possible pour Gwenc'Phel. Mais ils n'avaient pas le choix. Il savait que la capture du chef serait impossible mais ils pouvaient au moins le déloger de là. Gaël, fut pris d'effroi, face à la révolte des détenus. Il dut se résoudre à organiser la fuite de son chef dans la précipitation. La défense des ruines tombait si vite que dans un quart d'heure, il y aurait désertion du Sanctuaire.

- Gwenc'Phel, nous devons partir. Nous sommes attaqués par des Maîtres guerriers.
- Tu dois faire erreur. Ils n'en ont pas un nombre suffisant pour me défier.
- Je vous assure que nous sommes perdus si nous ne partons pas sur le champ.

Ed et Ben se débarrassèrent de quatre traîtres qui gênaient leur progression vers les restes du Temple, jadis majestueux.

- Gaël, je présume ! Vous avez les salutations d'Eric et de sa bande, dont nous faisons partie. Il vous ordonne de vous rendre.

- Ne peut-il pas se déplacer lui-même pour m'envoyer l'un de ses larbins ?

Piqué au vif, Ed attaqua le premier. Gaël se défendit en jetant un faisceau d'énergie qui fut dévié par la protection d'Othon. Surpris, le traître recula et renouvela son offensive. Même résultat, le faisceau atterrit sur un autre traître, tué sur le coup, grâce à une manœuvre rusé et habile d'Ed.

- Tu n'es pas un druide ! Comment... Peu importe, ta protection faiblit et ne durera pas longtemps.
- Ed ! Il a raison, laisse-le ! préconisa Ben.
- Non ! Vous avez tué Kéra, j'étais son petit ami. Vous devez payer pour ce crime.
- Ed, ne sois pas stupide !

L'avertissement arrivait trop tard. Ed brisa le sceptre de Gaël qui jeta un juron.

- Chien ! Je vais te faire la peau ! ragea-t-il en serrant les dents, de haine. Ed esquiva un coup d'estoc imprécis de son adversaire et roula au sol avant de se relever. A peine debout, il se retrouva nez à nez avec Gwenc'Phel qui lui mit une lame sur la gorge.
- Le jeu est terminé et ta vie aussi.

Ed se dégagea en transperçant la cuisse du traître à l'aide de la moitié du sceptre fendu qu'il tenait encore dans ses mains, lui arrachant un gémissement de douleur. Gwenc'Phel lâcha son arme pour porter sa main à la blessure qui commençait à saigner. Ed profita de l'occasion pour prendre la fuite et Gwenc'Phel soigna sa plaie par magie. Tous les traîtres battirent en retraite et se dispersèrent dans la forêt. Peu de captifs furent enchaînés et le Sanctuaire de Brest retrouva sa liberté. En partant, Gwenc'Phel tenta de lancer une malédiction.
- S'il n'est pas à moi, il ne sera à personne !
- Vous n'avez pas assez de forces pour lancer ce genre de sort, chef, dit Gaël en le soutenant.

Campus Universitaire,
18 h 08.

Hélène Trombe était lasse. Sa journée avait été harassante. Ed et Ben étaient venus une heure plus tôt, lui faire un compte rendu des événements.

- Belle bataille. Je rédigerai un article sur votre action pour les archives du Sanctuaire. Vous êtes des héros. Un peu fous, mais des héros.
- Je vais vous laisser. Bonne soirée, dit Ben en sortant du bureau d'Eric. Ed avait porté une pizza aux anchois qu'il partagea avec son amie.

- Tu sais, lorsque j'ai vu Gwenc'Phel et son acolyte, j'ai perdu la raison. Ma colère est devenue comme un ouragan qui emportait tout sur son passage. Je n'avais jamais ressenti autant de douleur dans ma vie. Kéra me manque, j'ai l'impression que mon cœur ne bat plus. Ça fait si mal. Je n'en peux plus.

Ed pleura dans les bras d'Hélène. Celle-ci versa aussi des larmes pour son amie défunte. Elle souffrait autant que les autres. De façon inattendue, tous deux se rapprochèrent dans leur chagrin. Leurs lèvres s'effleurèrent et un baiser s'en suivit, inévitablement. Alors qu'Ed, sous le choc du manque physique de Kéra. Il transféra involontairement et peut être instinctivement, son désir sur Hélène qu'il commença à caresser. Celle-ci bondit brutalement en réprimant un cri.

- Non ! Ce n'est pas bien. On ne peut pas... Kéra vient juste de...
- Je suis désolé, je ne voulais pas... finit-il tout aussi embarrassé.

Deux-Sèvres, Bougon, 13 h 13.

A l'hôpital, Eric était au chevet de Matt pour lequel il s'était pris d'affection au moment même où il lui avait porté secours. Mona, le médecin, examinait les résultats d'analyses et ne put que constater le manque de changements. Pour Eric, le deuil de Kéra était très difficile. Il s'ajoutait à toutes les victimes de Floc'h. Chef du groupe, il se sentait responsable de ces tragédies. Il aurait voulu mourir à sa place. Matt était trop jeune pour partir. Sa sécurité était sous sa responsabilité, comme celle des autres membres de son équipe. Se sentant inefficace, chaque victime de cette guerre l'enfonçait de plus en plus dans la culpabilité. Il n'en montrait rien. Mona avait senti cette détresse et ne s'expliquait le coup de foudre qu'elle ressentait pour lui. Elle se surprit à lui faire des avances.

Elora, Bron, Tao et Dylan avaient quitté l'hôpital pour tenter d'arrêter le fou, responsable de ce désastre. L'épidémie progresserait aussi longtemps qu'il serait en liberté. Un grand parc autour d'un lac attirait les passants qui aimaient s'y promener. Des buissons épais isolaient une sorte de petite clairière dans laquelle se trouvait une fillette venue cherché un ballon qu'elle avait égaré. Elora entendit le cri désespéré et affolé de la mère qui avait retrouvé sa fille allongé, inconsciente. Bron vit ses petites jambes dépasser des arbustes. Tao remarqua un homme d'une quarantaine d'années s'éloigner en surveillant ses arrières. Nul doute, il reconnut le *Maître Druide* qu'il prit en chasse avec Elora pendant que Bron s'occupait de la fillette qu'il transporta à l'hôpital en hâte.

Hôpital.

Mona s'approcha d'Éric et lui déposa un baiser. Son cœur battait si vite qu'elle crut que sa poitrine allait exploser. La chaleur montait en elle. Eric résista au désir de céder. Il recula mais laissa ses mains glisser sur les hanches de la femme. Il pensait à Elora mais la savait distante depuis plusieurs jours. Eric avait des désirs qu'elle ne daignait pas reconnaître pour l'instant, préoccupé par le décès de son amie. Il ne pouvait pas le lui reprocher. Il éprouvait des difficultés à dire non. Il lui accorda un baiser et ne put se détacher de son regard. Il sentit soudain toute volonté s'envoler. Il reconnut alors l'erreur qu'il commettait, mais il était trop tard, il ne pouvait plus s'arrêter.

55

Retour aux sources

Gaule,
1329.

La fête organisée par le duc s'était achevée très tard dans la nuit, si bien que les membres du Gorsedd en furent déboussolés à leur réveil. La Cour ducale patientait depuis une demi-heure quand ils franchirent la porte d'entrée de la grande salle. Jean III le Bon se leva pour les accueillir, toujours de bonne humeur. Il leur présenta son Conseil Religieux que Ness reconnut comme étant des Grands Druides, autrement dit, leurs homologues dans cette époque reculée dans le temps. L'un de ces Grands Druides prit la parole pour les inviter à le suivre. Celui-ci sortit de la salle, Ness sur les talons. Quelques minutes plus tard, ils étaient dans la Cour où les attendaient des chevaux.

- Une petite minute, je n'approche pas ces bêtes ! se plaignit Pat, peureux.

Gwenc'Ron, Ness et Bann montèrent aisément en selle. Ce ne fut pas le cas de Pat qui, à chaque tentative se retrouvait face contre terre, de l'autre côté de l'animal. Au bout de dix essais, il parvint enfin à monter le cheval... à l'envers. La scène fut d'un comique qui fit rougir le pauvre homme de honte. Il chevaucha ainsi tout le trajet.

Arrivés sur les terres du Nord du duc, Gwenc'Ron vit un groupe de prêtres au centre d'un cromlec'h. Leur porte-parole s'adressa à eux d'une voix forte et claire.

- La destinée vous a mené ici car la connaissance que vous avez acquise ne s'est faite que dans les livres. De générations en générations chez les Grands Druides, le temps vous a privé des rituels de base, tombés dans l'oubli ; peut-être sacrificiels, mais leur pouvoir est certain. Regardez.

Non loin d'eux, à une dizaine de mètres, se dressait un épouvantail. L'un des prêtres égorgea un poulet et souilla ses mains de son sang. Il psalmodia une incantation dans un langage celte très ancien dont Ness ne saisit tous les mots. Le pantin de paille fut entouré par une fumée rouge sang, à l'apparence liquide. Une fois entièrement recouvert, le prêtre cessa de prononcer les paroles rituelles et la fumée se dispersa très rapidement. Bann et ses collègues furent stupéfaits. L'épouvantail s'était métamorphosé en un homme nu, flottant à un mètre du sol.

- Ceci n'est pas un humain, il est destiné à devenir un guerrier. Nous préférons perdre des épouvantails dans nos batailles que des hommes.

La démonstration fut spectaculaire. L'homme faisait deux mètres vingt-cinq et avait un physique très musclé, sans la moindre graisse, afin d'optimiser sa force guerrière. Aucun humain ne pouvait résister face à un tel monument.

- Le jour est venu. Un événement, peut-être bénéfique, vient de se réaliser. Mais cela pourrait modifier profondément la position des druides dans l'Ordre de la magie. Nous perdrons le lien avec les Dieux, qui a perduré jusqu'à votre espace-temps. Un bouleversement dans l'Ordre divin va s'opérer prochainement. Vous sous-estimez votre influence et le rôle que vous jouerez dans l'avenir sera déterminant dans l'équilibre des choses. Votre sagesse et la grandeur de vos pouvoirs auraient dû vous donner accès à cette connaissance, mais l'un d'entre vous ayant trahi la communauté, le Gorsedd que vous formez a perdu sa réelle puissance.
- Nous l'avons remplacé, répliqua Pat.
- Certes, mais être un Grand Druide est bien différent du rôle de Superviseur. Il vous faudra du temps pour retrouver votre influence dans l'Ordre magique. Or, vous n'en disposez que de peu. Vous devrez faire vite pour vous attirer leur faveur.
- De qui parlez-vous ?
- Vous le saurez bientôt. Le piège duquel vous êtes prisonniers sera annulé dans un avenir très proche. De retour chez vous, pensez à cela et vous comprendrez. Bon voyage.

Sur ces mystérieuses paroles, les druides disparurent dans une brume, ainsi que l'épouvantail. Le Gorsedd s'interrogea, se posant toujours plus de questions. Ils retrouveront leur sagesse jadis perdue et seront prêts à comploter de nouveau dans le dos des Dieux eux-mêmes.

Autre-Monde, Palais divin.

Dans le Palais, la crainte grandissait, entraînant du stress chez les Dieux de la Triade. Après un long silence de réflexion, Mew et Oiwn délièrent leur langue.

- J'ai un mauvais pressentiment. Je sens un changement profond mais j'ignore de quoi il s'agit. Ce n'est pas normal, je suis un Dieu, donc censé tout savoir ! s'inquiéta Oiwn.
- Je le sais. Je suis tout aussi inquiet que toi, mais pas pour les mêmes raisons.
- Plaît-il ?
- Je ne puis te l'expliquer, je regrette.

Gaule,
1329.

Le Gorsedd dîna dans une auberge. Ils étaient heureux de ne plus avoir à chercher n moyen de rentrer. Le sort allait être annulé. Quand ? Ils l'ignoraient. Il leur fallait donc patienter. A côté d'eux se dressait une table à laquelle s'installa un homme grand, assez fort, d'une quarantaine d'années, les cheveux grisonnants. Il se tourna vers eux pour les saluer.

- Bonjour, étrangers ! Mon nom est Taliesin. Ness se présenta et les autres la suivirent.
- J'ai horreur de la solitude. Si cela ne vous déplaît... Puis-je me joindre à vous pour partager le succulent repas préparé par Mathilde, la matrone des lieux ?
- Bien sûr, on fait une place.

Un oiseau se posa sur la fenêtre, surprenant Ness, assise tout à côté.

- *Laouennanik*. J'adore ces oiseaux. Un roitelet, on l'appelle aussi un petit joyeux. *Diod* (Innocent), c'est encore un bébé.
- Excusez-moi, il m'a fait sursauter.

Taliesin en sourit et porta une cuillère en bois à sa bouche pour déguster la soupe de Mathilde. A la première gorgée, il cracha le liquide au sol en pestant :

- Pff ! C'est insecte !
- Infecte, le corrigea Ness.
- *Badezet gat eol gad* ! hurla l'époux de Mathilde. Tu as versé de l'essence d'ail dans la soupe au lieu du jus de citrouille. Tu es aveugle !

A la fin du reste du repas, mieux réussi, et les excuses de l'aubergiste qui les suppliait presque à genoux de lui pardonner cet affront, le Gorsedd sortit avec Taliesin qui leur proposa une petite visite du domaine ducal. Un grand gaillard ayant bu plus que de raison, titubant à n'en plus suivre la route, agressa Bann qui n'avait que sa magie pour seule défense.

- Donne-moi ta bourse et ne fais pas d'histoire.
- Mon ami, je te conseille de ne pas m'approcher.
- Sinon quoi ? Elle n'est pas mal ta femelle.
- Je ne vous permets pas de traiter une prêtresse de la sorte, malotru !

Bann souffla en direction du malfrat qui congela sur place.

- Ca c'est une douche froide ! Vous êtes des druides ? demanda Taliesin.

Bann n'avait pas vu que pendant l'altercation, le voleur avait bousculé une charrette remplie de fruits. La commerçante se révolta mais recula d'un pas en constatant le gaillard glacé de tête aux pieds.

- *Heubeul Pontréau* (Tête faible, sotte) !
- Je crois qu'elle vient de vous insulter mon bon ami, précisa Pat.

Pour apaiser la colère de la brave femme, Taliesin lui donna cent cinquante *réales* (une réale bretonne ancienne vaut 25 centimes, soit 0,04 euros). Pat s'éloignait lorsqu'un cheval passa en trombe sur la route principale, l'obligeant à faire un écart. Son pied droit écrasa une crotte toute fraîche et malodorante.

- *Mazette* (Maladroit), lui lança Taliesin en riant.
- Très drôle.

✳✳✳

56

LE TEST

**Deux-Sèvres,
Bougon,
19 janvier 2001,
13 h 08.**

Tao et Elora poursuivirent Floc'h à travers les rues de la ville. Mais le Maître Druide trichait en balançant des poubelles et autres détritus pour ralentir leur progression. Se décidant enfin à faire face, Floc'h arrêta sa course et affronta ses ennemis dans une ruelle sombre. Il voulait tester prioritairement les pouvoirs de Tao dont Gwémana ignorait l'étendue.

- A qui avons-nous l'honneur ? questionna Elora ironisant la politesse.
- Floc'h ! Et qui entrave mes projets ?
- Elora.
- Tao.
- Tiens donc ! Un nouveau.

Tao, impatient, passa le premier à l'offensive. Il tendit les bras, paumes des mais vers le sol. Aussitôt la terre se mit à trembler. Lui-même surpris par ses pouvoirs, Elora lui expliqua à l'oreille tandis que Floc'h avait toutes les peines du monde à rester debout.

- Kéra avait le pouvoir de l'élément Terre. S'il y a un séisme, cherche l'épicentre. Moi, c'est l'air. Regarde.

Elle fixa le Maître Druide du regard et Floc'h suffoque. Il manquait d'oxygène. Pour répliquer, Floc'h tenta de les asperger d'une poudre verte.

- Ne respire plus Tao ! l'avertit Elora qui se concentra afin de créer une bulle d'oxygène sain autour d'eux. Celle-ci maintint sa concentration et tint Floc'h en apnée. Déjà, le jet de cette poudre verte dont Elora ignorait le contenu (et ne voulait pas le savoir) faiblissait de puissance. Floc'h, au bord de l'évanouissement, préféra arrêter son attaque. Au même moment, Elora lâcha prise. Le Maître Druide ne demanda pas son reste et s'enfuit. Tao courut pour l'intercepter, mais Floc'h n'était déjà plus dans la ruelle.

Elora préféra retourner à l'hôpital pour consulter le *Livre des Eléments*. Gwyon'Bach qui le gardait, le lui confia.

- Le meilleur moyen de vaincre un ennemi est de le connaître, lui dit-il.

Elora Bonti chercha le nom de Floc'h et tomba sur une page intitulée « *Maître Chaman* ». Elle ressemblait à ceci :

Maître Chaman

Floc'h, Maître Druide pratiquant le chamanisme. Exercice magico-religieux, le chamanisme fait appel aux esprits de la Nature. A la fois prêtre et sorcier, Floc'h appartient à un niveau supérieur de degré 3.

Son pouvoir comporte notamment des techniques de guérison que l'on peut retrouver chez certains peuples de Sibérie, de Mongolie et de l'extrême Nord-Américain. Floc'h est le seul celte capable de maîtriser cet exercice. Les femmes chaman sont appelées « *Udoyan* » et lui portent parfois assistance.

Son pouvoir s'exerce pour les deux camps : le Bien et le Mal. Sa relation avec les esprits lui permet de chasser ou d'infliger des maladies, de mener les âmes au repos éternel ou de les rendre errantes.

L'héritage du pouvoir d'un chaman défunt peut influencer le choix de l'héritier pour un côté ou l'autre. Or, le mentor de Floc'h était un coréen adepte de la magie la plus noire.

L'élément de l'eau, par sa pureté, peut annuler les effets néfastes de son pouvoir sur une victime.

Elora avait lu avec une attention particulière.

- Eric, nous pouvons le vaincre avec de l'eau pure, ton pouvoir.
- C'est donc lui le responsable de cette épidémie. Il faut le retrouver impérativement. Il est extrêmement nuisible.

Campus Universitaire, Bureau d'Éric.

Une pluie glaciale tombait depuis deux heures. La buée envahissait les vitres à tous les étages. Le bruit du vent qui soufflait sans cesse continuait sa litanie monotone. Les arbres avaient perdu depuis longtemps leurs superbes parures, laissant place à des squelettes de bois que tous croient morts. Les animaux, les oiseaux, qui d'habitude enjolivent de leurs chants l'atmosphère réchauffée des beaux jours était absents. Sans doute se réfugiaient-ils dans leurs nids, leurs cachettes douillettes pour l'hiver. Ce calme pesant ternissait le beau jardin central du campus, aujourd'hui gelé jusqu'aux racines. Hélène observait la cour déserte lorsqu'une femme entra sans frapper.

- Elodie !
- Je viens réclamer mon dû. Tu as une dette envers moi si mes souvenirs sont exacts. Il y a des années, j'ai pactisé avec Gwenc'Phel pour défendre une cause que nous avions en commun et qui est toujours d'actualité. Mais le prix à payer était lourd : ne pas faire d'enfants.
- Mon Dieu, c'est un monstre.
- Je me suis querellée avec lui à plusieurs reprises. Aujourd'hui, j'ai changé d'avis. Je veux devenir mère.
- Il faut ressentir de l'amour pour avoir un bébé. Tu en es incapable.
- Ne me provoque pas. J'ai besoin de recourir à l'insémination artificielle selon les médecins. Je veux le sperme d'Éric, débrouille-toi pour me l'obtenir. Si tu refuses, la prochaine fois que je viendrais, ce sera pour te tuer. Cet enfant héritera des pouvoirs d'Éric et qui seront combinés avec mon pouvoir latent.
- Tu es complètement folle, Elodie. Eric n'acceptera jamais de participer à ce plan monstrueux. Maintenant, sors d'ici. Je n'ai plus de temps à te consacrer et je crois que nous n'avons plus rien à nous dire.
- Tu vas m'obéir, garce !

Elodie s'apprêtait à se jeter sur Hélène lorsque celle-ci tendit une main vers elle, de laquelle jaillit une immense flamme qui manqua de lui cramer les cheveux. Elodie se jeta à terre par réflexe.

- Mais... balbutia-t-elle, choquée.
- Pyrokinésie, le pouvoir du feu. Tu oublies que moi aussi j'ai vécu au Sanctuaire. Je devais avoir les pouvoirs de Bron, mais il a dû me remplacer.
- C'est impossible ! Gwenc'Phel l'ignore.
- Je ne crois pas.

***

57

GUÉRRISON

Des bruits de pas résonnaient dans le couloir bondé de parents inquiets et paniqués, d'autres, désespérés. Un homme en blouse blanche avançait tranquillement et souriait à la vue du désastre dont il était le responsable. S'arrêtant de temps en temps devant la porte d'une chambre, il aspergeait les malades d'une poudre verte invisible aux yeux des mortels. C'était Floc'h qui travaillait à aggraver les cas des patients de l'hôpital. Tous étaient des enfants ou des adolescents. Les médecins étaient impuissants et ne comprenaient rien à cette épidémie. De nombreux moniteurs indiquaient des arrêts cardiaques, entraînant les pleurs et les cris de parents hystériques. Dans une chambre du troisième étage, Eric réfléchissait à un plan d'action pour libérer ces enfants du coma.

- Le chaman est responsable de ce massacre. Au lieu de guérir il tue. J'ai une idée ! Floc'h doit être ici. Attirez-le sur le parking Sud, il est désert à cette heure. L'accès est interdit pour travaux. Je vous rejoins. Gwyon'Bach, peux-tu me donner le Livre des Éléments. Je dois contacter Diancecht, ordonna Eric.
- Le dieu médecin ? Tu ne trouveras rien sur lui dans le Livre. En revanche, je sais comment le rencontrer. Je vais contacter les *Den-goz* (Les *Eternels*). J'en ai pour cinq minutes. Pour cela tu dois me renvoyer dans l'Autre-Monde. Les Anciens me renverront pour le retour.

Eric fut surpris lorsque sa vue se troubla. Le temps que ses yeux s'adaptent à la lumière, il constata qu'il ne se trouvait plus à l'hôpital, mais sur le site de dolmens. Gwyon'Bach se plaça au centre du cromlec'h.

- En ce temps et en cette heure, en moi la Grande Incantation demeure. En ce lieu, j'implore les Dieux. Que le réseau s'ouvre sous ses pieds.

Eric avait modifié la formule pour l'adapter à Gwyon'Bach.

- Je ne maîtrise pas ce moyen de transport. J'espère qu'il arrivera en un seul morceau, pensa Eric.

Une fouille méthodique des couloirs et des chambres commença. Mona vit cette intrusion d'un mauvais œil. Dans l'embrasure d'une porte, Bron surprit Floc'h en flagrant délit.

- Floc'h ! Laisse cet enfant en paix, assassin !
- Fais un seul pas et je largue le virus Ébola dans cet hôpital.
- Par Dagda !

Un mauvais rictus se dessina sur le visage du Maître Druide. Gwyon'Bach revint plus vite que prévu, car la *Grande Incantation* ne lui permit pas de poser le pied sur l'Autre-Monde. Il n'avait fait que disparaître et réapparaître. Il avait donc opté pour l'utilisation de sa connaissance. De retour à l'hôpital, il arriva dans le couloir ou Bron menaçait Floc'h.

- Bron ! Tu peux l'attaquer ! Cette fiole ne contient pas l'Ébola. Il bluffe !

Sur ces mots, le jeune druide bondit sur son ennemi qui recula par réflexe. Bron se souvint qu'il ne pouvait plus utiliser son sceptre.

- J'espère que ça va marcher.

Floc'h se réfugia dans un ascenseur lorsque Bron concentra une boule de feu dans le creux de sa main. Il la lança et la porte fut pulvérisée. Les rebords fumants et incandescents, Bron approcha avec prudence. L'ascenseur descendit jusqu'au niveau du parking où il s'arrêta. Bron prévint ses amis et toute l'équipe se retrouva face à Floc'h, dans un parking silencieux et moyennement éclairé.

- Eric, si vous neutralisez les pouvoirs de ce chaman, les enfants guériront instantanément. Leur coma est lié à l'intensité ses pouvoirs. C'est leur seule chance. Leurs vies dépendent de l'issue de ce combat.
- C'est le face-à-face final, je suppose. C'est vous ou moi.
- *Stard, stard* (allons, courage) ! lança Gwyon'Bach à l'équipe.
- Vous devez savoir que mon pouvoir me permet de bannir des âmes de leurs corps et de les maudire pour qu'elles errent sur Terre sans but.
- C'est l'idée de Gwenc'Phel je suppose. C'est curieux, je croyais qu'au Sanctuaire on enseigne la morale et l'on apprend aux jeunes druides à développer leurs pouvoirs noblement. Floc'h, les pouvoirs que tu as, auraient permis de sortir des malades de leur coma. Gwenc'Phel a perverti un don du ciel, un cadeau magnifique. Pourquoi as-tu accepté de suivre les pas de ce démon ?
- Les humains ne sont rien ! On s'évertue depuis des siècles à les protéger au péril de nos vies. Je ne suis pas disposé à utiliser mes pouvoirs pour sauver des humains qui nous chasseraient comme ils l'ont fait pour les sorcières, s'ils apprenaient notre existence. Ils sont ingrats et ne méritent pas de vivre. Gwenc'Phel a rééduqué des milliers d'enfants comme moi au Sanctuaire pendant des décennies et cela dans le dos du Gorsedd qui n'y a vu que du feu. Des milliers, répandus à travers le monde, sur tous les continents et les îles. Vous voulez nous pourchasser ? Mais nous sommes tous des Maîtres dans notre domaine. Serez-vous à la hauteur pour tous nous défier ? Même si vous êtes venu à bout d'une poignée d'entre nous, certains seront beaucoup plus coriaces.
- C'est juste, mais vous n'êtes pas infaillible pour autant, précisa Elora.

Piqué au vif, Floc'h tendit un bras vers la jeune femme qui tomba à genoux. Son âme quittait peu à peu son corps, elle agonisait. Bron, fou de rage, invoqua tout le feu qui était en lui. Des geysers de lave en fusion jaillirent de ses mains et carbonisèrent tout sur leur passage. Floc'h sauta et roula sur le côté pour éviter l'attaque. Plusieurs piliers de l'immeuble se fendirent. Les camions des ouvriers qui faisaient les travaux sur le toit se mirent à fondre. Pour Floc'h, la chaleur devenait insoutenable. Il lâcha prise et Elora retrouva sa vitalité.

Très inquiet, Eric lui déposa un baiser et se releva avec elle. Ses yeux exprimaient une colère profonde. Floc'h fut saisi d'une crainte qu'il avait du mal à admettre. Eric joignit ses mains comme pour faire une prière et un tourbillon d'eau encercla le Maître Druide. La turbulence d'eau monta peu à peu jusqu'à sa taille, ses épaules et finit par l'engloutir complètement. Floc'h s'écroula à terre, à demi noyé. Eric éloigna ses mains et l'eau s'évacua dans le tourbillon duquel elle s'était échappée.

- Traître, tu as été jugé par tes pairs et ceux-ci ont décidé de te priver de tes pouvoirs. Redevient un simple mortel. Il t'est interdit d'user de la magie pour le reste de ta vie. Telle est ta punition.

Les quatre druides tendirent une main vers le Maître déchu et absorbèrent ses pouvoirs de chaman. Toute la science du chamanisme fut ainsi enfermée dans le Livre des Éléments auquel seule l'équipe a accès.

***

58

TENTATION

Campus Universitaire,
Bibliothèque,
20 janvier 2001.

La matinée, froide et humide, touchait à sa fin. La bibliothèque offrait un abri et une chaleur apaisante. Beaucoup d'étudiants y travaillaient dans un silence presque religieux. Ed en sortit pour se rendre à un rendez-vous au bureau de l'un de ses professeurs. Il connaissait déjà les griefs qu'il pouvait lui opposer. Sa thèse s'avérait être un cauchemar. Depuis le décès de Kéra, il avait perdu toute envie de travailler et ne parvenait pas à se concentrer. Il ne trouvait pas un sujet original.

- Monsieur Sévier, dois-je vous rappeler que j'attends votre travail dans six semaines ? Avez-vous trouvé votre sujet ?
- Non Monsieur.
- Vous avez manqué plusieurs cours, il va falloir vous secouer.
- Monsieur, je comprends que le temps presse mais ma petite amie est décédée récemment et c'est dur pour moi de me concentrer suffisamment pour faire du bon travail. Mais je vais y arriver, pour elle. Elle m'aurait tué si je rate mes examens.
- Oh... Toutes mes condoléances, je l'ignorais.
- J'y arriverai Monsieur.
- Je vous le souhaite. Bonne journée et n'oubliez pas que je suis à la disposition de mes étudiants.

Peu d'étudiants se trouvaient à la cafétéria du campus, quasiment pas fréquenté à cette heure de la journée. Mais Ben avait fini ses cours plus tôt, ce qui le poussa à prendre son repas une heure à l'avance. Tandis qu'il prenait tranquillement son repas, un homme de vingt-huit ans l'interrompit. Son large sourire et son regard pénétrant ne permirent aucun doute. Ben refusa de l'accompagner pour une soirée, précisant qu'il avait déjà quelqu'un dans sa vie. Mais Stévan insista. Curieusement, Ben changea d'attitude au contact de sa main. Il accepta sa proposition et le convia à sa table pour le repas. Il ne se rendit pas compte des flammes qui dansaient dans les yeux de Stévan. Une apparence démoniaque se dégageait de ce regard.

Gaule,
1329.

Toujours dans l'attente de rentrer chez eux, les membres du Gorsedd se promenèrent sur le territoire du duc. Durant ce périple, Bann tomba sur un trompe-la-mort en train de voler le corps d'un jeune paysan vigoureux.

- Regardez l'homme, là-bas. Il transmigre.

A ses paroles, ses camarades comprirent que l'individu projetait son âme à l'extérieur de son corps et prenait possession d'un hôte. Il se servait de cette méthode pour commettre des assassinats en toute impunité, l'accusation retombant inévitablement sur le pauvre paysan. Ness ressentit du dégoût et fixa le corps inerte du meurtrier du regard. Il commença à se consumer et les flammes dansantes se multiplièrent. Le fils du duc et sa garde, en patrouille, assistèrent par hasard à la scène.

- Il y a deux âmes dans un seul corps, Ness salua la sagacité de Bann qui décida d'intervenir, reconnaissant-là, l'œuvre d'un druide corrompu ou mentalement malade. Il expulsa l'intrus de l'hôte qui ne lui appartenait pas. L'esprit en migration se retrouva sans corps et paniqua avant d'être contraint d'errer sur Terre, probablement pour l'éternité. Le fils du duc fut ravi qu'ils aient sauvé l'agriculteur.
- Cela fait trois mois que ce monstre extermine des dignitaires en faisant en sorte que j'arrête des paysans. Soyez bénis Ness ! dit-il en baisant sa main. Celle-ci sourit bêtement, embarrassée.

Tandis que le dauphin ducal quittait les lieux, non sans les saluer au préalable, Gwenc'Ron raisonna Ness.

- Vous ne devriez pas lui laisser des espoirs. Vous allez le décevoir. Nous n'appartenons pas à cette époque, il faudra le quitter de toute façon et cela lui sera pénible si vous poursuivez dans cette voie. Il en sera de même pour vous.
- Cela ne vous regarde pas, répondit-elle sèchement, vexée.

L'agriculteur avait été choqué par les événements et ne demanda son reste en fuyant à grandes foulées avec son *harnois* (charrette attelée).

***

59

Une Vipère Décapitée

Eric culpabilisait ; ce qu'il avait osé faire, il s'en rendait maintenant compte, était odieux. Alors que Tao, Elora et Gwyon'Bach l'attendaient sur le site néolithique pour poursuivre leurs recherches, Eric était retourné à l'hôpital. Il intercepta son amante dans un couloir afin de lui expliquer les choses clairement.

- Mona, je voudrais te parler, tu as une minute ?
- Pour toi, j'en ai deux.
- Le baiser... C'était une erreur. J'ai une petite amie et je l'aime. J'ai été faible à cause de circonstances particulières. Je cherchais un réconfort et c'était totalement déplacé de ma part. Je regrette ce que j'ai fait et cela ne se reproduira plus. Je l'avouerai à ma copine. Il n'y strictement rien entre nous. Je suis désolé Mona.
- Oh ! C'est... direct. J'ai compris le message. Tu m'excuseras si je ne te souhaite pas un bon retour.

Mona s'éloigna, les larmes perlant sur ses joues. Eric ne supportait plus les souffrances des autres et se jura de faire payer les traîtres pour l'avoir poussé dans cette situation.

Tao vit arriver Bron par la route. Il se demandait ce qu'il avait fait jusqu'à présent, depuis que Floc'h ne représentait plus une menace.

- Où étais-tu ?
- Je suis passé à la filiale du Sanctuaire du coin. C'est petit mais coquet. Le Conseil de supervision affirme qu'Erwan n'est pas dans cette ville.
- On a fait choux blanc ? s'exclama Elora.
- Je le crains. On doit partir, tu le trouveras ailleurs.
- Tao, je souhaite te remercier pour ton aide. Tu ne remplaceras jamais Kéra, mais tu fais partie de l'équipe, dit Elora.
- Que c'est touchant !

Les druides se retournèrent, surpris par cette voix intruse ayant fait irruption dans leur conversation. Eric la reconnut rapidement.

- Gwémana !
- Qui est-ce ? s'enquit Tao qui ne la connaissait pas.
- Elle a détruit le Sanctuaire de Brest. Elle est complice de la mort de Kéra.
- *Avel fal* (elle a le mauvais air), répondit Gwyon'Bach.
- Cette fois, vous ne m'échapperez pas.

Elora bouillonnait au point de ne plus se retenir. La vengeance était à sa portée et elle l'envahit. Elora frappa la première. La sorcière n'avait pas prévu une attaque aussi rapide. Déstabilisée, elle tenta d'esquiver les coups, toujours plus nombreux. Elora se découvrit une force qu'elle ne soupçonnait pas. Elle cogna encore et encore. Sa colère décuplait ses pouvoirs. La jeune femme poussa un cri qui fit frémir ses amis. Elle fit appel à tous ses dons, provoquant un ouragan proportionnel à sa haine. Les quelques passants visitant le site quittèrent les lieux au moment où le ciel se couvrait de nuages massifs et inquiétants. Elora concentra une rafale de vent entre ses mains qu'elle lâcha en direction de son ennemie. Les pieds de Gwémana décollèrent du sol et elle plana sur plusieurs mètres avant de s'effondrer sur un dolmen qui se brisa sous le choc.

- Tu étais dans la pierre, retournes-y !
- C'est bien, petite. Encore un peu plus de rage et tu seras prête à rejoindre notre camp, malgré toi.
- Jamais !

Un éclair transparut dans ses yeux avant qu'un cercle lumineux entoure le cou de la sorcière de l'Apocalypse. Le regard de celle-ci se glaça et se figea dans une incompréhension. Pourtant, elle sentait la vie lui échapper. Elle qui était la « *fin du monde* » incarnée, semblait ne devenir qu'un mauvais souvenir n'ayant pas atteint son funeste but. Elora lui plaqua son poing droit sur la figure et la tête tomba, roula dans une large flaque de boue. Un flash bleu éclaira le cadavre, suivi d'un tonnerre assourdissant. Telle une furie, Elora continuait de mettre des coups de pieds dans le corps inerte et décapité.

- Arrête Elora ! Elle est morte. C'est fini. Tu l'as vaincu à toi toute seule, cria Eric pour couvrir le bruit émis par la tempête qui s'apaisait au fur et à mesure que la colère de la druidesse se changeait en pleurs. Il la prit dans ses bras pour la réconforter mais n'eut le temps de la détendre. L'âme de la sorcière s'éleva et fit face à Elora. Très puissante, elle l'attaqua et la projeta contre un arbre avec violence, ce qui la sonna.
- Eric, tu dois la combattre dans le plan astral. Tu l'as déjà fait par le passé. Utilise la transmigration que Gwenc'Ron t'as enseigné, lui indiqua Gwyon'Bach.

Gwémana était de nouveau menacée. Elle étrangla Bron et Tao en les prenant chacun dans une main. Leurs pieds décollèrent et battirent dans le vide. Le souffle leur manqua et leurs visages rouges pivoine commençaient à virer au violet pâle. Eric ferma les yeux et perdit connaissance. Son âme migra et se dressa devant Gwémana.

- Laisse-les ! Tu veux un combat dans le plan astral ? Affronte-moi ! Lâche !

Bron et Tao s'écrasèrent au sol en gémissant. Une seconde bataille titanesque débuta. Les lèvres de la femme s'écartèrent pour que sa gorge lâche un cri abominable et sur puissant. C'était le *Glann dicinn* qu'elle avait utilisé pour détruire le *Temple* du Sanctuaire de Brest. Eric la neutralisa en prononçant la Grande Incantation dont il modifia les paroles afin de perturber les énergies telluriques environnantes. L'effet fut immédiat. Gwémana subit six foudres successives qui enveloppèrent l'esprit de la sorcière et le désintègrent. Son corps fut à son tour foudroyé et ne devint que cendres, se dispersant dans un souffle de vent. Les éclairs formèrent une colonne de feu s'élevant très haut dans le ciel déchaîné. Il ne restait rien de Gwémana. Toute trace de son existence disparut. Soulagé, Eric réintégra son corps et se satisfit d'avoir survécu. La plus puissante alliée de Gwenc'Phel avait péri. Il ne fallut que quelques secondes pour que le sortilège de la sorcière s'annule, libérant ainsi le Gorsedd du piège temporel dont il était prisonnier depuis plusieurs jours. Dans la Gaule de 1329, Ness, Pat, Bann et le superviseur sentirent un tremblement de terre violent et virent des éclairs déchirer le ciel.

- Au moins 5,5 sur l'échelle de Richter, réagit Ness.
- Regardez, Gwémana a été vaincu ! s'exclama Pat, fou de joie.

Un sablier apparut devant eux, se renversa et se brisa, répandant le sable sur les Grands Druides qui disparurent du Moyen Age pour retourner dans le présent.

***

60

SURPRISE

Autre-Monde.

Roc'h avait chevauché durant des jours avant d'arriver aux marécages des Poulpikans. Il ne pouvait se permettre de se faire repérer et décida de contourner leur territoire à bonne distance. Sa monture s'épuisa vite. Il dut faire halte pour la reposer avant de repartir quelques heures plus tard.

Au Sanctuaire de Brest, le Gorsedd contemplait les dégâts avec une colère à peine dissimulée. Ce haut lieu de culte était un sol sacré depuis des siècles. Le désastre état impressionnant, et les ruines immenses. Aucune construction n'était restée debout. Connaissant la procédure de rapatriement, ils savaient que les survivants s'étaient réfugiés à Lorient. Ils croisèrent des Maîtres Druides guerriers qui leur expliquèrent la situation.

- Othon sera heureux de vous revoir en vie. Il nous faut fêter votre retour.
- Plus tard, merci, répondit Bann.

Le Gorsedd se servit de la camionnette de transport des Maîtres Druides guerriers pour rejoindre le second site principal.

Campus Universitaire, Chambre souterraine, 21 janvier 2001.

Gaël était furieux, ce qui devenait une habitude chez lui. Fumant une cigarette pour évacuer son stress, il observait son chef, vautré dans un fauteuil, se reposant. Il récupérait peu à peu force et énergie. Il ruminait sa rage, boudait, élaborait de nouveaux plans. Elodie s'occupait de lui servir son café. Dégoutté de cet avilissement, Gaël se retrancha dans une caverne isolée de la Chambre souterraine et réunit tous ses pouvoirs pour contacter Eningann par l'intermédiaire d'une statue à son effigie. Celle-ci mesurait un mètre quatre-vingt-quinze. Son visage inspirait une peur indicible. Ses traits forçaient la crainte.

- Traître mortel, pourquoi me déranges-tu ?
- Gwémana est morte.
- Je le sais. Je suis un dieu.
- Aidez-moi à les vaincre, j'ai une idée, Gaël exposa son plan.
- Ah ! Ah ! Ton plan est ambitieux. Je t'aime bien. Ils n'auront aucune chance de s'en sortir. Soit, je vais t'aider, mais il te faudra de la patience. Une telle invocation est risquée pour toi. Il te faudra de la prudence. Deux *Gorgones*, c'est

dangereux et incontrôlable, finit le dieu dont les yeux de la statue brillaient d'une ruse à peine feinte.

Sanctuaire de Lorient.

L'équipe des *Druides Élémentaires* rentra à Lorient pour faire son rapport à Othon. Mais à la sortie du cromlec'h, un homme de bonne stature les interpella. Eric était sur ses gardes. La prudence était devenue une seconde nature.

- Mon nom est Erwan.

✳✳✳

61

DÉSILLUSIONS

Elora subit un choc. Elle n'espérait plus ce moment qu'elle attendait avec tant de hâte et d'espoirs. Serait-ce possible de revoir sa meilleure amie. Kéra pourra-t-elle n'avoir vécu toute cette tragédie ? Erwan peut-il effacer ces mauvais souvenirs du temps ? La présence du *Maître Druide du Temps* ouvrait de nouvelles perspectives.

- On vous a cherché, bafouilla Eric qui n'y croyait plus.
- Je le sais. Je ne puis, hélas, vous secourir.
- Mais...
- Il a raison. Erwan ne peut pas revenir en arrière pour empêcher Gwenc'Phel d'exister. Il n'est pas un dieu et ne peut donc prétendre changer l'histoire. Je regrette mais, la situation ne peut changer ainsi, intervint Gwyon'Bach.
- Non ! C'est notre seule chance de...
- Kéra a choisi de mourir, de se sacrifier. Vous ne pouvez aller à l'encontre de sa volonté.

Gwenc'Ron arriva, fier de l'équipe qu'il avait, en partie élevée.

- Superviseur ! Elora l'embrassa, heureuse de savoir les membres du Gorsedd en vie. Eric et Bron se contentèrent de le saluer.
- Bienvenue Tao. Je suis sincèrement désolé que ce soit en de telles circonstances.
- Je suis justement là pour cette raison.
- Nous avons perdu beaucoup de druides dans cette bataille. Othon m'a appris la mort de Kéra et m'a fait un bilan des pertes subies. Elles sont considérables.
- Nous pouvons sauver Kéra ! dit Elora sèchement.
- Non ma fille, cela est impossible. Beaucoup de choses ont changé et nous ne pouvons rien y faire. En outre, nous nous sommes retrouvés et cela est déjà une grande victoire. Désormais, vous voyagerez dans le réseau afin de trouver et de neutraliser les autres traîtres qui sont hélas disséminés sur chaque continent. Quant à Gwenc'Phel, nous le reverrons bientôt et serons prêts à l'affronter chaque fois que cela sera nécessaire.
- Eric a réfléchi avant d'envoyer son équipe à l'assaut de Floc'h. C'est une bonne technique que de préparer une action, un plan, avant de l'accomplir. *Map e ted eo Eric Nemed e vamm a lavaré gaou.* De son père Eric est le fils, à moins que sa mère n'ait menti, lâcha Gwyon'Bach.
- Je ne sais pas si mon caractère est proche de celui de mon père. Je le connais très peu.
- Bon ! Quelqu'un a-t-il soif ? demanda Bron afin de détendre les esprits.

Campus Universitaire,
12 février 2001.

La fin de l'hiver était moins rude. A l'approche de la Saint Valentin, les étudiants amoureux sortaient leurs plus beaux atours. Torses bombés, tenues soignées, galanteries inhabituelles, la fête se préparait et l'amour régnait en maître dans l'atmosphère.

- Je suppose que tu n'as rien prévu pour la Saint Valentin avec tout ce qui s'est passé.
- C'est juste, mais on peut se faire un dîner romantique, finit Eric qui embrassa son aimée avec tendresse. Ils se serrèrent dans les bras l'un de l'autre et la tête sur l'épaule d'Elora, Eric ne put se réjouir pleinement de ce moment magique, pensant à Mona et au baiser échangé.

Gwenc'Ron invita Tao à le suivre et lui fit visiter le Sanctuaire. Il était construit à l'identique du site de Brest, lui avait-il indiqué.

Bron n'avait pas revu Ben depuis plus d'une semaine. Il se rendit à son appartement et entra. Il y surprit son compagnon dans les bras de Stévan.

- C'n'est pas vrai ! Ben !
- Bron... je...
- Non ! Ne dis rien. J'en ai assez vu. Bron claqua la porte.

Une demi-heure plus tard, près du lac, dans le parc du centre-ville, Gwyon'Bach s'approcha de Bron, assis sur la rive, mélancolique.

- *Roc'h pouner euz ar malhurus.*
- Excuse-moi, je n'ai pas le cœur à traduire.
- Ca veut dire : « *le rocher pesant des malheureux, le poids si lourd de l'infortune.* » Je sais ce qu'a fait ton ami. Ben n'est que partiellement responsable de cet acte. Il est en danger, Bron. Stévan n'est pas humain. Il a été séduit par un être venu de l'Autre Monde. Mais je t'accorde que ton absence l'a éloigné.

***

62

PAS DE REPOS
POUR LES HEROS

Le lendemain, un véhicule noir arriva aux grilles du Sanctuaire. Il en sortit des policiers en tenue civile et des hommes en costume noir. Gwenc'Ron leur ouvrit la porte d'entrée et les accueillit dans le hall, à l'intérieur d'un bâtiment réservé aux visiteurs indiscrets.

- Nous désirons parler à Monsieur Tao Ming Wei.
- Un instant je vous prie. Le druide asiatique se présenta.
- Oui.
- Services de l'immigration. Vos papiers n'étant pas en règle avec l'administration française, nous nous voyons dans l'obligation de vous expulser du territoire national. Veuillez nous suivre.
- Mais...
- Messieurs, il doit y avoir une erreur. Tao ! Je vais régler ça ! Messieurs, vous n'imaginez pas ce que vous faites ! Vous mettez le Monde en péril.
- N'exagérez pas Monsieur, répliqua le policier qui partait déjà, Tao menottes aux poignets.

**Campus Universitaire,
Chambre souterraine.**

Elodie racontait à Gwenc'Phel son combat avec Hélène, encore surprise de sa découverte.

- Elle a des pouvoirs chef. Elle m'a prise au dépourvu. Je la croyais sans défense.
- Je suis au courant. Elle devait normalement avoir les pouvoirs et la place de Bron. Tu n'imagines pas combien elle était douée. Toute sa vie et son avenir de druidesse ont été remis en cause quand elle a été... violée au Sanctuaire. Elle n'y a remis les pieds que récemment.
- « Violée ! » le mot avait claqué comme un coup de fouet.

« Je viens d'arriver. Déjà, un conflit apparaît. Je ne prétends pas remplacer une amie. Ils ont besoin du quatrième élément. Sans moi, ils ne pourront vaincre leurs ennemis. Mais je sais qu'un grand destin nous attend et j'ai peur, car mon Ordre m'a averti que mes meilleurs amis deviendront mes pires ennemis. Que dois-je y comprendre ? Seul le temps me le dira. »

**TAO, Moine Chinois.
A SUIVRE...**

SAISON 2
EPISODE 2

Voyage à Tir Na Nog

#6

« **P**our connaître le secret d'un maître, il faut faire parler les valets. »

La Légende des Maîtres

SOUVENEZ-VOUS...

Dans l'épisode « Course Contre La Montre » : il a fallu du temps à l'équipe pour faire le deuil de Kéra. Elodie veut un enfant d'Eric et pour cela, elle s'arrange pour piéger Hélène Trombe. Mais elle ne s'attendait pas à ce que la jeune femme puisse se défendre. Les Dieux de la Triade des *Créateurs* commencent à paniquer lorsqu'ils découvrirent qu'Eric et son équipe a utilisé le réseau après l'avoir remis en fonction. Deux nouveaux membres se joignent au noyau de l'équipe : Tao (le remplaçant de Kéra) et Gwyon'Bach (un individu mystérieux venu de l'Autre-Monde pour leur porter assistance). Le Gorsedd est libéré de sa prison dans le passé et réintègre son époque d'origine, non sans avoir appris quelques tours utiles, grâce à ses homologues. Le Sanctuaire de Brest est libéré et sa direction revient à la communauté tandis que les traîtres en sont chassés. Gwémana est vaincue définitivement, ainsi que Floc'h, son acolyte chaman. Enfin, Ben se met en danger en fréquentant un homme qui, en réalité, vient de l'Autre-Monde. Un démon venu s'en prendre aux sentiments profonds de Bron. Elodie apprend qu'Hélène fut violée dans l'enceinte du Sanctuaire par le passé, c'est la raison pour laquelle elle n'y avait remis que rarement les pieds...

Suite...

63

DÉSORDRE

« Nous avons tous besoin de repos. Le deuil de Kéra doit se terminer. Nous devons retrouver notre énergie. Pour cela, Gwenc'Ron nous a suggéré de nous rendre sur une île lointaine qui est réputée chez les druides pour l'énergie qu'elle renouvelle en eux. J'espère que bien des soucis s'envoleront le temps de ce périple. »

**ERIC,
Archi-druide.**

Sanctuaire le Lorient,
6 mars 2001.

Tara s'ennuyait depuis la disparition de son ami Tim qu'elle avait elle-même provoqué. Assise sur son lit, elle appréciait le confort que le site de Brest n'avait pas. C'était plus spartiate. Sa chambre était assez grande, meublée et décorée avec goût. Il y flottait une odeur de roses, venant probablement du petit jardin se trouvant sous sa fenêtre. Elle trouvait ce parfum très agréable au lever du soleil. Tara arrangeait la robe propre d'une poupée bien maquillée, à l'allure élégante. En porcelaine, elle dégageait une certaine distinction. Habituellement, ce jouet était offert aux enfants de familles issues de milieu aisé. Tara avait énormément besoin de compagnie. Elle chercha un moyen de l'obtenir en ouvrant un grand coffre en fer, dénué de pierres précieuses. Des larmes coulèrent sur ses joues lisses et fragiles. La culpabilité commençait à la ronger. La jeune fille sortit un grand parchemin poussiéreux, jauni et rongé sur les bords, de la malle. Il contenait des inscriptions : une formule de " vitalité ". Tara installa la poupée sur le lit, en face d'elle, agenouillée au pied de la couche.

*Par ces quelques mots, j'en appelle au pouvoir de l'Eau.
Symbole de vie, je souhaite user de ta magie.
Prête à cette poupée la vitalité,
Afin que son amitié pour moi dure pour l'éternité.*

- Éveille-toi ma sœur. Redonne-moi le bonheur jadis perdu, ajouta Tara. L'une de ses larmes tomba sur la porcelaine qui perdit sa rigidité et son immobilisme. Ses petits bras prirent mouvement, son petit corps avança, marcha vers sa bienfaitrice, celle qui lui avait donné la vie, sa déesse. Une lumière puissante dans ses yeux éclaira sa couleur bleu océan.

Quelqu'un frappa à la porte. Au moment de s'ouvrir, ses gonds grincèrent sous l'effet du l'usage et du temps. Un visage qu'elle connaissait passa l'embrasure de la porte en souriant. A la hâte, Tara s'empara du jouet et le cacha dans le grand coffre.

- Ma petite, je voudrais te parler. Tu me parais triste depuis la disparition de Tim.

- C'est de ma faute Kiva.

- Tu sais ma chérie, l'art de la magie est ardu à apprendre et cela requiert beaucoup de temps et de courage. Un bon druide est celui qui sait tirer des leçons de ses erreurs. Mais je dois admettre que tu es douée pour les bêtises. Tim ne risque rien là où il est. Le seul ennui, c'est que tu es la seule à pouvoir le libérer et que pour l'instant, tu ignores trop de choses sur la magie pour y parvenir. Tu es dans l'impasse ma petite. Tu dois poursuivre ton apprentissage accéléré si tu veux revoir Tim un jour.

- Il me manque.

- Je le sais ma chérie, je le sais.

Kiva la prit dans le creux de ses bras et la serra pour la réconforter. Pendant ce temps, la poupée avait soulevé le couvercle de la malle et s'était évadée.

Autre Monde, Plage de l'Océan.

L'elfe Roc'h parvint à une étendue d'eau à la suite d'efforts considérables. Le prince fut sur le point d'atteindre son but. Il devait trouver un moyen de rejoindre la Terre, mais il avait renoncé à l'idée d'utiliser le cromlec'h du territoire royal, gardé par d'innombrables créatures prêtes à bondir dès l'ouverture d'une porte dans le réseau pour suivre l'équipe de druides et envahir la Terre. Depuis plusieurs jours, Roc'h était attiré inextricablement par l'Océan. Il avait suivi son intuition. Il savait que les druides allaient passer tout près. Il se devait de profiter de cette occasion.

- Il me faut les tester. Ils ne vont pas tarder à arriver, pensa-t-il à haute voix.

Sanctuaire de Lorient.

Un petit pied en porcelaine pataugea dans une flaque et s'enfonça dans la terre humidifiée par les récentes giboulées précoces. Sa robe de satin lustrée, bleue, parsemée de pierres de décoration, était salement tâchée de boue. Pestant, la poupée de Tara tenait une lame, brillant aux rares rayons de soleil qui pouvaient percer un ciel encombré, prête à frapper quelque chair non protégée à la viande tendre, facile à pénétrer et à déchirer. Son regard balaya la cour centrale avant de se focaliser sur l'enclos des porcs. Dès lors, un rictus se dessina sur ses lèvres de porcelaine. La poupée passa sous les planches et posa la lame sous la gorge des bêtes affolées. Un jet de sang formant une flaque permit de constater que l'un des cochons eut la carotide sectionnée. La poupée animée grâce à la magie de Tara, s'apprêtait à frapper un autre animal lorsqu'une druidesse cria en levant son index vers le ciel. Une gerbe lumineuse rosée monta à six mètres du sol, sonnant l'alerte dans le village du Sanctuaire.

- Par Dagda ! Comment les traîtres ont-ils pu entrer ? se lamenta-t-elle.

Intrigué par le vacarme, Othon intervint. Il ordonna à des Maîtres Druides Protecteurs de la Guilde de l'accompagner. Sur ses talons, ils arpentèrent les couloirs du Temple en direction de la sortie. Sur les lieux de l'incident, le Superviseur constata le carnage perpétré en peu de temps.

- « Ce n'est guère la méthode d'un traître, même si cette boucherie l'aurait tenté. Il aurait plutôt assassiné l'un de nous. Pourquoi un animal ? Non, ce n'est pas l'un de ses monstres le responsable de ceci. Protecteurs ! Fouillez le site ! Attendez ! Qu'est-ce que... » Othon surprit la poupée tenant la gorge d'une oie dans une main, le couteau affûté dans l'autre. Les yeux écarquillés, Othon ne put réagir, stupéfait par l'existence de cette chose vivante.

Résidence Universitaire.

Ben avait succombé à l'emprise psychique du démon Stévan. Depuis plusieurs semaines, Bron s'était souvent absenté, trop occupé à sauver le monde. Son compagnon se sentait délaissé, si bien que l'arrivée du démon, en apparence séduisant, eut tôt fait de le charmer. Même si c'est par magie que Stévan l'avait tenté, Bron comprit que la seule chose que le Mal ne pouvait imposer, c'est l'amour. Ben n'était donc pas resté fidèle.

Bron espionnait la maison de Ben et vit Stévan en sortir. Le jeune homme le suivit jusqu'au parc. La pluie n'avait pas cessé, mais cela ne dérangeait guère les deux hommes. Bron, prêt à en découdre, fit face à son adversaire.

- Il paraît que tu n'es pas humain ! Que fais-tu alors sur Terre ? Ce n'est pas ton monde.
- Tu dois être Bron. Notre précédente rencontre fut trop brève. Tu sais, j'ai eu du mal à empoisonner l'esprit de Ben. Mais, désormais il est en partie à moi.
- Il va falloir que tu le prouves. J'ai bien l'intention de te massacrer. Quel est ton pouvoir ?
- Comment ? Tu ne l'as pas deviné ? Tu es plus stupide que je l'imaginais. C'est la télé coercition, le pouvoir de suggérer quelque chose à quelqu'un, c'est du contrôle mental des individus. Le sujet devient ma marionnette. Ben est mon pantin, il fait tout ce que je lui demande sans qu'il ne puisse me désobéir.
- Ordure ! à peine eut-il craché son insulte, Bron lui sauta à la gorge dans l'espoir vain de l'étrangler. Stévan changea d'apparence sous ces yeux. Des globes

monstrueux dans les orbites, une haleine fétide, des griffes acérées au bout de mains devenues des pattes difformes. Il perdit toute sa séduction. Il était si hideux que Bron recula et lâcha prise. Toujours aussi fou de rage, le druide chargea les paumes de ses mains de boules de feu qu'il lança sur le démon, désormais visible sous sa véritable identité. Celui-ci esquiva adroitement l'une d'elles mais ne put que recevoir la seconde en pleine face. Bron avait lu plus tôt dans le Livre des Éléments que ce monstre ne peut être vaincu. Toutefois, il préconisait l'usage de pierres runiques. Gwyon'Bach lui avait fourni celles que Kéra avait utilisé pour fermer le portail, lors de son sacrifice. L'une des trois pierres runiques sacrées était gravée du symbole représentant : > dans un cercle ovale.

Bron savait qu'il représentait son pouvoir originel : le Feu. Rune de protection, il en usa en la jetant aux pieds de Stévan qui hurla de douleur avec sa voix démoniaque. Dès lors, le symbole runique rougeoya et le démon séducteur fut aspiré par la pierre.

- Tu seras prisonnier de cette rune pour l'éternité. Plus j'utiliserai mes pouvoirs, plus ton essence vitale s'éteindra. Tu disparaîtras de toute existence non seulement sur Terre, mais tu ne réintégreras jamais l'Autre-Monde. Tu es perdu Stévan, je ne te laisse aucune chance. J'accomplis ainsi ma vengeance.

Bron quitta le parc, déçu. Il pensait que sa douleur partirait avec la chose abominable qu'il venait d'exterminer, mais il n'en fut rien. Il récupéra ses affaires chez Ben même si ce fut difficile à faire. Il comptait emménager dans un studio du campus qui s'était libéré.

- Ne pars pas Bron, le supplia-t-il.
- Non Ben, c'est terminé. L'amour ne se contrôle pas. C'était la seule chose qu'il ne pouvait t'imposer.
- C'était ?
- Oui, Stévan était un démon à la solde d'Eningann. Il a fallu que je m'occupe de son cas. Tu ne le reverras jamais. Quant à moi, je ne sais pas si un jour je te pardonnerai.

Sanctuaire de Lorient.

Le Gorsedd s'était réuni à la Tour d'Or dont l'aspect semblait moins brillant, privé de lumière solaire par d'épais nuages hivernaux. Depuis que Gwenc'Phel sévissait comme traître, la Haute Instance Druidique n'avait pas pu s'opposer directement à lui, si ce n'est en créant l'équipe d'Éric. Les combats répétés avaient mis leur secret en danger. Les druides avaient de plus en plus de mal à cacher à la population l'existence de la magie.

- Elodie a résolu pour nous ce problème.

- Ne soyez pas si affirmative, Ness. Nous ignorons si le sort d'amnésie collective qu'elle a jeté sur les journalistes restera efficace longtemps.

- Je ne partage pas votre avis sur ce sujet, Pat. Ce sort a toujours fait preuve d'une grande efficacité car il est irréversible. Néanmoins, je m'inquiète davantage pour l'exemplaire unique du journal qui a échappé à l'incendie provoqué par la traîtresse et qui a pu tomber dans de mauvaises mains. Dois-je vous rappeler qu'il contient une partie de notre base de donnée qui nous a été volée récemment : l'évolution des pouvoirs des druides à travers les siècles, les rapports de toutes les batailles menées contre l'Autre-Monde, les complots dont nous sommes les auteurs, notre prétention à représenter toute la race humaine, l'existence de traîtres parmi nous et j'en passe des nouvelles plus terribles encore, répondit Bann.

- Je suggère de ne pas informer le Ministre de notre... problème. Nous devons le gérer en interne.

- Je ne suis pas d'accord, Pat ! La situation nous échappe depuis trop longtemps déjà ! Nous, les Grands Druides, sommes relégués au rang de spectateurs à cause de l'implication d'Eningann dans cette histoire, s'insurgea Bann. Gwenc'Ron, qui jusque-là s'était tût, prit la parole.

- Je préconise de laisser l'équipe d'Éric poursuivre sa quête. Ce sont les seuls en mesure de vaincre Gwenc'Phel. C'est leur destin. Faisons confiance à leur force. Ils vaincront tôt ou tard. Ils représentent notre seule chance de salut.

***

64
Vacances

Chine,
Pékin.

Un moine portait une longue robe de soie bleue richement décorée de motifs brodés de fils d'or. Il se rendait à l'établissement de traitement du courrier de Beijing, autre nom de la capitale. Il portait une lettre scellée d'un cachet de cire rouge sur lequel apparaissait un dessin prouvant l'identité de l'expéditeur. Le moine demanda un entretien avec le Directeur. Une fois reçu, le courrier fut transporté en urgence. La présence du moine avait donné des frissons au Directeur qui, mauvais comme une teigne, rabroua ses employés récalcitrants, ne voulant pas faire des heures supplémentaires.

France,
Sanctuaire de Lorient,
3 jours plus tard.

La lettre soigneusement fermée pour maintenir le contenu secret, atterrit sur le bureau de Gwenc'Ron. Le Grand Druide nouvellement promu reconnut la signature de l'Ordre de Tao. Il décacheta le courrier et en retira une lettre accompagnée des papiers d'identité de Tao : son passeport et le titre de séjour illimité sur le territoire français. Gwenc'Ron sortit aussitôt, à la hâte, de son bureau, bousculant au passage quelques élèves druides. Il se précipita hors du Sanctuaire et se rendit au service de l'immigration sans tarder. En quelques heures à peine, Tao fut relâché.

- Tu es maintenant naturalisé français. Tu disposes d'une double nationalité.
- Mais... Je ne réside pas en France depuis suffisamment longtemps pour cela !
- C'est juste. Ton Ordre s'est occupé de tous les détails avec notre gouvernement. Tu as des autorisations spéciales.
- Merci.

Le Grand Druide ordonna plus tard la présence de l'équipe au Temple. Eric fut heureux d'avoir pu récupérer Tao dans son équipe mais il était nerveux, car cette convocation présageait sans doute un nouvel affrontement. Fatigués, les druides élémentaires commencèrent à maugréer.

- Inutile de s'énerver ! Auriez-vous déjà occulté ce que je vous ai appris pour rester calme et concentré ?
- Non, Gwenc'Ron. Qui fait des siennes aujourd'hui ? s'enquit Eric.

- Personne. Après vos efforts répétés, le Gorsedd pense vous offrir des vacances sur l'île de TIR NA NOG. Vous y renouvellerez votre énergie et reposerez vos pouvoirs et votre corps. Vous devez être en forme sur tous les plans pour la prochaine offensive des traîtres. Un bateau vous attend pour vous conduire au centre du Triangle des Bermudes, le Triangle Maudit, termina-t-il dans sa barbe pour ne point être entendu.

- Lorsque vous y serez, prononcez la Grande Incantation, reprit-il. A ce moment, le Gorsedd savait qu'une aventure les attendait. Gwenc'Ron avait donc menti en leur promettant des vacances.

Gwyon'Bach et Taliesin avaient de plus en plus de mal à cohabiter dans le même corps, si bien que l'alternance de leur métamorphose s'intensifia, jusqu'à ce que le changement s'opère sous les yeux de l'équipe qui ignorait encore bien des choses à son sujet. Avant même de demander la moindre explication, Eric et ses camarades le menacèrent de leurs pouvoirs.

- Non ! C'est moi, Gwyon'Bach... ou presque. Je me nomme Taliesin, L'alternance intervint de nouveau.

- Que se passe-t-il ? questionna Elora.

- Vous venez de voir la personne avec laquelle je partage mon corps d'adolescent depuis des siècles. Vous ne connaissez donc pas la légende dans son intégralité ? Permettez-moi alors de la reprendre. Lorsque j'ai été éclaboussé par le contenu du chaudron de *Cerridwen*, outre les pouvoirs et la connaissance que j'ai acquise, je me suis aperçu que ma personnalité s'était divisée en deux. Cette peste de Cerridwen (une déesse) m'a dit que cela me permettrait peut-être d'obtenir au fil du temps un peu de sagesse grâce à ma personnalité future (adulte) incarnée par Taliesin. Ainsi, au gré des alternances, je me transforme en cette asperge de deux mètres de haut que je ne supporte pas pour laisser parler son expérience. Comme d'habitude, les *Den Goz* (les *Eternels*) ne nous autorisent pas toujours à vous révéler les secrets de l'avenir ou ne serait-ce que des indices. C'est curieux qu'ils m'aient laissé la liberté de raconter toute mon histoire. Maintenant vous savez tout.

- C'est stupéfiant ! s'exclama Bron, excité par ces nouvelles. Une légende vieille de plusieurs siècles se révélait exacte, sous ses yeux.

- Après tout ce que vous avez vu en terme de magie, vous êtes encore surpris ? Oh ! J'en ai assez de lui. Gwenc'Ron, aidez-moi à m'en débarrasser. Séparez-nous. Il doit bien exister une formule pour cela ! Les *Den Goz* ne veulent pas la faire. Ils prétendent que l'ancienne magie est encore puissante et qu'ils ne peuvent desceller un tel sortilège.

- Je suis navré, mais je ne peux pas. Les Anciens ont raison. C'est une déesse qui en est l'auteur. Je doute qu'elle ait utilisé un sort de base. C'est une magie complexe qui est en jeu. Qui sait si nous ne provoquerons pas une sorte de piège qu'elle aurait installé pour s'assurer que tu comprennes que c'est une punition qu'elle seule peut lever. Nous ne sommes sûrs de rien et il vaut mieux accepter la situation telle qu'elle est plutôt que de l'aggraver par ignorance.

- C'est bien ma peine ! Ce n'est pas vous qui êtes la victime !

- Euh... ma *veine*, le corrigea Elora.

- N'en rajoute pas toi !

- Je vous souhaite bonne route, acheva le Grand Druide pour couper cours à la conversation.

- *Kénavézo* ! (au revoir, en celte ancien) lui lança Gwyon'Bach tandis que le vieil homme quittait la pièce.

Le superviseur Othon retrouva la poupée meurtrière et la maîtrisa. Il la porta à Tara, dans sa chambre, où il la trouva assise sur son lit, pensive.

- Ma petite, tu as ensorcelé ce jouet n'est-ce pas ?

- Je ne savais pas qu'elle serait dangereuse.

- Tu te pers en conjecture, Tara ! Je t'ai demandé de t'exercer sur le sort qui ramènera Tim auprès de nous. Tu es la seule qui puisse le sauver. Cesse tes bêtises ! » Alors que leur conversation était terminée, le visage de Tara commença curieusement à présenter des boursouflures très laides. A son insu, en lui caressant le visage, Othon imposa ses mains et la peau de la fillette redevint normale. Une fois le dos tourné, la jeune fille détruisit la poupée et fit fondre les morceaux.

- Toi qui m'as apporté chagrin et punition, je t'ordonne de quitter cette maison ! psalmodia-t-elle. Puis elle récupéra son chandail et sortit.

Eric et son équipe étaient à bord d'un bateau de croisière sur lequel Bron remarqua l'inquiétude de l'équipage. Selon eux, peut-être par superstition, il ne fallait jamais traverser le célèbre Triangle des Bermudes par temps orageux. Or, deux heures plus tôt, le commandant avait reçu un avis de tempête, plus précisément un cyclone. Bron avait eu la vision d'une conversation entre le commandant et son second, à ce sujet. Il demanda à Eric, Elora, Tao et Gwyon'Bach de le rejoindre à l'écart des touristes, dans sa cabine.

- La situation est grave, commenta Tao.

Taliesin prit la place de son alter ego pour intervenir dans la conversation.

- La légende que vous racontez sur ce Triangle Maudit est juste. Tout comme l'Autre-Monde, l'île de TIR NA NOG est isolée dans une autre dimension. Certains êtres y sont immortels. Si une personne tente de pénétrer par une porte non protégée, l'inconscient se changera en vieillard aveugle et desséché ou bien sera prisonnier à l'intérieur du passage sans atteindre l'autre côté. Le réseau est protégé de cette altération temporelle et restitue au corps, son âge. Mais prenez garde, car la Grande Incantation ne protège que ceux qui la prononcent. Il y a très longtemps, cette porte était soutenue par des dolmens sous-marins qui lui donnaient son énergie et la stabilisait. Lorsque le réseau a été condamné il y a des siècles, ces pierres ont subi l'érosion et ne purent plus soutenir cette porte. Depuis, chaque fois qu'une tempête fait rage à proximité, les orages y sont attirés et l'alimentent en énergie pour l'ouvrir, indépendamment des autres portes. Beaucoup de bateaux se sont faits piégés par temps d'orage, attirés comme les éclairs vers elle. Elle engloutit tout ce qui l'entoure.

- Donc, la porte va s'ouvrir dans peu de temps et nous allons devoir la traverser, continua Eric.

- Exact. Vous prononcerez la formule pour vous protéger.

- Et les autres ? Tous ces pauvres gens sur ce navire ?

- Hélas, leur voyage s'arrêtera dans cette tempête. Ils disparaîtront.

- On ne peut rien faire ?

- Je regrette.

- Jolies vacances ! s'insurgea Elora.

- Et le Gorsedd le savait, n'est-ce pas ? Ils sacrifient tous ces gens pour nous envoyer là-bas ? Il doit s'y passer quelque chose de grave. Les vacances n'étaient qu'une excuse. Pat sait que nous commençons à fatiguer au fil des combats. Il ne voulait pas essuyer un refus unanime de l'équipe.

Soudain, le navire se mit à tanguer plus vite, la tempête à rugir et tous les passagers paniquèrent. Les vagues grandirent. Les voyageurs peu prudents tombèrent par-dessus bord. L'équipe sortit de la cabine et se rendirent sur le pont. Eric sentit l'eau se déchaîner.

- Je n'arriverai pas à la canaliser. Cette eau est une furie, hurla l'archi-druide pour couvrir le bruit des cris et le ravage des vagues.

- Le ciel est dans le même état. Que faire ? demanda Elora.

- La Grande Incantation ! Vite ! C'est le moment ! cria Gwyon'Bach. A peine la formule fut-elle commencée, qu'une gigantesque vague de cinq mètres submergea le navire.

***

65
RÉVEIL

Le soleil s'était élevé très haut, au zénith. Une chaleur caniculaire lui caressait le visage tout en lui brûlant la peau. Allongé sur le sable, la mer lui mouillait les pieds. Tao fut le premier à se réveiller, trempé jusqu'aux os. Bron était aussi sain et sauf, de même qu'Eric. Cependant, Gwyon'Bach les attendait, agenouillé en face du corps inerte d'Elora, plongée dans le coma. Encore sonné, Eric ne réagit pas. A droite du groupe désorienté, le bateau gisait, fracassé contre une falaise. Passagers et équipage avaient disparu. Gwyon'Bach semblait terrifié par ce qu'il savait mais ne pouvait rien dire, faute d'une autorisation des *Den Goz*.

- Sommes-nous morts ? Avons-nous atteint TIR NA NOG ? s'enquit Bron, encore assourdi par l'orage qu'il revoyait dans sa tête en vision. Il avait du mal à reprendre le contrôle de ses pouvoirs.
- Non, vous n'êtes pas morts. Nous sommes sur l'île. Le premier souverain de cet endroit lui a légué son nom. Le Livre des Éléments raconte que ce roi aurait vaincu le Dragon aux Mille Flammes pour s'approprier les lieux. Pour moi, ce n'est qu'une vieille rumeur, répondit Taliesin.
- Une légende ? Mon œil ! Je suis persuadé que l'esprit de la bête rôde toujours par ici. Et puis d'abord, personne n'a retrouvé le cadavre du Dragon, répliqua Gwyon'Bach qui avait repris le dessus sur son autre personnalité.
- Oh ! Il m'agace ce trouillard ! Et je suis obligé de le supporter depuis des siècles ! Il ne cesse jamais de supputer avec cette histoire ! Le duel s'amplifiait tandis qu'Eric, le chef de la bande, prenait enfin conscience de la situation et courait vers sa bienaimée.

En plein rêve profond, l'esprit d'Elora se trouvait perdu dans un décor blanc à la lumière aveuglante. Un homme d'une quarantaine d'années, les cheveux grisonnants, dont les premières rides naissaient, lui faisait face.

- Qui êtes-vous ?
- Hamon, Maître Druide fantôme. N'aie pas peur, je ne te veux aucun mal. Tu es actuellement allongée sur du sable, inconsciente. Ta tête a heurté un mât du bateau qui a fait naufrage sur l'île. Tu es dans le coma, Elora. J'en profite pour te contacter par la pensée. Je ne peux communiquer avec toi que par cet intermédiaire. Tu as besoin de revoir quelqu'un pour que ton cœur guérisse du chagrin. Une de tes amies a fichu une pagaille épouvantable là-haut, juste pour te revoir une dernière fois. Contre les règles établies, je t'offre ce cadeau. Avec la magie, tout est possible. Kéra ! La jeune femme décédée apparut dans l'esprit d'Elora, souriante. Celle-ci fondit en larmes dans les bras de son amie et, à l'extérieur, Eric vit ses larmes couler.
- Kéra ! Comment est-ce possible ? Peu importe. Tu es là ! Comment te sens-tu ?

- Comme une morte.

- Question stupide. Pourquoi ?

- Tu le sais. C'était la seule solution, mon destin. Je suis née uniquement pour protéger ce portail* (voir l'épisode 4). Je me suis sacrifiée parce que le monde entier était en péril. Les gens ne sont pas prêts à accepter l'existence de notre monde. Ils ne le seront sans doute jamais d'ailleurs. Tu ne pouvais rien faire pour empêcher que je ne décède. C'était dans l'ordre des choses, tu dois l'accepter. Ne te torture pas, Elora. Je suis fière d'avoir été ta meilleure amie et je le resterai pour l'éternité. Ne t'inquiète pas pour moi. Je suis heureuse, je ne peux pas t'en dire plus, sinon ils me tueraient une seconde fois. Adieu Elora.

Elora se réveilla en pleurant dans les bras d'Éric. Elle lui raconta ce rêve réel, Gwyon'Bach confirma la véracité de cette rencontre et ajouta qu'il était content pour elle.

***

66

EXPLORATION

Terre,
Campus Universitaire.

Comme d'habitude, Hélène dût remplacer Eric à une réunion de professeurs. Monsieur Salvi brillait par son absence récurrente. De retour au laboratoire, l'assistante en recherche trouva un colis sur le bureau de son patron. A l'adresse de Tao, la boîte était imposante. Expédiée par l'Ordre, elle portait la mention « *FRAGILE* ». Hélène Trombe l'ouvrit avec une autorisation conjointe de l'Ordre et du Sanctuaire, accompagnant le paquet. Elle en sortit un pot artisanal chinois à trois pieds qu'elle identifia appartenant au second siècle avant J. C., sous la dynastie chinoise Zhou. Elle l'admira un moment avant de le classer en prévision de l'inventaire.

TIR NA NOG.

Eric avait inspecté le bateau en miette, vide de tout cadavre, avant de constater l'absence des passagers et de l'équipage. La chaleur était agréable, pas étouffante. Elle s'était radoucie après le naufrage. Elora trouva un chemin menant vers une vaste plaine. Ils se mirent en route, cherchant tout signe de vie. Tao se rapprocha de la seule femme de l'équipe et revint sur l'enterrement de Kéra.

- Elora, je veux te dire que le lendemain de la crémation de Kéra, j'ai effectué le culte des Ancêtres pour lui rendre hommage selon mes traditions. C'est une pratique religieuse chinoise traditionnelle depuis les premiers rois Shang.
- En quoi consiste-t-elle ?
- Pour les Shang, l'âme se compose de deux éléments. A la mort, le *hun* (âme-souffle) rejoint le Souverain d'en Haut. Et le *po*, élément plus matériel, reste dans le corps jusqu'à sa décomposition ou réduit en cendres. Dans mon pays, nous nourrissons les morts pendant trois ans pour éviter qu'ils ne se transforment en *gui* (démon chinois). Un rituel funéraire précis permet de s'assurer que le *hun* quittant le corps voyage dans de bonnes conditions. C'est lui que nous honorons en rendant un culte à des tablettes, déposées dans un Temple, où sont gravés les noms des défunts.
- Merci Tao, c'est très beau. Et cette cérémonie est un acte de foi, un véritable cadeau et respect.

Après deux heures de marche, Gwyon'Bach se plaignit de devoir supporter la cohabitation forcée avec Taliesin. Il sortit donc le Livre des Éléments, gros grimoire caché dans sa tunique élégamment brodée, et le feuilleta. Il finit par trouver une formule et cria de joie, surprenant les autres voyageurs, silencieux dans leur marche vers l'inconnu.

DEDOUBLEMENT

Le sort de *dédoublements* permet de séparer deux personnalités d'un même corps. Pour cela, utilisez la pierre runique *Othila*. Elle représente la séparation associée au passé. Symbole de vos possessions, elle chassera votre alter-ego.

La formule en usage pour ce genre de procédure magique se prononce comme suit :

> *« Par cet enchantement, je déclare mon jugement.*
> *Esprit non souhaité, retourne à la liberté.*
> *De mon corps prisonnier, tu es désormais chassé. »*

Dans le but d'optimiser les effets de la formule, Gwyon'Bach prépara une potion complexe.

- Pourquoi êtes-vous contraints de cohabiter ?
- Oh, Bron ! C'est une sorte de malédiction pour avoir désobéi aux Dieux.
- L'enfant insouciant qui a provoqué la catastrophe qui lui a hélas donné accès à une grande partie des pouvoirs divins, que tu es, devra partager le même corps que l'homme mûr plein de sagesse que tu aurais normalement dû devenir plus tard. Ceci est ta punition, lui avait déclaré la déesse Cerridwen, ce qu'il revit en flashback.

Fin prêt, l'adolescent (en apparence) leva la rune Othila au-dessus de sa tête et prononça la phrase rituelle. Pressé, il sautilla du pied droit au gauche et finit par trébucher. La potion se déversa sur sa tête et éclaboussa Bron. La rune rougeoya et une lumière entoura les deux individus. A peine dix secondes plus tard, Gwyon'Bach était débarrassé de Taliesin qui obtint son propre corps, mais Bron se retrouva avec un jumeau tout à fait inattendu.

- Toujours aussi maladroit Gwyon ! protesta Taliesin.

***

67

LES HABITANTS DE L'ÎLE

Le clone de Bron prit la fuite. C'est en le poursuivant, et le perdant, que les druides aperçurent des toits en chaume sur la ligne d'horizon.

- Vous croyez qu'ils ont des combinets ? Je ne tiens plus moi ! Il faut vraiment que je vide ma vessie !
- Cabinet, Gwyon ! Tu n'es toujours pas doué en français, le corrigea Eric.
- Ce n'est pas un compliment. » intervint Taliesin se gaussant de lui.
- Ah ! Toi aussi tu te trompes ! On dit : un COMPLIQUEMENT, continua Gwyon'Bach dans l'erreur.
- J'abandonne, c'est un cancre.
- Qu'est-ce que c'est un *cancre* ?

A l'approche de la place centrale d'un village modeste, l'équipe fut encerclée de jeunes et beaux hommes qui les escortèrent jusqu'au village où les femmes étaient plus belles que sur Terre. Les plus célèbres mannequins n'arrivaient pas à leur cheville et les garçons de l'équipe ne savaient plus où donner de la tête. Bron fut tout aussi sous le charme qu'Elora, qui lâcha la main de son compagnon.

Le village semblait paisible. Elora vit un chien d'une beauté extraordinaire et avança pour le caresser mais recula très vite d'un bon. Un rire tonitruant éclata d'une hutte. C'était le roi de l'île, en personne, qui avait assisté à la scène.

- Il s'est roulé sur le laissé.
- Je vous demande pardon ?
- La fiente. Ce n'est pas un chien, c'est un porc. Il est toujours sale de la truffe à la queue. Je me nomme Nog III, souverain de TIR NA NOG.

Sanctuaire.

Othon fut convoqué par le Gorsedd. Cette invitation le surprit car rien ne laissait présager ce besoin d'une visite. Il réunit tout son courage, car monter au sommet de la Tour était toujours impressionnant. Elle était si haute que le bruit du vent se faisait inquiétant.

- Entre, Othon ! Nous avons longuement réfléchi à la situation actuelle. La reprise de contrôle du premier site est inespérée. Afin de le conserver durablement, nous avons décidé, à l'unanimité, de le protéger. Nous t'ordonnons de faire construire un nouveau bâtiment sur le site de Lorient destiné à loger et entraîner des Prêtres protecteurs. Ils formeront une nouvelle guilde dont tu choisiras les entraîneurs. Les problèmes disciplinaires seront gérés par ceux-ci et tu présideras ce Conseil qui aura la charge de sanctionner les fautes. Les cas graves nous seront signalés et nous prendrons alors les mesures nécessaires. Cette guilde assurera la protection et la sécurité de nos deux sites. Tout cela est essentiel à notre survie. Nous exigeons efficacité, performance et discipline stricte. Nous voulons que chacun des membres de cette nouvelle section comprenne que d'eux, dépendent les vies de tous.

- J'engage ma responsabilité dans ce projet. Vous serez obéi de cette « *police* ».

- Très bien. Informe-nous des progrès et de tout problème.

- Oui Ness, il sera fait selon votre désir. Othon quitta la grande salle.

TIR NA NOG.

Gwyon'Bach et Taliesin se disputèrent de nouveau.

- Je ne te supporte plus, même en dehors de mon corps. *Iann ar lu* (imbécile).

- *Korrigan dû* (nain noir)! répliqua Taliesin.

- Oh ! Cette insulte est plus qu'outrageante !

- Ça suffit ! Taisez-vous ! hurla Bron exaspéré.

Le double de Bron avait pris la fuite en direction du Nord-est avant l'entrée du village. Mais l'équipe ne s'en soucia plus pour le moment. Elora était inquiète. Elle ne savait pas si cette rencontre avec les autochtones serait, ou non, dangereuse. Ce qui était curieux, c'est qu'Eric ressentait toute la mesure de son émotion. Ses pensées lui étaient transmises et les siennes en retour. Une conversation pu s'instaurer sans le moindre mouvement de lèvres.

- Par Dagda ! Elora utilise la télépathie !

- Parce que tu ne le savais pas, peut-être ? ironisa Taliesin. Le jeune adolescent ne tarda pas répondre à cette attaque.

- Pour ta gouverne, je ne suis attentif et j'ai du mal à me concentrer à cause de toi !

- Que m'arrive-t-il Gwyon ?

- Tes pouvoirs se développent. Souviens-toi que ton élément originel est l'air. Tu as sûrement remarqué que le vent porte les échos, les sons. Ton pouvoir intérieur s'inspire de cette propriété. Tu peux transmettre des mots directement par ta pensée. Tu es télépathe Elora, c'est inscrit dans le Livre des Eléments.

- C'est stupéfiant ! s'exclama Eric. Mais son visage exprima très vite de l'inquiétude. La lecture des pensées supprime tout secret. Découvrirait-elle le baiser échangé avec Mona ? Cette question le hantait et il espéra égoïstement que sa compagne ne puisse maîtriser ce nouveau don pour gagner du temps.

Le roi Nog III invita ses convives dans sa grande hutte pour partager son repas.

- Bienvenue en mon royaume. Je dois vous informer que l'un des vôtres est venu déranger la tranquillité de mon île depuis quelques jours. Il s'agit sûrement d'un traître, car il ne vous ressemble nullement. Mon souci est que mon île subit des tremblements de terre de plus en plus violents. Si ce monstre continue ses méfaits, mon royaume sera condamné à couler dans l'Océan de l'Autre-Monde. Pardonnez notre méfiance en vous ayant laissé marcher des heures de la plage à la Grande Plaine. Vous n'avez pas l'air dangereux. Nous sollicitons votre assistance.
- Nous vous aiderons, répondit Eric.
- Très bien. Demain, je vous fournirai le nécessaire. La nuit va tomber. Permettez-moi de vous convier à mon dîner.
- Avec plaisir.

Durant le repas, Nog III, friand d'histoires guerrières, leur conta celle des celtes contre l'invasion romaine.

- Les romains lançaient des pile-hommes : de longues lames de fer montées sur hampe de bois. Quand les deux armées se faisaient face, les romains chargeaient à vingt mètres de distance. Les pointes traversaient les boucliers et atteignaient les porteurs. Vingt mille pointes fendirent l'air. Ensuite, les romains se contentèrent d'achever les celtes à l'épée : tranchant des têtes, brisant des os. Puis, ils s'emparèrent des villes celtes les unes après les autres. Les celtes étaient désorganisés, ce qui leur facilita la tâche. Voilà un épisode bien peu glorieux de notre histoire, n'est-il pas ? Bien ! Il est grand temps de dormir. *Kouska* (au lit) !

68

Mission de Sauvetage

La nuit fut longue et agréable. Pas le moindre insecte ne vint perturber le calme nocturne. Au matin, Eric, Bron, Tao, Elora, Taliesin et Gwyon'Bach se rassemblèrent au centre du village. Le roi de l'île, Nog III, confia à Eric trois précieux artefacts pour l'aider à traquer le responsable de la dégradation de l'île.

- Le bâton de St-Vouga a le pouvoir de vous conduire où vous voulez ; le couteau de St-Corentin annulera les enchantements de tout ce qu'il touchera ; et la clochette de St-Kolédok émettra un son qui se fera entendre quelle que soit la distance qui vous séparera les uns des autres et vous avertira des dangers encouru. Pour trouver le Maître Druide responsable de ces cataclysmes, vous devrez visiter et fouiller les quatre îles de l'archipel où le temps ne compte pas. Sur ces mots, Taliesin confia le Livre des Eléments à Elora qui le feuilleta :

L'ARCHIPEL DES ILES DE L'AUTRE MONDE

Tir Na Nog n'est guère la seule île mystérieuse de l'Autre Monde. L'archipel compte 4 îles où le Temps ne compte pas. Chacune a ses particularités :

Tir Na Nog : terre de jeunesse.
Mag Mór : les grandes plaines.
Mag Meld : terre du plaisir.
Tir Na Mbéo : terre des vivants.

- L'étranger ne se trouve pas ici, ni sur les terres de mon frère à MAG MÓR. Il ne vous reste que les deux autres îles. Bon courage !

Sur ces adieux, l'équipe de druides élémentaires quitta TIR NA NOG à l'aide d'un cromlec'h. Chacun trouva la pierre qui lui fut désignée par les *Trigrammes* (symboles chinois composés de lignes continues et de lignes coupées). Gwyon'Bach et Taliesin prirent place au milieu du cercle formé pas les pierres dressées. Les énergies telluriques se concentrèrent et brouillèrent le paysage autour d'eux. Lorsque leur vision redevint normale, ils se retrouvaient en une contrée inconnue, une île différente de celle de TIR NA NOG.

***

69

TIR NA MBÉO

TIR NA MBÉO

C'est sur la Terre des Vivants qu'atterrirent Elora, Eric, Tao, Bron et les deux bavards du voyage : Taliesin et Gwyon'Bach. Au complet et en un seul morceau, l'équipe commença à explorer les lieux. Il ne fallait pas perdre de temps pour trouver le fauteur de troubles. Ils ne tardèrent pas à distinguer et constater un manque d'arbres au Sud de la forêt dans laquelle ils évoluaient. C'était une grande clairière. Un bruit de craquement attira leur attention et les mit sur leur garde. Un arbre vibra et pencha vers la gauche avant de s'écraser au sol. Une énorme femme impressionnante tenait une hache à la main, trois fois plus grande que celle d'Éric. Bron saisit le Livre des Eléments à la recherche de plus amples informations sur cet endroit. Il trouva une gravure représentant trait pour trait la géante.

LA BOUDICCA

Ancienne druidesse et reine du clan Icéni, elle mesure 2 m 15, pèse 122 kg de muscles, a un aspect terrifiant et la voix rude. Représentante des Mycéniens et vaincue par les Romains au terme d'une lutte impitoyable, la Boudicca ou Boadicée s'empoisonna, en 61 après J.C., à la suite de son amère défaite. Elle vit depuis, recluse sur l'île Tir Na Mbéo.

- Regardez, c'est la Boudicca ! Elle est dans le grimoire.
- NON ! Je m'appelle Boadicée. Boudicca est morte avec ces chiens de romains. La géante cracha au sol de dégoût, ce qui fit reculer Tao.
- J'ai renoncé à mes pouvoirs et j'ai changé de nom. Je ne veux que la paix désormais. Cela fait des siècles que je vis ici, prospère.
- Toutes nos excuses. Nous avons juste besoin d'un renseignement pour vous aider à sauver les îles. Savez-vous si un druide est passé ici avant nous ? demanda Eric.
- Chiens de traîtres ! Il y a trois jours, je l'ai surpris faisant sa besogne. Il ne se cachait pas. J'ai bien essayé de le corriger, mais je ne suis plus si douée qu'autrefois. Je suis aujourd'hui une montagne de muscles mous. Il se trouve au sommet de la colline blanche aux neiges éternelles, vers le Nord. Ce qui est étrange, c'est que je vous ai vu près de lui, enfin... votre cadavre. Il vous a tranché la gorge et le corps a disparu. Mais il y a tellement de choses bizarres qui se passent ici, que cela ne m'étonne plus, finit-elle par dire à Bron.

- Alors, ton double ne posera plus de problème, intervint Gwyon'Bach.

- Prenez garde à lui, il se trouve partout à la fois.

- C'est impossible, on a vaincu le Maître Druide de l'illusion. C'était son pouvoir.

- Pas illusion, il était réel.

- Dans ce cas, un Maître Druide dispose d'un pouvoir similaire. Eric chercha dans le Livre des Eléments une page pouvant révéler la moindre information.

MAITRE DE L'UBIQUITE

Guern est un Maître du déplacement. Sa maîtrise de l'ubiquité permet de se trouver dans différents endroits en même temps. Elève de Gwenc'Phel, ce dernier lui a enseigné l'art de disparaître après des meurtres.

Agé aujourd'hui de 208 ans, Guern n'a rien perdu de son agilité avec le temps. Ses nombreuses expériences font de lui l'un des plus redoutables Maîtres Druides.

- Maintenant, nous savons qui nous recherchons.

Gwyon'Bach reçut mentalement un message des Eternels. Il leva les yeux vers le ciel et répondit :

- Vraiment ? Très bien, je cesserai de faire la guerre avec moi-même. Je vais m'accepter tel que je suis.

- Qu'y-a-t-il ? le questionna Tao.

- Je vais bientôt devoir fusionner avec Taliesin. Nous retournerons dans le même corps.

***

70

Adieux les Vacances

Il n'y eut plus de doute. Un autre combat avec un Maître Druide ayant trahi la communauté était inévitable. Les vacances ne furent qu'un souvenir. Tao lu le Livre des Eléments à son tour et constata qu'une nouvelle page venait d'apparaître.

- Cette page n'était pas là tout à l'heure ! s'étonna Eric. Tao la lit à haute voix :

(…) **A**fin de détruire le Maître Druide de l'ubiquité, il faut le piéger en le forçant inconsciemment à mettre les pieds sur un linceul caché au sol. Prononcez alors cette formule :

« Quen na zui kristen salver,
Rede goële'hi hou liçer,
Didan an earc'h ag an aër. "

Pour l'achever, continuez :

« Si le chrétien ne vient vous sauver,
Jusqu'au jugement faut laver.
Au clair de lune, au bruit du vent,
Il faut laver le linceul blanc. »

Le linceul couvrira ses pieds et le Maître Druide s'enfoncera dans le tissu jusqu'à disparaître.

Les informations à leur disposition, l'équipe se mit en route. Arrivés au pied de la colline blanche, la clochette de St-Kolédok se mit à vibrer. Ce n'est que quelques minutes plus tard qu'une armée entière de Guern (tous semblables) leur fit face, prêt au combat. Eric usa alors d'un autre artefact, le bâton de St-Vouga. Il décrivit des cercles avec son bras et lança l'objet dans les airs. En retombant en direction du sol, le bâton aux vertus magiques se planta aux pieds du Guern ne s'étant pas déplacé, origine de son pouvoir, point de départ de ses déplacements. Eric l'aspergea d'eau à l'aide de son pouvoir, paumes en avant, un geyser du liquide, source de vie, arrosa le Maître Druide désormais trempé.

- Il faut vaincre le type mouillé ! lança Eric à ses camarades. Sur cette directive, Tao passa à l'offensive. Muni du couteau de St-Corentin, un artefact unique incrusté de gemmes et d'un rubis sur le pommeau, il le lança. La lame se planta dans l'épaule de Guern qui lâcha un hurlement de douleur. Telle une lance de glace, il sentit sa chair se déchirer. Le contact glacé de la lame le fit frémir. Un filet de sang chaud coula de la plaie et il ne sentait déjà plus son épaule. Le bras engourdi, la douleur le privant de concentration, son contact avec les quatre chœurs des îles fut rompu et les déséquilibres terrestres prirent fin. Ses « *doubles* » commencèrent à s'effacer les uns après les autres, ses déplacements se ralentissant.

De leur côté, Gwyon et Taliesin choisirent ce moment tendu pour fusionner. Le plus jeune brandit la rune Othila et celle-ci les enveloppa de sa brillante lumière. Une fois l'effet surnaturel rompu, Gwyon'Bach était le seul présent dans son corps, Taliesin ayant disparu en lui léguant sa sagesse.

- Tu ne grandiras jamais. Alors évolue et devient adulte en toi-même. Cela, même un Dieu ne peut t'en empêcher.

Redevenu maître de la situation, Gwyon'Bach fournit à l'équipe le linceul blanc nécessaire à la victoire. Guern les menaça alors et ses « *doubles* » restants attaquèrent.

***

71

LA PLEINE LUNE

- Il faut une pleine lune pour que le sort fonctionne, précisa Gwyon'Bach.
- « Regardez ! Une éclipse solaire ! » indiqua Tao.

Eric arracha le linceul des mains de Gwyon qui l'encouragea à attaquer et courut en direction de Guern. Tout en courant, il lança à son ennemi :

- Tu sais que nous étions en vacances ? Tu vas regretter d'empêcher les guerriers d'avoir leur repos bien mérité. Le jeune homme fit une cabriole et se retrouva nez à nez avec son adversaire. Il le poussa brutalement et toutes ses *répliques* sur les talons, disparurent. Dans sa chute, Guern atterrit sur le linceul. Allongé sur le tissu, Eric le tint immobile dans une lutte au corps à corps. Elora, inquiète, poussa un cri.
- Elora ! Les mecs ! La formule !

Le message reçu, les druides prononcèrent à l'unisson :

> *"Quen na zui kristen salver,*
> *Rede goële'hi hou liçer,*
> *Didan an earc'h ag an aër."*

Guern se tordit de douleur en gémissant, son corps fumant.

- Par tous les Dieux ! Ça pue ! Achevez-le !

> *" Si le chrétien ne vient nous sauver,*
> *Jusqu'au jugement faut laver.*
> *Au clair de lune, au bruit du vent,*
> *Il faut laver le linceul blanc. "*

Guern s'effondra dans le tissu et le linceul, illuminé de sa blancheur, l'engloutit jusqu'à l'avaler. Eric se releva, chancelant et essoufflé. Il ne restait au sol que le couteau ensanglanté.

Terre, Sanctuaire.

Othon fut surpris de recevoir une visite inattendue. Ed l'attendait dans un couloir éclairé par le coucher du soleil.

- Ed ! Que me vaut ta visite ?
- Je désire apprendre à me battre.

- Tu sais que ça ne marche pas comme ça. Tu n'es pas un druide et je doute que tu choisisses de ton plein gré une telle vie.

- Vous avez besoin de moi.

- Ah oui !

- Gwenc'Phel voudra tuer tous ceux qui ont un lien avec la bande. Il s'en prendra à leurs amis : moi, Hélène, Ben. Je veux pouvoir me défendre seul.

- Bien, je peux faire une entorse à la règle. Je vais t'intégrer à la Guilde des Mages. Les combats ne constituent pas l'essentiel de notre enseignement. Pour combattre la magie, il faut utiliser d'autres outils que le corps. J'en parlerai à l'archi-Mmage Goff. Il sera ton Maître, ton professeur.

Dans un bar de Lorient, 8 mars 2001.

Ed but de l'alcool jusqu'à l'ivresse. Saoul, il commença à draguer tout ce qui bougeait avec des seins. Toujours troublé plus qu'il ne voulut le reconnaître par l'absence pesante de l'amour de sa vie, Kéra, il collectionna les conquêtes d'un soir. Il interpella une femme qui résistait à ses avances.

- Reviens, femelle !

- Eh ! *Ober strakgla e scorgezik na distum quet kesek sponntik*, répondit un homme vêtu d'une aube à capuche mauve et blanche.

- A ton souhait bonhomme. Je n'ai rien compris à ton charabia.

- Je disais que ce n'est pas en faisant claquer le fouet que l'on ramène un cheval échappé. Cette demoiselle ne semble pas attirée par votre charme. Je vous suggère de la laisser tranquille. Je me nomme Goff.

- Oh, j'ai la tête qui tourne.

- Jeune homme, je vais vous ramener dans le droit chemin.

***

72

SAUVETAGE RÉUSSI

TIR NA NOG.

Le roi Nog III voulut remercier l'équipe pour le service vital rendu et leur offrit à chacun un torque en or, habituellement réservé aux aristocrates sur l'île. Elora remarqua sa tristesse dans la voix et l'aborda à l'écart.

- Qu'avez-vous majesté ?
- Oh, ma chère, à TIR NA NOG, le temps s'écoule différemment que sur Terre. J'aspire à la paix et je ne souhaite que me rendre à Avalon pour y terminer ma vie. Hélas, la Dame Blanche du Lac refuse obstinément de me l'accorder. Vous allez la rencontrer durant votre voyage de retour. Bonne route.

Sur le chemin de sortie du village, Gwyon'Bach prépara le retour de l'expédition.

- Bron ! As-tu vu la moitié de ménage d'Éric ? Nous devons partir.
- Elle est avec le roi. C'est vrai qu'Eric et Elora sont inséparables depuis quelques temps. Bron laissa vagabonder son regard et vit une sorte de lézard courir vers un feu de bois.
- Non, laisse-la ! C'est une salamandre, un petit amphibien urodèle terrestre et vivipare dont la peau noire marbrée de jaune sécrète une humeur corrosive. Elle est incombustible. Elle ne mourra pas dans le feu.
- Oh. Tu es un vrai dico toi !

9 mars 2001,
Sanctuaire de Lorient.

L'équipe fut ramenée sur Terre par la Dame du Lac qui les remercia à son tour de leur aide. Toutefois, Eric rentra furieux.

- Gwenc'Ron ! Vous le saviez !
- En effet.
- Pourquoi avoir menti ?
- Eric, baisse d'un ton je te prie ! Tu parles à ton supérieur !
- NON ! Vous n'aviez pas le droit de nous berner ! Vous avez sacrifié des vies rien que pour notre voyage vers l'île ! C'est intolérable ! Je ne travaille pas pour des assassins !
- Eric, ASSEZ ! C'est une insulte !
- Mais c'est la vérité !

- Eric a raison, vous n'aviez pas le droit, ajouta Elora en voyant les deux hommes rouges de fureur.

- Vous ignorez tant de choses, ce qui est en jeu. Ce n'est pas le Gorsedd qui a ordonné cette mission.

- Alors, qui ?

- Je ne peux vous répondre. Je suis désolé. Votre travail a été remarquable, acheva le Grand Druide en partant, moins serein que d'habitude.

Deux heures plus tard, Bron partit travailler au musée où il rattrapa son retard en utilisant la magie, à l'abri des regards. Eric fut sifflé par ses étudiants lorsqu'il dispensa son cours mais parvint à rétablir l'ordre. *On sauve le monde, leurs vies, et voilà comment ils me remercient,* pensa-t-il. Tao resta au Sanctuaire et entraîna Ed aux arts martiaux. Autant dire que le jeune homme se ramassa une sacrée raclée qui l'empêchera de se prendre une cuite avant longtemps.

Au sommet d'un immeuble du centre-ville de Lorient, un homme aux oreilles effilées en pointes vers le haut contemplait l'agitation des habitants avec étonnement. Roc'h, l'elfe, pensa : *Bien joué. Ce n'est pas suffisant, mais c'est un début. Une si longue route vous attend. J'espère que c'est vous, pour le salut de nos deux mondes.*

Allongé sur son lit, Bron saisit un journal et écrivit ses sentiments.

***

" Une histoire se termine pour qu'une autre la remplace. Mais tourner la page n'est pas chose aisée. Il n'est pas facile de quitter un amour. Les secrets, eux peuvent dévorer (Eric en sait quelque chose) et le nouveau pouvoir d'Elora peut tout changer. Gwyon'Bach est en paix avec lui-même, il a appris à accepter de rester jeune tout en devenant être adulte. Quel paradoxe insupportable. Les émotions sont parfois complexes et mieux vaut les écouter que de faire la sourde oreille. "

BRON, DEVIN.

A SUIVRE...

SAISON 2
EPISODE 2

Ombres Chinoises

#7

« **L**a caque sent toujours le hareng.»

(On se ressent toujours de son origine, de son passé.)

SOUVENEZ-VOUS...

Dans l'épisode précédent de « La Légende Des Maîtres » : Tara évolue dans l'art de la magie en donnant vie à une poupée. Mais celle-ci lui cause bien des soucis. Bron sauve Ben mais décide de rompre définitivement. Le Gorsedd s'inquiète de l'avenir, pressentant que son secret est en danger. Tao obtint la nationalité française, ce qui lui permit de rester sur le territoire national. Gwenc'Ron offre à l'équipe des vacances sur l'île de TIR NA NOG. Mais l'expédition tourne vite au cauchemar. Gwyon'Bach et Taliesin apprennent à s'accepter mutuellement, ce qui aboutit à une fusion des deux esprits, permettant au plus jeune d'acquérir de la sagesse. Sur la plage de l'île, Elora revoit sa meilleure amie afin qu'elle puisse achever la période de deuil. Gwyon'Bach dédouble Bron par erreur et le clone choisit de fuir. Dans son exil, il est détruit par Guern, le *Maître Druide de l'ubiquité* qui depuis plusieurs jours tente de faire couler les îles de l'archipel de l'Autre-Monde en s'attaquant à leur noyau. Envoyés et aidés par le souverain des lieux, Eric et son équipe parviennent à le neutraliser. Au cours de ce voyage, Elora développa un nouveau pouvoir : le don de télépathie. Mais ceci bouleverse Eric, qui sent son secret en danger : le baiser qu'il a échangé avec Mona. Ed obtient d'Othon un apprentissage de combat et de magie afin qu'il puisse se défendre. Il rencontre son professeur, Goff... De retour sur Terre, une violente dispute éclate entre Gwenc'Ron et Eric, ce dernier lui reprochant le sacrifice de plusieurs vies dans le seul but d'assurer le voyage de l'équipe en discrétion vers l'île et le bon déroulement de sa mission. Enfin, Roc'h reconnait leur efficacité, mais le résultat de son test semble insuffisant. Quel but ultime poursuit-il ? Sont-ce les Dieux à l'origine de leurs vacances forcées, transformées plus tard en mission. ?

Suite...

73

IMMOLATION

« Où est ma place ? Tant de choses ont changé dans ma vie depuis que… Je ne parviens même pas à écrire le mot. Il me fait souffrir, inspire en moi tant de chagrin et de douleur. Bron me remplace et c'est peut-être mieux ainsi. La vie d'un druide est loin d'être heureuse, du moins pour des élus comme nous. Promise à un bel avenir, une grandeur et tout s'est achevé, d'un coup. Je me sens toujours si sale. Une répugnance irrépressible se rappelle à moi, parfois. Et les cauchemars ne cessent de me réveiller la nuit et m'empêchent de trouver un sommeil réparateur dont j'ai besoin. Ce viol est mon fardeau. Eric l'ignore, Elora aussi. Kéra est morte sans connaître mon secret. S'il n'y avait que cela, je pourrais m'y faire ; le temps aidant. Le sauront-ils un jour ? Ça me fait si mal d'avoir des pouvoirs et de ne pas m'en servir. C'est une frustration. Mais je ne peux plus. La magie a détruit ma vie. C'est terrifiant de savoir que tout peut basculer à la suite d'un évènement si court, mais gravé à vie dans ma mémoire et ma chair. Ç'en est trop, je ne peux plus me confier à ce journal. Ça fait si mal. Je croyais avoir pleuré toutes les larmes de corps, mais je me leurrais. »

**Hélène Trombe,
Ancienne druidesse (devin).**

**Campus Universitaire,
28 mars 2001.**

L'accumulation des reliques dans le local avait entraîné une odeur de renfermé et de poussière insupportable. Hélène ne tint plus et entrouvrit les fenêtres dans l'espoir d'aérer la pièce. L'inventaire était terminé. La jeune femme consciencieuse et méticuleuse avait enfin apposé la dernière étiquette sur un pot chinois. Son regard se porta sur l'objet et Hélène se munit d'un micro casque qu'elle posa sur sa tête. Son travail consistait à enregistrer son rapport sur cassette avant de le saisir sur un poste informatique.

- Cette relique est un pot artisanal chinois qui appartient probablement à la période 1027-256 avant Jésus Christ, sous la dynastie Zhou. Les dessins sont simples et ont peu de qualité face aux exploits que les artistes chinois de cette époque étaient capables de produire. Un détail cependant m'intrigue : une sorte de tâche noire qui recouvre 10% de la surface de l'objet, lui-même de quarante-trois centimètres de haut pour quinze centimètres de diamètre en son corps. L'objet antique pèse seize kilogrammes. Eric, pourras-tu rechercher la raison pour laquelle l'artiste a peint cette tâche ? Elle n'est pas d'origine extérieure, comme une éclaboussure ou comme si le pot était tombé dans de la peinture.

Tandis qu'Hélène Trombe achevait son rapport, un étudiant au physique d'athlète, châtain, les traits fins, portant un pantalon et une veste en jean arrivait au campus. Dessous, il arborait un tee-shirt qui moulait ses pectoraux. Dans son dos était attaché un lourd sac. Celui-ci s'immobilisa au centre de la Cour et parut pensif. Un douloureux souvenir surgit alors dans son esprit. Il voyait un feu ravager une chambre d'enfant. Un petit garçon dont l'âge paraissait inférieur à dix ans subissait des brûlures et hurlait de douleur. Une autre image lui montrait cet enfant devenu adolescent. Si son corps était musclé, il portait malgré tout, les stigmates d'une torture : les traces gravées dans sa chair laissées par des mégots de cigarettes, des braises incandescentes collées dans les paumes de ses mains, des allumettes et un petit chalumeau avaient été utilisés pour le faire souffrir. Ces images auraient paru moins cruelles si elles appartenaient à un film d'horreur. Hélas, elles étaient réelles. L'étudiant versa de nombreuses larmes.

- Deviens un homme ! martelait une voix dans son crâne. Se frappant la tête comme pour expulser cette voix, pour lui, monstrueuse, il finit par saisir son sac à dos. Il en sortit un bidon métallique et s'aspergea de son contenu. Tout autour de lui, les gens l'observaient avec crainte, pressentant un suicide imminent. Les conversations s'arrêtèrent et tout le campus s'affola. Beaucoup s'affairèrent pour assister à l'atroce spectacle.

Ed et Ben sortaient de la cafétéria. Ed finissait de croquer une pomme à la chair parfumée, déchirant la peau fine, colorée de nuances de vert. Il portait un pantalon beige large avec des poches sur les côtés des cuisses et un sweat bleu décoré du dessin d'un voilier sur la poitrine. Ben s'attaquait à un sandwich au jambon et sirotait une canette de Coca Cola. Il était vêtu, quant à lui, d'un jean et d'un pullover gris, traversé de deux lignes noires horizontales parallèles. L'attroupement inattendu dans la Cour attira leur attention.

- Je suis en avance sur ma thèse. Ce qui tombe bien, vu les combats que nos amis communs mènent, ils ont besoins de toute l'aide que l'on peut leur apporter, l'informa Ed.
- Tu as raison. Moi j'ai trouvé un poste d'assistant juridique…
- Regarde ! Que se passe-t-il là-bas ?

Lorsque les deux hommes s'avancèrent, ils virent l'étudiant allumer un briquet. Trempe de la tête aux pieds, Ben compris très vite ce qu'il était sur le point de faire. Tandis qu'il hurlait : « *NON !* », l'étudiant s'immola. Devenu une torche vivante, il battit des bras et courut dans tous les sens, faisant fuir les curieux, horrifiés. Une odeur de cramé et de sang envahit les narines de Ben et Ed qui réprimèrent une nausée et se portèrent à son secours. Ed se jeta à terre et le plaqua au sol, telle une prise de rugby. Ben compris rapidement l'utilité de ce geste et roula l'étudiant au sol en tentant d'éviter les flammes. La chaleur et l'odeur étaient insupportables. Le jeune suicidaire se débattait toujours tandis que les flammes diminuaient de taille. Alertée par les cris, Hélène arriva, une couverture dans les bras. Ed la lui arracha et s'en servit pour éteindre les flammèches restantes. Hélène remarqua trop tard le briquet encore allumé près d'une petite flaque d'essence menant au bidon, contenant du liquide inflammable. Aussitôt, une déflagration la projeta au sol, un mètre plus loin. Ben et Ed couvrirent l'étudiant de leur corps pour lui éviter d'autres blessures. Les curieux reculèrent et fuirent par réflexe. Hélène profita de la panique pour utiliser ses pouvoirs et dévia les fragments du bidon ainsi qu'une flamme, l'empêchant d'atteindre les trois hommes, se protégeant mutuellement.

Le calme revint sur le campus. Hélène se releva courbatue. Ed regarda autour de lui afin de s'assurer que tout danger était écarté ; puis il se leva, aidant Ben, légèrement sonné par le choc et le bruit de l'explosion, à tenir sur ses jambes. Il ne restait plus rien du jerrycan de deux litres. A la place, la pelouse était carbonisée et brûlait encore. Ed se pencha sur le corps cramoisi de l'étudiant, grillé comme un porc au four, inerte, et s'aperçut que sa vie s'était envolée. Son esprit était déjà ailleurs. Son enveloppe terrestre le fixait de ses yeux exorbités, ne ressemblant plus guère qu'à deux agates noires. Déçu par l'échec, il sentit son cœur battre la chamade et son estomac se retourner. L'odeur putride de la chair fumante était intolérable. Ben recouvrit le cadavre de la couverture. Des dizaines d'étudiantes en pleurs se rapprochèrent et les amis qui le connaissaient s'effondrèrent, ayant été les témoins privilégiés de la douleur qu'il avait criée avant de mourir.

- Trouve la paix et le repos, murmura Ed, incapable de parler plus fort, la main droite sur la tête calcinée du défunt.

***

74

Soupçon

L'accès au campus fut interdit par la police, le temps de l'enquête. A son habitude, l'inspecteur Bouzave s'intéressa aux étranges histoires se déroulant dans l'Université depuis quelques temps. Il se faufila à travers la foule de curieux massés autour de corps sans vie. Montrant son badge, non sans arrogance, l'inspecteur lança à un jeune homme portant un uniforme bien repassé, bien bâti, les cheveux blonds dépassant en quelques mèches de sa casquette réglementaire :

- Où est le macchabée, sergent ? Ce dernier le conduisit jusqu'à l'étudiant qui venait de se suicider une demie heure plus tôt. L'inspecteur se tint au-dessus du cadavre tandis qu'un policier du département scientifique prenait des photographies de la dépouille sous tous les angles.

Le squelette noirci était recroquevillé, tel un fœtus dans son liquide amniotique. Cramé par l'incandescence du feu, le corps était durci et friable. Le vent commençait à faire voler sa peau, devenue cendres. L'inspecteur ne put soutenir son regard sur les yeux écarquillés. A quelques pas seulement, l'herbe était devenue noire, formant un large cercle, due à l'explosion du bidon d'essence.

L'inspecteur releva la tête, visiblement perturbé par le décès d'un si jeune homme bien portant. Il vit Ed et Ben, interrogés par le sergent.

- Il s'en passe des choses sur votre campus, messieurs ! Et vous êtes toujours présents dans les parages.
- Quelle coïncidence ! Je vous rappelle que nous travaillons ici. Il n'y a donc rien d'anormal à ce que nous venions tous les jours dans cette faculté depuis un certain nombre d'années. Et puis, une torche humaine ne passe généralement pas inaperçue, ironisa Ed en désignant la foule de spectateurs.
- Ne jouez pas à cela avec moi Monsieur Sévier ! Je vous garde à l'œil ! Faites des vagues et je vous coffre. Ceci est un suicide, à n'en pas douter. Mais je ne veux plus vous voir sur le lieu d'une enquête. Me suis-je bien fait comprendre !
- Tout juste, inspecteur.

L'inspecteur Bouzave quitta le campus d'un air maussade. Un étudiant blond, de type européen, mince, le menton osseux, énergique, profita de ce départ pour s'approcher d'Ed.

- *Dussé-je* (puis-je, en breton) vous interviewer ?

- Qui êtes-vous ?

- Greg, étudiant en lettre. Je souhaite créer un journal officiel pour le campus. Cela me donnerait une expérience de journaliste d'investigation. C'est à ce titre que je me permets de vous poser quelques questions. Selon mes sources, vous semblez être toujours au bon endroit, au bon moment. L'on vous attribuerait le sabotage d'un journal, il y a de cela deux mois. Aujourd'hui, vous tentez vainement de sauver la peau d'un type qui vient de s'immoler. Comment expliquez-vous ces faits ? acheva-t-il.

- Mais je rêve ! Vous n'avez aucun respect pour les morts ? Je n'ai aucun commentaire à faire.

- C'est regrettable. Je m'intéresse aussi de près à vos amis, le professeur Salvi et Hélène Trombe son assistante. Des sources fiables m'ont raconté pas mal de choses à leur sujet. Leurs absences répétées…

- Un conseil, ne te frotte pas à eux, tu pourrais le regretter.

- Des menaces ! Intéressant. Sujet sensible à creuser, il s'éloigna à pas lents, vers les autres témoins de la scène.

Sanctuaire de Lorient,
Dans la Soirée.

Dans sa chambre, isolé, Tao reçut une visite inattendue. Alors qu'il s'apprêtait à se coucher, vêtu d'un simple caleçon blanc rayé de bleu, une femme d'âge mûr, à l'aspect transparent, apparut devant lui. Surprit dans son intimité, il se rua sous la couverture dans le but de se couvrir.

- Tao ! N'aie crainte. Je ne te veux aucun mal. Je me nomme *Nügua*.

- Vous… *Nügua* ! Je connais ce nom… Oui ! Vous êtes la déesse Mère dont parle la mythologie Chinoise.

- C'est juste. L'Ordre t'a envoyé en territoire Celte à ma demande.

- Quoi ? L'Ordre entretien des contacts avec vous ?

- Bien entendu ! Ta foi aurait-elle failli ? Comme celle de tant d'autres ? C'est bien à cause de cela que tous les Dieux, de tout ce qui est devenu un mythe, ont disparu de la Terre. Beaucoup de choses sont sur le point de changer, Tao. Il faut te préparer à entrer dans les nuages. Tu vas grandir et dans ta destinée, tu useras du Yi King. Le Livre des Mutations est l'équivalent de leur Livre des Eléments. Bientôt tu croiseras le chemin sinueux de l'Obscur et seul ce livre peut te renseigner sur lui. Veille à ta vie et celle de tes amis, Tao.

- Je ne comprends pas. Tous vos propos sont si mystérieux. Que veut dire : *entrer dans les nuages* ?

Mais tandis que Tao restait sans réponse, Nügua partit en laissant derrière elle une voix s'estompant murmurer : *Trouve ton vâ, Tao.* Puis un son sourd retentit dans la pièce. Le bruit qu'émet un gros livre en tombant au sol, soulevant un épais nuage de poussière. Tao baissa le regard vers le sol et entrevit un manuscrit au pied d'une armoire. Il le saisit et comprit qu'il s'agissait à n'en pas douter du célèbre

Livre des Mutations dont lui avait parlé la Déesse. Il resta bouche bée devant cette relique de l'Antiquité.

Le lendemain, deux heures avant l'aube, Bron Delorme reprit le chemin de la Tour d'Or. Gwenc'Ron l'y attendait pour lui prodiguer l'enseignement des leçons qui lui faisaient défaut. Arrivé dans l'immense pièce centrale, Bron prit place sur une sorte de pouf, en face de son illustre Maître. La salle était éclairée depuis les pilastres par des torches qui y étaient accrochées et qui laissaient échapper des volutes de fumée. Le jeune homme adopta une attitude différente que Gwenc'Ron ne lui connaissait pas jusqu'alors.

- Il n'est nul besoin de t'exprimer. Je ressens ta colère intérieure avec intensité. Peux-tu me dire ce que tu me reproches, même si j'en ai déjà une petite idée* (voir épisode précédent).

- Vous disposez de la connaissance ultime, alors vous saviez dès le début ce qu'il allait se produire. Avant même de monter à bord du bateau, vous saviez que tous ces gens allaient mourir et vous n'avez rien fait ! Vous les avez utilisés !

- NON, Bron ! C'est faux ! Tout un peuple était en train d'agoniser. Les habitants de TIR NA NOG n'avaient aucune chance, face à Guern, le Maître Druide de l'ubiquité. Le sort des pauvres passagers du navire était scellé bien avant votre voyage. Je l'ignorais, mais les autres membres du Gorsedd le savaient. Nous ne sommes pas des Dieux ! Nous sommes de simples Druides ! Il ne nous revient pas de changer les choses. Il nous est frustrant de disposer de ces informations sans pouvoir y changer quoi que ce soit. Nous n'en avons pas le pouvoir, même si la volonté ne nous manque pas. Maintenant, passons à notre leçon. Les druides sont des intermédiaires entre les Hommes et les Dieux. Ils ont de l'influence diplomatique. Tes pouvoirs naturels, acquis à ta naissance, me permettent de dire que tu es un druide de niveaux sept, le plus haut niveau. D'autres mettent toute une vie pour accéder au niveau quatre. Tu es exceptionnel, comme tes camarades. Mais tu dois encore parfaire ton apprentissage, apprendre à te servir de certains sorts complexes tels que l'animation de la roche, le contrôle du climat, le doigt de Mort, la Tempête de feu et la transmutation du métal en bois. Autrement dit, un programme très chargé.

- Très bien, on s'y met ?

- La Croix celtique ou Triskèle, montre que l'Univers se développe selon un cycle ternaire (en trois phases) : *Abred* (le Monde Infernal), Gwenwed (le Monde Terrestre) et *Keugant* (le Monde Invisible). La Croix représente la Terre, le cercle et le ciel. Le Druide doit éviter l'orgueil, la cruauté et le mensonge qui sont ses trois péchés.

- Ah ! Certains ne se gênent pas !

- Concentre-toi, Bron ! le rabroua le Grand Druide avant de reprendre :

- La Triade est composée de trois unités primitives et il ne peut y en avoir davantage. Enfin, le feu est un élément de purification. Il n'est pas seulement le symbole du Mal tel que le suggère le cliché. Le Feu est l'essence de ton pouvoir. Passons à la pratique.

75

FILATURES

**Lorient,
Centre-ville,
30 mars 2001.**

Roc'h, l'elfe venu de l'Autre Monde, usa de ses connaissances dans l'art de l'illusion pour paraître invisible aux yeux des humains. Il put ainsi se mouvoir en ville sans attirer l'attention. Celui-ci ignorait que sa sœur, Iguilt, faisait partie de l'expédition. En effet, celle-ci avait désobéi aux ordres du roi, leur père, lui interdisant tout contact avec le Monde terrestre. Trop dangereux, vouant une phobie maladive et destructrice de tout phénomène surnaturel, les Hommes risquaient de ne pas comprendre la magie et leur existence. Le prince parut furieux lorsque sa sœur dévoila sa présence par inadvertance.

Iguilt marchait à bonne distance de son frère. Une minute d'inattention lui valut la maladresse de marcher sur une branche morte qui craqua d'un son sec sous son poids. Roc'h se retourna en fronçant les sourcils. Démasquée, Iguilt mit fin à son sort d'invisibilité. Elle apparut donc sous les yeux écarquillés de son frère.

- Iguilt ! Mais que fais-tu ici ? Comment as-tu fait pour accéder à la Terre ? vociféra-t-il.
- Tu n'as jamais pu me repérer depuis que nous sommes enfants. Cela n'a jamais changé. Je t'en prie, ne te fâche pas grand frère.

Iguilt était devenue une belle jeune femme. Malgré ses cent quarante-deux ans (elle se targuait de sa jeunesse devant ses amis car peu d'elfes naissaient par génération), elle arborait un corps presque divin. La finesse de sa peau, la silhouette très avantageuse, le regard d'un bleu si profond que n'importe quel homme pourrait s'y noyer, le visage dessiné avec volupté, des dizaines d'elfes mâles étaient ses prétendants, ce qui causait bien des soucis au roi, qui ne savait à qui la confier.

- Il est trop tard maintenant. Nous ne pouvons pas rentrer dans l'Autre Monde. Pas sans eux. Iguilt, il faut que tu changes. Tu ne dois pas conserver ton apparence. Sur ces mots, adieux les oreilles en pointe ! C'est une forme humaine qu'adopta Iguilt. Elle ne lui rendit d'ailleurs pas justice.

Depuis quelques heures, Roc'h espionnait Tao. Il surveillait tous ses déplacements, à bonne distance bien entendu. Iguilt s'approcha elle aussi du jeune chinois et ressentit, à l'instant même où elle posa les yeux sur lui, une chaleur, une envie irrésistible.

- Non, Iguilt. Je n'aime pas ce regard, cet intérêt que tu lui portes. Tu es une elfe, Tao est un humain.

- Pour l'instant, répondit-elle avec un air idiot, un sourire impossible à effacer.

- Non ! lança-t-il à sa sœur tandis qu'elle montait dans une voiture avec Tao, toujours invisible. Roc'h courut quelques mètres vainement et s'immobilisa sur la chaussée, découragé.

Eric Salvi et Elora Bonti profitèrent de cette belle matinée pour se balader devant les vitrines des boutiques. Elora portait un manteau en daim de couleur beige, et un pantalon chaud. Le couple avait choisi un intermède entre les batailles qu'ils avaient à mener pour faire un point sur leur relation qui, il faut bien le dire, piétinait ces derniers temps.

- Cette guerre commence sérieusement à m'énerver. Il est impossible d'avoir une vie privée. Eric, je veux savoir où nous en sommes tous les deux. Je veux dire que depuis le baiser, il ne s'est rien passé. Que voulais-tu exprimer par ce baiser ? Était-ce seulement irréfléchi ou avait-il un sens pour toi ?

- Je crois que tu le sais. Je t'ai dit que je t'aime. Cela n'a pas changé. Je souhaite construire une histoire avec toi. Nous avons toujours vécu ensemble depuis l'enfance. Je ne veux plus être seulement ton ami. J'ai besoin de toi, de ton amour.

- Je suis… flattée. J'avoue y avoir souvent pensé. Mais tu ne m'as toujours considéré que comme une sœur, une amie à protéger de tout. Maintenant que nous sommes adultes, je crois que je suis prête à vivre une nouvelle expérience avec toi. Je t'aime, Eric.

Leurs lèvres se rapprochèrent et Eric la prit dans ses bras musclés. Ils s'embrassèrent un long moment avant de décider de sauter le pas. Ils se rendirent à l'appartement d'Éric où ils… Je ne vous fais pas un dessin. En plus je ne suis pas particulièrement doué en art plastique. Ils risqueraient de ressembler à des babouins.

Gare de Lorient,
11 h 27.

Un train en provenance de Paris laissa un homme d'origine asiatique sur les quais. Il avait traversé tout un continent pour rejoindre la France. Il était originaire de Tianjin, près de la Mer Jaune. Une voix féminine indiqua la sortie et il trouva un taxi. Les cheveux blancs ratatinés par l'âge et le visage ridé affaissé, le vieillard semblait malgré tout encore alerte et vif. Le taxi démarra et suivit une route large avant de bifurquer vers une ruelle plus étroite. Le véhicule s'arrêta sans que le chauffeur ne donne d'explication. Celui-ci descendit et siffla une note aiguë avant que ses acolytes le rejoignent. Les bagages du voyageur furent expulsés du taxi et le vieil homme, agressé. La victime les pria d'arrêter et fini par les menacer.

- Je vous demande instamment de cesser vos hostilités.

- Tu entends comment il parle le vieux ? lança le chauffeur, un homme d'une quarantaine d'années à en juger par les cheveux qui commençaient à grisonner, à ses amis. Le timbre de sa voix était rauque. Une large cicatrice barrait son visage depuis le menton, en remontant vers l'œil droit, avant de s'effacer sur le front ; témoignage, dans sa chair, qu'il n'en était pas à son coup d'essai. Visiblement, ce jour maudit, il avait trouvé plus teigneux que lui. Les trois voleurs se mirent à rire si fort, qu'ils provoquèrent la fuite d'un chat, affairé à lécher un fond de lait dans une bouteille cassée.

- *Que les ombres du passé viennent me protéger !* incanta le vieil homme pour se défendre. Dès lors, d'étranges silhouettes sortirent du sol, venant des bouches d'égout, de trous dans le sol et des fêlures du mur de la ruelle bien éclairée par le soleil matinal. Celles-ci tournèrent autour des voyous, se déplaçant à vive allure. L'un des malfaiteurs fut pris de soubresauts et se mit à hurler :

- Qui rira le dernier, rira le premier ! Ou c'est l'inverse. Oh, vous les français, votre langue est si compliquée ! finit par ricaner le vieillard. Une ombre sortit de la bouche du mécréant avant qu'il ne s'écroule, mort. Devant ce lugubre spectacle, ses acolytes tentèrent vainement de battre en retraite. Le vieillard les en empêcha aussitôt.

- Vous n'irez nulle part, sinon vers la mort ! Ombres du passé, n'ayez aucune pitié ! Le chauffeur du taxi et son camarade de combat sentirent leur gorge gonfler avant d'expulser une ombre deux fois plus grosse que la précédente, de leurs corps. De la même manière, ils girent sur le sol, inertes. Le vieillard chinois ramassa ses valises et les ombres, piégées par un rayon de lumière, s'évanouirent.

Campus Universitaire, Bâtiment D.

Dans le corridor des laboratoires, une étudiante d'allure féminine, charriée du titre « *boucle d'or* » par ses amis en raison d'une longue chevelure blonde, bouclée et vigoureuse, quittait le bureau du professeur Eric Salvi où Hélène, son assistante, lui avait signé un contrat de stage dans le musée de Brest. Sarah entendit une voix chuchoter. Au début, elle ne comprit pas l'articulation des syllabes. Mais une répétition continue lui permit de comprendre le sens des mots.

- Chaud ! Le feu. Vilain garçon ! Tu vas payer ! Aussitôt, le corps de la jeune étudiante se mit à se consumer d'un feu grandissant. Elle hurla sa douleur, ce qui fit sortir Hélène du bureau à la hâte. Témoin du drame, Hélène s'immobilisa, les mains sur la bouche.

- « Sarah ! » Hélène se ressaisit rapidement et se rua sur un extincteur et l'aspergea avec précision.

- Le feu. Chaud. Vilain garçon. Tu vas payer. Payer. Vilain… Chaud, ne cessa de répéter Sarah, sous le choc. Frissonnante, elle s'agenouilla au sol, ses frêles jambes ne la soutenant plus.

Il ne fallut qu'une demi-heure à l'inspecteur Bouzave pour se rendre au laboratoire n°4, où Sarah était allongée sur la civière d'un ambulancier affairé à ses soins. Elle tremblait encore, sa peau rougie par des brûlures au premier degré. L'ambulancier n'exigea pas de la conduire à l'hôpital, précisant qu'elle avait plus de peur que de mal, ce qui le laissait perplexe. Une torche humaine ne s'en sort jamais aussi bien. Sarah répétait au psychologue de l'Université les mêmes mots, les mêmes phrases. Elle se contenta de dire à l'inspecteur avoir entendu une voix chuchoter avant l'évènement.

- Je ne comprends rien. Que s'est-il passé ? Il n'y a aucune source inflammable dans ce couloir. Pas d'étincelle, pas de bougie, rien. Cela me dépasse Mademoiselle Trombe.
- Avez-vous envisagé la combustion humaine spontanée. Cela existe.
- Veuillez me pardonner, mais pourquoi chercher une raison surnaturelle à ce phénomène ? Il se passe toujours des choses étranges ici. Je commence à douter de cette Université.
- Elle est peut-être hantée, s'amusa Hélène.

Sanctuaire,
Guilde des Mages.

L'archimage Goff, un Druide d'âge mûr, de petite taille, la pilosité florissante malgré un crâne dégarni, reçut Ed dans sa Guilde où il prodigua ses conseils. Il commença par lui enseigner l'usage du bouclier psychique.

- La puissance du bouclier psychique dépend essentiellement de la concentration du Mage qui y fait appel. Il repousse toute intrusion mentale d'un télépathe et empêche tout corps solide d'atteindre la zone protégée. Hélas, ce bouclier ne peut résister longtemps aux attaques répétées, sauf pour un Mage de haut niveau. Sa durée est intrinsèque de la puissance mentale du Mage qui l'utilise.
- En bref, plus je suis fort, plus le bouclier est efficace.
- Ton résumé schématique est correct. Dans la pratique, tu dois fermer les yeux et visualiser dans ton esprit une barrière lumineuse autour de toi ou de la zone que tu souhaites protéger. Une autre méthode peut être utilisée si tu parviens à faire la même chose les yeux ouverts. Mais pour cela, il te faut surmonter toute peur et ne surtout pas perdre ta concentration. Quoi qu'il se passe dans la pièce, tu dois en faire abstraction pour garder ta focalisation sur le bouclier. Passons au sort d'agrandissement. Il s'agit de modifier la taille d'un objet ou d'une arme. Ce sort est efficace au cours de combats à main nu. N'importe quel objet de la pièce peut te servir d'arme si tu l'agrandis. Prend cette amulette Ed, elle sert à détecter la présence de magie. Le globe rouge central brille si une source de magie pénètre une zone trop rapprochée de lui. Enfin, le disque flottant peut te permettre de décapiter une créature à distance, si celle-ci t'impressionne trop pour la combattre au corps à

corps. Ce disque est également psychique. Il apparaît si tu le visualises. Encore une chose, ne t'imagine surtout pas que n'importe qui peut entrer dans cette Guilde pour utiliser la magie. Celle-ci fait partie de toi depuis ta naissance Ed. Ce n'est pas un hasard qui t'as amené dans ce Sanctuaire et t'as fait rencontrer l'équipe d'Éric, les élus.

\- Quoi ? C'était planifié ? Vous le saviez ?

\- Bien sûr ! Crois-tu que Gwenc'Ron t'aurais donné sa permission d'entrer dans le monde de la magie si tu n'avais pas eu au préalable un certain… potentiel ?

\- Vous voulez dire que je n'ai jamais eu le contrôle de ma vie ! Que tout ce que j'ai fait jusqu'à aujourd'hui m'a conduit dans cet endroit ?

\- Non, tu as un destin prédéfini, mais tu disposes de plusieurs chemins pour t'y conduire. En cela, tu as le choix.

\- Limité.

Ed tapa du pied sur le sol plusieurs fois et fit apparaître un disque flottant en le visualisant dans son esprit, comme le lui avait appris Goff quelques instants auparavant. Le jeune homme monta dessus et s'en servit de surf. Il vola ainsi dans la pièce, mené par un souffle qu'Ed imaginait.

\- Ed ! Descend ! La magie n'est pas source d'amusement ! Mais les braillements de Goff ne lui firent pas entendre raison. Il surfa ainsi, jouant avec les nerfs de son Maître Druide.

******

76

AU SECOURS
DE SON ÉLÈVE

Un élève vint porter un message à Tao. Le Grand Druide membre du Gorsedd, ce Conseil de quatre dirigeants gouvernant sur tous les druides du monde, Gwenc'Ron, désirait le recevoir dans son bureau. Le jeune homme s'immobilisa dans l'embrasure de la porte lorsqu'il vit une silhouette près de son chef. Il reconnut instantanément le vieux chinois au dos voûté, le visage parsemé de rides, ressemblant à un masque fondu ; le Temps, une fois encore, avait fait son œuvre. Quatre-vingt-trois printemps n'avaient semble-t-il pas suffit pour mettre sa robustesse intérieure à l'épreuve. Une volonté d'acier, un corps entretenu avec soin, lui permettaient de se mouvoir avec aisance. Seule son arthrite, parfois, parvenait à le faire grimacer. Chauve, le crâne lisse et brillant, le vieillard laissa apparaître sur ses lèvres défraîchies, l'un de ses rares sourires pour son élève préféré.

- Maître K'ung ! s'exclama Tao, ne dissimulant pas sa surprise. Après un salut respectueux, le Maître et son disciple se serrèrent dans les bras.
- Je ne vous ai pas vu depuis plus de deux ans. L'Ordre m'a demandé de partir pour la France et je n'ai jamais su ce que vous en pensiez. Je sais seulement que c'est important, c'est tout. Vous m'avez manqué Maître K'ung.
- Je sais mon petit. Tu as beaucoup évolué. Je suis fier de ce que tu es devenu et de ce que tu as fait en Chine. Mais l'avenir s'annonce bien sombre, je le crains. L'Ordre m'a ordonné de n'avoir aucun contact avec toi avant ton départ. Ils ont levé l'interdiction la semaine dernière.
- Toujours autant de mystères. Ici, de ce côté-là, je ne suis pas dépaysé, répliqua Tao en regardant Gwenc'Ron qui ne manqua pas de comprendre l'allusion des cachotteries que lui aussi faisait à ses élèves.
- Tao, te rappelles-tu les préceptes que je t'ai enseignés ?
- Oui, Maître. *Jen* (la vertu humaine), *yi* (l'équité) et *li* (le respect des rites cultuels). Le **Yi** « Caméléon » **King** « traité » : le Livre des Mutations, dirent-ils tous deux en chœur.
- C'est bien, Tao. Je suis venu pour t'avertir d'un danger qui vous menace. Un moine de l'Ordre a été tué. Son assassin a été condamné à mort par nos pairs pour Haute Trahison. Hélas, il a eu le temps de contaminer l'esprit de plusieurs de ses élèves. Nous connaissons en Chine le même problème que vous. Le Mal est partout et fait son œuvre destructrice. L'un de ces traîtres a voyagé jusqu'ici, en France, pour te trouver Tao. Il se nomme Ch'an.
- Non !
- Je regrette, Tao. C'était ton meilleur ami, un véritable frère. Mais il va te falloir le combattre. Je suis navré, Tao. C'est une grande perte. Méfie-toi de lui.

Pour entrer en France, il a dut changer de forme, d'apparence. Il ressemble à un vieillard comme moi. Mais ne te laisse pas abuser.

- Par Nügua ! Que lui est-il arrivé ?

**Lorient,
Centre-ville,
31 mars 2001.**

Gwyon'Bach, "l'informateur" venu de l'Autre Monde, et à la fois "protecteur" de l'équipe, et Bron, prirent un café dans un restaurant de la ville. Gwyon'Bach savait que lui parler de Ben serait un sujet sensible, mais il tenta malgré tout de raisonner son ami dans l'espoir que le couple puisse se reconstituer.

- J'ai vu Ben.
- De quoi te mêles-tu ?
- De ton bien être ! Parce que chaque fois que tu affronteras un Maître druide, il ne faudra pas que tes sentiments interfèrent avec tes pouvoirs. Tu sais qu'ils sont intrinsèques. Tu peux perdre la victoire si tu ne règles pas tes problèmes sentimentaux, autrement dit : Ben. Il ne va pas bien sans toi.
- Il devait y penser avent de sortir avec…
- Il le sait. Mais Stévan était un démon ! Et tu dois admettre que tu le délaissais à cause de nos combats. Tu vas lui parler ?
- Peut-être. Puisque tu joues l'intermédiaire, dis-lui juste que… Embrasse-le de ma part.
- Euh… Je n'embrasse pas les humains, moi. Avec la langue en plus, beurk !
- Mais non, idiot ! C'est une façon de parler, une expression. Bon, laisse tomber.

Bron but son café à petites gorgées et reposa sa tasse sur la table. Une serveuse passa près de lui et servit d'autres clients. Gwyon'Bach se leva et sortit. Il traversa la rue et à l'abri des regards, il disparut dans une pluie de sable étincelant.

Tao saisit son téléphone portable, un Ericsson de modèle récent et composa le numéro d'un autre téléphone mobile. Une voix féminine lui répondit. Elora comprit le message et quitta son poste de travail. Elora était titulaire d'une maîtrise en Histoire de l'art et d'une licence en droit. A la fin de ses études, elle était entrée en stage dans un Office de commissaire-priseur. Ses grandes compétences et ses bonnes relations lui avait permis d'obtenir son propre office malgré son âge. Cela lui avait valu la première page d'un journal local. Devenue commissaire-priseur, elle avait repris l'office de son ancien patron, parti à la retraite, et l'ayant aidé à convaincre le Ministre de la Justice de lui attribuer un Office. Elle dirigeait donc la Maison *Gopalakrishnan*, du nom de son ancien mentor. La plupart du temps, Elora évaluait le prix d'un tableau, d'un vase et autres objets en tous genres, qui servirait de prix de départ pour la vente aux enchères qu'elle organisait. Elle pouvait organiser son temps à sa guise, ce qui lui était bien commode pour ses absences répétées dues à sa double vie. Elora posa le téléphone sur son bureau et accepta de se rendre à la réunion de l'équipe au *Temple* du *Sanctuaire*. Tandis qu'elle quittait l'immeuble, sa secrétaire et une collègue commencèrent à critiquer leur patronne.

- Elle part encore en plein milieu de l'après-midi.
- Elle n'était que stagiaire il y a quelque temps. Elle a vite appris que les patrons peuvent faire ce qu'ils veulent !
- Tu sais où elle va comme ça ?
- Je n'en ai aucune idée. Il va sérieusement falloir que j'envisage de devenir patronne moi aussi.
- Impossible ! Tu n'appartiens pas au même monde, ma chère, dit-elle en exagérant ses derniers mots.
- Tu as raison. Elora a su graisser la patte du vieux gâteux avant qu'il ne parte. Elle a bien de la chance d'avoir réussi son coup.
- Ah, pauvre peuple.

Comme Eric et Bron, Gwyon'Bach participait au rassemblement.

***

77

LE LIVRE
DES MUTATIONS

Toute l'équipe réunie au Temple autour du Maître de Tao fut ravie de rencontrer quelqu'un appartenant au passé de leur ami dont ils ne savaient rien. Mais K'ung avait les traits tendus. Sa maîtrise du corps et de l'esprit lui permirent toutefois de masquer sa colère à son élève. Mais il fulminait en lui, profondément. Et Gwenc'Ron était suffisamment instruit et sage pour le remarquer. Il allait devoir annoncer une autre nouvelle à celui qu'il avait élevé depuis le berceau. Maître K'ung saisit un gros livre semblable au Livre des Eléments. Il s'agissait du « Livre des Mutations », confié à Tao par leur déesse *Nügua*, en personne. Le vieillard aux mains parsemées de rides analogue aux grands canyons du désert d'Arizona, aux États-Unis, ouvrit délicatement l'ouvrage, fort bien décoré, et en lu le contenu à haute voix :

Il existe en Chine un Temple secret qui a été piégé afin de garder dans l'ombre l'existence d'un terrible pouvoir. Peu de moines chinois connaissent son emplacement exact. Des jarres entourées de têtes de dragons en jade vert maintiennent chacune une agate en équilibre précaire entre leurs dents. Si quiconque touche un fil de la toile tendue qui protège l'entrée de la pièce contenant l'autel sacré, l'une d'elles tombe dans la bouche de la grenouille en pierre placée juste en dessous, indiquant le châtiment qui sera infligé à l'intrus, en sanction de sa profanation. Ce système a été conçu au IInd siècle, originairement inventé pour prévenir les séismes. Hélas, un esprit ingénieux en a trouvé une toute autre utilité. Le pouvoir enfermé dans ce Temple est contenu dans un pot à trois pieds, fabriqué sous la Dynastie Zhou. C'est à l'intérieur de cette relique que sommeillent des Ombres Tueuses.

- Ch'an a osé dérober cet objet en déjouant malicieusement tous les pièges du Temple. C'est un génie. Personne n'a pu accomplir un tel exploit avant lui en dix-neuf siècles. Et il a commis un sacrilège épouvantable en vidant le pot. Maintenant, les Ombres Tueuses sont à son service, commenta Maître K'ung, bouleversé.
- Que sont ces ombres ? s'enquit Eric.
- Une légende raconte qu'un roi a mené l'une de ses troupes dans un combat inutile où ils se sont faits massacrés. Leurs esprits, furieux, ont tenté de se venger de leur souverain. C'est alors qu'un moine a conçu une relique et y a enfermé les esprits devenus au fil du temps des ombres, ne pouvant évoluer que dans l'obscurité. Le seul moyen de les arrêter est de les remettre dans la relique en prononçant, mots pour mots, la formule que le moine avait utilisé la première fois où il les avait kidnappés.

- Ne peut-on pas apaiser ces esprits ? demanda Elora.

- Je crains que ce ne soit impossible. Ils sont dans les ténèbres depuis des siècles et ont commis des atrocités avant que le moine ne les condamne dans le pot à perpétuité. Nous ne pouvons que les affronter.

- Cette mission est différente des autres. Nous ignorons si vos pouvoirs auront, ou non, de l'effet sur ces Ombres et Ch'an. Vous allez devoir combattre des êtres appartenant à l'antiquité chinoise, pas celtique. Notre meilleur atout réside dans les pouvoirs de Tao. Cette fois Eric, tu ne seras pas le seul leader de l'équipe. Tao a de l'expérience en ce domaine qui te fait défaut. Seconde-le et aide-le. Tes ordres devront prendre en considération l'opinion de Tao, intervint Gwenc'Ron.

- Très bien. Nous serons vigilants.

- Je vous préviendrais à la minute où les Ombres se manifesteront une nouvelle fois. Bon courage.

Lorient,
Vendredi 13 avril 2001.

Il s'écoula près de deux semaines après la réunion de l'équipe au Temple du Sanctuaire, durant lesquelles rien d'anormal ne se produisit. Mais pour Tao, cela cachait la préparation d'un terrible duel. Dans son esprit, il savait que les meurtres ne feraient que l'attirer vers Ch'an. Il se souvint de l'époque où cet individu devenu abjecte était encore son meilleur ami. Mais rien dans sa personnalité du passé n'avait laissé présager un tel renversement d'attitude. Comment avait-il pu sombrer dans les ténèbres alors que leur maître leur avait enseigné la manière d'éviter les pièges des démons et de se sortir de l'attraction du pouvoir. Mais visiblement, Ch'an avait succombé et Tao ne pouvait que le regretter.

Tandis que l'attente se faisait longue, Elora était pétrifié par ce jour. La journée du célèbre « *Vendredi 13* » ne faisait que commencer. Et déjà, elle se leva du pied droit, au sens propre du terme. Excessivement superstitieuse, Elora supportait mal ses peurs. Tout sembla s'acharner sur elle en l'espace d'une matinée, pourtant en l'apparence banale. Se rendant au campus avec Eric pour y surveiller les étudiants candidats à un examen blanc, une échelle tomba au-dessus de la jeune femme, formant un angle entre le mur et le sol.

- Ce n'est pas vrai ! Tu vois ? Je te l'avais bien dit ! J'aurais dû rester couchée !

- C'est juste une coïncidence, Elora !

Mais complètement choquée, elle recula d'un grand pas et écrasa une crotte de chien bien fraîche. Levant les yeux vers le ciel d'exaspération, elle aperçut un chat noir sur un toit. Enfin, sur le point d'être bousculée par un homme corpulent, Eric la poussa sur le côté. Mais à ce moment-là passait une femme tenant un parapluie. Tous trois se retrouvèrent projetés dans le hall d'un hôtel, le parapluie ouvert au-dessus de leur tête.

- Je suis MAUDITE ! hurla Elora.

78

DECOUVERTES

Campus Universitaire.

Depuis qu'un étudiant avait mis fin à ses jours en s'immolant, le doyen avait pris la liberté de renforcer la sécurité du parc universitaire. Tout sac à dos était systématiquement fouillé pour assurer la sérénité des lieux. Néanmoins, la quiétude, tout assurée fusse-t-elle, allait être mise à mal une fois encore. Sur le parking, ce fut le doyen qui en subit l'horreur le premier. Nullement suicidaire, son corps chauffa pourtant inexplicablement. Il crut tout d'abord à une montée de fièvre, couvant sûrement une mauvaise grippe. Mais des volutes de fumée s'échappèrent de sa chemise, tout comme de ses cheveux. Puis, des flammes rongèrent sa peau, qui rougit sous les brûlures.

Ben traîna ses guêtres sur le parking et aperçut un homme, assis dans sa porche bleue métallisée de modèle récent, flambant neuve (sans mauvais jeu de mots), gesticulant en tous sens, hurlant de douleur. Il comprit bien vite la détresse du Doyen et se rua sur la portière du véhicule, qu'il ouvrit avec hâte. A son secours, Ben lui retira les vêtements en feu et prit sa veste pour combattre les flammes. Encore interdit mais sauvé, le doyen articula quelques mots avec peine :

- Merci, Benjamin. Je vous dois la vie.
- Ne dîtes rien. Reposez-vous. Je l'aurais fait pour n'importe qui, Monsieur. Je vais appeler une ambulance.

L'inspecteur Bouzave en perdit son latin. Il ne comprit cure à la situation. Rien ne permettait de dire s'il s'agissait d'un attentat quelconque ou d'autre chose. Il n'avait aucune piste. Dépité, le brave homme repartit bredouille, sans explication pour son rapport. A ce rythme-là, il serait probablement muté à la circulation des chiens de traîneau en Alaska.

Ed et Ben se regroupèrent autour d'Hélène qui souhaitait, selon ses dires, leur faire part de sa théorie sur les récents incidents.

- J'ai longuement cogité et ma conclusion est la combustion humaine spontanée. Il s'agit d'une hyperactivité énergétique cellulaire. Elles se consument si vite que tous les tissus brûlent aussi. Les victimes disent avoir entendu une voix avant leur combustion, comme si un fantôme leur parlait avant de les agresser en provoquant intentionnellement cette chaleur interne. Un esprit a le pouvoir de manipuler l'énergie. Et le décès le plus récent sur le campus nous laisse supposer que ce fantôme est…
- Thierry Bonnas ! L'étudiant qui s'est immolé, intervint Ben avec justesse.

- Exact ! J'ai fait des recherches sur Monsieur Bonnas. Son illustre père, Francis Bonnas, était sapeur-pompier de la caserne de Lorient et pyromane à ses heures perdues. Il a été condamné à trente ans de prison ferme pour avoir torturé son propre fils, Thierry, avec du feu. Et c'est sans compter la mise en danger volontaire de ses collègues lors d'intervention qu'il avait lui-même provoqué. Un vrai cas psychiatrique, aux dires de son médecin. Cette sombre histoire avait beaucoup choqué à l'époque.

- Mon Dieu, quelle horreur !

- Malgré cela, Thierry a réussi à intégrer la faculté. Je pense qu'il veut que l'on sache combien il a souffert. Il s'est suicidé lorsqu'il a appris la mort de sa grand-mère, il y a deux semaines, le seul lien familial qu'il lui restait. Il inflige sa torture à ceux qui passent près de lui. Il est devenu un esprit.

- Tu veux dire… Un fantôme !

- Tout de suite les grands mots ! Oui, il en est un.

- Que doit-on faire pour stopper ce massacre ?

- Je crois que nous devons lui faire savoir que l'on connaît son histoire, qu'il ressente notre compassion. Il doit trouver la paix ou bien il continuera à terroriser le campus et finira un jour par tuer. Et à ce moment-là, après avoir pris la vie d'un innocent, il perdra son âme pour l'éternité.

- Ça fait long ça, réagit Ed.

Bron voulut passer au bureau d'Éric afin de récupérer des documents administratifs destinés au musée où il travaille. A bord de sa 205 Peugeot, il roulait à vitesse moyenne en centre-ville lorsqu'une vision perturba sa conduite. Des mains féminines saisirent une relique. La description du pot que Tao avait faite à ses amis, l'amena tout de suite à le reconnaître. Puis, le visage d'Hélène, occupée à son travail, lui vint en image. La vision s'estompa ensuite, laissant place au pare-brise devant lui et au chaos que Bron avait involontairement entraîné. Il sortit en hâte du désordre de la route et s'engagea dans une ruelle qui le sortit de ce mauvais pas.

- Merci ! Vous ne pouviez pas choisir un autre moment ? Sur un parking par exemple ! Non, il a fallu mettre la vie d'innocents en danger ! Bravo, les gars ! vociféra-t-il en s'adressant au ciel, ou plutôt aux Anciens. Ce sont d'eux que lui viennent ses visions. Un contact mental qui s'effectue uniquement dans un sens pour l'instant et seulement lorsque les Anciens le décident.

Le jeune homme se gara au campus et croisa Ben parmi des dizaines d'autres étudiants. Gênés, ils ne s'adressèrent pas la parole un moment, le temps de monter les étages jusqu'au laboratoire numéro quatre. Tandis que Bron s'apprêtait à ouvrir la porte, la main sur la poignée, une vision intense lui vint à l'esprit : Hélène tenait dans ses bras la relique dont lui avait parlé K'ung quelques heures plus tôt. Ben posa sa main sur son épaule, inquiet pour lui. Il se retourna brusquement.

- Bron !

- C'était… une vision. Je sens une présence. Tu entends ?

- Chaud ! Fallait pas me désobéir ! Va chercher le chalumeau ! commença une voix en susurrant, puis en criant.

Il s'agissait de Thierry Bonnas, ou plutôt, de son fantôme. Sa silhouette s'imposa sur la largeur du corridor. Tout d'abord invisible, puis, peu à peu, se dessinant avec force détails ; Thierry était devenu une forme. L'étudiant s'était effacé pour devenir un esprit torturé et vengeur. Le poids des tortures qu'il avait subies durant des années, inspirait en lui une rage incommensurable que Bron pouvait ressentir par l'entremise de ses pouvoirs. Devenu visible, Thierry tendit son index droit vers Bron, qu'il désigna comme victime, et un jet de flammes en surgit. La combustion de son corps commença et très vite, la peur le saisit et noua son estomac. Une odeur de chair brûlée envahit les narines de Ben. Mais elle ne provenait pas de son ex petit ami. C'était celle du fantôme. Le jeune homme paniqua, des étudiants qui venaient tout juste d'entrer dans le couloir hurlèrent et fuirent. Hélène et Ed accoururent. Tout le couloir se changea en brasier. Thierry cria comme s'il voulait tuer son père. Il comprit que Bron était un Maître du Feu, qu'il pouvait le contrôler lorsqu'il le vit se concentrer et que toutes les flammes, la fumée, les cendres, étaient absorbées par le jeune druide. Aussitôt, le fantôme perdit son énergie et faiblit. Hélène observa Bron avec stupéfaction. Sa puissance et son évolution en magie étaient plus avancées qu'elle ne l'avait imaginée. Bron continua de se concentrer et focalisa toute l'énergie du fantôme et une partie de la sienne dans sa paume droite.
- Non, Bron ! Ne le détruit pas ! intervint Hélène.
- Il a essayé de me tuer !
- As-tu déjà occulté les enseignements de Gwenc'Ron ? Laisse-moi l'aider.

Bron ferma les yeux et absorba cette terrifiante puissance. Ben observa les murs et le plafond calcinés et fit remarquer à ses amis :

- Comment va-t-on expliquer ces dégâts ? Le doyen T-Rex va vraiment nous mordre cette fois.
- Je vais arranger ça. Mais tout d'abord, Thierry, ta colère contre ton père est légitime. Faire souffrir les autres et perdre ton âme, ne l'est pas. Il n'y a rien au monde de plus difficile que d'accorder son pardon, de trouver la force intérieure et le courage de le faire. J'en sais quelque chose. Mais si tu ne le fais pas, tu continueras d'errer sans autre but que de semer la terreur qui t'isolera davantage encore. Tu ne trouveras pas la paix de l'esprit, de ton âme, en suivant le chemin tracé par les Ténèbres. Pardonne à ton père. Fais-le pour toi, dit Hélène, compatissante.
- C'est si dur. J'ai tant souffert.
- Raison de plus ! Mets-y un terme ! Tu te sentiras mieux.

Soudain, une lumière blanche aveuglante se changeant en rouge sang apparut au sol, à deux pas de ses pieds. Un homme ressemblant plutôt à une silhouette qu'à un individu, en sortit. Son visage livide et ses yeux de braise exorbités donnaient la chair de poule à Hélène qui resta immobile face à ce spectacle hors du commun.

- « Papa ! » s'exclama Thierry.

- Rejoins-moi, mon fils. Viens vers les flammes qui ont bercées ton enfance, qu'elles t'embrassent.

- NON ! C'est du *Sidh* (enfer celte)que vient ton père ! Bron, un passage vers l'Autre Monde vient de s'ouvrir. Le lien de parenté et leur haine commune ont générés une force suffisante pour ouvrir une brèche ne pouvant être utilisée que par eux. Tu es le seul en mesure de la fermer si Thierry succombe à l'attraction de son père et des Ténèbres ! Utilise la *Grande Incantation* (formule que seule l'équipe de héros peu prononcer à cause de sa puissance divine. Eux seuls peuvent la maîtriser et l'utiliser. Bron va ici l'adapter à la situation en modifiant quelques mots de l'incantation originale. Cela ne retire pas une partie de l'énergie de la formule, créée à l'origine pour pouvoir être modelée) !

- Euh… ***En ce temps et en cette heure, en moi la Grande Incantation demeure. Que ce passage soit scellé et ce démon y soit enfermé. Cet autre esprit est pardonné, de son châtiment est épargné. Dieux de la Création, chassez ce démon et conservez pour Thierry une place à Avallon***.

Sitôt la formule prononcée, le père du fantôme fut aspiré par la fissure donnant accès à la Terre depuis l'Autre Monde. Celle-ci se referma sur lui dans un vacarme épouvantable, avec un cri à glacer le sang. Puis, Thierry fut enveloppé d'une fumée blanche.

Avant de partir pour la célèbre île fantastique *Avallon*, Thierry s'adressa à Hélène avec un sourire qui n'avait pu se dessiner sur son visage depuis des années :

- Merci. Cette libération est un fabuleux cadeau. J'espère que vous y aurez aussi droit. Vous le méritez. Je peux lire en vous. Sûrement parce que la mort permet de transcender les âmes. Votre souffrance est grande, Hélène. Mais nul chagrin ne peut être soulagé sans la volonté. Trouvez aussi la force de pardonner et puissent les Dieux écouter votre peine et la soulager.

- A qui ? Qui était-ce ? Comment pourrai-je pardonner sans savoir qui m'a…

- Bientôt, il se révèlera à vous. N'oubliez pas : la vengeance n'apporte nulle récompense, acheva-t-il mystérieusement en s'effaçant pour toujours.

- Que voulez-vous dire ? Zut ! C'est toujours la même chose. Quand on approche d'une vérité, elle se dérobe à vous. Bon ! Il faut réparer les dégâts avant que quiconque ne s'aperçoive de ce foutoir. Je connais une vieille incantation… Qu'était-ce déjà ? Ah oui, j'y suis ! « ***Que les forces invisibles masquent ces marques indélébiles. Que le temps passe et les traces s'effacent.*** »

Les traces de brûlures disparurent. Fier de son compagnon, Ben posa une main douce sur son épaule. Bron lui sourit et posa sa main par-dessus celle de Ben.

- Est-ce que ça veut dire…
- Oui, une seconde chance.

- Pourquoi ?

- Thierry a eu la force, le courage de pardonner les fautes de son père. Il faut relativiser. Je crois que j'ai trouvé la force de te pardonner ta trahison. Reprenons notre relation à zéro si tu me promets de…

- Oui, juré, lui dit-il en l'embrassant.

✳✳✳

79

Retrouvailles

L'équipe fut informée par le Gorsedd de l'agression d'Ombres sur les individus qui avaient tenté de voler Ch'an, sans réussite. Dès lors, Eric Salvi, Elora Bonti, Bron Delorme, Tao et Gwyon'Bach se rendirent sur place. Iguilt les observa depuis une haie, à l'écart de leur vue, afin de conserver secrète sa présence. Néanmoins, Elora sentit un frisson parcourir son dos. Elle se sentit surveillée, épiée. Mais cette sensation fut si rapide et si brève qu'elle ne s'attarda pas sur ce sentiment. La pensée de devoir combattre un nouvel ennemi, étranger à son domaine de compétence, l'angoissait quelque peu.

- C'est ici que les meurtres ont eu lieu, selon le Gorsedd. Les cadavres ont été ramassés hier, dans l'après-midi. Bouzave a conclu que les trois hommes s'étaient drogués avant de faire une overdose. Ce qui est curieux, c'est le rapport non officiel du médecin légiste : *"aucune trace de substance toxique prohibée dans leur organisme."* concluait son diagnostic d'autopsie non remis aux autorités, du moins, officiellement, informa Eric.
- Tu insinues que Bouzave a menti pour expédier cette enquête ! l'interrogea Elora.
- Oui. Il faut dire qu'il n'a plus la côte dans la police. Notre groupe est souvent impliqué dans ses enquêtes. Il nous faut être plus vigilant et discrets.

Tao se sentit à son tour observé et balaya la ruelle et les buissons du regard. Tout d'abord, il ne s'aperçut pas de la présence d'Iguilt, l'elfe. Mais après un second passage, il arrêta son regard et le plongea dans les yeux de l'elfe. Etirés sur les côtés en amande, elle ressemblait aux jolies femmes de son pays natal. Mais sa beauté surprenante dépassait tout ce qu'il avait pu voir jusqu'à aujourd'hui. Il la rejoignît et ne parvint à la considérer comme ennemie.

- Qui êtes-vous ?
- Iguilt.

Tao observa ses cheveux et remarqua ses oreilles en pointes, étirées vers le haut.

- Je suis une elfe. Je vis dans l'Autre Monde.
- Vous êtes si belle.
- Vous êtes charmant. Je vous remercie.

Ils ne se quittèrent pas des yeux une longue minute. Bron avait récupéré le pot antique chinois afin de combattre les Ombres avec une arme capable de les atteindre. Il le portait dans un sac à dos bleu portant un écusson représentant des sommets alpins. Tao entendit du bruit dans une ruelle adjacente au lieu des meurtres et détacha son regard des amandes de la superbe Iguilt. Il y entrevit furtivement Ch'an qui semblait l'attendre. Il s'excusa auprès d'Iguilt avant de partir à la poursuite de son ancienne connaissance.

- Ch'an ! l'apostropha Tao qui l'avait reconnu malgré son apparence de vieillard.
- Je sais que c'est toi, Ch'an. Reprend ta forme originale. Rien ne sert de te cacher avec moi. Nous avons toujours été amis tous les deux.

Ch'an se transforma : ses rides s'estompèrent, son dos voûté se redressa, ses poils et quelques cheveux blancs noircirent. Le nez aplatit pointa en avant et le front dégarni retrouva sa pilosité. Ch'an était un jeune homme à peine plus âgé que Tao. Il inspirait un certain charisme et avait toujours essayé d'être autoritaire sur Tao.

- Maître K'ung est ici n'est-ce pas ? Je peux le sentir.
- En effet.
- C'est lui qui a fait de moi ce que je suis.
- Non. Il nous a élevé de la même façon. *TU* t'es détourné du devoir ! Nous étions si proches.
- Oui, mais le pouvoir, une fois acquis, peut pervertir les meilleures âmes. Les plus forts d'entre nous peuvent succomber.
- Tu as tué ces pauvres types.
- Ils voulaient me voler, peut-être me tuer.
- Ce n'est pas une excuse ! Je dois t'arrêter.
- Avec tes nouveaux amis ? Ils ne savent rien de toi, n'est-ce pas ? Je m'en doutais.
- Ils savent que ce combat est mien. C'est entre toi et moi. Mais si je peux éviter de…
- Quoi ? De réveiller le dragon qui est en toi ? Tu es un Maître Zen, Tao ! Si tu fais cela, tu pervertiras ton âme et rejoindras mon camp. C'est un rêve que je nourris depuis longtemps.
- Tu te trompes. Je pourrais redevenir le même qu'aujourd'hui.
- La cérémonie de *Shih Ho* (la retraite. Se prononce « Che Ho », en chinois) ! Tu espères mettre un pied dans le monde de l'obscur et en ressortir par purification de ton âme ? Tu es optimiste. D'un autre côté, c'est la seule solution envisageable pour me combattre. C'est dommage de refuser le *Ku* (la corruption de l'âme). Nous aurions pu appartenir au même monde. Soit ! C'est la fin, Tao. Embrasse la mort ! *Ming* (Ombres), tuez-le !

Des Ombres encerclèrent le jeune homme, pris au piège. Témoin de la scène, Iguilt poussa un cri pour attirer l'attention des autres membres de l'équipe, espérant qu'ils viennent au secours de leur ami. Sitôt, Elora, Eric et Bron accoururent dans la ruelle, ne trouvant la femme en détresse. L'elfe s'était éclipsée afin de conserver sa présence secrète ; du moins, un instant. A son habitude, Gwyon'Bach contemplait le conflit, tel un observateur, sans y prendre physiquement part. Tao était dangereusement menacé. L'une des Ombres, à la silhouette robuste, se jeta sur lui à une vitesse fulgurante et le maintint fermement au sol. Aux pieds d'Éric, une bouche d'égout laissa échapper une autre d'entre elles. Sans comprendre ni comment, ni pourquoi, Eric se retrouva suspendu contre un mur, une main puissante lui écrasant la gorge. A bout de souffle, il suffoqua et son visage rougit. Elora fut elle aussi décollée du sol, retenue par son pull-over en laine blanc. Bron, quant à lui, fut encerclé et acculé dans un coin sombre de la ruelle. Chacun d'eux tentait désespérément d'utiliser ses pouvoirs pour se défendre, en vain. L'une des formes obscures s'apprêta à retirer son chapeau chinois en forme de disque et voulut s'en servir comme boomerang pour décapiter Eric. A la vue de cette scène horrible et terrifiante, Gwyon'Bach était désarmé.

- Tuez-les ! Tous ! ordonna Ch'an, un rictus aux lèvres.
- Non ! hurla Iguilt en reprenant sa forme d'elfe. Elle décocha une flèche qui transperça directement le cœur du jeune chinois, sans que celui-ci n'eut le temps de s'en apercevoir. Elle courut ensuite prestement vers le pot à trois pieds, tendu par Gwyon'Bach. La jeune elfe retira le couvercle et fit une première cabriole suivi d'un roulé-boulé, tout en dirigeant l'ouverture de l'objet vers chacune des Ombres. Celles-ci paniquèrent lorsqu'elles furent aspirées une à u e par la relique antique. Tous les membres de l'équipe parvinrent à ce moment seulement à se dégager de leur situation inquiétante et s'éloignèrent des Ombres avec hâte. Sitôt le couvercle du pot refermé, Gwyon'Bach lança le Livre des Mutations à Tao qui le réceptionna avec grâce.

- Il faut sceller l'objet tant que vous le pouvez ! Ch'an a perdu son contrôle sur ces choses, cria l'observateur. Tao ouvrit le Grand Livre et trouva une incantation inscrite sous forme d'idéogrammes, au bas de la page décrivant la relique, le Temple et les forces obscures anciennes qui y étaient prisonnières.

Le Bien en a décidé ainsi,
Que le destin de ces Ombres soit maudit.
Le Bien a proclamé ces âmes damnées
Qui furent autrefois enfermées
Dans le Temple de Lumière Sacré.
Que ces Ombres soient chassées de la Terre
Et de cette relique soient prisonnières.
Ce pot ainsi scellé est protégé
Par notre magie pour l'éternité.

Un son de voix torturées se fit entendre de l'intérieur du pot. Puis, le silence revint, la relique brilla et retrouva son ancien éclat. Sauvés et libérés, les membres de l'équipe d'Éric Salvi regardèrent Iguilt avec étonnement. Une elfe leur avait sauvé la vie. Tao se pencha sur le corps affaibli de Ch'an et constata que toute vie s'échappait de son corps.

- Soit maudit, Tao. Je te hanterais ta vie durant.

- Je regrette que tu ais tant changé. Nous étions comme des frères. Aujourd'hui, tu as perdu ta vie et ton âme. Non Ch'an, tu ne pourras pas me hanter. Le *Shih Ho* (la morsure) du « *Monde d'En Bas* » t'a rattrapé. Le *Ku* (la corruption) de l'âme n'apporte que malheur et désolation. Pourquoi n'as-tu pas retenu les sages enseignements de notre Maître.

- Pourquoi les enfants n'écoutent-ils pas leurs parents ? Tu vois Tao ? Maître K'ung est faible. Sa naïveté le perdra tôt ou tard.

- Tu divagues et te trompes d'ennemi. Je suis désolé Ch'an. Que les Immortels aient pitié de toi.

- Ne t'en fais pas Tao. Ta destinée est de rejoindre ton frère. On se retrouvera plus tôt que tu le crois, lâcha-t-il dans un dernier soupir.

***

80

ALLIÉE

Le combat terminé, Tao se surprit à s'inquiéter de la santé d'Iguilt. Celle-ci s'en voulait d'être intervenue dans leurs vies. Elle pensait qu'elle devait maintenant éviter toute allusion à son frère et ne révéler rien d'autre que ce qu'ils pouvaient découvrir d'eux-mêmes.

- Qui est-ce Tao ? demanda Eric.
- Je me nomme Iguilt. Vous n'auriez jamais dû me rencontrer.
- En effet, riposta Gwyon'Bach, irrité par sa présence sur Terre.
- C'est une elfe, continua Tao.
- Une elfe ! En tous cas… Merci de nous avoir sauvés la vie.
- Ça suffit ! Iguilt, tu dois garder le silence. Limitons les dégâts que tu as causés par ton insouciance.
- Mais…
- Non ! Ça suffit comme ça. Quand à vous mes amis, si vous voulez savoir quelque chose sur Iguilt, je vous propose de lire le chapitre du Livre des Eléments qui est consacré aux elfes, parce que vous n'en saurez pas davantage.
- Que se passe-t-il ?
- Oh, la *pilosité* humaine. Non… C'est la *curiosité* humaine. Peu importe.

Gwyon'Bach tendit l'ouvrage à la couverture en cuir et fort joliment relié, à Eric au regard interrogateur. Elora le saisit à sa place et l'ouvrit.

Elfes

Les elfes sont des êtres immortels qui vivent sous l'autorité de leur roi souverain. Les **Traqueurs** elfes sont impossibles à semer. Leurs **archers** usent de flèches en if ou en frêne. Les elfes, par nature calme, conservent une relative liberté au sein de l'empire divin de l'Autre Monde. Entre autres pouvoirs, les elfes savent parler aux animaux et communiquer avec la Nature.

(…)

Ils vivent entre eux, dans les forêts. La cité **Horiza** est leur demeure ancestrale. Ils sont toujours jeunes en apparence et diffèrent physiquement peu avec les Hommes. Ils peuvent se libérer de leur immortalité et possèdent des pouvoirs de

---

guérison. Les plus doués maîtrisent les éléments fondamentaux. Hélas, parmi eux existent les **E**lvènes, elfes déchus de leurs droits pour avoir troqué la sagesse contre le pouvoir. Bannis, ils sont toujours immortels mais sont hideux et belliqueux.

Tandis qu'Elora terminait sa lecture, une Ombre chinoise, toujours coiffée du disque elliptique, pénétra dans le corps de Tao grâce à un souffle de Ch'an. L'attitude du jeune homme changea alors radicalement, alarmant la jeune elfe.

Tao attaqua Eric qu'il projeta par une force stupéfiante dans les airs. Il s'écrasa contre l'enseigne lumineuse d'une pharmacie. Celle-ci explosa en gerbe électrique, manquant de carboniser l'archi-druide. Eric se protégea en lançant in extremis un bouclier. Tao s'en prit ensuite à Elora en la frappant violemment au visage. Bron réceptionna la jeune femme avant qu'elle ne heurte le sol.

Iguilt sentit la situation échapper aux druides et une sensation de panique l'envahit. L'homme qui lui plaisait s'apprêtait à tuer ses propres amis, son corps soumis à la volonté de l'Ombre tueuse. Soudain, une idée parvint à lui dégeler les membres, tétanisés par la peur. Chose qui lui rappela la raillerie des membres de son peuple qui la surnommait « *Téné ana Tilia cor* » (ce qui en langue elfe signifie « *poule humide* »). Elle rassembla pourtant son courage et fit de nouveau un roulé-boulé pour atteindre le pot à trois pieds. Mais Tao reconnut sa stratégie et fit un bond impressionnant de rapidité et se mit en travers de son chemin. Désireux d'apporter son soutien à Iguilt, Bron se jeta sur Tao et le plaqua violemment au sol.

- Vite ! Le pot ! cria-t-il à l'attention de l'elfe. En moins de temps qu'il n'en fallu à Tao pour comprendre la raison de sa chute en avant, Iguilt avait ouvert la relique et il ressentit une libération. L'Ombre fut expulsée de son corps, mettant ainsi fin à la manipulation dont il était la victime, après les paroles d'Iguilt.

Le Bien en a décidé ainsi,
Que le destin de ces Ombres soit maudit.
Le Bien a proclamé ces âmes damnées
Qui furent autrefois enfermées
Dans le Temple de Lumière Sacré.
Que ces Ombres soient chassées de la Terre
Et de cette relique soient prisonnières.
Ce pot ainsi scellé est protégé
Par notre magie pour l'éternité.

Eric se releva, un peu sonné, et Elora le soutint par le bras pour l'aider à ne pas perdre un équilibre déjà précaire. Gwyon'Bach profita de la confusion générale pour adresser un mot à l'elfe.

- Si j'étais toi, j'éviterai de croiser le chemin de ton frère. Je doute que Roc'h apprécie la tournure des évènements.

- Je le sais. Et dis-moi ! Va-t-on continuer encore longtemps à faire comme si l'on ne se connaissait pas ?

- Le temps qu'il faudra.

- Tout le monde va bien ? demanda Eric, ayant retrouvé ses esprits. Après un rapide diagnostic, il conclut un retour à la normale. Mais c'était sans compter la stupeur générale de voir le bras tendu de Ch'an, enfonçant un énorme pieux dans le dos de son ancien camarade. Toujours en traître, il avait leurré Tao en lui faisant croire à sa mort, simulant un dernier soupir. Dans un dernier effort avant de décéder (pour de bon, cette fois), il parvient à se venger. Tao devint blême et tomba à genoux avant de s'effondrer, face contre terre.

***

81

TRANSACTION

- Oh mon dieu ! Non ! Tao ! pleura Elora, affolée.

- Gwyon ! Que peut-on faire ? Nos connaissances ne nous permettent pas de le sauver.

- Il n'existe qu'un seul moyen et il est risqué. Tant que son âme n'a pas quitté son corps, vous pouvez encore invoquer Diancecht. Il ne sera pas certainement pas généreux. Il y a toujours un prix à payer pour…

- Peu importe, Gwyon ! Nous n'avons pas le choix. Comment dois-je faire ?

Tandis que le jeune garçon natif de l'Autre Monde expliquait à Eric la procédure à suivre, Iguilt, Elora et Bron préparaient le rituel. Positionnés en cercle autour de Tao placé en son centre, Eric commença l'invocation.

Diancecht, Dieu Médecin,
Je t'invoque en notre sein.
Guéris notre ami présent ici.
Rends-lui la vie !
Tel est notre vouloir,
Nous faisons appel à tes pouvoirs !

Eric posa une rune sur le torse de Tao, portant un symbole.

- *Eihwaz*, rune de la renaissance, symbolise l'arbre du monde, de la vie et de la mort. La magie de cette rune est très puissante, commenta Gwyon'Bach. Le dieu médecin apparut après l'ouverture d'une brèche entre l'Autre Monde et la Terre, sorte de trou mouvant dans l'air, laissant entrevoir une lumière mauve venant de l'autre côté. Un visage d'enfant, une peau d'un blanc brillant, des yeux assez grands, portant une torque d'or autour du cou, un chapeau d'écailles d'un animal inconnu sur Terre, des muscles moulés par un vêtement de toile semi transparent jusqu'une ceinture en or, large et richement décorée ; la boucle en son milieu représentait le caducée (les époques changent, il s'était mis au goût du jour). Le dieu portait des bottes, elles aussi en or, et des bracelets à chaque poignet.

- Qui a osé m'invoquer ? Je n'ai plus foulé le sol de la Terre depuis des siècles ! Ayant observé l'évolution de l'histoire humaine, je n'ai aucune envie de rester ici.

- Eric Salvi, archi-druide du Sanctuaire principal. J'ai besoin de vos services pour rendre la vie à l'un de mes amis.

- Toujours la même histoire !

- Il est… particulier, intervint Gwyon'Bach.

- Par tous les dieux ! Gwyon'Bach !

Jetant un œil sur Tao, il continua :

- Je ne le trouve pas spécial.

Gwyon'Bach pénétra les yeux du dieu comme s'il voulait lui transmettre un message capital.

- Justement ! Raison de plus de ne pas intervenir.
- Les *Éternels*…
- Prennent trop de liberté ! Néanmoins, j'accepte en échange d'une vie, ou bien deux jours de celle d'Éric.
- Quoi ? Il en est hors de question ! Alors c'est ça la générosité d'un dieu ? Je suis déçue.
- C'est d'accord. Prenez deux jours de ma vie.
- C'est noble de choisir de mourir deux jours trop tôt. Mais, vous êtes devenus célèbres dans l'Autre Monde. Ne croyez pas que nous capitulerons. La guerre sera féroce ! J'ai changé d'avis. Que votre ami suive la route de son destin, même si celle-ci est bien courte.
- Non ! Attendez ! cria Elora. Mais Diancecht avait déjà traversé le vortex dans l'autre sens.

Gwyon'Bach était inquiet. Il s'adressa aux Anciens en regardant le ciel. Par télépathie, Elora se surprit à entendre et comprendre leur conversation.

- Le responsable de ce désastre n'est pas celte. Les chinois sont responsables de leurs actes. Il leur revient de régler le problème, répondit *Cérridwen**(voir épisode 5).
- Mais… Vous savez combien il est important qu'il reste en vie.
- Oui, cependant je ne peux agir.

Mettant ainsi fin à la conversation, le sort de Tao resta inchangé. Iguilt réagit alors par instinct en apposant ses mains sur la plaie. Dans un jet de lumière bleue, celle-ci se referma et cicatrisa en quelques secondes. Mais Tao ne respirait toujours pas. La jeune elfe l'embrassa et Tao se releva en position assise d'un bond, poussant un cri de douleur en reprenant enfin sa respiration. Devant lui, toute l'équipe vit apparaître un symbole, tracé dans l'air, d'un rouge feu très vif.

- C'est un hexagramme, renseigna Bron.
- Oui, trois lignes brisées pour le premier trigramme et deux lignes rompues plus une pleine pour le second.
- *Fu* (se prononce « Fou » en chinois) est le nom de cet hexagramme. Il signifie « *le retour* ». La puissance du Yang. En bondissant, la ligne du bas traverse toutes les brisées. Cela veut dire que la magie en moi est si puissante qu'elle m'a ressuscitée. Mais un pouvoir a interagi, qui a multiplié ma puissance.

- Je crois savoir ce que c'est, dit Iguilt en lui souriant amoureusement. Ils s'embrassèrent tendrement.

- Le principal est que tu sois vivant, continua Bron avant qu'Elora n'ajoute :

- Diancecht me le paiera un jour.

- Le weekend commence dans quelques heures. Je vous invite à dîner chez mon père. Iguilt, tu nous a sauvés la vie. Gwyon ? Les elfes peuvent-ils devenir des alliés ?

- Oui, ils sont fidèles de réputation. C'est des *Elvènes* qu'il faut se méfier.

- Alors, en route !

***

82

INQUIÉTUDE

**Sanctuaire,
21 avril 2001.**

Gwenc'Ron, assis devant son bureau, employa un contact télépathique à l'attention d'Éric. Celui-ci termina la conversation sur une note de profonde appréhension.

- La Guilde des Maîtres a fourni à Gwenc'Phel une quantité incalculable de Maîtres Druides pervertis. La lutte est bien loin d'être terminée. Mon espoir réside en la chute de leur chef, entraînant ipso facto la décadence de leur organisation terroriste, acheva-t-il.

**Campus Universitaire,
Brest,
Au même moment.**

Le Président de l'Université reçut Greg, l'étudiant en lettre candidat au poste de rédacteur en chef du nouveau journal du campus. Face aux récents évènements des plus troublants et au projet professionnel de l'étudiant, le Président de l'Université accepta l'initiative au nom du conseil d'administration qui financera le matériel nécessaire.

- Greg, votre projet a retenu notre attention. Le conseil d'administration a décidé de vous nommer rédacteur en chef de ce journal et vous laisse la liberté de choisir vos journalistes. Si vous pouviez penser à ma nièce, je vous serais reconnaissant de ce service. Toutefois, le conseil exige un droit de regard et se réserve le droit de censurer des articles avant publication.
- Je comprends. Merci, Monsieur. Greg investit donc les locaux neufs du bâtiment J.

Benoît Salvi fut ravi d'accueillir les amis de son fils, même s'il savait que tous appartenaient à l'organisation qui l'avait privé de vivre le bonheur de ses années d'enfant. Elora, Tao, Bron, Iguilt et Gwyon'Bach étaient de la fête. Ce dernier avança et entra dans le salon où une horloge tictaquait sur son séant. Par la fenêtre entrouverte, un zéphyr soufflait, caressant les rideaux de soie verts, même si un tel temps n'était pas de saison. Benoît Salvi avait installé une belle nappe à l'occasion de ce dîner. Des chandeliers finissaient de donner une atmosphère chaleureuse à la demeure. Néanmoins, Gwyon'Bach trouvait ce rituel ridicule. D'ordinaire, il mangeait toujours avec les doigts. Immortel, il n'avait nul besoin de se nourrir mais le faisait pour s'intégrer auprès de cette nouvelle société. A la cuisine, la soupe mijotait. Plus tôt dans la journée, Benoît avait épluché carottes, pommes de terre et avait lavé les poireaux. Le couvercle du fait-tout cliquetait en de légers soubresauts. Il leva le couvercle et mélangea les légumes à l'aide d'une louche pendant que son fils installait ses invités dans le salon où un buffet de chêne verni imposait sa présence dans un coin de la pièce. Le poulet rissolait dans le four, et lorsque Monsieur Salvi en ouvrit la porte, une épaisse fumée et une chaleur étouffante s'en échappèrent, si bien qu'il referma prestement le four après avoir contrôlé la cuisson de son plat principal.

Avant de commencer le repas, Eric demanda si quelqu'un voulait dire le bénédicité.

- Moi, moi ! se proposa Gwyon'Bach. Benedictus. Tous les Dieux Anciens, nous vous remercions pour ce repas Merveilleux et vous invitons à le partager avec nous. Que les pauvres soient aussi nourris par votre grâce. Gloire à vous chers Dieux. Que tous reconnaissent votre grandeur !

Pensant la fin de sa prière, les estomacs criants famine, tous saisirent leur fourchette. Mais Gwyon reprit : « *Que tous les Saints se joignent à nous dans notre rituel.* »

- Il ne va tout de même pas les passer en revue ! J'ai faim moi ! murmura Bron à Eric. Témoin du complot, Gwyon leva le ton de sa voix.
- *SAINTE* Rita, Gracieuse Acace, Grand Adrien, époustouflante Agathe et Antoine, Apolline, et… Oh, je n'ai sur le bout de *la*… Barbe ! SAINTE Catherine, et Christophe, Cyriaque, Denis, Egide, Eustache, enfin Saint Hubert et Sainte Marguerite.
- Plantons nos tulipes, ricana Bron, peu sérieux.
- AMEN ! cria presque Gwyon'Bach, agacé. Benoît proposa du *zakouski* (hors d'œuvres variés russe servi chaud ou froid) à ses convives. Après avoir déglutit une gorgée, Eric demanda à Gwyon'Bach :
- C'est bon ?
- Humm… Meilleur que le sexe ! Je veux bien un *pot* de vin. Ma langue a *croché*… fourché. Je vais me taire moi.
- Il est con ou il le fait exprès ! chuchota Bron à Elora qui pouffa de rire.

Durant le repas, Gwyon'Bach but un verre de vin qui le mit en gaieté. Sans le vouloir, il écrasa le pied d'Elora en se levant de table pour aller aux toilettes.

- Pardon. Mais celui-ci se mit à lui aplatir volontairement, sa deuxième péniche.

A cet instant, quelqu'un sonna à la porte. Eric ouvrit à l'intrus et sous les yeux médusés de tous, avec l'envie irrésistible et irraisonnée de lui sauter au cou, ils découvrirent Elodie sur le seuil.

- Comment oses-tu venir dans la maison de mon père !

- Eric, aide-moi. Je veux changer. Au secours. Celle-ci s'évanouit. A en juger aux traces, marques, bleus, fêlures, sang, elle avait probablement été battue.

A SUIVRE...

« Considéré comme un frère, j'ai été très affecté par la trahison de Ch'an et sa mort. Il a voulu m'entraîner avec lui dans sa chute, mais mes pouvoirs ont eu raison de lui. Le coup de foudre, maintenant, j'y crois. Iguilt et moi, j'ai l'impression que nous ne faisons qu'un. Pourtant, je viens juste de la rencontrer. Je ne puis mieux l'exprimer. L'amour, en somme, avec un grand " A ". L'intensité de ce pouvoir m'effraie. J'ignore pourquoi Diancecht a refusé de m'aider et la conversation qu'il a eu avec Gwyon'Bach reste mystérieuse et opaque à toute compréhension. J'ai un sentiment profond de malaise quant à mon avenir. Je n'en connais pas la raison, mais des changements vont s'opérer et nous serons au centre. »

TAO,
MOINE CHINOIS.

SAISON 2
EPISODE 3

La Fête de Samain

(Partie 1)

#8

« Fait ce que doit, advienne que pourra. »

Souvenez-Vous...

Dans l'épisode précédent de « **La Légende Des Maîtres** » : L'année dernière, Gwenc'Phel est parvenu à détruire le Sanctuaire de Brest, aujourd'hui en travaux de reconstruction. L'équipe, menée par Eric Salvi, a eu bien du mal à récupérer le lieu sacré et à y déloger leur ennemi. Il y a quelques mois, un elfe du nom de Roc'h (venu de l'Autre Monde) a commencé à espionner les quatre élus. Dans quel but ?... Héritière du don de télépathie, Elora dispose d'une nouvelle arme. Mais le chef de la rébellion l'a appris, ôtant de ce fait à la druidesse, tout effet de surprise. Hélène fait la démonstration de l'étendue de ses pouvoirs en protégeant un étudiant d'une explosion après sa tentative de suicide ratée. A la suite de cet évènement, et curieux des bizarreries qui se sont produits sur le campus depuis quelques temps, Greg, un étudiant en journalisme créé « Le Prophète », un nouveau quotidien diffusé dans toute l'Université et même une grande partie de la région ; nouvelle épine dans le pied de l'équipe qui a toujours l'inspecteur Bouzave sur les talons… A l'occasion de son combat contre les Ombres, Tao fait la connaissance de l'elfe Iguilt, sœur de Roc'h. Il en tombe amoureux. Ed suit des cours d'une autre nature que ceux enseignés à la faculté. L'archimage Goff prend en main son éducation dans l'art d'utiliser la magie. Le jeune étudiant apprend l'emploi du bouclier psychique ainsi que l'apparition d'un disque flottant… Enfin, au cours d'un dîner chez le père d'Éric, Elodie fait irruption, ensanglantée et visiblement battue…

Suite...

83

UN LOURD SILENCE

A Lorient, une ville située dans le département du Morbihan, en Bretagne, Eric allait souvent se balader le long des grilles interdisant l'accès au port militaire de la ville. De loin, il pouvait apercevoir le grand hangar abritant sans doute l'arsenal. « *La base sous-marine de Keroman est relié à Paris par des trains de marées* » lui avait raconté un jour Gwenc'Ron lorsqu'il était adolescent, alors qu'il se rendait déjà en ce lieu qu'il trouvait réconfortant dans les moments pénibles de son enfance. Cette phrase lui était revenue en mémoire à l'approche d'un quai plus grand que les autres, accueillant deux énormes sous-marins qui le fascinaient. Eric Salvi s'était intéressé depuis toujours à ces militaires de la puissance navale qui allaient et venaient dans ce port, de jour comme de nuit. S'il en avait été autrement, il se serait peut-être engagé dans l'armée, comme ces dizaines de matelots qui n'avaient de cesse de voguer de continents en continents, s'entraînant au combat. En ce sens, la vie d'Éric ressemblait un peu à la leur. Bagarres, guerres, atrocités, morts. Eric était jeune mais avait déjà vu beaucoup trop de drames pour un homme de son âge. Comme à l'époque, il se promenait non loin des digues, admirant avec autant d'intensité qu'autrefois les bateaux aux pavillons différents. Il pensait que le printemps et l'été avaient été beaucoup trop calmes. Le Gorsedd n'avait à déplorer aucune attaque d'ordre surnaturelle. Néanmoins, Eric venait de recevoir le matin même une missive en provenance des Druides Sentinelles, une caste de la communauté ayant pour mission de surveiller les alentours du territoire du *Sanctuaire* et d'être en relation permanente avec les Druides Espions, afin d'être les premiers averti en cas de mouvement inhabituel de traîtres dans le secteur. Tandis que d'épais nuages obscurcissaient le ciel d'automne, la pluie commença à lui caresser le visage. Il était temps de rentrer.

Assise dans le Temple au milieu de livres, Elora Bonti noircissait de lignes, son rapport. Le Gorsedd lui avait demandé d'établir pour eux une synthèse présentant l'ampleur de la gravité de la situation mettant en péril l'ensemble de la communauté druidique depuis bientôt un an. La jeune femme, consciencieuse, en lut un extrait à haute voix afin de se corriger :

« (…) Cela fait un an qu'Eric a intégré Bron dans notre équipe. Il en a déjà vu de toutes les couleurs. Je suis étonnée qu'il se soit si vite adapté à notre mode de vie et plus encore au sujet de l'acception de son destin. Il ne se plaint pas, il est robuste, fier et semble dans son élément, sans faire de jeu de mot. Peut-être l'équilibre affectif qu'il a trouvé avec Ben y est pour quelque chose. Je vous propose de revoir ensemble qui sont nos alliés et surtout nos ennemis. Je vous sais très occupé et ne serait-ce que pour nos archives, il m'apparaît nécessaire de mettre à jour une liste qui s'allonge. Tout d'abord, Eric Salvi, archi-druide, est le chef de la bande et tout le monde l'accepte et le reconnaît comme tel. Même s'il établit les tactiques de combats, qu'il nous dirige sur le terrain lors des batailles, ce n'est pas un garçon autoritaire. Il prend très au sérieux et à cœur la mission que vous lui avez confiée, ainsi que nous tous du reste. J'ai de la chance qu'il m'aime, c'est un chic type. Il maîtrise l'élément de l'Eau et c'est l'archi-druide le plus puissant du groupe. Normal ! Son pouvoir est tout de même à l'origine de toute vie sur Terre. Quant à moi, c'est inutile de me présenter. Tout le monde connaît très bien la petite Elora du Sanctuaire, mais comme cela fait longtemps que nous nous sommes vu, depuis mon initiation je veux dire, j'ai beaucoup évoluée alors… Je suis la seule femme de la tribu. Oui Ness, tu me comprends ! Pas évident d'affronter tant de mâles et d'imposer sa présence, son point de vue, ses opinions. Même dans la communauté des druides ou l'égalité est une règle, ce n'est pas facile d'être physiquement désavantagée. Même si je suis courageuse, je me sens autant déstabilisée, désappointée, que mes camarades face à nos responsabilités pesantes. Douée pour me mouvoir, je peux m'avérer être une vrai tornade. Mon élément est l'Air. Avec Bron Delorme, il n'y a pas que Johnny pour mettre le feu (son élément). Heureusement, il réserve ses jets de flammes et autres boules incandescentes aux *treitours** (traître) qui en ont eu vite leur compte. Grâce à lui, les boutiques de perruques feront des bénéfices si vous voyez ce que je veux dire. Son pouvoir de divination et son apprentissage druidique étonnamment rapide lui permettent de garder son sang-froid pour ne pas tout cramer sur son passage et de contrôler son don. Il ne peut s'empêcher de regretter l'époque où il menait une vie normale à laquelle nous l'avons arraché comme vous nous avez subtilisés à nos parents, mais je ne vais pas repartir vers cette polémique. Nous ne pouvons partager avec lui cette nostalgie car Eric et moi avons été élevés au Sanctuaire. Tao est un Maître Zen venu sur les directives de l'Ordre pour remplacer Kéra, qui était ma meilleure amie et qui n'a pas hésité à se sacrifier pour sauver le Monde. Son élément est la Terre. Enfin, Gwyon'Bach (Dylan de son prénom humain) a profité du jour où nous avons lancé la Grande Incantation pour s'échapper de l'Autre Monde. Il a vite intégré notre groupe pour nous aider à éclairer le chemin tortueux de nos destins, au risque de fâcher les dirigeants de ce monde alternatif. Il est littéralement vieux comme le monde et possède un savoir *encyclopédique universel*, sans oublier sa connaissance de l'avenir. Malgré sa sagesse, il a du mal à se retenir de révéler le destin de chaque membre de l'équipe et se fait régulièrement rappeler à l'ordre par les *Den Goz*, les Anciens (de mystérieux individus appartenant à l'Autre Monde dont nous ne savons pas grand-chose si ce n'est qu'ils semblent supérieurs au Dieux de la Triade). Laissez-moi vous rappeler que Gwenc'Phel est un ancien membre de votre *Institution*, le Gorsedd, le Conseil qui dirige tous les Sanctuaires du Monde. Cet individu fourbe et perfide a masqué durant des années sa méchanceté et son avidité de pouvoir dans le but de dévoyer le plus grand nombre de disciples possible. Il leur a fait adopter sa conception du rang des druides dans la société humaine, du gouvernement qui leur est réservé et une obéissance absolue en leur chef : lui-même, bien entendu. Ne tolérant pas ses opposants, il s'acharne à renverser et ravager l'Ordre Druidique pour vous arracher le pouvoir. Vous constituez le dernier obstacle à l'aboutissement de son ambition. Les Sanctuaires principaux de Brest et de Lorient figurent en tête de sa liste des lieux essentiels à conquérir. Je sais que vous masquez votre inquiétude face à l'ampleur des dégâts et à celle de la situation actuelle, surtout depuis que vous le soupçonnez tout comme nous de faire alliance avec l'un des trois plus puissants Dieux de l'Autre Monde : *Eningann*, qui lui- même veut profiter de l'occasion pour revenir sur Terre et y régner. Ah ! Quelle lutte de pouvoir ! C'est bien masculin ça ! Je voudrais ajouter ici qu'il ne faut pas oublier la présence, non moins importante, des deux fidèles *adjoints* du chef de la rébellion : Gaël, son fils spirituel, et Elodie, qui n'a rallié le clan des *treitours* que dans le seul objectif de servir ses intérêts. Mais pour elle le vent a tourné. C'est une femme, elle est donc plus faible, ce que n'a pas manqué de remarquer Gaël qui la bat tout à loisir. Cet homme me révolte. Si toutefois l'on peut appeler ça un homme. Quant à Gwenc'Phel, il la considère comme faisant partie de la décoration. Ceci est peut- être la raison pour laquelle elle tente de se rapprocher d'Éric. C'est une bonne chose selon lui. Je n'en suis pas convaincue et ne lui fais confiance. L'intuition féminine sans doute. Je pense qu'elle pourrait nous trahir de nouveau si ses intérêts venaient à changer. A moins que son désir de rédemption soit sincère auquel cas je la soutiendrai et ferai l'effort de reconsidérer son appartenance à notre communauté. Quant à la pardonner, il faudra d'abord qu'elle présente ses excuses à tous les proches des druides qu'elle a tués. Quelque chose me dit que ce n'est pas demain la veille. Mais on peut toujours rêver. Comme vous pouvez le constater, la situation requiert toute notre attention. Je suis agacée de les avoir toujours sur le dos. Cette menace est grande et il faut y mettre un terme. Je suis intimement convaincue qu'ils préparent actuellement un mauvais coup. Mais comme d'habitude, nous leur ferons barrage (…). »

Satisfaite du résultat, elle confia le précieux rapport à une druidesse dissimulée jusqu'alors dans l'ombre d'une colonne de la pièce, attendant patiemment la fin de son travail. Elora resta assise à contempler les ouvrages aux enluminures richement décorées par des druides dans une époque fort ancienne à en juger par l'usure des couvertures et les pages jaunies par le temps.

***

84

TENSIONS

**Sanctuaire,
Temple,
24 octobre 2001**

Il était tôt. La lumière grise et froide qui précède l'aube se répandait dans la pièce. Elora, la chevelure nouée en catogan, feuilleta le Livre des Eléments, sorte de grimoire pour les druides, à la recherche de renseignements pouvant l'aider à identifier les différents Maîtres Druides dont Gwenc'Phel s'était assuré le soutien dans sa croisade contre la communauté toute entière. A la lecture de certaines pages, la jeune femme frissonna et émit de petits cris d'étonnement. La seule idée de mettre ces pouvoirs au service de ce monstre lui fut insoutenable. Elle se sentait de plus en plus angoissée, frustrée et tendue lorsque la chute d'un ancien chandelier abîmé la fit sursauter. Elle prit alors une profonde inspiration pour se calmer, détendre des nerfs et tourna une page du livre. A cet instant, Bron ouvrit les grandes portes avec une brutalité qui le surprit lui-même. Elora bondit en position accroupie, se saisie de son sceptre, le fit tournoyer en cercle à une telle vitesse que seul un disque transparent fut visible. Elle se redressa si vite que Bron n'eut aucune possibilité d'éviter ce qui allait suivre. Elora pointa l'extrémité de son sceptre sur la poitrine de son ami sans s'apercevoir de son identité et cria un mot breton : « *AVEL !* ». Aussitôt, un courant d'air forma une colonne qui frappa le torse du jeune barde de plein fouet avec une grande violence. Bron fut soulevé du sol à mesure qu'Elora dirigeait son sceptre vers le plafond. Après l'avoir fait voler d'un bout à l'autre de la pièce, elle abaissa son bâton de combat vers l'autel de granit et Bron s'y écrasa sur le dos avec fracas. La pierre céda sous la force du choc et le jeune homme émit un bruit sourd suivi d'un gémissement de douleur.

- *Diwall* (attention, en breton)! grommela le jeune homme. Consciente de son erreur, Elora accourut vers lui tandis qu'il se relevait avec difficulté, courbaturé, dépoussiérant sa *saie* (robe semblable à celle que portent les moines, pourvue d'une capuche. Sa couleur dépend de l'appartenance du druide qui la porte à l'une des castes de la communauté druidique), recouverte de poussière et de morceaux fendus de l'autel.

- Excuse-moi, Bron. Je ne savais pas que tu étais au Sanctuaire. Je pensais être seule à venir au Temple ce matin. La jeune druidesse tenta de le relever, mais Bron la repoussa sans ménagement.

- Non, ça va. Tu as les nerfs à fleur de peau ces temps-ci.

- Un peu, oui. Depuis que mon pouvoir de télépathie se développe, je sens que Gwenc'Phel prépare quelque chose. J'ignore de quoi il s'agit exactement, mais cela m'inquiète. Il a failli tous nous tuer dans *l'explosion de l'entrepôt* (voir l'épisode #1), puis ensuite il s'est emparé du *site de Brest* (voir l'épisode #4). Que nous réserve-t-il cette fois ?

- Je n'en sais rien. Mais il complote en permanence contre nous. Ce n'est pas nouveau.

- Oui, mais dans peu de temps, plus grand encore sera le danger.

- Pour sûr, maître Yoda. Dis, tu n'as pas allumé le feu ? Ça gèle dans ce Temple !

- Non, j'étais trop occupée à chercher de nouveaux moyens de défense dans le Livre des Eléments.

- Laisse-moi faire. Bron ferma les yeux, se concentra, puis cracha un jet de flammes en direction de l'âtre, puis reprit : « Il y a un moment que l'on n'a pas subi d'attaque. On a de la chance. N'attire pas le malheur sur nous, tu veux. »

- Détrompe-toi, ce n'est pas dû à une baraka. Gwenc'Phel a un plan en tête et nous ignorons lequel. Il faut chercher dans le Livre un moyen de…

- Non ! C'est devenu une obsession ! Tu as beau étudier le Livre dans tous les sens, lire tous ses chapitres, ça ne suffira pas ! Depuis quatre mois Eric profite de ce calme pour rattraper ses cours en retard et mon travail me prend plus de temps que d'habitude parce que je prépare une exposition. Notre dernière réunion date du début du mois. Nous devons nous réjouir de vivre normalement pour une fois !

- Normalement ! Mais nos vies ne sont pas *normales*.

- Tu sais ce que je veux dire. Elora soupira, vaincue par ce reproche.

- Tu as raison. Mais nous devons tout de même poursuivre nos surveillances. Séparés, nous sommes vulnérables.

- Nous sommes d'accord.

Une sonnerie retentit et attira l'attention de la jeune femme. Elle plongea sa main dans la poche de sa saie et en sortit un téléphone portable. Elle ouvrit le clapet, reconnut le numéro de son ami inscrit sur l'écran, mit le téléphone près de son oreille et répondit : Tao ?

- Je suis sur la piste de Gaël. Je l'ai repéré dans un bar fréquenté par des étudiants en troisième année d'histoire. Le doyen T-Rex aussi est présent. Il s'est mis en tête de chaperonner ses élèves, il se méfie de certains d'entre eux. Selon lui, les étudiants n'ont d'autres occupations que de le harceler, de lui faire payer sa méchanceté. Comme si nous n'avions que cela à faire. Gaël semble s'intéresser à lui. J'ai peur qu'il passe à l'attaque. Je les suis de près.

- Ne t'approche pas de lui seul ! On arrive.

- Si je le laisse filer, il tuera encore et il n'est pas question de le laisser s'en tirer une nouvelle fois. Je le tiens.

- Écoute-moi, Tao. Tu ne l'as encore jamais combattu et cela arrivera bien assez tôt. C'est trop dangereux ! Attends-nous !

- Elora, ce n'est pas la première fois que je me bats contre un démon. J'en ai vu d'autres en Chine tu sais. J'ai l'habitude.

- L'assurance en soi est une bonne chose, mais là, c'est de la vanité que j'entends. Sois prudent, ton arrogance peut te perdre.

Tao ne prit pas en compte les conseils éclairés de son amie. Il suivit Gaël qui sortit du bar par une porte située à l'arrière, donnant sur une ruelle désertée, sinistre, plongée dans l'ombre des hauts bâtiments voisins. Toujours en communication téléphonique, Tao ajouta :

- Je te rappelle plus tard. Je m'occupe de lui.
- « NON ! » Il était trop tard. Tao avait déjà raccroché. Un instant d'inattention et il fut surprit de voir Gaël lui faire face.
- Alors, tu me suis ? Je n'ai pas l'honneur de te connaître. Au même instant, au Temple du Sanctuaire, Bron et Elora se précipitaient vers la voiture de du jeune homme, une *Twingo* neuve qu'il s'était acheté récemment, grâce à une exposition ayant rapportée beaucoup plus de bénéfices que d'habitude. Cela lui procura une prime rondelette et du travail en plus.
- Ce n'est pas loin. Il y en a pour cinq minutes.
- C'est encore trop long. Il va le mettre en pièce, s'inquiéta la druidesse.

Tao ne vit pas venir l'assaut. En un seul coup de sceptre, le traître le mit K. O. Sonné, ses yeux semblèrent avoir du mal à faire le point. Tout était flou. Pourtant expert en arts marsupiaux, comme le dirait Gwyon'Bach, *(martiaux, prononcé correctement)* il était déconcentré et déstabilisé par un bruit dans la ruelle. Gaël sourit au-dessus du corps allongé de son adversaire. Pressentant déjà une victoire rapide, un visage à l'air réjoui nargua le pauvre prêtre chinois. Puis, se fut un rictus mauvais qui s'esquissa à mesure qu'il sortait un poignard de sa botte. Il le menaça de le « *planter* » lorsqu'une jeune femme sortit les poubelles et devint malgré elle un témoin plutôt gênant. Gaël se releva d'un bond et la poursuivit. Acculée contre un mur, le traître la poignarda de sang-froid, sans éprouver la moindre émotion.

- Tu n'aurais pas dû voir ça. Au mauvais endroit, au mauvais moment, comme on dit. Désolé, cela n'a rien de personnel, lui dit-il tandis qu'elle eut le souffle coupé. Elle tenta de respirer en avalant une bouffée d'air frais, mais ce fut inutile. Ses yeux se voilèrent et l'obscurité, le froid, l'envahirent. Un filet de sang coula du coin de ses lèvres et son corps s'affaissa alors que le monstrueux criminel retira la lame de son abdomen. La main en sang, la dague souillée, Gaël revint sur ses pas.

Bron et Elora arrivèrent devant le bar. Bron freina si fort que le crissement des pneus attira le regard de tous les passants. Peu lui importait de paraître civilisé ou non à ce moment-là, mais la vie de son ami était en jeu. Ils se renseignèrent auprès du barman qui leur indiqua la porte par laquelle deux hommes étaient sortis quelques minutes plus tôt. En accédant à la ruelle, ils virent de loin le cadavre inerte de la jeune femme, près de ses poubelles. A quelques pas sur leur droite,

Gaël se tenait accroupi à côté de Tao qui ne bougeait pas, menacé à son tour de sentir une lame glacée lui pénétrer l'estomac.

- Gwenc'Phel sera content. C'est mon jour de chance. Vous vous jetez dans la gueule du loup. Il fallait me le dire plus tôt que vous étiez suicidaires. Je vous aurai aidé. Ce n'est pas grave, je vais arranger ça.

D'un même geste, Bron et Elora brandirent leurs sceptres et envoyèrent valser le traître sur une benne à ordure.

- Te voilà revenu à ta place, *treitour* !

Bron s'assura de le garder à bonne distance en le menaçant de son sceptre, le temps qu'Elora rejoigne Tao et l'aide à se relever. Tandis que tous deux étaient en position accroupie, Elora resta figée sur place. Elle « *vit* » Gwenc'Phel apparaître près de Gaël.

- Co...
- Bonjour Mademoiselle ! Dis à tes camarades que votre fin est proche. D'ici peu, vous ne serez qu'un lointain souvenir. Je trouve le don de télépathie très pratique. Cela ne fait pas longtemps que j'essaye de te contacter. Tu m'impressionnes jeune fille. Ton pouvoir se développe très vite.
- Oui, pas comme l'intelligence de certains.
- Ooooh ! Tu cherches à me provoquer. Je constate que cette larve de Gaël vous a encore raté. Cela n'a aucune importance, j'y remédierai sous peu. A bientôt ! TRES Bientôt ! La silhouette du traître s'estompa avant de s'évanouir tout d'abord en fumée, puis en traînée. Gaël bondit sur ses pieds, sa peau s'assombrit, sa taille se ratatina, des plumes lui poussèrent sur le corps, son visage s'allongea et sa bouche se courba en forme de bec, ses jambes mincirent pour devenir des pattes griffues. Ses bras devinrent des ailes qui lui permirent de fuir en volant.
- Comment a-t-il fait ça ? bafouilla Bron.
- Par tous les Dieux ! Il est un *métamorphe*.
- Un méta... quoi ?
- Ma lecture du Livre des Eléments dans le Temple tout à l'heure ma apprise que les celtes ont toujours admis que l'âme et même la personne toute entière d'un homme pouvait prendre, par magie, l'apparence d'un animal sans se dégrader. C'est ce que l'on appelle communément un métamorphe.
- C'est pratique ! Ça va nous faciliter la vie ! Il ne manquait plus que ça ! Un méta... machin, et puis quoi encore !
- J'ai vu Gwenc'Phel à l'instant. Il m'a contacté par télépathie pour nous menacer.
- Rien de nouveau. Il nous harcèle toujours.
- Oui, mais c'est différent. Cette fois, il a un plan monstrueux en tête, je le sens.

- Où est Eric quand on a besoin de lui ? gronda Bron. Tao se remettait lentement du choc qu'il venait de subir. Il avait souvent combattu, par le passé, toute sorte de monstres, de démons. Certains Dieux chinois eux-mêmes le considéraient comme une menace potentielle. Pourtant, Gaël était parvenu à le déstabiliser. Pourquoi aussi facilement ? Cette question le taraudait.

Lieu du crime, 24 octobre 2001, 13 h 14.

Le soleil à son zénith, le froid saisissant et le vent balayant la ruelle avec force, la tâche des enquêteurs en était d'autant moins facile. La jeune voisine baignait encore dans une large mare de son propre sang. Trois véhicules de police et une ambulance, gyrophares pleins feux, l'entouraient. Au-dessus du cadavre, un médecin légiste referma un sac noir sur sa tête et l'emporta sur une civière.

- Quelle horreur ! s'exclama Elora qui réprima un petit sanglot en voyant le funèbre paquet passer sous son nez. Même endurcie face à l'habitude de ce genre de scène, elle ne s'y faisait jamais. Les hommes non plus, mais ils le masquaient mieux. Quelques secondes plus tard, un docteur travaillant secrètement pour le Sanctuaire examina Tao avant qu'un ambulancier ne s'en charge, sur ordre de l'inspecteur Bouzave. Il s'agissait avant tout d'effacer toutes blessures causées par magie et de les maquiller en un coup, une plaie pouvant s'expliquer plus facilement.
- Des vertiges ? Des nausées ? Des maux de tête ? Des pustules provoquées par un sort ?
- Non, je vais bien.
- Il n'a rien docteur ? questionna Elora, inquiète.
- Grâce à vous. Gaël aurait pu le tuer.
- Bon, on y va. Cet endroit me donne la chair de poule, dit Bron, dansant d'un pied sur l'autre, impatient.
- Non ! Vous n'irez nulle part sans témoigner auparavant. Vous êtes les seuls témoins d'un crime, et ce n'est pas la première fois. A moins que ce ne soit vous qui... Mais je ne pense pas, au vu des circonstances. Ce qui toutefois ne m'ôtera pas de la tête que vous restez de la mauvaise herbe dans mon jardin. Et j'adore manier des ciseaux. Ce qui me perturbe et m'annonce déjà une migraine, c'est que vous soyez toujours sur les lieux d'un crime auquel vous n'aviez pas été invité. Ça vous gênerait de temps en temps de me foutre la paix ! les interpella l'inspecteur Bouzave. Le cœur d'Elora palpitait plus fort qu'elle ne s'y attendait. Elle jeta des regards inquiets en direction de ses deux amis et contacta Bron par télépathie afin de rester discrète.
- Que va-t-on lui dire ? C'est par magie que l'on a fait fuir l'assassin. Bouzave ne va pas nous lâcher.

- Je suis désolé inspecteur. Lorsque nous sommes arrivés, la jeune femme était déjà morte et Tao, allongé, inconscient. Nous ne l'avons pas vu, réagit-il aussitôt.

- Le salaud m'a assommé par derrière.

- *AH NON !* C'est trop facile de s'en tirer comme ça ! C'est une pathologie chez vous de protéger les criminels et de garder des secrets ? Et comme d'habitude, une bonne explication qui me laisse toujours dans l'embarras ! *MAIS MERDE ! UNE FEMME EST MORTE !* Elle avait des enfants ! Cela vous laisse-t-il indifférents ?

- NON ! Pas une seule minute ! Mais nous n'avons hélas rien à vous dire, inspecteur.

- C'est ça ! Partez ! Ayez votre conscience en paix ! fulmina-t-il dans leur dos.

- Je me sens inhumaine aux yeux des mortels. Je crois que c'est ce qui me fait le plus mal. J'ai tellement envie de leur crier nos exploits.

- Je sais Elora. Mais tu sais que nous ne pouvons pas le faire, lui répondit Tao.

Sanctuaire, Temple, 14 h 28.

- J'en ai assez que ce pourri s'en sorte toujours ! Il tue et disparaît. C'est trop facile ! Dans un certain sens, je comprends Bouzave. En plus, Gaël est un métamorphe. Je me sens frustré, râla à son tour Bron, tandis que des voix montaient du couloir. Tao, Bron et Elora reconnurent celles d'Eric et de Ben.

- Ils n'ont pas le droit de faire ça ! C'est injuste !
- Oui, tu as raison. Mais toutes tes absences…
- *POUR SAUVER DES VIES !* Pour sauver le Monde ! Et moi je suis…
- Eric.
- Une minute, je suis furieux ! Eric Salvi arriva dans la pièce principale du Temple le visage écarlate. Ben embrassa tendrement Bron et le chef de la bande expliqua la raison de sa colère à ses amis.

- Mauvaise nouvelle ! Je suis suspendu. T-Rex a insisté pour que j'arrête de m'absenter sans cesse. Maintenant il faut s'excuser et essuyer des sanctions pour avoir sauvé sa carcasse ! Lorsque son corps a dégénéré pour régresser à l'état de primate, qui a utilisé ses pouvoirs pour lui rendre sa forme normale ? (voir l'épisode 3).

- Nous, tenta de répondre timidement sa petite amie Elora.

- EXACTEMENT ! A ce hurlement, tout le monde sursauta.

- Bonjour Eric ! Ça va et toi ? Oh ! J'ai oublié de te dire que Gaël a attaqué Tao, qu'il a tué une pauvre femme et que Bouzave reste une tique collée à notre oreille criant que nous sommes les seuls témoins de son enquête et il a hélas raison ! De plus, Gaël nous a fait le coup du métamorphe. A part ça, la journée a bien commencée, et toi ?

- Oh non, excusez-moi. Je suis égoïste. Vous me battez, je m'incline. Votre problème surpasse le mien. Tu vas bien Tao ?

- Oui, c'est mon orgueil qui a pris un coup dans l'aile. Je croyais pouvoir l'affronter seul. J'ai eu tort.

- Ça c'est sûr. Au moins tu as retenu la leçon. Elle aurait pu te coûter cher.

- Je sais, chef.

- Tao, cherche dans le Livre un moyen de le démasquer lorsqu'il utilise un camouflage. Vérifie s'il peut assimiler toutes les caractéristiques des formes qu'il prend. Si nous sommes en face d'un loup, je veux savoir si ses crocs sont juste fictifs ou s'il peut en faire le même usage que l'original dont il prend l'apparence.

- Pas de problème. Il avança vers les débris de l'autel et fronça les sourcils d'étonnement.

- Ce n'est qu'un malentendu avec Elora, se sentit obligé de préciser Bron, tenu à la taille par Ben. Tao ramassa le Livre des Eléments et le consulta. Il en fit la lecture à ses amis.

- Avant sa transformation, j'ai entendu Gaël prononcer un mot. Je crois l'avoir reconnu. Selon le Livre des Eléments, il tiendrait ce don de *Gruagach*.

METAMORPHE

Gruagach était un puissant Mage d'Écosse. Adepte des transformations, il était réputé immortel. Il aurait caché son cœur dans un endroit secret. Descendant d'un Géant *Tùatha* et d'une *Gruagchan* des anciens temps, il fut entraîné par un « *aîné* ». Son principal pouvoir consistait en la métamorphose. Il fut donc le premier métamorphe de l'Histoire Celte. Ce don nécessite l'usage d'un mot magique qui déclenche les phases de transformation physique.

MUTO CORPUS

- Gaël serait un descendant de Gruagach ? demanda Elora, stupéfaite par la révélation.

- Sûrement. Nul ne dispose d'un tel pouvoir chez les druides, et il n'existe qu'un seul Gruagchan par génération. Gaël en est un.

- C'est pour cette raison que Gwenc'Phel tient à lui. Il admire cette capacité surnaturelle.

Campus Universitaire,
15 h 48.

Elora fut interpellée par Greg, rédacteur en chef du *PROPHETE*, journal de l'Université, au sujet du meurtre. La nouvelle s'était rapidement répandue.

- Bonjour.
- Au revoir.

- Non ! Attendez !

- Je n'aime pas les journalistes.

- Je peux vous faire changer d'opinions sur ma profession.

- J'en doute.

- Je peux essayer.

- Sans façon.

- Allez, vous avez bien une info pour moi. Une exclusivité. Une petite interview.

- J'ai dis non ! Je ne peux pas être plus claire.

- Vous êtes le témoin d'un meurtre selon mes sources. Vous refusez de coopérer avec les services de police. Selon mes renseignements, ce n'est pas la seule affaire dans laquelle vous semblez impliqué.

- Et bien dites-moi ! Vous le tenez votre article. Avec tout ce que vous savez, je m'étonne que vous ayez encore besoin de me poser des questions. Je ne dirais rien, ni aujourd'hui, ni demain, ni jamais. Alors, inutile de vous approcher à moins de cent mètres de moi ou alors je pourrais devenir très désagréable. Me suis-je bien fait comprendre ?

- Vous avez du caractère. Quoi qu'il en soit, je saurai tout un jour ou l'autre. Peut-être vaut-il mieux que cela vienne de vous. Je ne voudrais pas altérer la vérité au passage.

- Sommes-nous toujours en train de parler de cette affaire de meurtre ou… d'autre chose ?

- A vous de me le dire.

- Bonne journée, monsieur… quel que soit votre nom.

- Greg. Appelez-moi Greg.

- J'espère ne plus vous revoir, Greg.

✲✲

85

PREPARATIFS

Chambre souterraine,
Sud Est de Brest,
25 octobre 2001.

Gwenc'Phel ruminait sa rage. Il sentait en lui des forces insoupçonnées. Il avait acquis en si peu de temps toutes les énergies qu'il avait perdues. Sa dernière cuisante défaite lui avait fait perdre de son prestige auprès des traîtres qui commençaient depuis quelques mois à douter de sa capacité à lutter contre le Gorsedd qu'ils continuaient de redouter. Mais c'était surtout la mort de Gwémana, la sorcière de l'apocalypse, qui le bouleversait plus qu'il n'avait voulu. Cette immortelle dont la destinée était d'assister à la fin de ce monde et bien plus encore, de la provoquer. Il faisait des cauchemars chaque nuit depuis son décès. Il vit la forêt, puis le mégalithe dans lequel elle était prisonnière depuis des siècles. Piégée par un Gorsedd du Moyen Age, elle avait succombé à leur magie. Gwenc'Phel vit l'explosion de ce rocher qui l'avait libérée. Son rêve se terminait toujours de la même façon. Le cri abominable de la sorcière, morte décapitée, lui venait et revenait sans cesse. Désormais il reprenait des forces et ce songe disparut peu à peu. En grande conversation avec Gaël, Gwenc'Phel ne tolérait aucun dérangement.

- Nous avons perdu Elodie, Maître. Cette garce a changé de camp, dit-il le visage patibulaire.
- Oui, hélas les enfants se perdent parfois en chemin. Ce n'est pas de ta faute, fiston. Elle le paiera en temps voulu. Pour le moment, j'ai besoin que tu m'aides à invoquer l'alchimiste. J'ai retrouvé une grande partie de ma puissance mais je tiens à l'économiser pour le grand… final. Je t'assure qu'ils auront tous la surprise de leur vie. Ils ne s'en relèveront pas. Je te le garantis. Quant à ceux qui parmi nous doutent encore de moi et de mon autorité, porte-leur cette tête, elle achèvera de les convaincre de se rallier à ma cause. Oh ! N'omets pas d'ajouter que quiconque refusera de se soumettre à ma divine volonté subira le même châtiment que la pauvre sorcière. Le chef passa son pouce le long de son cou pour montrer à son disciple qu'il ne plaisantait pas. Gaël sourit à l'idée d'une décapitation.
- Me ferez-vous à cette occasion l'honneur de me nommer bourreau. J'ai toujours aimé les flots de sang.
- Tu seras servi fiston. Tu as mon autorisation. Amuse-toi bien.

Sanctuaire,
25 octobre 2001,
12 h 24.

Bron traîna sur le chemin principal, observant ses collègues affairés aux préparatifs d'une fête. Il fut surpris que nul ne lui en ait parlé. De quoi s'agissait-il donc ? Qui était vénéré à cette occasion ? Il croisa Pat, membre éminent du Gorsedd que de rares druides pouvaient croiser ou même parler avec lui. Les audiences accordées par ces dirigeants étaient réservées aux urgences, aux problèmes graves que seule leur intervention pouvait résoudre. Bron, cependant, avait eu le privilège de les voir plusieurs fois. Les druides et même les Maîtres druides trouvaient cela étrange et le respectaient pour cette raison. Après tout, il semblait avoir leurs faveurs, Bron ne pouvait que les mériter. Il se battait pour eux et vivait avec eux depuis un an déjà. Les regards curieux n'avaient pourtant pas disparu. Pat s'approcha lentement et Bron vit les druides situés aux bords des deux côtés du sentier se plier en révérence. Oubliant les bonnes manières, le jeune druide regarda son pair dans les yeux.

- Encore une longue nuit en perspective.
- Que se passe-t-il ?
- Ma parole Bron ! Ne me dit pas que Gwenc'Ron a omis de t'enseigner la signification de la si célèbre fête de Samain ?
- La quoi ?
- Viens voir. Cherche cette fête dans le grimoire. Pat lui tendit l'ouvrage qu'il saisit.

SAMAIN ou SAWEN

Dans le calendrier celte, cette fête est célébrée dans la nuit du trente et un octobre au premier novembre. Il s'agit de l'anniversaire de la Grande Bataille des Dieux, à *Mag Tuired*. C'est la nuit durant laquelle l'Autre Monde et le nôtre se rapprochent et remettent les choses en ordre là où elles vont de travers. Mais la conception de la normalité pour les Dieux est très différente de celle des Druides. A cette occasion, les êtres surnaturels de l'Autre Monde sont autorisés à revenir sur Terre le temps d'une nuit. Au coucher du soleil, les portes du réseau s'ouvrent toutes pour les laisser passer. Ce n'est qu'à l'aube que ces créatures sont rappelées et doivent rentrer. Les morts peuvent revenir de différentes manières. Ils peuvent vous guider ou tenter de provoquer votre perte. Un bon esprit est appelé un « *Gudden* » et un mauvais, un « *Bedden* ». Ce dernier prend un mauvais chemin, ce qui n'est bon pour personne. La fête de Samain a pour origine l'Irlande. Son équivalent le plus connu est la fête d'Halloween, devenue très populaire ces dernières années. Pour les celtes, *samanios* (novembre) est le début de l'année. Pour *Samain*, les esprits des morts se manifestent librement. Les humains peuvent rencontrer ces esprits. Soyez prudent si vous êtes Celte, quand vous parlez aux animaux. Il se peut que l'un d'eux soit un Dieu grâce au pouvoir de « *métamorphe* ».

SAMAN

L'origine du mot *Samain* vient de *Saman*, le Seigneur des Morts. Les Anciens Druides croyaient que ce Dieu réveillait des hordes d'esprits maléfiques la nuit du trente et un octobre. La tradition voulait que les Druides allument de grands feux le soir de *Samain* afin de repousser toutes ces créatures. Les Celtes, pour qui elle était la dernière soirée de l'année, voyaient en la fête de *Samain* le moment propice à l'examen des présages du futur. La tradition celtique d'allumer des feux pour cette nuit a survécu jusqu'aux temps modernes en Écosse, au Pays de Galles et dans les Sanctuaires. Pour les festivités, (liées à des traces de la fête romaine de la moisson traditionnellement célébrée le premier novembre, et ce, après l'invasion romaine de la Grande-Bretagne) il est de coutume de plonger la tête dans un bassin pour récupérer des pommes avec la bouche.

PUCK

La fête de *Puck* (ou fête du bouc) est un prélude à celle de Samain. Des légendes, dont celles des Maîtres Druides, précisent que *Pucka* est un esprit enchanteur. C'est l'esprit du Royaume des animaux, de la nature qu'il protège. Il est le roi de toutes les Fées. De nombreuses histoires rapportent qu'à la nuit de Samain, il capture des gens qui sortent des bistrots tard la nuit et les emmènent à toute vitesse à trois cent kilomètres du lieu de l'enlèvement. Il les jette ensuite à terre en riant et les laisse au milieu de nulle part en pleine nuit.

Selon la tradition classique, le bouc remonte au Dieu *Pan*. Il est le bouc qui court avec les troupeaux d'animaux domestiques, qui les affole et introduit une frénésie, une touche de vitalité sauvage. Pendant la période de *Samain*, c'est-à-dire Halloween, *Pucka* parcourt la campagne en déféquant sur les fruits sauvages. Ainsi souillés, la tradition veut que l'on mette en garde les enfants en disant de ne pas manger les baies et les fruits sauvages après la fête de *Samain*. Après cette date, ils ne sont plus du domaine des humains.

La seule façon de combattre cet esprit redoutable est d'enflammer le bouc (son symbole) près de lui. Mais bien entendu, il le protègera farouchement.

Tout ce que le symbole subira, *Pucka* le ressentira. A sa destruction, il retournera dans l'Autre Monde où il sera affaibli pour des milliers d'années.

- Mais c'est une catastrophe ! Nous allons devoir combattre tant de créatures !

- Non. Nos deux mondes se confondront seulement quelques heures. Le Gorsedd maintiendra l'ordre comme chaque année. Tu as encore beaucoup à apprendre jeune homme. Mais Gwenc'Ron est sans nul doute un excellent précepteur. Il t'enseignera tout ce que tu dois savoir. Écoute sa sagesse.

Autour d'eux s'affairaient de nombreux druides, communiquant en langue celte, spectateurs de la scène qui s'offrait à leurs yeux. Leur maîtrise des sentiments permit de réfréner toute jalousie. Néanmoins, la curiosité l'emporta. Pourquoi le Gorsedd donnait-il tant d'importance à ce nouveau venu. Après une année complète de loyaux services, de mise en danger de sa vie pour le bien de la communauté, il était agaçant pour Bron d'être toujours considéré comme un « *nouveau* ». Et ces derniers temps, cette impression s'était amplifiée. Des druides en *saies* (fine robe de laine mêlée de soie fabriquée autrefois dans les Flandre, portée par les druides. Elle est prolongée par une capuche et une corde de la même couleur autour de la taille sert de ceinture) de différentes couleurs selon leur grade dans la hiérarchie druidique, donnaient des ordres, obéissaient, chacun ayant une tâche bien précise à honorer afin de mener à bien la décoration aux couleurs de Samain. Un vieillard à l'apparence faible, fourbu par le poids du temps ravageant sa fine peau ridée, usa d'une grande magie qui surprit Bron. Comment pouvait-il, à son âge, avoir tant d'énergie ? Sur des mots difficiles à comprendre, le vieux druide déplaça sa maisonnette toute entière pour laisser passer de larges colis destinés à la décoration. Puis, avec une formule inverse, il remit son habitation à sa place habituelle. Bron essaya de traduire l'incantation, se disant que peut-être elle lui serait utile à l'avenir, ne serait-ce que pour faire valdinguer ses ennemis qui pèseraient bien moins que cette maison. Un allé simple pour la Lune, pensa-t-il.

- *Kêr*… veut dire village, *Gêr*… maison… J'y suis !

> *De ce village ma maison a le plus grand âge.*
> *Élève-toi dans les airs et repose-toi ici parterre.*
> *Le passage de ce colis fait loi,*
> *Que la magie déplace mon toit !*

- Quant à la formule inverse…

> *Rêve d'un jour accompli-toi,*
> *Que ma magie déplace à nouveau mon toit.*
> *Jusqu'à ma mort tu m'abriteras,*
> *Maintenant et pour toujours reviens vers moi !* »

- Bien Bron ! Tu progresses, le félicita le Grand Druide Pat. Soudain, le regard de Bron se fixa sur un jeune homme tancé par Goff, le Maître Mage. Il s'agissait d'Ed qui venait, pour s'amuser, de changer la boue recouvrant le chemin en lisier de porc au cours d'un exercice de Magie Élémentaire. Bron partit d'un rire franc qu'il ne put contenir. Goff était fou de rage. Une maisonnette laboratoire située à l'autre bout du village émit des fumées colorées et très odorantes dans tous les sens avant que la porte n'explose et atterrisse dans le lisier, éclaboussant le pauvre Goff, qui redoubla de furie.

- Il faut maîtriser ses sentiments Maître Goff, ironisa Ed, au comble de la joie. Un druide sortit du laboratoire et se confondit en excuses, ce qui attira sur lui les foudres du Maître Mage. Tandis que Pat souriait, Bron s'apprêtait à hurler de rire lorsque une vision l'en empêcha. Envahissant son esprit, le jeune homme tomba genoux à terre. Ed accourut et Pat observa le phénomène avec grand intérêt, et ce, sans bouger. Bron saisit sa tête dans ses mains et grimaça de douleur. Il décrit sa vision afin de ne pas oublier ces images lorsqu'il retrouverait ses esprits.

- C'est Kiva. Elle est paniquée. J'entends des hurlements venant de tous côtés.

Elle se trouve sur ce chemin, dans l'enceinte du Sanctuaire. Elle semble observer quelque chose.

- C'est impossible Bron, elle est aveugle.

- Chut ! Elle entend un grondement terrible. Tout le monde l'entend. Le bruit assourdissant se rapproche. Ah ! Un flash aveugla Bron, puis sa vision redevint nette. Elle flotte au-dessus du Temple. J'entends sa voix. Elle s'adresse à moi. Elle dit que *le Nemeton sera englouti.* Ed et Pat furent horrifiés. Ces quatre mots sortirent de la bouche de Bron, mais c'est bien la voix de Kiva qu'ils entendirent. Ainsi s'acheva sa vision. Bron ouvrit les yeux et se releva avec l'aide d'Ed. Tao arriva sur le chemin où beaucoup de druides s'étaient attroupés et s'approcha de Bron qui lui raconta ce qu'il venait de voir.

- C'est étrange. Tu as *vu* Kiva flotter au-dessus du Temple. Le toit est à quatre mètres de hauteur. C'est une puissante magie qu'il faut pour soulever le poids d'une femme à cette hauteur.

- Oui, j'ai vu le vieillard soulever sa maison tout à l'heure. Il avait du mal l'élever à seulement un mètre.

- Et son expérience en magie est très grande. Kiva est bien plus légère mais… Non, c'est autre chose qu'il va se passer, et je crains que la fête de Samain soit une belle occasion pour Gwenc'Phel de se manifester.

***

86

AVERTISSEMENT

Sanctuaire,
29 octobre 2001.

L'équipe se réunit autour de la maisonnette de la druidesse aveugle, Kiva. Bron l'appréciait beaucoup. Elle était âgée de quarante ans, en apparence. En réalité, elle vit depuis plus de trois siècles. Les druides ont une longévité qui donne vraiment envie de s'intégrer à la communauté, ne serait-ce que pour cette raison. Bron savait qu'en entrant, il la verrait différemment. Elle était désormais en sursis. Selon sa vision, elle se retrouverait morte, flottant au-dessus du Temple. Mais comment une telle chose pourrait-elle s'avérer possible ? Sa main trembla sur la poignée de la porte en chêne. Lorsqu'il la poussa, elle émit un grincement aigu. Il entra d'un pas hésitant, suivi d'Éric Salvi, Elora Bonti, Tao et Gwyon'Bach.

- Kiva… dit-il d'une voix mal assurée.
- Je sais Bron. C'était un intersigne, une communication entre moi et les Dieux. J'ai reçu d'eux la nouvelle de ma mort et je ne la crains pas. Je suis vieille Bron, j'ai vécu trois cent seize ans grâce à mes pouvoirs et aux voyages que j'ai effectués entre l'Autre Monde et la Terre. Il est temps pour moi de partir. Je t'ai transmis ma dernière prophétie. Non pour que tu changes mon destin, mais pour accepter mon décès. Ne tente rien mon garçon. Tu vas devoir très bientôt affronter tant d'épreuves et il vaut mieux que tu te concentres sur tes missions et non sur ma vie. Ne te soucie pas de mon sort. Sauve les autres et laisse-moi partir, s'il te plaît. Tu te retrouveras devant un choix difficile : ma vie ou celle des autres. Tu connais maintenant mon ultime volonté.
- Comment ça ? Qui d'autres est en danger ?
- Tu le sauras… plus tard. Sur cette réponse mystérieuse, Bron tourna son regard vers ses amis et Gwyon'Bach.
- Ne me regarde pas comme ça ! Tu sais parfaitement que je ne peux rien te dire. Kiva a raison, son heure approche et elle a été choisie bien avant sa naissance. Personne ne peut rien y changer. C'est comme ça, c'est tout.
- J'en ai marre de perdre des amis ! La liste devient trop longue pour moi.
- Elle l'est pour nous tous, répliqua Elora, tout aussi en colère et triste.

Chambre souterraine du
Campus Universitaire.

Des bougies furent fixées sur toutes les parois de la cavité, lui donnant une luminosité particulière et gardant l'endroit assez sombre. De cette Chambre partaient plusieurs couloirs accessibles par des escaliers pour certains tunnels qui montaient ou descendaient selon si l'on voulait remonter vers la surface ou s'enfoncer davantage vers les profondeurs abyssales. Au centre de la pièce, trônait un large fauteuil de cuir noir dans lequel se vautrait le chef de la rébellion. Des chandeliers rouillés étaient posés à même le sol. La décoration laissait vraiment à désirer. Les toiles d'araignées tendues en travers de la pièce achevaient de rendre l'endroit sinistre. Gwenc'Phel attendait depuis des heures avant qu'enfin l'alchimiste qu'il venait d'invoquer soit en mesure de partager ses pouvoirs.

- Il était temps ! J'étais sur le point de prendre racine ! Donnez-moi cette potion.

Qu'une partie de ma magie soit transmise à ton esprit.
Grand Eningann, puissent nos pouvoirs s'entremêler
Afin que la communauté soit châtiée.
Que le savoir surnaturel de mes ancêtres revienne à mon Maître.
Aujourd'hui et pour toujours,
Que Gwenc'Phel l'alchimiste soit de retour !

La couleur de la saie de Gwenc'Phel changea, elle devint vert pâle, teinte qui désigne les Maîtres alchimistes chez les druides. Gaël fut surpris par les paroles de l'incantation.

- Vous avez déjà été alchimiste par le passé ?
- En effet. Avant d'être nommé Grand Druide et d'appartenir au Gorsedd, j'étais doué en alchimie. Hélas, ce pouvoir est assez mal estimé dans la communauté. J'ai dû changer de Maîtrise afin que le Grand Druide que je suis devenu puisse être respecté. Oui, il y a des tares dans la famille des druides, des tabous. Un Grand Druide ne peut conserver une Maîtrise de l'alchimie, c'est une honte et indigne d'un tel rang. Néanmoins, j'ai toujours aimé les pouvoirs que cela procure. Tu verras qu'ils regretteront de m'avoir humilié, Gaël. Ils vont en payer le prix fort.

Sanctuaire,
Bâtiment de la Guilde des Mages.

De l'extérieur, la bâtisse ressemblait à un palais de pierres dont l'entrée n'était autre qu'un dolmen immense. Le toit en chaume semblait ancien, la couleur des murs indiquait que le monument avait été construit au Moyen Age et avait résisté aux intempéries et ravages du Temps. L'intérieur, somptueux, comptait une pièce principale spacieuse, des murs décorés de chandeliers incrustés de pierreries, des tableaux d'une taille impressionnante représentaient les différents *Maîtres Mages* chefs de ces lieux à travers l'histoire et des vitraux de couleurs vives racontaient les combats menés par les plus illustres Mages de la communauté druidique. Sur la droite de l'entrée, un couloir menait aux salles d'entraînement tandis que sur la gauche se trouvait le bureau de Goff, le Maître Mage actuel. Aux étages, les chambres des élèves, la bibliothèque et les salles de musculation, de loisir et de détente. Ed Sévier, ami des héros, avait intégré la communauté volontairement (ou presque) pour les aider à repousser les traîtres. Il avait choisi de dormir au grenier. Goff l'avait informé qu'il était inaccessible, mais têtu comme une bourrique, Ed trouva le moyen de créer une entrée. Pour cela, il avait fait apparaître le disque d'énergie qu'il adorait utiliser pour surfer dans les airs et l'avait lancé à pleine vitesse vers le plafond. Un immense trou lui permit d'entrer dans le grenier. Il lui avait ensuite fallu près d'une semaine pour aménager l'endroit et le rendre habitable. Après quelques rats, souris, chouette et autres créatures dont il ne connaissait les noms, chassés de sa nouvelle chambre, il s'installa. C'était le seul élève capable d'utiliser un disque d'énergie. Sa chambre était donc à l'abri des curieux. Il pouvait y accéder directement de la salle centrale, les autres pièces se trouvant sur les côtés. Il pouvait ainsi décoller du sol, passer les étages qui longeaient les murs, et traverser son trou. Le tout, à la verticale. La Guilde aussi avait revêtu ses apparats festifs et elle était l'une des plus décorées, sans que cela ne soit exagéré. Outre ses dons en magie, Goff semblait être très doué en décoration. Ed avait pris part à la tâche et appréciait pour une fois d'effectuer une mission durant laquelle il ne recevrait aucun coup. Dommage pour lui car en tombant d'une échelle mal assurée sur ses bases, il avait chu et deux beau bleus ornaient maintenant ses fesses. Et s'il avait le malheur d'oublier leur présence, ils se rappelaient à lui chaque fois qu'il désirait poser son postérieur sur un banc. Cela lui valut de nombreuses boutades. Loin d'avoir pour autant perdu le Nord, Ed profita du calme pour draguer une druidesse qu'il trouvait fort à son goût. Maître Goff s'aperçut de son manège et vint s'adresser à lui dès qu'il en trouva l'occasion.

- Elle te plaît ?
- Je crois que oui.
- Je croyais qu'avec Hélène…
- Je ne sais pas. Elle me plaît, mais…
- Ces deux jeunes femmes t'intéressent alors ?
- *Pa ne meus muy dimé unan, E man va lod e peb unan* (expression en celte signifiant : puisque je n'en ai plus une à moi, mon lot est dans chacune).
- Tu veux oublier Kéra.
- Je dois poursuivre ma route sans elle. Je dois refaire ma vie.
- Par Merlin ! Tu es trop jeune pour tenir un tel discours. Tu commences à peine ta vie qu'elle t'éprouve déjà. Compte sur moi pour t'aider quand tu en auras besoin. N'ai crainte de te confier à moi.

30 octobre 2001, 09 h 03.

Gwyon'Bach était excité à l'idée de fêter Samain. Rien ne pouvait le rendre plus heureux. Depuis qu'il avait quitté l'Autre Monde pour rejoindre l'équipe sur Terre, il n'avait pas eu l'opportunité de repenser à ce qu'il avait abandonné.

Au Sanctuaire, il n'était pas vraiment chez lui, mais avec tous les combats menés par ses protégés, il ne s'était pas reposé. Durant ses dernières semaines de calme parfait, il s'était ennuyé. La fête de Samain signifiait pour lui, retrouver ses amis qui viendraient de l'Autre Monde, même si ce n'était que le temps d'une nuit.

Dans cet état d'euphorie, Gwyon'Bach chanta sous sa douche. Se retrouvant propre comme un sou neuf (Gwyon'Bach ne se lave que toutes les trois semaines), il pressa Tao de s'habiller pour visiter le Sanctuaire. A la veille de Samain, ce fut le dernier jour des préparatifs.

- Mets vite tes chausses, tes péniches, croquenots, tatanes, tes pompes, grolles, godasses. Fais vite Tao ! On y va !
- Mais, d'où sors-tu tous ces synonymes ?
- Dépêche-toi !
- Parle à mon cul, ma tête est malade, marmonna Tao, excédé. Mais Gwyon'Bach avait laissé traîner l'oreille et fut fier d'avoir appris une nouvelle expression humaine mais il n'en n'avait pas saisi le sens. Avant de partir, Gwyon'Bach péta sans retenu en passant la porte.
- Ça pu pas bon ici. Te serais-tu lâché Tao ? Oh pardon ! C'était moi.

Tous deux sortirent du bâtiment abritant les chambres de centaines de druides. Il était immense, non par sa hauteur mais par sa superficie. Durant la visite, Gwyon'Bach s'arrêta devant un stand proposant un jeu amusant. Une bassine contenant de l'eau était posée sur une table. Quelques pommes roulaient sur le fond du récipient. Gwyon'Bach reconnu aussitôt le jeu et plongea rapidement sa tête dedans afin de ramasser les pommes avec ses dents. Pendant ce temps, Tao remarqua que malgré des allures enjouées, les druides avaient prévu des camps retranchés, des prêtres guerriers étaient postés un peu partout et un gigantesque bouclier magique formait une cloche de protection sur le Sanctuaire. Un dispositif de sécurité qu'il n'avait jamais vu jusqu'alors. La Tour d'Or était recouverte d'une toile bleue sur laquelle était dessiné le sceau du Sanctuaire. Le Temple, avec ses imposants piliers, trônait toujours au centre des édifices, au bout du chemin d'accès principal et un autre sentier menait au bosquet qui protégeait autrefois le *Livre des Eléments*. Des poteaux de deux mètres de hauteur étaient alignés sur les côtés de tous les chemins partant du Temple et allant dans toutes les directions, comme une étoile. Au sommet des poteaux étaient accrochés des flambeaux qui brûlaient depuis l'aube et qui ne seraient éteints qu'au terme des festivités. Toutes les Guildes avaient revêtu le symbole de leur caste. Ainsi la Guilde des bardes portait au-dessus de sa porte la bannière jaune sur laquelle était dessiné un luth représentant son don pour la poésie et la musique ; celle des vates était mauve et portait un œil, symbole de voyance ; la Guilde des devins avait revêtu la couleur bleue avec pour reconnaissance une main tenant un sceptre ; les Mages portaient le vert avec le disque d'énergie qu'utilisait souvent Ed pour surfer dans les airs ; les atrawon, très peu connus, aimaient le rouge avec une tête de dragon représentant leur force guerrière. Le Gorsedd portait le blanc, comme les Druides et les Archi-druides, avec pour symbole quatre silhouettes sous un dolmen. La variété de couleurs contrastait avec une certaine monotonie habituelle. En effet, tous ses apparats étaient utilisés uniquement pour les cérémonies importantes comme celle de Samain. Toute la communauté attendait avec impatience les *agapes* (banquet), moment privilégié où tous se retrouvaient autour d'une table. Rares étaient les occasions où tous les clans s'unifiaient. Mais depuis l'éclatement de la communauté due à un trop grand nombre de traîtres, ils avaient choisi de s'entraider, pour le bien de tous.

Gwyon'Bach proposa à Tao un concours : celui qui parvenait à retirer le plus de pommes de la bassine en une seule plongée l'emporte. Il trouva le défi curieux. Comment sortir plus d'une pomme avec la bouche en une seule fois ? Préférant ne pas contrarier son ami, il accepta de se prêter au jeu en sachant parfaitement que chacun ne retirerait qu'une pomme du récipient. Tao plongea la tête et prit un seul fruit. Il secoua ses cheveux pour en dégager l'eau tel un chien qui éclabousse de tous côtés, puis Gwyon'Bach, l'air malicieux, tenta à son tour l'expérience. Tao éclata de rire au moment où il ressortit la tête de l'eau.

- J'ai gagné ! J'en ai trois, s'exclama-t-il après avoir lâché une pomme de sa bouche et décollé deux autres de chacune de ses oreilles.
- Tricheur ! Tu as utilisé tes pouvoirs.
- Toi aussi tu en as que je saches. Je n'ai jamais précisé que nous ne devions pas les employer. Tous les coups étaient permis !
- D'accord, je reconnais être vaincu par un esprit supérieur.
- Tu me flattes. Si seulement tu le pensais vraiment. Tao éclata de rire. Euphorique, Gwyon'Bach se mit à chanter en sautillant sur le sentier comme un gamin. Soudain, il émit un son impromptu, suivi d'une forte odeur que même un putois, pourtant maître dans l'art de péter, ne serait jamais parvenu à créer. Aussitôt il entonna un refrain : « *je flatule, pousse une bulle. Mon plat préféré sont les flageolés !* ».

Le froid hivernal se rappela à Tao en lui glaçant les phalanges et celui-ci remonta le col de sa saie. La visite continua, passant devant les tables prêtes à accueillir des centaines de fêtards. Sur plusieurs d'entre elles et même sur le chemin, il vit des druides en train de sculpter des citrouilles. Il trouva cela très étrange.

- Ce truc ridicule est aussi l'une de vos traditions ?
- Oui, parfaitement ! répondit Gwyon'Bach, qui, toujours aussi poli, parlait en mâchant bruyamment sa pomme. Ne te moque pas, reprit-il. Laisse-moi te raconter la légende de *Jack la Lanterne*. Tous les Maîtres Druides adorent l'enseigner aux enfants du Sanctuaire.
- Encore une légende des Maîtres.
- Samain est une nuit de malice durant laquelle les fantômes et les lutins sont déchaînés. Saman réveille des hordes de démons. En hiver, lors de nuits noires, ils sont pris de démence, comme à Samain. Les masques que tu vois doivent avoir l'apparence d'une grimace humaine grotesque car avant de devenir des fantômes,

c'étaient des hommes. Un certain Jack, en particulier, qui était un homme très mauvais, jouait fort bien aux cartes. Un jour, il a battu le Diable en personne à ce jeu. Celui-ci lui demanda ce qu'il voulait en récompense. *Je désire être sûr que tu ne m'emmèneras pas en Enfer après ma mort,* répondit Jack. Le soir de son décès, le Diable l'a épargné. Mais Jack ne pouvait pas aller au Paradis à cause de ses péchés. Alors, Jack aux Lanternes fut condamné à errer sur Terre. La grimace de la citrouille représente le visage de Jack, qui exprime sa méchanceté, sa rancune envers le Paradis auquel il n'a jamais eu droit. S'il est surnommé la Lanterne, c'est pour les histoires de plusieurs Druides à travers l'Histoire qui prétendent l'avoir vu en pleine nuit, sans Lune, à Samain.

- Les nuits noires ?

- C'est ça. Ces nuits-là, on ne peut voir que son visage, cette grimace. Elle se promène sans but, ni destination précise. Elle est juste là et fait peur. Puisque tu t'es moqué de notre culture, permets-moi de te donner une leçon. A Samain, nous célébrons aussi le rite de la personnalité.

- En quoi cela consiste ?

- Oh, Samain permet de fêter des aspects de notre personnalité que l'on ne pourrait exprimer autrement que grâce à la magie, parce que nous les craignons ou que les autres les condamnent.

- Tu m'inquiètes.

Par cet enchantement,
Que cet homme révèle sa personnalité cachée en cette enceinte sacrée.
Puisse-t-il être soulagé de ce fardeau trop longtemps porté.
Que s'accomplisse ici le rite de la personnalité.

Un petit sourire malicieux éclaira le visage de Gwyon'Bach. Pour Tao, l'angoisse s'approfondit. Une lumière brève et éblouissante couvrit Tao avant de s'évanouir aussi rapidement qu'elle était apparue. Le jeune homme enragea.

- Gwyon'Bach ! Qu'as-tu encore fait ?

***

87

Rassemblement Des Troupes

Chambre souterraine, 31 octobre 2001.

Tel un père attentionné, Gwenc'Phel réunit ses « *enfants* ». La chambre souterraine, pourtant spacieuse, était inondée de chefs de factions, tous portant allégeance au « *Grand Patron* ». Désireux d'étendre sa souveraineté à l'ensemble de la Communauté Druidique, il imposa, son charisme aidant, sa stratégie visant à renverser la hiérarchie. Son but était d'envahir le Sanctuaire principal comme un roi tente de prendre le château de son adversaire, symbole de domination. Gaël exulta à la vue d'autant d'alliés. Il ne les croyait pas si nombreux.

- J'espère pour eux qu'ils savent nager ! ricana-t-il silencieusement devant son assemblée. Il se racla la gorge, comme un politicien avant de commencer son discours, et leva ses deux mains au-dessus de sa tête pour obtenir le silence.
- Chers camarades ! L'an dernier, notre pitoyable et ridicule défaite était due à notre arrogance. Je le sais aujourd'hui et j'en ai honte, car nous aurions pu faire mieux. Frapper seul le Sanctuaire principal serait voué au même échec. C'est pourquoi cette fois nous serons soutenus et aidés. Notre force sera le nombre ! Prenez votre revanche ! Samain sera l'occasion de leur montrer que nous sommes toujours aussi déterminés. Les traîtres se dirigèrent vers la sortie pour achever les préparatifs de l'offensive. Gaël se tourna vers son Maître.
- Vous ne leur dites pas ?
- Non. Lors de la première attaque, périront un grand nombre d'ennemis et d'alliés. A la seconde, tous les druides seront décimés et la surprise que je leur réserve servira aussi à asseoir ma domination sur les races de l'Autre Monde. Si nous gagnons, tous les Clans me devront allégeance car j'aurais terrassé leurs meilleurs guerriers. La loi du plus fort, Gaël, sera à mon avantage.
- Vous voulez faire d'une pierre deux coups. Vous trahissez les alliés de l'Autre Monde en envoyant leurs meilleures troupes à la mort. Je ne sais pas si Enningan appréciera. Vous ne pourrez pas arrêter le… dès lors que vous l'aurez lâché, finit-il en baissant la voix.
- Je le sais. Je trouve cette situation réjouissante. Ah ! Ah ! Ah !
Kiva marchait sur le large chemin central lorsqu'elle s'arrêta face au Temple. Ses grands yeux vides fixèrent le sommet de la bâtisse sans ciller. Sa cécité lui avait toujours permis de *voir* au-delà des apparences. Tous ses autres sens s'étaient développés pour compenser la perte de sa vision. Dans sa tête elle vit défiler des images qui lui étaient étrangères, mais qui mettaient hélas en scène des personnes qu'elle connaissait pour les avoir côtoyés sa vie durant. Mais là, au-dessus du Temple, elle

fut effroyablement choquée. Elle avait bien souvent « vu » la mort de druides mais cette fois, elle fut le témoin de son propre décès. Derrière le Temple, un gigantesque mur ondulant lui faisait face. Kiva trembla de froid et manqua de souffle. Elle tomba à la renverse et Bron la rattrapa juste à temps.

- Kiva ! Que ce passe-t-il ? Nous nous promenions tous les deux puis vous avez…

- Écoute-moi, tu me remplaceras, Bron. Je fais de toi le nouveau prophète des druides du monde entier.

- Non, je ne veux pas vous perdre.

- Pourtant, je t'ai déjà dit que tu ne pourrais rien changer. Ce qui me chagrine le plus, c'est que tu sois contraint d'assister à ce funèbre spectacle. Approche-toi mon garçon. Kiva prit le visage de Bron entre ses mains et prononça une incantation, la dernière de sa vie humaine.

A mon décès, mes pouvoirs te seront légués.
Puissent-ils t'être confiés et avec sagesse utilisés.
A la fin de mon chemin commence le tien.
Soit prudent car tous tes mots seront importants.
Le Gorsedd te demandera de garder ses secrets.
Puisses-tu leurs ordres honorer comme jadis je l'ai fait.
Ceci est mon ultime prophétie.
Que les Dieux reprennent ma vie.

Le Gorsedd se réunit pour prendre une décision de routine. Au moment de quitter la pièce, Gwenc'Ron posa une question qui fit vaciller la marche gracieuse de Ness.

- Que faire de ceci ? Gwenc'Ron avait désigné un fauteuil en tronc d'épicéa avec un dossier d'un mètre quatre-vingt gravé au nom des membres du Gorsedd et de leur devise. Il y en avait quatre. L'un d'eux était gravé au nom de Gwenc'Phel. Son seul souvenir était tel, que Gwenc'Ron répugnait à s'asseoir sur ce fauteuil.

- Toutes nos excuses. Nous allons le déménager. Utiliser notre magie pour modifier la gravure serait du gaspillage. Notre menuisier t'en concevra un nouveau à ton nom, répondit Bann. Le Grand Druide jeta un regard de dégoût au fauteuil puis dirigea son sceptre vers l'objet qui se changea instantanément en cendre. Une légère brise emporta le tout et le dispersa.

***

88

LE BONHEUR
AVANT LA TEMPETE

Sanctuaire de Lorient,
31 octobre 2001.

Ignorant tout de la guerre qui se profilait à l'horizon, Eric et Elora s'isolèrent dans la chambre du jeune homme pour y passer un instant loin de tous les tracas habituels.

- J'en ai assez de tous nos problèmes. J'ai envie de rester là avec toi, seuls.
- Que pourrions-nous faire ma bienaimée ?
- J'en ai une petite idée.
- Ah oui ! Ne serait-ce pas un câlin par hasard ?
- Comment as-tu deviné ?
- Peut-être à cause de ton petit sourire qui me fait dire que tu as des arrières pensées. Eric l'embrassa et l'allongea sur son lit. Leur relation sexuelle fut si passionnelle qu'ils en oublièrent la protection d'un préservatif, pourtant essentiel. Enfin tous deux eurent la joie qu'ils avaient attendue depuis longtemps. Certes le lieu et le moment étaient plutôt mal choisis, mais qu'importait pourvu de pouvoir faire l'amour. Eric en oublia le baiser échangé avec Mona. C'est peut-être pour cela qu'Elora ne put lire ses pensées. Il n'en n'avait aucune si ce n'était le plaisir d'éprouver tout son amour pour Elora. Celle-ci ne pouvait être plus belle. Sa peau douce et parfaite, son odeur enivrante, ses seins hypnotisant, Eric fut inondé de bonheur. Lui-même ne pouvait être plus beau pour Elora. Ses muscles saillant, ses abdominaux bien dessinés, elle caressa avec tendresse, puis avec passion la moindre parcelle de ce corps si attirant. Au comble de l'extase, Elora ressentit la graine de ce qui pouvait devenir un enfant. Belle pensée mais hélas, avec la vie qu'ils mènent, il leur fut impossible de l'envisager. Pourtant, l'espace d'un moment furtif et déjà envolé, elle y avait songé. Très vite, elle l'effaça de son esprit pour se donner toute entière à son amant.

Ils se réveillèrent quatre heures plus tard, tandis que le coucher du Soleil était entamé, dans les bras l'un de l'autre. Eric se décida à se lever, s'habiller, pour aller entraîner les jeunes recrues. Lorsqu'Elora quitta à son tour la chambre, elle remarqua les gloussements de druidesses qu'elle croisa dans les couloirs.

- Vous n'avez rien d'autre à faire les filles ? s'énerva-t-elle.

Tara, la fillette recueillie par Bron et élevée depuis au Sanctuaire, désespérait de retrouver Tim, son ami depuis son arrivée dans la Communauté. Elle l'avait fait disparaître par magie lors d'une expérience ayant mal tournée. Le jeune garçon avait disparu depuis plusieurs mois. Malgré tous ses efforts pour le faire revenir, Tara n'obtint jamais le résultat escompté. Pourtant, elle tenta une nouvelle fois de trouver un contre sort susceptible de libérer Tim de sa prison extra dimensionnelle. Elle eut une idée qu'elle décida de mettre en application. La jeune fille traça une rune au sol : Eihwaz, symbole de renaissance. Elle versa pardessus le dessin la poudre qu'elle avait accidentellement renversé sur Tim le jour de sa disparition. Le sort s'inversa aussitôt et Tim réapparut, nu comme un ver, entouré de fumée. Tara hurla de joie.

- J'ai réussi ! Tim ! Je t'ai ramené !
- Ne pavoise pas trop vite, tu as quand même mit des mois avant d'y arriver. Un druide accourut au cri perçant poussé par Tara et la questionna.
- Qu'y a-t-il *merc'h* (fille) ? *Doue* (Dieu)! Tim ! Te voilà de retour ! *Degemer mat er gêr bihan* (bienvenue à la maison petit) ! » Le druide couvrit le jeune garçon d'une couverture. « Mets ces *dilhad, le bragoù on sur kador.* » (Mets ces habits, le pantalon est sur la chaise) Il sortit et laissa les enfants profiter de leurs retrouvailles.
- J'ai eu du *glac'har* (chagrin) quand je t'ai perdu. Pardonne-moi *mar plij* (s'il te plaît).
- Je ne sais pas. *Marteze* (peut-être). Ah, les *gwreg* (femmes) ! Nous faisons toujours les frais de vos erreurs.
- *Fenoz fest* (ce soir, c'est la fête) ! On va se changer les idées. Pour le macho que tu es, je te signale que c'est moi qui t'ai envoyé promener.
- Oui, une balade de plusieurs mois, je m'en souviendrais ! Alors, raconte-moi tout ce que j'ai manqué.

***

89

Usurpation
D'identité

Sanctuaire de Lorient,
31 octobre 2001,
23 h 50.

Gaël savait que quelques minutes plus tard il pourrait jouir d'une nouvelle guerre. Il utilisa son pouvoir de métamorphe pour prendre l'apparence d'Eric et se rendit à la chambre d'Elora où celle-ci prenait son sceptre dans le but de rejoindre les autres druides postés en cercle autour du cromlech. A son entrée, elle lui sourit et l'embrassa. Elle trouva une différence dans ce baiser mais n'en tint pas compte. Ce fut là son erreur. Gaël commença à la tripoter tandis qu'elle essayait de se dégager.

- Non, Eric. Ce n'est pas que je n'en n'ai pas envie, mais on a du travail. Ils nous attendent.
- Nous avons bien cinq minutes non ?
- Tu te sens capable de le faire aussi vite ?
- Oh oui. Je suis très excité.

Elora et Gaël firent l'amour passionnément, sans protection. Elora n'avait aucune raison de se méfier de lui. Néanmoins, elle trouva son empressement et surtout sa fougue, suspects. Arrivé au terme de son plaisir, Gaël ne parvint pas à maintenir son illusion. Très vite, il reprit sa forme normale et Elora se rendit compte avec stupeur qu'elle venait d'être violée par son pire ennemi. Elle le repoussa et hurla : « *AVEL* ! (Vent) » Une bourrasque expulsa violemment Gaël du lit, qui vola dans les airs et se fracassa violemment sur la porte.

- Que la guerre commence ! Ce fut un plaisir, ricana-t-il.
- NON ! Elora pleura à chaudes larmes. ERIC ! ERIC ! A L'AIDE !

Gaël entendit des pas dans le couloir. Plusieurs personnes couraient pour venir en aide à la jeune femme. Le *treitour* se transforma en pigeon ramier pour s'évader par la fenêtre ouverte. C'est à ce moment que Bron, Tao et Eric entrèrent dans la pièce.

- Elora ! Que se passe-t-il ma chérie ?
- Il… Gaël…
- Il était ici ? Que t'a-t-il fait ?
- Eric, Gaël m'a violée.

- QUOI ?

- Il a pris ton apparence et revêtu ta personnalité. Je n'avais aucun moyen de savoir que ce n'était pas toi. Il faut que tu me croies. Ce n'est que lorsqu'il m'a... J'ai compris trop tard. Elora ne pouvait plus parler. Elle pleurait trop et hoquetait sans cesse.

- Tu n'y es pour rien Elora. Tu m'entends ? C'est lui qui est responsable de ses actes. Il va le payer très cher, je te le jure sur ma vie.

- Ne te venge pas Eric. Tu connais les règles, intervint Gwyon'Bach qui venait d'entrer.

- Je ne vais pas le laisser s'en tirer ! Cette fois, c'est lui que je pourchasserai en priorité. Reste là Elora. Nous allons nous occuper des traîtres une bonne fois pour toute !

- Compte sur Tao et moi pour t'aider, Eric.

- Merci Bron.

- Attendez ! Je veux venir.

- Tu n'es pas en état de te battre.

- Au contraire. J'ai une rage telle que je n'en n'ai jamais eue. C'est la dernière fois qu'un traître met les pieds dans le Sanctuaire. Oh non ! J'ai un contact télépathique avec plusieurs druides. Nous sommes attaqués de tous les côtés. Au moins cent cinquante traîtres à l'entrée Nord, autant à la porte Sud. Les barricades de l'Est tombent. Ils franchissent le bouclier installé par le Gorsedd. Il faut nous dépêcher.

***

90

INTRUSIONS

**Sanctuaire de Lorient,
31 octobre 2001,
23 h 59.**

Des centaines de druides encerclaient le cromlec'h du Sanctuaire. Le sol vibra sous leurs pieds. Un grondement sourd s'échappa sans discontinuer des pierres. Les énergies telluriques se concentrèrent tout autour des mégalithes. Le ciel se couvrit, provoquant inquiétude et tension. De mémoire de druide, un tel phénomène ne s'était jamais produit. Bien entendu, les vibrations et les bruits émis par les pierres étaient normaux. Mais le silence de la nature était pesant. Les druides échangèrent des regards surpris, même les Maîtres Druides avaient le visage crispé. De l'électricité statique s'accumula et remonta vers le sommet des roches. Un éclair jaune se dessina au pied de chaque pilier, glissa vers le haut et tous se rejoignirent au centre du cercle. C'est à ce moment qu'une colonne de lumière jaune apparut et laissa la porte menant vers l'Autre Monde grande ouverte. Ce furent les *Gargwas* qui sortirent les premiers par dizaines. Ces sales créatures à l'apparence d'un chien enragé énorme, aux pattes munies de ventouses leur permettant de s'accrocher aux murs, plafonds, malgré leur poids, étaient bien connues des druides. Gwenc'Phel les avaient lancés contre l'équipe d'Eric à plusieurs reprises. Ces animaux étaient très coriaces. Les Druides Sentinelles les continrent à l'intérieur du cercle, évitant de les laisser sortir, sur ordre de Goff. Celui-ci lança une potion qui les calma. Une fois doux comme des agneaux, il les laissa passer car la tradition de Samain voulait qu'ils les libèrent. Mais la potion eut un effet limité qui s'estompa vite. Ce furent ensuite les fées qui mirent le pied sur Terre, précédées de leur roi. Les Elfes à l'allure élancée, la peau pâle, de haute taille, sortirent en hurlant, ce qui n'était pas dans leurs habitudes. D'un naturel calme et posé, ils ne s'étaient jamais emportés dans une telle colère. Cela renforça l'inquiétude de Goff qui se laissa tout à coup submerger par les évènements. Les Elfes prirent positions autour des druides pour protéger la Terre.

- Que se passe-t-il ?
- Empêchez-les de passer ! Tuez-les tous !
- Mais… Samain… Ils ont le droit de sortir cette nuit.
- C'est une catastrophe ! *Eningann* a rassemblé toutes ses troupes près du cromlec'h, de l'autre côté. Ils sont des milliers peut-être plus d'un million de créatures. Nous sommes en guerre depuis deux jours déjà.

Soudain, le flot continu de migrants s'accéléra. Les lutins fuirent à toute allure, se dispersant dans tout le Sanctuaire. Les génies avaient emporté leurs bagages, les chats sauvages les avaient déjà griffés à plusieurs reprises. Sitôt les matous entrés, ce fut au tour des démons de pénétrer notre monde. Les druides reculèrent devant un tel nombre d'ennemis.

- Il faut prévenir le Gorsedd, pensa Goff. Mais à peine eut-il fait un pas vers leur bâtiment, qu'un Gargwa lui barra le passage. Il ne fallut que quelques minutes pour que le Sanctuaire soit envahi. Le réseau fonctionnait à pleine puissance, sans que l'équipe d'Eric n'ait recours à la Grande Incantation. Très vite une énergie anormale se dégagea de la colonne de lumière. Celle-ci envoya des foudres dans tous les sens. Quatre Druides Sentinelles furent carbonisés et désintégrés. Il ne restait d'eux que des tas de cendres. La fête de Samain tourna au cauchemar. Au bout du chemin d'accès principal, autour du Temple, tous les druides attendaient avec impatience l'arrivée de leurs proches décédés. Car à la fête de Samain, les défunts sont autorisés à quitter l'Autre Monde pour rendre visites à leurs familles. Seuls les druides et les celtes ont ce privilège. Mais au lieu de voir venir des personnes connues, des amis, des pères, des mères, des enfants, des grands-parents, ils virent des monstres, des démons et toutes sortes d'autres créatures innommables. La panique générale s'installa. Ils sautèrent sur leurs sceptres et se défendirent tant bien que mal. Des dizaines d'enfants furent tués, des vieillards furent maltraités, comme si les démons voulaient d'abord jouer avec eux avant de les achever. Les plus jeunes adolescents parvinrent à rester en vie, pour le moment. Les foudres provenant de la colonne du cromlec'h furent projetées jusqu'au Temple qui subit des dégâts et s'affaissa vers le Sud. La Tour d'Or s'ébranla, les huttes brûlèrent, le bâtiment du Gorsedd fut lui aussi attaqué. Dix minutes plus tard, la moitié des effectifs des Druides Sentinelles était tombés ou changés en tas de cendres. Il ne restait plus grand-chose de la première défense du Sanctuaire. Goff ordonna aux Mages d'entrer en action. La magie était plus efficace, elle les ralentissait et les freinait par moment. Hélas, les sorciers de l'Autre Monde traversèrent la porte et leur firent face. Dès lors, même les Mages commencèrent à tomber. Les flèches des Elfes volèrent en tous sens. De véritables vagues de pointes fendirent les airs pour traverser des corps, des membres, des têtes. Les Elfes étaient extrêmement nombreux. Ce furent les seuls en mesure de faire un pas en avant pour acculer les êtres surnaturels et les forcer à retourner chez eux. Mais cela resta insuffisant.

***

91

LES HORDES
DE L'AUTRE MONDE

**Sanctuaire de Lorient,
1er novembre 2001,
00 h 24.**

Saman réveilla des hordes d'esprits. Toujours plus nombreux, Othon, le Superviseur de toutes les Guildes, savait que le seul moyen de les repousser était le feu. Une vingtaine de druides tentèrent de l'immoler à l'aide de flambeaux. Eric, Elora, Bron et Tao arrivèrent et se frayèrent un chemin vers le cromlec'h. Ils étaient tous dans une colère qui les poussa à exterminer toutes les créatures qu'ils rencontrèrent. Tandis qu'Elora était sur point de tuer un elfe, aveuglée par la vengeance, celui-ci se défendit.

- Arrête ! Nous sommes du même côté ! Je suis un elfe.
- Pardon. Je…
- Vérifie sur qui tu frappes avant de tuer. » L'elfe partit prêter main forte à ses frères encerclés. Le Gorsedd vint au secours des Maîtres Druides en difficulté mais ils étaient inquiets. Où se trouvait Gwenc'Phel en ce moment ? Il aurait dû être présent pour exulter devant ce spectacle. Or, son absence semblait les contrarier davantage que cette invasion. Ed se tenait aux côtés de Goff qui failli être fendu en deux par l'épaisse lame d'une épée. D'énormes mygales et tarentules émergèrent de la colonne en quantité effrayante. Elles formèrent un véritable tapis de poils et de pattes. Leurs morsures furent mortelles pour plusieurs druides qui s'écroulèrent, pris de migraines, convulsions et fièvres. La mort survint en deux minutes. Les cris, les pleurs, les yeux exorbités de terreur se multiplièrent. Eric leva son sceptre et hurla :
- ASSEZ !

Un silence parfait régna soudain. La réputation d'Eric s'était répandue dans tout l'Autre Monde. Il était craint par certains, sa tête mise à prix pour d'autres. Je vous ordonne de quitter les lieux immédiatement ! Vous savez certainement qui je suis et je vous assure que je n'hésiterai pas une minute à utiliser la Grande Incantation.

Sur ces mots, un grand nombre d'araignées et de démons reculèrent instinctivement. Mais une voix les rassura et Eric fit aussitôt volte-face. Gwenc'Phel et Gaël étaient derrière eux, à quelques mètres seulement, accompagnés d'une armée de traîtres.

- Eric, ils n'ont jamais été aussi nombreux. Nous sommes perdus, murmura Bron.

- Mes chers camarades de l'Autre Monde. Bienvenue sur Terre. Que la fête de Samain est réjouissante cette année. Nous n'avons pas eu autant d'invités depuis… Mais, ma parole, il n'y a jamais eu autant de monde ! Quelles merveilles ! Mes beaux petits chéris. Enningan ne m'avait pas menti. Il avait promis une fête inoubliable. C'est splendide ! Ce sont les plus belles créatures de l'Autre Monde qu'il m'a envoyées.

- LA FERME, ORDURE ! Je ne te laisserai pas nous gâcher la vie une fois de plus ! Quant à toi Gaël, je te tuerai en premier.

- NON ! Ne te venge pas Eric ! Toi non plus Elora ! N'avez-vous donc rien retenu de votre éducation ? intervint Gwyon'Bach.

- Il m'a violée !

- Gaël ! Tu m'impressionnes fiston. Je constate que tu t'es bien amusé. Maintenant, il est temps de nous dire adieu. Merveilles de l'Autre Monde ! Bon appétit ! TUEZ-LES TOUS !

La guerre s'était suspendue. Elle reprit avec plus de volonté, de rage. Tara et Tim affrontèrent des lutins hostiles et des tarentules. Tara utilisa sa poudre rouge dans l'espoir de réduire la taille des bêtes mais elle obtint l'effet inverse. Les araignées doublèrent de volume.

- Tara ! Tu les as agrandies !
- Ce n'est pas ce que je voulais faire, je t'assure !

Eric se jeta sur Gaël mais celui-ci esquiva adroitement l'attaque.

- Ne me tue pas. Elora a un petit four dans le plat.
- Quoi ?
- Elle est enceinte, idiot ! Et peut-être de moi. Quel dilemme ! Tu ne vas tout de pas assassiner le père de son enfant ? A moins que ce ne soit le tien. Prendras-tu ce risque ?
- Par Dagda !
- Enceinte, murmura-t-elle en posant sa main sur son ventre. Attaqué par l'arrière, Bron bouscula Elora et eut une vision.
- Elora, tu portes un bébé. C'était… magnifique. Je l'ai vu en toi.
- Sais-tu qui est le père ?
- Je suis désolé ma belle. Je ne peux pas te répondre. Je l'ignore.
- Tu as trouvé un moyen d'obtenir une immunité, Gaël. Nous ne pouvons pas te tuer pour l'instant. Mais je serais la première à trancher ta gorge à la prochaine occasion.
- C'est trop d'honneur. Toutefois, je n'aurais pas la même indulgence qu'Eric. Père ou pas, tu crèveras.

Dans les geôles du Sanctuaire, Elodie était enfermée dans l'une des cellules en attente de son procès pour haute trahison. Mais sa porte fut pulvérisée par l'une des foudres envoyées par la porte instable. Ses blessures avaient été soignées, et guéries. Elle profita de l'occasion pour se sauver mais dehors, elle vit régner le chaos et décida de se battre aux côtés d'Ed. Celui-ci fut surpris et se méfia d'elle.

- Que fais-tu ici, treitour ?
- Je viens t'aider.
- Et je dois te faire confiance en plus ! Qu'est-ce qui me dit que tu ne me tueras pas quand j'aurais le dos tourné ?
- J'ai changé Ed. Je ne tiens pas particulièrement à leur donner de nouveau le bâton pour me faire battre. Nous n'avons pas le temps pour débattre du sujet.

Des centaines d'esprits merveilleux vinrent à la rescousse des druides. La guerre faisait rage et elle était déjà suffisamment importante pour figurer dans les livres d'histoire. Mais pour cela, il fallait d'abord que les druides survivent à cette attaque. Dans la confusion ambiante, Ness partit à la recherche de Roc'h, l'elfe venu de l'Autre Monde et qui depuis quelques mois surveillait l'évolution de l'équipe d'Eric dans un but toujours mystérieux. Ce fut à cette occasion que Tao rencontra la sœur de l'elfe, Iguilt. Tous deux entrèrent dans le Sanctuaire et se frayèrent un chemin à l'aide de leurs arbalètes. Ness les accueillit et les protégea d'un bouclier afin de pouvoir leur parler en paix.

- Roc'h, cette année tu as été choisi par l'ensemble des communautés de Féerie pour conduire les Traqueurs.
- C'est un honneur, Ness. Merci.
- Ne traîne pas, la fête de Samain bat son plein.
- Ça ressemble plutôt à une guerre, répliqua Iguilt.
- Oui, seulement parce que Gwenc'Phel s'en est mêlé. Nous nous attendions à ce qu'il profite de la situation. Nous ignorions qu'Enningan pouvait lui fournir une telle armée. A ce sujet, nous saisirons le Panthéon dès que cela sera possible. Il nous doit des comptes.

Le cri d'Elora couvrit la conversation et attira leur attention. Elle lança un sort qui effraya plus d'une créature. Elle traça un cercle au sol avec un peu de sable et attira six démons à l'intérieur.

- *Movus* ! Aussitôt un sable mouvant les engloutis.
- Bien joué Elora ! la félicita Eric.

Un hurlement stupéfiant sortit de la colonne de lumière du cromlec'h. Il en émergea une créature curieusement constituée. Elle possédait deux pattes de bouc, se tenait debout, avait un corps d'homme musclé et velu. Sa tête, mi-homme, mi-bête, était terrifiante. Sa taille, d'environ deux mètres vingt forçait la crainte.

- PUCKA ! s'exclama un druide qui le reconnu aussitôt. Puck saisit sa tête et la tourna violemment, lui brisant la colonne vertébrale en un craquement horrible. Un enfant courut vers le cadavre et pleura, devenu orphelin. Puck ouvrit ensuite sa gueule et de la fumée à l'odeur corrosive s'en échappa. Tout le champ de bataille en fut recouvert et les druides devinrent sauvages, parfois même entre eux. Othon réagit très vite en sortant une relique de son sac. Il s'agissait d'un vase antique décoré de motifs représentant Puck, la bouche ouverte, crachant du feu. Othon souleva le couvercle et la fumée empoisonnée y fut capturée. Les druides infectés retrouvèrent leurs esprits.

Iguilt resta stupéfaite et paralysée par la peur face au spectacle monstrueux qui s'offrait devant elle. Des corps par centaines gisaient au sol, mutilés, ensanglantés. Il manquait des membres à certains, des morceaux de chair dévorés par les Gargwa affamés. Elle reconnut de nombreuses créatures qu'elle avait rencontrées là-bas, mais elle ne les avait encore jamais vues, ou observées toutes ensembles en un seul endroit. Un *Tùatha Dé Danann* tenait un druide par la gorge, les pieds battant dans l'air à dix centimètres du sol. Ses yeux se voilèrent, la langue pendante, le visage écarlate, les traits tirés. A peine mort, le Tùatha le jeta en pâture à trois Gargwas déchaînés par tant de nourriture. A en juger par le vomit de certains, ils avaient abusés sur les plats fort peu comestibles. Iguilt observa avec davantage d'attention le flot continu de monstres sortant de la colonne jaune. Elle y vit nettement des *Elvènes,* anciens elfes déchus pour avoir troqué la sagesse contre le pouvoir bannis de l'Horiza, demeure ancestrale de tous les Elfes. Des *Korrigans* par milliers franchirent la porte ou plus précisément les *Korils,* l'une de leurs races. Puis ce fut la *Banshee,* Cynthia, qu'Eric connaît, qui traversa le faisceau de lumière. Enfin, des *Ombres Chinoises* se jetèrent sur Bron qui fut blessé à l'épaule et à la cuisse.

- Par les Dieux ! Toutes les saletés que nous avons combattues reviennent nous hanter ! haleta Bron.
- Il faut se souvenir du moyen que nous avons utilisé pour les vaincre. Nous devons employer les mêmes formules au mot près, cria Eric à ses amis.

***

92

FACE A FACE

**Sanctuaire de Lorient,
1er novembre 2001,
01 h 12.**

Un groupe de nains à la barbe drue s'installa sur une table à moitié fendue pour festoyer. Leur chef leva une chope de bière bien fraîche d'une main, une hache de l'autre et cria à ses frères : Que la *corma* (bière) coule à flot !

Eric, Bron, Tao et Elora furent encerclés et brandirent leurs sceptres pour se défendre. Au bout d'un moment, ils parvinrent à se dégager. Hélas, de jeunes druides à peine âgés de vingt ans furent carbonisés sur place. Il ne restait d'eux que leur crâne encore fumant. Iguilt fut écœurée de constater que l'un des démons se nourrissait de cerveaux humains. Elle se rappela que lorsqu'un Gargwa est tué, les autres le vengent. Bien décidée à vaincre elle-même cette horreur, elle tua l'un des monstrueux chiens de l'Enfer et lui ouvrit le crâne. Evidemment, le démon ne put s'empêcher d'être attiré par l'odeur d'un cerveau tout frais. Il goba l'organe d'un seul trait et les autres bêtes se jetèrent sur lui.

- Et deux de moins ! dit Iguilt victorieuse. Gwyon'Bach observa le massacre, frustré de ne pouvoir rien y faire et répondit :
- Quelle *koc'hu* ! (cohue) Il y a du monde cette année. La fête est très animée.

Un Maître Druide, traître à ses heures perdues, dont la spécialité consistait en l'animation d'objets inertes, attaqua Ed et Ben qui protégeaient les enfants. Ben avait insisté pour entrer dans le Sanctuaire pour aider son amant et protéger les enfants en l'absence de druides disponibles. Othon avait accepté. Le treitour assomma Bron par derrière et Gwyon'Bach s'insurgea.

- Eh ! Personne ne t'a appris à te battre face à face ? Je vais te couper les *kall* (testicules) !

Pat accourut vers Goff et ordonna de l'écouter attentivement.

- Que tous les Traqueurs entrent en action maintenant ! Vous devez les contenir et les repousser dans la porte ! L'équipe d'élus, occupez-vous des traîtres en priorité et des créatures les plus dangereuses. Les Mages, usez de tous vos pouvoirs pour exterminer les araignées, les lutins fous et les korrigans. Les Druides de niveau supérieur de cinq à douze tuez les Gargwas et les Elvènes. Vous serez aidés par quelques Elfes. Les Archi Druides de niveau supérieur à quinze, protégez les bâtiments, les enfants et surtout la *levraoueg* (la bibliothèque). Tous à vos postes !

Le Gorsedd se réunit au pied de leur immeuble. Gwenc'Ron fut agacé de la situation.

- J'en ai assez ! Il faut que nous l'arrêtions ! A la suite d'un échange d'hésitations, ils prirent la décision de faire face au chef des traîtres.
- STOP ! Les quatre Grands Druides levèrent leurs sceptres et tous les combats cessèrent. Les créatures et les démons s'immobilisèrent, attendant la suite des évènements, de nouveaux ordres.

***

93

LE GORSEDD
NEUTRALISÉ

**Sanctuaire de Lorient,
1er novembre 2001,
02 h 19.**

— C'est fini Gwenc'Phel. Rends-toi.

— Non, je ne me soumettrai jamais à votre volonté. J'ai trouvé de quoi vous occuper. J'attends ce moment depuis des mois, cracha-t-il d'un ton suavement venimeux. Gwenc'Phel brandit son sceptre et des centaines de traîtres se jetèrent sur le Gorsedd. Pour se défendre, Gwenc'Ron, Ness, Pat et Bann firent des cercles avec leurs sceptres. Des dizaines d'ennemis fendirent l'air dans toutes les directions. D'autres furent englués dans le fumier, ce qui eut pour effet de faire fuir certains d'entre eux, ne supportant pas les fortes odeurs. Ness enchaîna quatre treitours à l'aide de lianes qui s'enroulèrent seules, à distance, autour du cou des adversaires. Pat, excédé, ne prit aucune précaution et peu lui importait l'endroit où ils atterrissaient. Ainsi, un druide se retrouva embroché par une torche après un violent vol plané. Bann préféra l'usage de la pétrification. Devenus pierres, les treitours ne représentaient plus aucun danger. Enfin, Gwenc'Ron sauta pardessus une vingtaine de druides pour affronter Gwenc'Phel, mais il fut ralenti et ne parvint pas à le rejoindre. Il se défoula alors sur tous ceux qui avaient l'audace de le défier, et ils le regrettèrent amèrement. Plusieurs demandèrent pardon et sollicitèrent sa clémence. Mais il ne pouvait plus y avoir la moindre tolérance après ce qu'ils venaient de faire. Ils avaient dépassés toutes les limites. Il n'était plus question désormais de leur accorder une immunité. Chacun devaient payer le prix de ses outrages avec des circonstances particulièrement aggravantes.

Gwenc'Phel brandit lui aussi son arme, taillée et sculptée dans du sureau. Bois de mauvaise réputation, il portait malheur, sauf pour celui qui savait utiliser sa magie maléfique. Ce sceptre avait la particularité d'être indestructible, ce qui constituait sa force principale. Le ciel se couvrit, des éclairs crépitèrent tels des flashes de photographes. Le chef de la rébellion se tourna un instant vers Gwyon'Bach et lui demanda :

— Joins-toi à moi.

— PARLE A MON CUL MA TETE EST MALADE ! Je suis au bord de faire un esclandre ! Il fut tout fier d'avoir su réutiliser l'expression apprise auprès de Tao. Gwenc'Phel leva un sourcil de surprise puis se concentra sur son objectif.

— Si je ne peux avoir le Sanctuaire, personne ne l'aura !

Depuis la nuit des temps,
La Terre subit des tremblements
Désormais il est temps
Que l'un d'eux agisse maintenant !

Il frappa le sol de son sceptre, une énergie traversa la terre et s'éloigna en direction de l'Océan. Gwenc'Phel fut soulevé par son sortilège et fut suspendu en l'air au-dessus du Sanctuaire, à une hauteur vertigineuse, à l'abri des combats qui faisaient rage. Un tremblement de terre sous-marin d'une magnitude de sept sur l'échelle de Richter souleva deux vagues titanesques. Ce fut donc un raz-de-marée qu'avait choisi Gwenc'Phel comme arme secrète. Il fut aidé dans cette création par l'Alchimiste et Enningan sans qui le déploiement d'une telle énergie aurait été impossible. Tous les yeux se levèrent en direction d'un mur d'eau à peine à quelques kilomètres du Sanctuaire. Le temps se figea soudainement. Personne ne bougeait. Les yeux s'exorbitèrent. La guerre cessa, laissant place à une panique totale et générale. Euphorique, Gwenc'Phel cria :

Grand Taranis !
Dieu de l'orage, je t'invoque.
Soulève cet océan et réduit cette ville à néant !

Le visage du dieu barbu apparut à la surface ondulée de la vague. Le raz-de-marée s'effondra aussitôt sur Lorient Le port fut engloutit avec tous les riverains. Le reste de la ville et les communes alentour subirent le même sort. Le Gorsedd réagit aussitôt en détruisant leur propre bouclier qui protégeait le site. Ils concentrèrent leurs pouvoirs sur les châteaux, les maisons de retraite, les écoles, les églises, les immeubles, la mairie de la ville, pour les recouvrir d'un bouclier. Ils ne pouvaient faire mieux en un temps record, pris au dépourvu. Les *stroubinellous*, des êtres malveillants de l'Autre Monde, détestaient l'eau par-dessus tout. Ils traversèrent sans plus attendre la colonne de lumière pour rentrer chez eux, la queue entre les pattes.

***

94

ENGLOUTIS

**Lorient,
1er novembre 2001,
02 h 37.**

Hélas, la seconde vague retomba plus à l'Est et s'abattit directement sur le Sanctuaire. Le Gorsedd ne tint pas face à la force de l'eau et tous furent emportés. Les créatures de l'Autre Monde se noyèrent les unes après les autres, sauf celles qui se trouvaient proche du cromlec'h et qui purent traverser la porte. L'eau monta très vite. Gwenc'Phel et Gaël restèrent là, devant le massacre, flottant au-dessus du site, suffisamment haut pour ne pas être en danger. Bron se souvint soudain de Kiva et de sa prophétie. L'eau monta à hauteur du toit du Temple, à plusieurs mètres du sol. Gwenc'Phel concentra ses pouvoirs pour que le Sanctuaire tout entier se retrouve sous l'eau alors que le reste de la ville était moins englouti. Bron plongea et vit la pauvre druidesse inerte, emportée par le courant au-dessus du Temple comme elle l'avait prédit. Ses yeux s'ouvrirent, elle vivait encore. Bron avait le choix : la sauver ou secourir les enfants qui flottaient, criaient, pleuraient. Son amant, Ben, était également menacé de mort. Bron lut dans les yeux de la femme aveugle. Elle voulait qu'il accepte sa mort. Résigné, Bron nagea vers la surface, malgré le courant qui arrachait tout sur son passage. Il ne vit ni Eric, ni Elora. Tao avait lui aussi disparut. Malgré ses appels, il n'obtint aucune réponse.

Sur toutes les chaînes, tous les programmes télévisés furent interrompus. Un journal spécial d'information annonça le drame à des millions de téléspectateurs : « *Lorient et trois communes alentours : Larmor-Plage, Port Louis et Lanester, ont été englouties cette nuit par un titanesque raz-de-marée, ce qui ne s'est jamais produit dans notre pays. Nous ignorons le nombre de victimes pour le moment, mais les secours parlent de plusieurs centaines de noyés. Les survivants doivent affronter un courant dévastateur qui à lui seul suffit à emporter des maisons entières et fait vaciller les fondations d'immeubles. Curieusement, l'eau semble avoir épargné des écoles, des églises et des sites archéologiquement protégés. Nous vous tiendrons au courant dès que nous aurons de plus amples informations.* »

Sur tout le globe, les Sanctuaires subirent des invasions de traîtres que bien peu eurent les moyens et les ressources magiques nécessaires de repousser. Lorient fut submergé sous plus de deux mètres d'eau.

*** *

A SUIVRE…

SAISON 3 EPISODE 1

La Fête de Samain

(Partie 2)

#9

« La jalousie se nourrit dans les doutes, et elle devient fureur (…). Elle est le plus grand de tous les maux, et celui qui fait le moins pitié aux personnes qui le causent. »

LA ROCHEFOUCAULD, Maximes.

Souvenez-Vous...

Dans les épisodes précédents de « La Légende Des Maîtres » : Gwenc'Phel a toujours souhaité renverser l'ordre de la communauté des druides, seul obstacle à sa conquête du pouvoir absolu sur la Terre et l'humanité. Après être parvenu à anéantir le premier site du Sanctuaire, il s'attaque à celui de Lorient. Pour cela, il fait alliance avec les créatures de l'Autre Monde et profite de la fête de Samain. En cette nuit unique, tous les tunnels telluriques formant le « Réseau » s'ouvrent pour permettre à la Terre de communiquer temporairement avec l'Autre Monde. Le Gorsedd demande à Elora de rédiger un rapport présentant la gravité de la situation. Elle fait part de ses inquiétudes à Bron… Tao fait une étonnante découverte sur les origines de Gaël… Eric est suspendu de ses fonctions de professeur à l'Université de Brest… Greg, l'étudiant en journalisme, commence à harceler Elora de questions sur le meurtre commis par Gaël et les mystères entourant ses amis… Les druides du Sanctuaire préparent la fête de Samain en décorant le site… Ed progresse nettement et devient rapidement un Mage de haut niveau… Dans une vision, Kiva annonça à Bron sa mort imminente… Gwenc'Phel fait appel à d'anciens pouvoirs enfouis dans son âme. Redevenu alchimiste, il se sentit prêt à affronter ses ennemis… Gwyon'Bach lance un sort sur Tao afin de libérer les autres aspects de sa personnalité qu'il réprime… Kiva profite du calme avant la tempête pour transmettre ses dons à Bron. Il devient ainsi le nouveau prophète des Druides du Monde… Tara parvient à faire revenir Tim, captif d'un sort depuis des mois… Gaël a violé Elora en revêtant l'apparence d'Eric. L'illusion fut parfaite… L'invasion commence, les défenses du Sanctuaire tombèrent une à une. A l'ouverture des mégalithes, les *Gargwas* sortent les premiers, suivis des fées, des elfes qui se joignent à la défense des lieux, des lutins, génies, des chats sauvages par centaines, des démons. Les druides constatent qu'Enningan a fait alliance avec le chef de la rébellion pour servir ses intérêts. Les Sentinelles tombent, suivis des Mages, massacrés par les sorciers de l'Autre Monde. *Saman* en personne s'invite à la fête en franchissant la colonne de lumière communiquant avec l'Autre Monde. Il réveille des hordes d'esprits. Des mygales et des tarentules émergent par milliers… Eric les menace tous de la *Grande Incantation* mais Gwenc'Phel et Gaël arrivent, accompagnés d'une armée de traîtres… Gaël révèle qu'Elora était enceinte pour qu'Eric épargne sa vie. Peut-être en est-il le père.. ? Elodie est accidentellement libérée de sa geôle et se joint à Ed pour combattre à ses côtés… Des esprits merveilleux viennent en aide aux druides… Ness charge Roc'h de conduire les *Traqueurs*… L'apparition de Pucka double la panique… Un Tùatha Dé Danann étouffe un druide avant de le jeter en pâture aux chiens de l'Enfer Celte. Puis des Elvènes envahissent le Sanctuaire, des *Korrigans* font de même, en particulier les Korils…

La *Banshee* Cynthia et des Ombres Chinoises font irruption… Les nains festoient et ne prêtent aucune attention au chaos régnant… Devant les atrocités commises sous leurs yeux, le Gorsedd décide d'intervenir, cessant de fait les combats. Gwenc'Phel riposte pour les occuper. Il provoqua un raz-de-marée qui tue Kiva, inonde Lorient et englouti le Sanctuaire. Le Gorsedd est emporté, surpris par les eaux furieuses… Des créatures de l'Autre Monde se noient et Bron ne retrouve pas ses amis…

Suite…

95

Tous Barbotent

« Les évènements récents furent dramatiques. Jamais de telles hordes ne furent lancées contre nous. Il me semble même que plus le temps passe, plus les attaques de grandes ampleurs se multiplient crescendo. Mais un dieu, et pas l'un des moindres, a comploté durant longtemps, dans l'Autre Monde, afin d'obtenir une telle armée. Hélas, je demeure convaincu que tout ceci ne représente qu'une partie de ses forces. Le passage ouvert à travers le cromlec'h n'a pu permettre à tous les êtres de l'Autre Monde de passer. Dans le Monde entier nous avons encerclé les portes susceptibles de s'ouvrir. Ils ne leur restaient donc que celle du Sanctuaire pour entrer en toute légalité. Mais dès que nous avons constaté que c'était une guerre que voulait Eningann, nous avons dû leur interdire l'accès à la Terre. La bataille qui a fait rage au Sanctuaire a provoqué la perte de beaucoup d'entre nous. Des amis, des enfants, des vieillards et… Kiva, nous ont quitté. Je dois dire que je ne suis pas très dépaysé malgré tout cela. En Chine, j'ai affronté des Dieux, des démons et toutes sortes de créatures que vous ne pourrez rencontrer que dans vos cauchemars. Le raz-de-marée a résolu quelques problèmes mais en a causé bien d'autres. Elora m'inquiète. Elle se jette corps et âme dans les combats, faisant abstraction du viol de Gaël qu'elle a subie. L'Ordre m'a enseigné la patience et le pardon. Des humains tels que ce traître mettent mon calme à rude épreuve. Même si j'ignore ce qu'est devenu Gwenc'Phel, je sens que nous n'en n'avons pas encore fini avec lui. Si mes souvenirs sont exacts, toute l'équipe a été séparée, engloutie par les eaux. Que sont-ils devenus ? Ont-ils survécu ? »

TAO,
MOINE CHINOIS

De l'eau partout. Ce liquide indispensable à l'apparition de la vie sur Terre peut tout aussi bien l'anéantir. Un silence lourd de sens pesait dans l'atmosphère. Nul oiseau, nul animal ne manifesta sa présence par des cris naturels qui, en temps ordinaire, égayait la forêt du Sanctuaire. Après la stupeur, l'affolement et la panique, pas un individu ou créature ne donna signe de vie. Le paysage était dévasté, défiguré. Les splendides chênes, hêtres, bouleaux, platanes qui participaient à la vie de l'écosystème de ce sol sacré, seules quelques cimes dépassaient de la surface de l'eau. La profondeur était si impressionnante que le sommet du toit du Grand Temple était englouti. Les eaux venaient de se calmer avant leur retrait attendu. Les pierres du cromlec'h gisaient à plusieurs mètres de la surface, renversées, retournées et certaines mêmes, les plus légères, déplacées sur des dizaines de mètres. Quant à l'autel, habituellement situé au centre de l'édifice, il fut pulvérisé en milliers de morceaux. Le bosquet avait subi le même sort. Arbres à terre, rochers déplacés, rien n'avait résisté à la force du raz-de-marée. Les habitations du village, à l'Est du territoire, n'existaient plus.

Toutes les chaînes de télévision interrompirent leurs programmes nationaux nocturnes pour informer la population du désastre. Le même discours était prononcé sur l'abominable catastrophe ayant frappé Lorient et les communes voisines : Port-Louis, Lanester et Larmor-Plage.

- En cette nuit de la Toussaint, un raz-de-marée s'est abattu sur la ville de Lorient. Il trop tôt pour évaluer le nombre de victimes car les eaux ne se sont pas encore totalement retirées. Pour l'heure, nous ignorons ce qui a provoqué ce désastre. Le drame se déroule en ce moment même et nous n'avons, pour l'instant, aucune image à vous diffuser. Mais nos envoyés spéciaux arriveront bientôt sur place afin de nous communiquer les premières informations disponibles. Nous vous tiendrons informés de la situation dès que possible.

Peu de personnes eurent l'occasion de connaître cette information en raison de l'heure tardive de la nuit. Mais très vite, le secret des druides risquait d'être compromis.

Au Sanctuaire, ou plutôt au-dessus, flottaient des elfes, des nains, des Gargwas et d'autres créatures ayant par miracle survécu. Les chiens, tout droit sortis du Sidh, se débattaient avec force pour éviter la noyade. Certains, plus habiles et bons nageurs, tentèrent de poursuivre le combat avec les quelques rescapés. Mais ils furent aussitôt exterminés par Bron, qui nageait en surface, furieux de les savoir en vie alors qu'il ignorait ce qu'étaient devenus ses amis. Affolé, il hurla le prénom de chacun d'entre eux dans l'espoir de les retrouver. Des boules de feu volèrent en tous sens, formant des tranchées à la surface lisse de l'eau, pour finir par carboniser les derniers Gargwas rebelles. Puis Bron plongea sans cesse à la recherche de survivants. A bout de souffle, il abandonna tout en continuant d'appeler ses amis. Quelques minutes plus tard, la respiration ralentie, il fondit de nouveau vers le fond et vit, au pied de ce qui restait de la Tour d'Or faiblement brillante, une bulle d'oxygène qui changeait régulièrement de dimension. A l'intérieur, il reconnut Elora, faible, essayant de contenir l'air dans la bulle tandis qu'Eric, à ses pieds, blessé au crâne, usait de ses dernières forces pour maintenir l'ensemble stable et soulever la bulle jusqu'à la surface. Des centaines d'enfants et druides se bousculèrent pour entrer dans l'abri, leur seule chance de rester en vie. Enfin remontés, ils inspirèrent profondément, épuisés, les larmes aux yeux et toussant pour expulser les gorgées d'eau que certains furent obliger d'avaler. Un garçon de douze ans aux cheveux châtain, les yeux marron et les dents avant proéminentes, utilisa son pouvoir exceptionnel consistant en la manipulation biologique du bois pour créer une plateforme large de plusieurs centaines de mètres afin de permettre à tous de se reposer dessus, tel un radeau.

- C'est extraordinaire Gavyn ! Tu nous sauves la vie à tous. C'est une idée prodigieuse, s'exclama un vieux druide à la longue barbe grise, au dos voûté, sentant le poids des années l'écraser peu à peu. Bron vit les rescapés frigorifiés et trempés en cette nuit de novembre. Il concentra ses pouvoirs et créa des ondes de chaleur qui réchauffèrent l'air autour d'eux et les focalisa ensuite vers chacun pour les sécher entièrement un par un. L'eau glaciale parvint pourtant à tuer les plus fragiles qui périrent avant que Bron n'ait eu le temps de s'en occuper. Les hommes protégèrent les prêtresses de leur longue saie hivernale et les enfants se regroupèrent au centre du radeau de fortune pour prêter une partie de leur énergie à Gavyn qui stabilisa leur abri et créa une voûte de feuillages les protégeant de la pluie et de la neige. Leur extraordinaire solidarité surprit Eric qui s'essuya le crâne à l'aide d'un bandana, emprunté à un adolescent. Bron se jeta dans les bras de Ben, heureux de le voir en vie, assis au bord du radeau et ne le quitta plus. Un bruit sourd approcha et provoqua la panique. Puis un son sec et puissant retentit au moment même où un homme asiatique apparaissait au milieu des enfants. Les plus rapides l'attaquèrent avant de s'arrêter net devant Tao.

- C'est comme ça que l'on accueille les amis ici ? Dîtes-moi, ce radeau est surprenant ! Comment l'avez-vous fabriqué ?

- Tao ! crièrent les enfants rassurés.

- Heureuse de te voir. C'est Gavyn qui a créé ceci, ainsi que la voûte, expliqua Elora. Une ombre flotta au-dessus de l'eau et s'estompa à l'approche de l'abri. Gwyon'Bach atterrit directement à côté d'Eric. Il sembla agité, inquiet de ce que l'on pourrait lui reprocher.

- J'ai essayé de les persuader ! J'ai essayé ! Je vous le jure ! Ils ne m'écoutent pas. Ils ne voulaient pas intervenir. Les Anciens veulent respecter les règles à la lettre. Pourtant ce crime ne restera pas impuni. Je saisirais le Panthéon ou les obligerait à rédiger un ordre de démission pour Enningan., se lamenta-t-il, revenant de l'Autre Monde où il avait assisté à une réunion des Anciens qui l'avaient fait prisonnier d'un désert pour l'obliger à réfléchir sur son intervention qui avait sauvé la vie d'Eric. Comme ils le lui avaient rappelé, il lui était interdit d'intervenir directement dans le cours de l'histoire et de perturber l'équilibre précaire entre le Bien et le Mal.

- Quelqu'un sait ce que sont devenus les deux treitour ? demanda Eric.

- Je les ai vus quitter le Sanctuaire un peu avant que l'eau n'arrive. Ils savaient ce qui allait se passer. Je les soupçonne même d'avoir sacrifié les leur dans ce combat absurde, répondit un vieillard faible et fatigué. Tout le monde se calma jusqu'à ce qu'un autre bruit inconnu se fasse entendre.

- C'n'est pas possible ! Cette situation est un vrai calvaire. Que se passe-t-il encore ? s'exclama Tao en cette question rhétorique. Une colonne d'oxygène remonta en surface. Des bulles immenses éclatèrent au contact de l'air. Deux têtes dépassèrent de l'horizon lisse de l'eau, celles de Goff et d'Elodie. Lorsqu'Eric regarda dans les yeux du Maître Druide, il comprit vite que quelque chose clochait. Certainement un grand problème. De plus, Goff la portait depuis longtemps car ses muscles tendus lui faisaient mal et l'eau glaciale engourdissait ses membres. Il avait pourtant combattu la peur et l'avait maîtrisée grâce aux techniques de méditation qu'il connaissait. Mais le temps jouait contre lui. Il avait déjà passé deux heures et demie dans l'eau gelée, à l'abri de cette colonne d'oxygène qui ne le protégeait pas du froid. Sa robe de cérémonie était trempée, ce qui n'arrangeait pas les choses, les rendant plus difficiles, au contraire.

- Aidez-moi ! Je crois qu'elle est paralysée.
- Ca ne me chagrine pas beaucoup.
- Elora ! la réprimanda Eric.
- Quoi ! C'est une treitour elle aussi, non ?
- Elle a changé !
- J'aimerai y croire. Mais tu as vu ce qu'ils ont fait ?
- Elle nous a aidés pendant le combat. Elle a risqué sa vie.
- C'était la moindre des choses si elle voulait se racheter.
- Cessez de vous chamailler tous les deux ! Il y a des problèmes beaucoup plus important à régler pour le moment, tempêta Goff qui était monté sur le bord de la plateforme, n'ayant rien perdu de son autorité. Il reprit son souffle et s'approcha d'Elodie, allongée à deux pas. Un énorme tronc d'arbre a violemment heurté son dos. Je me souviens encore de la grimace de douleur atroce qui déformait son visage à ce moment-là. Elle a probablement la colonne vertébrale altérée. Elle m'a dit ne plus sentir ses jambes ni ses hanches. Cela fait des heures qu'elle s'efforce de rester éveillée. Bien que le concept temporel nous soit faussé en situation aussi dramatique que celle-ci, je ne crois pas être loin de la vérité en disant que nous tentons tous les deux de survivre depuis un peu plus de deux heures. Elodie est courageuse. Elle a au moins ce mérite. Elle s'est égarée un certain temps, sûrement influencée par Gwenc'Phel. La maltraitance de Gaël lui a ouvert les yeux et elle s'est peu à peu rapprochée de nous. C'est au Gorsedd qu'il reviendra de décider de sa réhabilitation ou pas. En attendant, il me faut la guérir. Goff apposa ses deux mains sur l'échancrure de ses hanches et remonta le long de son dos. Une lueur bleue traça une ligne sur sa colonne vertébrale et des bruits secs dus à des craquements à faire frémir firent sursauter l'assistance. Elodie poussa des hurlements provoquant les pleurs des enfants qui se transformèrent ensuite en soulagements lorsqu'elle ressentit des picotements au bout de ses pieds. Cinq minutes plus tard, elle se releva et marcha en riant et en pleurant. Elle s'accrocha au cou de son sauveur sans le lâcher, ce qui ne le mécontenta pas.

- Merci, souffla-t-elle enfin.

Des lutins, par miracle épargnés, nagèrent tout autour de la plateforme dont toute la surface était déjà occupée. Gavyn leur confectionna de petites plateformes semblables à la sienne où ils purent s'installer.

Bron prit Ben dans ses bras et l'embrassa longuement en pleurant, lui intimant l'ordre de rester près de lui. Il avait eu peur de le perdre. Elora et Eric s'enlacèrent à leur tour tandis que Tao réconforta les enfants en leur montrant ce qu'il savait faire avec ses pouvoirs. Il apporta un soutient de magie à Gavyn qui ne parvenait plus à maintenir les plateformes stables, trop jeune et trop affaibli. La nature des pouvoirs de Tao, capable de manipuler l'élément de la Terre, lui permit de renforcer le travail du jeune garçon, qu'il se promit de prendre plus tard sous son aile.

96

EXPULSIONS

**Lorient,
1er novembre 2001,
04 h 18.**

Othon, le Superviseur, tentait d'entrer en contact télépathique avec le Gorsedd depuis vingt minutes, sans succès. Son esprit naviguait à travers toute la ville à la recherche d'un signe d'activité magique trahissant la présence des éminents membres du Gorsedd. Hélas, cela ne suffit pas. Il tenta alors une dernière connexion télépathique qui se solda par un échec. Il ne comprenait pas comment quatre Grands Druides, nécessairement présents dans les environs, pouvaient être injoignables à ce point. Othon avait rejoint les survivants à la nage après avoir cherché et regroupé tous les Traqueurs Elfes. Il acheva sa tentative vaine de communiquer avec ses supérieurs et prit la décision de faire le point avec son équipe.

- Les *Traqueurs* m'ont informé que l'eau s'est retirée partout ailleurs. Lorient, Larmor-Plage et Port-Louis sont débarrassés de la boue et de l'eau. Nous seuls restons submergés. Il semblerait que les énergies telluriques qui entourent… entouraient, le cromlec'h, aujourd'hui détruit, maintiennent l'eau dans le secteur. Elle subit une sorte d'attraction qui l'empêche de se disperser. Je n'en suis pas sûr, mais je crois que les membres du Gorsedd se sont séparés pour réparer les dégâts en ville et s'assurer que les médias ne fouineront pas et qu'ils se contenteront de dire qu'il s'agissait d'un raz-de-marée soudain, que si les édifices architecturaux ont été préservés ce n'est que grâce à un miracle. Ils ont très peu de temps devant eux et ils le savent. Tout doit rentrer dans l'ordre avant le lever du soleil. Ils comptent certainement sur nous pour nettoyer le Sanctuaire et la forêt avant l'aube.

- Ce n'est pas gagné ! Comment libérer l'eau de cette attraction ? s'enquit Elora.

- Ce n'est pas le seul problème soumis à votre sagacité d'esprit. Comme l'a dit votre Superviseur Othon, la nuit arrive bientôt à son terme et la fête de Samain s'achèvera à ce moment-là. Toutes les créatures issues de l'Autre Monde doivent impérativement rentrer chez elles immédiatement. Sinon elles resteront prisonnières sur Terre durant trois cent soixante-cinq jours. Elles ne pourront y retourner avant la prochaine fête de Samain.

- C'est juste Gwyon'Bach, mais nous devons parer au plus pressé. Si nous évacuons l'eau, l'équipe d'Eric pourra utiliser la Grande Incantation pour les faire fuir. Tao, tu demanderas à ton *Elémental* de chercher l'Elfe Roc'h. C'est le chef des Traqueurs cette année. Il organisera la traque des créatures qui sont restées ici et les ramènera toutes au centre des énergies telluriques.

- Qu'est-ce que c'est un *Elémental* ?

- C'est la forme concentrée de tes pouvoirs. Tu communiqueras ainsi avec tous les animaux, les plantes, les insectes de la forêt qui te diront s'ils ont vu Roc'h passer près d'eux cette nuit et avec de la chance, ils sauront où il se trouve en ce moment. Tout ceci à condition bien sûr, qu'ils soient parvenus à se mettre à l'abri car nombre d'entre eux ont été balayés ou noyés par le raz-de-marée. Mais il faut le tenter malgré tout.

- Othon, peut-on évacuer l'eau par le cromlec'h ? demanda Eric.

- Possible. Le portail est encore ouvert malgré la destruction de l'édifice.

- Pourtant les pierres ont été pulvérisées par les foudres ! s'étonna Bron.

- C'est juste. Mais les énergies telluriques qui sont concentrées ici sont tellement puissantes qu'elles peuvent se passer d'un accumulateur d'énergies. Autrement dit, les dolmens. Seule la Grande Incantation sera capable de les disperser.

- Renvoyons le raz-de-marée à celui qui l'a créé. Ce n'est pas Gwenc'Phel, du moins, pas seul. Enningan est dans le coup. C'est lui qui a envoyé les foudres depuis l'Autre Monde, intervint Gwyon'Bach dans la conversation.

- Sûrement, oui. Ils ont dû conjuguer leurs efforts. Mais hélas, d'autres en sont tout aussi capables.

- On tire la chasse ! hurla le jeune dieu à tous, pour leur faire comprendre qu'une décision venait d'être prise.

- Oui. On n'a pas le temps de prendre des petits oiseaux dans les toits de chaume. Concentrez-vous tous les quatre. Les autres, restez sur les plateformes qui descendront à mesure que l'eau sera évacuée.

Othon continua d'hurler des ordres, à son habitude, tandis qu'Elora appréhendait de mettre tous ses pouvoirs au service de la Grande Incantation. Elle savait que cela était épuisant et que cette formule extrêmement puissante lui faisait peur.

A quelques mètres de profondeur, le portail encore ouvert formait une colonne qui s'élevait vers la surface et le ciel étoilé. Des bulles s'échappaient tout autour. Mais soudain, le pilier de lumière se mit à clignoter. Quelque chose changeait.

- La porte est instable ! cria Elora par-dessus le vacarme que l'évènement produisait.

- La Grande Incantation va y remédier, répondit son petit ami.

- On va devoir l'adapter à la situation.

- Tu as raison. La formule de base ne fonctionnera pas. Il y a trop de forces différentes à contrecarrer, réagit Tao. Bron venait de réfléchir à toute vitesse et d'élaborer des rimes qui permettaient de renvoyer chez elles la quasi-totalité des créatures de niveau inférieur en une seule formule. Il la dicta à ses camarades qui scandèrent en chœur :

« En ce temps et en cette heure,
En nous la Grande Incantation demeure.
Que les démons soient rappelés,
Dans l'Autre Monde, ils doivent rentrer.

Que cette eau d'ici soit chassée,
Vers l'Autre Monde elle est dirigée.
Petits lutins, réintégrez votre pays lointain,
Que les chats sauvages retournent de l'autre côté du rivage. »

- Je n'ai plus assez d'énergie. Il y a trop de créatures à expulser ! cria Elora par-dessus le vacarme produit par l'agitation de l'eau. Les Gargwas furent aspirés par l'eau dans le tunnel. Les lutins, par leurs petites tailles et leur poids légers, furent engloutis par le gigantesque tourbillon d'écumes. Tandis que les génies tentaient de partir dans le sens inverse, Elora les piégea en ramassant une dizaine de lampes à génies et les frottas du tissu de sa manche. Ceux-ci furent aussitôt avalés par les objets. La jeune druidesse lança ensuite les reliques dans les remous.

Les foudres cessèrent de se répandre. Seuls des grésillements d'électricité subsistèrent à la surface de l'eau. Des dizaines de sentinelles flottaient, presque mortes, alors que les Mages se réunissaient, affaiblis. L'eau s'évacua à une vitesse fulgurante si bien que beaucoup de druides utilisèrent à leur tour leurs pouvoirs afin de se dégager de la puissance d'attraction. Il ne resta que quelques flaques autour des groupes des survivants. Les plateformes rétrécirent et se disloquèrent jusqu'à exploser, expulsant les enfants dans les airs qui atterrirent sains et saufs quelques mètres plus loin. Le petit Gavyn s'effondra, exténué par l'effort intense et trop long qu'il venait de faire pour sauver tant de vies. Les enfants se regroupèrent autour de lui pour le réchauffer et le réconforter en le remerciant de les avoir si bien aidés. Tim et Tara trouvèrent en lui un nouvel ami.

Soudain, les regards se tournèrent vers l'allée centrale, qu'il n'y a pas si longtemps de cela menait au Temple, aujourd'hui en ruine. Ils entendirent le bruit que font les pas lorsqu'ils plongent dans une flaque d'eau, éclaboussant tout sur leur passage. Le dieu Saman fit face à l'équipe et les fixa de ses yeux étrécis, l'air supérieur. Il ricana puis rie à pleins poumons avant de retourner, sans dire un mot, dans l'Autre Monde par la colonne de lumière instable, suivi de près par des sorciers qui le vénéraient depuis la nuit des temps et des esprits belliqueux qui leur avaient donné du fil à retordre durant tout le combat. Eric ne comprit que quelques secondes plus tard le motif de cette hilarité. Il vit un Sanctuaire dévasté. Les rochers étaient pulvérisés. Des traces de brûlures et d'explosions maculaient les quelques murs en lambeaux qui, on ne sait par quel miracle, tenaient encore debout. Le joli jardin de lilas qui émerveillait toujours Elora et Kéra de son vivant chaque fois qu'elles passaient devant, savamment organisé et entretenu par Kiva, n'existait plus. Elora y découvrit à la place un cratère gigantesque. Les larmes lui vinrent et l'émotion la submergea. Elle éclata en sanglot dans les bras de son amant qui la serra plus fort qu'il ne l'avait souhaité. Elle libéra sa peine, sa douleur, alors que jusque-là elle s'était retenue. Mais le viol, la perte d'amis chers, un environnement familier détruit, des animaux éventrés gisant sur des dizaines de mètres, étaient plus qu'insupportable. Les effets de la Grande Incantation se dissipèrent lorsque les énergies telluriques furent enfin libérées, laissant au Sanctuaire un lourd silence que nul n'osait interrompre de peur que ce cauchemar ne se poursuive. Pourtant, le Soleil ne s'étant pas encore levé, tous savaient que les créatures de niveau Supérieur étaient toujours sur Terre et qu'il allait falloir s'occuper d'eux.

- *Doue* (dieu), lâcha Gwyon'Bach dans un souffle, effaré.

***

97

Un Temoin Gênant

Lorient,
Sanctuaire,
1er novembre 2001,
04 h 45.

Une fulgurante douleur au ventre plia Elora en deux, lui arrachant un cri aigu. La sensation d'une aiguille enfoncée dans son dos la cambra et l'empêcha de rester debout. Ses jambes faiblirent avant de la trahir. Le choc violent de ses genoux à la rencontre du sol boueux du Sanctuaire lui coupa le souffle.

- Aiou ! (aïe) hurla-t-elle, inquiétant davantage Eric.
- Que se passet-il ma kared ? (mon amour)
- J'ai mal… *Kof* (ventre) !
- C'est sûrement *Junior* qui fait des siennes. Cet bugel (enfant) sera vigoureux, murmura aussitôt Gwyon'Bach.

Bosquet,
04 h 52.

Ed et Elodie longèrent le chemin principal se dirigeant vers le bosquet. A mesure que leurs pas les menaient dans l'abri du Livre des Eléments, heureusement en sécurité entre les mains de Gwyon'Bach, la vue d'arbres calcinés, arrachés, éventrés ou même en poussières se multiplia. Les traces du raz-de-marée étaient tout aussi flagrantes ici, qu'ailleurs. De véritables tranchées très profondes révélèrent au Mage Ed qu'une résistance avait eu lieu dans le bosquet.

- Ils ont dû se défendre. Je crois que l'un des Grands Druides a établi un bouclier sur toute cette zone pour bloquer la progression de l'eau, constata Ed.
- Les autres ont pu alors protéger la ville à distance ?
- Si tel est le cas, ils ne doivent pas être très loin.
- Il y a quelqu'un ? appela Elodie dont l'écho se répercuta sur des dizaines de mètres. Quelque part entre eux et un grand rocher encore intact à leur grand étonnement, un râle, puis un soupir se firent entendre. Ils accoururent et portèrent secours à Pat.
- PAT ! Comment allez-vous Maître ? s'enquit Ed.
- Bien, mais je suis faible. Nous avons conjugués nos pouvoirs mais il y avait trop de fronts à protéger en même temps. Où en êtes-vous ? J'ai senti une puissance extraordinaire, une magie rare. Un moment j'ai cru que… la Grande Incantation… avait été utilisée.

- C'est le cas. L'équipe d'Eric a réussi à nous débarrasser de l'eau et des Créatures Inférieures.

- C'est une bonne nouvelle. Il reste beaucoup à faire et si peu de temps, intervint Ness accompagnée de Bann et Gwenc'Ron. Ils paraissaient en bonne santé mais pâles comme des linges.

- Nous sommes affaiblis autant que nos ennemis. Le Soleil va bientôt se lever. Nous devons nous hâter, continua Bann. Le Gorsedd et Ed rejoignirent le sentier principal tandis qu'Elodie restait en retrait pour ne pas se faire remarquer. Néanmoins, Gwenc'Ron, un sourire aux lèvres, lança dans son dos :

- Votre bravoure et votre aide nous permettrons de réviser votre cas damoiselle. Votre revirement nous a étonnés. Encore faut-il vous libérer totalement de l'emprise que le Mal a sur vous.

Tout ce que le Sanctuaire comptait de survivants fut réuni à l'entrée principale, sur le grand chemin. Les retrouvailles furent vite éclipsées par le danger qui rôdait toujours. Durant ce que les druides nomment désormais « *la Grande Guerre* », les Esprits Merveilleux avaient aidé Ben dans la protection des enfants et Tara à terrasser les insectes géants, les mygales. Cette dernière portait les stigmates de ces affrontements : griffures, brûlures, ecchymoses, boutons, bleus, morsures, piqûres.

- Tu n'es pas jolie à voir, l'avait raillé Tim.
- Toi non plus.

Le calme relatif qui sembla s'installer fut raccourci par l'arrivée des Tùatha bien décidés à en découdre une bonne fois pour toute avec les druides afin de gagner leur liberté sur Terre. Ils menacèrent les enfants qui reculèrent d'instinct. La peur paralysa cependant un petit garçon de huit ans qui serrait très fort un pendentif qu'il portait autour de son cou. Une lueur brilla alors et un bouclier bleu l'entoura pour le protéger. Mais sa terreur empêcha son pouvoir de rester stable et l'unique obstacle entre lui et son agresseur se dissipa prématurément. Un Tùatha le saisit à la gorge et le souleva à plus d'un mètre du sol. Ses petites jambes battirent l'air à la recherche d'un soutien tandis que son souffle fut coupé. Il haleta, espérant trouver de l'air pour remplir ses poumons brûlants, en vain. Ses yeux se révulsèrent alors que ses jambes cessaient tout mouvement. Les adultes hurlèrent de peur et les enfants pleurèrent dans un bruyant appel au secours. Le pendentif se détacha et tomba au sol peu de temps avant le petit garçon. Une terrible fureur s'empara de Ness qui rougit et se redressa de toute sa hauteur. Elle avança d'un pas décidé vers les six Tùatha qui reculèrent d'un pas devant l'audacieuse Grande Druidesse. Puisant dans ses dernières forces, elle hurla en déchaînant une charge électrique qui les plaqua tous à terre.

« Que notre souffrance terrasse cette engeance !
Que par ma volonté ces créatures soient châtiées !
Que l'âme de cet enfant foudroie les Tùatha présents.

Par cette formule issue de mon cœur brisé,
Que ces êtres par le temps soient ravagés ! »

Ness levait les bras vers le ciel et l'âme du petit druide mort emplit son pouvoir d'une nouvelle énergie. La Grande Druidesse abattit sa colère sur les Tùathas qui se tortillèrent de douleur au sol. Leur peau se mit à vieillir jusqu'à devenir si fine qu'elle se déchira. Leurs corps se disloquèrent et tous devinrent poussières en quelques secondes. Les yeux effarés de l'assistance se tournèrent des cadavres vers Ness dont le pouvoir retomba. Elle se mit à pleurer en public, fait unique qui ne s'était jusqu'alors jamais produit dans toute l'Histoire des Grands Druides. Après un moment de silence, Bann s'approcha lentement et la consola.

- Que tous retiennent ce qui s'est produit aujourd'hui ! Cette année, la fête de Samain est maudite. Tous comparaîtront devant le Panthéon. Je vous en fais le serment.
- Je sais que j'ai commis un acte aussi odieux que celui perpétré sur cet enfant. Dès que possible je partirai en retraite spirituelle pour méditer sur ce que j'ai fait et accepterai de subir le jugement de mes pairs.
- Non Ness. C'est tout ce qu'ils méritaient, intervint Bron.
- Sûrement pas ! C'est ma colère qui a parlé, pas la justice ! C'était un pur acte de vengeance ! Voyez où Gwenc'Phel nous a conduits ! Maintenant, ce sont deux Grands Druides qui ont commis de graves péchés. En faisant ceci, j'ai interdit à l'âme de Dréo, ce pauvre enfant, de trouver le repos éternel. Je l'ai vengé. Il n'aura jamais l'occasion d'obtenir justice. C'est immonde… Je ne me savais pas capable de commettre une telle… termina-t-elle en pleur.
- Hélas, rien n'est terminé. Restons sur nos gardes. D'autres créatures attendent leur tour, continua Pat.

Centre-ville,
05 h 08.

Au milieu des cris, des pleurs, des appels au secours, un jeune homme avait quitté sa voiture devant un panneau de signalisation posé au sol indiquant une route barrée. L'étudiant en journalisme Greg avait de l'eau jusqu'aux mollets même si celle-ci était en train de rapidement se retirer. Il avait quitté Brest dès la fin du flash d'information télévisé qu'il avait suivi, incapable de trouver le sommeil. Passant devant le port dévasté, il observa avec consternation les bateaux retournés, les voiles déchirées flottant à la surface pleine de remous. Quelques cadavres de pêcheurs nocturnes restaient inertes près des quais où ils étaient remontés par des militaires épuisés après des heures de sauvetages. Non loin, des pompiers quittaient les barques de secours par manque de profondeur pour continuer leur travail à pied.

Greg les regardait s'affairer et commença à prendre des notes ; un article, un scoop, déjà en tête. Il continuait de progresser dans des rues dégagées mais encore boueuses, glissant à perdre l'équilibre par moment, profitant d'un mur proche pour ne pas tomber à la renverse. Il constata ainsi un certain nombre d'édifices architecturaux, d'églises, encore intacts malgré la fureur des éléments. A terre, il remarqua des traces étranges. C'était comme si le couloir d'eau s'était divisé en deux pour les épargner. Les traînées de boues au sol lui en apportèrent la preuve, se séparant suffisamment pour passer à côté de ces bâtiments sans les toucher. Il fut choqué de voir la pelouse et le cimetière de l'église indemnes et secs. De rares oisillons y trouvèrent refuge. Plus au Sud, il resta bouche bée devant le spectacle qui s'offrit à lui. Un vieux château s'élevait vers un ciel noir et gris avec des tourelles et des remparts saufs alors qu'une tranchée, creusée par le raz-de-marée, immense de plusieurs kilomètres, s'écartait et se coupait en deux pour contourner l'édifice.

- Incroyable… souffla Greg sans voix. Continuant sa visite, il vit le port citadin, au cœur de Lorient, à quelques pas du centre-ville, dont les quais, restaurants et commerces divers n'existaient plus. Greg croisa des gens au regard hagard, perdus, terrorisés, les vêtements déchirés, mouillés. La plupart pleuraient, ayant tout perdu : toit, famille, amis, voisins. Cela resserra le nœud qu'il ressentait déjà dans son estomac.

Port de Kernevel,
05 h 10.

Face à la citadelle de Port-Louis, situé à deux kilomètres et demi du centre de Larmor, le port avait subi les mêmes dégâts que les autres. Shipchandlers et restaurants avaient été balayés, les bateaux retournés par la force des vagues. Les secours et les autorités locales utilisèrent une chapelle pour rassembler les blessés avant de les acheminer vers les hôpitaux les plus proches.

Les deux moulins à poudre du Scorff, datant du XVIIIème siècle restèrent debout. La Tour de la Découverte était fissurée et les deux bâtiments de l'ancien arsenal datant du XVIIIème siècle avaient été engloutis malgré les efforts déployés par le Gorsedd pour les protéger.

***

98

LA CEREMONIE DE L'AUBE

**Lorient,
Sanctuaire,
1ᵉʳ novembre 2001,
05 h 21.**

Quelque part dans l'immense forêt entourant le village des druides, Ben gisait au sol, inconscient. Non loin, le poids d'un pied écrasa une brindille qui cassa sous la charge. Un individu de petite taille, vêtu d'une longue saie en laine qui lui tombait sur les chevilles, portant des sandales bleues peu usées, s'approcha et tendit une main au-dessus de sa tête. C'est un visage bienveillant au sourire réconfortant que vit Ben lorsqu'il ouvrit les yeux. Son teint rosit légèrement à mesure que ses forces revenaient.

- Gwyon'Bach !
- Lève-toi. Les autres vont bien.
- Bron ? Où est-il ?
- Suis-moi. Je t'emmène voir l'équipe.

A peine vit-il son amant, qu'il se jeta à son cou, soulagé de le savoir en vie. Il le prit dans ses bras musclés douloureux un long moment avant de relâcher son étreinte.

Toujours en état de choc depuis le meurtre de Dréo, les enfants tremblaient, gémissaient, si bien qu'Elora, se sentant mieux grâce à la disparition de ses courbatures, les mit à l'abri d'une autre attaque éventuelle.

Gwyon'Bach demanda à l'équipe d'Eric de leur parler à l'écart. Sitôt éloigné du groupe des survivants, il sortit une relique dessous sa saie pour la tendre au chef des élus.

- Tenez le livre des Eléments. Je l'ai sauvé de ce désastre. Il reste encore beaucoup de monde à expulser.
- Merci, répondit Eric avec soulagement et gratitude.
- Bron ! Tu deviens désormais un vates. Ton rang s'élève à celui qu'occupait notre défunte prophétesse, Kiva, et peut-être même au-dessus. Tu as l'autorisation de côtoyer les membres du Gorsedd autant que le faisait notre amie. Cela ne plaira pas à tous, mais ils devront bien s'y faire.

A la surprise générale, tandis que ses yeux marron clair virèrent au rouge vif, Tao changea subitement de comportement et se mit à faire un strip-tease qui choqua l'assemblée. Retirant sa saie, il ne lui restait que ses sous-vêtements.

- Par Dagda ! s'exclama Ness qui ne put s'empêcher de regarder attentivement le corps athlétique dénudé du jeune moine chinois.

- Il est victime du rite de la personnalité. Je crois que je devrai annuler le sort que je lui ai jeté. Maintenant que nous connaissons la face cachée de Tao, ce n'est plus… commença Gwyon'Bach.

- Regardez ce déhanché, bava presque Elora qui reçut un coup de coude d'Eric pour calmer ses hormones. Quant à Ben et Bron, ils observèrent la scène avec amusement.

- GWYON'BACH ! Faites cesser ce cirque immédiatement ! L'heure n'est pas à la rigolade ! intervint Pat, autoritaire.

Tao était sur le point de se démunir de son caleçon lorsque Gwyon'Bach scanda avec hâte :

« Le rite de la personnalité est achevé.
Le strip-tease est son fantasme caché.
Que Tao retrouve ses esprits
Pour qu'il ne nous dévoile pas son pén… »

L'assemblée éclata de rire. Le rouge vif des yeux de Tao s'effaça pour lui rendre sa couleur habituelle. Désorienté, Tao se demanda ce qu'il venait de lui arriver. Il ramassa ses vêtements pour se protéger avant tout du froid et comprit bien vite le tour que venait de lui jouer Gwyon'Bach. S'apprêtant à lui sauter dessus, ce dernier prit la fuite, se cachant derrière un bouclier d'énergie contre lequel Tao butta.

Le sérieux revint très vite. Face au groupe de druides les plus puissants au monde, des *bedden* (mauvais esprit), fuirent par le passage, mais les plus coriaces restèrent les défier. Les poils des bras de Bann se hérissèrent à la vue d'un nouveau danger. Il chassa cette peur inattendue et cria à tous les druides présents : « J'ordonne que commence la cérémonie de l'aube ! Le soleil se lèvera dans moins d'une heure. »

Les quelques survivants se réunirent sous leurs bannières et chaque groupe encercla le *Sanctuaire* en fonction de sa couleur.

Les archi-druides, vêtus d'une saie blanche au col cerclé d'un tissu bleu prirent position au pied de ce qu'il restait de la Tour d'Or. Les druides communs, à la saie blanche au col brodé de gris, se placèrent devant le Temple au toit arraché et aux murs éventrés par les foudres. Les devins, au nombre de quatre survivants, portèrent un étendard représentant une main tenant un sceptre. Douze bardes en saie jaune, protégèrent un drapeau représentant un luth. Les Grands Druides du Gorsedd, habillés d'une saie en laine blanche, au col cerclé d'or, laissèrent flotter par magie un drapeau orné de quatre silhouettes sous un dolmen. Les Mages, dont

Ed, en saie verte, portant des cercles jaunes sur les manches sans couleur particulière au col ; et les Archimages, en vert également, portant des bandes vertes sur les manches, se postèrent face à la grande Tour des Mages. Bron, le seul Vates (voyant) en vie, portait une saie mauve. Son drapeau était orné d'un œil et avait choisi de rester sur le chemin principal avec les autres membres de son équipe. Hélas, les trois seuls Devos du Sanctuaire avaient péri sous les crocs des dangereux Gargwas. Huit *Atrawons*, aux saies rouges, portaient un étendard décoré d'une tête de dragon. Enfin, les *Sentinelles* en saies grises, au drapeau symbolisant deux sceptres croisés, encerclèrent les restes du cromlec'h.

99

L'OBSCURCISSEMENT

**Lorient,
Sanctuaire,
1er novembre 2001,
Levé du soleil.**

Le ciel se couvrit sous une incantation de Tao dont Eric ne perçut que deux mots : *MING I*. Il lui demanda ce qu'il faisait mais celui-ci ne consentit à prononcer qu'un seul mot : l'obscurcissement. Tandis qu'Eric, Bron et Elora restaient dans l'incompréhension, Bann ordonna la fin de la fête de Samain au premier rayon du soleil.

- Saman est parti ! Sa fête s'achève. J'exhorte toutes les créatures présentes sur Terre de retourner dans l'Autre Monde.
- Et si l'on veut rester, cracha une créature mi-homme, mi-bouc, qui fit se retourner le Grand Druide.
- Puck. Cet ordre t'est aussi adressé.
- Cela fait bien longtemps que nous ne nous sommes vus. Tu n'as pas changé.
- Toi non plus. Ton arrogance et ta suffisance sont restées intactes mais je ne te laisserai pas souiller notre sol une minute de plus.

Puck était accompagné de l'alchimiste, des esprits frappeurs et des bedden. Ceux-ci firent un pas en avant, ce qui déclencha une réaction des défenseurs. Tara escorta les derniers enfants jusqu'au refuge situé dans les décombres de la *levraoueg* (bibliothèque) dévastée.

Un combat titanesque commença. Puck et ses acolytes savaient parfaitement qu'il s'agissait-là de leur dernière chance pour s'approprier le Sanctuaire. Lâchés par leurs Maîtres Enningan et Gwenc'Phel, ils étaient livrés à eux-mêmes et à l'improvisation. Pas de plan, ni d'organisation. Uniquement de la haine pure et de la force animale.

- *Feth Fiada*, scanda Eric à voix basse. Aussitôt la formule d'invisibilité prononcée, le jeune homme disparut, laissant certains de ses adversaires perplexes. Cette incantation était exclusivement réservée aux initiés de haut niveau de connaissance en Magie Supérieure. Invisible, il attaqua les *bedden*. Ceux-ci volèrent en toutes directions, propulsés avec force et fracas dans les airs. La riposte ne tarda pas. Les plus malins fixèrent les traces de pas laissées dans la boue pour repérer

Eric et l'attaquer. Mais ils eurent la mauvaise surprise de constater qu'il ne se laissait pas prendre en traître.

Pendant ce temps, les Archimages et le Gorsedd poussèrent les autres créatures vers les *Sentinelles* qui ne tardèrent pas à les renvoyer par la porte instable sur le point de se fermer.

Greg s'éloigna du centre-ville et perçut un ciel d'un noir d'encre. Pourtant, c'était le seul coin du ciel à ne pas briller d'un soleil maintenant bien visible. Le jeune journaliste décida de se laisser guider par sa curiosité maladive naturelle. Il se rendit sans le savoir, au Sanctuaire, non protégé par la brume surnaturelle alors que les Sentinelles, trop occupées à sauver le Monde, ne pouvaient le voir approcher.

✶✶✶

100

GUERRE OUVERTE

**Lorient,
Sanctuaire,
1er novembre 2001.**

La bataille se généralisa. Les esprits frappeurs s'en prirent aux femmes. Deux fantômes attaquèrent Elora qui chargea son sceptre d'énergie avant de les rouer de coups violents qui les firent reculer vers les Sentinelles.

- A vous ! leur hurla-t-elle par-dessus le vacarme des combats.

Elodie, aux prises avec six esprits qui l'encerclèrent, eut besoin de secours, apporté par sa consœur qui la débarrassa d'une bonne moitié d'agresseurs. Sitôt plus libre de ses mouvements, Elodie se vengea avec hargne sur les seuls esprits courageux qui osèrent encore les affronter. Leur erreur les força à quitter la Terre par la porte.

L'alchimiste observait la scène pendant que Puck affrontait les téméraires Bron, Ben, Ed et Tao. Tous quatre parvinrent à l'acculer près d'un mur. Pris au piège, le monstre fut forcé d'attaquer de front. Puck frappa Ed de plein fouet à l'aide de ses cornes chargées d'énergie. Il se retrouva projeté à six mètres de son adversaire, débarrassé de l'un de ses ennemis.

- Faites attention à ses cornes ! cria Tao.
- Il était temps de nous prévenir ! grimaça Ed.

Eric fit tournoyer son sceptre autour de lui en attaquant les bedden les plus proches. Au contact du bâton magique, une décharge d'énergie colossale les propulsa à leur tour loin en arrière. Mais cela ne pouvait tuer des êtres déjà morts et Eric se retrouva très vite submergé. De rage, Puck poussa un cri bestial en levant la tête vers le ciel.

Elodie et Elora furent blessées par des esprits particulièrement violents. La première se ramassa une lourde poutre sur la tête qui l'assomma et la mit hors de combat. Tim et Tara accoururent et la traînèrent jusqu'au refuge. Un fantôme aspiré par la porte agrippa la cheville d'Elora et tenta l'entraîner avec lui. Des bleus apparurent et des larmes lui montèrent aux yeux avant qu'elle ne pousse un cri. Eric, témoin de son infortune, abattit son sceptre sur le poignet de l'esprit et trancha ainsi sa main qui devint brume. Celui-ci hurla avant d'être englouti par la lumière de la porte.

Les Archimages et les druides communs jetèrent potions et incantations sur Puck sans obtenir le moindre effet. Impuissants face à la créature, certains d'entre eux perdirent la vie, éventrés par ses redoutables cornes, ou embrochés par d'épaisses poutres que la bête manipulait comme s'il s'agissait d'une simple épée.

- *Karedwen* ! Aide-moi ! Tu ne peux pas les laisser mourir. Ils se font exterminer ! C'est un autre massacre ! hurla Gwyon'Bach à la déesse qui avait, dans l'antiquité, été son mentor. Lorsque le jeune sorcier était tombé dans le chaudron de la connaissance, elle l'avait privé de liberté. Mais il y avait déjà plus d'un an qu'il s'était évadé pour aider les druides à traverser une période sombre de leur histoire. Une voix divine venue du cromlec'h répondit à son appel.

- Pourquoi pas ? Ils représentent une menace grandissante pour l'ordre établi. De nombreux Dieux sont du même avis. Ils sont observés depuis longtemps. Pourquoi les aiderais-je contre mes intérêts ?

- Tu le sais ! Les Anciens ne le tolèreront pas !

- Les ETERNELS n'ont aucun droit de réorganiser les choses ! Tu as choisi d'aller sur Terre pour aider ces mortels à défier l'autorité des Dieux ! Alors maintenant, assume les conséquences de tes actes Gwyon ! A l'origine, ils ne devaient pas survivre à Brest. Tu as changé le cours de l'Histoire. La pagaille que tu as provoquée est immense mon garçon. Ne t'étonne pas qu'Enningan ait tenté de remettre les choses en ordre.

- ENINGANN ! En tuant tous les druides !

- Tu l'as cherché !

- Tu ignores tant de choses sur le futur. Tu ferais mieux de trembler Karedwen.

- Oh ! Oh ! Tu oses me provoquer de surcroît ? Insolent ! Impudent ! Je ne lèverai pas le petit doigt Gwyon. Débrouille-toi seul et observe la tragédie dont toi seul es le responsable. Tu es à l'Eunn *dachen-fall*.

- A la mauvaise place, traduisit-il dans sa barbe.

***

101

Grave Erreur

Sanctuaire.

Pat vit les Elvènes oser lever la main sur lui, un membre éminent du Gorsedd. Une telle insulte ne devait pas rester impunie pensa-t-il. Il leva ses deux mains au-dessus de la tête et profita des turbulences atmosphériques créées par Tao pour provoquer la création de foudres. Celles-ci s'abattirent aussitôt sur les Elvènes. Il enchaîna ainsi foudres après foudres pour les faire reculer jusqu'à la porte. Les Sentinelles comprirent vite le plan de leur chef et l'aidèrent en conséquence. Pat enragea de les voir résister et intensifia les charges électriques, carbonisant certains d'entre eux. Curieusement, ils ne semblaient pas impressionnés.

- Que se passe-t-il ? Pourquoi sont-ils si… kamikazes ?
- Je crois qu'Enningan a dû leur ordonner de combattre jusqu'à la mort. Si le raz-de-marée ne les a pas anéantis, ils savent que c'est une chance supplémentaire de nous vaincre. Nous sommes durement affaiblis et ils pensent sûrement profiter de cette occasion. Ce qui me surprend le plus, c'est que Gwenc'Phel ne soit pas revenu pour nous achever, répondit Gwenc'Ron.

Pat et Bann expulsèrent le dernier elfe noir avant de balayer d'un coup de sceptre la totalité des Korrigans. Un cri strident fit interrompre les combats et tous portèrent leurs mains aux oreilles pour se protéger d'une attaque sonore. Ness comprit que Cynthia, la Banshee, était elle aussi revenue de l'Autre Monde.

- Je croyais que l'équipe d'Eric nous avait débarrassés d'elle.
- Il semblerait que tous les ennemis vaincus au cours de cette année reviennent se venger, supposa Bann.
- Encore un tour d'Enningan. Cette fois, elle est pour moi. De femme à femme.

Ness bondit sur près de douze mètres en longueur et trois mètres en hauteur. Elle atterrit juste en face de la créature. Cynthia n'avait pas changée depuis qu'elle avait combattu Eric. La sœur de la déesse Morrigane, une fée bannie, aux longs cheveux blancs, sourit à Ness en arborant des griffes de la taille de couteaux.

- Blom, le Maître druide de l'illusion n'est plus là pour te défendre. Selon le rapport d'Eric je croyais que votre sœur vous avait foudroyée.
- C'est exact. Mais les ressources de notre Dieu sont bien au-delà de celles de ma chère sœur.
- Eningann vous a ressuscité.

- Serait-ce de la surprise que je perçois dans votre voix ? Vous savez pourtant que tout est possible dans l'Autre Monde.

- Oui. Et c'est là-bas que vous retournerez quand j'en aurais fini avec vous. Une créature telle que vous n'est pas digne de vivre sur Terre. A peine eut-elle terminé sa diatribe que la Banshee poussa un cri qui failli lui percer les tympans. C'est à la dernière seconde qu'un bouclier protecteur se déploya autour d'elle. Quand le son du cri retomba, Ness lui assena un violent coup de pied retourné qui lui fit perdre l'équilibre. A terre, Ness tenta de la frapper de son sceptre, mais l'ancienne fée lui planta ses griffes acérées dans les mollets. Elle poussa alors un hurlement de douleur avant que Cynthia ne retire ses longs ongles de la plaie ouverte. Ness porta une main à la ceinture pour en retirer un petit sachet et de l'autre, elle usa de télékinésie pour éloigner son ennemie. La Grande Druidesse vida le contenu du sachet sur la blessure qui se referma aussitôt. Elle courut alors vers la Banshee et lui attrapa les cheveux qu'elle tira de toutes ses forces. Puis Ness saisi sa gorge pour lui briser le larynx. Dans un léger craquement d'os, Cynthia comprit qu'elle ne pourrait plus jamais user de son cri strident mortel. Portant la main à son cou meurtri, elle sauta dans la colonne de lumière menant à l'Autre Monde.

Pat observa sa cuisse et constata que du sang s'écoulait d'une coupure. Soudain, une ombre saisi sa gorge et tenta de l'étouffer. Une Ombre Chinoise telle que celles qu'avait combattu Tao, seul, au péril de sa vie, antérieurement, semblait revenir à l'attaque. Tao tourna la tête pendant que ses amis contenaient Puck contre le mur. Il reconnut aussitôt la silhouette de son ami d'enfance Ch'an, qu'Iguilt avait tué d'une flèche en plein cœur pour sauver la vie de celui pour qui elle éprouvait de forts sentiments amoureux. Pat semblait ne pas savoir comment se débarrasser de son agresseur et Tao tenta de retrouver, dans sa mémoire, la formule permettant d'enfermer les Ombres dans la relique chinoise, un pot artisanal datant de la dynastie Zhou ; mais il se souvint qu'il avait dû le sceller pour y maintenir les autres Ombres prisonnières. Le jeune moine tenta cependant de corriger cette incantation afin d'obtenir l'effet qu'il attendait.

- Le Bien en a décidé ainsi, que le destin de cette Ombre soit maudit. Le Bien a proclamé cette âme damnée qui fut autrefois un ami loyal et aimé. Que cette Ombre soit chassée de la Terre et de la relique chinoise soit prisonnière. Que ce pot soit, par ma magie, descellé et qu'il accueille cette âme tourmentée.

L'Ombre lâcha prise et rendit son souffle à Pat. Le pot chinois apparu dans les mains de Tao et se mit à vibrer. L'âme de Ch'an y fut absorbée mais le contenu sembla vouloir s'en échapper.

- Tu n'as ni le choix, ni le temps de t'en occuper Tao ! Jette la relique dans la colonne de lumière, lui cria Gwenc'Ron.

- Mais cela va les libérer. Elles se nourriront des créatures mineures de l'Autre Monde ce qui va accroître leur puissance. Si elles reviennent un jour, je ne pourrais plus les contrôler. Mais c'est ce moment-là que choisi Puck pour attaquer

Tao. Il reçut la décharge d'énergie de ses cormes en pleine poitrine. Il lâcha la relique qui vola vers la porte. Tao n'eut pas de mal à se relever mais remarqua, impuissant, que les Ombres furent libérées dans l'Autre Monde. Ce qu'il soupçonnait se produisit. Sitôt arrivées de l'autre côté, elles se nourrirent plus que de raison. Enfin, les Nains, par centaines, ne rechignèrent pas à rentrer chez eux, souhaitant au passage bonne chance et bon courage aux druides.

Eric perdit le combat contre les Bedden. Sur le point d'être achevé, Gwyon'Bach intervint pour la première fois directement.

- « *Loin de nous, esprits de la peur, esprits de la mort ! Ce Sanctuaire vous rejette par ce sort ! Que par ces quelques mots vous soyez à votre tour terrassés par ces eaux !* »

Gwyon'Bach indiqua d'un doigt la porte de lumière d'où surgit un tourbillon d'eau. Tous les Bedden y furent aspirés.

- Merci.
- Non Eric. Je viens de commettre une erreur dramatique. Je t'ai directement sauvé la vie. C'est formellement interdit. Très vite les Anciens vont me punir. Toute l'aide dont vous aurez besoin se trouve dans le Livre des Eléments. Je reviendrais, mais pas avant un moment. Je ne peux pas faire plus. Je suis désolé. J'en ai déjà trop fait.
- Que veux-tu dire Gwyon'Bach ?

A cet instant, la foudre s'abattit sur le sorcier. Il ne restait à l'endroit où il se trouvait une seconde plus tôt qu'un énorme cratère cramoisi fumant.

- GWYON'BACH !!! hurla Eric de toutes ses forces. La réalité des combats revint aussitôt ne lui laissant aucun répit. Il vint en aide à Elora, aux prises avec des Esprits Frappeurs, créatures supérieures aux Bedden. Elodie profita de l'occasion pour s'emparer du Livre des Eléments.
- Donne-le-moi ! lui ordonna l'alchimiste Sencha. La jeune femme hésita quelques secondes et vit Eric et sa compagne en difficulté.
- Rend-moi ce livre ! cria à son tour Elora, inquiète. Elodie ouvrit le Livre des Eléments et trouva une page intitulée « *Fantômes et Esprits Frappeurs* ». Elle lit à haute voix.

FANTOMES ET ESPRITS FRAPPEURS

Sawney Bean a vécu en Ecosse au XVéme siècle. Il a vécu dans une caverne, le long de la côte de Galloway. Sa famille, le clan de Sawney Bean, s'est développée par des relations incestueuses. Ils avaient la réputation d'attaquer les gens et de les dévorer dans leur caverne. Piégés dans leur abri, ils y ont été emmurés et brûlés.

Aujourd'hui, Sawney Bean, sa femme Black Angus et neuf de leurs enfants, rôdent dans l'Autre Monde attendant de pouvoir se venger.

- Les esprits qui vous agressent sont Sawney Bean, Black Angus et neuf de leurs enfants.
- Comment les vaincre ? demanda Eric qui repoussa l'un des gosses plutôt hargneux.
- Ils cherchent à se venger mais il est bien trop tard pour tenter de les apaiser. Ils sont morts par le feu. Ils puisent leur énergie dans la chaleur des flammes. Il faudrait les surcharger d'énergie jusqu'au seuil d'explosion. Ils ne pourront plus contenir leur énergie une fois dispersée. Je pense qu'il y a de grandes chances pour que cela les terrasse une bonne fois pour toute.

**

102

PUCKA

Sanctuaire.

Bron délaissa Puck pour prêter main forte au couple et à Elodie. Cette dernière lui explique sa certitude sur le moyen à employer pour se débarrasser des fantômes et proposa d'utiliser ses pouvoirs élémentaires du Feu. Il fit jaillir des flammes de ses mains et carbonisa Sawney Bean qui pensait pouvoir se nourrir de ce feu, mais au lieu de cela, il ressentit une chaleur et une énergie telle qu'il ne put la contenir en lui. Lorsque Black Angus s'approcha pour aider son mari, Bron regarda Ben, qui lui sourit malgré son inquiétude. Cet amour lui redonna du moral et décupla sa puissance. Sawney Bean explosa si violemment qu'il emporta sa femme dans le Néant. Leurs enfants, soudain affolés, tentèrent de fuir par la porte. Mais Bron les extermina un à un, à l'aide de jets de flammes.

- Je déteste les fantômes.

Pucka profita d'un instant d'inattention pour attaquer Bron. Un sabot le frappa au torse, lui fêlant une ou deux côtes au passage et le projeta contre un tronc d'arbre couché à quelques mètres. Il perdit connaissance et la chute lui cassa un bras. Au moment où Ben accourait pour lui porter secours, il reçut à son tour un coup de sabot à la tête qui le fit s'effondrer, inconscient.

Furieux, Eric chargea le monstre en même temps qu'Elodie, Ed, Tao et Elora. Hélas, la magie n'opéra pas sur lui et les décharges d'énergies de leurs sceptres ne l'égratignèrent pas. Les choses se compliquaient sérieusement et Eric choisit de rester à bonne distance tout en lui lançant des potions qui leur permirent seulement le tenir à l'écart malgré la puissance de celles-ci.

Elodie, s'éloigna du remue-ménage et examina Bron et Ben mais ne put rien faire pour eux. Elle saisit le Livre des Eléments, flottant en l'air à quelques centimètres du sol à l'abri de la boue, et trouva une page consacrée à Puck.

PUCKA ou PUCK

Pour combattre Puck, créature mi-homme, mi-bouc, il faut enflammer son symbole (un bouc en paille obligatoirement présent durant les fêtes de Samain pour vénérer ce demi-dieu) près de lui. Mais il le protègera farouchement. Tout ce que le symbole subira, Pucka le ressentira. A sa destruction, il retournera dans l'Autre Monde où il sera affaibli pour des milliers d'années.

Elodie trouva le bouc en paille à la fin de sa lecture, mais Pucka le protégeait discrètement afin de ne pas attirer l'attention sur son symbole de culte. Elle comprit dès lors pourquoi la créature n'avait pas cherché jusque-là à s'éloigner du mur pour disposer de plus d'espace pendant le combat.

Sanctuaire,
Entrée Ouest.

Greg arriva près de la porte Ouest dont il ne restait plus rien. Seuls les montants sur leurs gonds étaient encore debout mais la porte en chêne avait été déchirée comme du papier. Il fit attention à ne pas se blesser en passant près des pointes de bois et s'avança vers les premières ruines du village et du Sanctuaire dans son ensemble. Le jeune journaliste trouva des corps inertes partout sur son chemin. Il devait faire attention aux corps qui jonchaient le sol afin de ne pas les piétiner et ne tarda pas à avoir la nausée. Il s'arrêta un moment sur le côté du chemin pour rendre son petit déjeuner et observa ensuite de plus près les cadavres de créatures dont il ne connaissait pas l'existence. Greg trouva Kiva et la regarda dans ses yeux vides grands ouverts. Réprimant une seconde envie de dégorger, il approcha des combats, attiré par les cris, les derniers souffles rendus bruyamment et les appels au secours. Il vit, de loin, des jets de lumière dont il ne put reconnaître l'origine et la porte ouverte du cromlech, encerclé par des druides.

Il entendit le bruit d'un bâton qui fend l'air avant de sombrer dans les ténèbres. Il venait d'être assommé par Iguilt, accompagnée de son frère Roc'h, de retour avec des *Traqueurs Elfes*, fatigués et blessés. D'habitude maîtres de leurs émotions, ils ne purent cacher plus longtemps leur intense fatigue.

✳✳✳

103

Sarah

Sanctuaire.

Elodie laissa tomber le Livre des Eléments qu'elle protégeait des attaques de traîtres déserteurs lorsqu'elle fut surprise par une femme transparente.

- Encore un fantôme ! s'exclama-t-elle. Tandis qu'elle s'attendait à devoir se défendre, elle constata que le fantôme ne réagissait pas. Elle restait là, flottant à quelques centimètres du sol, sans bouger. Puis elle montra le Livre du doigt, couché à terre, et les pages se tournèrent toutes seules avant de s'arrêter sur une gravure lui ressemblant trait pour trait.

FANTOMES ET ESPRITS FRAPPEURS
(Suite)

… L'histoire du fantôme remonte aux années 1600, sous l'apparence d'un ange sans visage. Elle devait épouser l'homme qui vivait dans le château de Pendoun mais elle avait déjà un amant. La nuit de noce, elle fut emmenée dans la chambre nuptiale. Il existe une coutume écossaise à force de loi qui veut que l'on entre dans une chambre nuptiale sous aucun prétexte, quels que soient les bruits que l'on puisse entendre. Mais ce jour-là, les cris devinrent si forts qu'ils furent obligés d'enfoncer la porte. Dans un coin, près de la cheminée, gisait le mari, saignant abondamment d'une plaie sur le côté. Internée dans un asile, morte trois mois plus tard tandis que l'époux se remariait, Sarah devint le premier fantôme de la création.

Sarah proposa son aide, parlant en vieil écossais que reconnut facilement Elodie, spécialiste des langues anciennes à l'Université de Brest. Le fantôme attaqua Puck pour l'occuper pendant qu'Elodie criait à Tao la manière de tuer cette bête.

- Le bouc en paille ! Tout ce qu'il subira Puck en sera affecté aussi ! Brûlez-le !

Tao leva les yeux vers le ciel et hurla : « *MING I* » Un éclair descendit frapper le symbole de culte en paille qui s'enflamma instantanément. Pucka tenta d'éteindre le feu mais son torse s'embrasa. Ses cornes s'effritèrent ensuite au contact de ses mains. Ses pattes tremblèrent et tombèrent en cendres. Le corps détruit, l'âme de Puck affaiblie s'évada par le cromlec'h. Sencha, l'alchimiste, hurla vengeance.

- A ton tour, lança fièrement Elora. La druidesse prit le Livre des Eléments des mains d'Elodie, à qui elle avait encore du mal à faire confiance, et chercha une page le concernant pendant qu'Eric, Tao et Ed l'occupaient.

✲✲✲

104

La Boule
De Cristal

Sanctuaire,
08 h 09.

Elora lut les quelques lignes traitant des alchimistes.

ALCHIMISTES

Un alchimiste est un druide qui manipule l'alchimie, science occulte du Moyen Age qui cherche à établir des correspondances entre le monde matériel et spirituel. Il cherche la pierre philosophale aux pouvoirs éternels.

- Alors ! Qui a aidé Gwenc'Phel à provoquer ce raz-de-marée ? Seul, il en est incapable. Enningan ne pouvait lui transmettre que peu d'énergie à une telle distance. Mais un alchimiste, sur Terre… menaça Eric d'un ton supérieur. Conscient qu'ils venaient d'anéantir un demi-dieu, il ne se laissa pourtant pas impressionner.

- Exact. C'est moi qui ai permis à ce magnifique désastre d'avoir lieu. Gwenc'Phel a encore perdu mais je suis toujours là. Il me revient de mettre un terme à vos vies insipides. Vous agacez beaucoup de monde en haut lieu. Il est grand temps de les soulager du problème que vous représentez à leurs yeux. Rendez-vous ! admonesta-t-il en sortant une boule de cristal de sa poche. Résultat de siècles d'études. Le pouvoir des alchimistes contenu dans une simple boule de verre. A l'usage du Bien ou du Mal, tout dépend de la personne qui la détient. J'aime cet héritage, reprit-il. L'alchimiste apposa alors une main sur la boule. Celle-ci vibra et brilla. Sitôt, l'équipe ne put plus faire le moindre mouvement.

Devant la difficulté, Gwenc'Ron les aida en annulait ce sort de l'extérieur du périmètre d'attaque. Libéré de son emprise, Eric eut une nouvelle fois recours au Livre des Eléments. Il l'envoya valser d'un crochet du droit et prononça la formule pour le vaincre.

«Esprit éthéré, je t'ordonne de quitter cette enceinte sacrée.
Toi aux pouvoirs de pureté, tu as trahi ta communauté.
Par cet enchantement, je te condamne aux ravages du temps. »

Sencha devint poussière en un instant. Ses restes pénétrèrent dans sa boule de cristal, ajoutant ses pouvoirs à ceux qu'elle contenait déjà. Eric la récupéra et la confia à Bron.

- Je crois qu'elle doit te revenir. Tu es devenu le supérieur des alchimistes. C'est une extension de tes nouvelles responsabilités.

***

105

Blessures
Et Guerrisons

08 h 23.

Le soleil s'était levé sur un *Sanctuaire* en lambeaux. Les survivants à la fin du conflit s'occupèrent des blessés. Dans tout Lorient, les gens et l'armée venaient tous en aide aux victimes et les acheminèrent vers les hôpitaux débordés. Ils ne remarquèrent pas ce qui avait attiré l'attention de Greg, ces tranchées inexplicables.

La protection du *Sanctuaire* fut restaurée, empêchant des curieux ou des personnes perdues dans la forêt, de tomber par hasard sur le Sanctuaire et être tenté d'y entrer. Greg se réveilla, sonné, dans une chambre d'hôtel, sans savoir comment ni pourquoi il s'y était rendu. Il se souvenait juste d'avoir visité la ville et d'être entré dans un endroit en ruine jonché de cadavres par centaines. Tentant de se relever, il porta sa main au crâne en faisant une grimace de douleur. Il y remarque une grande bosse.

Un jeune druide adolescent, encore apprenti dans son art, avait été mordu par un Gargwa et sa plaie, qui n'avait pu être soignée jusque-là, s'était gravement infectée. Il faut dire que dans les conditions de cet environnement manquant sérieusement d'hygiène, une blessure de cette nature devenait vite mortelle. Nombreux de ses camarades en avaient perdu la vie en quelques heures. Elora observa autour d'elle une scène d'apocalypse. Elle pleura à la vue d'un si grand désastre. Tant de morts, de blessés, constituaient une horreur sans précédent. Elle vit et reconnut beaucoup d'amis. Leurs corps étaient calcinés, éventrés, déchirés, certains désossés. Selon la nature des créatures qui s'étaient nourries de ces corps, il n'en restait presque plus rien pour certains, et ce, sans compter les disparus. Elle voulut lui porter secours au moment où Eric l'en empêcha.

- Non ! Tu ne dois pas l'approcher.
- Qu'est-ce qu'il y a ? demanda Ed qui venait d'arriver derrière eux.
- Geis : un tabou chez les druides qui interdit un blessé d'approcher une femme.
- C'est ridicule, il a besoin d'aide ! Et puis, une telle situation ne s'est jamais produite. Certaines superstition vont devoir être révisées ou vont disparaître.
- C'est peut-être ridicule mais il en a toujours été ainsi. Eric utilisa une technique très répandue pour aider le blessé. Il s'agit de *l'Imbas Foresnai*, l'illumination autour des mains, pour déterminer la gravité de la santé d'un patient. Il regarda les mains du jeune adolescent et discerna un halo lumineux : son aura. Il en déduisit son état de santé. Hélas, l'aura faiblissait jusqu'à s'éteindre et il mourut

dans ses bras comme tant d'autres avant lui. Elora s'effondra comme si elle avait attendu la fin du carnage avant de se relâcher. Elle ne fut pas la seule après que la pression eut disparu. Les plus endurcis ne purent rester de marbre devant ce sombre spectacle.

Bron se réveilla, une douleur grandissante lançant son bras cassé. Un druide lui mit une attelle et lui fit boire une tisane qui le soulagea instantanément. Inquiet pour Ben, il s'en approcha et lui prit la main. Il avait été transporté dans la bibliothèque aménagée en hôpital de fortune. Cependant, les meilleurs médecins appartenant à la communauté avaient été appelés en renforts et travaillaient d'arrache-pied depuis le petit matin. Bron caressa le visage de son amant avant de l'embrasser.

- Je t'aime Ben. Tu dois vivre ! Tu m'entends ? Tu dois vivre ! Pucka a été vaincu, nous avons traversé trop d'épreuves pour que tu me laisses seul. Réveille-toi !

***

106

A Situation Désespérée, Remède Approprié

Sanctuaire,
Lorient,
10 h 14.

Roc'h réunit tous les *Traqueurs Elfes* pour rentrer dans l'Autre Monde. Sur le point de franchir la porte, Iguilt arrêta son frère.

- Roc'h ! Je ne vous suis pas.
- Pourquoi ? dit-il, interloqué.
- J'aime Tao et je veux rester près de lui. Après ce qui vient de se produire, je veux rester vivre à ses côtés.
- Tu ne peux pas. Tu es une elfe. Ne dis pas n'importe quoi.
- Je dois réfléchir car j'envisage peut-être de renoncer à l'immortalité pour lui.
- Quoi ? Il n'en n'est pas question ! Tu viens avec moi !
- Je suis désolée Roc'h.
- Mais c'est un moine chinois.
- Je le sais. Ce n'est pas incompatible. Tao n'a jamais fait le vœu de rester vierge.
- Tu es consciente que lorsque le réseau va refermer toutes les portes de ce monde, il ne se rouvrira peut-être jamais.
- Oui. C'est un choix mesuré.

Roc'h s'avança vers le cromlech et la regarda une dernière fois avant de partir sans elle. Soudain, tout le poids de sa décision pesa sur l'elfe. Son exil devint concret. Tao la prit dans ses bras et la serra contre sa poitrine.

Le Gorsedd organisa ne réunion de crise d'urgence à laquelle participèrent tous les druides et les Superviseurs.

- Mes frères et sœurs, nous avons fait appel à des renforts venus d'Irlande pour nous aider à reconstruire le Sanctuaire que nous avons durement protégé. Ils ne pouvaient venir plus tôt car comme vous le savez, eux aussi ont affronté des hordes d'ennemis sur leur terrain. Voici maintenant l'état de la situation. Nos Sentinelles ont repris position autour du site. Nous autorisons l'usage de la magie pour la reconstruction afin qu'elle s'achève rapidement. Eric a refermé l'accès à l'Autre Monde. Par décision du Gorsedd, la fête de Samain de l'année prochaine est d'ores et déjà annulée, avec ou sans l'autorisation des Dieux. Nous saisirons le Panthéon sans attendre la prochaine session. Enningan ne devait pas intervenir dans ce conflit, encore moins le provoquer. Hélas, Gwyon'Bach est interdit de séjour sur Terre car il n'a pas accepté les règles imposées par les Anciens, commença Pat.

- Afin de remplacer nos pertes, d'autres enfants doivent être recrutés, dit Bann.

- Comment ? En les kidnappant comme vous l'avez fait pour nous ?

- Non Eric, nous les chercherons parmi les orphelins qui sont confiés à une antenne du Sanctuaire basée en Irlande. Il y en aura suffisamment. Nous n'aurons d'autres choix que d'accélérer leur initiation. Ils devront rapidement être opérationnels.

Université de Brest,
11 h 26.

Loin de toute agitation, dans la chambre souterraine, sombre et éclairée de quelques chandeliers, Gaël ruminait sa rage. Des bleus et des égratignures constellaient son visage froid et figé. Les flammes qui brûlaient dans ses yeux devinrent aussi puissantes que celles d'un incendie. Il ne supportait pas sa cuisante défaite.

- Elora, tu me donneras notre enfant. Je jure de me venger ! Vous n'imaginez pas quels tours il reste dans mon sac. Rien n'est terminé !

L'Autre Monde,
Horiza.

Dans la demeure ancestrale des Elfes, Roc'h se rendit devant le Conseil de son roi. Il y croisa Lana, la messagère des Dieux. A la demande de son souverain, il entama un rapport de sa visite sur Terre et relata en détail le déroulement de la fête de Samain. Au fur et à mesure de son récit, les visages de Lana, du roi et de l'assistance exprimèrent une tristesse et une colère incommensurables. Sitôt le nom d'Enningan prononcé, sa majesté se leva droit comme un « I » et éclata d'une rage à laquelle nul, de mémoire Elfe, n'eut assisté. Tous furent surpris par ce manque flagrant des convenances. Un Elfe maîtrise toujours ses émotions.

- Votre grâce, le Gorsedd des druides va saisir le Panthéon. Je voudrai suggérer de faire appel à tous nos alliés. Nous devons faire en sorte que toutes les places de l'hémicycle du Panthéon soient occupées.

- Une telle chose est rare. Il y a toujours des guerres ou des raisons qui empêchent certaines races de se rendre à une convocation, fusse-t-elle divine. Parfois, cela arrange bien les Dieux. Cette fois, les actes commis exigent la présence des représentants de toutes les races de notre Monde. J'ordonne de contacter nos alliés. Il nous faut comploter afin d'escorter en toute sécurité les ambassadeurs jusqu'au Palais Divin.

Elora s'installa au milieu des ruines du Sanctuaire pour rédiger une page du journal de la Communauté druidique. Sur la couverture était gravé un immense « S », composé de deux croissants de Lune. Des larmes coulèrent et tombèrent sur la page qu'elle noircissait, formant une tâche au centre.

« Je ne sais comment exprimer ce que je ressens. Je suis exténuée, blessée et moralement diminuée. Comment des êtres humains ont-ils pu s'allier de tels monstres ? Je ne comprends pas pourquoi les treitours font abstraction de tous les enseignements que nous avons reçus. Cette nuit restera gravée dans la mémoire des druides à jamais. Nul n'oubliera l'invasion et le raz-de-marée qui ont mis à terre le plus prestigieux site du Sanctuaire. Nous n'avons plus rien. Ni toit, ni protection, ni famille. Nous avons tout perdu. Des amis chers ont péri par centaines, d'autres ont vécu l'enfer. Enningan a envoyé une partie de ses troupes pour mettre fin à notre existence. Il a voulu s'emparer de notre sol le plus sacré. Nos ennemis ont piétinés nos cimetières, renversé et pulvérisé nos dolmens, nos cromlec'h. Des actes abominables ont été perpétrés sur les adultes comme sur les enfants. Le comportement ignoble des *treitours* devra être puni. Pour moi, le bannissement ne sera pas suffisant. Je compte sur le Gorsedd pour obtenir justice, mais rien ne pourra jamais effacer les traces de cette nuit de Samain, pas même une entière reconstruction. Au terme de cette bataille, car ce n'était qu'une bataille et non représentative de ce que sera la guerre ultime, peu d'entre nous ont pu préserver leur vie. C'est notre seul bien. Notre vie. C'est tout ce qu'il nous reste. Et je la chérirai, comme celle qui grandit en moi, même si le père est l'un des monstres qui ont assassinés les miens. Par tous les Dieux, comment vais-je pouvoir dire à mon bébé qui est son père ? A mon grand soulagement, Eric, Tao et Bron sont en vie. Je suis inquiète pour Ben et triste pour Bron. Je comprends son chagrin et le partage. Je sais combien il est difficile de perdre un amour ou de le savoir en danger. L'avenir. En avons-nous un maintenant ? Ou serons-nous contraints de revivre sans cesse un tel cauchemar. Ce sont des nuits comme celle-ci qui font peser sur les épaules des druides tout le poids de leur neutralité. »

Elora,
Druidesse.

A SUIVRE…

SAISON 3
EPISODE 2

Méduse

10

« **Qui fait la faute la boit.** »

SOUVENEZ-VOUS...

Dans l'épisode précédent de « **La Légende Des Maîtres** » : le raz-de-marée provoqué conjointement par Gwenc'Phel, *Eningann* et l'alchimiste Sencha, a dévasté le *Sanctuaire* de Lorient et la ville toute entière. Pendant que les autorités et les militaires venaient en aide à la population meurtrie, les druides faisaient face aux innombrables créatures ayant survécues au drame. Plusieurs d'entre elles avaient péries noyées ou assassinées. Kiva savait sa fin proche et transmit ses pouvoirs à Bron, qui devint de ce fait plus qu'un simple barde : un vates prophète. Toute l'équipe faillit perdre cette bataille. Bron eut le bras cassé, son compagnon tomba dans le coma et Elora, blessée, survit. Miraculeusement, son bébé ne souffrit pas des efforts physiques fournis par sa mère. Mais qui en est le père ? Eric ? Ou Gaël.. ? Gwyon'Bach intervint dans le conflit, ce qui lui valut une sanction immédiate... Le Gorsedd envisagea de saisir le Panthéon afin de mettre Enningan devant ses responsabilités. Ness puisa de l'énergie dans sa colère et dans l'âme d'un enfant. Cela la contraint de se retirer... Iguilt refusa de rentrer à Horiza, la demeure ancestrale des Elfes dans l'Autre Monde, désireuse d'abandonner son immortalité pour les beaux yeux de Tao... A peine cette attaque déjouée, Gaël, dans l'ombre, fomente un nouveau coup. Au moins, la fête de Samain est terminée...

Suite...

107

L'INTERROGATION

« Durant les six derniers mois, la reconstruction du Sanctuaire avança à grands pas. Nulle attaque ne vint troubler les travaux. La période de deuil fut longue et difficile. Mais il faut aller de l'avant, même si nous ignorons ce que nous réserve l'avenir. Cependant, notre désir de justice est resté intact. Pour d'autres, il est difficile de passer outre leur soif de vengeance. Le Gorsedd veut récupérer le statut qu'avait le Sanctuaire autrefois : un sol sacré, intouchable, neutre, le seul intermédiaire entre les Hommes et l'Autre Monde. Bientôt, lorsque les Ambassadeurs de toutes les races de l'Autre Monde pourront se rendre au Palais Divin en toute sécurité, ils saisiront le Panthéon. Ce jour de justice est attendu de tous les druides. Les Elfes réunissent en ce moment, petit à petit, tous les émissaires en un lieu sécurisé, profitant du chaos qui règne sur certains territoires depuis le raz-de-marée, la défaite et la déroute de l'armée d'Enningan, de la menace des Ombres Chinoises qui ne cessent de s'y nourrir. Le silence de Gwenc'Phel et de Gaël me préoccupe. Que complotent-ils encore ? »

**Bron,
Vates.**

**6 avril 2002,
Sud-est du Sanctuaire,
Lorient.**

La grande hutte du village qui abritait l'école des jeunes druides fut l'un des premiers édifices à tomber lors du raz-de-marée. Ces derniers mois, l'Instructeur Goff improvisa ses cours près d'un dolmen qui fut le seul à ne pas être renversé. Selon une ancienne légende celte transmise oralement par les Maîtres Druides depuis de nombreuses générations, c'est au pied de celui-ci que s'acquérait le savoir. Ils l'appelaient : « *le dolmen des enseignements* ». Goff opéra ainsi un retour aux sources.

Tim et Tara s'y rendirent, enchantés de pouvoir se déplacer plus librement dans le Sanctuaire depuis la fin des réparations.

- Toutes les créatures de l'Autre Monde sont retournées chez elles. On leur a fichu une sacrée raclée se vanta Tim.
- Bon débarras. J'ai appris que Goff est parvenu à lever tous les sorts de malédictions et les pièges qu'ils ont laissé derrière eux avant de partir. Nous ne pouvions plus faire un pas sans tomber sur l'un d'eux.

- Je trouve malgré tout que les tarentules sont bien plus effrayantes. J'ai toujours détesté les araignées alors là, j'ai été servi ! Heureusement que j'en suis venu à bout en un seul sort. J'aurai vite perdu mon courage sans ça.

- Tu es gonflé ! C'est le raz-de-marée qui les a balayées ! Juste à temps d'ailleurs.

- Tara, nous n'avons pas la même version de cette histoire. Je t'assure que…

- Regarde, Tim ! Le cours va commencer sans nous. Vite ! Arrivés devant le groupe d'eubages assis autour de l'immense pierre, Tim trébucha et fit un vol plané avant de tomber, à plat ventre, aux pieds de Goff qui lança un grand rire qui le fit rougir de honte.

- Mon pauvre Tim. Quand te débarrasseras-tu de tes maladresses ? Et surtout ne va pas te mettre en tête d'utiliser la magie pour y parvenir. Je te connais Tim ! Et j'espère bien que ton amie Tara, qui par ailleurs est un bon choix de fréquentation, te surveillera. Bon ! Trêve de sottises ! Passons aux choses sérieuses si vous le voulez bien. Qui peut me dire ce qu'est un vates ? Tara leva le bras droit comme si un ressort l'avait dressé droit vers le ciel.

- Oui, Tara ?

- Les Vates appartiennent à l'ordre secondaire des Druides. Ils sont des visionnaires. Ils ont reçu des dons psychiques en cadeau. Ce sont des individus choisis. Etre un Prêtre Druide procure de nombreux avantages. La sélection est drastique. Ils ont été reconnus comme des candidats doués dont les talents pourront être mis au service de la *Communauté*, à la différence des druides et des bardes qui ont besoin d'un enseignement spécifique durant de nombreuses années pour acquérir des capacités loin de leur être similaires.

- Bien ! Excellent Tara ! Nous, les Celtes, avons une vision du monde très surnaturelle. Nous croyons que tous les évènements ont une signification. L'interprétation des rêves d'un vates permet d'entrevoir les projets du destin. Toutes choses dans la Nature, visible et invisible, nous apportent des enseignements, notamment en fonction du comportement de certains animaux. Cette *lecture* des signes constitue le travail des vates. Leur divination vient de différentes formes ; observant les animaux et la Nature, la position des pierres, la découpe de bâtons…

- Les entrailles d'un poulet, ajouta Tim dans un chuchotement qui fit rire ses camarades discrètement.

- Ils interprètent les signes en fonction du modèle qu'ils ont créés. A partir de ces présages, ils guident les membres de la *Communauté* dans leurs décisions et les choix qu'ils font, termina Goff. Bron, qui venait de quitter son plâtre au bras quelques semaines plus tôt, passait par là et avait écouté avec intérêt cette dernière partie du cours. L'Instructeur leva le nez et le vit. Il l'interpella avant qu'il ne s'éloigne.

- Bron est un vates. Il l'a appris depuis peu de temps. C'est un Etre Psychique. Tous ses pouvoirs découlent de son mental exclusivement. Sauf bien sûr ceux liés directement à l'Elément qu'il contrôle mais cela vous l'apprendrez plus tard dans un autre cours, dit-il plus fort quand celui-ci se retourna. Ils se saluèrent de la tête et Goff poursuivit son cours.

- Maintenant, je vous laisse une heure pour l'examen des connaissances portant sur les cours précédents. Bonne chance.

Une jeune fille de quatorze ans distribua les sujets. Tim saisit la feuille et fit la grimace à la lecture des questions :

1) Représentez schématiquement la hiérarchie des maisons druidiques.

Tim réfléchit longuement tandis que Tara dessina le schéma sans hésitation.

Sanctuaire
(Maison mère)

Ordre
(Maison intermédiaire,
filtre des jugements inférieurs)

Clairière Bosquet Nemeton Cercle
(obédiences égales)

Goff passa derrière elle et jeta un œil à sa réponse. Il émit un grognement satisfait. Pensant à plus de chance, Tim lit la seconde question :

2) Pourquoi doit-on se méfier des gens en Abred ?

Tara écrivit toujours d'une traite la réponse qu'elle rédigea comme suit : *les apparences y étant illusoires, Abred abrite les métamorphes.*

3) Quelles sont les règles principales des druides ? (Ne mentionner que celles étudiées la semaine dernière)

Tim, la page blanche, chercha par tous les moyens à copier sur Tara. N'y parvenant pas, inquiet, il eut recours à la magie.

- *Volo intelligentem esse !* Mais hélas pour lui, Goff intervint.
- Ce sort ne te sera pas utile Tim. Devenir plus intelligent ? Non, c'est ta mémoire que tu dois solliciter mon garçon. Tara écrivit encore et encore :
- *D'abord ne pas nuire.*

- *Pratiquer le service de dévotion minimal :*
  - *la prière du matin,*
  - *la prière du soir,*
  - *l'examen de conscience quotidien,*
  - *une communion par an, mais ce n'est pas une obligation.*

La cloche sonna. Goff commença l'épreuve pratique.

-Tim ? L'incantation pour faire partir le mauvais esprit de chez soi. » Le garçon entra dans un cercle prévu à cet effet et prononça à voix haute sans hésiter : ***Jubeo malos spiritos partire fugireque.*** Aussitôt un Bedden quitta le secteur à toute vitesse en volant à reculons, ce qui fit rire tout le groupe.

L'examen achevé, Tim questionna Tara sur son exploit.

- Mais comment as-tu fait ? Comme moi, j'aurais pourtant juré que tu n'as rien étudié.
- C'est vrai.
- Mais alors…
- Contrairement au sort d'intelligence, celui de la mémoire, comme te l'a dit Goff, est plus utile dans ces circonstances.
- Mais…
-Tu mélanges à part égales des graines d'anis, de la lavande, de la verveine et de l'eucalyptus. Ensuite, tu mets le tout dans ton chaudron, tu ajoutes cent vingt-cinq centilitres d'eau de source, je l'ai prise à la fontaine, et tu fais bouillir le tout. Respire l'odeur et les fumées en disant :

> *« Ma mémoire s'en va,*
> *Elle me quitte déjà,*
> *Du temps je veux me souvenir,*
> *Faites-le revenir »*

- « Tu la connais ? » s'enquit-elle.
- Oui, mais ce sont les herbes qui me posent problème. Je me trompe tout le temps et la fumée me donne des boutons.
- Oui, tu confonds l'eucalyptus avec la menthe.
- Et si je dis :

> *« Ta mémoire s'en va,*
> *Elle te quitte déjà,*
> *La mémoire tu veux retrouver,*
> *Laisse-la s'en aller. »*

Tim donna un coup de pied dans le chaudron qui se renversa.
- NON !!! hurla Tara horrifiée.

6 avril 2002,
Parc de la ville,
Lorient,
21 h 18.

Une jeune femme dont l'âge se situait entre trente et quarante ans, à la silhouette avantageuse et aux courbures généreuses, ricana face à une statue de pierre de taille humaine. Elle représentait un homme âgé d'environ soixante-dix ans dont le visage figé semblait terrifié. Elle caressa le crâne, froid au toucher, et s'éloigna en riant de plus belle.

Une limousine noire s'arrêta à l'entrée du parc, coupant la route à l'inconnue. Elle hésita un bref instant avant d'ouvrir la portière et de se glisser à l'intérieur, faisant attention à ne pas se cogner la tête. Un jeune homme aux traits fins, cachant l'âme d'un monstre, était confortablement assis, un verre de whisky à moitié plein à la main. Un large sourire se dessina sur son visage en voyant l'élégante femme se tenant à ses côtés.

- Ces êtres sont ridiculement faibles. Si cette équipe, dont tu me parlais Gaël, est aussi minable, je…

- Méfiance ! Avant toi, bien d'autres ont tenté de les vaincre sans succès. Ces druides sont des Maîtres des Eléments. Ils sont capables de faire jaillir une source du sol, d'arrêter ou de déclencher une tempête, d'étendre ou de refouler une inondation, de faire tomber pluie ou neige en été. Le vent d'Elora deviendra bientôt une arme redoutable à mesure que ses pouvoirs se développent. Elle pourra, dans quelques heures, pulvériser une colline et la transformer en nuée noire. Imagine ce qu'elle sera en mesure de faire sur ses ennemis, dit le *treitour* en finissant son verre d'un trait.

***

108

Le Souffle
De Glace

7 avril 2002,
Chambre Souterraine,
Campus Universitaire de Brest,
09 h 03.

Gaël était installé dans un fauteuil de cuir troué en plusieurs endroits. La *Chambre* dégageait une légère odeur de soufre et les chandeliers brûlaient les minuscules bougies presque totalement fondues qui les ornaient. Nul n'entretenait cet endroit macabre dont le sol était maculé du sang des créatures éliminées par Gwenc'Phel et Gaël lors de leurs fréquents excès de rage. Le jeune traître avait convoqué un Maître Druide qui ne s'était présenté à lui à l'heure convenue, ce qui ne tarda pas à l'irriter. Pour passer le temps, il lui arrivait de faire venir directement de l'Autre Monde des monstres qu'il exécutait ensuite par amusement ou pour se défouler comme ce fut le cas ce jour. A son arrivée, Gaël se leva se dressant de toute sa hauteur. Son acolyte comprit très vite qu'une explication de sa part était attendue. Peut-être serait-il clément s'il parvenait à lui donner une excuse valable de son manque de ponctualité ?

- Tu nous fais enfin l'honneur de ta présence Bérac'h.
- J'ai eu du mal à distancer Ed et Tao qui se sont auto-assigné la mission de traquer tous les nôtres dans les parages afin de venger leurs *frères* assassinés par nos bons soins. Ils n'ont pas eu l'air d'apprécier. J'ai congelé trois hommes et six femmes cette nuit.
- Tu es le Maître Druide de la glace c'est bien cela ?
- Oui, Gaël. J'ai le pouvoir de manipuler la glace. Congeler les humains sans pouvoirs est mon passe-temps favori.
- Bien. Continue ton travail jusqu'à ce que l'équipe d'Eric intervienne. J'ai besoin de la diversion que tu devras effectuer. Je passe l'éponge sur ton manque de respect pour cette fois, Bérac'h.

Sanctuaire,
Appartements privés,
09 h 17.

Eric et Elora, après une torride nuit, se réveillèrent dans les bras l'un de l'autre. Depuis qu'il avait appris que sa compagne était enceinte, cela l'excitait davantage que d'habitude. A six mois de grossesse, Elora était plus belle que jamais.

Ils avaient mis plusieurs mois avant de pouvoir avoir de nouveau des rapports sexuels. Souvent, des gênes intervenaient. Mais leur amour était si grand qu'il parvenait à surmonter cette dure épreuve. Le plus difficile pour eux était de ne pas savoir qui était le père cet enfant à venir. Curieusement, depuis que leurs pouvoirs prenaient un nouvel essor ces deux derniers mois, ils ressentaient une attirance accrue et un rapprochement accentué. Cela les avait beaucoup aidés à se débloquer psychologiquement. Ils ne parlaient que peu de l'enfant, se persuadant que c'était Eric le père. Mais individuellement, ils se posaient bien entendu la question. Les pouvoirs d'Elora supprimèrent les cauchemars, les angoisses à l'idée d'avoir de nouveau des rapports sexuels et elle éprouvait maintenant du plaisir, alors qu'elle pensait ne plus pouvoir en ressentir. Eric, lui, avait encore de grande difficulté à tolérer la présence de cet être dans leur couple. A la fois parce qu'il avait peur à l'idée d'être père et surtout, il n'accepterait jamais qu'un homme comme Gaël en soit le géniteur. Sa raison semblait aller contre la volonté propre de ses pouvoirs. Allait-il accepter d'élever ce bébé si c'était Gaël qui en était le père ? Il lui arrivait de se réveiller la nuit et d'avoir envie d'étrangler le *treitour*. Comme chaque matin, après les rituels matinaux, Eric et Elora se rendirent au nouveau cromlec'h pour aller travailler à Brest, au campus. En chemin, ils saluèrent Othon, occupé à contrôler les défenses du Sanctuaire.

Campus Universitaire de Brest,
09 h 28.

Elora retrouva Hélène pour l'aider à analyser et répertorier de nouvelles reliques reçues d'Égypte. Eric, en salle des professeurs, discutait avec Ryanna, une nouvelle enseignante arrivée depuis quatre mois au campus. Il s'était lié d'amitié avec elle. Il ignorait pourquoi, mais il s'était confié à elle au sujet d'Elora et de son bébé. Il ne comprenait pas pourquoi il n'en parlait pas plutôt avec Hélène ou ses plus proches amis du Sanctuaire.

- Elora doit travailler toute la journée avec Hélène et elles se rendront sur un site archéologique cet après-midi. Tu déjeunes avec moi ?
- Volontiers, répondit Ryanna.
- Très bien. A toute à l'heure alors, lança-t-il derrière lui en courant vers son amphithéâtre où des étudiants l'attendaient.

Autre Monde.

Gwyon'Bach traversait un désert s'étalant sur plusieurs centaines de kilomètres, l'air penaud. La chaleur ne semblait pas l'incommoder outre mesure. Depuis ce qui lui semblait être des heures, passaient collines et crevasses de sables sous ses pieds. Chaque pas aurait été un supplice pour n'importe quel être humain. Cependant, pour Gwyon'Bach, il n'en était pas un. Rien de ce que pouvait lui infliger ce désert ne l'atteignait. La soif ne le faisait point souffrir. Soudain, après une longue marche interminable, il vit au loin, un pont enjambant un immense canyon.

- Pontrail ! (pont) reconnut-il. Il accéléra le pas, le sable chaud coulant sous ses pieds, pour s'approcher et regarda en contrebas. Il y vit une silhouette féminine qu'il reconnut aussitôt.

Sanctuaire,
10 h 14.

Ness, Grande Druidesse, s'éloigna de ses appartements privés pour se rendre à l'Est du territoire sacré. Soucieuse de retrouver la sagesse qu'elle avait perdue en privant l'âme du petit Dréo d'accéder à l'Autre Monde après le tragique meurtre, elle demanda à comparaître devant ses pairs. Tel un tribunal, sommairement, le reste du Gorsedd se réunit au milieu des ruines de cette partie du Sanctuaire n'ayant encore subi aucune réparation.

Dans la boue et la poussière, Pat souleva sa saie afin d'éviter de la salir. Bann enjamba un tronc d'arbre calciné et Gwenc'Ron, dernier membre récemment accueillit au sein de l'autorité druidique la plus élevée dans leur hiérarchie, se plaça à sa gauche. La scène paraissait quelque peu paradoxale. Tous quatre si bien vêtus, entourés de débris, de plaies béantes dans la Nature, les plantes arrachées, les chemins totalement effacés.

- J'ai ressenti une telle colère en moi. Je ne me souviens même plus de la dernière fois où j'ai été envahie de ce sentiment. Depuis ma plus tendre enfance l'on m'a appris à contrôler mes sens et mes émotions. Comment ai-je pu tomber dans ce piège grotesque ? Gwenc'Phel a-t-il commencé comme cela ?
- Non, Ness ! Ne te compare pas à cette ignoble créature ! Tu n'as pas su conserver ton calme en ces circonstances, c'est vrai. Mais là est ta seule erreur. Souviens-toi que de mémoire de druide, il ne s'est jamais produit un tel évènement. Aucune fête de *Samain* de notre Histoire ne s'est transformée en guerre ouverte. Tu nous demande de t'isoler, soit. Mais sache que cela se produit au plus mauvais moment. A l'instant même où nous avons le plus besoin de toi, répondit Bann.
- Nous avons déjà délibéré, ma Sœur. Tu vas te rendre à Carnac. Un roi t'y attend. Trouves-le et parles-lui. Il te dira quand tu pourras revenir parmi nous. Ce ne sera pas long. Nous refusons de te suspendre de tes droits et de tes pouvoirs. Tu as juste besoin de te retirer et de te confier à tiers dans une confession, un repentir, au moyen de quelques épreuves, poursuivit Pat.
- Je sais.
- Bien. Nous n'irons pas devant le Panthéon sans toi. Reviens vite Ness, conclut Gwenc'Ron.

Brest,
7 avril 2002,
12 h 28.

Dans le bois à l'Est de la ville, Bérac'h est à la recherche de nouvelle victimes. Le Maître Druide de la glace croise un groupe de quatre jeunes hommes d'une vingtaine d'années qui se moquent de son accoutrement. Portant la saie noire symbolisant son appartenance aux *treitours*, celui-ci ne cacha pas son aversion pour les mortels en ricanant à son tour. Blessés, les jeunes ne tardèrent pas à le brutaliser. Les insultes laissèrent place aux coups. Mais, les pauvres ignoraient le danger qu'ils couraient en s'en prenant à lui. Bérac'h sortit son sceptre de sous sa saie et le pointa en leur direction. Ils éclatèrent aussitôt de rire avant de sentir un courant d'air glacé tourner autour d'eux. Leurs pieds, leurs jambes se couvrirent de gel, puis de glace. Tous quatre se mirent à hurler de peur. Ils tentèrent en vain de se libérer de cette emprise inattendue, se fatiguant à chaque coup de rein sur la droite, sur la gauche, d'avant en arrière. Rien n'y fit. Le froid leur engourdit la taille. Ils levèrent leurs bras vers le ciel, comprenant que ces membres seraient les prochains visés. Mais ils devinrent lourd et se baissèrent inexorablement. Doigts, mains, les bras gelèrent très vite. La glace atteint leur cou, puis, dans un dernier effort pour pousser un cri d'appel à l'aide, leurs visages disparurent derrière une vitre de glace. Bérac'h absorba leur chaleur corporelle avant de s'éloigner à pas lents, ravi d'une telle rencontre.

***

109
INFILTRATION

8 avril 2002,
Campus Universitaire de Brest,
12 h 00.

Le vent matinal était tombé. La température avoisinait les treize degrés mais Eric n'avait pas froid. Il discutait avec Ryanna de son problème de couple. Il s'était vite lié d'amitié avec l'enseignante ces derniers mois.

- J'ai parfois des difficultés à me concentrer avec elle dans... nos rapports intimes. Je ne peux pas oublier ce que ce porc lui a fait. Je te jure que si je lui mets la main dessus, je le tue. J'ai peur de savoir... pour le bébé.
-Si c'est le tien ? Il existe le test A.D.N. La question est de savoir si tu préfères attendre que cet enfant arrive au monde ou si tu veux connaître la vérité plus tôt pour pouvoir mieux l'affronter ensuite. Elle aussi se pose les même les questions. Elle a besoin de toi plus que jamais. Si ce n'est pas le tien, penses-tu pouvoir l'élever malgré tout ?
- J'aime Elora. Pour le bébé, je... Passant devant un kiosque, Eric est interrompu par lez titre d'un article de journal. Il acheta alors un exemplaire du Journal du Campus et lit à voix haute :

« Quatre étudiants ont été retrouvés congelés de la tête aux pieds hier, à la mi-journée, dans le bois à l'Est de la ville. On ignore pour le moment ce qu'il s'est produit et l'inspecteur en charge de l'enquête, Bouzave, reste perplexe. Au vu des résultats de ce dernier l'an passé, on commence à douter de l'aboutissement de cette investigation avant même qu'elle n'ait débutée. Mais qui sait ? Peut-être fera-t-il un miracle à la veille de la très prochaine mutation de l'actuel commissaire, quand on sait que l'inspecteur Bouzave brigue son poste depuis longtemps selon certaines sources émanant du proche entourage de ce dernier ? »

Grégory Trémazon

A la fin de sa lecture, Eric pensa que le journaliste aurait des ennuis.

- Si cet article tombe entre les mains de l'inspecteur Bouza...
- QUI EST GREGORY !!! Qui a écrit ce TORCHON ! L'inspecteur arriva en trombe, bouscula Ryanna qui faillit tomber à la renverse si Eric ne l'avait réceptionnée à temps, et s'arrêta à l'entrée du Restaurant Universitaire de Kergoat où l'étudiant en journalisme attendait son tour pour entrer.
- Greg, pour vous servir.
- Tous aux abris, ça va chauffer, souffla Eric à l'oreille de Ryanna, visiblement amusée.

- Vous allez avoir des problèmes mon garçon ! « *Au vu de mes résultats ! »* Vous discréditez mon travail ! Traitez-moi de vautour du commissariat tant que vous y êtes !

- Je n'y avais pas songé.

- Oh, cessez de m'insulter tout de suite !

- Je ne relate que les faits, Monsieur, insista-t-il sur ce dernier mot.

- Quelle est votre source ? Répondez !

- Vous savez qu'un journaliste ne divulgue pas…

- ASSEZ ! Vous n'êtes qu'un étudiant ! Pas un journaliste.

- Mais j'ai de très nombreux lecteurs. Vous n'ignorez pas que cette Université est grande et que mon journal trouve un écho dans la presse régionale.

- Le Doyen aura de mes nouvelles. Je veillerais à ce que ce… torchon, ne paraisse plus.

- T-Rex ? Il ne peut rien faire ! Plusieurs de membres de ma famille siègent au Conseil d'Administration.

- Ooooh, je me moque de vos relations ! Je… L'écho de la voix de l'inspecteur s'évanouit à mesure qu'Eric et Ryanna s'enfoncèrent dans la foule d'étudiants en quête de leur repas.

- A ce rythme, il va finir par le pendre haut et court en place publique. Il devient écarlate.

- J'ai remarqué oui. Mais Greg est plein de ressource et surtout, il est bien protégé ?

Musée d'Histoire,
Campus Universitaire de Brest,
14 h 21.

Bron Delorme, le bras en écharpe à la suite de la guerre lors de la fête de Samain, reçut un colis. Le livreur lui présenta une feuille qu'il signa et remarqua que celui-ci s'attardait à lui sourire.

- Peut-être seriez-vous libre pour boire un verre ?

- Je regrette mais j'ai quelqu'un dans ma vie.

- Il a de la chance, termina le livreur dans un dernier clin d'œil. Bron ouvrit les cartons tant bien que mal, handicapé par son bras encore douloureux, et en dégagea des urnes en bronze conservant des cendres. Décorés de canards et de la roue à rayon, symboles sacrés du dieu celte de la guerre qu'il reconnut facilement, les objets lui avaient été envoyés par un professeur américain dans le but de faire une recherche sur les origines historiques des reliques. Cependant, la préoccupation première de Bron en ce début d'après-midi était d'honorer son engagement à préparer la prochaine vente aux enchères. Il avait obtenu l'examen d'aptitude à la profession de commissaire-priseur après deux ans de stage dans un office. Il venait de recevoir le résultat de son examen, l'avait fêté avec son amant Ben, mais ce ne fut pas une surprise pour lui, assez confiant en ses capacités. Bron était titulaire d'une licence en histoire et d'un DEUG en Droit. Le doyen T-Rex lui confia l'organisation de la vente. Le matin même, il avait terminé l'étiquetage des lots. Sur son bureau traînait un dépliant expliquant le déroulement d'une vente aux enchères disponible à l'entrée et à destination des clients. Il se souvint de la première fois où son père l'avait emmené à l'une de ces ventes, révélant ainsi une vocation. La brochure indiquait que les enchères consistaient en la vente *aux plus offrants de biens proposés par lots, contenant un ou plusieurs objets généralement accordés à la personne ayant proposé l'enchère la plus élevée, et la vente prend fin lorsque le commissaire-priseur abaisse son marteau.* (Mon moment préféré, pensa Bron) *Si l'adjudicataire ne peut pas payer le prix de l'objet, il y a « folle enchère ». Une nouvelle vente doit donc être organisée dont le fol enchérisseur supportera le coût. Le commissaire-priseur est « l'agent » du vendeur et perçoit une commission variant en fonction du prix de mise en vente.* Bron reposa le papier et reprit son travail.

Sanctuaire,
Au même moment.

Tao parcourut de nombreux couloirs sombres menant à la guilde des Mages. Il croisa plusieurs étudiants avant de trouver Ed. Celui-ci, toujours en train de s'amuser avec un bouclier d'énergie horizontal qu'il utilise comme un surf volant, draguait des druidesses venues chercher son linge sale.

- Je ne crois pas que Maître Goff t'ait enseigné cet usage particulier d'un bouclier.
- Tao ! Oui, je mets un point d'honneur à détourner ses leçons. Je sais que cela l'agace, ce qui n'en n'est que plus jouissif.
- Alors m'agacer te fais jouir, Ed ? lança Goff dans leur dos, provoquant l'hilarité des druidesses qui partirent pliées en deux.
- Maître Goff, je…
- N'essaye même pas de t'excuser ! Je sais qu'elles ne valent pas grand-chose. Et quand je pense que tu es destiné à… Enfin, tu me donnes la migraine.
- J'ai appris que des étudiants ont été congelés de la tête aux pieds. Il s'agit sans doute de l'œuvre d'un traître. Il me semble que notre repos s'achève et que l'équipe doit se réunir au plus vite. Je vais consulter la Guilde des Maîtres. Il faisait peut-être partie de vos frères Maître Goff.
- C'est hélas possible. Ne perds pas de temps. Vas-y, je préviendrai les autres.

Infirmerie,
Sud Est du Sanctuaire,
Trois heures plus tard.

Appelé à se rendre au Temple, Bron passa d'abord par l'infirmerie du Sanctuaire. Il rendit visite à Ben, plongé dans le coma depuis six mois. Victime des ravages survenus lors de la dernière fête de *Samain*, Ben ne s'était toujours pas réveillé malgré les efforts de Bron à pénétrer son esprit pour le sauver. Il se pencha au-dessus du lit pour l'embrasser.

- Ben. Pourquoi ton esprit es-t-il si résistant à mes percées ? Je ne comprends pas. Je suis entré dans l'esprit de Luc par le passé, pourquoi pas dans le tien ? Je… t'aime et je voudrais te le dire quand tu seras conscient. Reviens pour moi.

Non réactif à ses paroles, Bron quitta la chambre et prit la direction du Temple où il était attendu. En soirée, Tim et Tara sortirent du Sanctuaire en douce. La jeune fille avait conservé un sachet contenant une poudre verte. Elle le vida dans la paume de sa main droite et souffla. Un nuage de vapeur verte se répandit sur une large zone, couvrant leur sortie. Ce nuage eut aussi la faculté de brouiller la magie, déjouant ainsi, pour un court moment, les sécurités surnaturelles entourant le *Sanctuaire*.

- On va se faire prendre, Tim. Si on parvient à échapper aux Sentinelle et à Othon, on n'échappera pas aux contrôles du Gorsedd.
- Il parait qu'ils sont sortis, dit-il dans un sourire malicieux. Ils passèrent les barrières et donnèrent une excuse aux Sentinelles qui les interrogèrent. A une centaine de mètres de la sortie de la forêt, ils furent alertés par un bruit étrange. Tara bouscula Tim et tous deux tombèrent sur le côté, évitant un souffle mortel de Bérac'h. Mais hélas, elle était intervenue trop tard. Le sortilège du treitour avait touché le garçon à la jambe et déjà la glace remonta vers la taille. Tara vit le regard noir du Maître Druide et vit qu'il s'acharnait sur le garçon. Elle réagit en psalmodiant une formule :

« Origine de la lumière,
Arme suprême,
J'invoque le feu !
Force et puissance je te veux ! »

Soudain, elle se mit à cracher du feu à sa plus grande surprise. Bérac'h, impressionné, lâcha prise et ne parvint à refroidir Tim qu'à moitié. Une gerbe de feu jaillissant de la bouche de Tara manqua de carboniser le Maître de la glace. Seul un pan de sa saie fut noircie avant que l'effet magique de Tara ne s'estompe vite.

***

110

RENCONTRE

8 avril 2002,
Sanctuaire,
20 h 08.

Goff tança les deux enfants, arborant son air supérieur et hurlant sa colère.

- Comment avez-vous osé ? De la poudre de brouillage !
-Laissez-les Goff, ils ont des choses à nous dire. Ce sont les premiers témoins ayant survécus à ce treitour. J'ai cru comprendre que tu as utilisé une puissante formule, Tara ? intervint Eric, répondant à son tour à la convocation.

- Je ne sais pas comment j'ai fait. C'est venu tout seul, répondit-elle en baissant la tête, honteuse.

- N'aie pas peur. Nous aussi nous sommes puissants et n'avons pas demandé à l'être. Raconte-moi ce qu'il s'est produit.

- On sortait du *Sanctuaire*…

- Sans autorisation, coupa Goff.

- …et on a été attaqué par un druide qui soufflait de la glace.

- C'est bien ce que je pensais ! dit Tao d'une voix forte. Il étala le Livre des Éléments sur l'autel du Temple, à la vue de toute l'équipe réunie.

BERAC'H

Maître Druide de la glace, son pouvoir consiste à cristalliser les cellules vivantes et inertes, rendant tout corps immobile, figé dans la glace. Sa spécialité maléfique est de créer des cercueils de glace dans lesquels il souhaite compléter sa collection. Bérac'h a toujours été rebelle et a détourné les enseignements magiques de leurs véritables applications usuelles. Il est dangereux et doit être maîtrisé uniquement par ses pairs, seuls capables (peut-être) de le mettre hors d'état de nuire.

- Il est aussi charmant que ce serpent de Gwenc'Phel, dit Elora.

- C'est donc Bérac'h qui a attaqué mes étudiants l'autre jour. Je savais bien que Gwenc'Phel et Gaël n'en resteraient pas sur une demi victoire. L'un d'eux nous l'envoie.

- Prenez garde. C'est peut-être une diversion. Ils nous y ont habitués. Ils complotent encore un mauvais coup, avertit Bron. Eric regarda Tao et sa compagne dans les yeux avant d'ajouter :

- Tu as raison. C'est possible. De toute manière, nous devons le retrouver très vite. Dès que l'un de nous sera sur sa piste, les autres devront le couvrir en cas d'embuscade. S'il s'agit de nous affaiblir avant une attaque de plus grande puissance, ils vont au-devant d'une belle surprise. Plus le temps passe, plus nos pouvoirs évoluent. Nous devons en profiter. A compter de ce jour, je déclare devant vous tous qu'une guerre ouverte est déclarée à tous les treitours. Nous ne les tuerons pas car cela est contraire à nos valeurs, mais je vous assure qu'ils ne seront pas forcément remis au Gorsedd en bon état après ce qu'ils ont osé faire à notre communauté. Tous les druides sont plus que jamais en colère et en demande de justice. J'ai parlé avec les représentants des Guildes. Ils sont au bord de craquer. Les choses vont très vite mal tourner si nous ne les arrêtons pas.

- Eric, mon nouveau don de télépathie et le portrait de Bérac'h qui est dans le livre, me permettra de vite le reconnaître s'il entre dans mon champ télépathique.

- Très bien, avertis-nous dès que tu détectes sa présence. On va devoir inspecter tout Lorient et Brest, finit Eric.

Quelque part non loin dans la ville, la soirée plutôt fraîche pour la saison fit frissonner un homme ivre. La cinquantaine, les cheveux largement grisonnants, une tonsure très visible, le pauvre malheureux croisa une femme qu'il ne savait être fatale. Il s'approcha d'elle une bouteille de vin à la main et tenta de la draguer. Celle-ci sourit et rejette ses avances. Énervé, il commença à la menacer mais la jeune femme changea de forme subitement.

- A nous deux mon joli cœur ! dit Ryanna en secouant la tête. Ses cheveux s'allongèrent et se changèrent en serpents. Ses yeux brillèrent et son regard lui fit perdre l'équilibre de terreur. Comme tant d'autres avant lui, son corps fut recouvrit de poussière avant qu'elle ne se solidifie et le pétrifie. A l'abri des sombres ruelles peu fréquentées, elle ricana avant de s'éloigner et de disparaître au coin d'un boulevard.

Au Sanctuaire, seule dans sa chambre, Elora caressa son ventre rond et lui parla avec une profonde inquiétude.

- Je suis désolée de te faire venir dans un monde aussi dur. J'ignore qui est ton père, pleura-t-elle. Je ne sais pas si tu es la plus belle chose qui me soit arrivée ou la pire des horreurs. Comment pourra i-je te regarder, t'aimer, si tu es l'enfant de Gaël. Oh, par tous les Dieux… A cet instant, une silhouette se dessina derrière Elora avant de prendre forme humaine. Trop bouleversée, la druidesse s'aperçut pas de sa présence. Mais son instinct la fit se retourner.
- Qui êtes-vous ? Que faites-vous ici ? Répondez vite ! Garde !
- Calme-toi Elora. N'ai pas peur. Je me nomme Ainé, déesse irlandaise de l'amour et de la fertilité. Mon rôle est de veiller sur toi, sur toutes les femmes enceintes. Je veux te montrer quelque chose. Prends ma main. Ais confiance. Toute deux disparurent alors dans une brume qui venait d'envahir la chambre d'Elora. Ce même brouillard s'épaissit dans un pré isolé, quelque part, loin du Sanctuaire.

**Carnac,
9 avril 2002,
08 h 08.**

Sur quatre kilomètres s'alignaient des dolmens. Deux mille cinq cent menhirs plus imposants les uns que les autres faisaient face à Ness. Dans sa longue saie, elle marcha d'un pas lent mais savait précisément où elle allait. Sur sa droite, s'élevaient des *tumulus* (tombes construites en pierres recouvertes de terre) et en sous-sol, des menhirs couverts de dalles en pierres plates. L'allée centrale était elle aussi couverte de ces dalles. Elle croisa la plus importante colonie korrigane du pays. L'un d'eux s'éloigna d'un pas aérien pour prévenir son roi d'une visite. Celui-ci approcha avec sa canne difforme et salua Ness dans une révérence grotesque, au point de poser son nez au sol. Quelle souplesse. Noir, hideux, velu et trapu, il avait, comme ses congénères, un visage ridé, les cheveux crépus et les yeux creux, petits et brillants. De sa voix sourde et cassée, il déclara :

– Vous n'obtiendrez de moi qu'une trêve, pas une alliance. Rien de plus, rien de moins.

– Je souhaite retrouver la paix intérieure. Rien de plus, rien de moins.

– Je suis mû d'une légitime compassion, ricana-t-il, profitant de l'occasion. Puis les korrigans dansèrent, leur occupation favorite. Ils commencèrent le rituel auquel Ness était venue assister, première étape de son retour à la paix de l'âme. Le refrain de la chanson des Kérions qui accompagne ces danses ancestrales, était constitué de la répétition des cinq premiers jours de la semaine : *Dilum, Dimeurzh, Dimerc'her, Dizïou, Ha Digwener*. Les samedis et dimanches, consacrés au culte catholique, tant haï, sont proscrits de leurs interminables litanies. Malheur à celui qui fermerait le cercle et prononcerait les mots interdits. Il risquerait de se faire traîner au travers de flaques d'eau, de ronciers, comme le font les *Dornegans* de Locminé, selon la légende.

Ness assista au spectacle en se gardant bien de provoquer leur courroux.

***

111
CONSEQUENCES

9 avril 2002,
Université de Brest,
09 h 16.

Jusqu'alors, Greg avait été discret. Il ne montra en rien que le sortilège d'amnésie collective d'Elodie ne l'avait pas affecté, soupçonnant donc encore l'entourage d'Hélène d'être à l'origine d'un certain nombre d'évènements ou de décès survenus ces derniers temps. Devant son bureau, il hésita quelques secondes avant de frapper et d'entrer.

- Que faites-vous ici ? Sortez ! réagit vivement Hélène.
- Attendez ! Je viens juste pour vous inviter à boire un verre.
- Désolée, je suis allergique aux journalistes. Fussent-ils séduisants.
- Alors vous reconnaissez que je vous plais ?
- Pas si vite, Don Juan ! Je n'ai jamais dit ça. Voyez comment les types de votre genre détournent les propos d'autrui.
- Allez, juste un verre. Rien de plus. Hélène hésita, bafouilla, puis finit par accepter à son grand étonnement.

Bron quitta son bureau en fin de matinée. Depuis la guerre, il essaya de rendre le plus souvent visite à Ben, à la clinique du Sanctuaire. Il descendit les marches donnant sur la grande place de l'Université. Comme d'habitude, pour se rendre à Lorient, où se trouve le Sanctuaire, Bron prit la direction du parc, puis du bosquet, au Sud. Là s'élevait un dolmen très ancien vers lequel il se dirigea. Voilà le moyen de transport qu'utilisait l'équipe pour voyager plus rapidement de l'Université de Brest, au Sanctuaire de Lorient. Bron de plaça devant l'immense pierre se dressant sur plus de deux mètres. Il observa les alentours, guettant la moindre présence d'un étudiant ayant quitté les cours prématurément et pouvant le surprendre. Il n'en fut rien si bien qu'il apposa ses deux mains sur la face du dolmen avant de scander :

« En ce temps et en cette heure,
En moi la Grande Incantation… »

Mais Bron fut interrompu par un bruit qu'il n'attendait pas. Un homme de grande stature le frappa d'une énergie qui le propulsa à plusieurs mètres de la pierre. Il atterrit avec fracas sur la pelouse boueuse, salissant ainsi ses vêtements.

- Je ne sais pas qui tu es, mais ce pantalon m'a coûté les yeux de la tête ! Rien que pour ça je vais te démolir, *treitour* !

- Que de vanité. Depuis que tu fais partie de cette maudite équipe, ta tête a triplée de volume. Il est encore temps de nous rejoindre. Après tout, ils ne t'ont pas élevé.

- Tu oublies que par votre faute, mes parents sont morts, que j'ai perdu mon frère ! Jamais je ne pourrais vous pardonner cela ! *Ming na* ! Sitôt l'incantation prononcée, un brouillard épais obscurcit les alentour.

- Qu'est-ce que c'est ?

- Un petit tour chinois que m'a appris Tao. C'est très pratique pour empêcher les mortels de nous voir combattre. Tu ne pensais tout de même pas m'affronter sans prendre de précautions ?

- Ces imbéciles m'importent peu.

- Quel est ton nom ?

- Je crois que tu le connais déjà. Le *treitour* leva son sceptre et parvint à immobiliser ses jambes par une demi-congélation. La tête des deux druides se tourna vers le dolmen qui crépita et s'emplit d'énergies telluriques. Deux boulent d'électricité apparurent ensuite près de la pierre, libérant Tao et Eric qui avaient été transportés jusque-là depuis un dolmen identique situé au Sanctuaire de Lorient. A peine arrivé, ils comprirent que leur ami était en danger et qu'il devait affronter ce traître seul.

- Un peu d'aide ?

- Ce ne serait pas de refus, répondit Bron, une jambe à moitié paralysée par la glace. Eric lança une foudre aux pieds du treitour qui à son tour fit un vol plané de plusieurs mètres. Il se releva prestement et n'insista pas devant trois druides en colère. Il décida de fuir plutôt que de les combattre. Bron retrouva l'usage de sa jambe dès qu'il fut bien éloigné.

- Qui était-ce ? s'enquit Tao.

- Bérac'h.

- Alors ça continue.

- Tant que nous vivrons, ce ne sera jamais fini.

- Comment fait-on pour le vaincre ?

- J'ai ma petite idée, termina Eric.

Sanctuaire,
13 h 13.

Tim et Tara furent sévèrement punis pour avoir quitté le Sanctuaire en douce. Furieuse, la petite fille tenait Tim pour responsable. Après l'incident du chaudron, Tara perdait la mémoire par moment. Goff les avait punis en les obligeant à danser sur un air celte jusqu'à épuisement. Tandis que la musique était jouée par des satyres réquisitionnés pour l'occasion, les deux enfants dansèrent élégamment.

- Qu'a-t-il dit que nous devions faire ensuite ? demanda Tara, victime du sort jeté par erreur par son ami.

- Nettoyer les dortoirs avant d'aller nous coucher… si l'on se couche. Je déteste les satyres. Ils prennent un malin plaisir à accélérer la cadence.

- C'est normal. Ils se vengent de ce qu'on leur a fait subir pendant la fête de Samain. De quoi s'agissait-il déjà ?

- Oh, Tara. Ce n'est pas drôle. Arrête un peu de…

- JE NE FAIS PAS SEMBLANT ! articula-t-elle.

- Je suis désolé.

Colline des fées.

Elora ressentit des douleurs au ventre qui l'inquiétèrent. Accompagnée d'Ainé, elle la tint par la main.

- C'est normal Elora. Tes pouvoirs vont grandir aujourd'hui. Et ton bébé va les décupler. Regarde la colline, là-bas. Tu dois t'y rendre sans plus tarder. La déesse retira un anneau de son doigt. Elle lui demanda de regarder à travers le bijou et la jeune druidesse vit une colline peuplée d'une multitude de fées.

- Je t'offre mon *bizou* (anneau). Porte le et ce qui pour les autres est invisible, sera pour toi révélé dans la clarté. Mais prends garde, qui en abuse en affrontera les ruses. Puis le corps de la déesse se changea en brume et disparut. Elora avança lentement, prudemment, vers cette merveilleuse colline. Elle y fit la connaissance d'une étrange fée parmi les fées.

***

112

LE MESSAGE

Carnac,
9 avril 2002.

Ness avait assisté au spectacle des *korrigans* toute la matinée. Ceux-ci entamèrent une chanson qu'elle reconnut et ne tomba pas dans leur piège.

- Bien essayé. Je ne suis pas venue pour m'amuser. Il serait temps de passer aux choses sérieuses. J'ai perdu une matinée, maintenant, vous m'agacez. La Grande Druidesse sortit une lampe de sa poche. Un *kouril* (branche maléfique de la race des korrigans) laissa alors échapper un « *non* » de terreur.
- Merci. Je n'étais pas sûre que tu sois un kouril. Il est difficile de vous repérer parmi les autres, dit alors Ness qui alluma la torche et irradia les yeux de la créature qui se liquéfia sur place. Elle vida ensuite une fiole d'eau bénite autour de ses pieds pour se protéger. Comme elle s'en doutait, ce kouril n'était pas le seul à s'être invité à la danse et au chant des korrigans. Il s'agissait de toute évidence d'un piège s'étant mis en place au fil de la matinée, des korrigans ayant cédés leur place à leurs cousins dans la farandole, subrepticement. Ness brandit un *carsprenn* (petite fourche) qui les fit s'éloigner à bonne distance, tel un épouvantail pour un oiseau. Des feux follets particulièrement féroces l'attaquèrent par dizaines. Ness eut du mal à sortir sa parade mais finit par leur opposer une branche recouverte de vermine. Elle vit le roi des korrigans, non loin, se gaussant de la situation. Elle bondit dans sa direction et lui présenta la fourche.
- *Jabadao* (danse) !
- Non ! Non ! Je tiendrais mes troupes. Arrêtez !
- Tu savais que je devais venir. Maintenant, parle ! Je n'ai pas de temps à perdre.
- D'accord. Pitié. Pour la culpabilité, tu n'as pas à te reprocher l'usage de la colère. Ta présence ici prouve que tu ne te moques pas du sort de tes ennemis. Le jour où tu emploieras la haine sans l'émotion de pitié, alors ton âme craindra la perte. Tu es ici pour apprendre quelque chose de plus important. Une information que tu devras transmettre plus tard. Les évènements t'éclaireront au moment approprié. Retient ceci : « *Madame de ker-gwen* (plaisanterie sur la pâleur du spectre de la mort, ici veut dire la *Dame Blanche*. Gwen signifie blanc en breton) *est passée. Elle a dit qu'elle sait comment vaincre la dame aux serpents.* »

Campus Universitaire,
10 avril 2002.

Greg vint chercher Hélène pour son invitation à boire un verre, dans le but inavoué mais facile à deviner d'en apprendre davantage sur ses amis. Eric travaillait dans le bureau d'à côté, préparant ses prochains cours. Greg profita de l'occasion pour lui parler.

-Eric.

- Greg.

- Vous prenez votre travail plus au sérieux qu'il n'y a pas si longtemps. Pourquoi ce revirement si soudain ?

- Ne te fatigue pas. Il ne sert à rien d'entamer une interview. Sache que si Hélène accepte de te tolérer, moi pas. Je t'ai à l'œil. Tu ne veux pas sortir avec elle en vérité. Ce qui t'intéresse c'est un scoop ou un scandale. Tu n'auras rien de notre part.

- Alors il y a bien quelque chose à chercher. Un secret que vous cachez.

- Sans commentaire, interrompit Eric avant qu'une sorte de bourrasque fasse sortir la porte de ses gonds. La violence de l'attaque si soudaine surprit Hélène qui cria. Bérac'h venait d'entrer en provoquant une mini tempête de neige qui fit chuter la température du bureau d'une vingtaine de degrés. Les étudiants présents dans les couloirs fuirent à vive allure, criant si fort que tous fuirent alertés. Le traître frappa Greg au crâne qui en fut assommé et perdit connaissance. Il commença à le congeler et entreprit de lui confectionner un cercueil de glace. Mais Eric mit alors son plan, à exécution, s'attendant à ce qu'il n'en reste pas là après l'agression de Bron dans le par cet récita une formule.

« Des atomes et des molécules,
Des morceaux de glace s'accumulent.
Par l'élément de l'eau,
Une lance il me faut ! »

Ce sort eut pour effet de faire jaillir de l'eau de sa main. Elle se changea aussitôt en glace à cause la température intérieure du bureau. Le druide la tailla selon sa volonté lui donnant la forme d'une lance. Il la jeta sur Bérac'h qui la reçu dans l'épaule le traversant jusque dans le dos. Il poussa un cri de douleur avant de casser l'extrémité de la lance et prit la tangente.

- Je ne peux pas tuer l'un des nôtres.

- Il ne se serait pas gêné, lui ! rétorqua Hélène.

- Tu sais ce je veux dire.

- Oui. Ne pas tuer, juste supprimer ses pouvoirs. Tu l'as ralenti, pas arrêté.

- Je sais. J'aurai besoin du groupe pour ça. Je l'ai blessé, il n'a plus aucune chance de nous vaincre maintenant. La prochaine fois, nous l'aurons.

- Greg… Hélène posa ses mains sur lui et se concentra. Elle diffusa ainsi une intense chaleur qui fit augmenter la température de la pièce et décongela l'étudiant en journalisme. Eric remit la porte en place et fit vite disparaître les traces du combat. A son réveil, Hélène lui servit une excuse à laquelle il ne crut qu'à moitié.

Laissant dans son esprit un doute et mystère supplémentaire à éclaircir. Il choisit de laisser tomber l'idée d'un rapprochement avec elle estimant trop dangereux le fait de la côtoyer.

***

113

Dissuasion

Autre Monde.

Gwyon'Bach traversa le pont enjambant le canyon et descendit des escaliers taillés dans la roche. En bas l'attendait *Karedwen* (son nom signifie « porte de dieu ». C'est elle qui avait confié à Gwyon'Bach le chaudron magique contenant la connaissance. Celui-ci déborda, éclaboussant le garçon, ce qui eut pour effet de lui donner accès aux connaissances du passé et de l'avenir, entre autres pouvoirs).

- N'y va pas Gwyon.
- J'ai été appelé. Ils m'attendent.
- Tu es sûrement le seul à pouvoir agir. Fais-le. Les dieux te le demandent.
- Parce que maintenant les dieux veulent me courtiser ? Après ces siècles de mise à l'écart parce que mes pouvoirs les menacent ! NON ! Chacun récolte ce qu'il a semé ! Vous n'êtes pas au-dessus de cette règle !
- Jeune sot ! Tu ne peux pas me tourner le dos ! Tu ramperas, je te le jure !
- Non Karedwen. C'est toi qui ramperas. Seulement, ce ne sera pas à mes pieds. Outrée, la déesse s'éclipsa. Gwyon'Bach entra ensuite dans une immense caverne d'où il ressortit plus tard, pour rester prisonnier du désert de l'Autre Monde.

La fée Ailén prit la main d'Elora et la fit disparaître de la colline.

**Renne,
Bourg d'Essé.
10 avril 2002,
10 h 24.**

Elora se retrouva dans un bourg, pleine d'interrogations. Ces différents voyages lui donnèrent la nausée. Elle vomit avant de regarder autour d'elle dans le but de se repérer. Mais elle ne reconnut pas cet endroit.

- Tu es à Renne, dit Ailén, répondant à sa détresse.
- Mais comment…
- Comme toi avec la Grande Incantation et les dolmens qui réduisent les distances. J'ai moi aussi mon secret. Un rire bête, caractéristique des fées, s'en suivit. Tu es devant les Roche aux Fées, demeure ancestrale et indestructible de mes sœurs. Elle a été construite à la nuit des Temps. Si tu es là, c'est pour apprendre un secret. Je vais te dire qui est le père de ton enfant. Mais, plus tard, je te demanderais un service que tu ne pourras pas me refuser.
- Lequel ?

- Je ne peux pas te le révéler. Il est trop tôt pour cela. Malgré tout, tu dois m'en faire le serment. Si tu me refuses ma future requête, tu me devras ton bien le plus cher.

- C'est… Je ne peux pas promettre sans savoir.

- Tu ne peux pas vivre en paix sans connaître le nom du père de ton enfant.

- La médecine me le dira.

- Non. J'y veillerais. La médecine ne te dira rien.

- Je n'ai pas le choix, c'est ça ?

- Si, tu l'as !

- Tu parles… Bon, d'accord. Qui est le père de mon bébé ? J'ai peur de la réponse.

- Je sais.

***

114

MYSTERES

Désert de l'Autre Monde.

Le soleil, haut dans le ciel, brillait et diffusait une intense chaleur qui n'affecta pas Gwyon'Bach. Il était assis au sol, réfléchissant à sa situation et au moyen de se sortir de ce mauvais pas. Lana vint lui rendre visite sous la forme d'une colombe d'abord, prenant forme humaine ensuite.

- Que fais-tu ?
- Je pratique une masturbation.
- Pardon ?
- Intellectuelle. Une masturbation intellectuelle. Je tourne et retourne les mêmes pensées sans cesse. Je ne trouve pas de réponse.
- Quelle est la question ?
- Je suis épeuré (Gwyon fait souvent des erreurs de prononciation. Ici, épeuré au lieu d'apeurer). Lana. Je dois aller à *Tréhoranteuk* quand le Gorsedd y sera.
- La capitale ? Tu n'y seras pas le bienvenu, tu sais. Ils voudront néanmoins savoir ce que tu leur as dit.
- Karedwen le sait. Elle a déjà dû les en informer.
- Dans ce cas, l'Histoire est en route. Les plus forts l'emporteront.
- Oui, mais qui ?
- C'est une bonne question Gwyon. C'est une bonne question, conclut Lana, le regard perdu vers l'horizon.

Lorient,
Sanctuaire,
10 avril 2002,
11 h 29.

Réunis dans le Temple, l'équipe cherchait un moyen pour vaincre Bérac'h. Elora, de retour de Renne grâce à la fée Ailén, lut une page du Livre des Éléments.

LA GUILDE
DES MAITRES

La guilde fut créée en 1612. Elle forme les initiés à devenir des Maîtres Druides dans leur domaine de compétence. Après deux ans, les Maîtres reviennent sous l'autorité du Gorsedd. Elle fut cofondée par Bérac'h.

Elora tourna ensuite la page et fut intriguée par ce qu'elle y découvrit.

GORGONES

Les Gorgones sont trois sœurs : Sthéno, Euryale (toute deux immortelles) et Méduse (la plus redoutable). Filles du dieu marin *Phorcys* (qui a aidé Eningann à déclencher le raz-de-marée lors de la fête de Samain).

Gaël a invoqué Méduse et lui a confié l'immortalité de ses deux sœurs invincibles. Elles avaient 4000 ans.

- Mais c'est nouveau ! Cette page n'a jamais existée !
- Gaël a invoqué Méduse ! Une créature du passé. Bon, chaque chose en son temps. D'abord cherchons à nous débarrasser de Bérac'h, ensuite nous éclaircirons cette histoire.

Soudain, Bron prit sa tête entre ses mains et en se concentrant, il diminua l'intensité de sa vision. Il était ravi de pouvoir maintenant contrôler son pouvoir qui habituellement le faisait souffrir.

- C'est le treitour. Il est dans un vieux quartier de Brest. Il est blessé et se cache. C'est curieux, je sens qu'il veut éviter… Gaël.
- Pourquoi ne suis-je pas surpris d'apprendre qu'il est derrière toutes ces attaques ? Au boulot !

***

115

<u>Combat</u>

**Brest,
Vieux quartier Est.**

Face à face, les regards étaient froids. Bérac'h était acculé et l'équipe de druides l'encercla. Tous portaient leur sceptre et s'apprêtèrent à combattre. Eric, Tao, Bron et Elora portaient leurs saies impeccablement repassées, tandis que celle du traître était froissée et déchirée à l'endroit de sa blessure. Bérac'h esquissa un sourire avant de gonfler ses joues pour souffler. Ce fut comme un ventilateur géant. Tous les quatre furent projetés à terre, six mètres plus loin. Bérac'h ricana puis toussa, sa plaie le faisant encore souffrir. Tao se releva et bondit en un saut de deux mètres de haut, sur toute la longueur de l'endroit où ils avaient été propulsés. Mais en pleine course, arrêté en plein vol, un autre souffle aussi puissant lui fit rebrousser chemin, s'écrasant sur Bron qui bascula en arrière à peine relevé. De colère, Bron brandit son sceptre et enflamma son extrémité. Il en lança une gerbe de feu dans sa direction. Hélas, à son tour, Bron subit les représailles de son adversaire. Celui-ci leva une main et un bouclier de glace se forma. Puis la gerbe de feu toute entière se solidifia jusqu'à atteindre le sceptre de Bron et ses mains qui furent congelées. Le druide hurla de douleur, lâchant son arme. Il ne put rien faire. Éjecté de l'affrontement, il se tint la main emprisonnée dans la glace avec une grimace empreinte de colère.

- On ne peut pas l'approcher, dit Elora se tournant vers ses amis.
- Cherche dans le Livre des Éléments la formule du cercueil de glace.
- Ah ! Ah ! Qu'est-ce que c'est ?
- Un moyen de te vaincre.
- D'autres ont essayés. Ils sont morts. Savez-vous que je suis l'un des plus vieux Maîtres. Nous vous avons enseigné à courber l'échine devant vos supérieurs ! Ingrats ! Nous vous appris à devenir ce que vous êtes aujourd'hui. Vous me tournez le dos !
- Encerclez-le ! ordonna Eric. Elora avança vers la gauche, Tao vers la droite. Eric conserva sa position centrale.
- C'est inutile. La glace est mon pouvoir.
- C'est juste. Mais il s'agit de nos pouvoirs conjugués et élémentaux. Vous n'y résisterez pas. Allons-y ! Eric, Tao et Bron se joignirent à la formule qu'Elora lu dans le Livre des Éléments. Elle lit :

Formule permettant de retenir une âme prisonnière à l'intérieur d'un cercueil totalement constitué de cristaux de glace indestructibles.

Des atomes et des molécules,
Des morceaux de glace s'accumulent,
Dans un cercueil cette âme j'accueille,
Pour l'éternité faites qu'elle y soit enfermée.

Une cage de glace apparut autour de Bérac'h, se resserra et devint cercueil. De la neige le recouvrit et la glace s'épaissit. La blessure le fit hurler puis peu à peu il ne put faire le moindre mouvement, prisonnier de son propre pouvoir.

- C'est fini ? demanda Elora dans le doute.

***

116

MEDUSE

**Brest,
Vieux quartier Est.**

Bérac'h, figé dans sa boîte, ne représentait plus une menace. Il fut ainsi châtié pour toutes ses pauvres victimes, mortes de froid. Eric, Tao, Bron et Elora venaient de le vaincre quand le ricanement d'une voix féminine se fit entendre dans leur dos. Ils se retournèrent comme un seul homme.

- Ainsi donc il est suspendu dans le Temps. Faible !
- Qui êtes-vous par Dagda ? réagit Elora.
- Regardez ses cheveux, continua Tao.
- Des serpents. C'est méduse. Le Livre disait vrai, répondit Eric.
- Croyez-vous. Peut-être vous faut-il une démonstration… Un chat passa dans la rue. Les yeux de Méduse devinrent alors rayonnants.
- NE LA REGARDEZ PAS ! hurla Bron. Le pauvre animal devint pierre avant de comprendre ce qui lui arrivait. Méduse rit alors aux éclats.
- Ignorants. Non, ce temps est révolu. Aujourd'hui je contrôle mes pouvoirs. Me fixer du regard par accident ne suffit plus pour devenir une statue. Gaël m'a dit de me méfier de vous. De toute façon, il m'a fait un cadeau merveilleux. Il m'a confié l'immortalité de mes sœurs. Ce à quoi je n'avais jamais eu droit. Je penserais à l'en remercier… plus tard. Je dispose de leur invincibilité. Avouez que cette idée est brillante.
- Il a fait de vous un hybride ?
- Exact. J'ai été ravie de vous rencontrer. Hélas, la prochaine fois, mon regard sera le dernier que vous verrez.

***

117

Le Pantheon

**Tréhoranteuk,
Capitale de l'Autre Monde.**

Ness retrouva les autres membres du Gorsedd au pied du grand Palais Divin. Elle ressentit une certaine paix même si la mort et la perte l'âme de Dréo l'affectaient toujours. Le Gorsedd fut très attentif à la présence des différentes personnalités du *Sidh* (Autre Monde) ayant fait le déplacement. Les Elvènes, les elfes noirs, branche maléfique de l'espèce elfique étaient jusqu'alors réfugiés sur l'une des îles de TIR NA NOG, se prétendant d'essence divine. Ils ressemblaient à des caricatures d'êtres humains difformes. Tandis que les elfes dégageaient une aura de lumière, d'apaisement, leurs cousins, eux, n'inspiraient que terreur, obscurité. Leur corps tout entier était recouvert de morceaux de peau morte, de lambeaux de chair en décomposition. Une odeur pestilentielle caractéristique les embaumait et sentait à plusieurs mètres à la ronde. Pas très efficace pour la discrétion. Mais dans l'Autre Monde, elle se mêlait aux autres odeurs de cette Nature spéciale. Les Elvènes se divisaient en plusieurs clans, parfois rivaux. Plusieurs de ces « *familles* » vinrent participer au *Grand Conseil du Palais*, où siège la Triade des Créateurs. En passant devant les druides, ils leurs jetèrent un regard froid et glacial. Une foule de plus en plus compacte s'amassait devant les immenses portes d'ivoire du Palais. Des gardes tentèrent de maîtriser les invités et un Intendant se plaça devant les énormes chaînes d'un métal inconnu des humains barrant les portes infranchissables. Impatients, les Ambassadeurs conspuèrent bruyamment les organisateurs. L'Intendant écarta ses bras et pointa son sceptre vers les chaînes.

- *Chadden* ! scanda-t-il avant qu'elles ne glissent, libérant les portes d'ivoire de leur immobilisme. Celles-ci s'entrouvrirent avant de laisser passer en masse les Ambassadeurs au bord de l'hystérie. Ce comportement bien étrange ne manqua pas de surprendre les membres du Gorsedd. Tous les invités prirent place dans le colisée, autour du medionemeton. Ce fut l'occasion, avant que ne débute la réunion, pour chacun des participants, d'affiner ses stratégies en fonction de la présence ou de l'absence des camps rivaux. Ainsi une vingtaine de personnes richement vêtues de pierreries, pour certaines grossières, prirent position en hauteur.

- Par ce Panthéon ! Regardez ! La *Tyllu Finé* (grande famille d'Irlande) au grand complet ! Beaucoup de choses ont changé ici.

- Oui Ness. Les *Finés* ne se déplacent que rarement au complet. Ils se passent des évènements de la plus haute importance, répondit Pat.

- Et nous avons été tenus à l'écart. C'est ça le plus inquiétant, renchérit Bann.

- Les *Tùatha* aussi sont présents. » fit remarquer Gwenc'Ron, qui, dans un signe de respect, répondit à leurs signes de tête.

- Les soldats du Palais ! Ils encerclent le *medionemeton* (lieu consacré central, marqué d'une pierre énorme). Étrange, très peu de dieux se sont regroupés ici, reprit Bann.

- Oui, l'équipe d'Éric a semé le chaos ici. Plus que nous ne nous l'imaginions. Je reconnais *Dispater*, le dieu des morts là-bas. Et... *Bellenos* (Apollon celte) à sa droite.

- Toujours aussi beau, soupira Ness sous le charme.

- Toujours aussi prétentieux ! Regardez près du centre, *Eponna* accompagnée de son cheval, *Brigantia* la gardienne du feu sacré et déesse de l'intelligence, *Andrasta* déesse de la guerre.

- C'est bien peu. Moins du tiers du Panthéon. C'est scandaleux !

- La présence des *Finés* est une grande contradiction, c'est surprenant !

- Non, c'est un piège. Beaucoup de dieux tentent d'écarter les Ambassadeurs. Où sont nos alliés ? Les Fées, les Elfes et les autres ? Ils ne sont là que pour le vote ! Ça ressemble davantage à un procès qu'à une réunion du Panthéon, s'emporta Ness. Les voix se turent à l'entrée d'Eningann, Mew et Oiwn dans la loge qui leur était réservée.

- Nous, les *Keltoï* (noms des Celtes à l'origine), sommes tout puissants !

- « Sur le déclin, oui. » marmonna Ness de colère.

« Ce Panthéon ainsi réuni nous menace directement. Je ne sais ce qui nous attend mais aujourd'hui, j'ignore si nous pourrons protéger Eric, Elora, Bron et Tao encore longtemps. J'espère que là où s'achèvera notre autorité ne sera pas la fin de leur survie. Depuis peu, nous, les druides, ne faisons que survivre. Je continue la tradition de transcrire dans ce journal les sentiments que j'éprouve et de faire mon rapport sur nos activités. Plus que jamais cela me parait indispensable. Que restera-t-il après nous ? J'ai la sensation que le l'éminente autorité du Gorsedd, jadis imposante, s'effrite peu à peu. J'ignore combien de temps nous pourrons encore tenir, mais je souhaite pouvoir apporter à Eric tout notre aide dans notre propre intérêt. Où veut en venir Enningan ? Comment a-t-il pu interdire l'accès de certains Ambassadeurs au Palais ? Cela est très inquiétant. »

Ness,
Grande Druidesse,
Membre du Gorsedd.

A SUIVRE...

SAISON 3 EPISODE 3

Le Talisman de Tao

11

« La jalousie se nourrit dans les doutes et elle devient fureur (...) sitôt qu'on passe (…) à la certitude. »

LA ROCHEFOUCAULD,

Maximes.

SOUVENEZ-VOUS...

Dans l'épisode précédent de la collection « **La Légende Des Maîtres** » : A la suite d'un examen qu'il a raté, Tim apprend qu'il a mal préparé une incantation pour tricher. En outre, Tara a réussi. Le jeune garçon utilise la formule inverse du sort de mémoire sur la pauvre fillette… Gaël demande à sa nouvelle alliée de se méfier de l'équipe. Pour lui laisser le temps de préparer son attaque, Gaël a convoqué le Maître Druide de glace, Bérac'h… Gwyon'Bach est rappelé par les Éternels. Son ancienne supérieure tente de le rallier à sa cause, en vain. Mais sanctionné pour désobéissance, il a dut rester prisonnier du désert de l'Autre Monde où Lana, la messagère des dieux et amie, lui rend visite… Ness a ressenti un sentiment de haine lors des derniers combats menés au Sanctuaire. Elle a décidé de demander au Gorsedd de l'exiler un temps afin de méditer et de faire son examen de conscience. Pour l'y aider, les autres membres du Conseil acceptent et l'envoient à Carnac où le roi des Korrigans fait disparaître son sentiment de culpabilité… Bérac'h fait des victimes en congelant des étudiants et s'attaqua à Tim et Tara… La déesse *Aîné* apparaît à Elora, lui révélant l'existence du territoire des fées sur Terre… Le roi des *Korrigan*s transmit à Ness un message : « *Madame de ker-gwen est passée. Elle prétend savoir comment vaincre la dame aux serpents.* » Greg s'est rapproché d'Hélène et commence à poser des questions qui dérangent… La fée révèle à Elora l'identité du père de son bébé en échange d'un futur service qu'elle lui réclamera… L'équipe découvre que Gaël a invoqué Méduse. Hélas, leur priorité reste de vaincre le Maître Druide Bérac'h. Sitôt cette menace écartée, Méduse vient à leur rencontre… Pendant ce temps, à Tréhoranteuk, la capitale de l'Autre Monde, le Gorsedd au complet se rend au Palais divin pour assister à une étonnante réunion…

Suite...

118

Menaces

**Sanctuaire,
Lorient,
15 avril 2002.**

« L'échos du cri de nos frères morts au combat me parvient encore la nuit. Je doute qu'en ces temps difficile les druides trouvent le sommeil. Tant de choses nous ont été enlevées. La cruauté humaine n'est peut-être pas la pire. Les dieux eux-mêmes font preuve de perversité, de répression. Il nous faut trouver un moyen de mettre un terme à ce règne de terreur. Parviendrons-nous à rétablir l'équilibre des forces avant l'annihilation de l'humanité ? Les drames s'enchaînent à un rythme effréné. Je suis habitué à combattre les forces du Mal sous toutes leurs formes. En Chine, il m'est arrivé d'affronter des Dieux. Néanmoins, ici, les choses sont bien différentes. Heureusement, Iguilt me soutien. J'ai bien besoin de sa présence près de moi. Je crois que je l'aime. Il y a longtemps que je n'ai ressenti un tel sentiment. Mais nos destins nous permettront-ils de vivre notre amour ? L'Ordre acceptera-t-il notre union ? J'ose à peine imaginer ce qu'ils en diraient. Je n'ai pas de nouvelle du pays depuis longtemps. J'espère avoir bientôt suffisamment de temps pour contacter mes Maîtres. En attendant, j'apporte tout mon soutien et mes connaissances aux druides. »

**Journal de Tao,
Moine chinois.**

Tara avait toute les peines du monde à se rappeler ce qu'elle apprenait à cause de la maladresse de Tim. Par moment, la jeune fille ne se souvenait plus de son prénom, l'instant d'après, elle tentait de retrouver la formule, seule apte à lui rendre la mémoire intacte. Toujours peu doué en botanique, Tim rata une énième potion.

- J'ai peut-être perdu une partie de ma mémoire, mais je ne suis pas assez folle pour boire la moindre potion que toi seul auras préparée. Que ça pue ! Qu'as-tu mis là-dedans ?
- Un peu de ceci, un peu de cela. Pourquoi ?
- Tim ! J'en ai assez ! Il faut trouver une solution ! Tu dois en parler à Othon, lança-t-elle d'un ton enflammé.
- Il y a des chances pour qu'il le prenne mal.
- Pour sûr. Mais tu n'as pas le choix, Tim.

Désert de l'Autre Monde.

Gwyon'Bach, dans le désert, resta seul, abandonné. Devenu un dieu par accident, doté du pouvoir le plus puissant par erreur, il devint le plus craint. Même les Éternels ne savaient comment le considérer. Il voulut ne pas céder malgré leur pression. Soudain, tandis qu'il marchait à pas lent dans le sable chaud, ses nouveaux pouvoirs s'éveillèrent et il « *sut* ». Car en effet, son don était la *Connaissance*. Il pouvait tout savoir du passé, du présent, du futur mais il était aussi devenu un expert en toutes les magies. Nul ne pouvait plus le surpasser. Pas même les Éternels se doutait-il. Fort de cette conviction, pouvant les faire plier, il se rendit d'un pas pressé vers leur domaine et pénétra dans la paroi creusée dans l'une des falaises du canyon. Malgré le risque de provoquer leur colère, il entra sans invitation. Les Éternels se réunirent alors, surpris.

- Vous n'allez rien faire ? Rien tenter ? Elle est en danger et avec elle, tous les fidèles ! les interpella-t-il. Les voix des quatre Éternels se mêlèrent et ceux-ci répondirent d'une seule voix.
- Nous n'y pouvons rien. Elle ne se serait pas montrée si le virus… Encore une erreur des humains. Tu n'es pas censé savoir cela Gwyon'Bach.
- Ça ne s'est pas encore produit.
- Cela ne saurait tarder.
- J'y vais.
- NON ! hurlèrent-ils faisant trembler les murs du Temple creusé à même la roche. Tu es intervenu alors que nous te l'avions interdit ! Tu as usé d'un sort élémentaire, celui de l'Eau, pour sauver la vie d'Éric.
- Vouliez-vous qu'il meure ?
- Ces pouvoirs n'auraient pas été perdus, il lui aurait suffi de transmigrer.
- C'est ça. Et en dehors de son corps, *Eningann* se serait emparé de son âme.
- Possible, mais les ramifications du déroulement des événements sont multiples et changent. Qui peut savoir ce qui se serait passé ?
- VOUS !!! hurla le jeune dieu, exaspéré.

Hangzhou,
Chine,
Sanctuaire de l'Ordre.

A l'abri d'une forêt, le monastère de l'Ordre s'étendait sur une vaste plaine, loin de la civilisation. A l'intérieur d'un bâtiment, le plus haut situé au centre de ce sanctuaire, s'étaient réunis les membres fondateurs de l'Ordre, autour de l'ancien professeur et mentor de Tao, Maître K'ung.

- Maître K'ung, nos ennemis du Japon ont envoyés leur samouraïs. Vous devez avertir notre cher Tao au plus vite, commença Naja, la seule femme au sommet de la hiérarchie de l'Ordre. Mince, les cheveux bruns relevés en un chignon, elle portait la tenue traditionnelle de l'Ordre et chaussait des sandales au bout relevé en arrondi. Gracieuse, les traits soigneusement dessinés, elle n'en gardait pas moins un regard ferme et inquiet, même si elle faisait d'insurmontables efforts pour le cacher.

- Il aura bien besoin de son Maître à ses côtés, continua Gen, le plus âgé du groupe de dirigeants. Vieillard dont il était difficile d'évaluer l'âge, Gen était réputé pour sa bravoure, sa simplicité et sa gentillesse. Cela lui valait souvent des remarques appuyées de la part de ses pairs. Mais ses pouvoirs très puissants lui valaient l'admiration de tous.

- Ils sont sur le point de provoquer une catastrophe chez les druides, poursuivit Tai'Shan, le plus jeune chef de l'Ordre. Beau, robuste, il pratiquait les arts martiaux les plus violents et mortels en parallèle de pouvoirs capables de défier des dieux. Il avait souvent eu à combattre des démons chinois de toute nature. Ainsi, les combats étaient presque toujours intenses et destructeurs.

- Que veulent-ils ?

- Un présent de la déesse Nügua, fait à Tao il n'y a pas longtemps de cela. Le *Livre des Mutations* contient un objet qu'ils convoitent. Ils ne reculeront devant aucun combat pour s'en emparer.

- Utilisez le *Shinto* (dolmen, littéralement, le chemin des dieux) pour vous rendre en France au plus vite, continua Shiga, le dernier des quatre dirigeant du monastère dont l'âge n'était guère plus éloigné de celui de Tai'Shan, seulement trois ans selon certains moines qui s'amusaient, entre deux prière, à deviner leur âge.

- Le chemin des dieux ? Mais c'est…

- Faites ce que l'on vous dit !

***

119

Peur au Ventre

**Brest,
15 avril 2002.**

Sur le campus, une belle journée printanière permit aux étudiants de traîner, voire d'étudier à l'extérieur après un long hiver. Les couloirs étaient désertés au profit d'une sortie. Les professeurs eux-mêmes fumaient leur cigarette à la fenêtre, se penchant pour ressentir le vent doux et caressant. Les oiseaux venaient de se retirer de l'hibernation quelques semaines plus tôt seulement. Le soleil réchauffa le visage d'Ed accoudé à la fenêtre du bureau d'Hélène, lui procurant une sensation apaisante. Il se retourna et vit Hélène, toujours aussi radieuse, vêtue d'un léger haut blanc en dentelle, permettant aux yeux du jeune homme de plonger le regard dans un décolleté. Celle-ci arracha les rebords d'un carton posé au sol et en sortit du papier bulle et du papier journal protégeant une relique qu'elle saisit avec précaution.

- Qu'est-ce que c'est ce bol ?
- Ed ! C'est vulgaire d'appeler ainsi un tel objet d'art. Le musée national d'Irlande de Dublin m'a confié exceptionnellement le célèbre calice d'Ardagh.
- Pas assez célèbre pour que j'en aie connaissance.
- C'est sûr, inculte comme que tu l'es, ce n'est pas étonnant.
- Très drôle. Hélène lança un sourire narquois avant de prendre un dictaphone et commencer un commentaire sur le calice.
- En bronze, orné de filigranes d'or et de cabochons, la relique date du début du VIIIème siècle. Le calice possède deux petites anses sur les côtés.

Hélène interrompit son travail un instant et reporta son attention sur Ed. Celui-ci la dévorait des yeux ce qu'elle ne manqua pas de remarquer. Afin de détourner le regard du jeune mage, elle entra dans une conversation concernant Elora.

- Cela fait un moment qu'Elora ne vient plus me voir. Lorsque Kéra était en vie, toutes les trois partagions nos secrets.
- C'est normal, elle a été très occupée depuis la fin de l'année dernière, comme nous tous d'ailleurs. Elle commençait à peine de se remettre de ses émotions lorsque Méduse est apparue. Sa grossesse ne se passe pas du tout dans le calme. Elle a beaucoup de courage et… Elle ignore qui est le père de son enfant.
- Je pensais qu'elle me confierait ses craintes, ce qu'elle ressent à ce sujet. J'ai l'impression qu'elle me tient à l'écart.
- Laisse-lui encore du temps. Ce n'est pas facile et tant que nous serons sans cesse attaqués, Elora ne pourra pas penser à autre chose qu'à protéger son bébé.

Elle a une trouille extrême que Gaël en soit le père et qu'il essaye de lui prendre son enfant.

- Je t'en prie Ed, protégez-la. Je la connais. Elle ne supporterait pas une telle perte. Surveillez-la. La jeune femme se lova dans ses bras musclés, craintive. Ed se dégagea quelques minutes plus tard et saisit le calice dans lequel il remarqua la présence d'une substance bleue.

- Tu ne dois pas y toucher ! le tança-t-elle et le bouscula par inadvertance. La substance se renversa très légèrement et éclaboussa la main d'Ed de quelques gouttes.

Izumo,
Temple shintoïste,
Japon.

Dans un temple obscur se préparait une cérémonie. Dans l'ombre d'une pièce mal éclairée, une femme, sabre en main, donnait des ordres aux six hommes qui l'entouraient. Tous étaient vêtus de blancs, encagoulés et armés.

- Je le veux. Tuez Tao s'il le faut ! Je veux cet objet ! Qu'il en coûte votre vie m'importe peu. Sur ces invectives, ils se mirent en route pour la France.

16 avril 2002,
Sanctuaire.

Elora était en cuisine avec les femmes chargées de la préparation des repas dans l'espoir de leur soutirer quelque chose à grignoter. Prête à obtenir une pomme, Elora ressentit de nombreuses contractions. Chaque fois qu'elle tentait d'oublier la présence de ce bébé ne serait-ce que pendant quelques courtes minutes, il se rappelait à elle. La jeune femme se remit à pleurer comme à son habitude ces derniers jours. Tentant de se ressaisir, elle sortit une rune de sa poche. Sur la petite pierre, la fée Ailén avait gravé le prénom du père de son bébé. Jusqu'alors, elle n'avait osé lire cette information. Eric, toujours aussi tendre, ne savait comment lui poser cette question. Comme dans un flash-back, elle se souvint de sa conversation avec la fée dans son esprit.

- « *Je vais te révéler qui est le père de ton enfant. Mais plus tard, je te demanderais de me rendre un service que tu ne pourras pas me refuser.** (voir l'épisode précédent)» Cette voix résonnait dans sa tête comme un écho lointain. « *Sur cette rune, j'inscris son nom. Dès que tu le liras, ce nom s'effacera.* » Elora tripota longtemps l'objet avec anxiété sans le porter à ses yeux. Elle prit son courage à deux mains et lut…

***

120

Visite

**Sanctuaire,
16 avril 2002.**

Un hurlement traversa tous les murs du site, provoquant la surprise générale. C'était Othon qui venait d'apprendre les petits soucis de Tara. Celle-ci et son ami Tim se firent tout petits. Le toit de la hutte qui leur servait de salle de classe fut soulevé et fuma, effrayant davantage les enfants. Le Superviseur prononça la formule de guérison.

- ***Rica rica soro !*** Ainsi, Tara retrouva la mémoire en un clin d'œil. Vous deux ! Incorrigibles ! Mais je vais vous mater. J'en ai connu des plus durs. Désormais, je surveillerais tous les sorts que vous lancerez. Et jusqu'à nouvel ordre, plus de magie en dehors de mes cours !
- NON ! cria Tim.
- Plait-il ? Aurais-tu exprimé une objection ?
- Non, Maître.
- C'est mieux. Écoutez plutôt ce que sont les *chakras*.
- Je le sais déjà, marmonna Tara en boudant.
- Tout d'abord, il faut savoir que le corps physique est constitué de matières provenant des quatre éléments primordiaux, mais aussi de canalisations éthériques. Celles-ci assurent la circulation de l'énergie vitale. Ces canalisations ont des sources ou des centrales que l'on nomme *chakras*, situées à divers endroits du corps. Les plus puissants se trouvent le long de la colonne vertébrale et sont au nombre de sept. Il importe de nettoyer et d'entraîner régulièrement ces chakras, car sans cela, tout progrès majeur, qu'il soit magique, spirituel, émotionnel, mental ou physique, peut s'avérer difficile ou impossible lorsque vous parvenez à un certain stade de développement. Je vais à présent vous décrire les sept *chakras* qui ont chacun un nom. ***Maladhra*** : chakra de la base, il est situé à la base de la colonne vertébrale, entre l'anus et les parties génitales (ce commentaire provoqua des rires dans la classe) à savoir le Périnée. C'est par ce point que nous sommes reliés aux énergies telluriques de la Déesse mère et que nous absorbons les énergies vitales provenant de la Terre. La couleur de ce point d'énergie est le rouge rubis, incandescent sur le plan astral. Son élément est la Terre. S'il n'est pas équilibré, tous les problèmes de subsistances physiques peuvent en résulter et nous serons en situation de manque, cela en l'abus de choses matérielles et la recherche constante des plaisirs des sens tels que la boisson, la nourriture, le sexe. Passons à ***Suadhitana*** : chakra sacré, il est situé à environ deux pouces sous le nombril et il est responsable de nos aptitudes créatrices et d'imagination. Il est aussi le point de connexion entre notre corps physique et notre âme. Son élément est l'Eau et il brille d'un orange flam-

boyant. C'est le chakra des forces sexuelles et de nos capacités à créer. Ensuite, *Manipura* : chakra solaire, il est situé au niveau Haras, plexus solaire, c'est-à-dire au niveau du diaphragme. Sa couleur est jaune et il régit nos relations avec les autres et notre environnement. Lorsque l'on a peur, c'est à cet endroit que l'on a un malaise. Si l'on vous donne un coup à cet endroit, vous serez paralysé par une perte de souffle. C'est donc une centrale où s'accumule la majeure partie de l'énergie vitale. Ce chakra est responsable de toutes les sensations parapsychiques. Son élément est le Feu. *Anahata* : chakra cardiaque, il est responsable de toute communication d'énergie entre les trois chakras du bas du corps et les trois du haut du corps. Il est le centre où nos pulsions instinctives du bas du corps se joignent aux énergies de raison du haut de notre corps. C'est là que se mêlent les énergies afin de produire l'amour. Sa couleur est le vert et son élément, l'Air. *Vishuddha* : chakra laryngé, il est situé dans la gorge, au niveau du larynx. Responsable de la communication reçue ou envoyée, son élément est l'Ether et sa couleur, le bleu. Son bon fonctionnement est nécessaire pour les sorties astrales ou la transmigration. *Ajna* : appelé aussi troisième œil, il est le siège de la conscience et de nos pouvoirs druidiques, de la véritable connaissance. Sa couleur est l'indigo et son élément, l'Astral. Enfin, le dernier chakra *Sahasrara* : coronal, il est situé sur le dessus de la tête. Le violet est sa couleur et il est le lien avec les dieux. Son expérience nous relie directement à l'expérience divine appelée *illumination*. S'il est déséquilibré, nous devenons athées et dans de rares cas, il peut être infecté par les possessions. Je vous laisse maintenant lire le chapitre concernant les chakras, termina-t-il en montrant du doigt leur livre.

Gwyon'Bach était de retour au Sanctuaire. A son arrivée, il observa le logo du Sanctuaire sur le sommet de la grille d'entrée : deux croissants de lune gravés sur un dolmen formant un « *S* ». Un druide Sentinelle le reconnut rapidement.

- Qui va là ? Gwyon ! Passe. Ça fait longtemps que je ne t'ai vu ! Depuis…
- Oui, sept mois. Mais le temps s'écoule beaucoup plus lentement dans l'Autre Monde, bien que cela dépende des endroits que l'on visite.
- Bon séjour ! lui cria-t-il tandis que le jeune dieu s'éloignait. Gwyon'Bach se rendit auprès du Gorsedd et ne ressortit pas de la réunion avant la nuit.

Sanctuaire,
17 avril 2002.

Gwyon'Bach retrouva Ness à l'entrée du nouveau Temple et reprit la réunion la où ils l'avaient laissée la veille au soir. Des rumeurs commençaient à naître dans les couloirs. Cela faisait bien longtemps que le dieu n'était revenu et le voir ainsi à huis clos avec le Gorsedd depuis des heures les inquiétaient tous. Cependant, nul ne cessa de vaquer à ses occupations quotidiennes.

Appartement de Tao.

Le moine mit de l'ordre dans ses affaires et rangea ses vêtements propres dans un placard. Il donna ses habits à laver à une druidesse a qui lui incombait la tâche. Dans son dos, une voix familière le gronda.

- Il fut un temps où cette corvée était tienne !
- Et je ne l'ai jamais appréciée. Maître K'ung ! Tao se retourna et serra son Maître dans ses bras avant de reprendre : Oh Maître, la Chine me manque. Vous me manquez.
- Ne sois pas stupide mon garçon ! Qui peut apprécier un vieux grincheux comme moi ?
- Seulement votre disciple.
- Ah ! Ah ! Sans nul doute !
- Asseyez-vous, vous avez fait un long voyage.
- Oui, mais le *shinto* raccourcit les distances.
- C'est impossible !
- Si. Les *jiù* (*Eternels* en chinois) de l'Ordre ont eu suffisamment de pouvoirs pour ouvrir un seul passage, dans une seule direction. Mais ils ne pourront plus réitérer cet exploit. Hélas mon garçon, je suis ici pour une sombre raison. Nos ennemis ont envoyés leurs samouraïs. Ils veulent quelque chose qui t'appartient et que tu dois protéger au péril de ta vie s'il le faut.
- C'est Lia n'est-ce pas ?
- Oui. Ta sœur de cœur dont l'âme a noircie. Je l'ai pourtant élevée comme toi. Je me souviens que vous étiez toujours ensemble, comme frère et sœur. Mais elle s'est détournée des voix de la Lumière. C'est bien regrettable.
- Je ne peux pas la tuer Maître.
- Elle le sait et profite de l'occasion.
- Que veut-elle ?
- Consulte le Livre de Yi King. Il s'y trouve.

***

121

Renonciation

**Sanctuaire,
17 avril 2002,
10 h 28.**

Lia, jeune asiatique au corps frêle cachant une force intérieure féroce, accompagnée de plusieurs dizaines d'hommes vêtus d'une armure faite de plaques de métal émaillées, portant un sabre d'une main et un bouclier de l'autre, commanda à ses acolytes de la suivre. Une dague glissée dans la ceinture achevait leur armement. Ils dissimulaient tous leur visage derrière un masque grossier censé effrayer leur adversaire. Musclés, ils s'étaient visiblement beaucoup entraînés au combat. Ils exhalaient une odeur végétale parfumée indiquant sans doute qu'ils avaient récemment fait une toilette complète. Il était de coutume chez les samouraïs de prendre un bain avant chaque combat afin de se présenter devant la Mort sous leur meilleur jour. Lia, leur chef, portait la tenue traditionnelle composée d'un arc et d'un sabre. Préparée depuis sa plus tendre enfance à l'art difficile de la guerre, elle suivait, comme ses pairs avant elle, le « *bushido* », code d'honneur strict. Dès leur arrivée à Lorient dans la plus grande discrétion, le groupe se dirigea aussitôt vers la frontière du Sanctuaire. Sur place, ils traversèrent la forêt et parvinrent en son cœur. Là, Lia fit une halte et écouta attentivement les sons, les bruits de la nature et découvrit une présence. Elle s'y attendait et, d'un simple regard, ses hommes comprirent les ordres. Ils entrèrent alors en conflit avec les premiers Druides Sentinelles qui furent massacrés en dix minutes. Les sorts, trop long à lancer, ne purent venir à leur secours. Les sabres fendirent les crânes et sectionnèrent les membres supérieurs dans des jets de sang et des hurlements abominables. D'autres sentinelles accoururent, ce qui finit par prolonger l'assaut.

**Campus Universitaire,
17 avril 2002,
10 h 52.**

Après une éclaboussure empoisonnée de la substance bleue nichée dans un calice ancien, la main d'Ed rougit légèrement sans qu'il ne s'en rende compte. Hélène récupéra la relique avec précaution et la rangea à l'abri.

- Que fais-tu ? Laisse-le-moi ! s'emporta-t-il avec un ton qui surprit la jeune femme.
- Voyons Ed, calme-toi ! Il ne faut pas toucher à ce que contient la coupe. C'est dangereux !

- Je t'ordonne de me le donner ! *Mal, Mort, courte vie à Hélène. Sous mur, sous terre, sous pierre, par ce charme ta beauté j'enterre !* Hélène recula. Des pustules, des verrues, des tâches de rousseurs grossières se développèrent sur tout son corps.

- Ed ! Arrête ! Qu'est-ce qui te prend ? Tu viens d'utiliser de la magie noire sur moi. C'est un sort de laideur de premier cycle qui ne m'atteint pas. Tu devrais le savoir. La jeune femme passa la main devant son visage et elle retrouva son corps intact. Ed frappa la porte d'une armoire protégeant le calice d'un coup de poing qui vola en éclat. Il s'apprêta à boire le contenu de l'objet.

- A moi ! L'artéfact échappa de ses mains et atterrit dans celles d'Hélène qui usa du pouvoir de feu pour porter le liquide à ébullition. Du bleu il devint noir, puis passa de l'état liquide à celui de cendres.

- NON ! J'en ai besoin !

- Je sais, c'est une drogue surnaturelle. C'est pour cela qu'il fallait que le musée de Dublin me le confie le temps de trouver un moyen d'altérer les molécules de cette drogue. Pauvre Ed, ce n'est que le début pour toi. Le sevrage sera rude, même si une seule goutte a été absorbée par ton corps.

Sanctuaire,
11 h 09.

L'heure approchait. Le ventre arrondi, la peau distendue, les contractions rapprochées, Elora était proche du moment de son accouchement. Tandis qu'elle se promenait dans le bosquet où le Livre des Éléments avait repris sa place depuis la fin de la Fête de Samain, Elora y perdit les eaux. La druidesse appela de l'aide. Sur la grande allée à l'entrée du Sanctuaire, plusieurs druides laissèrent leurs tâches à l'abandon pour la secourir. Soudain, l'air vibra et fut brassé par un vent violent. La foudre frappa six fois au même endroit, puis de nouveau tout autour de la femme enceinte, empêchant les secours d'intervenir.

- Je perds le contrôle de mes pouvoirs ! Je ne le veux pas ! NON ! Je ne veux pas cet enfant ! Je ne peux pas ! J'ai trop mal ! Ah ! Aaaah ! Elora pleura, ses genoux cédèrent mais au lieu de tomber à terre, elle fut soulevée par une mini tornade qui la protégea. Elle resta ainsi en suspension à deux mètres du sol, encerclée de foudres et de vents interdisant toute personne d'en approcher. Les druides médecins ne purent qu'assister à la scène, impuissants.

Eric, Bron et Tao accoururent. A leur arrivée, Elora s'éleva encore de vingt centimètres avant de s'allonger. Inconsciente, elle ne réagit plus, du sang coulant entre ses jambes.

- Notre neveu fait des siennes, ne put s'empêcher d'ironiser Bron.
- Ça alors, j'ignorais qu'elle savait faire ça ! continua Tao stupéfait.
- Oui, c'est un problème. Elle n'est pas comme les autres femmes. Elle en est à sept mois de grossesse, ce qui pour elle est normal. En revanche, ses pouvoirs

atteignent un stade de progression si élevé qu'ils sont en mesure de la protéger lorsqu'elle est inconsciente. La pauvre en a perdu le contrôle, intervint une voix derrière eux.

- Gwyon ! Tu es de retour ! Où étais-tu depuis sept mois ? demanda Eric.

- J'ai payé le prix de mon intervention.

- Mais je serai mort sans toi !

- Pas exactement. Après un instant de silence, Gwyon'Bach reprit la parole. Je crois que vous devriez détruire ses défenses.

- Comment ?

- Il y a dans le Livre des Éléments une formule de « *renonciation* ». C'est très risqué.

- De quoi s'agit-il ? questionna Eric. Bron contourna alors Elora et se dirigea vers le Livre sacré des druides afin de rassasier sa curiosité.

***

122

LE TALISMAN

**Sanctuaire,
17 avril 2002,
11 h 15.**

Bron entama sa lecture du *Livre des Éléments*. A peine eut-il posé les yeux sur les premières lignes, que Maître K'ung intervint.

- Tao ! Ils arrivent. Des Sentinelles sont mortes. Prends ceci. Son disciple saisit le *Livre des Mutations* qu'il lui tendait et lut la page sur laquelle il était ouvert.

SAMOURAÏS

De la féodalité à 1868, les Samouraïs furent membre de la caste guerrière au service d'un seigneur. Leur maîtrise des techniques de combat leur permit d'affronter la magie, protégés par les talismans et certains dieux.

Tao fixa la gravure en bas de page du regard et celle-ci prit forme en « sortant » de la page. Le jeune moine le saisit et le porta à son cou.

- Cool, laissa échapper Bron.

Des cris raisonnèrent au loin, mêlés au croisement des sabres et des sceptres. Des traits de lumière indiquèrent que des sorts étaient jetés en représailles.

- On entre ici comme dans un moulin ! s'étonna Bron irrité. Le sol de tout le domaine se mit à vibrer puis à trembler à mesure qu'une lueur vive émana du bijou porté par Tao, représentant le Yin et Yang enlacés dans un cercle, le tout en jade.

Un cri retentit au loin. Tao reconnut instantanément la silhouette menaçante de l'agresseur qui l'interpella :

- Tao !
- Lia.
- Honte à toi d'appartenir à ce… groupe. Tu es devenu si faible. Souviens-toi de notre puissance lorsque nous étions enfant.
- Oui, nous étions imbattable jusqu'à ce que tu commences à tuer des humains et non pas des démons. Quant à la honte Lia, elle n'est pas d'être supérieur à l'adversaire, mais de l'être à soi-même.

- J'ai toujours œuvré pour la justice.

- Non Lia, pour la vengeance.

- Donne-le-moi.

- Prend garde Tao, si elle veut le talisman, c'est pour maintenir la puissance de sa *confrérie*. Depuis quelques temps, les samouraïs ont du mal à affronter la magie. Ils veulent se protéger de nous.

- C'est tout à fait ça, Maître K'ung. Comme on dit : sortez couvert ! rétorqua Lia.

- Dans ce cas, tu devras venir le chercher.

- Ne me tente pas. Je te laisse dix secondes pour me le donner. Ne me force pas à te tuer Tao.

- Tu oserais petite sœur ?

- Je ne suis pas ta sœur ! s'énerva-t-elle pointant un doigt vers lui. Le sentimentalisme, voilà ce qui te rend faible ! *Yí, èr, sān, sì, wŭ* (1, 2, 3, 4 et 5 en chinois. Lia utilise le chinois et non le japonais des samouraïs car elle a longtemps vécu en Chine aux côtés de Tao pour combattre le Mal avant de choisir la voie des samouraïs).

- Jamais !

- *Liù* (6, en chinois).

- Non Lia. Celle-ci leva une main vers le ciel. Un éclair fit vibrer l'air au point d'hérisser les poils sur la nuque du jeune moine.

- *Qī, bā* (7 et 8). Le sol s'ouvrit et un être hideux sortit de la crevasse. « *Jiŭ, shi !* (9 et 10) Quiang'shi ! »

- Qu'est-ce que ça veut dire ? demanda Bron inquiet.

- Cela se traduit : *vampire*.

- Quelle horreur ! Tu veux dire le suceur de sang ? Avec les crocs et tout ?

- Les vampires chinois sont… différents. Tao confia le Livre des Mutations à Eric à la page consacrée au Quiang'shi.

Le *Quiang'shi* vole l'énergie vitale, le « *shi* » et se sert des victimes comme esclave. Aveugle, il ne peut localiser ses proies que par la chaleur du souffle. Il ne peut pas mourir par l'usage d'un pieu et ne peut pas survoler un cours d'eau.

Pour le paralyser, apposez sur son corps une formule. Elle sera absorbée. Le soleil reste efficace pour l'immoler. Utilisez un champignon vénéneux et mettez-le dans sa chaussette gauche, puis, jetez le tout dans une rivière. Cela le réduira en cendres.

- C'est une plaisanterie ? D'abord, sa chaussette est pourrie, je la sens d'ici. Ensuite, qui va la lui enlever ?

- Je crois que c'est moi, lança Tao derrière lui, déjà à la poursuite du *Quiang'Shi* tout en gardant ses distances, ce dernier commençant son festin par les premiers druides à sa portée.

***

123

LIBERATION

Sanctuaire.

A l'opposé du domaine druidique, en plein cours, Othon poursuivait sa leçon, ignorant le drame se nouant de l'autre côté du Sanctuaire. Il invita ses élèves à étudier l'*Aura* des êtres humains.

- Pour pouvoir vivre, il faut disposer d'une énergie qui animera notre corps sous forme électrique. Toute électricité forme un champ magnétique. Etant donné que notre cerveau fonctionne avec des symboles et des « ressentis », on en retrouve des traces dans le champ magnétique de l'homme. Ressentir les vibrations et voir l'aura est en lien avec l'empathie parce que c'est l'état d'âme de la chose ou de la personne que l'on voit et que l'on ressent. Essayons un peu de pratique. Levez une main vers le ciel et concentrez votre regard sur celle-ci. Vous devriez voir des fluctuations et des ondes émanant de votre main, commença le professeur.
- La mienne est toute jaune ! lança Tara presque éblouie. Surpris, Othon fut déstabilisé par cette prouesse avant de se reprendre.
- C'est… fantastique. Félicitation. Tu as un don certain. Tim se mit à bouder. Il ne vit même pas l'ombre d'une onde.
- On ne peut pas être doué en tout.
- Tara, il y a une différence entre être doué en tout et être doué en rien, répondit-il à voix basse.
- A la base, l'aura se compose de sept couches. La première est le corps éthérique. Elle est *collée* sur le corps et ne va pas plus loin que quelques centimètres. Elle est en lien avec le *chakra coccygien*, celui sous le coccyx, qui est la survie et l'énergie vitale. Cette première couche est associée aux fonctions physiques, à la douleur. Sa couleur varie du bleu pâle au gris. La seconde couche est appelée le corps émotionnel. Lié au *chakra des sentiments* c'est une rallonge aux émotions. Sa structure est plus fluide que le corps éthérique et se trouve à sept centimètres du corps physique. Ses couleurs ont des teintes foncées ou lumineuses dépendant de la nature des sentiments. La troisième couche de l'aura est nommée corps mental. Associée au *chakra solaire*, elle est liée à la pensée et au processus mental. Lorsque quelqu'un se concentre mentalement, ce qui n'est pas le cas de certains de vos camarades (dit-il en fixant Tim du regard) sa couche en est affectée et s'étend. Il doit être jaune. Ces trois premières couches sont en lien direct avec le monde de l'énergie physique et, de ce fait, sont un lien avec le monde spirituel. La quatrième couche donc, associée au *chakra du cœur*, s'appelle le plan astral. Sa couleur est le rose. C'est dans ce plan que se déroulent les relations amoureuses. Lors de fantasmes envers une personne, se forment des volutes d'énergie. Ces spirales vérifient si les personnes sont compatibles. La cinquième couche est une protection psy-

chique. C'est pourquoi, dans le monde de la magie, on n'a pas besoin de faire des rituels de protection de base parce que notre âme à déjà la sienne. Le *corps céleste* est le nom de la sixième couche, associée au *chakra frontal*, à l'intuition. L'extase spirituelle s'expérimente au niveau de cette couche de l'aura. La jouissance intérieure de la méditation, la clairvoyance passe par le corps céleste. Sa couleur est nacrée ou dorée. Enfin, la septième couche est très spéciale. C'est là que se situe la plus haute spiritualité, appelée le *corps kéthérique*. C'est le lien entre l'énergie de la spiritualité et l'énergie universelle. Sa couleur est violette et se situe au-dessus de la tête. Cette couche est plus connue sous le nom d'*auréole*.

- En parlant d'auréole, j'en connais une qui s'est oubliée dans son lit. chuchota Tim.

- Tais-toi !

De l'autre côté du Sanctuaire, Soo attaqua Eric et Bron au sabre. Ceux-ci se défendirent à l'aide de leur sceptre pour éviter de se faire tuer. Eric effectua une cabriole improvisée pour échapper à une décapitation. Bron frappa Soo sur le flanc, ce qui lui coupa le souffle et lui fit perdre l'équilibre. Eric se releva avec souplesse et profita de l'occasion pour le piéger à l'aide d'un sortilège lui fixant les pieds dans le sol.

Lia était intriguée par Elora, toujours en lévitation, le ventre arrondit parcourut de grosses veines violettes et orangées. Mais, trop préoccupée par Tao, Lia préféra ignorer la jeune druidesse.

Le *Quiang'shi* entra dans le bâtiment abritant la Guilde des Maîtres Druides. Malgré leur étonnante spécialité dans un domaine précis de la magie, peu d'entre eux échappèrent au vampire chinois. Le jeune moine les libéra de l'emprise maléfique de son adversaire et leur permit ainsi de mourir ou de tomber dans un profond coma, vidés de leur énergie vitale. Leurs auras devinrent si pâles qu'elles en furent presque imperceptibles. Tao continua de poursuivre la bête jusqu'à l'infirmerie. Dans le fond de l'immense pièce centrale bien éclairée, gisait toujours Ben, dans le coma depuis la tragédie survenue durant la fête de Samain. Les blessés commencèrent à être évacués, mais la moitié d'entre eux furent attaqués par le *Quiang'shi*.

- Eh ! L'affreux ! Par ici ! tenta de l'attirer Tao, lui montrant le talisman et priant pour être protégé. Je compte sur toi ma déesse, dit-il en silence. Le vampire réagit aussitôt, espérant lui voler son « *chi* ». Mais le bijou brilla violemment et le Quiang'shi tomba en cendres sous un l'effet d'un souffle de magie pure d'une force inouïe. Les murs tremblèrent et se fissurèrent. Les meubles brûlèrent et finirent en poussières. La puissance de l'énergie ainsi libérée pulvérisa le toit de l'infirmerie. Une sorte de nuage de cendres retomba comme de la neige, provoquant suffocations et asphyxies. L'un des murs ne put résister et s'effondra, révélant l'existence d'une pièce secrète. Sombre au départ, la lumière l'envahit ensuite. Tao y vit un caisson hermétique posé sur un socle en son centre. L'explosion de Haute Magie du talisman se renouvela une seconde fois à cet instant. La protection magique entourant le caisson vola en éclat et fissura le coffre. Une fumée bleu étrange s'en échappa. L'énergie magique féroce se dissipa très lentement et une partie de celle-ci intégra le corps de Ben, allongé sur un lit intact. Après des mois de coma, Ben se réveilla en pleine forme. Son énergie vitale venait d'être restaurée. Beaucoup de druides, dont Bron, accoururent après l'explosion et pénétrèrent dans ce qu'il restait de l'infirmerie prêts à en découdre avec leur ennemi. Il y retrouva son amant, vivant.

- Ben ! Hélas, durant ces retrouvailles chaleureuses, Bron inhala, sans le savoir, une partie de cette nuée bleue qui continua de s'échapper du caisson.

Campus Universitaire,
17 avril 2002,
13 h 24.

Depuis plusieurs heures, Ed était en proie à une violente drogue surnaturelle. Il utilisa son pouvoir de télé-coercition sur Hélène dans le but de se venger après qu'elle ait détruit ce qu'il restait de la substance bleu que le corps d'Ed avait absorbée. Ce pouvoir était le même don que celui utilisé par le démon Stévan, lui permettant de suggérer, par la pensée, de faire faire quelque chose à quelqu'un. Sous l'emprise de la drogue, il délira et commença à ressentir l'effet de manque. Prit de violents tremblements, des objets volèrent en tous sens dans la pièce. Mentalement, Hélène se concentra pour échapper au pouvoir d'Ed, sembla-t-il, décuplé. Elle eut du mal à maintenir une protection et les bruits, les cris du jeune homme commencèrent à attirer l'attention d'étudiants passant devant la porte close.

Au bout du couloir, Greg, l'étudiant en journalisme, fut intrigué par la petite foule massée devant la porte du bureau. Curieux, à deux doigts de saisir la poignée pour entrer, après avoir entendu des cris étranges, le doyen T-Rex passa par là et interpella Greg au sujet d'un article irrévérencieux l'ayant contrarié.

- Mais Monsieur…
- Pas de prétexte jeune homme ! J'ai à m'entretenir avec vous séance tenante ! Et vous autres, du balai ! lança-t-il, ne laissant à personne le temps d'expliquer leur présence devant le bureau. Les voix s'étant tuent, chacun retourna à ses occupations.

***

124

Symptomes

**Sanctuaire,
17 avril 2002,
14 h 12.**

Eric fut surpris par les connaissances et les pouvoirs que Tao venait d'utiliser pour repousser, puis anéantir le vampire. Il remarqua alors que contrairement à la plupart de ses compagnons, Tao n'usait que rarement de son Livre sacré. A peine eut-il achevé cette pensée qu'un souffle presque imperceptible vint attirer son attention sur sa droite. N'écoutant que son intuition, il para à l'aide de son sceptre un sabre sur le point de lui trancher la tête. Tao reconnut immédiatement l'attaque de Soo. Ce dernier venait de décapiter sauvagement plusieurs dizaines de druides. Tao employa une technique que son maître lui avait enseignée, le « *Hénan* ». Curieux, Eric feuilleta rapidement le livre que le jeune moine avait déposé et reconnut très vite l'action qu'il était sur le point de mettre en œuvre.

HENAN

Focalisation du *chi* ou concentration d'énergie. Capacité d'un moine de l'Ordre de créer un séisme en un point. Joignez vos mains et tendez-les pour générer une onde de choc.

Soo fut renversé. Tao ramassa son sabre et le brisa net sur sa cuisse. Déshonoré, Soo se figea, genoux à terre.

- Tu as remarquablement vaincu un samouraï. Je suis dans la honte et ne peut y demeurer. Laisse-moi mourir. Je dois me faire harakiri.
- Tu t'es déshonoré le jour où tu as assassiné le premier être humain. Te sacrifier ne te procurera pas le pardon du ciel. Tu as perdu ton âme il y a bien longtemps, Soo. Je refuse ta requête. Tu seras jugé et condamné comme il se doit.
- NON ! Tu ne le jugeras jamais ! hurla Lia qui empala Soo avant de charger Tao. Elle lui griffa le cou dans l'espoir de lui trancher la carotide. Plus fort qu'elle physiquement, il la rejeta en arrière.

Au même moment, d'autres druides jusque-là de sortie en forêt vinrent en renfort, suivis de Sentinelles et des Protecteurs ainsi que quelques Traqueurs toujours dirigés par l'elfe Roc'h. Celui-ci avait appris l'attaque quelques minutes plus tôt et débarquait aussitôt de l'Autre Monde. Lia comprit que seule la fuite était une option. Elle reprit son arme et se tailla un chemin afin de s'éloigner du Sanctuaire.

- On se retrouvera *gé* (grand frère en chinois).

Le Gorsedd accourut et ordonna l'évacuation, puis l'isolation de l'infirmerie et tout le bâtiment.

- Sortez ! Sortez tous ! cria Ness, d'un ton presque affolé.
- Que se passe-t-il ? demanda Eric.
- Rendez-vous au bosquet le plus vite possible. Nous devons parler à toute ton équipe. Le visage déconfit de la Grande Druidesse inquiéta Eric un peu plus encore.

14 h 26.

Hélène parvint à assommer Ed. Elle l'emmena au Sanctuaire où Goff la remercia. Il prit en charge le jeune homme pour une cure de désintoxication qu'il prévit difficile au vu de la nature du poison qu'il avait ingéré.

-As-tu bien détruit le reste de la drogue ?
- Oui. Il n'en reste plus. C'est dommage de n'avoir pu l'étudier avant cet accident, mais… Veillez bien sur lui Goff.
- Je te le promets.

***

125

Propagation

**Sanctuaire,
Bosquet,
15 h 00.**

- Mes enfants, l'heure est grave, commença Gwenc'Ron avant Ness.

- Nous devons vous révéler un secret vieux de mille ans dont seul le Gorsedd connaît l'existence. Depuis la création de notre communauté, les druides sont des intermédiaires entre les dieux et les hommes. Lorsque les dieux ont commencé à maltraiter les humains, il nous a fallu créer une protection. Avec l'aide des tisseurs de sorts du monde de féerie (abritant les elfes, les fées, les nains, les *leprechauns* et bien d'autres créatures), ils ont conçus un virus qui détruit la magie. Il est issu du Rituel Oghamique Magique Agent Nécromant, dont le sigle est « R.O.M.A.N. ». » Ness passa la main au-dessus du Livre des Éléments dont une page auparavant vierge se noircit d'un paragraphe. En présence de Tao, Eric, Bron, Gwyon'Bach et Maître K'ung, elle lit :

> Le virus appelé « R.O.M.A.N. » n'attaque que les pouvoirs. Il est le seul moyen d'annihiler tous les pouvoirs d'un druide et de lui interdire l'usage de toute magie, sous quelque forme que ce soit.

- Nous le réservions aux *treitours*. Nous devons avouer que nous avons pensé l'utiliser sur Gwenc'Phel. Mais il en connaît l'existence faisant jadis partie de notre Conseil. Même lui refuse de le libérer sur l'Autre Monde. Cela provoquerait la destruction de toute magie y compris sur Terre, incluant aussi les miracles continua Pat.

- Hélas l'affrontement entre Tao et le vampire a brisé les scellés, la protection magique et le caisson hermétique a été fissuré. Bron, je crains que tu n'aies été infecté et une propagation rapide est envisageable, informa Gwenc'Ron.

- Alors il faut te mettre en quarantaine Bron dit Tao.

- Non, c'est inutile. Le virus n'est pas contagieux d'un être à un autre. Mais dès qu'une magie entre en contact avec une autre, l'infection a lieu. Le virus est résistant à toutes les températures, à l'humidité, au temps sec, et bien sûr, il n'existe aucun vaccin. Il est indestructible et médicalement intraitable. L'issue est inexorable. Perte de tous pouvoirs à vie. Il n'a pu être confiné qu'une seule fois et c'était quelques heures à peine après sa création, poursuivit Bann.

- Et pas par nous, renchérit Ness.

- Oh non, lâcha Eric.

- Nous allons nous retirer et contacter les Tisseurs de sorts. Peut-être sauront-ils régler notre problème.

- *Deva**(Dame, formule de politesse), salua Eric au départ de Ness.

Sanctuaire,
Guilde des guérisseurs,
15 h 15.

Quelques plaies et verrues infligées par Ed couvraient encore le corps d'Hélène. Excédée, elle décida de profiter de sa présence en ce lieu pour fouiller les étagères de la toute petite guilde espérant y trouver le remède qu'elle recherchait. Elle injuria Ed en silence pour lui faire perdre ainsi son temps. Elle mit bien une demi-heure avant de tomber sur un bocal portant une étiquette sur laquelle elle put lire l'inscription « *Chélidoine* » écrite en caractères gras. Le latex jaune vif avait été extrait de la tige et versée dans ce bocal. Cela serait une jolie couleur pour un préservatif, pensa-t-elle. Cette sève s'utilisait contre les verrues par quatre applications quotidiennes durant trois semaines. Hélène dévissa le couvercle et y plongea un doigt. Au toucher, la sève lui sembla collante et épaisse. Loin d'être dégoûtée, la jeune femme respecta les indications précisées sur l'étiquette. Elle badigeonna les verrues et pustules sans ménagement.

Au bosquet, Tao observa attentivement Elora en suspension dans les airs. Il reconnut la couleur argentée ondulant autour de son corps.

- C'est le *qi*. Son énergie, son souffle vital. Il génère naissance et croissance, expliqua-t-il à Gwyon'Bach qui le savait déjà grâce à ses pouvoirs mais joua le surprit pour lui faire plaisir. Il savait que Tao était souvent agacé que Gwyon sache toujours tout sur tout le monde. Tao sursauta lorsqu'Elora se mit à hurler en reprenant connaissance.
- Gwyon ! Tu aurais pu me prévenir !
- C'est vrai. J'aurai pu. Mais c'eut été moins drôle.
- Eric ! C'est Elora ! appela Tao. Celui-ci, non loin de là arriva presque aussitôt. Malgré le réveil de la druidesse, la protection ne fut pas annulée pour autant. Elora semblait exténuée, impuissante. D'ordinaire, une simple pensée aurait suffi à dissoudre le bouclier d'énergie. Hélas, elle souffrait trop pour se concentrer efficacement. Eric, inquiet, tenta de percer la défense qui empêchait jusque-là les médecins et guérisseurs de l'approcher.
- *Volo efficientam vimque in usu posito magicae disciplinae habere !* Cette incantation eu pour effet une explosion à la surface du bouclier sans parvenir à l'endommager.

***

126

Renonciation

**Sanctuaire,
Tour d'Or,
16 h 05.**

Sur les recommandations de Gwyon'Bach, Tao et Bron se rendirent au sommet de la Tour rénovée sans réellement savoir à quoi cela allait servir. Pour le moment, Bron semblait en pleine forme même s'il était infecté par le virus. Eric les suivit à contre cœur, désirant rester auprès de celle qu'il aimait. Gwyon'Bach déplaça Elora par magie malgré les désapprobations des médecins jusqu'à ses amis.

- Son accouchement ne doit plus être retardé. Elora et son enfant risquent leur vie. Nul ne peut briser cette protection. C'est la preuve évidente de sa nouvelle puissance en magie. J'y ai longtemps réfléchi et la seule option qui s'est révélée à moi est la formule de renonciation. Elle se trouve dans votre Livre.
- Qu'est-ce que c'est ? s'enquit Tao.
- Chacun de vous quatre devra rencontrer le Gardien de son pouvoir. Plus particulièrement Bron qui perdra très vite le contrôle de ses dons à cause du virus. Vous devez tous confier vos pouvoirs à votre Gardien afin de les sauvegarder. De plus, ce rituel implique et exige la présence des quatre éléments, c'est-à-dire vous quatre. Même si seulement deux d'entre vous êtes en difficulté, les quatre doivent renoncer à leurs pouvoirs.
- C'est du suicide ! Comment protéger les druides et combattre nos ennemis sans pouvoirs ?
- Vous les récupérerez après l'accouchement. Bron les retrouvera seulement s'il parvient à se débarrasser du virus, ce qui, à ma connaissance, et vous savez combien elle étendue, est… impossible, termina-t-il en baissant la voix.
- Nous n'avons pas le choix. Il faut sauver Elora et nos pouvoirs. J'accepte, dit Tao.
- Moi aussi. Je ferai tout pour elle, continua Eric.
- Qu'est-ce qu'on attend alors ! s'exclama Bron.
- Merci, souffla Elora avec difficulté.

FORMULE DE RENONCIATION

Le cercle magique doit être tracé avant de commencer le rituel, un pentagramme à l'intérieur. Ce cercle sert à condenser l'énergie.

Gwyon'Bach lut la suite en donnant ses instructions.

- Élément de l'Air, Elora, allume ton encens. Je vais te placer à la pointe Est du pentagramme. Maintenant, dis la formule.

- *J'invoque la présence...* aahhh !.. ***du Gardien de la Tour Est, celui qui garde les cieux et gouverne l'Air.*** Aahh ! *Viens à moi, j'ai besoin de toi.*

- Élément du Feu, Bron, allume la chandelle rouge et place-toi à la pointe Sud.

- ***J'invoque la présence du Gardien de la Tour Sud, celui qui garde le feu sacré et gouverne cet élément. Viens à moi, j'ai besoin de toi.***

- Élément de l'Eau, Éric, lance un peu d'eau à la pointe Ouest.

- ***J'invoque la présence du Gardien de la Tour Ouest, celui qui garde les eaux sacrées et gouverne cet élément. Viens à moi, j'ai besoin de toi.***

- Élément de la Terre, Tao, parsème le sol de sel à la pointe Nord.

- ***J'invoque la présence du Gardien de la Tour Nord, celui qui garde la Terre et gouverne cet élément. Viens à moi, j'ai besoin de toi.***

Le pentagramme se mit à briller du centre vers les pointes. Face à chacun apparut son Gardien. Immenses, identiques à part la couleur de leur épaisse peau, ils portaient dans leur main un sceptre gravé des quatre runes des éléments. Imposants, le regard solennel et profond, ils ne bougèrent pas. Seul le Gardien la Tour Est observa sa protégée, Elora, visiblement fatiguée et souffrante. Il fit une moue presque imperceptible avant de regarder ses frères.

***

127

L'ACCOUCHEMENT

**Sanctuaire,
Sommet de la Tour d'Or,
16 h 17.**

Les quatre gardiens levèrent leurs sceptres ensemble et les runes s'illuminèrent. Au même instant, la protection d'Elora cessa d'exister. Elle tomba lourdement au sol avant que le médecin puisse lui venir en aide. Il commença par la soulager de ses souffrances. L'accouchement était déjà avancé quand le docteur souleva sa saie ensanglantée. Le dessus du crâne du bébé était déjà visible tandis que la mère ne parvenait plus à pousser. Presque livide, Elora pleura ses dernières larmes avant de sombrer de nouveau dans l'inconscience.

- Son *qi* faibli, fit remarquer Tao.
- Elora, reste avec nous, demanda l'accoucheur en lui faisant inhaler une forte odeur qui la réveilla. Elle cria alors en se remettant à pousser. Les garçons ressentirent un vide en eux. Quelque chose de précieux venait de leur être enlevé. L'enfant sortit alors complètement et son cordon ombilical fut rapidement sectionné. Un cri perçant se fit entendre au-delà des frontières du Sanctuaire. Tous les druides rassemblés au pied de la Tour applaudirent ou pleurèrent cette naissance. Enfin un heureux évènement au Sanctuaire. Cela ne s'était plus produit depuis si longtemps. Elora relâcha ses efforts et ne parvint pas à expulser le placenta. D'un mouvement de la main, Gwyon'Bach envoya une étincelle d'énergie vers le ventre de la mère qui se contracta une dernière fois pour achever le travail. Elle s'endormit enfin paisiblement pour se reposer.

Gwyon'Bach s'entretint avec les quatre *Gardiens*.

- Rendez-leur les pouvoirs maintenant que l'enfant est né.

Airel, Feul, Eauré, Terranor observèrent le bébé. Ils ressentirent une gêne dont ils firent part à Gwyon'Bach.

- Mon garçon, cet enfant est un mauvais présage. Fils d'un être corrompu, son avenir est sinistre.
- Quoi ? Que dites-vous au sujet de Mon Fils ?
- Hélas Éric, je crains que… commença Airel.
- Ce n'est pas ton enfant Eric. C'est Gaël le père, l'interrompit Elora.
- Non ! Ce n'est pas juste ! C'est… Non. Eric fuit à toute jambe. Bron s'apprêtait à le rattraper mais il défaillit.

- Je me sens vidé.
- Moi aussi, finit Tao.

16 h 28.

Un druide formula une incantation de protection et de réveil des pouvoirs d'Elora. Il prit une branche d'aneth et de sauge qu'il ficela ensemble avec un fil rouge puis prononça : ***Sauge et aneth gardent ton sommeil. Ils éloignent les mauvais rêves et tout ce qui est à craindre. Tes pouvoirs ne vont pas s'éteindre, car cet enchantement sacré va y veiller.***

Ed était en sevrage depuis des heures. Ses cris, ses tentatives de fuite pour se procurer la drogue disparue se soldèrent par des échecs. Goff fut implacable, ne fit preuve d'aucune compassion, de sentiments, afin de ne pas craquer et de ne rien lui céder. Ce ne fut pourtant pas l'envie de le serrer dans ses bras tel un père attendri qui lui manqua. Le jeune homme usa de tous ses pouvoirs, de toutes ses connaissances et de son surf volant contre son maître. Le combat fut acharné et dévastateur. Le mobilier de la Guilde des Mages fut pulvérisé sous les yeux de ses camarades assistant à la scène. Othon, Tara et Tim étaient présents. Tim encouragea Ed ce qui lui valut un grand coup de coude dans les côtes de la part de sa copine et un regard foudroyant d'Othon. Rassurez-vous, c'est au sens figuré. Ce ne fut que huit heures plus tard qu'Ed, épuisé, tomba à genoux, les vêtements déchirés et à moitié brûlés. Il se pencha en avant pour vomir une substance bleue. Goff et Othon brandirent aussitôt leur sceptre en direction des élèves qui furent soulevés du sol et éloignés de plusieurs dizaines de mètres. Mis en sécurité, les deux superviseurs se concentrèrent sur la masse visqueuse bleue sans l'approcher. Au bout de quelques minutes, la substance se changea en cendres.

***

128

GUERISONS

**Sanctuaire,
17 h 24.**

Le vent de cette fin d'après-midi fit frissonner Ed qui ramena le col de sa saie plus près de son cou. Il ne souffrait plus de l'effet de manque mais désirait plus que tout le calme. Il s'était donc aventuré dans la forêt, seul. Il savait cependant que des Sentinelles rôdaient non loin. Le silence, interrompu uniquement par le champ des oiseaux et autres bruits de la nature, lui faisaient le plus grand bien. Il se ressourça ainsi de longues heures avant d'aller se coucher.

**18 avril 2002,
7 h 01.**

Elora retrouvait ses forces peu à peu, malgré l'absence de ses pouvoirs. La naissance de son fils avait été une épreuve et désormais la honte qu'elle ressentait était plus forte. Elle ne supportait pas l'idée que Gaël puisse en être le père. Pourtant, la fée Ailen l'avait prévenue plus tôt. Bouleversée, elle n'avait pu dormir aux côtés de son fils que deux heures avant de le confier à ses amies.

Bron et Tao cherchèrent Eric toute la nuit avant de le trouver au bosquet, rougit par les larmes versées plusieurs heures durant, les poings écorchés par les coups de boxe donnés sur un arbre. La colère s'était atténuée, mais restait présente. Bron s'approcha lentement.

- Eric, les Gardiens nous attendent. Je comprends que tu veuilles être seul, mais nous sommes vulnérables sans nos pouvoirs. Il faut faire vite.
- J'arrive. Laissez-moi une minute.

**Tour d'Or,
7 h 38.**

De nouveau réunis tous les quatre, ils commencèrent à réciter l'incantation :

*« Pouvoir de la Terre : aimant, pierres, arbres.
Pouvoir du Feu : tempête, temps.
Pouvoir de l'Eau : mer, glace, neige, brouillard.
Pouvoir de l'Air : divination, magie des Vents.
Revenez-nous :
Airel, Tour de l'Est.
Feul, Tour du Sud.*

Eauré, Tour de l'Ouest.
Terranor, Tour du Nord !
Nous vous remercions, Gardiens des Tours Élémentaux.
De votre présence, de votre protection.
Maintenant, rendez-nous nos dons.

Ils retrouvèrent leurs forces à mesure que leurs pouvoirs revenaient. Les Gardiens disparurent sitôt leur mission accomplie. Eric ne resta pas après le rituel. Préférant éviter le regard de sa compagne. Tao la prit dans ses bras pour la réconforter et Bron s'aperçut que lui seul ne disposait plus de ses dons.

- Bron !
- Oui Gwyon ?
- Je veux te dire que je suis là. Je ne te laisserai pas seul. Les autres ont des… préoccupations et bientôt, les évènements à venir te seront particulièrement insupportables.
- Quoi ? Que va-t-il arriver ?
- Comme d'habitude, je ne peux rien te dire si ce n'est de conserver ton courage. Sois fort ! Ne te laisse pas faiblir.
- Tu me fais peur, p'tit gars.
- Je sais. Gwyon'Bach s'éloigna et disparut dans les escaliers en colimaçon descendant jusqu'au pied de la Tour d'Or.

***

129

PRÉSAGES

**Sanctuaire,
18 avril 2002,
8 h 16.**

Le soleil, posé sur l'horizon, était noyé dans la brume de cette matinée printanière. Dans le bosquet, les fleurs étaient encore couvertes de rosée. Bron était sur le point de consulter le *Livre des Éléments*, n'admettant pas de rester sans protection. Il du réciter plusieurs fois et régulièrement une formule pour récupérer partiellement son principal pouvoir, celui des prophéties.

Rituel pour capter le don prophétie

*Gardien de la Tour du Sud,
Éveille mes dons de prophétie, je t'en supplie.
Par l'intermédiaire de ce rituel,
Que mon pouvoir se réveille.*

Hélas, malgré ses efforts, après avoir récité dix fois ce texte, rien ne changea. Son esprit demeura vide.

Après le passage en force de Lia et ses acolytes au Sanctuaire, les druides soignèrent leurs blessures. Les guérisseurs, à pied d'œuvre, usèrent de belladone, une très jolie plante sauvage des friches et orées des bois à l'aspect rustique, à la fleur verdâtre, brune et rouge, vénéneuse, dont l'atropine et la scopolamine qu'elle contient ont des effets décontractant sur les muscles en baume et pommade. D'autres utilisèrent la capselle, nommée aussi bourse-à-pasteur, à l'effet hémostatique sur les blessures. A l'usage d'après les combats et accouchement, la capselle fut rapidement distribuée.

Loin de cette infirmerie improvisée, Goff décida qu'il était temps pour Ed d'achever ses études.

- Ed ! Es-tu prêt ?
- Oui, maître.
- Bien, dans ce cas, je veux que tu coupes ton sceptre magique de Mage. Il sera définitif. Tu le conserveras toute ta vie. Il s'agit du dernier exercice qui te donnera le titre de Mage. Ton sceptre doit impérativement être en bois de sorbier, taillé à partir d'une branche que tu devras couper à minuit, ce soir, de bas en haut, et en déposant de l'hydromel au pied de cet arbre.

- D'accord. C'est tout ?

- Oui. Ce n'est pas réellement une épreuve. Il s'agit simplement de choisir et de tailler soi-même ce qui deviendra le prolongement de tes pouvoirs, une partie de toi-même. Tu as la journée pour trouver l'arbre et sélectionner soigneusement une branche intacte.

Temple,
12 h 00.

Bien qu'Eric et Elora fussent gênés et n'osent pas s'adresser la parole, ils acceptèrent de participer au déjeuner de Maître K'ung avant son départ pour la Chine. Il prépara lui-même le repas malgré les tentatives acharnées de Goff pour l'en dissuader. Au terme d'une lutte verbale, le Superviseur avait fini par céder. Il observa plus tard un objet avec curiosité.

- Quel est cet ustensile ?

- Un wok. Il a un fond rond pour permettre à la chaleur de circuler rapidement et uniformément, tout en autorisant l'utilisateur à remuer les ingrédients.

- Fascinant.

Plus tard, en milieu de repas, Bron se leva brusquement, faisant sursauter la tablée, lui-même surpris par l'apparition d'un évènement à venir dans son esprit.

- Le petit Ronan est en danger. Il… vole. Il est kidnappé, parvint-il à articuler malgré l'agitation de ses mouvements et sa respiration devenue difficile. Tous se levèrent et quittèrent la pièce en quatrième vitesse. Ils s'engouffrèrent dans le couloir pour atteindre au plus vite la nouvelle infirmerie. Sur place en moins de dix minutes, une druidesse en pleurs, le visage griffé, un œil visiblement crevé, ensanglanté, hurlait en tous sens.

- Un oiseau ! Immense ! Ronan enlevé ! Oh ma pauvre Elora, je suis désolée ! Je n'ai rien pu faire ! Il m'a arraché un œil ! Par les dieux, je ne vois rien !

- Gaël, cracha Eric avec dégoût.

- Un médecin, vite ! Notre sœur a besoin d'aide, ordonna Tao.

- J'ai vu l'oiseau partir vers la chambre souterraine du Campus à Brest, révéla Bron.

- Mon fils ! Je veux mon fils ! Par tous les dieux, je vais le massacrer !

- Vite ! Allez au cromlec'h immédiatement ! cria à son tour Gwyon'Bach.

Toute l'équipe arriva devant les pierres dressées, en trombe. Sur le point de prononcer la Grande Incantation, seule formule suffisamment puissante pour activer le réseau de dolmens, Bron se rendit compte qu'il ne pouvait plus l'utiliser sans provoquer l'activation du virus en sommeil. Gwyon'Bach lui proposa alors d'utiliser le circumambulatoire, seul moyen pour lui de faire appel à l'énergie nécessaire en évitant soigneusement d'utiliser de la pure magie, ce qui lui est désormais interdit.

- C'est une pratique qui consiste à marcher le long d'une circonférence que j'ai tracée au sol, en décrivant, avec les bras et les jambes, des cercles imaginaires. C'est une technique d'activation énergétique. Le but étant de rassembler ici les énergies telluriques se dispersant dans le secteur.

- Tu te fous de moi !

- Pas le temps pour ça. L'heure est grave et il faut vous hâter.

- C'est bien ma veine encore.

- C'est la seule façon d'utiliser le réseau sans pour autant faire appel à de la magie élémentaire. Tu sais bien que le virus n'attend qu'une seule chose.

- Oui, je sais. Le moindre usage de la magie me condamnerait.

- Parfaitement. Maintenant, progresse dans le sens du *deisal*.

- Quoi ?

- Le soleil !

En ce temps et en cette heure,
En moi la Grande Incantation demeure.
En ce lieu, j'implore les dieux.
Que ces pierres sacrées ouvrent le réseau sous nos pieds !

scandèrent-ils en chœur.

Brest,
Campus Universitaire,
Chambre souterraine,
18 avril 2002,
12 h 45.

Un immense aigle royal se posa sur un rocher après avoir délicatement déposé le paquet qu'il tenait entre ses griffes. Les ailes repliées le long du corps, il changea soudain de forme pour prendre l'apparence d'un homme accroupi sur le rocher. Il s'agissait de Gaël qui prit le bébé dans ses bras.

- Ronan ! Tu es à moi, mon fils. Tu m'appartiens !

***

« Ronan, la chair de ma chair a disparu. Probablement enlevé par son père. Comment puis-je supporter tout ce qu'il me fait subir ? Je ne peux lui laisser mon enfant. Tant de souffrances, de colère également, accumulées depuis si longtemps. Gaël a osé voler Ronan. Il a même eu la lâcheté de prendre la forme d'un animal pour parvenir à ses fins. Ce monstre n'a pas tenté de m'affronter. Il en a toujours été ainsi. Coups bas, attaques dans le dos, jamais de front. Il ne le gardera pas. Je reprendrai mon fils même si pour cela je dois écraser les treitours un à un. Il n'imagine pas ce dont est capable une mère en colère pour sauver son enfant. Outre ce drame, j'ignore ce que je dois dire ou faire avec Eric. On ne se parle plus. On ne se touche plus. Nous évitons de croiser nos regards. Je craignais qu'il ne soit pas le père de Ronan. Durant toute ma grossesse il était présent, attentionné. C'est difficile de le voir dans cet état. Tout cela me fait oublier combien Bron souffre aussi de ne plus pouvoir utiliser la magie. Ce virus nous guette tous. Quand tout cela cessera-t-il ? Les druides parviendront-ils à retrouver une paix durable ? Je crois personnellement qu'il n'est pas possible de l'obtenir tant que les treitours ne seront pas tous jugés et condamnés. Pas de tolérance. Que nos lois s'appliquent dans toute leur rigueur. C'est tout ce que je souhaite. Qu'il en soit fini des compromis, des négociations qui n'en finissent pas. Nous aspirons à une fin rapide de cette guerre interne. Et je veux récupérer mon fils pour l'élever loin de tout ce tumulte. »

**JOURNAL D'ELORA,
DRUIDESSE.**

A SUIVRE...

SAISON 3 EPISODE 4

AWEN

(Partie 1)

#12

« **U**n homme d'esprit sent ce que d'autres ne font que savoir. »

MONTESQUIEU

Souvenez-Vous...

Dans les épisodes précédents de « **La Légende Des Maîtres** » : Après avoir invoqué Méduse en secret, celle-ci commit des crimes, amenant l'équipe à faire sa rencontre. Durant la retraite de Ness, le roi des Korrigans lui transmit un message : « *Madame de ker-gwen est passée. Elle prétend savoir comment vaincre la dame aux serpents.* »… A Tréhoranteuk, la capitale de l'Autre Monde, le Gorsedd se rendit au Palais Divin pour assister à un procès : le leur… Tara retrouva sa mémoire, non sans mal… Gwyon'Bach apprit qu'une mystérieuse femme allait être en danger avec tous ses fidèles et les Éternels refusèrent une nouvelle fois d'intervenir… Elora réussit à trouver le courage d'apprendre le nom du père de son bébé issu d'un viol : Gaël… De retour au Sanctuaire, Gwyon'Bach aida l'équipe et plus particulièrement Tao à vaincre une ancienne ennemie de ce dernier. Mais durant la bataille, un dangereux virus d'origine surnaturelle fut libéré et infecta Bron en premier. Dès lors, il fut contraint, tout comme Elora lors de son accouchement, tandis qu'elle perdait le contrôle de ses pouvoirs, de confier leurs dons aux Gardiens. Cependant, ils les récupérèrent plus tard, même si Bron fut dès lors condamné à ne plus faire usage de la magie afin de ne pas activer le virus en sommeil dans son organisme… Tao obtint une nouvelle protection, un talisman particulièrement puissant… Suite à une cure de désintoxication, Ed obtint enfin le titre tant convoité de Mage… Le Gorsedd fut inquiet des conséquences relatives à la fuite du virus R.O.M.A.N. Ils décidèrent de contacter les Tisseurs de Sorts de Féerie… Éric réagit brutalement quand il apprit qu'il n'était pas le père de Ronan, le fils d'Elora et Gaël… Gwyon'Bach prévint Bron que les futurs évènements lui seraient très douloureux… Enfin, le fils d'Elora, Ronan, fut enlevé au Sanctuaire, par son propre père…

Suite...

130

<u>Vies en ruines</u>

**Sanctuaire,
Lorient,
18 avril 2002,
13 h 16.**

Depuis quelques jours, Tao était d'humeur contrariée. A fleur de peau, le jeune moine réagissait avec démesure. En cette belle matinée printanière, la brise soufflait sur la branche d'un arbre dont l'extrémité caressait la vitre d'une fenêtre donnant sur la chambre d'un jeune chinois. Tao observa un instant cette ramure avant d'échapper à ses pensées. Il s'activa autour de son lit où il jeta une valise. Se dirigeant vers une armoire en chêne, il violenta les portes qui s'ouvrirent en se frappant contre le mur. Bien décidé à partir, il balança des vêtements pêle-mêle dans sa valise.

Gwenc'Ron déambulait dans les couloirs à la recherche de calme et de plénitude. Son esprit fut soudain attiré par le bruit provenant de la chambre du jeune bonze. Il frappa à la porte avant d'entrer prudemment.

- Qui est-ce ? s'emporta aussitôt Tao.
- Juste un vieil ami soucieux de ton bien être. Par quoi ton esprit est-il perturbé, mon garçon ? Où comptes-tu aller ?
- Je pars. Je vous suis très reconnaissant de m'avoir accueilli ici mais, je ne peux rester davantage.
- Pourquoi ?
- Iguilt, un travail normal, une vie plus paisible.
-Tu as toujours vécu ainsi, contrairement aux autres. La lutte du Bien contre le Mal est toute ta vie. Qu'est-ce qui a changé ?
- L'amour... Je crois. Je n'ai jamais ressenti une chose pareille ! Cette elfe me trouble. Je la désire tant, que je ne pense qu'à elle. Elle est retournée sur l'Autre Monde depuis qu'elle a appris la mort de ses parents il y a plusieurs mois.
- Et elle n'est pas de ce Monde, c'est cela ?
- Oui... Non... Je ne sais pas. J'ai besoin de prendre du recul. De réfléchir. Et ce n'est pas ici qu'une telle réflexion est possible.
- Je comprends. Néanmoins, tu as des responsabilités, des devoirs envers le Sanctuaire. Tu ne peux t'y soustraire et tu le sais.
- C'est juste. Je ne sais plus où j'en suis Gwenc'Ron. J'ai peur de ne plus être efficace en de telles circonstances. Je ne veux pas risquer leurs vies.
- Très bien. Tu peux aller et venir comme tu le souhaites mais le combat que nous menons, tu ne peux y échapper.
- Je le sais. Comptez toujours sur moi. Je réglerais vite mon problème.

- J'y compte bien mon garçon. Tao contourna son Maître et passa la porte non sans jeter un dernier coup d'œil à sa chambre, lançant un sourire à Gwenc'Ron. Le jeune homme soupira et s'éloigna dans le couloir.

**Sanctuaire,
Sud du jardin Nord,
13 h 18.**

Aux abords d'un immense jardin s'élevait un édifice d'une taille impressionnante. Hélas, aujourd'hui, il n'en restait que des ruines. A la suite du récent raz-de-marée, la *scriptoria* (bibliothèque), avait été dévastée. De nombreux enfants dont Tim et Tara s'activaient à la restauration de l'immeuble. A cette occasion, tandis que Tara ratissait le sol pour le déblayer, elle arracha des objets enfouis sous terre. La jeune fille s'agenouilla et ramassa de nombreux vieux rouleaux de parchemins abîmés dont elle entama la lecture avec l'aide de son fidèle ami, Tim, non sans mal. Des pans entiers étaient illisibles.

La Magie
(…) Il existe différents types de magies pratiquées. L'amour est une magie difficile à provoquer. Nombreux sont les gens à pratiquer la magie blanche ou noire, la magie rouge dite sacrificatoire utilisant le sang, les magies cosmiques, d'argent, de la voix et du son, des couleurs, des métaux, des minéraux et enfin celle des nombres. (…)

Les Éléments
La Terre symbolise la matière. Elle est parcourue de courants telluriques dont l'énergie alimente la magie de ceux qui y ont recours.
L'eau est source de vie. Elle régénère et sa vertu purificatrice est souvent utilisée. Elle ne nettoie pas seulement le corps mais aussi l'aura et efface les forces magnétiques négatives. C'est aussi un élément cosmique que l'on reconnaît grâce aux marées. *L'air* communique entre le ciel et la Terre. *Le feu* est source de l'énergie du Soleil. Il alimente l'énergie physique.

Pour attirer un amoureux
Prenez un pot, de la terre et des graines de basilic. Sous une lune croissante, à la fin du printemps ou de l'été, prenez quelques graines de basilic et plantez-les délicatement dans un petit pot. Arrosez les graines tous les jours jusqu'à la germination en prononçant cette formule :
« *Sono innamorata.* »

Lorsque la pousse apparaîtra, prenez en grand soin. Ses feuilles sont consacrées à l'amour. Vous rencontrerez l'âme sœur dans les mois qui suivront et peut-être même l'amour de votre vie.

- C'est bon à savoir, dit Tim en souriant à pleines dents avant de reprendre sa lecture.

Éloigner un importun

Écrivez son nom sur un morceau de papier, prenez un bulbe de jonquille, de l'huile de camphre et des feuilles de camphrier.

Plantez le morceau de papier avec le nom du gêneur, puis le bulbe de jonquille dans un pot ou dans le sol. Tous les matins, dîtes à la plante que cette personne vous dérange (rappelez-vous que les plantes sont des êtres vivants douées de compréhension). Le septième jour, brûlez des feuilles de camphre et arrangez-vous pour lui faire sentir l'odeur âcre que dégage les feuilles en combustions. C'est le contraire d'un aphrodisiaque. Prenez soin de votre jonquille jusqu'à la floraison.

Enfin, parfumez-vous à l'huile de camphre chaque fois que vous verrez cette personne.

Cette fois, ce fut Tara qui se mit à rire.

Ensorceler d'amour

Prenez un mètre de ruban rouge et enroulez-le autour de votre index droit. Placez votre doigt au milieu de votre front et concentrez-vous sur votre amour. Enfin, prononcez cette formule :

« Amore éternal. »

Stimulez la fécondité

Afin de stimuler la fécondité d'une jeune vierge, munissez-vous de poudre de mandragore, de feuilles de thym, de liqueur, d'herbes fines plutôt fraîches de préférence et de feuilles de sigue. Mélangez le tout et faites-le bouillir quelques minutes. Faites inspirer la fumée et faites avaler deux gorgées seulement. Une prise le matin rendra féconde deux jours. Attention, le breuvage seul n'aura aucun effet sans la formule adéquate, prononcée seulement par un Maître en Magie.

« Deux jours durant, féconde tu seras, pas avant.
Par ce breuvage issu du fond des âges,
Enceinte tu seras après ton mariage. »

- Qu'as-tu d'autres dans ces pages ? demanda Tara à son ami assis à côté d'un autres tas de manuscrits.

- Des informations sur Cerbère, les Anges et le Béhémoth.

- Sales bestioles ces trucs ! Quand on les a sur le dos, c'est difficile de s'en débarrasser. Oh ! Tu as vu l'heure ! Goff va nous attendre et il n'aime pas ça.

- Zut. Ça va encore barder.

Sanctuaire,
Appartements de Bron,
18 avril 2002,

14 h 01.

Bron Delorme s'éloigna de la fenêtre après avoir pris un bol d'air frais. Le jeune homme déplia un journal posé sur la table basse de son salon et y lu un court extrait.

ELECTIONS PRESIDENTIELLES

Les noms des maires ayant parrainé le candidat d'extrême droite ont été publiés au journal officiel. L'émotion reste vive après cette parution.

Son attention fut ensuite attirée par une lumière vive provenant de l'ouverture de la porte d'une armoire. Il s'en approcha, intrigué, posa sa main sur la poignée et tira la porte vers lui. Il vit alors une boule de cristal brillant d'un éclat hors du commun. Presque aveuglé, Bron porta la paume de sa main à hauteur de son visage afin de protéger ses yeux. Il couvrit rapidement l'objet d'un chiffon qu'il trouva non loin et saisit l'objet. La lumière baissa alors rapidement et Bron put découvrir la boule de verre. Le jeune homme observa la boule de cristal et y vit alors une image floue devenir de plus en plus distincte jusqu'à reconnaître la forme de cartes.

- Des cartes ! Je crois... Une petite minute... C'est le jeu de Tarot Druidique ! s'exclama-t-il surpris. Afin de vérifier ce qu'il venait de deviner, Bron sortit de la même armoire une petite boîte dont il retira un jeu de tarot. Pressentant qu'il s'agissait d'un message des dieux, Bron se tira les cartes. Il avait l'habitude de faire des tirages de cartes pour ses amis, pour lui-même. Aujourd'hui, son instinct le tracassa. Quelque chose se préparait et afin d'éclaircir ce mystère, à défaut de le percer à jour, il se dit que peut-être sa Muse pourrait l'aider. Il commença alors à déposer ses cartes sur une table recouverte d'une nappe blanche selon le schéma suivant :

PASSE PRESENT FUTUR
```
        1 4 7
----------------------IDEES----------------------
        2 5 8
--------------------EMOTIONS------------------
        3 6 9
------------------MANIFESTATIONS------------
```

Bron retourna une à une les cartes. Dans les idées du passé, (carte 1), Bron tira le six de pentacles.

- Vous faites le don. Vous avez affaire à quelqu'un de généreux qui limite ses dons, pensa-t-il à haute voix. Toujours dans le passé, Bron avait tiré le sept de pentacles dans les émotions (carte 2). *Porter ses fruits, récolter. Prenez patience, la récolte est pour bientôt.* Traduit-il avec aisance. La dernière carte inscrite dans les manifestations du passé (carte 3) représentait la princesse de pentacles. *Cette carte annonce de bonnes nouvelles.* Bron retourna la carte 4 sur laquelle figurait le grand prêtre. Les idées du présent furent alors associées au Feu, pouvoir élémentaire de Bron. *Elle suggère l'importance d'un instructeur. Ce doit être Gwyon'Bach.* Le tirage se poursuivit avec les émotions du présent (carte 5) : le *pendu ! Ce sont... les grains de l'inspiration qui seront bientôt moissonnés. Le pendu représente une période d'attente et de patience. Awen est prête à m'insuffler son pouvoir. Waouh ! La sixième carte, les manifestations du présent : l'ermite. Il s'agit de la retraite. Il indique qu'une personne sage, un conseiller s'est éloigné. Ce peut tout aussi bien être Gwyon'Bach que Gwenc'Ron. Le six de Coupes en 7ème carte. Les idées du Futur. Que me réserve l'avenir ? Cette carte indique l'équilibre et l'échange. La 8ème, dans les émotions du Futur : la Reine de Coupes unie rêves et visions. Cela ne m'avance pas. La dernière carte. Les manifestations du Futur... La Dame. Elle me fera don de l'abondance. Je passerai dans une phase de passion. Je dois m'ouvrir au pouvoir nourricier d'Awen. Elle m'emplira de passion et de créativité.* Rien que ça ! Je dois tout de même me méfier. Les cartes sont parfois trompeuses. Elles peuvent être mal interprétées.

Bron laissa ses cartes et caressa la boule de cristal avant de choisir de la ranger soigneusement dans son armoire.

✱✱✱

131

LE PROCÈS

**Tréhoranteuk,
Capitale de l'Autre Monde,
Palais Divin.**

- Les Ambassadeurs ici présent ainsi que les dieux, sont réunis afin de juger les druides sur leurs actes. Ceux-ci sont accusés de trahison ! Ils se sont écartés de leur mission originelle, commença Enningan.

- *Digarez me* (excuse-moi) ! Qui ose parler de *treitour* ! Toi qui a cherché à envahir la Terre pour y rester lors de la dernière fête de *Samain* ! Ta mémoire est courte Enningan. Il est vrai que quelques-unes de nos actions paraissent inhabituelles et elles le sont ! Néanmoins, nous n'agissons qu'en fonction des circonstances. Et ces derniers temps, quelques égarés sèment le trouble et nous tentons d'y remédier. Ton alliance avec ceux-ci nous complique la tâche, s'emporta Pat.

- Comment oses-tu me parler ainsi, druide !

- Nôtre neutralité n'est pas à remettre en cause.

- Nous en jugerons Bann. Passons au vote. Qui les reconnaît coupable ?

Les *Elvènes* se fendirent d'un large sourire évocateur. Ils jetèrent un regard vers leur porte-parole qui s'empressa de lever son sceptre vers le medionemeton. Celui-ci se mit à briller, se teintant de rouge, couleur de la culpabilité. Dans le public, les caricatures d'êtres humains difformes jubilaient. La *Tyllu Finé* (grande famille d'Irlande) était représentée par un ambassadeur vêtu de pierreries grotesques, en surnombre, révélant sa richesse ostentatoirement, assis dans les hauteurs du colisée. De la même façon, il leva son sceptre vers le rocher qui reprit une couleur rouge insolente. Les *Tùathas*, récemment combattu par Ness, qui avaient assassiné trois de leurs frères après le meurtre de Dréo qui l'avait profondément choquée, n'allaient certainement pas voter en faveur des druides. Le medionemeton conserva le rouge. Le dieu des morts, *Dispater,* se leva à son tour pour voter coupable. A la surprise de Ness, le charmant dieu Bellenos, l'Apollon celte, se prononça en leur défaveur. Les déesses se distinguèrent par leur solidarité féminine : *Eponna, Brigantia* gardienne du Feu Sacré et *Andrasta,* déesse de la Guerre, votèrent coupable. Heureusement, les *Finés* choisirent la contradiction en faisant vibrer le medionemeton du bleu, symbole de l'innocence.

- Assez ! Ceci n'est pas un procès ! Où sont nos alliés ? La majorité des ambassadeurs brillent par leur absence ! s'insurgea Pat, fou de colère.

- Silence ! Vous n'avez pas la parole. Laissez les ambassadeurs s'exprimer dans la sérénité, intervint Eningann.

- Je suis désolé. Je n'ai rien pu faire. Les autres Ambassadeurs ont été... retenus, se soulagea Mew qui n'en pouvait plus de rester muet devant cette mascarade.

- Alors tout ceci n'était bien qu'un piège ! Comment as-tu « *retenu* » nos alliés, Enningan ?

- Je regrette mais vous me portez des intentions qui ne sont pas les miennes.

-Bien sûr. C'est un coup de Maître.

- Qui te coûtera cher, souffla Mew à Eningann.

- L'honorable Assemblée s'est prononcée. Druides ! Vous connaîtrez notre décision sous peu. Nous vous invitons à demeurer en ces murs dans cette attente.

Tandis que les dieux se retiraient, les quatre membres du Gorsedd furent encerclés par des gardes du Palais. Pat allait s'emporter lorsque Gwenc'Ron posa fermement sa main sur son bras afin de le retenir. Le regard noir, il se détendit et accepta de se laisser conduire en un endroit mystérieux et éloigné de tout, d'où ils ne pourraient hélas pas s'évader.

Musée de l'Université, 18 avril 2002, 14 h 12.

Une voiture s'arrêta devant la grande porte métallique du Musée. A l'avant trônaient de petits drapeaux français flottant dans l'air rapide provoqué par le déplacement du véhicule. Un homme d'une cinquantaine d'années se tenait sur le seuil de la porte d'entrée du musée aux côtés de Bron, visiblement sapé comme un gentleman. Costume noir, cravate, bien rasé, cheveux soigneusement coiffés, Bron s'était préparé pour la visite, comme chaque fois qu'il participait à une réception importante. Le jeune druide ne pouvait s'empêcher d'éprouver une certaine appréhension. Non pas due à la visite d'un notable, mais plutôt effrayé par la possibilité d'une intervention d'ordre surnaturelle susceptible de gâcher l'évènement. Or, aujourd'hui, tout retard ou écart au protocole entraînerait irrémédiablement, pour lui, de fâcheuses conséquences. C'est ce que son patron lui avait rappelé non sans un certain plaisir, l'attendant au tournant. Car depuis un certain temps, Bron avait l'impression que son supérieur hiérarchique cherchait un prétexte pour le déstabiliser, peut-être dans l'objectif de le renvoyer. Bron ne souhaitait en aucun cas lui faire ce plaisir. Il pensa néanmoins, qu'il avait abusé sur les retards, une mauvaise organisation des dernières ventes aux enchères. Sa double vie commençait à lui peser, d'autant plus qu'elle l'empêchait de bien travailler. D'un mouvement de tête sur les côtés, Bron effaça ces mauvaises pensées. Rien ne troublerait cette journée. Il se l'était promis. Il ne répondrait pas à un appel de ses semblables. Bien décidé à recevoir le Consul dans les meilleures conditions, Bron fit les premiers pas vers la limousine. Soudain, comme si la foudre frappait près de lui, Bron entendit des pas et une voix qui fit dresser les poils de son corps tout entier. Le doyen T-Rex, surnommé ainsi pour son caractère et son comportement autoritaire, fit irruption et se plaça sur la droite de Bron avant même que celui-ci ait pu faire un pas de côté. Le jeune homme dut faire appel à tout son sens de l'équilibre pour ne pas tomber.

La portière s'ouvrit devant un doyen souriant jusqu'aux oreilles. Se forçant avec des mimiques ridicules, le doyen s'avança le premier vers le Consul. Le responsable du musée se crispa, se forçant à ne pas intervenir. Bron comprit que le doyen pouvait tout gâcher avec ses manières inopportunes et décida de prendre la situation en main. Il proposa au Consul d'entrer et de visiter le musée de l'Université.

- Monsieur, bienvenue à Brest. Permettez-moi de vous présenter Monsieur le doyen. Je m'appelle Bron Delorme, conservateur, et c'est moi qui vous accueillerai aujourd'hui. Tout d'abord, vous visiterez les quatre dômes, puis nous discuterons affaire dans ce que nous appelons « *l'étoile* », une partie du bâtiment particulièrement intéressante.
- Tout cela m'a l'air parfait. Je vous suis jeune homme.

14 h 56.

Bron était toujours infecté par le virus surnaturel R.O.M.A.N. Il était de ce fait, privé de tous ses pouvoirs. Cela ne manqua pas de favoriser ses ennemis. Tandis que le jeune druide faisait visiter le dôme trois du musée, un homme d'une trentaine d'années, druide lui aussi, le suivait en permanence. Bron se souvint de la discussion houleuse qu'il avait eue dans la matinée avec son Superviseur Othon. Celui-ci lui avait assigné une Sentinelle afin d'assurer sa sécurité en dehors du Sanctuaire et à l'écart de son équipe. Ainsi, la Sentinelle devait le suivre et lui servir de garde du corps dans sa vie privée et professionnelle. Bron avait réagi violemment et claqué la porte, ne supportant pas cette intrusion supplémentaire dans sa vie. Il pensait avoir fait suffisamment de sacrifice pour eux. Hélas, rien n'y fit. La Sentinelle ne cessa de le suivre toute la journée. Elle se mit, cependant, à bonne distance pour ne pas attirer l'attention.

La Sentinelle surveillait d'un œil très entraîné les moindres mouvements en direction de Bron. Le doyen T-Rex l'agaçait royalement depuis un moment. Celui-ci ne cessait d'être trop près de son protégé à son goût. Les gesticulations du Doyen eurent pour effet de déconcerter la Sentinelle qui n'eut le temps que d'entendre un sifflement avant de se retrouver allongé au sol. Ses yeux se troublèrent et une violente douleur à la poitrine lui fit ouvrir la bouche. Pourtant, aucun son ne parvint à s'en échapper. Il entendit des hurlements et se rendit compte que tous les visiteurs du musée prenaient la fuite. Très vite, une seconde flèche atteignit Bron à son tour à l'épaule. La Sentinelle tenta de se relever sans succès. Avant que l'obscurité ne l'engloutisse, il parvint à reconnaître les couleurs de la flèche. Avant de mourir, il réussit à expliquer à Bron qu'elles étaient empoisonnées d'une substance qui atteindrait leurs âmes jusqu'à les détruire. La Sentinelle gisait au sol et Bron, debout, se tenait l'épaule devenue très douloureuse.

- Ne lutte pas Bron ! Il n'y en a plus pour très longtemps. Il est à vous, Maîtresse, dit Rhys, Maître Druide assassin, à Ryanna alias Méduse.

- Vas-y Bron. Invoque là.

- Rhys ! Ryanna !

- Appelle-moi plutôt Méduse. Inutile d'essayer de nous attaquer. Il semblerait que tu sois infecté par le virus. Si tel est le cas, user de magie te tuera. Utilise ton ultime sort pour faire venir ta déesse ici.

- De quoi parles-tu démon ?

- Déjà des gentillesses ! C'est trop d'honneur. Garde ton venin pour quelqu'un d'autre ! Dis la formule !

- J'ignore de quoi tu parles.

- Pas de çà avec moi, druide ! Rhys tendit au jeune homme un morceau de papier qu'il déplia et lu. Avec un effort, sentant ses dernières forces l'abandonner, Bron prononça l'incantation :

Grande est la vérité quand elle brille.
Plus grande encore lorsqu'elle parle.
Grands sont les trois Awens de Gogyrwen, venant du chaudron sacré.
Que la déesse Awen, Muse des Bardes, vienne à mes côtés.

Méduse s'apprêta à attaquer la déesse dès son arrivée. Dans un tourbillon de lumière, celle-ci apparut près de Bron, lui prit la main et disparut aussitôt avec le jeune druide. Seules quelques gouttes de sang au sol, près du cadavre de la Sentinelle, maculaient le carrelage. La rage se dessina sur les visages de Rhys et Méduse. Les serpents sur sa tête sifflèrent en tous sens. L'alarme retentit, les obligeant à quitter les lieux au plus vite. Comme trophée, Rhys ne manqua pas d'emporter le corps de la Sentinelle avec lui. Le ménage ainsi fait, la police ne retrouva strictement rien. Cette attaque surprise et la tentative de meurtre de la déesse des Bardes n'auguraient rien de bon. Si elle devait disparaître, ce sont tous les bardes du Monde qui perdraient leurs pouvoirs.

Sanctuaire,
Bosquet,
18 avril 2002,
17 h 00.

Bron se réveilla, allongé au pied d'un saule. Une belle femme, blonde aux cheveux longs, des yeux bleus océan à y perdre son âme, grande, à la poitrine opulente, Awen caressait ses cheveux en attendant qu'il redevienne conscient.

- Où suis-je ?

- Tu es au Sanctuaire, Bron. En sécurité dans le bosquet. Le Maître druide assassin a tenté de me tuer. Tu leur servais d'appât. Ils t'ont empoisonné à l'aide d'une flèche. Tu as juste eu le temps de m'invoquer. A peine arrivée, je t'ai transporté ici avant qu'ils n'aient le temps de réagir.

- Comment saviez-vous qu'ils...

- Nous vous observons depuis l'Autre Monde. C'est frustrant de ne pouvoir vous aider. Il n'y a que vous qui puissiez nous ouvrir, d'un moyen ou d'un autre, une porte vers la Terre. C'est ce que tu as fait pour moi. Ce qui est inquiétant, en dehors de ta santé, c'est qu'ils s'attaquent désormais à une déesse, moi. Où s'arrêteront-ils ? Bron, je t'ai emmené ici, mais je ne peux avertir qui que ce soit de la situation. Je ne suis pas censée être sur Terre et encore moins intervenir. Tu as vu ce qui est arrivé à Gwyon'Bach lorsqu'il l'a fait. Les Éternels ne tolèrent plus d'écarts.

- Cela n'a pas l'air de gêner Méduse.

- Elle est protégée par l'un des *Créateurs*.

- Eningann ?

- Oui. Les Éternels ne peuvent rien faire pour l'instant. Alors, il se sent pousser des ailes. Il va au-delà de ses prérogatives et s'arrange pour que personne ne remonte jusqu'à lui. Ce n'est pas faute d'enquêtes. Là-bas les choses se passent très mal. Certains parlent d'une troisième bataille de Mag Tuired. Si cela se confirme, l'avenir est des plus sombres. De nombreux nuages planent au-dessus de nous. Lorsque la foudre s'abattra, il vous faudra le plus possible de dieux à vos côté. Mais nous n'en sommes pas encore là. Je dois te laisser seul. J'espère que l'on te trouvera vite Bron. Je ne peux hélas rien faire d'autre. Au revoir mon garçon.

- Attendez ! Non ! Ne partez pas ! AWEN !

***

132

Impetuseuse Jeunesse

**Sanctuaire,
Dortoir,
18 avril 2002,
21 h 16.**

La lune avait déjà décollé de l'horizon, se cachant derrière d'épais nuages. La nuit était glaciale, néanmoins, ce n'était rien en comparaison de ce que ressentait Matt, un jeune Mage, envers son camarade Ed. Leur haine était connue de tous. Goff n'était pas parvenu à apaiser les tensions. Ed était d'un tempérament arrogant, ce qui ne manquait pas d'agacer ses camarades. Ed bafouait systématiquement les règles et ne respectait rien. Matt, lui, d'un tempérament leader, au caractère fort, ne supportait plus cette situation. Désireux de le remettre en place, Matt chercha la bagarre toute la journée. Mais ce soir, Ed répondit aux attaques.

- Tu sors encore en douce, Ed ?
- Qu'est-ce que ça peut te faire ?
- Ce n'est pas la première fois et tu connais le règlement.
- Goff m'autorise à sortir. Tout le monde ne bénéficie pas de ce privilège.
- Tu me provoque là.
- Non. C'est toi qui as commencé. Tu n'as pas arrêté toute la journée de me provoquer. Alors si tu veux régler des comptes. C'est maintenant.
- A la bonne heure !
- Non ! Arrêtez les gars ! Vous n'avez pas le droit d'utiliser la magie l'un contre l'autre ! intervint un copain peureux. Mais c'était trop tard. Les deux jeunes Mages avaient déjà brandi leurs sceptres et dès lors le duel commença, rien ne pouvait les arrêter. Les deux jeunes hommes se fixèrent du regard guettant le moindre mouvement de l'adversaire. Tournant en cercle, l'un face à l'autre, une atmosphère pesante s'installa. Les spectateurs, malgré eux, se figèrent et retinrent leur souffle. Une brume pénétra le dortoir et encercla les deux combattants. Une sorte de champ de force très puissant empêcha quiconque de pénétrer ce cercle, tout comme il interdisait à l'un ou l'autre de le quitter. Soudain, les formules se succédèrent. Matt invoqua une créature ténébreuse. Dès lors, ils disparurent du dortoir et se retrouvèrent près du cromlec'h. Leurs camarades coururent vers eux pour suivre la suite des évènements.
- *Squelleton* !
- Tu es fou ! N'invoque pas un démon de l'Autre Monde. As-tu déjà oublié ce qui s'est produit lors de la fête de Samain ?

- Tu as peur ?

- Pas du tout. Mais si tu veux jouer dans la cour des grands, je préfère te prévenir que j'ai plus d'expérience et que tu n'as aucune chance de me vaincre. Je pourrai te faire mal.

- Arrogant ! *Squelleton ! Attaquez ce druide en mon nom !* Des énergies telluriques se concentrèrent vers le cromlec'h, le surchargeant de puissance. Une porte vers l'Autre Monde commença à s'ouvrir, mais les pouvoirs de Matt étaient, de toute évidence, insuffisants pour stabiliser l'ouverture et permettre à des créatures de la traverser. Contre toute attente, pourtant, un passage communiquant avec l'Autre Monde s'établit. Un démon aux longs cheveux gras et puants, surgit du portail. Sa chevelure s'allongea et s'enroula autour des chevilles d'Ed. Déstabilisé, il vacilla avant de tomber. Une tresse agrippa son cou et l'enserra jusqu'à l'étouffer. Les camarades hurlèrent de stupeur, attirant l'attention de druides adultes qui ne manquèrent pas de sonner l'alerte. Des Sentinelles accoururent et se postèrent autour des duellistes. Mais le champ de force leur interdisait toute intervention. Les lourds pas rapides de Goff se firent entendre, suivi de grondements. Mais cela ne suffisait pas. Matt voulait achever son adversaire. *Zombie* (du créole « zombi » (médium ou fantôme), dans le culte haïtien (vaudou), c'est un corps sans âme animé, capable de répondre à des ordres simples et d'accomplir des tâches manuelles) *! Mettez un terme à sa vie !*

- **Ma...tt** ! *Tan* (feu, en breton) ! Ed saisit les cheveux du *squelletton* et les enflamma. La créature hurla en sautant rapidement dans la porte. Ed fit volte-face pour affronter le zombie venu le tuer. Goff leur ordonna d'arrêter le combat, mais Matt relança le zombie qui se dirigea à pas lents vers sa victime. Goff attaqua le champ de force avec l'aide des Sentinelles, mais il leur fallu longtemps avant d'en venir à bout. Comprenant qu'il serait alors trop tard, ils ne purent qu'assister, impuissants, à la sinistre scène. De la même manière, il l'immola. Matt fut furieux.

- *De ma main la foudre jaillira et le corps de ce druide brûlera* ! Un éclair passa à côté de l'oreille d'Ed dont la tête fut à deux doigts d'être carbonisée.

- J'en ai assez ! A mon tour ! *Ondus choc !*

Une onde de choc frappa Matt de plein fouet. Il fut propulsé dans les airs et se fracassa contre les parois du champ de force. Il se releva avec difficulté et tous deux reprirent leur souffle. Pour Ed, la priorité était de refermer cette porte. Il brandit son sceptre sur lui et fit pression sur son thorax jusqu'à ce qu'il cède.

- Rend-toi !
- Jamais !

- Tu ne me laisse pas le choix. Il faut refermer le passage tout de suite. *Ondus choc !* A bout portant, l'onde de choc fit tomber Matt dans le coma, au seuil de la mort. Ed se retourna aussitôt vers le cromlec'h et attira les énergies telluriques sur lui afin de décharger les pierres de l'énergie qui leur était nécessaire pour maintenir l'ouverture stable. Dès lors, aucune créature ne put s'aventurer à la traverser sans risquer l'annihilation. Puis, ce fut le calme. Le cromlec'h cessa de vibrer, le champ de force s'abaissa et Ed libéra une extraordinaire énergie aux quatre points cardinaux du sanctuaire. Le jeune homme perdit connaissance, venant de subir une surcharge de magie. Les Sentinelles sécurisèrent la zone, à la recherche de créatures invisibles ou minuscules ayant pu profiter de cette occasion pour accéder à la Terre et espionner les druides pour le compte des dieux.

Chambre souterraine,
Campus Universitaire,
18 avril 2002,
21 h 20.

Sous le campus se terrait toujours le quartier général des treitours. Depuis un couloir sombre, où seules dansaient de faibles flammes de bougies, l'on pouvait entendre le cri strident d'un nourrisson. Malgré les efforts soutenus d'une jeune femme pour le calmer, rien n'y fit. La vingt-deuxième nourrisse, comme les précédentes, sortit de la Chambre Souterraine les cheveux carbonisés et fumants.

- Le bambin a du caractère. J'aime ça.
- Oui, mais il va falloir qu'il se calme. Je n'ai plus de volontaires pour effectuer ce job. Il les a toutes cramées.
- C'est ce qui fait de ton fils un être exceptionnel.
- Je ne vais pas le supporter longtemps.
- Père indigne ! Peut-être préfères-tu que ce soit sa mère qui ait la garde ? Moi pas ! Grand-père va s'occuper de toi, dit-il prenant le risque de prendre le bébé dans ses bras.
- C'est ça ! Pouponnez ! Pendant ce temps, je vais voir Méduse. Il est temps qu'elle reprenne du service.

Le jeune *treitour* ramassa son sceptre posé contre un mur de roche et changea d'apparence afin de sortir sans ressembler à un druide. La saie qu'il portait commença à lui resserrer la taille et son thorax avant de modifier sa couleur et sépara le vêtement en deux. La seconde suivante, Gaël portait un jean délavé et un t-shirt rouge moulait des pectoraux et des biceps sculptés. Habituellement chaussé de sandales, celles-ci se changèrent en tennis blanc et gris. Ainsi vêtu en civil, il sortit de la tanière des traîtres pour rejoindre l'une des plus dangereuses créatures sorties de l'Autre Monde.

Université de Brest,
Département d'Histoire,
19 avril 2002,
09 h 24.

Le professeur LeGuac venait tout juste de commencer son cours lorsque, comme à leur habitude depuis qu'il était arrivé il y a quatre mois, les étudiants Sam, Rob et Daniel le harcelèrent plus que de coutume. En effet, Monsieur LeGuac était connu pour ses idées fascistes extrêmes. Ses manières, ses remarques odieuses sur son cours clairement orienté vers le racisme, les trois étudiants ne supportaient plus la situation. Le Président de l'Université avait déjà rappelé le professeur à l'ordre sans que cela n'eût, semble-t-il, aucun effet. Certainement par esprit de faire justice eux-mêmes, ils accentuèrent les menaces devant les autres étudiants devenus solidaires. Dans ce contexte, le professeur LeGuac se réjouissait du chaos qu'il provoquait, ce qui ne manqua pas d'irriter les plus choqués. Face au désordre installé dans ce cours, une élève sortit chercher le Doyen, mais tomba nez-à-nez avec le Président de l'Université lui-même. Celui-ci entra dans l'amphithéâtre provoquant un silence instantané. Le professeur, dans l'embarras, choisit de ne point faire trop de vagues supplémentaires.

- J'attends vos explications dans mon bureau, professeur. Sam ! Rob ! Daniel ! Suivez-moi aussi. Ces convocations ne surprirent personne parmi les étudiants. Cela ne manqua néanmoins de relancer le brouhaha.

09 h 42,
Étage de l'Administration,
Bureau du Président.

Le Professeur LeGuac dansait d'un pied sur l'autre, les mains moites, ne sachant où les mettre.

- Robert, vous êtes remercié. Je vous avais prévenu. Le Conseil d'Administration sera prévenu et se réunira pour officialiser votre renvoi. Depuis votre arrivée, des étudiants et vos collègues se plaignent de vous. Vous ne cessez de semer le trouble. Vous avez déjà reçu deux blâmes. Malgré avoir fait table rase de votre passé, vous avoir donné une seconde chance, vous n'avez su faire preuve de retenue. Je ne puis tolérer plus longtemps votre comportement. Je souhaite que vous déménagiez votre bureau au plus tôt. Vous ne travaillerez plus dans cette Université dès cet après-midi. Au-revoir Professeur. Quant à vous messieurs, il est temps d'oublier votre désaccord avec le Professeur. J'exige que la sérénité de cette institution soit restaurée. Plus de troubles. Ne pensez plus qu'à votre diplôme messieurs.
- Mais monsieur ! Vous le laissez partir comme ça ! Sans payer pour les horreur qu'il a dites ?
- Sam ! J'ai dit que j'exigeais l'ordre ! Je vous connais jeune homme, n'allez pas commettre un acte que vous ne pourriez que regretter !
- Regretter. Sûrement pas ! marmonna-t-il dans sa barbe.
- Plait-il ?
- Rien Monsieur. J'ai compris. Mais le regard qu'il jeta ensuite sur le Professeur quittant la pièce signifiait bien le contraire. Sam venait de comprendre que c'était à lui qu'il revenait maintenant d'agir. Mais cette envie de vengeance n'allait lui apporter que de graves ennuis.

Parking Sud,
12 h 54.

Le professeur LeGuac installa ses cartons dans le coffre quand un bruit le fit se retourner. Une jeune femme svelte lui sourit et le fixa de ses yeux. Quelque chose dans son regard troubla le quadragénaire. Plus il plongeait dans ses yeux, plus la peur envahissait son corps tout entier. Il voulait fermer les paupières mais elles ne lui obéissaient plus. Il voulait la saisir pour l'écarter de son chemin mais ses jambes ne répondaient plus. Soudain, ses mains se pétrifièrent, les cheveux de la jeune femme s'agitèrent avant que des têtes de serpents n'en sortent. L'iris de ses yeux brilla faisant chauffer les siens jusqu'à l'insupportable. Un cri sortit de sa gorge sans l'avoir vraiment poussé volontairement. A cet instant, Sam, Rob et Daniel arrivèrent assister à la scène. Perturbée, Méduse se changea en Cynthia et brisa violemment le cou du pauvre homme sous les yeux stupéfaits des trois étudiants. Cynthia éclata de rire avant de monter dans une voiture aux vitres teintées. Au-dessus du cadavre, dont les jambes toutes entières étaient devenues du granit, les jeunes hommes furent surpris par des témoins. Il fut aussitôt certain qu'un amalgame risquait de leur coûter très cher.

Dans l'heure qui suivit, l'inspecteur Bouzave, accompagné d'un inspecteur, Candice Laforêt, interrogea les trois individus. Candice ressentit l'envie d'une cigarette et s'éloigna du cadavre laissant Bouzave s'occuper des suspects. Lorsqu'un hurlement résonna dans la cour intérieure, les policiers accoururent et découvrirent Candice, la gorge tranchée. Bouzave cria à son tour des ordres pour sécuriser le périmètre et trouver l'assassin. Mais malgré tous leurs efforts, personne ne put mettre la main sur celui que Bouzave soupçonnait... Rhys. En effet, il ne crut un seul instant les trois étudiants responsable du décès de leur professeur. De plus, comment auraient-ils pu changer ses jambes en pierre. Une fois encore, l'inspecteur était dépassé, incapable de trouver la moindre piste, la plus petite preuve. Tous les témoignages étaient indirects. Comment croire Sam, Rob et Daniel soutenant qu'une femme aux cheveux pleins de serpents avait agressé le défunt ! Bouzave grogna, enragé de ne pouvoir aboutir dans cette nouvelle enquête.

Rhys déambulait dans l'Université en toute quiétude. Nul ne pouvait le reconnaître grâce aux pouvoirs sensationnels de Gaël qui, mieux qu'une chirurgie esthétique, avait modifié l'apparence de son visage. Le Maître Druide Assassin pénétra dans le bureau du Doyen T-Rex et l'y attendit avec patience, immobile dans l'obscurité d'un placard.

*** *** ***

133

Torture et Assassinat

**Étage de l'Administration,
Bureau du Doyen,
19 avril 2002,
18 h 29.**

La poignée d'une porte vibra puis tourna, laissant entrer le Doyen T-Rex. Il déposa des clés sur son bureau ainsi qu'une sacoche dont il retira des dossiers volumineux. Dans le placard, un souffle s'accéléra, le loquet fermant les portes du meuble se souleva et un rai de lumière entra. Une ombre avança lentement en direction du Doyen. Elle s'arrêta près de lui, restant un moment immobile. Le Doyen se retourna, sentant cette présence et hurla en se cramponnant à son bureau.

- Cher ami. Vous voilà enfin.
- Mais qui êtes-vous ?
- Silence ! Asseyez-vous confortablement. J'ai une histoire à vous raconter.
Le Doyen s'exécuta non sans réticence.
- Vous me connaissez cher ami.
- Je regrette, mais je n'en ai aucun souvenir.
- Aucun, vraiment ? Si je vous parlais d'un certain procès auquel vous avez assisté. Il est vrai que cela remonte à un peu plus de quinze ans mais...
- Rhys ? C'est impossible ! Vous avez été condamné à...
- Quinze ans de prison, tout juste ! Ce temps est écoulé depuis peu.
- Non, comprit-il dans un souffle pris d'une soudaine terreur.
- A l'époque, un certain Ludovic Bassan fut nommé premier juré. Sous cette présidence, les onze autres m'ont condamné à la peine que vous avez citée. Ce fut très long et la compagnie quelque peu effrayante. Heureusement pour moi, je suis un druide, pour être plus précis, je suis le Maître Druide Assassin. C'est ma spécialité dans le domaine de la magie. A ma libération, j'ai appris que nombreux de mes amis ont dut quitter notre demeure ancestrale pour des raisons de divergences d'opinions. J'ai donc dû les retrouver et ils m'ont aidé dans ma recherche. Me voici aujourd'hui devant vous pour vous remercier de l'attention que vous m'avez témoigné lors du procès. Le plus drôle voyez-vous, c'est que malgré le fait que je sois le plus grand assassin que la Terre ait connu, ce n'est pas moi le responsable du meurtre pour lequel j'ai été emprisonné. Libre à vous de me croire ou non mais cela est la vérité. Maintenant, cher ami Ludovic Bassan, vous allez devoir rembourser votre dette.

Rhys leva son sceptre et un mur d'énergie enveloppa la porte afin que nul ne rentre. Puis, une lueur encercla le Doyen Ludovic Bassan et celui-ci hurla, ses yeux s'injectant de sang, le visage devenant rouge vif. Rhys s'arrêta un instant. Puis, deux minutes plus tard, le Maître Druide Assassin tortura le pauvre homme plus violemment.

- Souvenez-vous cher ami !

Rhys planta le bout de son sceptre dans le front du Doyen qui cria de nouveau. Ses yeux se voilèrent de blanc, soudain emprisonné dans une vision. Ludovic Bassan se retrouva dans une cour d'assise qu'il reconnut bien vite. Il était assis sur un banc, aux côtés de onze hommes et femmes dont il se souvint des visages. En face de lui, dans un box, Rhys se tenait debout, soutenant les regards de ses juges. Dans la salle, spectateur du procès, le Gorsedd veillait à rester discret. A cette époque, Gwenc'Phel faisait partie des honorables dirigeants de la communauté druidique. Tandis que les autres imposaient leur décision de priver Rhys de ses pouvoirs avant que le procès ne commence, Gwenc'Phel, déjà, tentait de les convaincre de lui laisser l'accès à la magie. Durant l'introduction du procureur, une incantation vida Rhys de la magie qui était en lui. Il perdit un instant l'équilibre, inquiétant le juge, mais très vite, il reprit son aplomb. Le procureur précisa les faits qui étaient reprochés à Rhys.

- Vous êtes accusé d'avoir sauvagement assassiné une fillette de cinq ans. Vous l'avez noyée puis égorgée. Les inspecteurs de police ont retrouvé l'enfant dans un sac de voyage, six jours plus tard. Cet acte est plus qu'odieux ! Vous allez ici devoir répondre de ces accusations.
- Clamant mon innocence, nul ne m'a cru. Faute de preuves directes, vous n'avez pu me condamner qu'à quinze ans de prison ferme.
- Si seulement la peine capitale existait encore, je...
- Plait-il ? J'ai récupéré mes pouvoirs, vous vous en êtes rendu compte. Ce n'est pas moi qui aie tué cette enfant. Mon travail est plus propre et elle n'aurait pas souffert. Je ne tue que des créatures de l'Autre Monde ou des mortels sur demande des dieux. Il n'y a jamais eu de contrat sur la tête de cette pauvre enfant. Cela prouve que la Terre a besoin de druides comme moi pour faire justice et assassiner les criminels de ce genre. Enfin, c'est un grand gâchis. Je vais devoir prendre votre vie pour ce que vous m'avez fait subir. En prison, sans aucuns pouvoirs, vous imaginez ? Je ne pouvais pas me défendre. Payez ! Rhys enfonça un peu plus le sceptre dans le crâne du Doyen mais fut interrompu par un bruit derrière la porte. Un jeune étudiant tentait de la forcer.
- Monsieur le Doyen ? Vous allez bien ? Ouvrez, c'est Greg ! Que se passe-t-il ?
- Vous avez de la chance mon ami. Un sursis de courte durée je le crains. Et pour vous laisser mijoter quelque peu, sachez que je prendrai la forme de l'un de vos proches ou étudiants avant de vous tuer. Ainsi, vous deviendrez paranoïaque et suspecterez tout le monde ! Ah ! Ah !

- Rhys ! Reviens immédiatement ! hurla la voix de Méduse dans la pièce. Le druide prit la fuite et la porte fut libérée. Les yeux du Doyen redevinrent normaux, son front guérit seul en un instant et Greg entra dans la pièce à son secours.

- Tout va bien Monsieur ? Je vous ai entendu crier et la porte était...

- Ça va mon garçon. Laisse-moi.

Sanctuaire,
Bosquet,
19 h 23.

Bron était allongé sur les racines d'un saule, seul, agonisant. Awen l'y avait déposé, ne pouvant guère lui porter davantage secours. Sa blessure le faisait souffrir terriblement. Le silence régnait. Pas même le chant d'un oiseau ne brisa la quiétude du lieu. Peut-être fut-ce cela qui attira l'attention de Tara. Elle avança lentement, guettant le moindre piège. Elle ne trouva rien et fit demi-tour.

- Bon anniversaire Bron ! Je suis gâté cette année. Joli cadeau ! Je vais mourir seul, ici, sous cet arbre. Pour se faire entendre, il poussa un cri hélas étouffé par une toux. Il saisit alors deux branches et sortit un briquet de sa poche. Il ne pouvait pas utiliser la magie pour allumer un feu, mais il venait de trouver un autre moyen de montrer sa présence dans le bosquet. La fumée s'échappa très vite et Tara la remarqua. La fillette leva les mains vers le ciel et après avoir prononcé une formule, le son de sa voix fut multiplié par cent. Tous les druides du Sanctuaire l'entendirent.

- Au secours ! Sentinelles ! Sécurisez le bosquet ! Maître Goff ! Oncle Bron est gravement blessé. Nous sommes dans le bosquet. Depuis qu'elle était libérée de l'emprise de son père par Bron, Tara le considérait comme si c'était son oncle. Les secours vinrent en un instant. Sa blessure fut soignée sans user de la magie. Mis en isolement, Bron perdait peu à peu ses pouvoirs et son énergie vitale. Goff était inquiet. Contraint de prononcer la formule qui avait attiré Awen, le virus s'était réveillé aussitôt et commençait son œuvre. Tara resta à son chevet, pleurant toutes les larmes de son corps, réconfortée par Tim qui ne savait que faire pour soulager sa tristesse. Bron lui sourit malgré cette épreuve.

- Tu m'as sauvée de mon père Oncle Bron. Je ne l'oublierai jamais. Ne meurs pas je t'en supplie. Si je pouvais utiliser la magie pour te sauver. Mais je ne peux pas. Oncle Bron, je t'aime.

- Moi aussi je t'aime princesse. Ne pleure pas. On trouvera une solution. Bron ferma ensuite les yeux et cria, pris d'une terrible douleur.

Université de Brest,
19 h 56.

Calie montait les étages menant au laboratoire d'Éric. Elle y croisa le Doyen dans un couloir, et vit un jeune étudiant armé d'un poignard étrange sur le point de le lancer dans le dos du Doyen. Cette horrible situation la fit paniquer mais elle trouva le courage ultime de sa vie et s'interposa entre les deux hommes. Elle se retrouva la lame enfoncée directement dans le cœur. Dans l'angle du même couloir, Eric, Elora et Tao assistèrent impuissants au décès de Calie.

- Intéressant. Décidément, vous êtes un homme très protégé Ludovic. Mais nul ne peut m'échapper mon ami. Je parviendrais à venir à bout de vous. Je vous rappelle que je prendrais une autre forme la prochaine fois. Encore celle de l'un de vos proches. Bonne soirée mon ami.

- Rhys ! Calie ! NON ! hurla Eric. S'apprêtant à lui sauter dessus, Rhys disparut. Le Doyen se pencha sur le corps de Calie tandis qu'Eric la prenait dans ses bras, effondré.

- Je suis désolé pour votre amie, professeur. Elle m'a sauvé la vie. Elle ne me connaissait même pas et elle s'est interposée. Si je peux faire quoi que ce soit, dîtes-le-moi Eric.

- Elle est morte. Nous ne pouvons rien faire.

La soirée était entamée lorsque l'inspecteur Bouzave arriva. Il fit évacuer tout le bâtiment et il fut aux anges lorsqu'il apprit que, pour une fois, il y avait un témoin dans son enquête.

- Quelle bonne surprise ! J'ai un témoin cette fois-ci mademoiselle Bonti. Je suis convaincu que le Doyen va m'être d'une grande utilité. Depuis deux ans, je vous trouve mêlés à des affaires criminelles de près ou de loin. Si aucun témoin ne m'a permis d'identifier votre implication dans ces affaires jusqu'à aujourd'hui, j'espère que cela va changer grâce à ce brave Doyen.

- Je vous en prie inspecteur. Nous venons de perdre une amie.

- Oui. Mais je vous assure que votre répit n'est que de courte durée. Et je vous avertis que si vous intervenez dans cette enquête, je vous fais tous arrêter jusqu'à ce que je découvre toute la vérité. Monsieur le Doyen ! J'ai quelques questions... finit-il en s'éloignant bichonner son unique témoin fiable.

-Nous devons arrêter ce *treitour* et vite.

- Oui Elora, mais l'inspecteur nous pose vraiment problème maintenant. Ça fait deux ans qu'il accumule des enquêtes non résolues et il trouve encore le moyen de ne pas se faire virer par sa hiérarchie. Nous comptions sur l'érosion pour nous en débarrasser. Maintenant, il faut réviser notre stratégie. J'ai une idée. Quand Rhys sera privé définitivement de ses pouvoirs et que nous l'aurons arrêté, peut-être devrions-nous le donner en pâture à l'inspecteur et lui coller sur le dos toutes les explications des affaires non résolues depuis deux ans. Nous donnerons juste le nécessaire pour qu'il nous lâche la bride.

- Tu es sérieux ! C'est immoral ! Et puis de toute façon, se serait reculer pour mieux sauter. D'autres affaires de ce genre finiront par survenir bien après que Rhys soit enfermé à vie et ce, jusqu'à ce que tous les *treitours* ne puissent nuire, et crois-moi, ce n'est pas demain la veille. Mais il est vrai qu'il faut trouver un moyen d'apaiser cet inspecteur.

***

134

Déchéances

**Université de Brest,
20 avril 2002,
09 h 16.**

Grég s'apprêtait à imprimer l'exemplaire zéro de son journal « *Le Prophète* ». Ravi de son éditorial, le jeune journaliste venait de terminer la Une. La photo de Calie décédée prenait la moitié de l'espace et l'article détaillait le témoignage du Doyen. Celui-ci prétendait avoir été torturé mais aucune trace ne le prouvait. Il racontait avec force détails comment Calie lui avait sauvé la vie. Grég reprit dans les archives des extraits du procès afin de les intégrer dans son article. Il y avait rajouté des bribes des conversations entre le Doyen et l'inspecteur qu'il avait espionnés.

Chambre souterraine.

Gaël procéda à une cérémonie au cours de laquelle il prononça une incantation. Celle-ci eut pour effet de faire venir Awen près de lui. La *Muse* n'avait pu quitter la Terre pour retourner dans l'Autre Monde sans la puissante magie de la Grande Incantation. Piégée, elle tenta malgré tout de se défendre mais Méduse la figea sans la pétrifier.

- J'ignorais que tu pouvais faire cela.
- Je peux moduler la puissance de mon pouvoir de pétrification. Elle est immobilisée tant que mon pouvoir agira sur elle.
- Bien. Passons aux choses sérieuses. Selon Enningan, priver les bardes de leur Muse retire tous leurs pouvoirs. Si cela est vrai, Bron perdra les siens et nul ne pourra le remplacer. Cela me ravirait d'autant plus que l'équipe d'Éric en serait gravement déstabilisée. Inutile alors de préciser qu'il me sera plus aisé de m'en débarrasser une bonne fois pour toute.

*Que ce feu issu des cieux te prive de toute magie.
De l'immortalité soit séparée
Au sein de ce feu sacré.*

Des flammes s'allumèrent tout autour de la déesse. Enfermée dans un cercle de flammes, Awen fut ébranlée et Méduse lui rendit sa mobilité.

- Non ! D'où te vient ce pouvoir ? Seuls les Créateurs peuvent punir une déesse à l'aide du Feu Sacré. Celui-ci ne se trouve pas sur Terre alors comment...

- Enningan nous l'a confié temporairement. Ce pouvoir ne peut être utilisé qu'une seule fois. Il n'a rien contre toi, mais tu vas nous permettre d'affaiblir un barde qui nous gêne royalement. Dans un instant, tu deviendras mortelle et n'auras plus aucuns pouvoirs.

- Jeune inconscient ! Ne vois-tu pas qu'il t'utilise ? Nous savions qu'Enningan était à l'origine de tous les troubles qui rongent les peuples de l'Autre Monde. Mais il n'y a jamais eu de preuves directes. Il manipule les autres pour qu'ils accomplissent ses desseins. Ainsi il ne se mouille pas et les Éternels ne peuvent rien faire pour l'arrêter. Mais nous résisterons.

- Tu peux toujours essayer mais pour l'instant, tu n'es plus rien.

Le cercle de feu disparut et des cendres fumèrent intensément. Awen profita de cette occasion pour fuir. Méduse lança ses serpents qui se détachèrent de son crâne, mais Gaël lui ordonna de la laisser sauve. Elle n'était plus d'aucune utilité pour lui. Awen, livide, s'empressa de rejoindre le Sanctuaire au plus vite.

Sanctuaire,
09 h 34.

Le soleil se cacha derrière un nimbostratus, ce qui assombrit l'allée centrale où Gwyon'Bach déambulait l'air soucieux. Une jeune druidesse le harcelait depuis des heures tentant sans succès de lui soutirer un baiser. Le tout jeune Éternel ne supportait plus son insistance.

- Ma très chère et tendre amie, je suis touché par tant... d'enthousiasme, mais je ne puis vous accorder ce que vous me demandez. Vous êtes... généreuse Lili, il est vrai, mais je vous saurai gré de me laisser me concentrer. J'ai beaucoup de travail. Oh, Ed ! Mes chers collègues merci, pria-t-il en regardant le ciel. Ed approcha, un large sourire amusé. Lili s'éloigna une moue sur un visage déçu.
- Ed, tu me sauve.
- Une admiratrice ?
- C'est ça, moque toi. Je n'arrive pas à m'en débarrasser depuis des heures.
- Pour un Éternel, tu manques de ressources. Et puis, à cheval donné on ne regarde pas les dents.
- Je vais t'en donner de la ressource ! Cette fille est gentille mais c'est un thon ! Il faut bien l'avouer. Je ne suis pas un humain ! Il ne m'est pas nécessaire d'éprouver de l'amour. Je suis plus qu'un dieu. Je suis au-dessus de cela.
- Vraiment ? Peut-être que tes pairs, que tu as irrités, savourent une certaine vengeance.
- Ce n'est pas impossible. Oui, c'est juste. C'est parfois pénible de tout savoir. Je suppose que c'aurait pu être pire.
- Ne t'emballe pas *Seigneur des dieux,* ils ont sûrement d'autres tours à te jouer.
- Moque-toi une fois de plus et je t'assure que ce sera la dernière ! coassa-t-il avant de disparaître dans un bruit de tonnerre.

Autre Monde,
Palais Divin.

Une magnifique aurore boréale remplaça le plafond gigantesque de la Salle du Panthéon. De nombreux dieux et chefs de clans, la plupart hostile envers les druides et leurs représentants, étaient présents. Après une courte délibération, la Triades des dieux fit son entrée. Enningan sembla si satisfait qu'il s'empressa de s'assoir avant les deux autres Créateurs.

- A quelle sauce allons-nous nous faire manger ? murmura Ness.
- Nous allons bientôt le savoir, répondit Bann avant qu'Enningan prenne la parole.
- Subséquemment à nos délibérations, *drouiz* (druides), nous retirons au Gorsedd son autorité sur les *drouiz* et la confions temporairement à l'*Ollav Suprême* des *Filids* (instance dirigeante des Filids, autre caste de druides, isolée pour leurs idées dangereuses).
- D'après ce que je sais, l'*Ollav* ne fait pas partie des *treitours,* mais il partage les idées de Gwenc'Phel. Il est moins radical, moins pressé et plus patient. Le résultat est hélas le même. Il est tout aussi dangereux que lui. J'ignorais qu'ils s'étaient alliés à Enningan, souffla Bann à ses collègues.
- J'objec... commença Pat arrêté dans son élan par Ness.
- Non. Nous ne pouvons rien faire ici. Laissons-les exulter. Nous prendrons notre revanche bien assez tôt.
- Les autres dieux vous entendent. Ceci est une parodie !
- L'*Ollav* se rendra donc sur Terre avec vous et prendra le Sanctuaire en charge. Veuillez lui obéir, il agira en notre nom.
- « Cependant, l'Ollav respectera l'indépendance de l'équipe d'Éric dont les missions resteront décidées par le Gorsedd. » intervint Mew.
- « Non ! C'est ma victoire ! Tu ne... » hurla Enningan.
- Souhaites-tu que les Éternels tranchent sur cette question ?
- Non. Qu'il en soit ainsi. Vous pouvez vous retirer.
- « Mew vient de nous obtenir une grâce. Après cette décision, l'*Ollav* ne pourra pas nous faire exécuter, ni l'équipe d'Éric. » commença Ness.
- Crois-tu qu'ils l'auraient fait ? Je veux dire... nous tuer ?
- Bien sûr Pat. Mew a soigneusement choisi ses mots dans sa décision. Il s'est imposé, pour nous protéger. Il ne pouvait apparemment pas en faire plus pour nous. Maintenant partons tant que nous le pouvons encore.

***

135

LA FÊTE DE BELTAINE

**Sanctuaire,
Bosquet,
20 avril 2002,
12 h 16.**

Bron gisait toujours au pied d'un arbre et sentait lentement ses pouvoirs le quitter. Il entendit le craquement d'une brindille et parvient tout juste à se retourner pour voir Hélène se pencher sur lui. Il sentit alors son corps se soulever, la jeune femme tentait de le déplacer. Il entendit quelques sons vagues avant de perdre connaissance.

A son réveil, Bron était allongé sur le chemin principal, entouré d'une multitude de druides qui gardaient, malgré tout, leurs distances. Seule Hélène semblait ne pas le craindre. A ce moment, Awen arriva essoufflée. Cinq minutes plus tard, l'équipe d'Éric, le Gorsedd et l'*Ollav* firent leur entrée chacun leur tour, tous surpris par l'attroupement.

- Que se passe-t-il ici ? Quelqu'un peut-il expliquer la situation ? demanda Ness. Ce fut Gwyon'Bach qui répondit en apparaissant à son tour dans un bruit assourdissant de tonnerre. Disposant de toute la connaissance, il était le seul à être au courant de toutes les situations.
- Si vous permettez très chère. La Muse Awen vient d'échapper des griffes de Gaël et de Méduse par ses propres moyens, sans aide extérieure qu'elle aurait, soit dit en passant, appréciée. Hélas, le *treitour* l'a privée de ses pouvoirs et de son immortalité en la piégeant dans un cercle de feu sacré, aimablement fourni par Enningan. Bron a été blessé par le Maître Druide Assassin Rhys sur les ordres de Méduse. C'est une flèche empoisonnée qui lui à ouvert cette plaie. Hélas, il a été obligé d'utiliser ses pouvoirs pour faire venir Awen, sachant qu'en faisant cela il réveillerait le virus qui est en lui. Maintenant, outre ses pouvoirs, son âme aussi est en grand danger.
- Voilà pourquoi les Créateurs nous ont demandé de mettre bon ordre dans votre pagaille ! intervint Aël.
- Qui êtes-vous ? demanda Eric, perdu.
- Aël, l'un des quatre membres de L'*Ollav Suprême*, l'instance qui dirigera désormais le Sanctuaire à la place du Gorsedd, déchu de ses prérogatives par les dieux eux-mêmes. Les trois autres se nomment Iwan, Gudwal et Morwenna, répondit Gwyon'Bach avec un air amusé.

- Mes... chers confrères, veuillez prendre vos quartiers et vous installer, Éric, transporte Bron à l'infirmerie où il restera en quarantaine avec Awen. Ensuite rejoint-nous au Temple pour nous expliquer.

Infirmerie.

Bron et Awen furent installés à l'écart des autres blessés et malades.

- Je sens mes pouvoirs me quitter.
- Je sais Bron. Tu as peut être perdu tes pouvoirs, mais les druides pratiquent la divination, la louange, la satyre. Tu peux continuer à percevoir des prophéties, à les annoncer aux druides, mais en ce moment, tu vas devoir faire appel à toutes sortes de rituels pour y accéder. C'est temporaire. Du moins je l'espère. Ils trouveront une solution. Fait confiance à tes amis. Prie avec moi.
- D'accord. Nous, druides, prononçons « *Awen* » à la fin de chaque prière lors des cérémonies. Awen, tu es l'étincelle divine de chaque être, l'inspiration du barde et le génie du prophète. Mais sa prière s'acheva sur une quinte de toux.

Temple.

Le Gorsedd raconta au groupe ce qui s'était passé au Palis Divin.

- Pour l'instant, parons au plus pressé. Bron m'inquiète terriblement. Que pouvons-nous faire ? demanda Eric.
- Hélène et moi avons feuilleté le Livre des Éléments tout à l'heure. Elle n'a pas voulu rester mais nous avons trouvé une page consacrée à *Merddin*, commença Tao.
- Tu veux dire... Merlin, de la mythologie Arthurienne ?
- Oui, lui-même. Il est dit qu'une vieille formule rédigée par ce Maître de la Magie devrait venir à bout de tous les enchantements.
- Je ne suis pas sûr que cela marche. Le virus n'existait pas à son époque, réagit Ness.
- Peut-être mais nous n'avons pas d'autres idées et le temps presse.
- Sur la tombe de Merlin est inscrit : ***Bedd Ann ap lleian ymnewais fyndd Lluagor llew ymrais Prif ddewin Merddinn Embrais***. La tombe du fils de la religieuse sur la montagne Newais, Seigneur de la bataille, Llew Embrais, chef magicien, Myrddin Emrys. Voici la formule :

Beth Ahn Ahp T-Lay'in,
eem-New-ais T-loo-Ah-gor
T-loo Eem-rais
Feen-ith
Preeve Dew-in
Meer-thin Ehm-rihs.

- Je suis désolé, mais là n'est pas la solution.

- Gwyon'Bach ! Que veux-tu dire ? demanda Elora.

- Sauver Awen sauvera Bron et son âme. Une simple incantation ne suffira pas à les sauver. Vous devez vous rendre sur les Terres de l'Autre Monde afin d'y trouver un remède. Je ne peux rien vous dire de plus que ce que ne m'autorisent les autres Éternels.

- Nous te remercions. Nous savons que ta situation est délicate. Mais ne peux-tu vraiment rien nous dire d'autre ?

- Je regrette, acheva-t-il dans un éclair aveuglant derrière lequel il disparut.

Village.

Tim traversa la rivière sur un rondin de bois flottant à la surface et attaché aux rives par une corde. Bon en équilibre, ce n'était pas le cas de Tara qui, le suivant, finit par tomber dans l'eau. Trempée, le jeune garçon parti d'un rire franc qui déplut à son amie.

- Très drôle.

Tim courut dans le pré voisin et apeura, à son habitude, les bêtes ici en pâture. Après s'être tous deux fait gronder une nouvelle fois par le druide responsable des lieux, Tara vit briller une silhouette non loin. N'écoutant que sa curiosité, elle s'en approcha avec prudence. Une jeune femme svelte et superbe, portant des ailes dans le dos semblait les attendre.

- Tim ! C'est une fée !

- C'est exact mon enfant. Je suis une fée. Je me nomme Ailen.

- Comment un être de l'Autre Monde peut-il être ici ? demanda Tim, méfiant.

- Lorsque l'*Ollav Suprême* et le Gorsedd ont franchi la grande porte pour rentrer, je les ai suivis. Nombreux furent ceux qui ont tenté d'entrer clandestinement, mais je suis la seule à y être parvenue. Elora me connaît. Vous devez aller la voir et la persuader de réciter la Grande incantation pour vous et moi.

- Pourquoi ?

- J'ai un service à vous demander au nom de mon peuple les fées. Dans quelques jours, les peuples de l'Autre Monde s'apprêteront à célébrer la fête de Beltaine. Nous vous demandons de l'organiser et de nous protéger.

- Toutes les fées ? fit Tara surprise.

- Oui, et un certain nombre d'autres peuples. L'année dernière, les fées ont subi beaucoup de pertes. Tout comme vous. Lors du coup d'état, la moitié de mon peuple fut décimé. Beltaine est très important. Durant la cérémonie, à son apogée, les corps de nos frères et sœurs que nous avons pu récupérer seront exposés à la magie du dieu *Beltan*. C'est à ce moment qu'ils seront ressuscités. Inutile de vous dire qu'Enningan ne le permettra pas. Jusqu'à aujourd'hui cela ne posait pas de problème. Cette fête permettait de renouveler notre peuple. Mais depuis l'horreur de la fête de *Samain*, tout a changé de l'autre côté. Les troupes d'Enningan nous traquent sans relâche, ainsi que tous les clans qui se sont opposés à ses nouvelles lois. Il cherche à renforcer son armée dans le but d'une nouvelle attaque d'envergure. Mais avant, il doit éliminer toute rébellion. Nombreux d'entre nous pensent qu'une nouvelle bataille de Mag Tuired se prépare. La troisième du nom. Vous devez informer Elora de tout cela et venir sur l'Autre Monde afin de préparer la fête de Beltaine. Nous aurons besoin de tous ceux qui pourront ressusciter.

    - Je comprends. Comptez sur nous.

***

136

LE GRAND VOYAGE

Sanctuaire,
Chemin principal,
20 avril 2002,
16 h 26.

Ed marchait en pensant au combat qu'il avait dû livrer avec l'un de ses camarades, Matt. Un vieillard au regard sombre l'interpella avec une voix tremblante.

- Ed ! Dans un futur proche...
- Excusez-moi, qui êtes-vous ?
- Je suis toi. Dans le futur, il te sera demandé de prendre en charge les Enfers de l'Autre Monde. Refuse ! Tu entends ? Refuse !
- Le futur... Les Enfers... Qu'est-ce que... A cet instant, le corps du vieillard s'embrasa et un filet de cendres tomba au sol. A un mètre de là se tenait Gwyon'Bach. Ed ressentit une douleur et une chaleur immense en lui. Il hurla et pleura tellement cette sensation le faisait souffrir.
- Je suis désolé Ed. Tu n'as pas voulu m'écouter dans le futur. Tu as remonté le temps en sachant que cela t'était interdit. Les *Éternels* m'ont ordonné de...
-Tu m'as tué ? Moi... du futur. Je crois que je vais avoir une migraine. Pourquoi ?
- Tu étais sur le point de te révéler des informations sur ton avenir afin de le modifier. Je regrette mais je ne pouvais pas te laisser faire.

Cromlec'h,
16 h 38.

Eric, Elora, Tao, Ailen, Tim et Tara s'apprêtèrent à traverser un passage donnant sur l'Autre Monde. La Grande Incantation prononcée, la porte s'ouvrit dans un seul sens.

- De l'autre côté, la voie sera libre. Nous avons organisé une diversion. Nous devrons alors nous hâter, informa Ailen.
- Si tout le monde est prêt, commença Elora.
- Non. Je ne suis pas d'accord pour que les enfants viennent. C'est trop dangereux, coupa Eric.
- Ils ont été choisis. L'ordre de mission ne vous appartient pas. Vous ne pouvez pas vous y opposer, s'emporta Ailen. Eric ne releva pas mais ce n'était pas l'envie qui lui manquait. Tout le groupe traversa, emporté par les puissants courants telluriques. Mais durant le voyage, profitant de l'ouverture, deux voyageurs clan-

destins déclenchèrent toutes les alarmes magiques et les nouvelles protections installées. Cela ne les arrêta pas. Deux silhouettes se changèrent en animaux, l'une en faucon et l'autre en serpent, porté par les serres de l'oiseau. Sous cette forme, Gaël et Méduse traversèrent le passage en forçant toutes les sécurités. Cette surcharge d'énergie déstabilisa les courants telluriques mettant en danger toutes les personnes se trouvant dans le passage ouvert entre la Terre et l'Autre Monde. Arrivés de l'autre côté, Eric s'assura que tout allait bien. A ce moment, le faucon sortie de l'ouverture et vola très près au-dessus de leur tête. Occupés à refermer le passage et surpris par l'évènement, ils ne purent empêcher Gaël et Méduse de prendre la fuite.

- C'était pire que le grand huit ! Je ne vais pas garder mon déjeuner longtemps. Et puis qu'est-ce que c'était ? paniqua Elora.

- Un oiseau ne peut pas traverser. C'était certainement Gaël sous forme animale. Je déteste son pouvoir de métamorphe. Nous n'avions aucun moyen d'assurer la sécurité du Sanctuaire contre ce genre de pouvoir. Il a trouvé la seule faille qu'il pouvait exploiter.

- Eric, nous n'avons pas le temps de nous inquiéter de cela. Nous devons nous mettre en route tout de suite. Tara et Tim viendront avec moi. Je les conduirai vers nos territoires. En ce qui vous concerne, vous devez trouver un remède contre le virus. Je sais que les Tisseurs de Sorts Elfes n'ont rien trouvé de concluant. Mais peut-être que depuis mon départ, ils ont trouvé quelque chose. Allez les voir, car même si ce n'est pas le cas, ils sauront vous guider vers une éventuelle solution. Bonne chance, acheva Ailen, guidant déjà Tim et Tara vers un sentier qui les éloigna de groupe.

***

137

LES TERRES DU SUD

**Autre Monde,
Territoire des Elfes.**

Eric, Elora et Tao entrèrent dans une épaisse forêt, épiés par des gardes elfes postés dans les arbres. Tous les arcs étaient bandés, prêts à les attaquer.

- Nous sommes encerclés, chuchota Tao.
- Je sais, répondit Elora. Eric poussa alors sa voix aussi fort qu'il put.
- C'est ainsi que vous accueillez des alliés ? Nous sommes des druides Maitres des Éléments ! Vous devez nous connaître ou... avoir entendu parler de nous !
- C'est exact ami. Vous êtes loin de chez vous ! Votre visite n'était pas attendue. De nos jours, la méfiance fait loi.
- C'est ce que je constate. Nous devons voir vos Tisseurs de Sorts au plus vite. Un grand malheur est survenu sur Terre qui nous oblige à vous demander leur aide. Les elfes restèrent silencieux un moment après cette demande d'Éric. Seulement dix minutes plus tard, un très vieil elfe se présenta à eux.
- Bonjour amis. Je suis un des Tisseurs de Sorts de ce clan elfe. Que puis-je faire pour vous ?
- Vous savez que le virus a été libéré par accident ?
- Oui. C'est terrible. Le monde de la magie est en grand danger.
- Nous savons que vous n'avez pas de remède. Cependant, peut-être pouvez-vous nous indiquer où le chercher ?
- Non. Je regrette. Nos compétences en matière de toutes magies n'est pas exagérées. Si nous n'avons rien trouvé, alors nulle magie élémentaire ne le peut.
- Il doit bien y avoir...
- Non... J'ai dit que nulle magie élémentaire ne pouvait trouver ce remède. Mais il existe d'autres niveaux, supérieurs à notre magie. Celle des dieux, des Créateurs et des Éternels.
- Ils ne nous aideront pas. Après tout, il leur suffit de rester ici pour être à l'abri. Pour l'instant seule la Terre est exposée.
- C'est juste. Mais tôt ou tard, le virus franchira les barrières qui nous séparent. Et puis, la prochaine fête de Samain (qui permet aux créatures de l'Autre Monde de venir sur Terre le temps d'une nuit) sera une occasion pour lui de venir nous rendre visite. Je ne peux que vous conseiller de vous rendre sur les Terres du Sud.
- Pourquoi là-bas ?
- L'Éternel Gwyon'Bach vous le conseille. J'en ignore la raison.

- Si ce message vient de lui alors nous suivrons son conseil. Ce qui est curieux c'est qu'il nous ait dit de venir vous voir pour nous transmettre le message alors qu'il aurait pu le faire au Sanctuaire.

- Votre Sanctuaire n'a hélas jamais été un modèle de sécurité. Et en matière d'information, en temps de guerre, la sécurité de celle-ci est primordiale. Il avait certainement ses raisons que nous n'avons pas à connaître. C'est à vous que revient la décision de lui faire confiance ou non. Je vous souhaite malgré tout un bon séjour. Si nous pouvons vous être d'une autre aide, n'hésitez pas à nous contacter.

- Merci à vous et votre peuple.

Le vieil elfe sauta agilement dans un arbre et disparut dans les feuillages. Un archer leur confia trois petits disques solaires et leur indiqua le chemin d'un ancien cromlec'h, à la lisière de la forêt. Eric mit ces disques en place dans trois encoches à même la pierre en forme de triangle. Aussitôt les pierres se mirent à vibrer et le groupe fut emporté pour être déposé sur les Terres du Sud.

Sanctuaire,
Infirmerie,
21 avril 2002,
19 h 58.

Ben entra dans la chambre de quarantaine et resta au chevet de Bron. Il y fit la connaissance d'Awen, prostrée sur un lit, pleurant ses pouvoirs et son immortalité. La télévision allumée, Ben entendit d'une oreille peu attentive les informations.

- Il est maintenant 20 h 00 et nous pouvons vous donner le résultat de ce premier tour de l'élection présidentielle. Les deux candidats ayant reçu la majorité des suffrages exprimés sont Messieurs Chirac et Lepen. C'est une surprise... annonça le journaliste.

- Décidément, rien ne va sur cette planète.

- Je vous rassure, dans mon Monde non plus, lâcha Awen entre deux larmes.

- Il va...

- Mourir ? Cela n'est pas vraiment le plus grand danger qui menace votre compagnon.

- Ah non ?

- Ses pouvoirs le quittent mais c'est aussi son âme qui s'efface. Une croyance sur Terre dit que deux êtres qui s'aiment et dont les âmes sont sœurs, peuvent se retrouver dans une autre vie. Si Bron perd son âme, vous ne pourrez plus jamais vous retrouver tous les deux dans vos vies futures. Si Elora trouve un remède, il se peut qu'il soit totalement sauvé. Car seule une puissante magie pourra vaincre à la fois le virus et le poison de Rhys.

- Si je pouvais mettre la main sur lui, je...

- Vous n'êtes pas druide. Vous n'avez aucun pouvoir. Comment dans ces conditions affronter un Maître Assassin ?

- Je trouverai un moyen de lui faire payer.

- Mon héros, murmura Bron entre deux toux.

- Chut. Ne dit rien et repose toi. Nos amis reviendront bientôt avec un remède. Il faut juste être patient. Et il faut que tu tiennes. Si seulement je pouvais être malade à ta place.

- Ne dis pas cela. Je ne le supporterai pas. Il faut qu'ils reviennent vite. Je sens que je n'en ai plus pour longtemps.

- Non ! Je t'interdis de dire çà.

Ben s'allongea sur lit à côté de Bron. Awen se coucha dans le sien et tous attendirent un miracle.

A SUIVRE...

***

« A la recherche d'un remède sur des terres inconnues, ce sont tous les druides qui sont menacés par cet abominable virus. Je m'inquiète. Plus le temps passe, plus Bron avance dans la mort. Pas de nouvelles de Ronan, Awen a perdu pouvoirs et immortalité ; c'est moi ou deux mondes tournent à l'envers ? Cette incursion dans l'Autre Monde est dangereuse à bien des égards, je le sais. Je n'espère pas que quelqu'un lise ces quelques lignes. J'espère seulement survivre pour noircir les prochaines pages de ce journal. Je ne peux m'empêcher de croire que nous reviendrons vivants, que les épreuves qui nous sont imposées sont surmontables, que la seule origine de la vulnérabilité de ce virus se trouve sur ces terres. J'ai malgré tout peur pour nous. Nous entrons quand même la gueule du loup. Les forces qui s'acharnent sur nous sont implacables, mais notre détermination l'est aussi. La volonté de revoir le Sanctuaire, de retrouver le bien-être et la sécurité que nous avons longtemps partagés, reste intacte. En attendant, nous restons des druides et notre courage est issu des enseignements que nous avons reçus et dont je remercie les auteurs.

ERIC,
ARCHI DRUIDE.

NOTE DE L'AUTEUR

Tout a commencé en 2000, lorsque j'ai passé une année à faire des recherches sur l'histoire des druides et sur la mythologie celte.

En 2001, j'ai commencé l'écriture de la saison 1 de la « *Légende des Maîtres* ». A raison de 4 épisodes par saison d'environ 50 pages chacun, j'écris actuellement (février 2013) la saison 7.

Ainsi, prochainement, les saisons 4 et 5 seront disponibles chez ILV Editions en un seul volume.

Merci à vous, chers lecteurs, pour l'intérêt que vous portez à cette histoire. Et mon objectif est de vous en compter bien d'autres.

Que continue la « *Légende des Maîtres* ».